Jeffery Deaver

# SCHULE DES SCHWEIGENS

*Buch*

Im »Weizenstaat« Kansas wird ein Schulbus mit zwei Lehrerinnen und acht gehörlosen Mädchen in eine Falle gelockt. Auf sie warten drei Männer, die nichts mehr zu verlieren haben: entflohene Schwerverbrecher aus einem nahen Gefängnis, die mit ihren Geiseln in einen abgelegenen ehemaligen Schlachthof flüchten. Handy, der Anführer, stellt ein Ultimatum: Ein Hubschrauber müsse umgehend bereitgestellt werden, sonst werde jede Stunde ein Mädchen umgebracht. Arthur Potter, psychologisch geschulter FBI-Spezialist, leitet die Polizeiaktion. Seine Maxime: Die Gangster dürfen das Gebäude nur verlassen, um sich zu ergeben. Während die Schülerinnen und ihre Lehrerinnen im Schlachthof durch die Hölle gehen, nimmt ein nervenaufreibendes Feilschen um das Leben der Geiseln seinen Lauf.

*Autor*

Jeffery Deaver, Jahrgang 1950, hat sich seit seinem großen Erfolg als Schriftsteller aus seinem Beruf als Rechtsanwalt zurückgezogen und lebt nun abwechselnd in North Carolina und Kalifornien. Für seine Romane – die in 150 Ländern erscheinen und bislang in 25 Sprachen übersetzt wurden – wurde Deaver mehrfach ausgezeichnet, u. a. mit dem Ian Fleming Steel Dagger der »Crime Writers Association of Great Britain«. Die Verfilmung seines ursprünglich unter dem Titel *Die Assistentin* erschienenen Romans *Der Knochenjäger* mit Denzel Washington und Angelina Jolie war ein weltweiter Kinoerfolg. Sowohl Jeffery Deavers Thriller um das Ermittlerpaar Lincoln Rhyme und Amelia Sachs als auch die Reihe um die Kinesikspezialistin Kathryn Dance erfreuen sich einer riesigen Fangemeinde.

Jeffery Deaver

# Schule des Schweigens

Thriller

Ins Deutsche übertragen
von Wulf Bergner

blanvalet

Die Originalausgabe erschien unter dem Titel
*A Maiden's Grave* bei Viking, New York.



MIX
Papier aus verantwortungsvollen Quellen
FSC® C014496

Verlagsgruppe Random House FSC® N001967

3. Auflage
Taschenbuchausgabe November 2015 bei Blanvalet,
einem Unternehmen der Verlagsgruppe Random House GmbH,
Neumarkter Str. 28, 81673 München

Umschlaggestaltung: www.buerosued.de
Umschlagmotiv: Arcangel Images/Hanka Steidle
Herstellung: sam
Satz: Uhl + Massopust, Aalen
Druck und Bindung: GGP Media GmbH, Pößneck
Printed in Germany
ISBN: 978-3-7341-0221-9

www.blanvalet.de

*Für Diana Keene mit all meiner Liebe,*
*weil sie eine Inspiration, eine kluge Kritikerin,*
*ein Teil meiner Bücher, ein Teil meines Lebens ist.*

## DIE BLOCKADE VON CROW RIDGE

— 17. Juli —

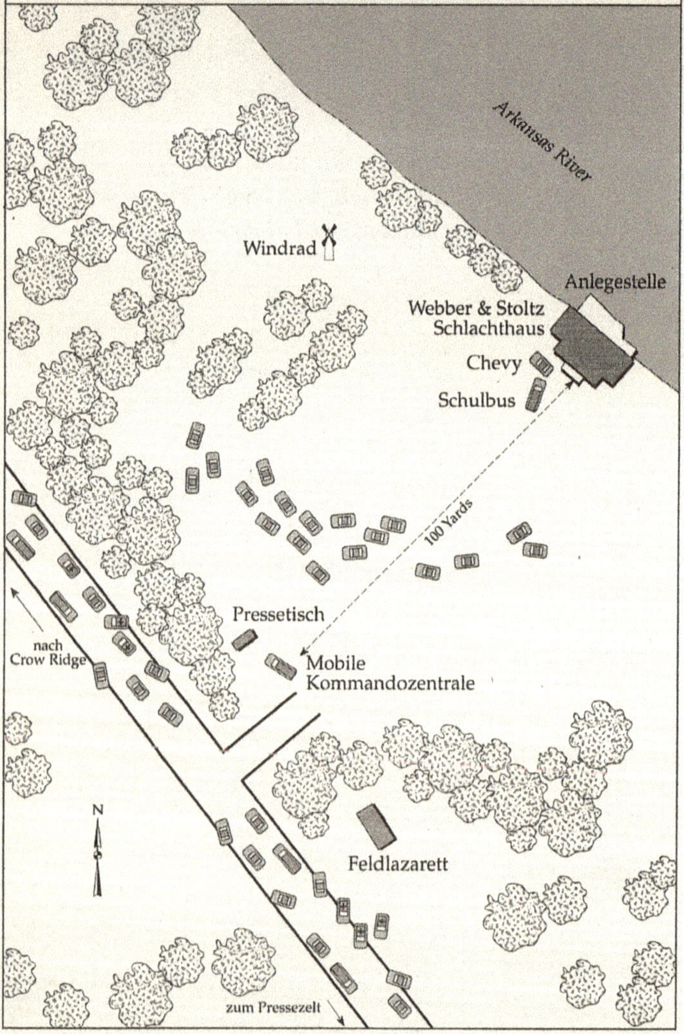

# 1

# DER SCHLACHTRAUM

# 8.30 Uhr

*»Acht graue Vögel sitzen im Dunkeln.*
*Kalter Wind weht, er ist nicht freundlich.«*

Der kleine gelbe Schulbus rollte über die Kuppe eines steilen Hügels, und einen Augenblick lang sah sie nur einen riesigen Teppich aus hellem Weizen, tausend Meilen breit, der unter dem grauen Himmel wogte. Dann tauchten sie wieder darin ein, und der Horizont verschwand.

*»Sie sitzen auf Drähten, schlagen mit den Flügeln*
*und segeln davon in weiße Wolkenberge.«*

Sie machte eine Pause und sah die Mädchen an, die beifällig nickten. Sie merkte, dass sie den dichten Weizenteppich angestarrt und ihr Publikum ignoriert hatte.

»Bist du nervös?«, fragte Shannon.

»Das darfst du nicht fragen«, warnte Beverly. »Bringt Unglück.«

Nein, erklärte Melanie ihnen, sie sei nicht nervös.

Sie sah wieder aus dem Fenster und beobachtete die draußen vorbeiziehenden Felder.

Drei der Mädchen dösten, aber die anderen fünf waren hellwach und warteten darauf, dass Melanie fortfuhr. Sie begann wieder, wurde aber unterbrochen, bevor sie die nächste Zeile rezitiert hatte.

»Warte, was für Vögel sind das eigentlich?« Kielle runzelte die Stirn.

»Nicht unterbrechen.« Das kam von der siebzehnjährigen Susan. »Leute, die andere unterbrechen, sind Philister.«

»Bin ich nicht!«, wehrte Kielle ab. »Was ist das?«

»Krass ist es, du Dummkopf«, erklärte Susan ihr.

»Was ist *krass*?«, wollte Kielle wissen.

»Lass sie weitermachen!«

Melanie fuhr fort:

*»Acht kleine Vögel, hoch am Himmel,*
*Fliegen die ganze Nacht, bis sie die Sonne finden.«*

»Auszeit!« Susan lachte. »Gestern waren es fünf Vögel.«

»Jetzt unterbrichst *du* sie«, stellte der magere Wildfang Shannon fest. »Philadelphier!«

»Philister«, verbesserte Susan sie.

Die pummelige Jocylyn nickte nachdrücklich, als hätte sie den Ausrutscher ebenfalls bemerkt, wäre aber zu schüchtern gewesen, um darauf hinzuweisen. Jocylyn war zu schüchtern, um überhaupt viel zu tun.

»Aber ihr seid acht, darum habe ich die Zahl geändert.«

»Darfst du das einfach?«, wollte Beverly wissen. Mit vierzehn war sie die zweitälteste Schülerin.

»Es ist *mein* Gedicht«, antwortete Melanie. »Ich kann so viele Vögel erfinden, wie ich will.«

»Wie viele Leute sind dort? Im Theater?«

»Hunderttausend.« Melanie wirkte völlig ernsthaft.

»Nein! Wirklich?«, fragte die achtjährige Shannon ganz begeistert, während die nicht so leicht zu beeindruckende gleichaltrige Kielle die Augen verdrehte.

Das eintönige Landschaftsbild des südlichen Mittelkansas zog Melanies Blick erneut an. Die blauen Harvestore-Fertigsilos waren die einzigen Farbtupfer. Es war Juli, aber der Tag war kühl und wolkenverhangen; Regen drohte. Sie kamen an gigantischen Mähdreschern und Bussen voller Wanderarbeiter vorbei, die ihre Porta-Potti-Toilettenhäuschen auf Anhängern mitführten. Sie sahen Grundbesitzer und Landpächter, die ihre riesigen Traktoren steuerten. Melanie bildete sich ein, sie nervös zum Himmel aufblicken zu sehen; es war Erntezeit für den Winterweizen, und wenn es jetzt einen Sturm gäbe, könnte das acht Monate Arbeit zunichtemachen.

Die junge Frau wandte sich vom Fenster ab und betrachtete leicht verlegen ihre Fingernägel, die sie jeden Abend gewissenhaft pflegte und feilte. Mit ihrem unauffälligen Nagellack sahen sie wie makellose Perlmuttmuscheln aus. Sie hob die Hände und rezitierte nochmals mehrere Gedichte, wobei ihre Finger elegant die Worte bildeten. Jetzt waren die Mädchen alle wach – vier sahen aus dem Fenster, drei beobachteten Melanies Finger, und die pummelige Jocylyn Weiderman ließ ihre Lehrerin nicht aus den Augen.

Diese Felder gehen endlos weiter, dachte Melanie. Susans Blick folgte Melanies. »Das sind Rabenvögel«, sagte der Teenager mit den Fingern. »Krähen.«

Ja, das waren sie. Nicht fünf oder zehn, sondern tausend, ein ganzer Schwarm. Die Krähen beobachteten die Felder, den gelben Bus und den wolkenverhangenen Himmel, grau und purpurrot.

Melanie sah auf die Uhr. Sie waren noch nicht einmal auf dem Highway. Topeka würden sie in frühestens drei Stunden erreichen.

Der Schulbus fuhr in den nächsten Cañon aus Weizen hinunter.

Melanie spürte, dass irgendetwas nicht stimmte, bevor sie auch nur einen einzigen Hinweis bewusst wahrnahm. Später würde sie zu dem Schluss gelangen, der Auslöser dafür sei keine übersinnliche Botschaft oder Vorahnung, sondern allein die Tatsache gewesen, dass Mrs. Harstrawns kräftige, rote Finger das Lenkrad nervös umklammerten.

Hände, in Bewegung.

Dann verengten sich die Augen der Älteren. Sie bewegte ihre Schultern. Ihre Kopfhaltung veränderte sich kaum wahrnehmbar. Die kleinen Dinge, durch die der Körper verrät, was das Gehirn denkt.

»Schlafen die Mädchen?« Die Frage war knapp, und die Finger kehrten sofort ans Lenkrad zurück. Melanie hastete nach vorn und signalisierte, dass sie nicht schliefen.

Die Zwillingsschwestern Anna und Suzie, zart wie Federn, setzten sich nun auf und beugten sich nach vorn, sodass ihr Atem die breiten Schultern der älteren Lehrerin traf. Mrs. Harstrawn scheuchte sie zurück. »Nein, nicht rausschauen! Setzt euch hin und seht aus dem anderen Fenster. Los, sofort! Aus dem linken Fenster.«

Dann sah Melanie den Wagen. Und das Blut. Grässlich viel Blut. Sie sorgte dafür, dass die Mädchen auf ihre Plätze zurückkehrten.

»Nicht hinsehen«, wies Melanie sie an. Ihr Herz raste wie wild, ihre Arme wogen plötzlich tausend Pfund. »Und schnallt euch an.« Sie hatte Mühe, die Worte zu bilden.

Jocylyn, Beverly und die zehnjährige Emily befolgten ihre Anweisung sofort. Shannon schnitt eine Grimasse und riskierte mehrere Blicke, Kielle ignorierte Melanie einfach. Susan dürfe hinsehen, stellte sie fest. Warum nicht auch *sie*?

Eine der Zwillinge, Anna, saß unbeweglich da, hatte die Hände in den Schoß gelegt und war blasser als sonst – in auffälligem Gegensatz zum nussbraunen Teint ihrer Schwester. Melanie strich ihr tröstend übers Haar. Sie deutete aus dem linken Seitenfenster. »Sieh dir den Weizen an«, forderte sie die Kleine auf.

»Total interessant«, antwortete Shannon sarkastisch.

»Die armen Leute.« Die zwölfjährige Jocylyn wischte sich die reichlich fließenden Tränen von den dicken Backen.

Der burgunderrote Cadillac war ins Schleudern geraten und gegen den eisernen Absperrschieber einer Bewässerungsanlage geknallt. Von der Motorhaube stieg eine

Dampfwolke auf. Der Fahrer, ein älterer Mann, hing halb aus dem Wagen, sodass sein Kopf auf dem Asphalt lag. Melanie sah jetzt auch einen zweiten Wagen, einen grauen Chevy. Der Zusammenstoß war auf einer Kreuzung passiert. Der Cadillac hatte anscheinend Vorfahrt gehabt und den grauen Wagen gerammt, der ein Stoppschild überfahren haben musste. Der Chevy war von der Straße abgekommen und im hohen Weizen gelandet. In diesem Wagen schien niemand zu sitzen, aber die Motorhaube war demoliert, und der Kühler dampfte ebenfalls.

Mrs. Harstrawn brachte den Bus zum Stehen und legte ihre Hand auf den abgewetzten verchromten Türgriff.

Nein!, dachte Melanie. Fahr weiter! Zu einem Laden, einem 7-Eleven, einem Haus. Sie waren seit vielen Meilen an nichts mehr vorbeigekommen; aber vor ihnen lag bestimmt irgendetwas. Nicht halten. Weiterfahren. Das hatte sie gedacht. Aber ihre Hände mussten sich dabei bewegt haben, denn Susan antwortete: »Nein, wir müssen halten. Er ist verletzt.«

Aber das Blut!, dachte Melanie. Sie sollten nicht mit seinem Blut in Berührung kommen. Es gab Aids, es gab andere Dinge, mit denen man sich anstecken konnte.

Diese Leute brauchten Hilfe, aber sie brauchten *offizielle* Hilfe.

*Acht graue Vögel sitzen im Dunkeln …*

Susan, acht Jahre jünger als Melanie, sprang als Erste aus dem Schulbus und rannte auf den Verletzten zu. Ihr langes schwarzes Haar wehte im böigen Wind.

Dann Mrs. Harstrawn.

Melanie blieb noch sitzen, starrte nach draußen. Der Fahrer lag mit einem grässlich verdrehten Bein wie eine mit Sägemehl gefüllte Puppe da. Sein Kopf hing schlaff herunter, seine Hände waren dick und blass.

Sie hatte noch nie eine Leiche gesehen.

Aber er ist natürlich nicht tot. Nein, nein, nur Schnittwunden. Nichts Ernstes. Er ist nur ohnmächtig.

Die kleinen Mädchen drehten sich nacheinander um und betrachteten die Unfallstelle. Kielle und Shannon natürlich als Erste – das dynamische Duo, die Power Rangers, die X-Men. Dann die zerbrechliche Emily, die inbrünstig betend die Hände faltete. (Ihre Eltern bestanden darauf, dass sie Gott allabendlich bat, ihr das Gehör wiederzugeben. Das hatte sie außer Melanie noch niemandem anvertraut.) Beverly griff sich an die Brust: eine instinktive Geste, denn ihr nächster Anfall stand keineswegs unmittelbar bevor.

Melanie stieg aus und ging auf den Cadillac zu. Auf halber Strecke verlangsamte sie ihren Schritt. Vor dem grauen Himmel, dem grauen Weizen, der hellgrauen Straße war das Blut schrecklich rot. Und es war überall: auf der Glatze des Mannes, auf seiner Brust, an der Autotür, auf dem gelben Lederpolster.

Auf der Achterbahn der Angst stürzte ihr Herz dem Erdboden entgegen.

Mrs. Harstrawn, Mutter zweier halbwüchsiger Jungen, war eine humorlose Frau, intelligent, zuverlässig, massiv wie vulkanisierter Gummi. Sie griff unter ihren farbenprächtigen Pullover, zog ihre Bluse heraus und riss einen Streifen ab, um einen Verband zu improvisieren, mit dem sie die tiefe Kopfwunde des Verletzten versorgte. Dann beugte sie sich über ihn, flüsterte ihm etwas ins Ohr, drückte mit beiden Händen auf seine Brust und atmete in seinen Mund.

Und dann horchte sie.

Ich kann nicht hören, dachte Melanie, also kann ich nicht helfen. Hier kann ich nichts tun. Am besten gehe ich zum Bus zurück, passe auf die Mädchen auf. Die Achterbahn ihrer Angst verlief allmählich gerader. Gut, gut.

Auch Susan kniete neben ihm und versuchte, die Blutung

in seinem Nacken zum Stillstand zu bringen. Die Schülerin sah stirnrunzelnd zu Mrs. Harstrawn auf. Mit blutigen Fingern fragte sie: »Warum so viel Blut? Hier im Nacken.«

Mrs. Harstrawn untersuchte die Verletzung. Auch sie runzelte die Stirn und schüttelte den Kopf.

»Er hat ein Loch im Nacken«, stellte die Lehrerin überrascht fest. »Wie von einer Kugel.«

Melanie holte bei dieser Mitteilung erschrocken tief Luft. Der klapprige Achterbahnwagen stürzte erneut in die Tiefe und schien Melanies Magen irgendwo zurückzulassen – weit, weit über ihr. Sie konnte nicht mehr weitergehen.

Dann sah sie die Umhängetasche.

Drei Meter entfernt.

Sie war für alles dankbar, was ihr eine Entschuldigung dafür lieferte, den Schwerverletzten nicht ansehen zu müssen, und trat auf die Tasche zu, um sie genauer zu untersuchen. Das in den Stoff eingewebte Muster war von irgendeinem Designer. Melanie Charrol – eine Farmerstochter, die als angehende Gehörlosenlehrerin sechzehntausendfünfhundert Dollar im Jahr verdiente – hatte in ihren fünfundzwanzig Lebensjahren noch nie ein Designer-Accessoire in der Hand gehabt. Weil die Umhängetasche klein war, wirkte sie kostbar. Wie ein glitzerndes Juwel. Dies war die Art Tasche, die man als Frau über der Schulter hatte, wenn man ein Büro hoch über der Innenstadt von Kansas City oder sogar in Manhattan oder Los Angeles betrat. Die Art Tasche, die man lässig auf einen Schreibtisch werfen und aus der man einen silbernen Füllfederhalter ziehen würde, um ein paar Worte zu schreiben, die Sekretärinnen und Assistenten in Bewegung setzen würden.

Aber während Melanie die teure Tasche anstarrte, bildete sich in ihrem Kopf ein kleiner Gedanke, der wuchs und wuchs, bis er zuletzt aufblühte: Wo ist die Frau, der sie gehört?

In diesem Augenblick fiel ein Schatten auf sie.

Der Mann war nicht groß, auch nicht dick, aber er wirkte sehr massiv. Er hatte Muskeln wie ein Pferd! Klar definiert und dicht unter der Haut, über die bei jeder Bewegung kleine Wellen zu laufen schienen. Melanie keuchte erschrocken und starrte in sein glattes, junges Gesicht. Er hatte einen Bürstenhaarschnitt, und seine Kleidung war so grau wie die Wolken, die über ihnen dahinrasten. Er grinste breit und ließ dabei weiße Zähne sehen, aber sie nahm ihm dieses Lächeln nicht eine Sekunde lang ab.

Melanies erster Eindruck war, er sei ein Fuchs. Nein, sagte sie sich im nächsten Augenblick, ein Wiesel… oder ein Marder. Im Bund seiner ausgebeulten weiten Hose steckte eine Pistole. Melanie hob erschrocken die Hände. Nicht zum Gesicht, sondern auf Brusthöhe. »Nichts tun, bitte«, bedeutete sie ihm instinktiv. Er warf einen Blick auf ihre sich bewegenden Hände und lachte.

Aus den Augenwinkeln heraus sah sie Mrs. Harstrawn und Susan unbehaglich dastehen. Ein zweiter Mann bewegte sich auf sie zu. Er war riesig. Groß und dick. Auch er war verwaschen grau gekleidet. Zottiges Haar. Er hatte eine Zahnlücke, und sein Grinsen war hungrig. Ein Bär, dachte sie automatisch.

»Komm«, forderte Melanie Susan durch ein Handzeichen auf. »Komm, wir fahren. Schnell!« Sie behielt den gelben Schulbus im Auge und wollte zu den sieben ängstlichen Gesichtern zurückgehen, die durch die Scheiben starrten.

Marder packte sie am Kragen. Sie schlug nach seiner Hand – aber vorsichtig, weil sie Angst hatte, sie könnte ihn treffen, weil sie Angst vor seinem Zorn hatte.

Er brüllte etwas, was sie nicht verstand, und schüttelte sie. Das Grinsen wurde, was es in Wirklichkeit war: ein kaltes Funkeln. Sein Gesicht verfinsterte sich. Melanie sackte entsetzt zusammen und ließ die Hand sinken.

»Was … hier?«, fragte Bär. »Wir sollten … wenn du mich fragst.«

Melanie war postlingual ertaubt. Der Verlust ihrer Hörkraft setzte ein, als sie acht war und ihre Sprechfertigkeit schon voll ausgebildet gewesen war. Sie konnte besser von den Lippen ablesen als die meisten anderen Mädchen. Aber das Lippenlesen ist eine sehr unsichere Sache – viel komplizierter, als nur Lippenbewegungen zu beobachten. Man muss dazu auch noch die Bewegungen von Mund, Zunge, Zähnen, Augen und anderen Körperteilen interpretieren. Wirklich effektiv ist dieses Verfahren nur, wenn man den Menschen kennt, dessen Worte man zu entziffern versucht. Bär lebte in einem Universum, das völlig anders war als Melanies Welt mit altenglischem Dekor, Tees der Marke Celestial Seasonings und Kleinstadtschulen im Mittelwesten. Und sie hatte keine Ahnung, wovon er sprach.

Der große Mann lachte und spuckte einen weißen Strahl. Sein Blick glitt über ihren Körper – über ihre Brüste unter der hochgeschlossenen burgunderroten Bluse, ihren langen anthrazitgrauen Rock, die schwarze Strumpfhose. Sie verschränkte verlegen die Arme. Bär konzentrierte sich wieder auf Mrs. Harstrawn und Susan.

Marder beugte sich nach vorn und sagte etwas – schrie vermutlich, wie es Leute im Umgang mit Gehörlosen oft taten (was in Ordnung war, weil sie dann langsamer und mit viel deutlicheren Lippenbewegungen sprachen): Er wollte wissen, wer in dem Bus sei. Melanie stand wie gelähmt da. Sie konnte sich nicht bewegen. Seine schweißnassen Finger umklammerten ihren Oberarm.

Bär sah auf das entstellte Gesicht des Verunglückten hinunter, klopfte mit der Stiefelspitze träge gegen seinen Kopf und beobachtete, wie er kraftlos von einer Seite zur anderen fiel. Melanie stockte der Atem. Das Beiläufige dieses Tritts, die unnötige Rohheit war entsetzlich. Sie begann zu weinen. Bär stieß Susan und Mrs. Harstrawn vor sich her zum Bus.

Melanie sah zu Susan hinüber und riss erschrocken die Hände hoch. »Nein, nicht!«

Aber Susan war bereits in Bewegung.

Ihre perfekte Figur, der Körper einer Sprinterin.

Ihre einundfünfzig muskulösen Kilogramm.

Ihre kräftigen Hände.

Als sie nach Bärs Gesicht schlug, zuckte er überrascht zurück und fing ihre Hand nur wenige Zentimeter vor seinen Augen ab. Seine Überraschung verwandelte sich in Belustigung. Er drückte ihren Arm nach unten, bis sie auf die Knie sank. Dann stieß er sie zu Boden, sodass ihre schwarzen Jeans und die weiße Bluse schmutzig wurden. Dann drehte Bär sich nach Marder um und rief irgendetwas.

»Nein, Susan, nicht!«, warnte Melanie sie.

Die Schülerin hatte sich wieder aufgerappelt. Aber diesmal war Bär auf ihren Angriff gefasst und warf sich herum. Als er sie packte, berührte er ihre Brüste und umfasste sie für einen Augenblick. Plötzlich hatte er dieses Spiel satt. Er verpasste ihr einen kräftigen Magenhaken, und sie sank auf die Knie und hielt sich nach Luft schnappend den Leib.

»Nein!«, signalisierte Melanie ihr. »Nicht kämpfen.«

Marder rief Bär zu: »Wo … er?«

Bär deutete auf eine Mauer aus Weizen. Sein Gesichtsausdruck war merkwürdig – so als wäre er mit etwas nicht einverstanden, fürchtete sich aber, zu kritisch zu reagieren. »Nein … keine Zeit … solchen Scheiß«, stieß er hervor. Melanie folgte seinem Blick und sah in das Weizenfeld. Sie konnte nichts Genaues erkennen, aber aufgrund der Schatten und verschwommenen Umrisse glaubte sie, einen gebückt dastehenden Mann vor sich zu haben. Er war klein und drahtig. Er schien eine Hand zu heben – wie zu einem Nazigruß. In dieser Haltung blieb er für lange Augenblicke stehen. Unter ihm glaubte sie, die Umrisse einer dunkelgrün gekleideten Gestalt zu erkennen.

Die Frau, der die Umhängetasche gehörte. Diese Erkenntnis durchzuckte Melanie mit erschreckender Klarheit.

Nein, bitte nicht …

Der Arm des Mannes senkte sich gemächlich. Durch den wogenden Weizen sah sie etwas Metallisches in seiner Hand aufblitzen.

Marder legte kaum merklich den Kopf schief. Er hatte ein Geräusch gehört. Er zuckte zusammen. Auf Bärs Gesicht erschien ein Grinsen. Mrs. Harstrawn hob die Hände und hielt sich die Ohren zu. Entsetzt. Mrs. Harstrawn hörte ausgezeichnet.

Melanie starrte weinend ins Weizenfeld. Sie sah, wie sich die verschwommene Gestalt tiefer über die Frau beugte. Sie sah das elegante Wogen des hohen Weizens, der im stürmischen Juliwind schwankte. Die Bewegungen des Männerarms, der sich erneut hob und senkte, einmal, zweimal. Sein Gesicht, als er die vor ihm liegende Tote betrachtete.

Mrs. Harstrawn fixierte Marder mit einem strengen Blick. »… uns jetzt fahren, dann … sie in Ruhe lassen. Ich verspreche Ihnen …«

Melanie fand es tröstlich, ihren Trotz, ihren Zorn zu sehen. Ihr energisch vorgerecktes Kinn.

Marder und Bär ignorierten sie. Die beiden trieben Susan, Mrs. Harstrawn und Melanie vor sich her zum Schulbus.

Im Bus drängten sich die jüngeren Mädchen auf der hinteren Sitzbank zusammen. Bär schob Susan und Mrs. Harstrawn hinein und deutete vielsagend auf seinen Gürtel, aus dem seine Waffe ragte. Melanie stieg als Letzte vor Marder ein, der sie grob nach hinten stieß, sodass sie stolperte und auf die schluchzenden Zwillinge fiel. Sie umarmte die beiden fest und schloss dann auch Emily und Shannon in die Arme.

Die Außenwelt … gefangen in der schrecklichen Außenwelt.

Melanie, die Marder im Auge behielt, sah ihn sagen: »Taub wie … die ganze Bande!« Bär quetschte seinen fetten Hintern auf den Fahrersitz und ließ den Motor an. Er sah in den Rückspiegel, runzelte die Stirn und fuhr herum.

In weiter Ferne, am Ende des Asphaltbands, waren winzige rote Blinklichter aufgetaucht. Bär drückte auf die Lenkradnabe, und Melanie spürte die Vibrationen der Hupe in ihrer Brust.

Bär sagte: »Mann, was zum Teufel … wie lange …« Dann drehte er den Kopf zur Seite, sodass nicht mehr zu erkennen war, was er sagte.

Marder rief etwas in den Weizen. Er nickte, so als hätte der dritte Mann geantwortet. Gleich danach schoss der graue Chevy aus dem Feld. Der schwer beschädigte, aber noch fahrtüchtige Wagen rollte aufs Bankett und blieb einen Augenblick stehen. Melanie bemühte sich, den Mann aus dem Weizen am Steuer zu erkennen, aber die Windschutzscheibe spiegelte zu stark. Man hätte glauben können, am Steuer sitze überhaupt niemand.

Dann beschleunigte der Wagen rasant und fuhr mit qualmenden Reifen schleudernd auf den Asphalt hinaus. Der Bus folgte ihm durch dünne Wolken aus bläulichem Gummirauch. Bär schlug mit der flachen Hand aufs Lenkrad, drehte sich einen Augenblick um und blaffte einige Worte in Melanies Richtung – zornige Worte, gemeine Worte. Aber sie verstand kein einziges davon.

Die strahlend hellen Blinklichter schlossen zu ihnen auf: rot und blau und weiß. Wie das Feuerwerk am Unabhängigkeitstag vor zwei Wochen über dem Park in Hebron, wo Melanie die farbigen Kometenschweife am Himmel beobachtet und die Explosionen der weißglühenden Knallkörper auf ihrer Haut gespürt hatte.

Sie sah sich nach dem Streifenwagen um und wusste, was geschehen würde. Irgendwo vor ihnen würden aus allen Richtungen hundert Streifenwagen zusammenkommen. Sie würden den Bus zum Halten zwingen, und diese Männer würden aussteigen. Sie würden mit erhobenen Händen abgeführt werden. Die Schülerinnen und ihre beiden Lehrerinnen würden aufs nächste Polizeirevier fahren und ihre Aussagen zu Protokoll geben. Diesmal würde sie den Auftritt im Gehörlosentheater von Topeka verpassen – auch wenn sie es zeitlich noch hätten schaffen können –, denn nach allem, was sie heute erlebt hatte, konnte sie sich unmöglich auf die Bühne stellen und Gedichte rezitieren.

Und der zweite Grund für ihre Fahrt nach Topeka?

Vielleicht war dies ein Zeichen, dass sie nicht hinfahren sollte, dass sie sich das nicht hätte vornehmen sollen. Gewissermaßen ein Omen.

Sie wollte jetzt nur noch heimfahren. Heim in ihr gemietetes Haus, wo sie die Tür absperren und eine Tasse Tee trinken konnte. Okay, ein Glas Brombeerlikör. Und ihrem Bruder im Krankenhaus von St. Louis ein Fax schicken konnte, um ihm und ihren Eltern von ihren Erlebnissen zu berichten. Melanie verfiel in eine nervöse Angewohnheit: Sie schlang ihr blondes Haar um ihren gekrümmten Mittelfinger, während die übrigen Finger gestreckt blieben. Diese Gebärde war das Symbol für *leuchten.*

Ein Schlingern ließ sie aufschrecken. Bär war von der Asphaltstraße abgebogen und fuhr auf einer unbefestigten Straße hinter dem grauen Wagen her. Marder runzelte die Stirn. Er fragte Bär etwas, was Melanie nicht von seinen Lippen ablesen konnte. Der große Mann gab keine Antwort, sondern spuckte nur aus dem Fenster. Noch eine

Kurve, dann noch eine – in hügeligeres Gelände hinein. Näher an den Fluss.

Sie fuhren unter einer Hochspannungsleitung hindurch, auf der über hundert Vögel saßen. Große Vögel. Krähen.

Melanie starrte den Wagen vor ihnen an. Sie konnte ihn noch immer nicht deutlich erkennen – den Fahrer, den Mann aus dem Weizenfeld. Anfangs hielt sie ihn für langhaarig, später schien er eine Glatze oder einen Bürstenhaarschnitt zu haben, im nächsten Augenblick war sie sich sicher, dass er einen Hut trug.

Der graue Wagen bog schleudernd nach rechts ab und holperte dann eine schmale, von Unkraut überwucherte Zufahrt entlang. Melanie nahm an, dass er vor ihnen Dutzende von Streifenwagen gesehen hatte – die Fahrzeuge, die auf sie zurasten, um sie zu retten. Sie kniff die Augen zusammen, um besser sehen zu können. Nein, da vorn war nichts. Der Bus bog ab und folgte dem Chevy. Bär murmelte irgendetwas vor sich hin. Marder sah sich mehrmals nach dem Streifenwagen um.

Dann sah Melanie wieder nach vorn und erkannte, wohin sie fuhren.

Nein, dachte sie.

Bitte nicht.

Denn sie wusste, dass ihre Hoffnung, die Männer würden sich der Polizeistreife ergeben, die von hinten rasch näher kam, nur ein Wunschtraum war. Sie begriff, wohin sie unterwegs waren.

Zum schlimmsten Ort der Welt.

Der graue Wagen schoss plötzlich auf ein riesiges, von Unkraut überwuchertes Feld hinaus. Am Ende des Feldes, am Fluss, stand der Klinkerbau eines längst aufgegebenen Industriegebäudes. Düster und massiv wie eine mittelalterliche Burg. Auf der weiten Fläche vor dem Gebäude standen noch einige Pfosten und Zaunreste der Pferche, in die sie einmal unterteilt gewesen war, aber den größten Teil des Feldes hatte die Kansas-Prärie zurückerobert: mittelhohes Gras, Riedgras, Blaugras und Büffelgras.

Der Chevy raste geradewegs auf die Vorderfront des Gebäudes zu. Der Schulbus folgte ihm. Die beiden Fahrzeuge kamen schleudernd gleich links neben dem Eingang zum Stehen.

Melanie starrte die rotbraunen Klinkersteine an.

Als sie achtzehn war und selbst noch die Larent Clerc School besucht hatte, war einmal ein Junge mit ihr hierhergefahren, angeblich zu einem Picknick, aber in Wirklichkeit natürlich, um das zu tun, was achtzehnjährige Jungen eben tun – und was Melanie damals auch zu wollen geglaubt hatte. Aber sobald sie sich mit einer Wolldecke unter dem Arm hineingeschlichen hatten, war sie nach dem ersten Blick ins bedrohliche Dunkel in Panik geraten. Sie war geflüchtet und hatte weder den verblüfften Jungen noch das Gebäude jemals wiedergesehen.

Aber sie erinnerte sich daran. Ein verlassenes Schlachthaus, ein Ort des Todes. Ein Ort, der hart und scharfkantig und gefährlich war.

Und dunkel. Wie Melanie die Dunkelheit hasste! (Mit ihren fünfundzwanzig Jahren ließ sie in einem Sechszimmerhaus fünf Nachtleuchten brennen.)

Marder öffnete die Bustür und zerrte Susan und Mrs. Harstrawn hinter sich aus dem Fahrzeug.

Der Streifenwagen – mit einem einzelnen Polizeibeamten am Steuer – hielt an der Zufahrt aufs Feld. Der Uniformierte sprang mit der Pistole in der Hand aus dem Wagen, blieb aber sofort stehen, als Bär sich Shannon griff und ihr seine Waffe an die Schläfe drückte. Die Achtjährige überraschte ihn, indem sie sich herumwarf und ihn kräftig ans Knie trat. Er zuckte vor Schmerz zusammen und schüttelte sie dann, bis sie zu zappeln aufhörte. Bär sah übers Feld zu dem Polizeibeamten hinüber, der demonstrativ seine Pistole wegsteckte und sich wieder in den Streifenwagen setzte.

Bär und Marder trieben die Mädchen zum Eingang des Schlachthauses. Bär schlug mit einem Stein auf die Kette, mit der die Tür gesichert war, und zerriss die rostigen Kettenglieder. Marder holte mehrere große Reisetaschen aus dem Kofferraum des grauen Wagens. Der Fahrer blieb am Steuer sitzen und sah zu dem Gebäude auf. Reflexe auf der Scheibe hinderten Melanie immer noch daran, ihn deutlich zu sehen, aber er wirkte entspannt und schien die Türme und schwarzen Fensterhöhlen interessiert zu betrachten.

Bär stieß die Eingangstür auf. Dann schoben Marder und er die Mädchen in das Gebäude. In dem verlassenen Bau stank es wie in einer Höhle. Dreck und Mist und Schimmel und süßlicher Verwesungsgeruch, ranziges Tierfett. Das Innere des Schlachthauses war ein Labyrinth aus Metallstegen und Pferchen und Rampen und verrosteten Maschinen. Mit Gruben, die von Geländern und Teilen alter Maschinen umgeben waren. An der Decke hingen endlose Reihen rostiger Fleischhaken. Und es war genau so dunkel, wie Melanie es in Erinnerung hatte.

Bär trieb die Schülerinnen und ihre Lehrerinnen in einen halbkreisförmigen, gekachelten Raum, der fensterlos und feucht war. Wände und Fußboden hatten dunkelbraune Flecken. Eine abgetretene Holzrampe führte zur linken Seite des Raumes hinüber. Unter der Decke führte ein Förderband mit Fleischhaken nach rechts weg. Darunter in der Mitte befand sich ein Ablauf für das Blut.

Dies war der Raum, in dem die Tiere geschlachtet worden waren.

*Kalter Wind weht, er ist nicht freundlich.*

Kielle umklammerte Melanies Arm und drängte sich an

sie. Mrs. Harstrawn und Susan umarmten die anderen Mädchen, wobei Susan jeden der Männer, die ihrem Blick gerade begegneten, hasserfüllt anstarrte. Jocylyn schluchzte, die Zwillinge ebenfalls. Beverly rang nach Luft.

*Acht graue Vögel, die nirgends hinkönnen.*

Sie drängten sich auf dem kalten, feuchten Boden schutzsuchend aneinander. Eine Ratte, deren glanzloses graues Kleid an ein Stück altes Fleisch erinnerte, huschte vorüber. Dann wurde die Tür erneut geöffnet. Melanie schirmte ihre Augen gegen die blendende Helligkeit ab.

Er stand im kalten Licht des Eingangs.

Klein und hager.

Weder kahlköpfig noch langhaarig, sondern mit ungepflegten aschblonden Strähnen, die sein schmales Gesicht umrahmten. Im Gegensatz zu den anderen trug er nur ein T-Shirt mit dem aufgedruckten Namen L. Handy. Aber für sie hieß er nicht Handy – und erst recht nicht Larry und Lou. Sie dachte sofort an den Schauspieler vom Staatlichen Gehörlosentheater von Kansas, der vor Kurzem in einer Aufführung von *Julius Cäsar* den Brutus gespielt hatte.

Er schob sich herein und stellte sorgfältig zwei schwere Segeltuchtaschen auf den Boden. Die Tür fiel zu, und sobald das bleiche Licht ausgesperrt war, konnte sie seine blassen Augen und seinen Mund mit den schmalen Lippen sehen.

Melanie sah, wie Bär sagte: »Wozu … hergekommen, Mann? … keinen gottverdammten Ausweg.«

Dann ertönten Brutus' Worte ganz deutlich in ihrem Kopf, als könnte sie einwandfrei hören: die Phantomstimme, die Gehörlose manchmal wahrnehmen – eine menschliche Stimme, die trotzdem keiner echten Menschenstimme gleicht. »Spielt keine Rolle«, sagte er langsam. »Nö, ist völlig unwichtig.«

Während Brutus das sagte, sah er Melanie an und bedachte sie mit einem schwachen Lächeln, bevor er auf mehrere rostige Eisenstangen deutete und den beiden anderen Männern befahl, die Türen fest zu verbarrikadieren.

# 9.10 Uhr

In dreiundzwanzig Jahren hatte er niemals ihren Hochzeitstag vergessen.

Wirklich ein vorbildlicher Ehemann.

Arthur Potter schlug das Papier zurück, in das die Rosen eingewickelt waren – leuchtende Blüten, orange und gelb, zum größten Teil aufgeblüht, die Blütenblätter vollkommen ausgebildet, elastisch, schwellend. Er roch daran. Marians Lieblingsblumen. Kräftige Farben. Niemals weiße oder rote Rosen.

Die Ampel zeigte Grün. Er legte den Blumenstrauß vorsichtig auf den Beifahrersitz, gab Gas und fuhr über die Kreuzung. Seine Hand tastete nach seinem Bauch, der sich gegen den Hosenbund drängte. Er verzog das Gesicht. Der Gürtel war sein Barometer; der Dorn der Gürtelschnalle steckte im vorletzten Loch des abgewetzten Leders. Ab Montag wieder Diät, sagte er sich fröhlich. Dann wäre er wieder in Washington, hätte die gute Küche seiner Cousine längst verdaut und könnte sich wieder einmal darauf konzentrieren, jedes Gramm Fett zu zählen.

Eigentlich war Linden an allem schuld. Mal sehen … Gestern Abend hatte sie Corned Beef, Kartoffeln mit Butter, Kohl mit Butter, Brot (auf Wunsch mit Butter, und er hatte welche gewünscht), Limabohnen, gegrillte Tomaten und Schokoladekuchen mit Vanille-Eiskrem aufgetischt. Linden war Marians Cousine aus dem Clan von Sean McGillis, dessen Söhne Eamon und Hardy als Zwischendeckpassagiere nach Amerika gekommen waren und im selben Jahr geheiratet hatten, worauf ihre Ehefrauen im zehnten beziehungsweise elften Monat nach der Trauung je einer Tochter das Leben geschenkt hatten.

Arthur Potter, der als Einzelkind und Sohn zweier Einzelkinder mit dreizehn Jahren Vollwaise geworden war, hatte die Familie seiner Frau begeistert adoptiert und den Stammbaum der Familie McGillis in jahrelanger Arbeit erforscht. Durch umfangreiche Korrespondenz (handschriftlich auf teurem Briefpapier; er besaß keinen Computer) hielt er sich gewissenhaft, man hätte fast sagen können abergläubisch, über alle Veränderungen innerhalb des Clans auf dem Laufenden.

Auf dem Congress Expressway nach Westen. Dann nach Süden. Die Hände in Zehn- und Zwei-Uhr-Position am Steuer, den Oberkörper nach vorne gebeugt, die Brille auf der blassen, fleischigen Nase, fuhr Potter durch die Arbeiterviertel Chicagos: Wohnblocks und Apartmentgebäude und Doppelhäuser im Sommerlicht des Mittelwestens, das nur blässlich durch die Wolken drang.

Wie sich das Licht von Stadt zu Stadt verändert, dachte er. Arthur Potter war in seinem Leben schon oft um die Welt gereist und besaß einen Riesenvorrat an Ideen für Reisebeschreibungen, die er nie schreiben würde. Genealogische Anmerkungen und Aktennotizen für seinen Job, in dem er bald in den Ruhestand treten würde, würden wahrscheinlich seinen ganzen literarischen Nachlass ausmachen.

Hier abbiegen, dort abbiegen. Er fuhr automatisch und etwas nachlässig. Obwohl er von Natur aus ungeduldig war, hatte er dieses Laster – falls es denn ein Laster war – längst überwunden und fuhr nie schneller als erlaubt.

Als er mit seinem gemieteten Ford in die Austin Avenue abbog, sah er in den Rückspiegel und wurde auf den anderen Wagen aufmerksam.

Die Männer fuhren eine blaugraue Limousine, die nicht unauffälliger hätte sein können. Zwei glattrasierte, anständige junge Männer mit reinem Gewissen, die ihn beschatteten.

Auf ihrer Stirn prangte der Stempel FBI.

Potters Herz begann zu jagen. »Verdammt«, murmelte er in seinem tiefen Bariton. Wütend zupfte er sich an der Backe und wickelte die Rosen fester in ihr grünes Papier, als rechnete er mit einer halsbrecherischen Verfolgungsjagd. Aber als er dann die gesuchte Straße fand und in sie einbog, fuhr er ganz vorsichtig, nicht schneller als sieben Meilen in der Stunde. Der Blumenstrauß seiner Frau rollte gegen seinen stämmigen Oberschenkel.

Nein, er raste nicht. Seine Strategie war, sich dafür zu entscheiden, dass er sich geirrt hatte, dass der Wagen hinter ihm mit zwei Geschäftsleuten besetzt war, die unterwegs waren, um Computer zu verkaufen oder Druckaufträge hereinzuholen, und bald mit anderem Ziel abbiegen würden.

Und ihn in Ruhe lassen würden.

Der andere Wagen tat jedoch nichts dergleichen. Die Männer behielten ihren gefahrlosen Abstand bei und passten ihre Geschwindigkeit dem irritierend langsamen Tempo von Potters Ford an.

Er bog in die vertraute Zufahrt ein, fuhr noch ein ganzes Stück weiter und hielt dann. Potter stieg schnell aus, presste die Blumen an seine Brust und stapfte den Fußweg entlang – trotzig, wie er hoffte, als wollte er die Agenten herausfordern, ihn hier aufzuhalten.

Wie hatten sie ihn aufgespürt?

Dabei war er so clever gewesen. Er hatte seinen Ford drei Blocks von Lindens Apartment entfernt geparkt. Hatte sie gebeten, nicht ans Telefon zu gehen und ihren Anrufbeantworter ausgeschaltet zu lassen. Die Einundfünfzigjährige, die am liebsten eine Zigeunerin gewesen wäre, wenn sie ihre Gene hätte neu arrangieren können (trotz ihrer Blutsverwandtschaft war sie ganz anders als Marian), hatte seine Anweisungen aufgeregt befolgt. Sie war das unerklärliche Benehmen ihres angeheirateten Cousins gewohnt. Sie hielt sein Leben für irgendwie gefährlich, wenn nicht sogar unheimlich, und er konnte ihr das kaum ausreden, denn das war es tatsächlich.

Die FBI-Agenten parkten hinter Potters Wagen und stiegen aus. Er hörte ihre Schritte auf dem Kies hinter sich.

Sie beeilten sich nicht; sie konnten ihn überall finden, und das wussten sie genau. Er würde ihnen nie entkommen.

Ich gehöre euch, ihr arroganten Mistkerle.

»Mr. Potter.«

Nein, nein, verschwindet! Nicht heute. Heute ist ein besonderer Tag. Mein Hochzeitstag. Dreiundzwanzig Jahre. Wenn ihr so alt seid wie ich, werdet ihr das verstehen.

*Lasst mich in Ruhe.*

»Mr. Potter?« Die jungen Männer waren austauschbar. Er ignorierte einen und ignorierte somit beide.

Er ging über den Rasen zu seiner Frau hinüber. Marian, dachte er. Tut mir leid. Ich habe etwas Unangenehmes mitgebracht. Entschuldige.

»Lasst mich in Ruhe«, flüsterte er. Und plötzlich, als hätten sie seine Worte gehört, blieben die Männer stehen – diese beiden ernsten Männer in grauen Anzügen, mit blassen Gesichtern. Potter kniete nieder und legte die Blumen auf das Grab. Er begann, das grüne Papier abzustreifen, konnte aus den Augenwinkeln heraus jedoch noch immer die jungen Männer sehen; deshalb machte er eine Pause, kniff die Augen zusammen und bedeckte sein Gesicht mit den Händen.

Er betete nicht. Arthur Potter betete nie. Früher hatte er gebetet. Gelegentlich. Sein Beruf gab ihm das Recht, einige geheime, private abergläubische Vorstellungen zu hegen, aber er hatte vor genau dreizehn Jahren zu beten aufgehört, an dem Tag, wo Marian die Lebende sich in Marian die Tote verwandelt hatte. Sie war vor seinen aneinandergelegten Fingerspitzen verschieden, während er sich in ausgedehnten Verhandlungen mit dem Gott befunden hatte, an dessen Existenz er sein Leben lang mehr oder weniger geglaubt hatte. Der Ort, an den er seine Angebote gerichtet hatte, erwies sich als leer wie eine rostige Konservenbüchse. Potter war weder überrascht noch desillusioniert. Trotzdem hörte er zu beten auf.

Jetzt hob er mit geschlossenen Augen dieselben Fingerspitzen und bewegte sie mehrmals ruckartig vom Gesicht weg, um die beiden austauschbaren Männer abzuwehren.

Und die Agenten, die vielleicht sogar gottesfürchtige Agenten waren (das waren viele von ihnen), hielten sich im Hintergrund.

Keine Gebete, aber Potter sagte ein paar Worte zu seiner Frau, die weiter dort lag, wo sie in all den langen Jahren gelegen hatte. Seine Lippen bewegten sich. Antworten bekam er nur, weil er ihre Gedanken so gut wie seine eigenen kannte. Aber die Nähe der Agenten in ihren fast identischen Anzügen störte ihn. Schließlich stand er langsam auf und betrachtete die in den Granit ihres Grabsteins eingelegte Marmorblume. Er hatte eine Rose bestellt, aber die Blume sah wie eine Chrysantheme aus. Vielleicht war der Steinmetz ein Japaner gewesen.

Es hatte keinen Zweck, das Unvermeidliche noch länger hinauszuzögern.

»Mr. Potter?«

Er seufzte und wandte sich vom Grab ab.

»Ich bin Special Agent McGovern. Dies ist Special Agent Crowley.«

»Ja?«

»Tut mir leid, Sie belästigen zu müssen, Sir. Könnten wir Sie kurz sprechen?«

McGovern fügte hinzu: »Könnten wir vielleicht zu unserem Wagen gehen, Sir?«

»Was wollen Sie?«

»Zum Wagen? Bitte.« Niemand sagt so nachdrücklich »bitte« wie ein FBI-Agent.

Potter ging mit den beiden – sie nahmen ihn in die Mitte – zu ihrem Dienstwagen. Erst als er ihn fast erreicht hatte, merkte er, dass der stetige Wind für Juli erstaunlich kalt war. Als er sich zum Grab umdrehte, sah er das grüne Papier seiner Blumen im Wind flattern.

»Also gut.« Er blieb abrupt stehen, wollte keinen Schritt weitergehen.

»Tut mir leid, dass wir Sie im Urlaub stören müssen, Sir. Wir haben versucht, die Nummer anzurufen, wo Sie wohnen. Aber dort hat sich niemand gemeldet.«

»Haben Sie jemanden hingeschickt?« Potter machte sich Sorgen, dass Linden sich aufregen würde, wenn FBI-Agenten bei ihr aufkreuzten.

»Ja, Sir, aber sobald wir Sie gefunden hatten, haben wir das andere Team über Funk verständigt.«

Potter nickte. Er sah auf seine Uhr. Heute Abend hätte es Rinderhackpastete mit Kartoffelbrei geben sollen. Mit grünem Salat. Er sollte auf der Heimfahrt die Getränke einkaufen. Samuel Smith Nut Brown Ale für sich, Oatmeal Stout für sie. Nach dem Abendessen wollten sie mit den Holbergs von nebenan Karten spielen. Pik oder Herz.

»Wie schlimm ist es?«, fragte Potter.

»Eine Situation in Kansas«, sagte McGovern.

»Eine schlimme Sache, Sir«, fügte Crowley hinzu. »Er lässt Sie bitten, ein Krisenmanagement-Team zusammenzustellen. In Glenview steht eine DomTran-Maschine für Sie bereit. Weitere Informationen finden Sie hier drin.«

Als Potter den versiegelten Umschlag aus der Hand des jungen Mannes entgegennahm, sah er zu seiner Überraschung einen winzigen Tropfen Blut an seinem eigenen Daumen – vermutlich von einem Dorn an irgendeiner der Rosen, deren Blütenblätter ihn an die breite weiche Krempe eines Damensommerhuts erinnerten.

Er riss den Umschlag auf und überflog das Fax. Es trug die hastige Unterschrift des Direktors des Federal Bureau of Investigation.

»Seit wann hat er sich verbarrikadiert?«

»Die erste Meldung ist gegen acht Uhr fünfundvierzig eingegangen.«

»Hat er sich schon gemeldet?«

»Bisher nicht.«

»Abgeriegelt?«

»Völlig. Von der Polizei von Kansas und einem halben Dutzend Agenten von unserer Dienststelle in Wichita. Dort kommt niemand raus.«

Potter knöpfte sein Sportsakko zu, knöpfte es wieder auf. Er merkte, dass die Agenten ihn allzu ehrfürchtig beobachteten, und das war ihm zuwider. »Ich will Henry LeBow als meinen Analytiker, der die Informationen sammelt und auswertet, und Tobe Geller als Kommunikationstechniker. Mit ›e‹ geschrieben, aber wie ›Toby‹ ausgesprochen.«

»Ja, Sir. Falls sie nicht verfügbar sind …«

»Nur die beiden. Sie müssen sie finden, wo immer sie auch sein mögen. Ich will, dass sie in einer halben Stunde an der Absperrung sind. Und fragen Sie nach, ob Angie Scapello verfügbar ist. Sie ist in der Zentrale oder in Quantico. Verhaltensforschung. Auch sie muss sofort ein Flugzeug bekommen.«

»Ja, Sir.«

»Wie sieht's mit dem Sonderkommando aus?«

Das aus achtundvierzig Agenten bestehende FBI-Sonderkommando für Befreiungsaktionen war die größte auf Geiselnahmen spezialisierte Polizeitruppe Amerikas.

Crowley überließ es McGovern, die Hiobsbotschaft zu überbringen.

»Da gibt's ein Problem, Sir. Ein Team ist in Miami eingesetzt. Bei einer Drogenrazzia. Dort sind zweiundzwanzig Agenten. Und das zweite ist in Seattle. Nach einem Bankraub hat der Täter sich heute Morgen verbarrikadiert. Dort sind fünfzehn Mann. Wir könnten ein drittes Team improvisieren, aber dazu müssten wir Leute aus den beiden anderen abziehen. Deshalb wird's eine Weile dauern, bis es am Tatort eintreffen kann.«

»Rufen Sie Quantico an, lassen Sie es aufstellen. Mit Frank telefoniere ich vom Flugzeug aus. Wo ist er?«

»Er leitet den Einsatz in Seattle«, antwortete der Agent. »Wenn Sie möchten, dass wir Sie in der Wohnung abholen, damit Sie einen Koffer packen können, Sir …«

»Nein, ich fahre direkt nach Glenview. Haben Sie Blinklicht und Sirene?«

»Ja, Sir. Aber zum Apartment Ihrer Cousine ist's nur eine Viertelstunde …«

»Hören Sie, vielleicht kann einer von Ihnen meine Blumen auf dem Grab dort drüben auswickeln, damit täten Sie mir einen Gefallen. Und sie vielleicht etwas besser anordnen, damit der Wind sie nicht wegweht.«

»Ja, Sir, wird erledigt«, sagte Crowley rasch. Die beiden waren also doch verschieden: McGovern, das sah Potter jetzt, war kein Blumenarrangeur.

»Ich danke Ihnen sehr.«

Potter setzte sich wieder in Bewegung und folgte McGovern zu seinem Dienstwagen. Das Einzige, was er sich unterwegs besorgen musste, war Kaugummi. Diese Militärmaschinen stiegen so verflucht schnell, dass der Druck in seinen Ohren wie in einem Dampfkochtopf anstieg, wenn er nicht eine ganze Packung Wrigley's kaute, sobald die Räder den Asphalt verließen. Wie er das Fliegen hasste!

Oh, ich bin müde, dachte er. So verdammt müde.

»Ich komme wieder, Marian«, flüsterte Potter, ohne zu ihrem Grab hinüberzusehen. »Ich komme wieder.«

# 2

# DIE EINSATZREGELN

# 10.35 Uhr

Wie immer hatte das Ganze etwas Zirkushaftes.

Arthur Potter stand neben dem besten Fahrzeug des FBI-Regionalbüros, einem Ford Taunus, und begutachtete den Einsatzort. Streifenwagen, die wie die Planwagen von Pionieren halbkreisförmig aufgefahren waren, Kleinbusse von Fernsehstationen, die Reporter mit ihren klobigen Kameras, die sie wie Raketenwerfer auf der Schulter trugen. Dazwischen überall Feuerwehrfahrzeuge (weil jeder natürlich an Waco dachte).

Drei weitere neutrale Dienstwagen trafen als Karawane ein und erhöhten damit die Gesamtzahl der FBI-Fahrzeuge auf elf. Etwa die Hälfte der Männer trug marineblaue Einsatzoveralls, die anderen ihre nur scheinbar von Brooks Brothers stammenden Anzüge.

Die für die Beförderung von Zivilbeamten reservierte Militärmaschine mit Potter an Bord war vor zwanzig Minuten in Wichita gelandet, und er war dort in einen Hubschrauber umgestiegen, um sich die letzten sechzig Meilen nach Nordwesten in die Kleinstadt Crow Ridge fliegen zu lassen.

Kansas war so flach, wie er erwartet hatte. Die Flugroute des Hubschraubers führte jedoch einen breiten Fluss entlang, dessen Ufer bewaldet waren, und das anschließende Gelände war größtenteils hügelig. Dies, erklärte der Pilot ihm, sei das Gebiet, in dem die von mittelhohem Gras bedeckte Prärie an die Kurzgrasprärie stieß. Im Westen habe das Büffelland gelegen. Er deutete auf einen Punkt, der Larned war, wo vor hundert Jahren eine Büffelherde mit vier Millionen Tieren gesichtet worden war. Der Pilot berichtete diese Tatsache mit unverkennbarem Stolz.

Sie hatten riesige Farmen mit vier- und achthundert Hektar großen zusammenhängenden Flächen überflogen. Potter fand, Juli sei ziemlich früh für die Ernte, aber unter ihnen rasierten Hunderte von roten und grün-gelben Mähdreschern dem Farmland die Weizenernte ab.

Als Potter jetzt bei eisigem Wind unter der geschlossenen Wolkendecke stand, fiel ihm die erbarmungslose Trostlosigkeit dieser Gegend auf, die er augenblicklich gegen die Wohnblocks von Chicago eingetauscht hätte, die er erst vor Kurzem hinter sich gelassen hatte. Etwa hundert Meter entfernt erhob sich wie eine Festung ein Industriegebäude aus roten Klinkersteinen, das aus der Zeit um die Jahrhundertwende zu stammen schien. Davor standen ein kleiner gelber Schulbus und eine verbeulte graue Limousine.

»Was ist das für ein Gebäude?«, fragte er Peter Henderson, Special Agent und Leiter der FBI-Dienststelle in Wichita.

»Ein altes Schlachthaus«, antwortete der Special Agent. »Sie haben ganze Herden aus Westkansas und Texas hergetrieben, hier geschlachtet und dann auf Frachtkähnen runter nach Wichita transportiert.«

Der Wind überfiel sie mit einem harten Doppelschlag. Potter, für den das unerwartet kam, trat einen Schritt zurück, um nicht das Gleichgewicht zu verlieren.

»Den haben sie uns geliehen, die Jungs von der State Police.« Der große, gut aussehende Mann nickte zu einem olivgrünen Kastenwagen von der Größe eines UPS-Lieferwagens hinüber. Das Fahrzeug stand auf einer Anhöhe mit gutem Blick auf den gesamten Gebäudekomplex. »Als mobile Kommandozentrale.« Die beiden gingen darauf zu.

»Ein zu gutes Ziel«, wandte Potter ein. Jeder einigermaßen gute Schütze konnte dieses Ziel aus hundert Metern Entfernung leicht treffen.

»Nein«, erklärte Henderson ihm, »der Wagen ist gepanzert. Die Fenster sind zweieinhalb Zentimeter dick.«

»Tatsächlich?«

Mit einem weiteren raschen Blick zu dem düsteren Schlachthaus hinüber öffnete er die Tür und betrat die mobile Kommandozentrale. Das abgedunkelte Innere des Fahrzeugs war geräumig. Die einzigen Lichtquellen waren schwache gelbe Deckenleuchten, Arbeitslampen, Bildschirme und LED-Anzeigen. Potter schüttelte einem jungen State Trooper – einem Polizeibeamten der State Police, der aufgesprungen war und Haltung angenommen hatte, bevor er ganz hereingekommen war – die Hand.

»Ihr Name?«

»Derek Elb, Sir. Sergeant.« Der rothaarige Trooper in makellos gebügelter Uniform stellte sich als Techniker mit einer Spezialausbildung für die Bedienung der mobilen Kommandozentrale vor. Er kannte Henderson und hatte sich freiwillig erboten, hierzubleiben und nach Möglichkeit zu helfen. Potter ließ seinen Blick hilflos über die vielen Konsolen und Bildschirme und Schalter gleiten und dankte ihm ernsthaft. In der Mitte des Innenraums stand ein großer Schreibtisch mit vier Stühlen. Potter nahm auf einem Platz, während Derek ihm wie ein Vertreter enthusiastisch die Überwachungs- und Kommunikationseinrichtungen des Wagens anpries. »Wir haben auch einen Schrank mit Handfeuerwaffen.«

»Wir wollen hoffen, dass wir ihn nicht brauchen«, sagte Arthur Potter, der in dreißig FBI-Dienstjahren noch bei keinem Einsatz einen Schuss aus seiner Pistole abgegeben hatte. »Sie können Satellitensignale empfangen?«

»Ja, Sir, wir haben eine Schüssel. Jedes analoge, digitalisierte oder Mikrowellensignal.«

Potter schrieb eine Telefonnummer und eine Zahlenfolge auf eine Karte und gab sie Derek. »Sie rufen diese Nummer an und verlangen Jim Kwo. Sagen Sie ihm, dass Sie in meinem Auftrag anrufen, und nennen Sie ihm diesen Code.«

»Den da?«

»Richtig. Sagen Sie ihm, dass wir eine SatSurv-Aufnahme auf einem dieser…« Seine Handbewegung umfasste die aufgereihten Monitore. »Dass er sie auf einen dieser Bildschirme überspielen soll. Den technischen Kram koordiniert er mit Ihnen. Davon verstehe ich ehrlich gesagt nichts. Geben Sie ihm die geografische Länge und Breite des Schlachthauses.«

»Ja, Sir«, sagte Derek und machte sich eifrig Notizen. Als Technikfreak war er natürlich im siebten Himmel. »Was genau ist SatSurv?«

»Das Satellitenüberwachungssystem der CIA. Die Satelliten können uns Außen- und Infrarotaufnahmen des Schlachthauses liefern.«

»He, darüber habe ich etwas gelesen. In *Popular Science*, glaub ich.« Derek wandte sich ab, um zu telefonieren.

Potter bückte sich und richtete sein Leitz-Fernglas durch die Panzerglasscheibe. Er studierte das Schlachthaus. Ein Totenschädel von einem Gebäude. Ein dunkler Fleck vor sonnengebleichtem Gras – wie angetrocknetes Blut auf einem gelben Knochen. Das war die Einschätzung von Arthur Potter, der im Hauptfach Literaturgeschichte studiert hatte. Danach war er sofort wieder Arthur Potter, der ranghöchste auf Verhandlungen mit Geiselnehmern spezialisierte FBI-Agent und stellvertretender Leiter der Einheit für Sondereinsätze, dessen rascher Blick wichtige Details wahrnahm. Massive Ziegelmauern, keine Fenster, den Verlauf der Stromleitungen, das Fehlen von Telefonleitungen, das offene Gelände rings um das Gebäude und die Grasbüsche, Baumgruppen und Hügel, die Scharfschützen – eigenen und feindlichen – Deckung bieten konnten.

Die Rückseite des Schlachthauses grenzte an den Fluss.

Der Fluss, dachte Potter. Können wir den irgendwie nutzen?

Können *sie's*?

Die Dachkante war mit Zinnen besetzt wie eine mittelalterliche Burg. Dort oben befanden sich ein hoher, dünner Schornstein und der Aufbau eines Lastenaufzugs, die eine Hubschrauberlandung erschweren würden – zumindest bei diesem böigen Wind. Andererseits konnte über dem Dach ein Hubschrauber schweben, aus dem sich ein Dutzend FBI-Agenten mit Spezialausbildung mühelos abseilen könnte. Von hier aus waren keine Oberlichter zu erkennen.

Das Gebäude der schon vor vielen Jahren liquidierten Webber & Stoltz Processing Company erinnerte Potter stark an ein Krematorium.

»Pete, haben Sie ein Megafon?«

»Klar.« Henderson verließ das Fahrzeug und trabte geduckt zu seinem Wagen, um es zu holen.

»Sagen Sie, hier gibt's wohl keine Toilette, was?«, fragte Potter den jungen Techniker.

»Doch, Sir«, sagte Derek, der auf die technologischen Höchstleistungen aus Kansas sichtbar stolz war. Er deutete auf eine schmale Tür. Potter betrat die Toilette und legte eine kugelsichere Weste an, über die er wieder sein Hemd anzog. Er band sich sorgfältig die Krawatte und schlüpfte wieder in sein marineblaues Sportsakko. Ihm fiel auf, dass der Leibgurt seiner kugelsicheren Weste sich nur sehr wenig zuziehen ließ, aber in seiner gegenwärtigen Gemütsverfassung machte sein Gewicht ihm so gut wie keine Sorgen mehr.

Potter trat in den kühlen Vormittag hinaus, ließ sich von Henderson das schwarze Megafon geben, hastete geduckt im Zickzack zwischen Hügeln und Streifenwagen hindurch und wies die größtenteils jungen und übereifrigen Trooper an, ihre Pistolen wegzustecken und in Deckung zu bleiben. Ungefähr sechzig Meter von dem Schlachthaus entfernt legte er sich auf einen Hügel und beobachtete es durch sein Leitz-Fernglas. Im Inneren des Gebäudes war keine Bewegung zu erkennen. Kein Lichtschein in den Fenstern. Nichts. Ihm fiel auf, dass nach vorn hinaus sämtliche Fensterscheiben fehlten, aber er wusste nicht, ob die Geiselnehmer sie zertrümmert hatten, um besser zielen zu können, oder ob hiesige Schuljungen sie eingeworfen und mit Kleinkalibergewehren zerschossen hatten.

Er schaltete das Megafon ein und achtete darauf, nicht zu schreien, damit seine Worte nicht verzerrt wurden, als er sagte: »Hier spricht Arthur Potter. Ich bin vom FBI. Ich möchte mit Ihnen dort drinnen reden. Ich lasse ein Mobiltelefon besorgen. Sie bekommen es in schätzungsweise zehn bis fünfzehn Minuten. Wir planen keinen Angriff. Sie sind nicht in Gefahr. Ich wiederhole: Wir planen keinen Angriff.«

Potter erwartete keine Antwort und erhielt auch keine. Er hastete geduckt zur Kommandozentrale zurück und fragte Henderson: »Wer ist von der Polizei von Kansas zuständig? Ich möchte mit ihm sprechen.«

»Der Mann dort drüben.«

An einem Baum lehnte ein großer, aschblonder Mann in einem blassblauen Overall. Seine Haltung wirkte perfekt.

»Wer ist das?«, fragte Potter und polierte seine Brillengläser am Jackenaufschlag.

»Charles Budd. Captain der State Police. Erfahrung mit Ermittlungen und taktischen Einsätzen. Nicht mit Verhandlungen. Vorbildliche Laufbahn.«

»Wie lange ist er dabei?« Potter fand, der Captain wirkte jung und unreif. Man erwartete eher, ihn bei Sears in der

Elektrogeräte-Abteilung übers Linoleum schleichen zu sehen, um schüchtern eine erweiterte Garantie anzupreisen.

»Acht Jahre. Hat sich rangehalten, um die Streifen zu bekommen.«

Potter rief: »Captain?«

Der Mann richtete den Blick seiner blauen Augen auf Potter und kam hinter die Kommandozentrale. Sie schüttelten sich kräftig die Hand und stellten sich vor.

»Hallo, Peter«, sagte Budd.

»Charlie.«

Zu Potter sagte er: »Sie sind also der große Mann aus Washington, stimmt's? Freut mich, Sie kennenzulernen, Sir. Ist mir wirklich 'ne Ehre.«

Potter lächelte.

»Okay, Sir, soviel wir wissen, sieht die Lage folgendermaßen aus.« Er deutete zum Schlachthaus. »Hinter diesen beiden Fenstern waren Bewegungen zu sehen. Ein Glitzern, vielleicht der Lauf einer Waffe. Oder ein Zielfernrohr. Schwer zu sagen. Dann haben sie …«

»Dazu kommen wir noch, Captain.«

»Oh, nennen Sie mich einfach Charlie, okay?«

»Okay, Charlie. Wie viele Leute haben Sie hier?«

»Siebenunddreißig Trooper, fünf hiesige Deputys. Und Petes Leute. Ihre, meine ich.«

Potter hielt diese Zahlen in seinem kleinen schwarzen Notizbuch fest.

»Hat jemand von Ihren Männern oder Frauen Erfahrungen mit Geiselnehmern?«

»Die Trooper? Ein paar von ihnen dürften schon mal einen Bankraub oder einen Überfall auf einen Supermarkt miterlebt haben. Aber die hiesigen Deputys … die bestimmt nicht. Die haben hauptsächlich mit betrunkenen Autofahrern und Landarbeitern zu tun, die am Samstagabend Streit suchen und 'ne Schlägerei anfangen.«

»Wie sieht der Befehlsweg aus?«

»Ich koordiniere den Einsatz. Ich habe vier Kommandeure – drei Leutnants und einen Sergeant, der auf seine Beförderung wartet –, denen diese siebenunddreißig ziemlich gleichmäßig verteilt unterstehen. Zwei Trupps haben zehn Mann, einer neun, einer acht. Sie notieren sich das alles, was?«

Potter lächelte erneut. »Wo sind sie aufgestellt?«

Wie der Bürgerkriegsgeneral, dem Budd eines Tages ähneln würde, zeigte er auf die Gruppen seiner Trooper im Gelände.

»Waffen? Ihre, meine ich.«

»Wir geben hier Glocks aus, Sir, als Handfeuerwaffen. Außerdem haben wir insgesamt ungefähr fünfzehn Schrotflinten. Kaliber zwölf, doppelläufig, Lauflänge fünfundvierzig Zentimeter. In den Bäumen hier drüben und dort hinten habe ich sechs Männer und eine Frau mit M-16-Sturmgewehren postiert. Alle mit Zielfernrohren.«

»Nachtsichtgeräte?«

Budd lachte halblaut. »Nicht hierzulande.«

»Wer führt die hiesigen Deputys?«

»Der Sheriff von Crow Ridge. Dean Stillwell. Er steht dort drüben.«

Budd deutete auf einen schlaksigen, strubbelhaarigen Mann, der den Kopf gesenkt hielt, während er mit einem seiner Deputys sprach.

Ein weiterer Wagen fuhr vor, bremste scharf und hielt neben der Kommandozentrale. Potter war sehr zufrieden, als er sah, wer am Steuer saß.

Der kleine Henry LeBow stieg aus und setzte sich als Erstes einen zerknautschten Tweedhut auf; bei den fast zweihundert Verhandlungen mit Geiselnehmern, die Potter und er gemeinsam geführt hatten, hatte seine kreisrunde Glatze schon mehr als einmal als glänzende Zielscheibe gedient.

LeBow kam herangewatschelt: ein rundlicher, zurückhaltender Mann, der bei Geiselnahmen als Informationsanalytiker der idealste Partner war, den Potter sich vorstellen konnte.

LeBow ging unter der Last zweier riesiger Umhängetaschen gebeugt.

Die beiden schüttelten sich herzlich die Hand, und Potter machte ihn mit Henderson und Budd bekannt.

»Sieh dir bloß an, was wir hier haben, Henry. Eine mobile Kommandozentrale ganz für uns allein.«

»Toll. Und einen Fluss zum Angeln. Wie heißt er?«

»Arkansas«, sagte Budd, wobei er die zweite Silbe betonte.

»Erinnert mich an meine Jugend«, murmelte LeBow.

Auf Potters Bitte ging Henderson zu seinem Dienstwagen zurück, um über Funk bei der FBI-Dienststelle in Wichita nachzufragen, wann Tobe Geller und Angie Scapello eintreffen würden. Potter, LeBow und Budd stiegen in den Kastenwagen. LeBow schüttelte Derek die Hand, öffnete dann seine Umhängetaschen und holte zwei Laptops heraus. Er fand die notwendigen Steckdosen, schaltete seine Computer ein und schloss dann auch einen kleinen Laserdrucker an.

»Standleitung?«, fragte LeBow den jungen Techniker.

»Gleich hier.«

LeBow schloss seine restlichen Geräte an und war gerade damit fertig, als der Drucker auch schon zu ächzen begann.

»Geht's schon los?«, fragte Potter.

LeBow überflog das ankommende Fax und sagte: »Informationen der Gefängnisverwaltung, Bewährungsberichte, Führungsbogen, Vorstrafenregister und so weiter. Alles sehr vorläufig, Arthur. Und sehr lückenhaft.« Potter gab ihm das Material, das er von den beiden Agenten in Chicago erhalten hatte, und die umfangreichen Notizen, die er sich im Flugzeug gemacht hatte. Sie schilderten mit knappen Worten, wie Lou Handy und zwei weitere Häftlinge aus einem Bundesgefängnis in Südkansas geflüchtet waren, wenige Meilen von dem Schlachthaus entfernt ein Ehepaar ermordet hatten und danach ihre Geiseln hierherverschleppt hatten. LeBow sichtete diese Unterlagen und fing an, die Informationen in einen seiner Computer einzugeben.

Die Tür ging auf, und Peter Henderson kam herein. Er teilte mit, Tobe Geller werde bald eintreffen und Angie Scapello werde innerhalb der nächsten Stunde erwartet. Tobe war von einer F-16 der U.S. Air Force aus Boston hergeflogen worden, wo er die Teilnehmer eines Kurses darüber aufgeklärt hatte, wie man Programme zur Identifizierung krimineller Hacker erstellt. Angie war mit einem DomTran-Jet der Marine aus Quantico unterwegs.

»Angie?«, fragte LeBow. »Das freut mich. Freut mich sehr.«

Agent Scapello sah Geena Davis sehr ähnlich und hatte riesige, braune Augen, die selbst ihr gänzlicher Verzicht auf Make-up nicht weniger verführerisch machen konnte. Trotzdem rührte LeBows Begeisterung nicht von ihrem Aussehen, sondern von ihrem Spezialgebiet her: der Psychologie von Geiseln und Geiselnehmern.

Auf ihrem Weg zum Einsatzort würde Angie die Laurent Clerc School besuchen und möglichst viele Informationen über die Geiseln mitbringen. Potter kannte sie gut genug, um zu vermuten, dass sie bereits mit der Schule telefonierte, um Persönlichkeitsprofile der Mädchen zusammenzustellen.

An der Wand über seinem Arbeitsplatz befestigte LeBow mit Klebstreifen einen großen Bogen weißes Papier. Daneben hängte er einen schwarzen Filzstift an einem Bindfaden auf. Der Bogen war durch einen senkrechten Strich zweigeteilt. Über der linken Hälfte stand *Versprechungen*, über der rechten *Täuschungen*. In diesen beiden Spalten würde LeBow alles festhalten, was Potter Handy zusagte – und alle Lügen, die er dem Mann erzählte. Das gehörte bei Geiselnahmen zum Standardverfahren, und die Notwendigkeit dieser Gedächtnisstütze ließ sich am besten mit Mark Twain erklären, der gesagt hatte, um erfolgreich lügen zu können, brauche man ein gutes Gedächtnis.

Budd fragte erstaunt: »Sie wollen ihn wirklich anlügen?«

LeBow lächelte.

»Aber was genau ist eine Lüge, Charlie?«, fragte Potter. »Die Wahrheit ist ziemlich schwer zu fassen. Gibt es überhaupt eine Aussage, die hundertprozentig wahr ist?« Er riss einige Seiten aus seinem Notizbuch und gab sie LeBow, der die Blätter und auch die Faxe, die sein Drucker ausspuckte, nahm und sich an den mit *Profile* beschrifteten Computer setzte. Dieses Wort hatte er vor langer Zeit auf ein inzwischen schmuddelig gewordenes Stück Abdeck band geschrieben. LeBows zweiter Laptop war mit *Chronologie* beschriftet. Auf dem Bildschirm waren erst zwei Eintragungen zu lesen:

*8.40 h Geiselnahme*

*10.50 h Krisenmanagement-Team – Potter, LeBow – am Einsatzort.*

Die hintergrundbeleuchteten LCD-Bildschirme strahlten LeBows rundes Gesicht fast unheimlich blau an; es erinnerte an ein von Arthur Rackham gemaltes Porträt des Mannes im Mond. Charlie Budd starrte seine Finger an, die in einer irrwitzigen Geschwindigkeit über die Tasten flogen. »Seht euch das an! Er hat die Buchstaben schon halb abgenützt.«

LeBow knurrte zu Potter hinüber: »Hab mir das Gebäude angesehen. Miese Voraussetzungen. Für SatSurv-Aufnahmen zu gut abgeschirmt; nicht genug Fenster für Infrarot oder Mikrofone. Der Wind ist auch ein Problem.«

Wie bei den meisten Geiselnahmen würde die Masse der Informationen aus herkömmlichen Quellen kommen müssen: von geflüchteten oder freigelassenen Geiseln und von Polizeibeamten, die den Geiselnehmern Getränke und Verpflegung brachten und bei dieser Gelegenheit die Augen offen hielten.

Henry LeBow tippte einen Befehl ein und öffnete auf dem Bildschirm seines Chronologie-Computers ein kleines Fenster. Darin erschienen zwei digitale Stoppuhren. Über einer stand *Verstrichene Zeit,* über der anderen *Verbleibende Zeit.*

LeBow stellte die erste Uhr auf 2:10 Stunden und drückte auf eine Taste. Sie begann zu laufen. Er sah mit hochgezogenen Augenbrauen zu Potter hinüber.

»Ich weiß, Henry.«

Wenn man nicht schon bald nach der Geiselnahme Verbindung mit dem Geiselnehmer aufnimmt, wird er nervös und beginnt sich zu fragen, ob man etwa einen Sturmangriff plane. Der Verhandler fügte hinzu: »Wir geben Tobe noch ein paar Minuten, dann machen wir die Einsatzbesprechung.« Er blickte auf die weiten Felder hinter ihnen hinaus, auf den hohen blassgrünen Grasteppich, der im kalten Sommerwind wogte. Eine halbe Meile entfernt bewegten sich Mähdrescher lautlos auf symmetrischen Bahnen und schoren die Weizenfelder kahl wie die Schädel junger Rekruten.

Potter sah auf die Umgebungskarte. »Sind diese Straßen alle abgeriegelt?«

»Ja, Sir«, sagte Budd. »Und sie sind die einzigen Zufahrtswege.«

»Richten Sie hier einen rückwärtigen Bereitstellungsraum ein, Charlie.« Er zeigte auf eine Straßenkurve ungefähr eine Meile südlich des Schlachthauses. »Ich möchte, dass dort ein Pressezelt aufgestellt wird. Außer Sichtweite der Barrikade. Haben Sie einen Presseoffizier?«

»Nö«, sagte Budd. »Normalerweise gebe ich die Erklärungen zu Vorfällen hier in der Gegend ab, wenn's nötig ist. Das werd ich hier wohl auch tun müssen.«

»Nein, ich brauche Sie hier. Delegieren Sie die Aufgabe. Suchen Sie sich einen einfachen Beamten.«

Henderson mischte sich ein. »Dies ist ein FBI-Unternehmen, Arthur. Ich finde, etwaige Presseerklärungen sollten von mir abgegeben werden.«

»Nein, ich brauche jemanden von der State Police ohne hohen Dienstgrad. Dann bleiben die Reporter im Pressezelt und warten, weil sie damit rechnen, dass jemand kommt, der ihre Fragen wirklich beantworten kann. Und das hält sie davon ab, sich irgendwo rumzutreiben, wo sie nicht hingehören.«

»Nun, ich weiß nicht recht, wer dafür geeignet wäre«, sagte Budd und starrte aus dem Fenster, als könnte zufällig ein Trooper vorbeischlendern, der wie Dan Rather aussah.

»Er braucht nicht geeignet zu sein«, murmelte Potter. »Es reicht, wenn er sagt, dass ich später eine Erklärung abgeben werde. Punktum. Sonst nichts. Nehmen Sie jemanden, der keine Angst davor hat, ›Kein Kommentar‹ zu sagen.«

»Das wird ihnen nicht gefallen. Den Jungs und Mädels von den Medien. Ich meine, passiert auf der Route 4 mal ein Auffahrunfall, sind die hiesigen Reporter sofort da. Für so 'ne Sache kommen sie bestimmt sogar bis aus Kansas City.«

Henderson, der schon mal in Washington stationiert gewesen war, lachte.

»Charlie«, sagte Potter, der selbst ein Lächeln unterdrücken musste, »CNN und ABC News sind schon da. Und die *New York Times*, die *Washington Post* und die *L.A. Times*. Sky TV aus Europa, die BBC und Reuter. Die restlichen Größen der Branche kommen noch. Wir sitzen hier inmitten der Mediensensation der Woche.«

»Echt wahr? Meinen Sie, dass Brokaw auch da ist? Mann, den würd ich gern kennenlernen.«

»Und richten Sie rings um das Schlachthaus einen pressefreien Bereich von einer Meile Durchmesser ein – auf beiden Flussufern.«

*»Was?«*

»Sie setzen einige Trooper in Geländewagen, die Streife fahren. Jeder Reporter, der in dieser Zone angetroffen wird – überhaupt jeder, der eine Kamera dabeihat –, wird festgenommen und seine Kamera beschlagnahmt.«

»Einen Reporter festnehmen? Das können wir nicht. Wie soll das gehen? Ich meine, sehen Sie sich doch an, wie sie da draußen rumwimmeln. Schauen Sie nur raus!«

»Wirklich, Arthur«, begann Henderson, »das wollen wir doch nicht, oder? Denken Sie an Waco.«

Potter bedachte den Special Agent mit einem ausdruckslosen Lächeln. Er dachte schon an hundert andere Dinge, sortierte, ordnete und rechnete. »Und keine Pressehubschrauber. Pete, können Sie uns ein paar Hueys von der McConnel Air Force Base in Wichita besorgen? Lassen Sie ein Sperrgebiet mit drei Meilen Radius einrichten.«

»Ist das Ihr Ernst, Arthur?«

LeBow sagte: »Die Zeit läuft uns davon. Sie sind seit zwei Stunden und siebzehn Minuten drin.«

Potter wandte sich an Budd. »Oh, und wir brauchen ein paar Zimmer im nächsten Hotel. Welches wäre das?«

»Days Inn. Vier Meilen von hier in Crow Ridge. In der Innenstadt, soweit's dort eine gibt. Wie viele?«

»Zehn.«

»Okay. Für wen sind die Zimmer?«

»Für die Eltern der Geiseln. Sorgen Sie dafür, dass im Hotel auch ein Arzt und ein Geistlicher anwesend sind.«

»Vielleicht sollten sie mehr in der Nähe sein. Falls wir sie brauchen, damit sie mit ihren Kindern reden oder …«

»Nein, das sollten sie nicht. Und stationieren Sie drüben vier oder fünf Trooper. Die Familien dürfen nicht von Reportern gestört werden. Jeder, der sie belästigt, soll …«

»Festgenommen werden«, murmelte Budd. »Mannomann.«

»Was ist los, Trooper?«, fragte LeBow freundlich.

»Na ja, Sir, die Hymne von Kansas ist ›Home on the Range‹.«

»Tatsächlich?«, fragte Henderson. »Und?«

»Wie ich die Reporter kenne, werden Sie ein paar verdammt kritische Worte zu hören bekommen, bevor die Sache hier ausgestanden ist.«

Potter lachte. Dann zeigte er ins Freie. »Sehen Sie sich das an, Charlie. Ihre Trooper dort draußen sind alle gefährdet. Ich habe sie *angewiesen*, in Deckung zu bleiben. Aber sie kümmern sich nicht darum. Sorgen Sie dafür, dass sie hinter den Fahrzeugen bleiben. Sagen Sie ihnen, dass Handy auch schon Polizeibeamte erschossen hat. Was wissen wir über sein Verhältnis zu Waffen, Henry?«

LeBow tippte etwas ein und las die Antwort vom Bildschirm ab. Er sagte: »Zu jeder Anklage hat mindestens ein Fall von Schusswaffengebrauch gehört. Er hat auf insgesamt vier Männer geschossen, zwei tödlich getroffen. Während der M-16-Ausbildung in Fort Dix hat er am Schießstand konstant ins Zentrum oder in die inneren Ringe geschossen. Angaben zu seiner Trefferquote mit der Pistole fehlen.«

»Da haben Sie's«, sagte Potter zu Budd. »Sagen Sie ihnen, dass sie die Köpfe unten behalten sollen.«

Draußen blitzte ein Licht auf. Potter kniff die Augen zusammen und sah, dass ein in der Ferne arbeitender Mähdrescher eben seine Scheinwerfer eingeschaltet hatte. Es war erst später Vormittag, aber die geschlossene Wolkendecke wirkte bedrückend dunkel. Er sah zu den Bäumen auf beiden Seiten des Schlachthauses hinüber.

»Noch etwas, Charlie. Ich möchte, dass Sie die Scharfschützen in Position lassen, aber ihnen befehlen, nur zu schießen, wenn die GN einen Ausbruchsversuch unternehmen.«

»GN ... das sind die Geiselnehmer, stimmt's?«

»Sogar wenn sie freies Schussfeld haben. Diese Trooper mit den Gewehren, von denen Sie erzählt haben, sind das ausgebildete Scharfschützen?«

»Nein«, sagte er, »bloß verdammt gute Schützen. Sogar das Mädchen. Sie hat angefangen, Eichhörnchen zu jagen, als sie erst ...«

»Und ich möchte, dass sie und alle anderen ihre Waffen entladen. Alle.«

*»Was?«*

»Magazin eingesetzt, aber keine Patrone in der Kammer.«

»Oh, ich weiß nicht recht, Sir.«

Potter starrte ihn fragend an.

»Ich meine nur«, sagte Budd rasch, »nicht auch die Scharfschützen, oder?«

»Ein M-16 können Sie in weniger als einer Sekunde durchladen und abschießen.«

»Aber bis das Zielfernrohr stabilisiert ist, dauert's länger. In dieser einen Sekunde könnte ein GN drei Schüsse abgeben.« Er brachte die Abkürzung so unbeholfen heraus, als versuchte er zum ersten Mal rohe Austern.

Er ist so eifrig und begabt und korrekt, dachte Potter.

Was für ein Tag das werden wird!

»Die Geiselnehmer kommen bestimmt nicht ins Freie und erschießen vor unseren Augen eine Geisel, bevor wir reagieren können. Sollte es dazu kommen, ist ein Feuergefecht ohnehin unvermeidlich.«

»Aber ...«

»Entladen«, sagte Potter energisch. »Wenn Sie so freundlich sein wollen, Charlie.«

Budd nickte widerstrebend und wiederholte seine Aufträge: »Okay, ich schicke jemanden los, der vor den Reportern eine Erklärung abgibt… oder keine Erklärung abgibt, sollte ich sagen. Ich treibe die Reporter zusammen und dränge sie ungefähr eine Meile weit zurück, ich besorge uns Hotelzimmer und warne alle, dass sie in Deckung bleiben sollen. Und ich sorge dafür, dass jeder seine Waffe entlädt.«

»Ausgezeichnet.«

»O Mann!« Budd verließ den Wagen. Potter beobachtete, wie er geduckt zu einer Gruppe seiner Leute hinüberlief. Sie hörten zu, lachten und fingen dann an, die Reporter zusammenzutreiben.

Nach fünf Minuten kam der Captain in die Kommandozentrale zurück. »So, das wäre erledigt. Die Reporter sind wie erwartet stinksauer. Ich hab meinen Leuten gesagt, dass sie sagen sollen, dass ein Feebie das angeordnet hat. Hoffentlich stört es Sie nicht, dass ich Sie so genannt habe.« Sein Tonfall war leicht aggressiv.

»Nennen Sie mich meinetwegen, wie Sie wollen, Charlie. Als Nächstes möchte ich, dass hier ein Feldlazarett eingerichtet wird.«

»Rettungshubschrauber?«

»Nein, kein Abtransport. Hier. Mit einem Trauma-Team und Triage-Spezialisten. Knapp außer Schussweite des Schlachthauses. Nicht weiter als sechzig Sekunden entfernt. Sie sollen auf alles vorbereitet sein – von Verbrennungen dritten Grades über Schussverletzungen bis hin zu Pfefferspray. Komplett eingerichteter Operationssaal.«

»Ja, Sir. Aber, wissen Sie, keine fünfzehn Meilen von hier steht ein großes Krankenhaus.«

»Mag sein, aber ich will nicht, dass die GN einen Rettungshubschrauber auch nur hören. Deshalb sollen auch die Pressehubschrauber und die Hueys außer Hörweite bleiben.«

»Warum?«

»Weil ich sie nicht auf etwas bringen will, auf das sie von selbst vielleicht nicht gekommen wären. Und für den Fall, dass sie einen Hubschrauber verlangen, will ich mir die Möglichkeit nicht verbauen, ihnen zu erklären, für einen Hubschrauber sei es zu windig.«

»Wird gemacht.«

»Dann kommen Sie mit Ihren Kommandeuren hierher. Bringen Sie auch Sheriff Stillwell mit. Ich halte eine Einsatzbesprechung.«

In diesem Augenblick öffnete sich die Tür, und ein sonnengebräunter, gut aussehender junger Mann mit schwarzem Lockenkopf kam hereingestürmt.

Bevor er irgendjemanden begrüßte, begutachtete er flüchtig die Konsolen und murmelte: »Ausgezeichnet.«

»Tobe, willkommen.«

Tobe Geller sagte zu Potter: »Die Mädels in Boston sind schön und haben alle spitze Titten, Arthur. Ich will bloß hoffen, dass das hier wichtig ist.«

Als Potter ihm die Hand schüttelte, fiel ihm auf, dass Tobes Ohrringloch heute besonders deutlich sichtbar war. Er erinnerte sich daran, dass Tobe seinen FBI-Vorgesetzten den Ohrring damit erklärt hatte, einst als Cop einen verdeckten Ermittler gespielt zu haben. Aber das hatte er nie getan; er hatte nur eine Vorliebe für Ohrringe und besaß eine ganze Sammlung. Der Absolvent des renommierten Massachusetts Institute of Technology und außerordentliche Professor für Computerwissenschaft an der American University und der Georgetown University schüttelte allen die Hand. Als Nächstes sah er auf LeBows Laptops hinunter, grinste spöttisch und murmelte etwas von steinzeitlich. Danach ließ er sich in einen Sessel vor der Kommunikationskonsole fallen. Derek und er machten sich miteinander bekannt und waren sofort in ein Fachgespräch über abgeschirmte analoge Signale, lokale Netzwerke, Datenadressierung, NDIS-Schnittstellenemulatoren, digitales dreikanaliges Verschlüsseln von Daten und Systeme zur Schwingungsunterdrückung in Multiplex-Richtfunkstrecken vertieft.

»Kurz vor der Einsatzbesprechung, Tobe«, erklärte Potter ihm und schickte Budd los, damit er seine Aufträge erledigte. Zu LeBow sagte er: »Lass mich sehen, was du bisher hast.«

LeBow drehte den Profile-Computer zu Potter hin.

Der Analytiker sagte: »Wir haben nicht mehr viel Zeit.«

Aber Potter las weiter, als fesselten ihn die Schriftzeichen auf dem bläulich leuchtenden Bildschirm.

## 11.02 Uhr

Der Eselhase – eine nordamerikanische Hasenart – ist von Natur aus kein Kämpfer.

Alles an diesem Tier scheint zur Verteidigung geschaffen: das tarnfarbene Fell (grau-beige in den warmen Monaten, weiß im Winter), die beweglichen Ohren, die sich wie Suchantennen drehen lassen, um bedrohliche Geräusche aufzufangen, und die weit auseinanderstehenden Augen, die einen 360-Grad-Rundblick ermöglichen. Der Eselhase hat die Nagezähne eines Pflanzenfressers, und seine Krallen dienen dazu, Blattpflanzen heranzuholen und – zumindest bei den Männchen – die Schultern des Weibchens zu umklammern, wenn es darum geht, zukünftige Generationen von Eselhasen zu zeugen.

Wird er jedoch so in die Enge getrieben, dass keine Flucht mehr möglich ist, fällt er seinen Gegner mit erschreckender Wildheit an. Jäger haben die Kadaver geblendeter oder aufgeschlitzter Füchse und Wildkatzen gefunden, die leichtsinnig genug waren, einen Eselhasen in eine Höhle zu treiben und dort mit dem Übermut frecher Räuber anzugreifen.

Vor dem Eingesperrtsein haben wir die größte Angst, so fährt Arthur Potter in seinen Vorträgen über Geiselnahmen sonst fort, und Geiselgangster sind die gefährlichsten und entschlossensten Gegner.

Heute, in der mobilen Kommandozentrale, verzichtete er auf die Einführung aus dem Tierreich und erklärte seinen Zuhörern lediglich: »Vor allem müssen Sie sich darüber im Klaren sein, wie gefährlich diese Männer dort drinnen sind.«

Potters Blick glitt über die vor ihm Sitzenden: Henderson, LeBow und Geller waren vom FBI, der Bundespolizei. Die State Police vertraten Budd und Philip Molto, ein stämmiger, schweigsamer Mann, der kaum älter als ein Highschool-Absolvent schien. Er war einer der vier Budd unterstehenden Kommandeure. Die anderen – zwei Männer und eine Frau – machten ernste Gesichter und wirkten humorlos. Sie trugen Kampfanzüge mit allem Zubehör und waren scharf auf eine gewaltsame Geiselbefreiung.

Dean Stillwell, der Sheriff von Crow Ridge, sah wie ein typischer Junge vom Lande aus. Seine langen Arme ragten aus viel zu kurzen Jackenärmeln, und sein Wuschelkopf erinnerte an die Anfangszeit der Beatles.

Charlie Budd hatte Potter eingeführt: »Ich möchte euch mit Arthur Potter vom FBI bekannt machen. Er ist ein berühmter Verhandler mit Geiselnehmern, und wir können von Glück sagen, dass er heute hier ist.«

»Danke, Captain«, hatte Potter gesagt, weil er fürchtete, Budd werde gleich zu applaudieren beginnen.

»Nur noch eins«, hatte der junge Captain mit einem Blick auf Potter hinzugefügt. »Das hätte ich beinahe vergessen. Ich habe mit dem Generalstaatsanwalt telefoniert. Und er mobilisiert die staatliche Sondereinheit für Geiselbefreiungen. Unsere Aufgabe ist's also …«

Potter war mit unverändert freundlicher Miene vorgetreten. »Tatsächlich, Charlie, wenn Sie nichts dagegen haben …« Er nickte zu den versammelten Beamten hinüber. Budd verstummte und grinste. »Ein Einsatz des hiesigen Teams kommt nicht infrage. Ein FBI-Kommando wird im Augenblick zusammengestellt und müsste am Spätnachmittag oder frühen Abend eintreffen.«

»Oh«, begann Budd, »ich glaube aber doch, dass der Generalstaatsanwalt …«

Potter schüttelte energisch den Kopf. »Ich habe bereits vom Flugzeug aus mit ihm und dem Gouverneur gesprochen.«

Budd nickte, noch immer grinsend, und der Agent setzte die Einsatzbesprechung fort.

Am frühen Morgen, berichtete Potter, hatten drei Häftlinge einen Aufseher ermordet und waren aus dem Hochsicherheits-Bundesgefängnis Callana außerhalb von Winfield, Kansas – nahe der Grenze zu Oklahoma –, ausgebrochen. Louis Jeremiah Handy, Shepard Wilcox und Ray »Sonny« Bonner. Auf der Fahrt nach Norden war ihr Wagen von einem Cadillac gerammt worden. Handy und die beiden anderen Ausbrecher hatten das Ehepaar im Cadillac ermordet und waren bis zu dem ehemaligen Schlachthaus gekommen, bevor ein State Trooper sie eingeholt hatte.

»Handy, fünfunddreißig, verbüßte eine lebenslängliche Haftstrafe wegen Raubüberfalls, Brandstiftung und Mordes. Vor sieben Monaten haben Handy, Wilcox, Handys Freundin und ein weiterer Täter die Farmers & Merchants-Bank in Wichita überfallen. Handy hat zwei Kassiererinnen in das Kassenhäuschen gesperrt und Feuer gelegt. Das Gebäude ist ausgebrannt, und die Frauen sind umgekommen. Bei der Flucht wurde der vierte Täter erschossen. Handys Freundin konnte entkommen, während Handy und Wilcox geschnappt wurden. Visuelle Fahndungshilfen, Henry?«

Mit einem Scanner hatte LeBow die Polizeifotos der drei Geiselnehmer digitalisiert und auf einem einzigen Blatt angeordnet. Die Bilder zeigten sie von vorn, halb von der Seite und im Profil und hoben Narben und besondere Kennzeichen hervor. LeBows Laserdrucker spuckte die Blätter aus, und er verteilte sie in kleinen Stapeln an die Anwesenden.

»Jeder behält ein Blatt und verteilt die übrigen an seine Leute«, sagte Potter. »Ich möchte, dass alle dort draußen eins bekommen und sich die Gesichter einprägen. Sollten die Geiselnehmer sich ergeben, kann Verwirrung herrschen, und wir wollen nicht, dass unsere Leute in Zivil mit den Geiselnehmern verwechselt werden. Ich möchte, dass jeder weiß, wie die Verbrecher aussehen.

Der hier oben ist Handy. Der in der Mitte ist Wilcox. Er ist Handys einziger Freund – wenn diese Bezeichnung nicht zu hoch gegriffen ist. Die beiden haben bei drei oder vier Jobs zusammengearbeitet. Der dritte Kerl, der bärtige Dicke, ist Bonner. Handy kennt ihn offenbar schon länger, aber die beiden haben nie zusammengearbeitet. Bonner ist wegen bewaffneten Raubüberfalls vorbestraft, hat aber wegen Entführung über eine zwischenstaatliche Grenze hinweg in Callana gesessen. Obwohl er verdächtigt wird, reihenweise Frauen vergewaltigt zu haben, hat man ihm nur den letzten Fall nachweisen können. Er hat sein Opfer während der Tat mit mehreren Messerstichen verletzt. Es hat überlebt. Das Mädchen war siebzehn. Sie hat ihre elfte plastische Operation verschieben müssen, um gegen ihn aussagen zu können. Henry, was kannst du uns über die Geiseln erzählen?«

»Vorerst nicht viel«, sagte LeBow. »Dort drinnen sind insgesamt zehn Geiseln. Acht Schülerinnen und zwei Lehrerinnen aus einer Gehörlosenschule, der Laurent Clerc School in Hebron, Kansas, ungefähr fünfzehn Meilen westlich von hier. Sie waren zu einer Vorstellung im Gehörlosentheater von Topeka unterwegs. Die Schülerinnen sind zwischen sieben und siebzehn Jahre alt. Weitere Informationen erhalte ich demnächst. Wir wissen aber, dass sie alle gehörlos sind – mit Ausnahme der älteren Lehrerin, die normal hören und sprechen kann.«

Obwohl Potter bereits einen Dolmetscher für die Gebärdensprache der Gehörlosen angefordert hatte, wusste er, welche Probleme auftreten würden; er hatte schon häufig im Ausland verhandelt und in den Vereinigten Staaten mit vielen Ausländern, vor allem Terroristen, verhandeln müssen. Er kannte die Gefahren – und die Frustration –, die darin lagen, Informationen schnell und genau übersetzen zu müssen, während Menschenleben auf dem Spiel standen.

Er fuhr fort: »Also, wir haben ein Krisenmanagement-Team gebildet, das aus mir, Henry LeBow, meinem Informationsanalytiker, Tobe Geller, meinem Kommunikationstechniker, und Captain Budd besteht, der Verbindung zur State Police halten und als meine rechte Hand fungieren wird. Ich bin der Oberbefehlshaber. Außerdem wird es einen Einsatzleiter für die Blockade geben, den ich noch nicht bestimmt habe.

Das Krisenmanagement-Team hat zwei Aufgaben. Zunächst muss es versuchen, die Geiselnehmer zur Aufgabe zu bewegen und die Freilassung der Geiseln zu erreichen. Sollte eine gewaltsame Befreiung nötig werden, muss es bei der Ausarbeitung einer taktischen Lösung mithelfen. Dazu gehören Dinge wie das Sammeln von Informationen für das Sonderkommando, die Ablenkung der Geiselnehmer und ihre Beeinflussung mit allen Mitteln, die geeignet sein können, die Verluste auf einem vertretbaren Level zu halten.«

In Fällen, wo Geiselnehmer sich verbarrikadiert haben, will jeder der Held sein, der die Bösewichte dazu überredet, mit erhobenen Händen herauszukommen. Aber selbst der friedfertigste Verhandler muss berücksichtigen, dass ein Sturmangriff manchmal unvermeidlich ist. In seinem FBI-Kurs über die Verhandlung mit Geiselnehmern erklärte Potter den Kursteilnehmern als Erstes: »Im Prinzip ist jede Geiselnahme ein Mord, der vor unseren Augen abläuft.«

Er bemerkte die Blicke der Männer und Frauen in der

Kommandozentrale und erinnerte sich daran, dass »kalter Fisch« zu den freundlicheren Ausdrücken gehörte, mit denen man ihn bedachte.

»Jede neue Information über die Geiselnehmer, die Geiseln, das Gebäude, einfach alles, ist sofort an Agent LeBow hier weiterzugeben. Notfalls bevor ich davon erfahre. Und ich meine wirklich alle Informationen. Sollte Ihnen auffallen, dass einem der Geiselnehmer die Nase läuft, dürfen Sie nicht annehmen, das sei unwichtig.« Potter sah, dass zwei der smarten jungen Trooper sich angrinsten und dabei die Augen verdrehten. Der Agent erklärte ihnen: »Das könnte uns zum Beispiel die Möglichkeit geben, ein angefordertes Schnupfenmittel mit K.-o.-Tropfen zu versetzen. Oder es könnte auf Kokainsucht hinweisen, die sich ausnützen ließe.«

Die jungen Männer waren keineswegs zerknirscht, aber sie zügelten ihren Sarkasmus.

»Jetzt brauche ich den vorhin erwähnten Einsatzleiter für die Blockade. Captain Budd glaubt, dass einige von Ihnen schon Erfahrungen mit Geiselnehmern gesammelt haben.« Er musterte die vor ihm sitzenden selbstbewussten jungen Gesetzeshüter. »Okay, wer hat welche?«

Die junge Polizeibeamtin meldete sich rasch. »Ja, Sir, ich hab welche. Ich habe einen NLEA-Kurs in Geiselrettung absolviert. Und ich habe an einem Lehrgang über Verhandlungen mit Geiselnehmern teilgenommen.«

»Haben Sie schon mal selbst verhandelt?«

»Nein. Aber vor ein paar Monaten habe ich den Verhandler bei einem Raubüberfall in einem Supermarkt unterstützt.«

»Richtig!«, bestätigte Budd. »Sally hat das taktische Team geführt. Und erstklassige Arbeit geleistet.«

Sie fuhr fort: »Wir haben einen Mann eingeschleust – unter der Akustikverkleidung der Ladendecke. Von dort aus hat er die beiden Täter im Visier gehabt. Sie haben sich ergeben, bevor wir schießen mussten.«

»Ich hab auch gewisse Erfahrungen«, sagte ein Trooper von etwa fünfunddreißig Jahren, der die Hand am Griff seiner Dienstwaffe hatte. »Und ich hab zu dem Team gehört, das im vergangenen Jahr eine Kassiererin bei dem Überfall in Topeka befreit hat. Wir haben die Täter abserviert, blitzsauber umgelegt, ohne dass die Geisel auch nur einen Kratzer abgekriegt hätte.«

Ein anderer Trooper hatte beim Militär eine Sonderausbildung erhalten und war an zwei erfolgreichen Geiselbefreiungen beteiligt gewesen. »Wir haben sie rausgeholt, ohne einen einzigen Schuss abgeben zu müssen.«

Peter Henderson hatte mit wachsendem Unbehagen zugehört. Schließlich meldete er sich: »Vielleicht sollte besser ich diesen Job übernehmen, Art. Ich habe den Standardlehrgang und den Auffrischungslehrgang absolviert.« Er grinste. »Und ich habe Ihr Buch gelesen. Sogar mehrmals. Hätte ein Bestseller werden sollen. Wie Tom Clancy.« Er wurde wieder ernst und fügte leiser hinzu: »Ich sollte den Job wirklich übernehmen, denke ich. Schon weil ich vom FBI bin und so weiter.«

Dean Stillwell hob den Kopf und ließ seinen Blick über die mit kugelsicheren Westen und dunkelgrauen Munitionsgurten ausstaffierten Trooper gleiten. Die Bewegung seines Pilzkopfs gab Potter die Chance, Hendersons Bemerkung zu übergehen. Er fragte Stillwell: »Wollten Sie etwas sagen, Sheriff?«

»Nö, nicht direkt.«

»Bitte sehr«, forderte Potter ihn auf.

»Nun, ich hab weder einen Lehrgang besucht noch auf einen – wie heißen sie gleich wieder? – Geiselnehmer geschossen. GN, stimmt's? Aber bei uns hier in Crow Ridge gab es auch schon ein paar brenzlige Situationen.«

Zwei der Trooper lächelten.

»Erzählen Sie mir davon«, sagte Potter.

»Nun, da fällt mir eine Sache ein, die vor ein paar Monaten passiert ist. Abe Whitman und seine Frau Emma. Draußen in der Patchin Lane. Gleich nach der Badger Hollow Road.«

Das Lächeln wurde zu halblautem Lachen.

Stillwell lachte gutmütig. »Das klingt romantisch, nehm ich an. Nicht wie die Terroristen, die ihr alle gewohnt seid.«

Budd starrte seine Leute an, die sofort wieder ernst wurden.

»Was ist dort draußen passiert?«, fragte Potter.

Stillwell betrachtete seine Hände. »Nun, Abe war ein Farmer, ein Schweinezüchter, der beste weit und breit.«

Jetzt hatte auch Special Agent Peter Henderson sichtlich Mühe, ein Lachen zu unterdrücken. Potter machte Stillwell ein Zeichen, er solle fortfahren, und Henry LeBow hörte wie immer zu, hörte zu, hörte zu.

»Ihn hat's ziemlich erwischt, als der Markt für Schweinebäuche letztes Jahr eingebrochen ist.«

»Schweinebäuche?«, fragte die junge Polizeibeamtin ungläubig.

»Praktisch zusammengebrochen.« Stillwell schien den Spott nicht zu verstehen oder einfach zu ignorieren. »Nun, daraufhin kündigt die Bank ihm sämtliche Kredite, und er flippt irgendwie aus. Er war schon immer ein bisschen verrückt, aber diesmal dreht er echt durch und verbarrikadiert sich in seiner Scheune mit 'ner Schrotflinte und dem Messer, mit dem er sonst die Schweine zerlegt hat, die er für den eigenen Verbrauch geschlachtet hat.«

»Hat die Schweinebäuche gekocht, was?«, erkundigte sich ein Trooper.

»Oh, an Schweinen ist mehr dran als nur Schinken«, erklärte Stillwell ihm ernsthaft. »Das ist ihr großer Vorteil. Sie wissen doch, was man von Schweinen sagt? ›Von denen ist alles zu gebrauchen bis auf das Quieken.‹«

Zwei Trooper schüttelten verständnislos den Kopf. Potter lächelte aufmunternd.

»Ich krieg jedenfalls einen Anruf, dass draußen auf seiner Farm irgendwas vorgeht, und fahr hin und seh Emma vor der Scheune liegen. Seine Frau, mit der er zehn Jahre verheiratet war. Abe hat ihr mit diesem Messer den ganzen Leib aufgeschlitzt und die Hände abgeschnitten. Seine beiden Söhne hatte er bei sich in der Scheune und drohte, es mit ihnen genauso zu machen. Das waren Brian, acht Jahre, und Stuart, vier Jahre. Richtig nette Jungen, alle beide.«

Die Trooper grinsten nicht mehr.

»Als ich ankam, wollte er dem kleinen Stuart gerade einen Finger nach dem anderen abschneiden.«

»Mein Gott«, flüsterte die junge Polizeibeamtin.

»Was haben Sie gemacht, Sheriff?«

Der Polizeibeamte zuckte mit den Schultern. »Nichts Besonderes. Ich hab eigentlich nicht gewusst, *was* ich machen sollte. Ich hab bloß mit ihm geredet. Ich hab versucht, etwas näher an ihn ranzukommen, aber nicht zu nahe, weil ich mit Abe auf die Jagd gegangen bin und wusste, dass er verdammt gut schießt. Bin hinter ’nem Ölfass in Deckung gegangen. Wir haben einfach geredet. Ich hab ihn keine fünfzehn Meter vor mir entfernt in der Scheune sitzen sehen. Er saß da und hat seinem Sohn das Messer an die Kehle gehalten.«

»Wie lange haben Sie mit ihm geredet?«

»Oh, ’ne ganze Weile.«

»Wie lange ungefähr?«

»Achtzehn bis zwanzig Stunden, schätz ich. Als wir beide vom Schreien heiser waren, hab ich einen meiner Jungs losgeschickt, damit er uns zwei dieser Mobiltelefone besorgt.« Er lachte. »Ich hab erst die Gebrauchsanweisung lesen müssen, um rauszukriegen, wie das Ding funktioniert. Ich wollte nicht mit dem Streifenwagen vorfahren oder das Megafon benützen. Ich hab mir überlegt, dass es am besten ist, wenn er möglichst wenig von uns Cops zu sehen kriegt.«

»Sie sind die ganze Zeit drangeblieben?«

»Klar. Wer A sagt, muss auch B sagen, find ich. Nun, ich bin zweimal weggegangen, um ... Sie wissen schon ... um auszutreten. Und einmal hab ich mir 'nen Becher Kaffee geholt. Aber immer vorsichtig, um kein Ziel zu bieten.«

»Wie ist die Sache ausgegangen?«

Stillwell zuckte mit den Schultern. »Er ist rausgekommen. Hat sich ergeben.«

Potter fragte: »Und die Jungen?«

»Den beiden hat nichts gefehlt. Außer dass sie ihre Mutter so liegen gesehen haben. Aber dagegen konnte ich nichts machen.«

»Ich möchte Sie etwas fragen, Sheriff. Haben Sie daran gedacht, sich als Geisel im Tausch gegen die beiden Jungen zur Verfügung zu stellen?«

Stillwell schüttelte den Kopf. »Nö, keine Sekunde lang.«

»Warum nicht?«

»Nun, das hätte seine Aufmerksamkeit wieder auf die Jungen gelenkt, nicht wahr? Ich wollte, dass er sie vergisst und sich ganz auf sich und mich konzentriert.«

»Und Sie haben nicht versucht, ihn zu erschießen? Hat er denn kein gutes Ziel geboten?«

»Klar hat er das. Dutzende von Malen. Aber ... na ja, ich weiß nicht, ich wollte einfach nicht, dass ... dass jemand was passiert. Ihm, mir oder den Jungen.«

»Lauter richtige Antworten, Sheriff. Sie sind mein Blockadeleiter. Sind Sie damit einverstanden?«

»Ja, Sir – wenn ich irgendwie helfen kann, stehe ich gern zur Verfügung.«

Potter sah zu den unzufriedenen Kommandeuren der State Police hinüber. »Sie und Ihre Leute unterstehen ab sofort dem Sheriff hier.«

»Äh … Moment mal, Sir«, begann Budd, wusste dann aber nicht recht weiter. »Der Sheriff ist wirklich in Ordnung. Wir sind Freunde und alles. *Wir* sind auch schon zusammen auf die Jagd gegangen. Aber … nun, das ist mehr eine technische Sache. Er ist ein lokaler, ein städtischer Cop, wissen Sie. Und die meisten Männer dort draußen sind State Troopers. Die können Sie ihm nicht so einfach unterstellen. Dazu bräuchten Sie, ich weiß nicht, eine Genehmigung oder irgendwas.«

»Nun, ich genehmige es hiermit«, antwortete Potter ruhig. »Sie können Sheriff Stillwell ab sofort als FBI-Agenten betrachten. Er ist dienstverpflichtet worden.«

LeBow warf ihm einen fragenden Blick zu, aber Potter zuckte nur mit den Schultern. Ihres Wissens gab es kein Verfahren, das es gestattete, FBI-Agenten einfach zu ernennen, wie es ein Sheriff mit seinen Deputys tun konnte.

Von allen Teilnehmern dieser Einsatzbesprechung war Peter Henderson der einzige, der noch lächelte. Potter wandte sich an ihn: »Das gilt auch für Sie, Pete. Ich wünsche, dass alle Agenten, die nicht mit Informationsbeschaffung, Auswertung oder als Verbindungsoffiziere zum Sonderkommando beschäftigt sind, Sheriff Stillwell unterstellt werden.«

Henderson nickte langsam, dann fragte er: »Kann ich Sie einen Augenblick sprechen, Art?«

»Wir haben nicht viel Zeit.«

»Dauert nur eine Minute.«

Potter ahnte, was kommen würde, und verstand, dass das nicht vor den übrigen Kommandeuren passieren durfte. Er schlug vor: »Lassen Sie uns kurz rausgehen, okay?«

Im Schatten der Kommandozentrale flüsterte Henderson

scharf: »Tut mir leid, Arthur. Ich kenne Ihren Ruf, aber ich unterstelle meine Leute nicht irgendeinem Bauernlümmel.«

»Nun, Pete, mein Ruf ist irrelevant. Hier zählt meine Befehlsgewalt. Das wissen Sie.«

Henderson nickte wieder verständig – dieser Mann in einem tadellos gestärkten weißen Hemd und einem grauen Anzug, mit dem man ihn in jedes Restaurant im Umkreis von einer Meile um das Kapitol eingelassen hätte.

»Arthur, ich müsste mehr in diese Sache einbezogen werden. Ich meine, ich *kenne* Handy. Ich ...«

»Wie, Sie kennen ihn?«, unterbrach Potter ihn. Das war ihm neu.

»Meine Leute sind dabei gewesen, als er geschnappt wurde. Vor der Bank. Ich habe ihn nach der Festnahme vernommen. Ich habe dem Staatsanwalt geholfen, die Anklage zusammenzustellen. Unsere Untersuchungen haben zu seiner Verurteilung geführt.«

Da Handy auf frischer Tat gefasst worden war und es Augenzeugen gegeben hatte, waren die kriminaltechnischen Untersuchungen eine reine Formalität gewesen. An Bord der DomTran-Maschine hatte Potter das Protokoll der offenbar von Henderson geführten Vernehmung gelesen. Außer »Sie können mich mal!« hatte der Verhaftete praktisch nichts gesagt.

»Ich bin Ihnen für jede zusätzliche Information dankbar«, sagte Potter, »aber Ihnen fehlen die für eine Blockade notwendigen Erfahrungen.«

»Und Stillwell hat sie?«

»Er hat das Naturell eines Blockadeleiters. Und Urteilsvermögen. Er ist kein Cowboy.«

Oder, dachte Potter, ein Bürokrat – was genauso schlimm, wenn nicht sogar schlimmer wäre.

Henderson starrte den schlammigen Boden an und knurrte: »Kommt ja überhaupt nicht infrage, Potter. Ich sitze schon viel zu lange in diesem Höllenpfuhl fest. Hier drunten passiert nie was, außer dass auf dem Luftwaffenstützpunkt Apfelmus und Diktafone geklaut werden. Und dass Indianer in Minuteman-Silos pissen. Ich will an dieser Sache beteiligt werden.«

»Sie haben keine Erfahrungen mit verbarrikadierten Geiselnehmern, Pete. Ich habe auf dem Flug hierher Ihre Personalakte eingesehen.«

»Ich habe mehr Erfahrung mit Polizeiarbeit als diese Witzfigur, die Sie sich da ausgesucht haben. Verdammt noch mal, ich kann ein abgeschlossenes Jurastudium vorweisen!«

»Ich übertrage Ihnen die Verantwortung für den rückwärtigen Bereitstellungsraum. Sie koordinieren die medizinische Versorgung, die Zusammenarbeit mit den Medien, die Betreuung der Angehörigen der Geiseln und die Versorgung aller hier eingesetzten Beamten und des Sonderkommandos, sobald es eintrifft.«

Daraufhin entstand eine Pause, während der Henderson seinen Kollegen – der nur wenige Jahre älter als er selbst war – erst mit amüsierter Verblüffung und dann plötzlich mit eisiger Verachtung anstarrte. Schließlich nickte er und bedachte Potter mit einem eisigen Grinsen: »Zur Hölle mit Ihnen, Potter. Ich weiß, wofür Sie noch berühmt sind: Sie setzen sich gern in Szene.«

»Die Arbeit im Hintergrund ist ein wichtiger Job«, fuhr Potter fort, als hätte Henderson kein Wort gesagt. »Dort sind Ihre Fähigkeiten am wertvollsten.«

»Verdammter Pharisäer… Sie müssen unbedingt im Scheinwerferlicht stehen, was? Sie fürchten wohl, dass jemand, der ein bisschen besser aussieht, der ein bisschen mehr Stil hat als Sie, vor den Kameras besser rauskommen würde?«

»Ich glaube, Sie wissen recht gut, dass das nicht mein Beweggrund ist.«

»Wissen? Was weiß ich schon? Ich weiß nur, dass Sie mit dem Segen des Admirals hier reinschneien und sich von uns Ihren verdammten Kaffee holen lassen. Nach der Schießerei – bei der, wer weiß, ein Dutzend Trooper und ein oder zwei Geiseln umkommen – geben Sie Ihre Pressekonferenz, beanspruchen alle Erfolge für sich und lasten die Misserfolge uns an. Dann sind Sie wieder fort. Und wer muss die Scheiße wegräumen, die Sie hinterlassen? *Ich*, damit Sie's wissen!«

»Wenn es sonst nichts mehr zu besprechen gibt…«

Henderson knöpfte sich sein Jackett zu. »Oh, es wird schon noch was geben! Da können Sie ganz unbesorgt sein.« Er stelzte davon, ohne sich um Potters nüchterne Empfehlung zu kümmern, er solle den Scharfschützen im Schlachthaus kein allzu leichtes Ziel bieten.

## 11.31 Uhr

Arthur Potter ging in die Kommandozentrale zurück und merkte, dass die Blicke der versammelten Trooper ihm vorsichtig folgten. Er fragte sich, ob sie den Wortwechsel zwischen Henderson und ihm mitbekommen hatten.

»Und jetzt«, fuhr der Agent fort, »zu den Einsatzregeln.«

Potter zog ein Fax aus der Innentasche seines Sakkos.

Auf dem Flug von Glenview hierher hatten Potter, der FBI-Direktor, sein für Verbrechensbekämpfung zuständiger Stellvertreter und Frank D'Angelo, der Leiter des Sonderkommandos, über eine Konferenzschaltung gemeinsam die Einsatzregeln für die Belagerung der Geiselnehmer in Crow Ridge festgelegt. Diese Besprechung hatte fast so lange gedauert wie der Flug, und das Ergebnis war ein eng beschriebenes zweiseitiges Schriftstück, das alle Möglichkeiten berücksichtigte und Potter klare Anweisungen für die Bewältigung dieser Krise gab. Wie notwendig dabei die größte Umsicht war, zeigten frühere Fälle. Das Bureau of Alcohol, Tobacco und Firearms war wegen seiner Vorgehensweise im Fall Konresh in Waco unter schweren Beschuss geraten, und dem Federal Bureau of Investigation war 1992 vorgeworfen worden, es habe im Fall Randall Weaver versagt. Damals waren die Einsatzregeln so unbestimmt abgefasst gewesen, dass die Scharfschützen geglaubt hatten, sie sollten jeden bewaffneten Erwachsenen erschießen, wenn sie freies Schussfeld hatten. Weavers Frau war versehentlich von einem FBI-Scharfschützen getötet worden.

Potter wandte sich hauptsächlich an Stillwell, als er sagte: »Sie haben den Auftrag, Ausbruchsversuche der GN zu verhindern. Diese Blockade hat eine taktische Funktion, aber sie ist rein passiv. Wir werden keinerlei Rettungsversuche unternehmen.«

»Ja, Sir.«

»Sie halten die Geiselnehmer innerhalb des jeweiligen Bereichs, den ich als aktiv festlege. Er kann das Gebäude umfassen oder auch einen Umkreis von hundert Metern um das Gebäude. Jedenfalls darf keiner von ihnen diese Grenze lebend überschreiten. Sollte es einer versuchen – allein oder in Begleitung einer Geisel –, haben Ihre Truppen grünes Licht. Sie wissen, was das bedeutet?«

»Sie haben Feuererlaubnis.«

»Richtig. Und jeder Schuss soll tödlich sein. Sie sollen sich nicht bemühen, nur zu verwunden. Keine Warnrufe. Keine Warnschüsse. Tödliches Feuer oder gar kein Feuer.«

»Ja, Sir.«

»Selbst wenn zu sehen ist, dass eine Geisel bedroht wird, schießt niemand ohne ausdrückliche Genehmigung eines Angehörigen des Krisenmanagement-Teams durch offene Fenster oder Türen.«

Potter sah, dass Budds Miene sich verfinsterte, als er das hörte.

»Verstanden«, sagte Stillwell. Die vier Kommandeure nickten widerstrebend.

»Sollten Sie beschossen werden, richten Sie sich zur Verteidigung ein und warten, bis die Genehmigung kommt, das Feuer zu erwidern. Sollten Sie selbst oder einer unserer Leute tödlich bedroht werden, dürfen Sie töten, um sich oder andere zu schützen. Aber nur, wenn Sie der Überzeugung sind, dass wirklich eine momentane Gefahr vorliegt.«

»Eine momentane Gefahr«, murmelte einer der State Trooper sarkastisch.

Sie hoffen auf ein leichtes Spiel, dachte Potter. Er sah auf LeBows Computeruhr. »In ungefähr fünf Minuten nehmen wir Verbindung mit den GN auf. Ich werde sie vor der von mir festgelegten Grenze warnen und lasse es Sie dann wissen, Sheriff, wenn diese Warnung ausgesprochen worden ist. Von dieser Sekunde an haben Sie den Auftrag, sie wie besprochen zu blockieren.«

»Ja, Sir«, antwortete der Sheriff gelassen. Er fuhr sich mit einer Hand durch sein dichtes Haar und zerzauste es damit noch mehr.

»Vorläufig umfasst die tödliche Zone den gesamten Bereich außerhalb des Gebäudes. Nachdem sie jemanden rausgeschickt haben, der das Telefon holt, verlässt keiner mehr das Gebäude – außer mit einer weißen Flagge.«

Stillwell nickte.

Potter fuhr fort: »Henry hier versorgt Sie mit allen Informationen, die taktisch relevant sind. Art der Bewaffnung, Verteilung der Geiseln und Geiselnehmer innerhalb des Gebäudes, mögliche Fluchtwege und so weiter. Zwischen Ihnen und den GN gibt's keine direkten Kontakte. Und hören Sie bei meinen Gesprächen mit Handy nicht zu.«

»Verstanden. Warum nicht?«

»Weil ich versuche, eine gewisse Beziehung zu ihm aufzubauen, und mich bemühe, ihm mit Vernunft zu begegnen. Aber Sie können es sich nicht leisten, irgendwelche Sympathien für ihn zu hegen. Sie müssen imstande sein, ihn augenblicklich zu erschießen.«

»Ist mir nur recht.«

»Vor allem will ich keine Unfälle«, sagte Potter. »Captain Budd hat seinen Männern schon befohlen, ihre Waffen zu entladen. Das stimmt doch? Auch den Scharfschützen?«

Budd nickte wortlos. Seine Lippen waren zu einer

schmalen Linie zusammengekniffen. Potter fragte sich, wie wütend der Captain wohl war. Dann dachte er sich: Er wird noch viel wütender sein, bevor diese Sache ausgestanden ist.

»Meine Männer«, sagte einer der Trooper steif, »haben keine nervösen Schießfinger.«

»Im Augenblick vielleicht nicht. Aber das kommt noch. In zehn Stunden ist jeder so weit, dass er auf den eigenen Schatten schießt. Noch etwas, Dean: Unter Umständen sehen Sie im Gebäude Reflexionen, die von Zielfernrohren stammen könnten. Aber das sind meistens nur Spiegel. Geiselnehmer mit Knasterfahrung haben diesen Trick im Gefängnis gelernt. Sagen Sie Ihren Leuten, dass sie nicht in Panik geraten sollen, wenn sie etwas aufblitzen sehen.«

»Ja, Sir«, sagte Stillwell so langsam, wie er alles zu sagen schien.

Potter sprach weiter: »Nun noch ein paar abschließende Bemerkungen. Im Allgemeinen hat man es mit kriminellen Geiselnehmern am leichtesten. Sie sind keine Terroristen. Sie wollen niemanden umbringen, sie wollen entkommen. Lässt man ihnen Zeit, merken sie selbst, dass ihre Geiseln sie eigentlich nur behindern – und dass tote Geiseln bloß weitere Unannehmlichkeiten bedeuten. Aber im Augenblick denken sie nicht rational. Sie sind mit Adrenalin vollgepumpt. Sie sind ängstlich und verwirrt.

Wir müssen die Situation entschärfen. Handy muss glauben, diese Sache durch rationales Handeln überleben zu können. Die Zeit arbeitet für uns. Wir stellen kein zeitlich begrenztes Ultimatum. Wir wollen die Sache länger hinauszögern, als jeder von uns ertragen kann. Und dann noch länger. Und dann erst recht länger.

Sobald das Sonderkommando eintrifft, arbeiten wir eine taktische Lösung aus, die aber trotzdem unser letztes Mittel bleibt. Solange Handy noch mit uns redet, werden wir keinen gewaltsamen Befreiungsversuch unternehmen. Das ist dann die sogenannte Schweinebauch-Methode zur Geiselbefreiung.« Er lächelte zu Stillwell hinüber. »Unser Spiel heißt Verzögerung. Das zermürbt die GN, erzeugt Langeweile, bringt sie und die Geiseln enger zusammen.«

»Stockholm-Syndrom«, sagte einer der Kommandeure.

»Genau.«

»Was ist das?«, fragte ein anderer.

Potter nickte LeBow zu, der nun sagte: »Darunter versteht man den psychoanalytischen Vorgang der Übertragung, angewendet auf Geiselnahmen. Entstanden ist der Begriff nach einem Bankraub, der vor ungefähr zwanzig Jahren in Stockholm stattgefunden hat. Der Bankräuber hat vier Angestellte in einen Tresorraum gesperrt. Später ist noch ein ehemaliger Mithäftling des Geiselnehmers dazugestoßen. Diese sechs Personen sind über fünf Tage lang auf engstem Raum zusammen gewesen, und als die Geiselnehmer schließlich aufgegeben haben, hatten mehrere der Geiseln sich wahnsinnig in sie verliebt. Sie hatten allmählich das Gefühl bekommen, die Polizeibeamten seien die eigentlichen Gangster. Auch der Bankräuber und sein Zellengenosse haben starke Zuneigung für die Geiseln entwickelt und hätten nicht im Traum daran gedacht, ihnen etwas anzutun.«

»Los, an die Arbeit!«, drängte Potter. »Sheriff, Sie beginnen mit der Blockade. Ich nehme erstmals Verbindung mit den Geiselnehmern auf.«

Dean Stillwell nickte den Kommandeuren ein wenig schüchtern zu. »Wenn ihr alle mit rauskommt, können wir vielleicht ein paar eurer Trooper anders postieren. Wenn ihr nichts dagegen habt. Also, wie wär's damit?«

»Schweinebauch«, war die einzige Antwort, die jedoch sehr leise kam. Potter glaubte, nur er habe sie gehört.

Das Wasser lief wie eine Dusche, ein silberglänzender Strahl, der durch ein Loch in der Geschossdecke hoch über ihnen kam – vermutlich von Regenwassertümpeln gespeist, die sich auf dem Dach gebildet hatten.

Das Wasser tropfte auf rostige Fleischhaken, Ketten, Förderbänder aus Gummigewebe und zerfallende Maschinen gleich außerhalb des Schlachtraums, in dem Melanie Charrol saß und die Mädchen im Auge behielt. Anna und Suzie, die siebenjährigen Zwillinge, klammerten sich an sie. Beverly Klemper strich sich ihr kurzgeschnittenes Haar aus dem Gesicht – noch immer rundlich vor Babyspeck, obwohl sie schon vierzehn war – und rang nach Luft. Die anderen drängten sich am Ende des Schlachtraums zusammen. Die zehnjährige Emily Stoddard rieb mit tränenüberströmtem Gesicht verzweifelt an einem Rostfleck auf ihrer weißen Strumpfhose herum.

Melanie sah zu Mrs. Harstrawn und Susan Phillips hinüber, die zusammensaßen und sich in abrupter Gebärdensprache verständigten. Das blasse, von schwarzen Haaren umrahmte Gesicht des Teenagers trug noch immer einen wütenden Ausdruck. Ihre dunklen Augen sind die Augen einer Widerstandskämpferin, dachte Melanie plötzlich. Bei ihrem Gespräch ging es um die Schülerinnen.

»Ich fürchte, sie könnten in Panik geraten«, erklärte Susan der älteren Lehrerin. »Wir müssen dafür sorgen, dass sie zusammenbleiben. Versucht eine wegzulaufen, tun diese Arschlöcher ihr etwas an.«

Mit der Unerschrockenheit einer Achtjährigen signalisierte Kielle Stone: »Wir *müssen* weglaufen! Wir sind mehr als sie. Wir können abhauen!«

Susan und Mrs. Harstrawn ignorierten sie. Die grauen Augen des kleinen Mädchens funkelten aufgebracht.

Melanie hatte die ganze Zeit nur einen Gedanken: Ich weiß nicht, was ich tun soll. Ich *weiß* es einfach nicht.

Im Augenblick achteten die Männer nicht besonders auf ihre Geiseln. Melanie stand auf, trat an die Tür und beobachtete, wie sie frische Kleidungsstücke aus einer Reisetasche holten. Brutus zog sich das T-Shirt über den Kopf, sah kurz zu Melanie hinüber, stellte sich dann unter den Wasserstrahl und ließ ihn an sich herablaufen, während er die Augen schloss und das Gesicht zu der nur undeutlich erkennbaren Betondecke hob. Sie sah seine sehnigen Muskeln, seinen von einem Dutzend rosa Narben entstellten unbehaarten Oberkörper. Die beiden anderen Männer beobachteten ihn unsicher, dann zogen sie sich weiter um. Als sie ihre Arbeitshemden auszogen, konnte sie die auf ihren T-Shirts aufgedruckten Namen lesen. Auf Marders T-Shirt stand *S. Wilcox*, auf Bärs *R. Bonner*. Aber als sie Bärs dicken, behaarten Oberkörper und Marders schlanken Körper und seinen unsteten Blick sah, blieb sie trotzdem bei den Tiernamen, die ihr unwillkürlich eingefallen waren.

Und als sie den boshaft amüsierten Gesichtsausdruck sah, während er mit ausgebreiteten Armen wie ein Gekreuzigter unter dem auf ihn herabprasselnden Wasser stand, begriff sie, dass Brutus ein viel besserer Name für ihn war als *L. Handy*.

Dann trat er unter dem Wasserstrahl hervor, trocknete sich mit seinem alten Hemd ab und zog ein frisches dunkelgrünes Flanellhemd an. Er griff nach seiner Pistole, die auf einem Ölfass lag, und sah zu den Geiseln hinüber. Er trug dabei wieder dieses eigenartige Lächeln zur Schau. Er gesellte sich zu den anderen Männern. Dann sahen sie vorsichtig aus einem der vorderen Fenster.

Das kann doch nicht wahr sein, sagte Melanie sich. Das ist unmöglich! Sie wurde erwartet. Von ihren Eltern. Von Danny, der morgen operiert werden sollte. Sie war nach jeder der sechs Operationen, denen er sich im vergangenen Jahr hatte unterziehen müssen, bei ihm im Aufwachraum gewesen. Sie fühlte den absurden Drang, diesen Männern mitzuteilen, sie *müssten* alle ihre Geiseln sofort freilassen – sie konnte ihren Bruder nicht enttäuschen.

Außerdem musste sie an ihren Auftritt in Topeka denken.

Und natürlich an ihr Vorhaben danach.

Geh hin und rede mit ihm. Sofort. Bitte ihn, die kleinen Mädchen gehen zu lassen. Wenigstens die Zwillinge. Oder Kielle und Shannon. Emily.

Beverly, die sich mit ihrem Asthma quält.

Geh! Tu's endlich.

Melanie setzte sich in Bewegung, sah sich noch einmal um. Die anderen im Schlachtraum – alle neun – starrten ihr nach.

Susan hielt ihren Blick sekundenlang gefangen, dann machte sie ihr ein Zeichen, sie solle umkehren. Sie gehorchte.

»Habt keine Angst«, forderte Susan die Mädchen auf, während sie die kleinen dunkelhaarigen Zwillinge an sich zog. Sie lächelte. »Sie verschwinden bald, lassen uns laufen. Wir kommen etwas zu spät nach Topeka, das ist alles. Was wollt ihr nach Melanies Vortrag machen? Los, erzählt's mir!«

Ist sie verrückt?, fragte Melanie sich. Sie lassen uns bestimmt nicht einfach... Dann ging ihr auf, dass Susan das sagte, um sie zu beruhigen. Susan hatte recht. Die Wahrheit war unwichtig. Es kam darauf an, die kleineren Mädchen zu trösten. Und dafür zu sorgen, dass die Männer keinen Grund hatten, in ihre Nähe zu kommen – das Bild, wie Bär nach Susans Brüsten gegriffen und Shannon an seinen fetten Körper gedrückt hatte, stand Melanie noch lebhaft vor Augen.

Aber keine wollte mitspielen. Bis Melanie vorschlug: »Zum Abendessen ausgehen?«

»Spielhalle!« Das war Shannons Idee. »Mortal Kombat!«

Kielle setzte sich auf. »Ich will in ein richtiges Restaurant.

Ich will ein Steak – halb durchgebraten – und Kartoffeln und Kuchen ...«

»Einen ganzen Kuchen?«, fragte Susan mit gespieltem Erstaunen.

Melanie, die mit den Tränen kämpfte, fiel nichts ein, was sie hätte beitragen können. Sie signalisierte zögernd: »Ja. Für jede einen ganzen Kuchen!«

Die Mädchen sahen kurz zu ihr hinüber, wandten sich aber sofort wieder Susan zu.

»Das könnte Bauchweh geben.« Mrs. Harstrawn runzelte übertrieben die Stirn.

»Nein«, antwortete Kielle. »Ein ganzer Kuchen wäre *krass.*« Sie warf Susan einen indignierten Blick zu. »Nur Philister essen ganze Kuchen. Wir bestellen uns jede ein Stück. Und ich trinke dazu Kaffee.«

»Sie lassen uns keinen Kaffee trinken.« Jocylyn hörte lange genug auf, ihre geschwollenen Augen zu reiben, um das einzuwenden.

»*Ich* trinke Kaffee. Schwarzen Kaffee«, behauptete Shannon, die Bär ans Knie getreten hatte.

»Mit Sahne«, fuhr Kielle fort. »Wenn meine Mutter Kaffee macht, tut sie ihn in ein Glas und gießt Sahne dazu. Die wirbelt herum wie eine Wolke. Ich trinke Kaffee in einem richtigen Restaurant.«

»Vielleicht Mokka-Eiskrem.« Beverly hatte Mühe, genügend Luft in ihre Lunge zu bekommen.

»Mit Schokostreuseln«, schlug Suzie vor.

»Mit Schokostreuseln *und* Erdnussbutterkonfekt«, stimmte ihre nur etwa dreißig Sekunden jüngere Zwillingsschwester Anna zu. »Wie bei Friendly's!«

Auch diesmal fiel Melanie nichts dazu ein.

»Nicht *so ein* Restaurant. Ich meine ein *vornehmes* Restaurant.« Kielle konnte nicht begreifen, warum niemand außer ihr diese Idee aufregend fand.

Susan lächelte strahlend. »Dann sind wir uns also einig. Wir gehen in ein vornehmes Restaurant. Steak, Kaffee und Kuchen für alle. Philister dürfen nicht mit!«

Die zwölfjährige Jocylyn brach urplötzlich in hysterische Tränen aus und sprang auf. Mrs. Harstrawn war sofort auf den Beinen, zog das pummelige Mädchen an sich und hielt es umarmt. Jocylyn beruhigte sich langsam wieder. Melanie hob die Hände, um etwas Tröstliches und Lustiges zu sagen. Schließlich signalisierte sie: »Alle bekommen Kuchen mit Schlagsahne.«

Susan wandte sich an Melanie. »Traust du dich noch auf die Bühne?«

Die junge Lehrerin starrte ihre Schülerin sekundenlang an, dann nickte sie lächelnd.

Mit nervösem Blick auf die Männer im Hauptraum des Schlachthauses, die die Köpfe gesenkt hielten und miteinander sprachen, schlug Mrs. Harstrawn vor: »Vielleicht könnte Melanie ihre Gedichte noch mal rezitieren.«

Melanie nickte, obwohl ihr Gedächtnis plötzlich wie leergefegt war. Ihr Repertoire bestand aus zwei Dutzend Gedichten, die sie hatte vortragen wollen. Aber jetzt fiel ihr nur die erste Strophe von »Vögel auf einer Leitung« ein. Sie hob ihre Hände und rezitierte:

*»Acht graue Vögel sitzen im Dunkeln.*
*Kalter Wind weht, er ist nicht freundlich.*
*Sie sitzen auf Drähten, schlagen mit den Flügeln*
*und segeln davon in weiße Wolkenberge.«*

»Schön, nicht wahr?«, fragte Susan und sah dabei vor allem Jocylyn an. Das Mädchen fuhr sich mit einem Ärmel seiner weiten Bluse übers Gesicht und nickte.

»*Ich* hab auch schon Gedichte geschrieben«, stellte Kielle nachdrücklich fest. »Mindestens fünfzig! Nein, mehr. Über Wonder Woman und Spider-Man. Und über die X-Men. Und Jean Grey und Cyclops. Shannon hat sie gelesen!«

Shannon nickte eifrig. Auf ihrem linken Unterarm trug sie eine nachgeahmte Tätowierung von Gambit, einem weiteren X-Man, die sie sich mit Filzstift auf die Haut gemalt hatte.

»Willst du nicht eins deiner Gedichte vortragen?«, fragte Susan. Kielle überlegte kurz und gestand dann, dass ihre Gedichte noch etwas überarbeitet werden mussten.

»Warum sind die Vögel in deinem Gedicht grau?«, wollte Beverly von Melanie wissen. Ihre Gesten waren hastig und abgehackt, als müsste sie jede Unterhaltung schnell zu Ende bringen, bevor sie wieder einen ihrer krampfartigen Asthmaanfälle bekam.

»Weil wir alle ein bisschen Grau in uns haben«, antwortete Melanie. Sie war erstaunt, dass die Mädchen sich tatsächlich etwas erholten, sobald sie sich von den Schrecken ihrer gegenwärtigen Lage ablenken ließen.

»Wenn's von uns handelt, wäre ich lieber ein hübscher Vogel«, warf Suzie ein, und ihre Zwillingsschwester nickte.

»Du hättest uns rot machen können«, schlug Emily vor, die ein Baumwollkleid von Laura Ashley mit Blumenmuster trug. Sie war mädchenhafter als alle ihre Mitschülerinnen zusammen.

Dann erklärte Susan – die Dinge wusste, die selbst Melanie unbekannt waren; Susan, die lauter Einser hatte und ab nächstem Jahr am Gallaudet College studieren würde – den faszinierten Mädchen, nur die männlichen Dompfaffen seien rot. Die Weibchen seien graubraun.

»Dann geht's also um Dompfaffen?«, fragte Kielle.

Als Melanie nicht reagierte, tippte das kleine Mädchen ihr auf die Schulter und wiederholte ihre Frage.

»Ja«, antwortete Melanie. »Gewiss. Es handelt von Dompfaffen. Ihr seid alle ein Schwarm hübscher Dompfaffen.«

»Keine Dombischöfe?«, wollte Mrs. Harstrawn wissen und rollte mit den Augen. Susan lachte. Jocylyn nickte, schien aber frustriert, dass wieder einmal jemand anders schneller mit einem Witz bei der Hand war als sie.

Shannon, die am liebsten Bücher von Christopher Pike verschlang, wollte wissen, warum Melanie die Vögel nicht in Habichte mit kräftigen Schnäbeln und bluttriefenden Krallen verwandelte. »Es handelt also von uns?«, fragte Kielle. »Das Gedicht?«

»Vielleicht.«

»Aber mit dir sind wir neun«, erklärte Susan ihrer Lehrerin mit Teenagerlogik. »Und mit Mrs. Harstrawn zehn.«

»Du hast recht«, antwortete Melanie. »Ich könnte die Zahl einfach ändern.« Dann sagte sie sich: Tu etwas. Schlagsahne auf dem Kuchen? Bockmist. Übernimm Verantwortung!

Tu etwas!

Rede mit Brutus.

Melanie stand plötzlich auf und trat an die Tür. Sah hinaus. Dann wieder zu Susan hinüber, die sich erkundigte: »Was hast du vor?«

Melanie drehte sich wieder zu den Männern um. Und dachte dabei: Ach, verlasst euch nicht auf mich, Mädels. Das ist ein Fehler. Ich kann euch nicht retten. Mrs. Harstrawn ist älter. Susan ist stärker. Sagt sie etwas, hören ihr die Leute – egal ob gehörlos oder hörend – immer zu.

Ich kann nicht …

Doch, du kannst.

Melanie trat in den Hauptraum und fühlte Spritzer des vom Dach herabtropfenden Wassers. Sie wich einem im Luftzug pendelnden Fleischhaken aus und näherte sich den Männern. Nur die Zwillinge. Und Beverly. Wer würde siebenjährige Mädchen nicht freilassen? Wer würde kein Mitleid mit einem von Asthmaanfällen geschüttelten Teenager haben?

Bär hob den Kopf, sah Melanie kommen und grinste.

Marder mit seinem Bürstenhaarschnitt schob Batterien in einen tragbaren Fernseher und achtete nicht auf sie. Brutus, der sich etwas von den beiden anderen entfernt hatte, blickte aus einem Fenster.

Melanie blieb stehen und sah in den Schlachtraum zurück. Susan starrte sie stirnrunzelnd an und fragte: »Was hast du vor?« Melanie las Kritik in ihrer Miene, sie kam sich selbst wie eine Schülerin vor.

Frag ihn einfach. Schreib ihm die Worte auf. *Bitte lassen Sie die Kleinen frei.*

Ihre Hände zitterten, und ihr Herz fühlte sich wie ein riesiger, schmerzhafter Klumpen an. Sie fühlte die Schwingungen, als Bär etwas sagte. Langsam drehte Brutus sich um.

Er sah ihr entgegen, warf sein nasses Haar mit einer Kopfbewegung nach hinten.

Melanie erstarrte, als sie Brutus' Blick auf sich spürte. Sie bedeutete ihm pantomimisch, dass sie etwas schreiben wolle. Er kam auf sie zu. Sie war wie gelähmt. Er ergriff ihre Hand, betrachtete ihre Nägel, den dünnen Silberring an ihrem rechten Zeigefinger. Er ließ ihre Hand los. Sah ihr ins Gesicht und lachte. Dann ließ er sie stehen, ging zu den anderen zurück und kehrte ihr dabei so achtlos den Rücken zu, als wäre sie völlig ungefährlich, als wäre sie jünger als ihre jüngste Schülerin, als wäre sie überhaupt nicht da.

Dies war für sie schrecklicher, als wenn er sie geohrfeigt hätte.

Melanie, die zu verängstigt war, um sich ihm erneut zu nähern, und sich zu sehr schämte, um gleich in den Schlachtraum zurückzukehren, blieb zunächst, wo sie war, und starrte aus dem Fenster auf die Streifenwagen, die hinter ihnen in Deckung kauernden Polizeibeamten und das vom Wind bewegte, spärliche Präriegras.

Potter starrte durch die Panzerglasscheiben der Kommandozentrale auf das Schlachthaus.

Sie mussten bald miteinander reden. Lou Handy beherrschte seine Gedanken schon zu sehr. Bei solchen Verhandlungen gab es immer zwei Gefahren. Die erste war, dass man sich den Geiselnehmer schon vorher überlebensgroß vorstellte und damit von Anfang an in die Defensive geriet. (Die andere – sein eigenes Stockholm-Syndrom – würde später auftreten. Dann konnte er immer noch dagegen ankämpfen. Und er wusste, dass das nötig sein würde.)

»Wurftelefon fertig?«

»Gleich.« Tobe war noch dabei, das Gerät zu programmieren. »Soll ich ein Mikro reintun?«

Wurftelefone waren leichte, stabile Mobiltelefone, deren eingebauter zweiter Sendekreis alle hinausgehenden Gespräche an die Kommandozentrale übermittelte und die angerufenen Nummern anzeigte. Im Allgemeinen sprachen GN nur mit den Verhandlern, aber manchmal riefen sie auch Freunde oder Komplizen an. Diese Gespräche konnten dem Krisenmanagement-Team bei den Verhandlungen helfen oder ihm einen taktischen Vorteil verschaffen.

In manchen Fällen wurde im Wurftelefon ein winziges ungerichtetes Mikrofon versteckt, das auch dann jedes gesprochene Wort übertrug, wenn die GN das Telefon nicht benutzten. Genau zu wissen, was die Belagerten untereinander redeten, war der Traum jedes Verhandlers. Wurde das Mikrofon jedoch entdeckt, konnte das Vergeltungsmaßnahmen auslösen und schadete in jedem Fall der Glaubwürdigkeit des Verhandlers – in diesem Stadium sein einziges wirkliches Kapital.

»Henry?«, fragte Potter. »Deine Meinung dazu? Könnte er's finden?«

Henry LeBow beugte sich über seine Tastatur und rief die rasch anschwellende Akte Handy auf. Er blätterte darin.

»Hat nicht studiert, war in der Highschool in Mathematik und Physik sehr gut. Augenblick, hier kommt was ... wurde in der Armee eine Zeit lang zum Elektroniker ausgebildet. Allerdings hat er nicht lange Uniform getragen. Hat seinen Sergeant niedergestochen. Aber das gehört nicht hierher ... Nein, ich bin gegen das Mikro. Handy könnte es finden. Er versteht zu viel von Elektronik.«

Potter seufzte. »Lass es draußen, Tobe.«

»Tut weh.«

»Stimmt.«

Das Telefon klingelte, und Potter nahm den Hörer ab. Special Agent Angie Scapello war in Wichita angekommen und wurde nun per Hubschrauber zur Laurent Clerc School in Hebron gebracht. Sie und eine Polizeibeamtin aus Hebron, die als Dolmetscherin fungieren sollte, würden in ungefähr einer halben Stunde eintreffen.

Diese Informationen erhielt wieder LeBow, der sie eingab. Der Analytiker fügte hinzu: »CAD-Pläne des Gebäudeinneren müssten in zehn Minuten vorliegen.« LeBow hatte einen FBI-Agenten damit beauftragt, in Crow Ridge die Baupläne des ehemaligen Schlachthauses auszugraben. Sie würden in die Kommandozentrale übertragen und mittels CAD-Software ausgedruckt werden.

Potter wandte sich an Budd. »Charlie, ich glaube, wir müssen versuchen, sie zusammenzubringen. Die Geiseln, meine ich. Die GN werden Strom verlangen, aber den will ich ihnen nicht bewilligen. Sie sollen eine einzige Lampe haben. Batteriebetrieben. Schwach. Damit sie sich alle im selben Raum aufhalten müssen.«

»Warum?«

Die Antwort kam von LeBow: »Damit die Geiselnehmer mit ihren Geiseln zusammen sind. Damit Handy mit ihnen redet, sie kennenlernt.«

»Ich weiß nicht recht, Sir«, sagte der Captain. »Die Mädchen sind alle taub. Bei Dunkelheit wird's dort drinnen verdammt unheimlich werden. Sind die Mädchen in einem Raum, in dem nur eine schwache Lampe brennt, werden sie … nun, sie werden ausflippen, wie meine Tochter sagen würde.«

»Auf ihre Gefühle können wir nicht viel Rücksicht nehmen«, sagte Potter geistesabwesend, während er beobachtete, wie LeBow Informationen auf seiner elektronischen Steintafel festhielt.

»Tut mir leid, da bin ich echt nicht Ihrer Meinung, Sir«, widersprach Budd.

Schweigen.

Tobe baute das Mobiltelefon zusammen, während er gleichzeitig sechs Fernsehsendungen auf einem einzigen Bildschirm verfolgte, den Derek Elb wie mit einem Zauberstab aufgeteilt hatte. Alle lokalen Sender berichteten ausführlich über die Geiselnahme, aber auch CBS und CNN brachten Sondersendungen. Durchgestylte Schönheiten, Männer und Frauen, hielten sich Mikrofone wie Eiscremetüten vors Gesicht und sprachen fieberhaft in sie hinein. Potter stellte fest, dass Tobe sich mit der Hauptkonsole der Kommandozentrale zurechtfand, als hätte er sie selbst entworfen – und überlegte dann, dass sie tatsächlich von ihm stammen könnte. Tobe und der rothaarige Derek waren offenbar bereits gute Freunde geworden.

»Denken Sie mal darüber nach«, verlangte Budd hartnäckig. »In dem alten Bau dort drüben ist es schon mittags unheimlich. Und nachts? Mann, da wird's gruselig!«

»Die nächsten vierundzwanzig Stunden werden so oder so kein Zuckerlecken für die Mädchen«, antwortete Potter. »Damit müssen sie einfach leben. Wir wollen, dass sie als Gruppe zusammenbleiben. Das lässt sich durch eine einzelne Lampe erreichen.«

Budd verzog frustriert das Gesicht. »Diese Sache hat

auch einen praktischen Aspekt. Wenn es zu dunkel ist, könnten sie in Panik geraten, fürchte ich. Sie könnten wegzulaufen versuchen. Und dabei Schaden nehmen.«

Potter starrte die Klinkermauern des alten Schlachthauses an, die dunkel wie eingetrocknetes Blut waren.

»Sie *wollen* doch nicht, dass sie erschossen werden?«, fragte Budd aufgebracht. Nun sah LeBow zu ihm auf – nicht jedoch Potter.

»Wenn wir sie mit Strom versorgen«, sagte der Agent, »haben sie das ganze Schlachthaus zur Verfügung, um sich darin zu verstecken. Handy könnte sie in zehn verschiedenen Räumen unterbringen.« Potter machte geistesabwesend eine Bewegung mit beiden Händen, als formte er einen Schneeball. »Wir *müssen* sie zusammenhalten.«

»Wir könnten ein Notstromaggregat einsetzen«, schlug Budd vor. »Mit einem Kabel und vier bis fünf Werkstattlampen – Sie wissen schon, diese Dinger in Drahtkäfigen, die man aufhängen kann. Eben genug Licht, um den Hauptraum zu erhellen. Wenn Sie später einen Sturmangriff befehlen wollen, könnten wir den Strom jederzeit ausschalten. Bei ’ner Batterielampe wäre das nicht möglich. Außerdem müssen wir irgendwann Verbindung zu den Mädchen aufnehmen. Denken Sie daran, sie sind alle taub. Wie wollen Sie das anstellen, wenn’s dort drin stockfinster ist?«

Das war ein gutes Argument, das Potter nicht berücksichtigt hatte. Bei einem Sturmangriff würde irgendjemand den Mädchen Evakuierungsanweisungen in Gebärdensprache geben müssen.

Potter nickte. »Okay.«

»Ich kümmere mich gleich darum.«

»Delegieren Sie’s, Charlie.«

»Das hab ich vor.«

Tobe drückte auf einige Knöpfe. Aus dem Deckenlautsprecher drang das Rauschen atmosphärischer Störungen. »Scheiße«, murmelte er. An LeBow gewandt fügte er hinzu: »Zwei Männer mit großen Ohren sind näher dran, als sie sein sollten.« Damit meinte er die kleinen Parabolmikrofone, die unter günstigen Umständen ein Flüstern aus hundert Metern Entfernung aufnehmen konnten. Heute waren sie wertlos.

»Verdammter Wind«, murmelte LeBow.

»Das Wurftelefon ist fertig«, kündigte Tobe an und schob Potter eine kleine olivgrüne Segeltuchtasche zu. »Beide Sendekreise sind aktiviert.«

»Wir ...«

Ein Telefon klingelte. Potter nahm hastig ab.

»Potter«, meldete er sich.

»Agent Potter? Wir kennen uns noch nicht.« Aus dem Lautsprecher drang ein angenehmer Bariton. »Ich bin Roland Marks, der stellvertretende Generalstaatsanwalt von Kansas.«

»Ja?«, fragte Potter kühl.

»Ich würde gern ein paar Gedanken mit Ihnen austauschen, Sir.«

Potter konnte seine Ungeduld kaum beherrschen. Ausgerechnet jetzt!, sagte er sich.

»Tut mir leid, ich bin gerade sehr beschäftigt.«

»Einige Gedanken über die Beteiligung des Staates Kansas. Bloß ein paar Anmerkungen.«

Potter hatte Charlie Budd, er hatte seine Blockadetruppen, er hatte die Kommandozentrale. Mehr brauchte ihm der Staat Kansas nicht zur Verfügung zu stellen.

»Dies ist kein guter Zeitpunkt, fürchte ich.«

»Ist es wahr, dass die Täter acht junge Mädchen entführt haben?«

Potter seufzte. »Und zwei Lehrerinnen. Von der Gehörlosenschule in Hebron. Ja, das stimmt. Wir sind gerade dabei, Verbindung mit den Entführern aufzunehmen, und die Zeit drängt. Ich kann leider nicht …«

»Wie viele Geiselnehmer sind es?«

»Tut mir leid, aber ich habe keine Zeit, Ihnen die Situation zu schildern. Der Gouverneur wird auf dem Laufenden gehalten, und Sie können sich an Peter Henderson, den Leiter unserer Dienststelle in Wichita, wenden. Den kennen Sie, nehme ich an.«

»Ich kenne Pete. Klar.« Das Zögern in seiner Stimme deutete an, dass er wenig Zutrauen zu Henderson hatte. »Aus dieser Sache könnte sich eine wahre Tragödie entwickeln, Sir.«

»Nun, Mr. Marks, meine Aufgabe ist es, dies zu verhindern. Ich hoffe, dass Sie mich ungestört daran weiterarbeiten lassen.«

»Ich hab mir überlegt, ob nicht vielleicht ein Geistlicher oder ein Psychologe helfen könnte. In Topeka haben wir für unsere Leute im Staatsdienst eine Beratungsstelle aufgebaut. Von dort könnte ein erstklassiger …«

»Ich lege jetzt auf«, sagte Potter beinahe fröhlich. »Peter Henderson kann Sie über unsere Fortschritte auf dem Laufenden halten.«

»Augenblick, ich …«

*Klick.*

»Henry, sieh nach, was wir über Roland Marks wissen – er ist Stellvertreter des hiesigen Generalstaatsanwalts. Finde raus, ob er uns Schwierigkeiten machen kann. Sieh nach, ob er irgendwo kandidiert, irgendwelche Posten im Auge hat.«

»Klingt so, als wäre er einer dieser gefühlsduseligen, liberalen Waschlappen, wenn du mich fragst«, knurrte Henry LeBow, der sein Leben lang nur Demokraten gewählt hatte – auch Eugene McCarthy.

»Also gut«, sagte Potter, der diesen Anruf sofort wieder vergaß, »jetzt brauchen wir einen Freiwilligen, der gut werfen kann. Ach, noch etwas …« Potter knöpfte sein Sakko zu, winkte Budd zu sich heran und wies mit seinem Daumen auf die Tür. »Kommen Sie bitte einen Augenblick mit raus, Charlie?«

Im Freien standen sie im schwachen Schatten der Kommandozentrale. »Captain«, sagte Potter, »erzählen Sie mir lieber, was Ihnen nicht passt. Dass ich Ihnen dort drinnen auf die Zehen getreten bin?«

»Nein«, antwortete Budd eisig. »Sie vertreten die Bundespolizei, ich die Staatspolizei. Folglich sind Sie mir gegenüber weisungsberechtigt. Steht in der Verfassung.«

»Hören Sie«, sagte Potter energisch, »für Empfindlichkeit haben wir jetzt keine Zeit. Machen Sie Ihrem Herzen Luft. Oder leben Sie damit, was immer es ist.«

»Was schlagen Sie vor? Sollen wir unsere Rangabzeichen ablegen und die Sache mit den Fäusten austragen?« Budd lachte humorlos.

Potter zog wortlos die Augenbrauen hoch.

»Also gut, was halten Sie davon? Was mich ärgert, ist die Tatsache, dass Sie als erstklassiger Verhandler gelten, während ich noch nie mit Geiselnehmern zu tun hatte. Ich höre Sie links und rechts Befehle blaffen, als wüssten Sie genau, was Sie tun – aber finden Sie nicht, dass Sie vergessen haben, etwas sehr Wichtiges zu erwähnen?«

»Was?«

»Sie haben kaum drei Worte über die Mädchen dort drinnen verloren.«

»Was ist mit denen?«

»Ich finde nur, Sie hätten alle daran erinnern sollen, dass unsere wichtigste Aufgabe darin besteht, die Mädchen lebend rauszuholen.«

»Oh«, sagte Potter, der in Gedanken woanders war, während sein Blick über das Gefechtsfeld glitt. »Aber das ist nicht unsere wichtigste Aufgabe, Charlie. Das besagen die

Einsatzregeln ganz klar. Ich bin hier, um die Geiselnehmer zum Aufgeben zu überreden; tun sie das nicht, helfe ich dem Sonderkommando, sie anzugreifen und auszuschalten. Selbstverständlich tue ich alles, was in meiner Macht steht, um die Geiseln zu retten. Deshalb leite ich, und nicht das Sonderkommando, dieses Unternehmen. Aber die Männer dort drinnen verlassen Crow Ridge nicht mehr … außer in Handschellen oder Leichensäcken. Und wenn das den Tod der Mädchen bedeutet, müssen sie leider sterben. Jetzt wäre ich Ihnen dankbar, wenn Sie mir diesen Freiwilligen suchen würden – ein Kerl, der gut werfen kann –, dem ich das Wurftelefon anvertrauen kann. Und geben Sie mir auch das Megafon, wenn Sie so freundlich sein wollen.«

# Mittag

Auf dem Weg durch die flache Senke, die erst an der Südseite des Schlachthauses endete, sagte Arthur Potter zu Henry LeBow: »Wir brauchen alle Pläne über etwaige Umbauten des Gebäudes. Auch von der Kanalisation. Ich will wissen, ob's irgendwelche Tunnels gibt.«

Der Analytiker nickte. »Schon veranlasst. Ich lasse auch prüfen, ob Grunddienstbarkeiten eingetragen sind.«

»Tunnels?«, fragte Budd.

Potter erzählte ihm von den Terroristen, die sich vor drei Jahren in Newport, Rhode Island, in der Villa Vanderbilt verbarrikadiert hatten. Das Sonderkommando hatte die Geiselnehmer völlig überrascht, indem es durch einen Heizungstunnel in den Keller des Hauptgebäudes eingedrungen war. Damit seine Gäste nicht durch Lärm und Rauch belästigt wurden, hatte der Multimillionär den Heizkessel in einem Nebengebäude aufstellen lassen – ohne zu ahnen, dass seine Rücksichtnahme hundert Jahre später fünfzehn Touristen aus Israel das Leben retten würde.

Potter sah befriedigt, dass Dean Stillwell die Trooper und FBI-Agenten rings um das Gebäude in gute Verteidigungsstellungen gebracht hatte. Auf halbem Weg zu dem Schlachthaus blieb der Agent plötzlich stehen und starrte das in einiger Entfernung glitzernde Wasser an.

Zu Budd sagte er: »Ich will, dass der Verkehr auf dem Fluss eingestellt wird.«

»Nun, äh, das ist der Arkansas River.«

»Das haben Sie uns gesagt.«

»Ich meine, das ist ein großer Fluss.«

»Das sehe ich.«

»Okay, warum also? Glauben Sie, dass sie Komplizen haben, die sich auf Flößen herantreiben lassen?«

»Nein.« Durch sein Schweigen forderte Potter den Captain dazu heraus, die richtige Antwort selbst zu finden. Er wollte, dass der Mann zu *denken* anfing.

»Denken Sie etwa, sie könnten versuchen, zu einem Frachtkahn rauszuschwimmen? Dabei würden sie bestimmt ertrinken. Die Strömung ist verdammt gefährlich.«

»Ah, aber sie könnten's versuchen wollen. Ich will sichergehen, dass sie nicht mal auf die Idee kommen. Genau nach dem gleichen Prinzip wie bei den Hubschraubern.«

»Wird erledigt«, sagte Budd. »Aber wen soll ich anrufen? Die Küstenwache? Ich glaube nicht, dass es auf unseren Flüssen eine Art Küstenwache gibt.« Seine Frustration war offensichtlich. »Ich meine, wen soll ich anrufen?«

»Weiß ich nicht, Charlie. Das müssen Sie selbst rauskriegen.«

Budd rief seine Dienststelle mit dem Mobiltelefon an und beauftragte sie herauszufinden, wer für den Verkehr auf dem Fluss zuständig war. Er beendete das Gespräch mit den Worten: »Weiß ich nicht. Das müssen Sie selbst rauskriegen.«

Special Agent Peter Henderson war im rückwärtigen Bereitstellungsraum, wo er das Feldlazarett aufbauen ließ und Verbindung zu den eintreffenden neuen Kräften hielt – vor allem Agenten vom Bureau of Alcohol, Tobacco and Firearms und U.S. Marshals, die zuständig waren, weil Schusswaffenmissbrauch und ein Ausbruch aus einem Bundesgefängnis vorlagen. Potter bildete sich ein, noch immer Hendersons verbitterte Abschiedsworte zu hören. *Oh, es wird schon noch was geben! Da können Sie ganz unbesorgt sein.*

Er wandte sich an LeBow. »Henry, während du unseren Freund Roland Marks überprüfst, kannst du dir auch gleich Henderson vornehmen.«

»*Unseren* Henderson?«

»Richtig. Die Überprüfung soll dich nicht von deiner sonstigen Arbeit abhalten, aber ich muss wissen, ob er irgendwelche privaten Absichten verfolgt.«

»Klar.«

»Arthur«, sagte Budd, »ich hab mir überlegt, ob's nicht gut wäre, seine Mutter herzuholen. Handys Mutter, meine ich. Oder seinen Vater oder Bruder oder sonst jemanden.«

Diesmal schüttelte LeBow den Kopf.

»Wieso? Hab ich was Dummes gefragt?«, wollte Budd wissen.

Der Analytiker sagte: »Sie haben nur zu viele Filme gesehen, Captain. Ein Angehöriger oder Geistlicher ist so ungefähr der letzte Mensch, den wir hierhaben wollen.«

»Wie kommt das?«

»In neunzig Prozent aller Fälle sind sie auch wegen ihrer Familie in Schwierigkeiten geraten«, setzte Potter ihm auseinander. »Und ich habe noch keinen Geistlichen erlebt, der mehr getan hätte, als die Geiselnehmer aufzubringen.« Der Agent stellte befriedigt fest, dass Budd das nicht als Tadel, sondern als Information zur Kenntnis nahm, die er bereitwillig irgendwo in seinem Gehirn speicherte.

»Sir.« Sheriff Dean Stillwells Stimme wurde vom Wind herübergeweht. Er kam mit einem weiteren Mann im Schlepptau näher. »Einer meiner Leute hat sich freiwillig für die Sache mit dem Telefon gemeldet. Komm mal her, Stevie.«

»Officer«, sagte Potter nickend, »wie heißen Sie?«

»Stephen Oates. Meistens nur Stevie.« Den großen, schlaksigen Deputy konnte man sich gut in einem gestreiften Trikot und mit einem Stück Kautabak im Mund als Pitcher auf dem Baseballfeld vorstellen.

»Also gut, Stevie. Sie ziehen die kugelsichere Weste hier an und setzen diesen Helm auf. Ich sage denen dort drinnen, dass Sie kommen. Sie kriechen nach vorn bis zu der kleinen Anhöhe. Sehen Sie die? Bei dem ehemaligen Pferch. Ich möchte, dass Sie in Deckung bleiben und diese Tasche möglichst dicht vor die Eingangstür werfen.«

Tobe gab ihm die kleine olivgrüne Segeltuchtasche.

»Was ist, wenn ich die Felsen dort vorn treffe, Sir?«

»Das Telefon ist besonders robust, und die Tasche ist gepolstert«, sagte Potter. »Und wenn Sie diese Felsen tatsächlich treffen, dann sollten Sie bei der Polizei aufhören und sich bei den Royals bewerben. Okay«, fügte er energisch hinzu, »sehen wir also zu, dass wir das Telefon an den Mann bringen.«

Potter nahm sein Megafon mit und kroch zu der kleinen Anhöhe, von der aus er Handy zuletzt angerufen hatte – etwa sechzig Meter von den Fenstern des Schlachthauses entfernt. Dort blieb er auf dem Bauch liegen, bis er wieder zu Atem gekommen war. Dann hob er das Megafon an die Lippen. »Hier spricht noch mal Agent Potter. Wir lassen Ihnen jetzt ein Mobiltelefon bringen. Einer unserer Männer wirft es so nahe wie möglich vor den Eingang des Gebäudes. Dies ist kein Trick. Es handelt sich um ein gewöhnliches Mobiltelefon. Lassen Sie unseren Mann ans Gebäude heran?«

Nichts.

»Hallo, Sie dort drinnen, können Sie mich hören? Wir wollen mit Ihnen reden. Lassen Sie unseren Mann rankommen?«

Nach einer endlosen Pause wurde in einer der Fensterhöhlen ein gelbes Tuch geschwenkt. Das schien eine positive Antwort zu sein; das Gegenteil wäre vermutlich eine Kugel gewesen.

»Wenn jemand rauskommt, um das Telefon zu holen,

wird nicht auf ihn geschossen. Darauf gebe ich Ihnen mein Wort.«

Wieder der gelbe Fetzen.

Potter nickte Oates zu. »Also los!«

Der Trooper bewegte sich geduckt auf die grasbewachsene Anhöhe zu. Trotzdem, das sah Potter deutlich, hätte ihn ein Gewehrschütze leicht treffen können. Gewiss, er trug einen Kevlar-Helm, aber das Helmvisier bestand aus durchsichtigem Plastikmaterial.

Von den etwa achtzig Menschen, die jetzt das Schlachthaus abriegelten, sprach keiner auch nur ein Wort. Zu hören war nur das Rauschen des Windes, die Hupe eines weit entfernten Lastwagens. Gelegentlich trug der Wind das Brummen von riesigen Mähdreschern heran. Es klang angenehm und beunruhigend zugleich. Oates erreichte die Anhöhe, ließ sich ins Gras sinken, sah sich um und blickte wieder nach vorn. Bis vor Kurzem waren Wurftelefone sperrig und vor allem nicht drahtlos gewesen. Selbst der stärkste Polizeibeamte hatte sie nur etwa zehn Meter weit werfen können, und dann gab es oft Kabelsalat. Mobiltelefone hatten die Verhandlungen mit Geiselnehmern revolutioniert.

Oates arbeitete sich wie ein erfahrener Stuntman von einem Büschel Blaugras zum nächsten vor. Hinter einem Büschel Büffelgras und Goldrute machte er eine Pause. Und dann bewegte er sich weiter.

Okay, dachte Potter, jetzt!

Aber der Trooper warf das Telefon nicht.

Oates sah erneut nach vorn. Dann robbte er über den kleinen Hügel, an den verfaulten Holzpfosten ehemaliger Pferche vorbei und mindestens zwanzig Meter weiter auf das Schlachthaus zu. Selbst ein schlechter Schütze hätte sich jetzt aussuchen können, welchen Körperteil er treffen wollte.

»Was treibt er denn?«, flüsterte Potter irritiert.

»Keine Ahnung, Sir«, sagte Stillwell. »Ich hab ihm genau erklärt, was er tun soll. Ich weiß, dass er wegen der Mädchen sehr besorgt ist und alles richtig machen will.«

»Wer sich erschießen lässt, macht nichts richtig.«

Oates kroch weiter auf das Schlachthaus zu.

Spiel nicht den Helden, Stevie!, dachte Potter. Allerdings machte ihm nicht nur der Gedanke Sorgen, der Trooper könnte erschossen oder verwundet werden. Im Gegensatz zu Angehörigen von Sondertruppen oder Nachrichtenoffizieren werden einfache Polizisten nicht darin ausgebildet, brutalen Verhörmethoden zu widerstehen. In den Händen eines Kerls wie Lou Handy, der dazu bloß ein Messer oder eine Sicherheitsnadel brauchte, würde Oates binnen zwei Minuten alles preisgeben, was er wusste – wo Potters Leute stationiert waren, die Tatsache, dass das Sonderkommando erst in einigen Stunden eintreffen würde, wie die Trooper bewaffnet waren und alles andere, was Handy sonst noch interessieren mochte.

Wirf das verdammte Telefon!

Oates erreichte die nächste Bodenwelle, sah rasch zu dem Schlachthaus hinüber und duckte sich wieder. Als kein Schuss fiel, holte er weit aus und warf das Telefon in einem niedrigen Bogen. Es segelte über die Felsen hinweg, um die er sich Sorgen gemacht hatte, rollte noch etwas weiter und blieb dann keine zehn Meter vor dem gemauerten Torbogen des alten Gebäudes der Webber & Stoltz Processing Company liegen.

»Ausgezeichnet«, murmelte Budd und klopfte Stillwell auf die Schulter. Der Sheriff lächelte mit verhaltenem Stolz.

Oates war vorsichtig genug, den dunklen Fensterhöhlen des Schlachthauses nicht den Rücken zuzukehren. Stattdessen bewegte er sich rückwärtskriechend, bis er im hohen Präriegras verschwunden war.

»Mal sehen, wer der Tapfere ist«, murmelte Potter.

»Wie meinen Sie das?«, fragte Budd.

»Ich möchte wissen, wer von den dreien dort drinnen am impulsivsten und mutigsten ist.«

»Vielleicht ziehen sie Streichhölzer.«

»Nein. Ich vermute, dass zwei von ihnen nicht für eine Million ins Freie gehen würden, während der dritte Mann es kaum noch erwarten kann. Ich möchte sehen, wer dieser Dritte ist. Deshalb habe ich nicht ausdrücklich verlangt, dass Handy rauskommen soll.«

»Ich wette trotzdem, dass er selbst kommt«, sagte Budd.

Aber er hätte die Wette verloren. Die Tür wurde geöffnet, und Shepard Wilcox trat aus dem Gebäude.

Potter musterte ihn durch sein Fernglas.

Ein lässiger Blick in die Runde. Dann ein kleiner Spaziergang. Wilcox schlenderte auf das Telefon zu. Aus seinem Hosenbund ragte der Griff einer Pistole. »Sieht wie eine Glock aus«, stellte Potter fest.

LeBow hielt diese Information in einem kleinen Notizbuch fest, um sie später in der Kommandozentrale in seinen Computer einzugeben. Dann flüsterte er: »Hält sich anscheinend für den Marlboro-Mann.«

»Wirkt recht selbstbewusst«, stimmte Budd zu. »Allerdings hält er auch alle Trümpfe in der Hand.«

»Er hält *keinen einzigen* Trumpf in der Hand«, widersprach der Verhandler halblaut. »Aber beides verleiht oft übersteigertes Selbstbewusstsein.«

Wilcox bückte sich nach der Segeltuchtasche und sah wieder zu den aufgefahrenen Streifenwagen hinüber. Dabei grinste er. Budd lachte. »Als ob er …«

Der Knall eines Schusses peitschte übers Feld, und die Kugel wirbelte keine drei Meter vor Wilcox eine kleine Staubwolke auf. Im nächsten Augenblick hatte er seine Pistole in der Hand und schoss auf die Bäume, aus denen der Schuss gekommen war.

»Nein!«, rief Potter. Er sprang auf, lief aufs Feld hinaus und drehte sich hastig zu den Polizeibeamten hinter den Streifenwagen um, die alle ihre Pistolen gezogen oder ihre Schrotflinten gehoben und durchgeladen hatten. »Nicht schießen!«, befahl er durch das Megafon. Er schwenkte wie verrückt die Arme. Wilcox schoss zweimal auf Potter. Die erste Kugel ging irgendwo ins Leere. Die zweite ließ einen kleinen Felsbrocken dicht neben Potters Füßen zersplittern.

Stillwell brüllte in sein Kehlkopfmikrofon: »Nicht zurückschießen! An alle Truppkommandeure: Feuer nicht erwidern!«

Aber es wurde erwidert.

Um Wilcox herum stiegen nochmals kleine Staubwolken auf, als er sich zu Boden warf und mit sorgfältig gezielten Schüssen die Windschutzscheiben von drei Streifenwagen zersplittern ließ, bevor er nachlud. Selbst in dieser kritischen Situation schoss Wilcox ausgezeichnet. Aus einem Fenster des Schlachthauses wurde mehrmals mit einer halbautomatischen Schrotflinte geschossen. Schrotkörner pfiffen durch die Luft.

Potter blieb deutlich sichtbar stehen und schwenkte weiter die Arme. »Feuer einstellen!«

Dann herrschte auf dem weiten Feld plötzlich Ruhe. Sogar der Wind flaute für einen Augenblick ab, und Stille breitete sich aus. Ein klagender Vogelruf erfüllte den grauen Tag: ein herzzerreißend trauriger Schrei. Der süßliche Geruch von Schießpulver und dem Knallquecksilber der Zündhütchen lag in der Luft.

Wilcox packte das Telefon und zog sich rückwärtsgehend ins Schlachthaus zurück.

»Stellen Sie fest, wer geschossen hat!«, rief Potter Stillwell zu. »Den Mann, der zuerst geschossen hat, bringen Sie zu mir in die Kommandozentrale. Die Leute, die später geschossen haben, werden abgelöst, und ich möchte, dass alle anderen erfahren, warum sie abgelöst wurden.«

»Ja, Sir.« Der Sheriff nickte und hastete davon.

Potter, der noch immer stand, richtete sein Fernglas auf das Schlachthaus, weil er hoffte, einen Blick ins Innere des Gebäudes zu erhaschen, wenn Wilcox darin verschwand. Als er das Erdgeschoss absuchte, fiel ihm eine junge Frau auf, die aus dem Fenster rechts neben dem Eingang sah. Sie war blond und schätzungsweise Mitte zwanzig. Potter merkte, dass sie ihn anstarrte. Dann wurde sie kurz abgelenkt, sah ins Innere des Schlachthauses und drehte sich mit Entsetzen im Blick wieder nach draußen um. Ihre Lippen bewegten sich eigenartig – übertrieben deutlich. Sie wollte ihm irgendetwas sagen. Er beobachtete ihre Lippen aufmerksam. Aber er konnte die Botschaft nicht verstehen.

Potter drehte sich zur Seite und gab LeBow sein Fernglas. »Henry, schnell! Wer ist das? Wer ist die Blondine?«

LeBow hatte in seinem Computer Informationen über die bisher bekannten Geiseln gespeichert. Aber als er das Fernglas an die Augen hob, war die junge Frau verschwunden. Potter beschrieb sie ihm.

»Die älteste Schülerin ist erst siebzehn. Das muss eine der beiden Lehrerinnen gewesen sein. Ich tippe auf die jüngere – Melanie Charrol. Fünfundzwanzig. Weitere Angaben fehlen vorläufig.«

Wilcox verschwand im Gebäude. Potter konnte im Inneren nichts als düstere Schatten erkennen. Die Tür wurde krachend zugeschlagen. Potter suchte erneut die Fenster ab, weil er hoffte, die junge Frau werde sich nochmals zeigen. Aber er sah sie nicht wieder. Er ahmte lautlos ihre Mundbewegungen nach. Die Lippen gespitzt, dann eine kurze Silbe, eine Pause, danach die Lippen breit und zuletzt der Mund weit geöffnet.

»Wir sollten jetzt anrufen.« LeBow berührte Potters Ellbogen.

Potter nickte, und die beiden Männer gingen rasch in die Kommandozentrale zurück. Budd, der dicht hinter ihnen blieb, funkelte einen seiner Trooper an, der Wilcox' Feuer erwidert hatte. Stillwell war dabei, dem Mann eine Standpauke zu halten.

Lautlose Lippenbewegungen. Was hat sie mir sagen wollen?, fragte er sich.

»Henry«, sagte Potter. »Bitte festhalten: ›Erster Kontakt mit einer Geisel.‹«

»Kontakt?«

»Mit Melanie Charrol.«

»Was hat sie mitgeteilt?«

»Das weiß ich noch nicht. Ich habe nur ihre Lippenbewegungen gesehen.«

»Nun …«

»Schreib dazu: ›Nachricht unbekannt.‹«

»Okay.«

»Und vermerke: ›Geisel wurde vom Fenster weggezogen, bevor der Leiter des Krisenmanagement-Teams reagieren konnte.‹«

»Wird gemacht«, antwortete der gewissenhafte Henry LeBow.

In der Kommandozentrale fragte Derek Elb, was draußen passiert sei, aber Potter ignorierte ihn. Er riss Tobe Geller das Telefon aus der Hand, stellte es auf den Schreibtisch vor sich und hielt es mit beiden Händen umfasst.

Er blickte durch die Panzerglasscheibe aufs Feld hinaus, wo die nach der Schießerei ausgebrochene Hektik völlig abgeklungen war. An der Front herrschte wieder Ruhe; die schießwütigen Polizeibeamten – insgesamt drei – waren von Sheriff Stillwell abgeführt worden, und die übrigen Trooper und Agenten warteten mit einer Mischung aus Nervosität und Angst und Freude auf den bevorstehenden Kampf – mit Freude vermutlich deshalb, weil man den Geiselnehmern zahlenmäßig dreißigfach überlegen war, weil man hinter einem Fahrzeugwall in Deckung stand, eine kugelsichere Weste trug und eine großkalibrige Waffe im Holster stecken hatte und weil man von seinem Ehegespons mit einem kühlen Bier und einem heißen Schmorbraten erwartet wurde.

Arthur Potter blickte in den kühlen, windigen Tag hinaus: ein Tag, an dem schon eine Vorahnung von Halloween in der Luft lag, obwohl es erst Juli war.

Nun wurde es Zeit.

Er wandte sich vom Fenster ab und drückte auf eine Kurzwahltaste des Telefons. Tobe betätigte einen Schalter, um das Gespräch aufzuzeichnen. Als er einen zweiten Schalter drückte, kam der Wählton des Telefons aus einem Deckenlautsprecher.

Das Telefon klingelte fünfmal, zehnmal, zwanzigmal.

Potter merkte, dass LeBow sich zu ihm umdrehte.

Tobe drückte ihm beide Daumen.

Dann: *Klick.*

»Die Verbindung steht«, flüsterte Tobe.

»Yeah?« Die Stimme kam aus dem Lautsprecher.

Potter holte tief Luft.

»Lou Handy?«

»Yeah.«

»Hier ist Arthur Potter. Ich bin vom FBI. Ich möchte mit Ihnen reden.«

»Lou, dieser Schuss war ein Versehen.«

»Ach tatsächlich?«

Potter horchte aufmerksam auf die leicht dialektgefärbte Stimme des Mannes aus den Bergen West Virginias. Er hörte Selbstbewusstsein, Verachtung, Misstrauen. Eine Dreierkombination, die ihn ziemlich erschreckte.

»Wir hatten einen Mann in einem Baum postiert. Er ist abgerutscht. Dabei hat sich versehentlich ein Schuss gelöst. Der Mann bekommt eine Disziplinarstrafe.«

»Was ist, erschießt ihr ihn?«

»Das war wirklich ein Unfall.«

»Yeah, Unfälle haben's in sich.« Handy lachte in sich hinein. »Als ich vor 'n paar Jahren in Leavenworth gesessen hab, ist dort ein Arschloch, das in der Wäscherei gearbeitet hat, an 'nem halben Dutzend Socken erstickt. Muss ein Unfall gewesen sein. Er kann nicht absichtlich auf Socken rumgekaut haben. Wer würde das schon tun?«

Eiskalt, dachte Potter.

»Vielleicht war das hier auch so 'n Unfall.«

»Es war ein stinknormaler, staatlich garantierter Unfall, Lou.«

»Ist mir ziemlich egal. Ich erschieß eine von ihnen. Ene, mene, muh ...«

»Hören Sie mir mal zu, Lou ...«

Keine Antwort.

»Darf ich Sie Lou nennen?«

»Sie haben uns umzingelt, stimmt's? Sie haben Arschlöcher mit Gewehren in den Bäumen, auch wenn sie nicht mal auf 'nem Ast sitzen können, ohne runterzufallen. Scheiße, also können Sie mich nennen, wie Sie wollen.«

»Passen Sie auf, Lou, die Lage hier ist sehr gespannt.«

»Für mich nicht. *Ich* bin nicht nervös. Ich hab hier 'ne hübsche kleine Blondine. Hat praktisch keine Titten. Die nehm' ich, glaube ich.«

Er spielt mit uns. Mit achtzigprozentiger Wahrscheinlichkeit blufft er nur.

»Lou, Wilcox hat völlig frei dagestanden. Unser Mann war keine hundert Meter von ihm entfernt – mit einem M-16 mit Zielfernrohr. Wenn's sein muss, können diese Trooper einen Mann auf tausend Meter umlegen.«

»Aber dort draußen ist's verdammt windig. Vielleicht hat Ihr Junge das nicht berücksichtigt.«

»Hätten wir Ihren Mann erschießen wollen, wäre er tot.«

»Das spielt keine Rolle. Ich sag's Ihnen noch mal. Unfall oder nicht«, knurrte er, »man muss euch Leuten anständige Manieren beibringen.«

Der Bluff-Faktor sank auf sechzig Prozent.

Ruhe bewahren, ermahnte Potter sich. Aus den Augenwinkeln heraus beobachtete er, wie der junge Derek Elb sich die Handflächen an der Hose abwischte und sich ein Stück Kaugummi in den Mund stopfte. Budd marschierte irritierend auf und ab und sah dabei aus dem Fenster.

»Also gut, haken wir das als Versehen ab, Lou, und machen mit dem weiter, was wir zu besprechen haben.«

»Besprechen?« Das klang erstaunt. »Worüber müssen wir reden?«

»Oh, über alles Mögliche«, sagte Potter nonchalant. »Erst mal eine Frage: Dort drinnen alles in Ordnung? Fehlt jemandem was? Irgendjemand verletzt?«

Am liebsten hätte er ausdrücklich nach den Mädchen gefragt, aber Verhandler erwähnen die Geiseln nie, wenn es sich vermeiden lässt. Man muss dem Geiselnehmer suggerieren, dass seine Gefangenen keinerlei Tauschwert besäßen.

»Shep ist etwas mitgenommen, aber ansonsten geht's allen bestens. Sie müssen natürlich in fünf Minuten noch mal nachfragen. Da geht's irgendwem nicht mehr so gut.«

Potter fragte sich: Was hat sie zu mir gesagt? Er stellte sich erneut Melanies Gesicht vor. Lippen gespitzt, Lippen breit, Mund weit geöffnet…

»Brauchen Sie Erste-Hilfe-Material?«

»Yeah.«

»Was?«

»Einen Rettungshubschrauber.«

»Das wäre ein bisschen viel verlangt, Lou. Ich habe mehr

an Verbandsmaterial oder Morphium gedacht. Jod oder dergleichen.«

»Morphium? Um uns benommen zu machen, was? Das würde Ihnen so passen, möchte ich wetten.«

»Oh, wir würden Ihnen nicht genug geben, um Sie benommen zu machen, Lou. Brauchen Sie überhaupt irgendwas?«

»Yeah, ich brauch', dass ich jemand erschieße, das brauch ich. Unser Blondchen hier. Ich will ihr 'ne Kugel zwischen die Titten jagen, die sie nicht hat.«

»Damit wäre niemand geholfen, oder?«

Potter dachte: Er redet gern. Er ist labil, aber er redet gern. Das ist immer die erste Hürde, manchmal unüberwindbar. Die Schweigsamen sind am gefährlichsten. Der Agent legte den Kopf schief und bereitete sich darauf vor, aufmerksam zuzuhören. Er musste sich in Handys Gedankenwelt versetzen. Sich seine Ausdrucksweise zu eigen machen, bis er wusste, was der Mann sagen würde und wie er es sagen würde. Dieses Spiel würde Potter die ganze Nacht hindurch spielen, und bis die Geiselnahme ein wie auch immer geartetes Ende fände, würde ein Teil seines Ichs mit Louis Jeremiah Handy identisch sein.

»Wie heißen Sie gleich wieder?«, fragte Handy.

»Arthur Potter.«

»Meistens Art, was?«

»Meistens Arthur.«

»Haben Sie keine Informationen über mich?«

»Ein paar. Nicht viele.«

Potter dachte spontan: *Ich hab auf der Flucht einen Aufseher erschossen.*

»Als wir ausgebrochen sind, hab ich 'nen Aufseher umgelegt. Wissen Sie das nicht?«

»Doch, das weiß ich.«

Der Agent dachte: *Darum ist mir diese Kleine ohne Titten scheißegal.*

»Darum macht's mir nichts aus, die Kleine, unser Blondchen hier, umzulegen.«

Potter drückte die Stummtaste seines Telefons – eine Spezialanfertigung, die verhinderte, dass Handy mithörte, was in der Kommandozentrale gesprochen wurde. »Von wem redet er?«, fragte er LeBow. »Von welcher Geisel? Blond, zwölf oder jünger?«

»Weiß ich noch nicht«, antwortete der Analytiker. »Wir können nicht ins Gebäude reinsehen, und ich habe nicht genügend Informationen.«

In die Sprechmuschel sagte Potter: »Wozu wollen Sie jemandem was antun, Lou?«

Er wird das Thema wechseln, vermutete Potter.

Aber Handy fragte: »Warum nicht?«

Potter wusste, dass er theoretisch über nebensächliche Dinge reden, die Unterhaltung in die Länge ziehen, den Mann für sich einnehmen und zum Lachen bringen sollte. Essen, Sport, das Wetter, die Verhältnisse im Inneren des Schlachthauses, alkoholfreie Getränke. Man vermied es, mit dem GN gleich zu Beginn über die Geiselnahme selbst zu sprechen. Aber hier bestand die Gefahr, dass Handy eines der Mädchen erschoss, und der Bluff-Faktor war nach Potters Einschätzung auf dreißig Prozent gesunken; deshalb konnte er es sich nicht leisten, mit ihm über Hamburger und die White Sox zu schwatzen.

»Lou, ich glaube nicht, dass Sie wirklich jemanden umbringen wollen.«

»Wie kommen Sie darauf?«

Potter rang sich ein kurzes Lachen ab. »Nun, wenn Sie anfangen, Geiseln zu erschießen, muss ich annehmen, dass Sie vorhaben, sie alle umzubringen. Dann schicke ich unser

Sonderkommando zur Rettung der Geiseln los und lasse sie das Gebäude stürmen.«

Handy lachte halblaut. »*Wenn* die Jungs schon da wären.«

Potter und LeBow runzelten die Stirn und wechselten einen Blick. »Oh, die sind hier«, behauptete Potter. Er nickte zu der Spalte *Täuschungen* auf dem weißen Bogen an der Wand hinüber, und LeBow notierte: *Handy erklärt, dass das Sonderkommando einsatzbereit ist.*

»Sie wollen, dass ich sie vorläufig noch nicht erschieße?«

»Ich will, dass Sie niemanden erschießen.«

»Ich weiß nicht recht. Soll ich, soll ich nicht? Sie wissen doch, wie das ist, wenn man sich nicht entscheiden kann? Pizza oder Big-Mac? Scheiße, man weiß selber nicht, was man will.«

Potters Herz setzte einen Augenblick aus, weil er den Eindruck hatte, Handy sei aufrichtig: Der Mann konnte sich offenbar wirklich nicht entscheiden, und falls er das Mädchen verschonte, verdankte es seine Rettung nicht Potters vernünftigen Argumenten, sondern schlicht und einfach einer Laune Handys.

»Hören Sie, Lou, ich entschuldige mich in aller Form für den Schuss. Und ich gebe Ihnen mein Wort, dass so etwas nicht wieder vorkommt. Sichern Sie mir als Gegenleistung zu, dieses Mädchen nicht zu erschießen?«

Er ist clever, berechnend, ständig auf seinen Vorteil bedacht, sagte sich der Agent. Handy hatte nichts Psychotisches an sich, das Potter hätte identifizieren können. Er kritzelte *IQ?* auf einen Zettel und schob ihn zu LeBow hinüber.

*Habe ich nicht.*

Handy summte am Telefon etwas vor sich hin. Einen Schlager, den Potter lange nicht mehr gehört hatte. Der Titel fiel ihm im Augenblick nicht ein. Dann drang die

Stimme des Mannes durch den Lautsprecher: »Vielleicht wart ich noch.«

Potter atmete seufzend auf. LeBow reckte den linken Daumen hoch, und Budd lächelte.

»Dafür bin ich Ihnen dankbar, Lou. Wirklich dankbar, echt. Wie sieht's bei Ihnen mit Verpflegung aus?«

*Soll das ein Witz sein?*, vermutete Potter.

»Was sind Sie überhaupt, erst spielen Sie Cop, dann spielen Sie Krankenschwester – und jetzt haben Sie 'nen gottverdammten Partyservice?«

»Ich will nur, dass dort drinnen alles ruhig und behaglich bleibt. Wenn Sie wollen, lasse ich Ihnen Sandwiches und Limonade bringen. Was halten Sie davon?«

»Wir sind nicht hungrig.«

»Könnte 'ne lange Nacht werden.«

Entweder Schweigen oder *Wird bestimmt nicht zu lang.*

»Glaub nicht, dass sie so lang wird. Passen Sie auf, Art, Sie können mir was von Essen und Medizin und allem anderen Scheiß vorquatschen, der Ihnen gerade einfällt. Tatsache ist aber, dass es ein paar Sachen gibt, die wir haben wollen, und ich kann nur hoffen, dass wir sie auch kriegen, sonst fang ich an, die Mädchen zu erschießen. Eine nach der anderen.«

»Okay, Lou. Sagen Sie mir, was Sie haben wollen.«

»Darüber müssen wir hier erst reden. Ich meld mich dann wieder.«

»Wer ist ›wir‹, Lou?«

»Ach Scheiße, das wissen Sie doch, Art. Ich und Shep und meine zwei Brüder.«

LeBow tippte Potter auf den Arm. Er deutete auf den Bildschirm, auf dem stand:

*Handy ist einer von drei Brüdern. Robert, 27, wird mit Haftbefehl gesucht. LKA, Seattle: hat sich einem Verfahren wegen Diebstahls durch Flucht entzogen. Rudy, 40, der älteste Bruder, wurde vor fünf Jahren ermordet. Von einem Unbekannten durch sechs Schüsse in den Hinterkopf getötet. Handy wurde verdächtigt, aber nie angeklagt.*

Potter dachte an die zarten Linien seines Familienstammbaums. Wie würde Handys Stammbaum aussehen; von wem stammte er ab? »Ihre Brüder, Lou?«, fragte er. »Tatsächlich? Sind die auch dort drinnen?«

Eine Pause.

»Und Sheps vier Cousins.«

»Ein Haufen Leute, die Sie dort drinnen haben. Sonst noch jemand?«

»Doc Holliday, Bonnie und Clyde, Ted Bundy, praktisch die ganze Gang aus Mortal Kombat und Luke Skywalker. Und Jeffrey Dahmers hungrigen Geist.«

»Vielleicht sollten wir uns lieber *Ihnen* ergeben, Lou.«

Handy lachte nochmals. Potter freute sich, dass es ihm gelungen war, eine gewisse Verbindung herzustellen. Und er freute sich darüber, dass er es geschafft hatte, das magische Wort »ergeben« auszusprechen und in Handys Unterbewusstsein zu verankern.

»Mein Neffe hat eine ganze Sammlung von Comics mit Superhelden«, sagte der Agent. »Er würde sich liebend gern Autogramme geben lassen. Spider-Man ist wohl nicht zufällig auch bei Ihnen?«

»Schon möglich.«

Das Faxgerät surrte und spuckte dann mehrere Blätter aus. LeBow griff hastig danach, überflog sie, legte eines vor sich hin und schrieb *GEISELN* darauf. Er deutete auf einen Mädchennamen, neben dem handschriftliche Anmerkungen standen – Vorausinformationen von Angie Scapello.

Bei Verhandlungen mit Geiselnehmern geht es darum, Grenzen auszuloten. Sobald Potter die Informationen gelesen hatte, sagte er beiläufig: »Hören Sie, Lou, ich möchte Sie was fragen. Eins der Mädchen dort drinnen hat echte Gesundheitsprobleme. Würden Sie die Kleine freilassen?«

Direkte Forderungen dieser Art wurden erstaunlich oft erfüllt. Der Trick dabei war, dass man seine Frage stellte und dann schwieg.

»Wirklich?« Handys Stimme klang besorgt. »Krank, wie? Was hat sie denn?«

»Asthma.« Vielleicht hatten die Scherze und das Plaudern über Comicfiguren doch eine gewisse Wirkung auf Handy gehabt.

»Welche meinen Sie?«

»Vierzehn, kurzes blondes Haar.«

Potter horchte auf Hintergrundgeräusche – nur atmosphärisches Rauschen –, während Handy vermutlich seine Geiseln musterte.

»Bekommt sie ihre Medizin nicht, könnte sie sterben«, sagte Potter. »Lassen Sie das Mädchen frei, tun Sie mir diesen Gefallen. Ich werde daran denken, wenn wir später im Ernst verhandeln. Ich mache Ihnen einen Vorschlag: Sie lassen das Mädchen frei, und wir sorgen dafür, dass Sie Strom bekommen. Ein paar Lampen.«

»Sie schalten den Strom ein?«, fragte Handy so plötzlich, dass Potter zusammenzuckte.

»Das haben wir schon überprüft. Das Gebäude ist zu alt. Die Leitungen sind nicht für heutige Spannungen ausgelegt.« Potter zeigte auf die Spalte *Täuschungen*, und LeBow machte eine entsprechende Notiz. »Aber wir legen ein Kabel und schließen ein paar Lampen an.«

»Tun Sie das, dann können wir weiterreden.«

Das Kräftegleichgewicht hatte sich fast unmerklich zugunsten Handys verschoben. Jetzt wurde es Zeit, wieder die Zügel anzuziehen. »Also gut. Einverstanden. Aber hören Sie, Lou, ich muss Sie warnen. Versuchen Sie nicht, das Gebäude zu verlassen. Unsere Scharfschützen haben Schießbefehl. Dort drinnen sind Sie völlig sicher.«

Er wird ausfallend werden, sah Potter voraus. Ein kleiner Wutanfall. Obszönitäten und Verwünschungen.

»Oh, ich bin überall völlig sicher«, flüsterte Handy ins Telefon. »Kugeln gehen einfach durch mich hindurch. Ich hab starke Medizin. Wann krieg ich das Licht?«

»Zehn Minuten, fünfzehn. Geben Sie uns Beverly, Lou. Dann können wir …«

*Klick.*

»Verdammt«, murmelte Potter.

»Da warst du etwas übereifrig, Arthur«, sagte LeBow. Potter nickte wortlos. Er hatte den klassischen Fehler gemacht, gegen sich selbst zu verhandeln. Man muss immer darauf warten, dass die andere Seite um etwas bittet. Als Handy zögerte, hatte er verständlicherweise nachgehakt und den Einsatz selbst erhöht. Aber damit hatte er den Verkäufer verschreckt. Trotzdem hätte er diese Grenzen irgendwann ausloten müssen. Geiselnehmer lassen sich bis zu einem gewissen Punkt überreden – und darüber hinaus bis zu einer gewissen Grenze bestechen. Das Geheimnis des Erfolgs besteht zur Hälfte darin, dieses Limit zu erkunden und beurteilen zu können, wann Überredung oder Bestechung angebracht ist.

Potter rief Stillwell und teilte ihm mit, er habe die Geiselnehmer davor gewarnt, das Schlachthaus zu verlassen. »Sie haben grünes Licht, sie wie besprochen in Schach zu halten.«

»Ja, Sir«, sagte Stillwell.

Potter fragte Budd: »Wann kommt das Notstromaggregat voraussichtlich?«

»In spätestens zehn Minuten.« Der Captain starrte mürrisch aus dem Fenster.

»Was ist los, Charlie?«

»Oh, nichts. Ich hab mir nur gerade überlegt, dass Sie gute Arbeit geleistet haben. Als Sie ihn dazu überredet haben, sie nicht zu erschießen.«

Potter spürte, dass Budd noch etwas anderes auf dem Herzen hatte. Aber er sagte nur: »Dass Handy sie nicht erschießt, war seine eigene Entscheidung. Damit hatte ich nichts zu tun. Das Problem ist nur, dass ich nicht weiß, warum er so entschieden hat.«

Der Agent wartete fünf Minuten, dann wählte er.

Das Telefon klingelte endlos lange. »Kannst du den etwas leiser stellen, Tobe?«, fragte Potter und zeigte auf den Deckenlautsprecher.

»Klar … Okay, Verbindung steht.«

»Yeah?«, blaffte Handy.

»Lou, in ungefähr zehn Minuten bekommen Sie Strom.«

Schweigen.

»Was ist mit dem Mädchen, mit Beverly?«

»Können Sie nicht haben«, sagte er abrupt, als wunderte er sich darüber, dass Potter sich das nicht schon selbst ausgerechnet hatte.

Eine kurze Pause.

»Ich dachte, wir hätten vereinbart, wenn Sie Strom bekommen …«

»Ich hab gesagt, dass ich's mir überlegen würde. Das hab ich getan, und Sie können sie nicht haben.«

Potter wusste, dass er jetzt nicht feilschen durfte. »Nun, haben Sie schon darüber nachgedacht, was ihr Leute braucht?«

»Sie hören noch von mir, Art.«

»Ich hatte gehofft …«

*Klick.*

»Verbindung beendet«, stellte Tobe fest.

Sheriff Stillwell führte den Trooper, einen stämmigen, schwarzhaarigen jungen Mann, herein. Er lehnte das M-16, aus dem der erste Schuss gefallen war, sichtbar entladen neben die Tür und trat auf Potter zu.

»Entschuldigen Sie, Sir. Ich hab auf einem Ast gesessen, und dann ist dieser Windstoß gekommen. Ich ...«

»Sie hatten Befehl, Ihre Waffe zu entladen«, knurrte Potter. Der junge Mann trat von einem Fuß auf den anderen und sah sich dabei unsicher um.

»Also los!«, sagte Stillwell, der mit einer sperrigen Panzerweste unter seinem Anzug von J.C. Penney etwas lächerlich wirkte. »Sagen Sie dem Agenten, was Sie mir erzählt haben.«

Der eisige Blick, den der Trooper Stillwell zuwarf, ließ erkennen, dass ihm die neue Kommandostruktur missfiel. Potter erklärte er: »Diesen Befehl habe ich nie erhalten. Mein Gewehr war von Anfang an durchgeladen. Das ist bei uns so üblich, Sir.«

Stillwell verzog das Gesicht, sagte aber trotzdem: »Dafür übernehme ich die Verantwortung, Mr. Potter.«

»O Mann ...« Charlie Budd trat vor. »Sir«, sprach er Potter förmlich an, »ich muss Ihnen mitteilen, dass das mein Fehler war. Nur meiner.«

Potter zog die Augenbrauen hoch.

»Ich habe die Scharfschützen nicht angewiesen, ihre Waffen zu entladen. Das hätte ich tun sollen, nachdem Sie's angeordnet hatten. Aber ich wollte meine Trooper dort draußen nicht ohne Schutz lassen. Das Ganze ist meine Schuld. Dieser Mann hier kann nichts dafür. Dean auch nicht.«

Potter überlegte kurz, dann sagte er zu dem Scharfschützen: »Sie sind jetzt abgelöst und werden im rückwärtigen Bereitstellungsraum eingesetzt. Melden Sie sich bei Agent Henderson.«

»Aber ich bin ausgerutscht, Sir! Ich kann nichts dafür. Es war ein Unfall.«

»Bei meinen Blockaden gibt's keine Unfälle«, erklärte Potter ihm eisig.

»Aber …«

»Das war's, Trooper«, sagte Dean Stillwell. »Sie haben den Befehl gehört. Abtreten!« Der Mann griff sich sein Gewehr und stürmte aus der Kommandozentrale.

»Ich gehe auch, Sir«, schlug Budd vor. »Es tut mir leid. Sie sollten Dean hier zu Ihrem Assistenten machen. Ich …«

Potter zog den Captain beiseite. »Ich brauche Ihre Hilfe, Charlie«, flüsterte er. »Aber hier haben Sie eine persönliche Entscheidung getroffen. Das brauche ich von Ihnen *nicht*. Verstanden?«

»Ja, Sir.«

»Wollen Sie weiter im Team bleiben?«

Budd nickte langsam.

»Okay, dann gehen Sie jetzt los und befehlen Ihren Leuten, ihre Gewehre zu entladen.«

»Sir …«

»Arthur.«

»Wie soll ich heimfahren, meiner Frau in die Augen sehen und ihr sagen, dass ich einen klaren Befehl eines FBI-Agenten verweigert habe?«

»Wie lange sind Sie schon verheiratet?«

»Dreizehn Jahre.«

»Mit Ihrer Freundin aus der Highschool?«

Budd lächelte grimmig.

»Wie heißt sie?«

»Meg. Margaret.«

»Haben Sie Kinder?«

»Zwei Mädchen.« Budds Miene blieb trübselig.

»Ziehen Sie jetzt los. Tun Sie, was ich angeordnet habe.« Potter sah ihm in die Augen.

Der Captain seufzte. »Ja, Sir, wird gemacht. Kommt nicht wieder vor.«

»Bleiben Sie in Deckung.« Potter lächelte. »Und diese Sache nicht delegieren, Charlie.«

»Nein, Sir. Ich kontrolliere alle persönlich.«

Stillwell beobachtete mitfühlend, wie Budd mit hängendem Kopf zur Tür schlich.

Tobe Geller stapelte Audiokassetten auf. Alle Gespräche mit den Geiselnehmern wurden aufgezeichnet. Der Rekorder war ein Spezialgerät, das mit zwei Sekunden Verzögerung arbeitete, sodass eine elektronische Stimme jede Gesprächsminute ansagen konnte, ohne die Aufnahme zu beeinträchtigen. Er sah zu Potter auf. »Wer hat mal gesagt: ›Ich bin dem Feind begegnet, und er ist wir‹? War das Napoleon? Oder Eisenhower – oder sonst jemand?«

»Pogo, glaub ich«, antwortete Potter.

»Wer?«

»Aus einem Comic«, sagte Henry LeBow. »Vor deiner Zeit.«

## 12.33 Uhr

Im Raum wurde es allmählich dunkel.

Es war erst früher Nachmittag, aber am Himmel waren bleigraue Wolken aufgezogen, und das Schlachthaus hatte nur kleine Fenster. Ich brauch Strom, und zwar sofort, dachte Lou Handy, während er ins Halbdunkel starrte.

Von der in düstere Schatten gehüllten Decke tropfte Wasser. Überall hingen Ketten und Fleischhaken, und in halber Raumhöhe verliefen Förderbänder. Rostige Maschinen standen herum, die wie Teile von Spielsachen aussahen, mit denen ein Riese gespielt hatte, bis er »Zur Hölle damit!«, gesagt und sie achtlos weggeworfen hatte.

Riese, sagte Handy innerlich lachend. Zum Teufel, was rede ich da?

Er machte einen Rundgang durchs Erdgeschoss. Verrückte Umgebung. Wie es wohl ist, sein Geld damit zu verdienen, Tiere umzubringen?, fragte er sich. Handy hatte schon Dutzende von Jobs gehabt. Im Allgemeinen schweißtreibende Arbeit. Niemand ließ ihn irgendwelche komplizierten Maschinen bedienen, an denen er das Doppelte oder Dreifache verdient hätte. Mit allen Jobs war es nach ein, zwei Monaten vorbei. Streit mit dem Vorarbeiter, Beschwerden, Schlägereien, Besäufnisse im Umkleideraum. Ihm fehlte die Geduld, sich mit Leuten abzugeben, die nicht verstanden, dass er kein Durchschnittsmensch war. Er war etwas *Besonderes.* Bloß hatte das auf dieser Scheißwelt noch keiner begriffen.

Der Fußboden war aus Holz und hart wie Beton. Beinahe fugenlos verlegte Eichenbohlen. Handy war kein Handwerker, wie Rudy es gewesen war, aber er hatte einen Blick für gute Arbeit. Sein Bruder war von Beruf Bodenleger gewesen. Handy war plötzlich wütend auf dieses Arschloch Potter. Irgendwie hatte der Agent ihn dazu gebracht, sich an Rudy zu erinnern. Das machte Handy so wütend, dass er es Potter heimzahlen wollte.

Er betrat den Raum, in dem sie die Geiseln untergebracht hatten. Halbkreisförmig, weiß gekachelt, fensterlos. Mit dem Blutfluss in der Mitte. Hätte man hier einen Schuss abgefeuert, wäre der Knall bestimmt laut genug gewesen, um Trommelfelle platzen zu lassen.

Spielt bei diesen Vögeln hier keine Rolle, sagte er sich. Er begutachtete sie. Das Verrückte war, dass diese Mädchen – zumindest die meisten – *hübsch* waren. Vor allem die Älteste, die mit den schwarzen Haaren, die ihn jetzt mit diesem Fahr-zur-Hölle-Ausdruck anstarrte. Wie alt war sie – siebzehn, achtzehn? Er lächelte ihr zu. Sie starrte ihn trotzig an. Handy musterte die anderen. Yeah, hübsch. Er konnte es nicht fassen. Schließlich waren sie Missgeburten, bei denen zu erwarten war, dass sie etwas merkwürdig aussahen, so wie geistig Zurückgebliebene eben – und wenn sie noch so hübsch waren, irgendwas stimmte nicht, als ob die Ecken nicht richtig zusammenpassten. Aber nein, sie sahen normal aus. Nur heulten sie verdammt viel. *Das* war irritierend … diese Geräusche, die sie dabei machten. Scheiße, sie sind stumm – also sollen sie auch keine Geräusche machen!

Plötzlich hatte Lou Handy seinen Bruder wieder ganz deutlich vor sich.

Ein roter Punkt erschien an der Stelle, wo Rudys Hinterkopf in die Wirbelsäule überging. Dann weitere Punkte, während die kleine Waffe in seinen Fingern zuckte. Der

Schauder in den Schultern seines Bruders, während der Mann steif wurde, einen unheimlichen kleinen Tanz aufführte und tot zusammenbrach.

Handy kam zu dem Schluss, dass er Art Potter noch mehr hasste, als er bisher gedacht hatte.

Er schlenderte zu Wilcox und Bonner zurück, zog die Fernbedienung aus der Segeltuchtasche und zappte durch die Kanäle des winzigen batteriebetriebenen Fernsehers, der auf einem Ölfass stand. Alle Lokalsender und eine der großen Fernsehgesellschaften berichteten über sie. Ein Nachrichtensprecher sagte, dies sei Lou Handys Viertelstunde im Rampenlicht – was immer der Scheißkerl damit meinte. Die Cops hatten die Reporter so weit vom Schauplatz zurückgedrängt, dass auf dem Bildschirm nichts Nützliches zu sehen war. Er erinnerte sich an den Fall O. J. Simpson, in dem das Fernsehen gezeigt hatte, wie der weiße Bronco durch die Straßen fuhr und zuletzt neben seinem Haus parkte. Die Hubschrauber waren so dicht rangekommen, dass der Fahrer und der Cop in seiner Einfahrt deutlich zu erkennen waren. Jeder Weiße im Aufenthaltsraum des Gefängnisses hatte gedacht: Schieß dir 'ne Kugel in den Kopf, Nigger! Und jeder Schwarze hatte gedacht: Los, O. J.! Wir halten zu dir, Kumpel!

Handy stellte den Ton des Fernsehers leiser. Ein Scheißbau, dachte er, während er sich in dem alten Schlachthaus umsah. Er glaubte, verwesende Kadaver zu riechen.

Eine Stimme ließ ihn zusammenfahren: »Lassen Sie sie laufen. Behalten Sie mich hier.«

Er ging in den gekachelten Raum zurück. Er kauerte nieder und starrte der Frau ins Gesicht. »Wer sind Sie?«

»Ich bin ihre Lehrerin.«

»Sie können diese Zeichensprache, stimmt's?«

»Ja.« Sie erwiderte seinen Blick trotzig.

»Igitt«, sagte Handy. »Gruselig.«

»Bitte, lassen Sie sie frei. Behalten Sie mich hier.«

»Maul halten!«, knurrte er und ging davon.

Er sah aus einem der Fenster. Auf einer Anhöhe stand ein großer Polizeiwagen. Bestimmt saß Art Potter darin. Handy zog seine Pistole, zielte auf eines der Seitenfenster des Kastenwagens und glich Wind und Entfernung aus. Dann ließ er die Waffe sinken. »Die hätten dich umlegen können, wenn sie gewollt hätten!«, rief er Wilcox zu. »Hat er behauptet.«

Auch Wilcox sah aus einem Fenster. »Verdammt viele«, murmelte er nachdenklich. Dann: »Wer ist das Arschloch, mit dem du geredet hast?«

»FBI.«

»O Mann«, sagte Bonner. »Du meinst, dass wir's dort draußen mit 'nem Feebie zu tun haben?«

»Wir sind aus 'nem Bundesgefängnis ausgebrochen. Wen zum Teufel sollten sie wohl sonst hinter uns herjagen?«

»Tommy Lee Jones«, sagte Bonner. Der Blick des großen Mannes ruhte kurz auf der Lehrerin. Dann auf dem kleinen Mädchen mit dem Blumenkleid und den weißen Strümpfen.

Handy bemerkte den Blick. Dieser Scheißkerl! »Keine Dummheiten, Sonny. Lass ihn in deinen schmierigen Jeans, verstanden? Sonst hast du ihn nicht mehr lange.«

Bonner grunzte. Wenn man ihm genau das vorwarf, was er sich gerade zuschulden kommen ließ, war er jedes Mal sauer. Genauso schnell, wie ein Igel sich zusammenrollte. »Leck mich doch!«

»Hoffentlich hab ich einem von denen ein neues Arschloch verpasst«, sagte Wilcox mit seiner unnachahmlich schläfrigen Stimme, die einer der Gründe dafür war, dass Handy ihn so mochte.

»Okay, was haben wir?«, fragte Handy.

Wilcox antwortete: »Die zwei Schrotflinten. Mit fast

vierzig Schuss. Und eine Smitty, nur sechs Schuss. Nein, sogar nur fünf. Aber wir haben die Glocks mit reichlich Munition. Dreihundert Schuss.«

Handy ging ruhelos auf und ab, sprang über die auf dem Boden stehenden Pfützen.

»Die verdammte Flennerei geht mir auf die Nerven«, knurrte er. »Dabei kann kein Mensch richtig denken. Scheiße, seht euch bloß die Dicke an! Und ich weiß nicht, was dort draußen vorgeht. Der Agent kommt mir zu glatt vor. Dem trau ich nicht über den Weg. Sonny, du bleibst bei unseren Mädchen. Shep und ich sehen uns ein bisschen um.«

»Was ist mit Tränengas?« Bonner starrte unsicher aus dem Fenster. »Wir könnten ein paar Masken brauchen.«

»Wenn sie Tränengas reinschießen«, erklärte Handy ihm, »pisst du einfach auf die Behälter.«

»Das funktioniert? Damit's aufhört?«

»Klar.«

»Klasse, Mann.«

Handy sah im Vorbeigehen in den gekachelten Raum. Die ältere Lehrerin starrte ihn aus verschleierten Augen an. Aus ihrem Blick sprach nicht nur Trotz, sondern auch noch etwas anderes.

»Wie heißen Sie?«

»Donna Harstrawn. Ich …«

»Sagen Sie, Donna, wie heißt *sie*?«, fragte er langsam und zeigte dabei auf die älteste Schülerin, die Hübsche mit den langen schwarzen Haaren.

Bevor die Lehrerin antworten konnte, zeigte das Mädchen ihm ihren hochgereckten Mittelfinger. Handy brüllte vor Lachen.

Bonner trat einen Schritt auf sie zu und hob drohend den rechten Arm. »Du kleines Miststück!«

Donna Harstrawn stellte sich hastig vor die Schwarzhaarige, die grinsend die Fäuste ballte. Die kleinen Mädchen stießen wieder ihre unheimlichen Vogellaute aus, und die verschreckte blonde Lehrerin hob wie um Erbarmen bittend eine Hand.

Handy packte Bonner am Arm und stieß ihn weg. »Rühr sie nicht an, bevor ich's dir sage.« Er deutete auf die Schwarzhaarige und fragte die ältere Lehrerin: »Wie heißt sie, verdammt noch mal?«

»Susan. Bitte, wollen Sie …«

»Und wie heißt sie?« Diesmal zeigte er auf die blonde jüngere Lehrerin.

»Melanie.«

Me-la-nie. Die ging ihm wirklich auf die Nerven. Als er sie gleich nach der Schießerei an einem Fenster erwischt, am Arm gepackt und weggezogen hatte, war sie ausgerastet, hatte völlig durchgedreht. Er hatte sie frei herumlaufen lassen, weil er wusste, dass sie keine Schwierigkeiten machen würde. Anfangs hatte er es fast komisch gefunden, was für ein ängstliches Mäuschen sie war. Aber dann war ihre Art ihm auf die Nerven gegangen – allein dieser scheue Blick, der ihn dazu reizte, mit dem Fuß aufzustampfen, um sie zusammenzucken zu sehen. Frauen ohne rechten Mumm machten ihn *immer* sauer.

Diese kleine Schlampe war das genaue Gegenteil von Pris. Oh, er hätte gern zugesehen, wie diese beiden Frauen sich in die Haare gerieten. Pris würde das Klappmesser rausholen, das sie im Büstenhalter trug, heiß an ihrer linken Titte, würde es aufklappen und sich auf sie stürzen. Das kleine Blondchen hier würde sich vor Angst in die Hose machen. Sie wirkte viel jünger als diese Susan.

Also, *die* interessierte ihn wirklich. Die gute alte Donna hatte ihren verschleierten Blick, der ihm nichts sagte, und die jüngere Lehrerin hatte ihren furchtsamen Blick, der alles tarnte. Aber Miss Teenager hier … nun, ihr Blick sagte eine Menge, und ihr war es egal, wenn er alles las. Er hielt sie für klüger als die beiden anderen zusammen.

Und mutiger.

Genau wie Pris, dachte er anerkennend. »Susan«, sagte Handy langsam. »Du gefällst mir. Du hast Mumm. Du verstehst kein Scheißwort von dem, was ich sage. Aber du gefällst mir.« Er forderte die ältere Lehrerin auf: »Sagen Sie ihr das.«

Nach kurzer Pause gestikulierte Donna mit den Händen.

Susan warf ihm einen verächtlichen Blick zu und antwortete auf gleiche Weise.

»Was hat sie gesagt?«, blaffte Handy.

»Sie hat gesagt: ›Bitte lassen Sie die Kleinen frei.‹«

Handy packte die Frau an den Haaren und zog kräftig daran. Wieder die ängstlichen Vogellaute. Melanie, der Tränen übers Gesicht liefen, schüttelte den Kopf. »Was hat sie gesagt, verdammt noch mal?«

»Sie hat gesagt: ›Sie sollen sich zum Teufel scheren.‹«

Er riss noch fester an ihren Haaren; Büschel der gefärbten Strähnen lösten sich von der Kopfhaut. Sie schrie vor Schmerzen auf. »Susan hat gesagt«, keuchte Donna, »sie hat gesagt: ›Sie sind ein Arschloch.‹«

Handy lachte schallend und stieß die Lehrerin zu Boden.

»Bitte!«, rief sie. »Lassen Sie die Mädchen frei. Behalten Sie mich hier. Was macht es für einen Unterschied, ob Sie eine Geisel haben oder ein halbes Dutzend?«

»Weil ich dann ein paar erschießen kann, du blöde Schlampe, und trotzdem noch welche übrig hab.«

Sie keuchte und wandte sich rasch ab, als hätte sie soeben ein Zimmer betreten und wäre dort auf einen nackten Mann gestoßen, der sie lüstern anstarrte.

Handy baute sich vor Melanie auf. »Hältst du mich auch für 'n Arschloch?«

Die andere Lehrerin begann ihre Hände zu bewegen,

aber Melanie antwortete schon, bevor sie die Frage übersetzt hatte.

»Was hat sie gesagt?«

»Sie hat gesagt: ›Warum willst du uns weh tun, Brutus? Wir haben dir nichts getan.‹«

»Brutus?«

»So nennt sie Sie.«

Brutus. Klang irgendwie bekannt, aber er wusste nicht, wo er diesen Namen schon gehört hatte. Handy runzelte die Stirn. »Sagen Sie ihr, dass sie sich diese blöde Frage selber beantworten kann.« Auf dem Weg zur Tür rief er: »He, Sonny, ich lerne die Zeichensprache! Pass auf, ich zeig's dir.«

Bonner hob den Kopf.

Handy reckte den Mittelfinger hoch. Die drei Männer lachten; dann folgten Handy und Wilcox dem breiten Korridor, der weiter ins Schlachthaus hineinführte. Während sie das Labyrinth von Gängen und riesigen Räumen erkundeten, fragte Handy Wilcox: »Glaubst du, dass er sich benimmt?«

»Sonny? Scheiße, ich denk schon. Normalerweise würde er wie ein Gockel über sie herfallen. Aber es gibt nichts Besseres, einen daran zu hindern, 'nen Steifen zu kriegen, als hundert bewaffnete Cops vor der Tür. Was zum Teufel haben die hier getrieben?« Wilcox betrachtete die Maschinen, die langen Tische, die Getriebe, Regler und Förderbänder.

»Was denkst du?«

»Keine Ahnung.«

»Wir sind in 'nem gottverdammten Schlachthaus.«

»Echt? Ohne Scheiß?«

»Wenn ich's dir sage!«

Wilcox deutete auf eine alte Maschine. »Was ist das?«

Handy ging darauf zu, begutachtete sie und grinste dann. »He, das ist ja 'ne alte Dampfmaschine. Klasse, Mann!«

»Für was haben sie die hier gebraucht?«

»Siehst du«, erklärte Handy ihm, »darum ist die Welt tief in die Scheiße geraten. Früher, verstehst du, hat's Turbinen gegeben.« Er zeigte auf eine alte Welle mit rostigen Schaufeln. »So hat das früher funktioniert. Dieses Ding hat sich gedreht und Arbeit geleistet. Das war das Dampfzeitalter, und im Gaszeitalter hat's nicht viel anders ausgesehen. Dann ist das Stromzeitalter angebrochen, und man hat nicht mehr richtig sehen können, wie die Arbeit geleistet wird. Dampf und Feuer kann man sehen, verstehst du, aber die Elektrizität sieht man nicht mehr arbeiten. So sind wir in den Zweiten Weltkrieg reingeraten. Jetzt sind wir im *Elektronikzeitalter*. Überall bloß noch Computer und alles, und kein Arsch kann mehr sehen, wie irgendwas funktioniert. Du kannst 'nen Computerchip anstarren und überhaupt nichts sehen, obwohl er genau das tut, was er tun soll. Wir haben die Kontrolle verloren.«

»Alles ziemlich beschissen.«

»Was? Das Leben oder das, was ich gesagt habe?«

»Weiß ich nicht. Klingt einfach alles beschissen. Das Leben, schätze ich.«

Sie erreichten einen riesigen düsteren Raum. Offenbar die ehemalige Lagerhalle. Die beiden Männer verbarrikadierten die rückwärtigen Ausgänge.

»Die können sie aufsprengen«, meinte Wilcox besorgt. »Ein paar Haftladungen würden reichen.«

»Sie können auch 'ne Atombombe auf uns abwerfen. In beiden Fällen werden die Mädchen sterben, wenn sie es so wollen, dann können sie es bekommen.«

»Aufzug?«

»Da ist nicht viel zu machen«, sagte Handy und sah zu dem großen Lastenaufzug hinüber. »Wenn ein Hubschrauber Männer auf dem Dach absetzt, können wir vielleicht das erste halbe Dutzend erledigen. Durch den Hals, verstehst du. Immer auf den Hals zielen.«

Wilcox musterte ihn prüfend, dann fragte er gedehnt: »Also, was hast du vor?«

Dieser ganz bestimmte Blick verrät mich, dachte Handy. Das sagt Pris auch immer. Verdammt, er hatte Sehnsucht nach ihr. Er wollte ihr Haar riechen, das Klirren ihres Armreifs hören, wenn sie beim Autofahren schaltete, ihren Körper unter sich spüren, wenn sie auf dem flauschigen Teppich in ihrem Apartment bumsten.

»Ich bin dafür, dass wir jemand zu ihnen zurückschicken«, sagte Handy.

»Eins der Mädchen?«

»Yeah.«

»Welches?«

»Weiß ich noch nicht. Vielleicht diese Susan. Die ist in Ordnung. Sie gefällt mir.«

»Die wär am besten zu vögeln, denk ich«, sagte Wilcox. »Keine schlechte Idee, sie außer Bonners Sichtweite zu bringen. Er wär garantiert noch vor Sonnenuntergang hinter ihr her. Oder die andere – Melanie.«

Handy antwortete: »Nö, die behalten wir lieber. Wir sollten die Schwachen zurückbehalten.«

»Klar, da hast du recht.«

»Okay, dann bleibt's bei Susan.« Er lachte. »Glaub mir, es gibt nicht viele Mädchen, die mir ins Gesicht sehen und mir sagen, dass ich ein Arschloch bin.«

Melanie hatte ihren Arm eng um Kielles Schultern gelegt, die für eine Achtjährige seltsam muskulös waren, und streckte ihre Hand noch etwas weiter aus, um den Arm eines der Zwillinge zu reiben.

Die Mädchen saßen zwischen Susan und ihr, und Melanie gestand sich widerstrebend ein, dass ihre Geste nur teilweise dazu diente, die Jüngeren zu beruhigen; sie wollte auch etwas Trost für sich – den Trost, ihrer Lieblingsschülerin nahe zu sein.

Melanies Hände zitterten noch immer. Es hatte sie verstört, dass Brutus sie vorhin gepackt hatte, als sie aus dem Fenster geblickt und versucht hatte, dem Polizeibeamten auf dem Feld ihre Botschaft zu übermitteln. Und sie war vor Entsetzen wie gelähmt gewesen, als er vor ein paar Minuten auf sie gezeigt und nach ihrem Namen gefragt hatte.

Ein Blick zu Susan hinüber zeigte ihr, dass diese Mrs. Harstrawn aufgebracht anstarrte.

»Was ist los?«, fragte Melanie.

»Dass sie ihm meinen Namen gesagt hat. Hätte sie nicht tun sollen. Wir dürfen nicht mit ihnen zusammenarbeiten!«

»Das müssen wir aber«, antwortete die ältere Lehrerin.

Melanie fügte hinzu: »Wir dürfen sie nicht gegen uns aufbringen.«

Susan lachte verächtlich. »Was macht's, ob sie wütend sind oder nicht? Wir dürfen nicht klein beigeben. Die drei sind Arschlöcher. Die schlimmste Art von Kerlen aus der Außenwelt.«

»Wir können nicht …«, begann Melanie.

Bär stampfte mit dem Fuß auf. Melanie spürte die Vibrationen und fuhr zusammen. Seine dicken Lippen bewegten sich so schnell, dass sie nur »Maul halten!« mitbekam. Melanie sah weg. Sie konnte den Anblick seines Gesichts, seines struppigen schwarzen Barts, seiner großporigen Haut nicht ertragen.

Sein Blick kehrte immer wieder zu Mrs. Harstrawn zurück. Und zu Emily.

Als er wieder wegsah, hob Melanie langsam die rechte Hand und wechselte von der Gebärdensprache zu lautsprachebegleitenden Gebärden und Fingeralphabet. Das war eine umständliche Verständigungsmethode, denn sie musste die Wörter dem englischen Satzbau entsprechend einzeln buchstabieren. Aber sie kam dabei mit unauffälligen Handbewegungen aus und vermied die zur Gebärdensprache gehörenden ausladenden Gesten.

»Mach sie nicht wütend«, forderte sie Susan auf. »Bleib ganz ruhig.«

»Sie sind Arschlöcher!« Susan weigerte sich, von der Gebärdensprache abzugehen.

»Klar. Aber wir dürfen sie nicht provozieren.«

»Sie tun uns nichts. Tot sind wir für sie wertlos.«

Melanie antwortete irritiert: »Sie können uns weh tun, ohne uns umzubringen.«

Susan verzog nur das Gesicht und sah weg.

Nun, was sollen wir ihrer Meinung nach tun? dachte Melanie aufgebracht. Ihnen die Waffen entreißen und sie erschießen? Aber zugleich sagte sie sich: Oh, warum kann ich nicht wie sie sein? Dieser unversöhnliche Blick! Wie stark sie ist! Sie ist acht Jahre jünger als ich, aber ich komme mir in ihrer Gegenwart immer wie ein Kind vor.

Ihr Neid war teilweise auch darauf zurückzuführen, dass Susan in der Hierarchie der Gehörlosen ganz oben stand. Sie war prälingual ertaubt – gehörlos von Geburt an. Darüber hinaus war sie jedoch von gehörlosen Eltern geboren worden. Schon mit siebzehn engagierte sie sich in der Gehörlosenbewegung, war zukünftige Stipendiatin am Gallaudet College in Washington, D. C., gab der Gebärdensprache entschieden den Vorrang vor den lautsprachebegleitenden Gebärden und war militante Gegnerin des Oralismus – jeglicher Versuche, Gehörlose zum Sprechen zu zwingen. Susan Phillips war die schicke, moderne gehörlose junge Frau, schön und stark, und Melanie hätte in dieser kritischen Situation lieber Susan an ihrer Seite gehabt als einen ganzen Raum voller Männer.

Sie fühlte eine kleine Hand an ihrer Bluse zupfen.

»Hab keine Angst«, signalisierte sie Anna. Die Zwillinge hielten sich eng umschlungen; ihre Wangen lagen aneinander, und in ihren weit aufgerissenen schönen Augen standen Tränen. Beverly saß etwas abseits, hatte ihre Hände in den Schoß gelegt, starrte trübselig zu Boden und rang nach Atem.

»Wir brauchen Jean Grey und Cyclops«, stellte Kielle fest und meinte damit ihre zwei liebsten X-Men. »Die würden Hackfleisch aus ihnen machen.«

Shannon antwortete: »Nein, wir brauchen Beast. Erinnerst du dich? Den mit der blinden Freundin?« Shannon schwärmte für Jack Kirbys Zeichenstil und wollte später einmal selbst Superhero-Comics zeichnen.

»Gambit auch«, signalisierte Kielle und deutete dabei auf Shannons Tätowierung.

In Shannons eigenen Comics – die, wie Melanie fand, für eine Achtjährige erstaunlich gut waren – waren die Helden blind oder taub und setzten diese Behinderung bei der Aufklärung von Verbrechen oder Hilfsaktionen zu ihrem Vorteil ein. Die beiden Mädchen – Shannon, mager und dunkel, Kielle, stämmig und blond – begannen eine Diskussion darüber, ob Laserstrahlen, Plasmoiden oder Psychowaffen am besten geeignet wären, sie aus dieser misslichen Lage zu befreien.

Emily weinte kurz in einen Ärmel ihres mit schwarzen und purpurroten Blüten bedruckten Baumwollkleides. Dann senkte sie den Kopf und betete. Melanie sah sie beide Fäuste heben und öffnen. Das war die Gebärde für »Opfer«.

»Habt keine Angst«, sagte Melanie nochmals zu den Mädchen, die sie ansahen. Aber niemand achtete auf sie. Ihre hilfesuchenden Blicke galten ausschließlich Susan, obwohl die Siebzehnjährige nicht darauf reagierte, sondern sich darauf beschränkte, Bär anzustarren, der am Eingang des Schlachtraums Posten bezogen hatte. Susan war ihr Fels in der Brandung. Nur ihre Gegenwart gab ihnen Zuversicht. Melanie musste plötzlich gegen aufsteigende Tränen ankämpfen.

Und heute Nacht wird's hier so finster sein!

Melanie beugte sich nach vorn und warf durch den Hauptraum einen Blick aus dem Fenster. Sie sah das Gras im Wind wogen. Im unablässigen Kansaswind. Melanie erinnerte sich daran, wie ihr Vater ihr von Kapitän Edward Smith erzählt hatte, der Anfang des 19. Jahrhunderts nach Wichita gekommen war und vorgeschlagen hatte, die Planwagen mit Segeln auszurüsten, um sie buchstäblich in Prärieschoner zu verwandeln. Damals hatte sie über diesen Einfall und die humorvolle Erzählweise ihres Vaters gelacht, ohne recht zu wissen, ob sie ihm die Story glauben sollte. Jetzt erinnerte sie sich trübselig daran und wünschte sich verzweifelt irgendetwas – mythisch oder real –, was sie aus dem Schlachtraum entführen würde.

Plötzlich dachte sie: Und was ist mit dem Mann dort draußen? Mit dem Polizeibeamten?

Sein Auftreten hatte etwas so Beruhigendes gehabt, als er dort auf dem Hügel gestanden hatte, nachdem Brutus aus einem Fenster geschossen hatte und Bär herumgelaufen war, dass sein fetter Bauch schwabbelte, während er in panischer Hast Munitionsschachteln aufriss. Der Mann auf dem Hügel hatte die Arme geschwenkt, um für Ruhe zu sorgen und zu erreichen, dass die Schießerei aufhörte. Dabei hatte er sie direkt angesehen.

Wie würde sie ihn nennen? Melanie fiel kein passendes Tier ein. Bestimmt kein geschmeidiges Raubtier. Er war alt – vermutlich doppelt so alt wie sie. Und er war nicht gerade modisch angezogen. Außerdem schien er eine dicke Brille zu tragen und hatte ein paar Pfund Übergewicht.

Dann fiel ihr ein Name ein. De l'Épée.

So würde sie ihn nennen. Nach dem französischen Abbé Charles Michel de l'Épée aus dem 18. Jahrhundert, der zu den ersten Menschen gehört hatte, die sich der Gehörlosen wirklich annahmen und sie als intelligente menschliche Wesen behandelten. Nach dem Mann, der die französische Gebärdensprache, die Vorläuferin der amerikanischen, entwickelt hatte.

Das ist der ideale Name für den Mann dort draußen, dachte Melanie, die genug Französisch konnte, um zu wissen, dass dieser Name »Degen« bedeutete. Ihr de l'Épé war tapfer. Genau wie sein Namensvetter gegen die Kirche und die weitverbreitete Überzeugung, Gehörlose seien geistig behinderte Krüppel, aufgestanden war, hatte er Marder und Brutus standgehalten – im Kugelhagel dort draußen auf dem Hügel.

Nun, sie *hatte* ihm eine Botschaft übermittelt – ein Gebet, wenn man so wollte. Ein Gebet und eine Warnung. Hatte er sie gesehen? Und hatte er auch verstehen können, was sie sagte? Melanie schloss die Augen und konzentrierte sich in Gedanken ganz auf de l'Épée. Aber sie spürte nur die sinkende Temperatur, ihre Angst und – zu ihrem Entsetzen – die Vibrationen von Schritten, als ein Mann, nein, *zwei* Männer langsam über die wie ein Resonanzboden wirkenden Eichenbohlen auf sie zukamen.

Als Brutus und Marder an der Tür erschienen, sah Melanie zu Susan hinüber, deren Gesichtsausdruck sich erneut verhärtete, sobald sie zu den Männern aufblickte, die sie gefangen hielten.

Ich werde mein Gesicht auch verhärten.

Sie gab sich Mühe, aber ihre Unterlippe zitterte, und sie weinte bald wieder.

Susan! Warum kann ich nicht wie du sein?

Bär trat auf die beiden anderen Männer zu. Er deutete

in den Hauptraum hinaus. Das Licht war schlecht, und die unzuverlässige Kunst des Lippenablesens lieferte ihr nur verzerrte Bruchstücke. Sie glaubte, er habe irgendetwas von einem Telefon gesagt.

Brutus antwortete: »Lass das Scheißding doch klingeln.«

Das ist verrückt, sagte Melanie sich, während ihre Tränen allmählich versiegten. Warum, dachte sie wieder, verstehe ich *ihn* so gut? Warum ihn und nicht auch die anderen?

»Wir schicken eine zurück.«

Bär fragte etwas.

»Unsere Miss Taubstumm«, antwortete Brutus. Er nickte zu Susan hinüber. Mrs. Harstrawn strahlte geradezu vor Erleichterung.

O Gott, dachte Melanie verzweifelt, sie lassen sie frei! Dann sind wir hier ganz allein. Ohne Susan. Nein! Sie unterdrückte ein Schluchzen.

»Steh auf, Schätzchen«, sagte Brutus. »Heute ist dein … Du darfst heim.«

Susan schüttelte den Kopf. Sie drehte sich zu Mrs. Harstrawn um und widersprach mit ihren schnellen, knappen Handbewegungen. »Sie sagt, dass sie nicht geht. Sie will, dass Sie die Zwillinge freilassen.«

Brutus lachte. »Sie will, dass ich …«

Marder knurrte: »Los, steh … auf!« Er zerrte Susan auf die Beine.

Im nächsten Augenblick begann Melanies Herz zu jagen, und ihr Gesicht brannte wie Feuer, denn zu ihrem Entsetzen musste sie feststellen, dass ihr erster Gedanke gewesen war: Warum haben sie nicht mich genommen?

Vergib mir, Gott. De l'Épée, bitte verzeih mir! Aber dann sprach sie diesen schändlichen Wunsch im Stillen erneut aus. Und noch einmal. Er wiederholte sich wie vom Endlosband. Ich will heim. Ich will mich mit einer großen Schale Popcorn hinsetzen, ich will eine Fernsehsendung mit Untertiteln sehen, ich will meine Ohren mit dem Koss-Kopfhörer verschließen und wenigstens Vibrationen wahrnehmen: Beethoven und Smetana und Gordon Bok…

Susan riss sich von Marder los. Sie schob ihm die Zwillinge hin. Aber er stieß die kleinen Mädchen fort und fesselte Susan mit roher Gewalt die Hände auf den Rücken. Brutus hatte sich am Fenster postiert und starrte nach draußen. »Bleib erst mal hier«, sagte er und drückte Susan neben der Tür zu Boden. Er sah sich um. »Sonny, du leistest unseren Freundinnen Gesellschaft. Aber… die Schrotflinte mit.«

Susan warf einen letzten Blick in den Schlachtraum.

Auf ihrem Gesicht las Melanie eine Botschaft: Habt keine Angst. Ihr werdet gerettet. Dafür sorge ich.

Melanie erwiderte ihren Blick nur kurz; dann sah sie weg, weil sie fürchtete, Susan könnte ihre Gedanken lesen, könnte darin die schändliche Frage lesen: Warum nicht ich, warum nicht ich, warum nicht ich?

## 13.01 Uhr

Arthur Potter beobachtete das Schlachthaus und die umliegenden Felder durch das scheinbar von Gelbsucht befallene Panzerglas eines Fensters der Kommandozentrale. Er sah zu, wie ein Trooper das Elektrokabel zum Haupteingang des alten Gebäudes legte. Am Ende des Kabels hingen fünf Lampen. Der Polizeibeamte zog sich zurück, und Wilcox kam wieder mit schussbereiter Pistole ins Freie, um das Kabel hereinzuholen. Er führte es nicht, wie Potter gehofft hatte, durch die Tür, die dann hätte offen bleiben müssen, sondern durch eins der Fenster. Dann verschwand er wieder, und die schwere Stahltür fiel krachend ins Schloss.

»Tür wieder gesichert«, sagte der Verhandler geistesabwesend, und LeBow tippte wieder.

Weitere Faxe trafen ein. Weitere Informationen über Handy, weitere Angaben über die Mädchen von der Schule, die sie besuchten. LeBow überflog sie gierig und gab die relevanten Informationen in seinen Profile-Computer ein. Inzwischen lagen auch die Bau- und Haustechnikpläne des alten Gebäudes vor. Aber sie waren nur im Negativen nützlich – indem sie zeigten, wie schwierig ein Sturmangriff sein würde. Es gab keine ins Schlachthaus führenden Tunnel, und wenn die Architekturpläne aus dem Jahre 1938 zutreffend waren, war auf dem Dach des Gebäudes mit Vorarbeiten für ein viertes Geschoss begonnen worden, was einen Angriff vom Hubschrauber aus sehr erschweren würde.

Geller erstarrte plötzlich. »Sie haben das Telefongehäuse

aufgeschraubt.« Er beobachtete die vor ihm angeordneten Messgeräte.

»Funktioniert es noch?«

»Bisher schon.«

Auf der Suche nach Wanzen.

Der junge Agent lehnte sich zurück. »Es wird wieder zugeschraubt. Wer es auch gemacht hat, kennt sich mit solchen Geräten aus.«

»Henry, wer?«

»Schwer zu sagen. Ich tippe auf Handy. Wegen seiner Ausbildung beim Militär, weißt du.«

»Verbindung!«, rief Tobe.

Potter sah mit fragend hochgezogenen Augenbrauen zu LeBow hinüber, bevor er den Telefonhörer abnahm.

»Hallo. Sind Sie's, Lou?«

»Danke für das Licht. Wir haben die Lampen auf Mikrofone kontrolliert… das Telefon auch. Haben tatsächlich nichts gefunden. Ein Mann, der Wort hält.«

Ehre. Das bedeutet ihm etwas, sagte Potter sich, während er wieder das Unergründliche zu begreifen versuchte.

»Hören Sie, was sind Sie, Art, ein Senior Agent? Agent in leitender Position? So heißt das doch, stimmt's?«

Geiselnehmer durften niemals den Eindruck haben, man sei berechtigt, wichtige Entscheidungen selbstständig zu treffen. Man wollte sich die Möglichkeit offenhalten, Zeit zu gewinnen, indem man vorgab, erst mit seinen Vorgesetzten reden zu müssen.

»Nein. Ich bin nur ein gewöhnlicher Special Agent, der zufällig mit Ihnen redet.«

»Das behaupten Sie.«

»Ich bin ein Mann, der Wort hält, stimmt's?«, sagte Potter mit einem Blick auf die Spalte *Täuschungen*.

Es wurde Zeit, Spannungen abzubauen, eine gewisse Nähe zu schaffen. »Wie wär's mit 'ner warmen Mahlzeit,

Lou? Wir könnten anfangen, ein paar Burger zu grillen. Wie mögen Sie sie am liebsten?«

*Blutrot,* spekulierte Potter.

Aber er hatte sich getäuscht.

»Passen Sie auf, Art. Ich will Ihnen beweisen, was für 'n netter Kerl ich bin. Ich lass eins der Mädchen frei.«

Diese Neuigkeit deprimierte Potter zutiefst. Durch seinen Akt spontaner Großzügigkeit drängte Handy sie seltsamerweise in die Defensive. Das war taktisch brillant. Potter, der damit in seiner Schuld stand, spürte erneut, wie sich das Kräftegleichgewicht zwischen Jäger und Beute verschob.

»Sie sollen wissen, dass ich nicht durch und durch schlecht bin.«

»Nun, das erkenne ich an, Lou. Schicken Sie uns Beverly? Das kranke Mädchen?«

»Mmh-hmm.«

Potter und die anderen Cops in der Kommandozentrale beugten sich nach vorn, um nach draußen zu sehen. Sie sahen einen schmalen Lichtstreifen, als die Tür geöffnet wurde. Dann etwas verschwommenes Weißes.

Du musst ihn von den Geiseln ablenken, sagte Potter sich. »Haben Sie schon darüber nachgedacht, was Sie noch brauchen könnten? Wir müssen allmählich anfangen, ernsthaft zu feilschen, Lou. Was halten Sie davon, wenn wir …«

Die Verbindung brach ab.

Plötzlich wurde die Tür der Kommandozentrale aufgerissen. Dean Stillwell steckte den Kopf herein. Der Sheriff meldete: »Sie lassen eins der Mädchen frei!«

»Das wissen wir.«

Stillwell verschwand wieder.

Potter wirbelte mit seinem Drehstuhl herum. Die Sichtverhältnisse hatten sich verschlechtert. Die Wolken waren sehr dicht und die Felder düster, als hätte eine teilweise Sonnenfinsternis die Erde plötzlich in Halbdunkel getaucht.

»Versuchen wir's mit der Videokamera, Tobe.«

Sekunden später zeigte einer der Bildschirme ein Schwarzweißbild der Fassade des Schlachthauses. Die Tür stand jetzt offen. Dahinter schienen alle fünf Lampen zu brennen.

Tobe veränderte Kontrast und Helligkeit, bis das Bild ganz scharf war.

»Wer, Henry?«

»Susan Phillips, das älteste Mädchen. Siebzehn.«

Budd lachte. »He, vielleicht ist es doch einfacher, als wir geglaubt haben. Wenn er sie einfach laufen lässt...«

Auf dem Bildschirm sah Susan sich zu der offenen Tür um. Eine Hand stieß sie ins Freie. Dann schloss sich die Tür.

»Großartig!« LeBow war begeistert, während er dicht neben Potter aus dem Fenster starrte. »Siebzehn. Und sie ist eine sehr gute Schülerin. Sie kann uns genau schildern, wie's dort drinnen zugeht.«

Susan Phillips ging geradeaus weiter. Durch sein Fernglas konnte Potter sehen, wie grimmig ihre Miene war. Ihre Hände waren auf dem Rücken gefesselt, aber ansonsten schien sie unter der kurzen Gefangenschaft nicht gelitten zu haben.

»Dean«, verlangte Potter über Funk, »schicken Sie ihr einen Ihrer Männer entgegen.«

»Ja, Sir.« Der Sheriff sprach jetzt mit normaler Lautstärke in sein Kehlkopfmikrofon; er hatte endlich begriffen, wie es funktionierte.

Ein State Trooper mit Helm und kugelsicherer Weste kam hinter einem Streifenwagen hervor und bewegte sich in geduckter Haltung vorsichtig auf Susan zu, die jetzt etwa fünfzehn Meter vom Schlachthaus entfernt war.

Arthur Potter holte erschrocken tief Luft.

Er zitterte am ganzen Leib, als wäre er plötzlich in Eiswasser getaucht worden. Er erfasste schlagartig, was passieren würde.

Vermutlich war das reine Intuition – ein Gefühl, das auf Hunderten von Geiselnahmen basierte, bei denen er mit den Tätern verhandelt hatte. Auf der Tatsache, dass bisher noch kein Geiselnehmer zu einem so frühen Zeitpunkt spontan eine Geisel freigelassen hatte. Und auf der Tatsache, dass Handy ein brutaler Killer war.

Er hätte nicht genau sagen können, worauf seine Vorahnung beruhte, aber das entsetzliche Ereignis, das er klar voraussah, griff wie eine eiskalte Hand nach seinem Herzen. »Nein!«

LeBow sah zu ihm hinüber. »O nein! O Gott, nein!«

Charlie Budd sah verständnislos von einem zum anderen. Er flüsterte: »Was stimmt nicht? Was ist los?«

»Er will sie erschießen«, flüsterte LeBow.

Potter riss die Tür auf und rannte nach draußen. Sein Herz jagte. Er riss eine kugelsichere Weste an sich, die am Boden lag, schlüpfte zwischen zwei Streifenwagen hindurch und rannte keuchend auf Susan zu, vorbei an dem Mann, den Stillwell ihr entgegengeschickt hatte. Seine Hast weckte Unbehagen bei den Polizeibeamten, von denen einige aber doch über den rundlichen Mann lächelten, der über das Feld rannte, in der linken Hand eine kugelsichere Weste, in der rechten ein weißes Kleenex.

Susan war noch fünfzehn Meter von ihm entfernt. Sie schritt ruhig über das Gras. Sie änderte ihre Richtung etwas, um ihm entgegenzugehen.

»Hinwerfen! Hinwerfen!«, rief Potter. Er ließ das Kleenex los, das im frischen Wind vor ihm herflatterte, und deutete wild gestikulierend auf den Erdboden. »Los, runter! In Deckung gehen!«

Aber sie hörte natürlich nicht, was er sagte, und runzelte nur die Stirn.

Mehrere Trooper hatten Potters Rufe gehört und kamen hinter den Streifenwagen hervor, die ihnen als Deckung dienten. Zögernd griffen sie nach ihren Waffen. Nun waren auch von anderen Warnrufe zu hören. Eine Polizeibeamtin gestikulierte heftig. »Nein, nein, Schätzchen! Runter mit dir, um Himmels willen!«

Aber Susan verstand kein Wort. Sie blieb stehen und starrte den Erdboden vor sich an, als vermutete sie, man wolle sie vor einem unabgedeckten Brunnen oder einem im Gras verborgenen Stolperdraht warnen.

Mit Seitenstechen und keuchend vor Anstrengung verringerte Potter den Abstand zwischen ihnen auf fünf Meter.

Der Agent war so dicht an sie herangekommen, dass er nicht nur das grausige Klatschen des Einschlags hörte, als die einzelne Kugel sie zwischen den Schulterblättern traf und über ihrer rechten Brust eine dunkelrote Blume erblühen ließ, sondern auch das unheimliche Stöhnen wahrnahm, das tief aus einer bis dahin stummen Kehle drang.

Sie blieb abrupt stehen; dann knickte sie ein, drehte sich halb um die eigene Achse und brach zusammen.

Nein, nein, nein …

Potter erreichte Susan und stellte die kugelsichere Weste um ihren Kopf herum auf. Der Trooper kam herangerannt, kniete neben ihr nieder und murmelte immer wieder: »Mein Gott, mein Gott …« Dabei zielte er mit seiner Pistole auf das Fenster, aus dem der Schuss gekommen sein musste.

»Nicht schießen!«, befahl Potter ihm.

»Aber …«

»Nein!« Potter sah von Susans glanzlosen Augen auf und suchte das Schlachthaus ab. In dem Fenster unmittelbar links neben der Tür sah er Lou Handys schmales Gesicht. Und wenige Meter hinter dem rechten Fenster konnte der Verhandler trotz der trüben Beleuchtung das schreckensbleiche Gesicht der blonden jungen Lehrerin erkennen, die vorhin die rätselhafte Botschaft übermittelt hatte und an deren Namen er sich im Augenblick nicht erinnern konnte.

Geräusche fühlt man.

Ein Geräusch bringt die Luft in Bewegung, ist eine Vibration, die wie eine Welle über unseren Körper hinwegplätschert, unsere Stirn wie die Hand eines Geliebten berührt, die aber auch schmerzhaft sein und uns zum Weinen bringen kann.

In ihrer Brust spürte sie noch immer das Geräusch des Schusses.

Nein, dachte Melanie. Nein, das ist unmöglich!

Das *kann* nicht sein …

Aber sie wusste, was sie gesehen hatte. Stimmen konnte man nicht trauen, aber ihre Augen ließen sie nie im Stich.

Susan, die Königin der Gehörlosen.

Susan – tapferer, als ich jemals sein könnte.

Susan, der die Welt der Gehörlosen und die Außenwelt gleichermaßen zu Füßen gelegen hatten.

Sie war in die schreckliche Außenwelt hinausgegangen, und das hatte ihr den Tod gebracht. Sie war für immer fort. Ein kleines Loch in ihrem Rücken, das sie auf ihrem Weg jäh anhalten ließ. Und Melanie hatte sie so beneidet, dass sie schändlicherweise darum gebetet hatte, an ihrer statt gehen zu dürfen.

Melanies Atemzüge wurden flach, und ihr Gesichtsfeld bekam unregelmäßige schwarze Ränder. Der ganze Raum schien zu kippen, und sie war plötzlich in Schweiß gebadet. Sie drehte sich langsam um und blickte zu Brutus hinüber, der die noch rauchende Pistole in seinen Hosenbund steckte. Was sie in seinem Gesicht las, erfüllte sie mit Hoffnungslosigkeit, denn sie sah keine Befriedigung, keine Wollust, keine Bösartigkeit. Sie sah nur, dass er etwas, was er sorgfältig geplant hatte, ausgeführt hatte – und dass er den Tod des Mädchens bereits vergessen hatte.

Er stellte den Fernseher wieder an und sah dabei kurz zum Schlachtraum hinüber, in dessen Tür die sieben Mädchen unordentlich aufgereiht saßen oder standen. Einige starrten Melanie an, andere Mrs. Harstrawn, die zusammengebrochen war, die sich heulend die Haare raufte, deren Gesicht zu einer grässlichen roten Fratze verzerrt war. Die Lehrerin hatte den Schuss offenbar beobachtet und wusste, was er bedeutete. Die anderen Mädchen waren ahnungslos. Jocylyn strich sich ihr dunkles Haar, das sie leider immer selbst schnitt, aus dem Gesicht. Sie hob die Hände und wiederholte aufgeregt: »Was ist passiert? Was ist passiert? Was ist passiert?«

Ich muss es ihnen sagen, dachte Melanie.

Aber ich kann nicht.

Beverly, das zweitälteste Mädchen nach Susan, verstand, dass etwas Schreckliches passiert war, wusste aber nicht genau – oder wollte es sich nicht eingestehen –, was es war. Sie griff nach Jocylyns pummeliger Hand und blickte zu Melanie hinüber. Dann holte sie keuchend tief Luft und legte den anderen Arm um die unzertrennlichen Zwillinge.

Melanie verzichtete darauf, den Namen Susan zu erwähnen. Aus irgendeinem Grund brachte sie das nicht über sich. Stattdessen benützte sie das unpersönliche Wort »sie« und deutete dabei ins Freie hinaus.

»Sie ...«

Wie soll ich es ausdrücken? O Gott, ich hab keine Ahnung, wie ich es sagen soll! Sie brauchte einen Augenblick, um sich an das Wort »getötet« zu erinnern. Es wurde gebildet, indem man den gestreckten Zeigefinger der rechten Hand von unten in die leicht gewölbte linke Hand führte.

Genau wie eine Kugel, die in den Körper eindringt, dachte sie. Sie brachte es nicht über sich. Sie sah Susans

Haare beim Einschlag hochfliegen. Sie sah Susan zusammenbrechen.

»Sie ist tot«, signalisierte Melanie schließlich. Das Wort »tot« wurde anders gebildet: Man drehte die Handfläche der gestreckten rechten Hand nach unten und gleichzeitig die der linken nach oben. Melanie starrte dabei ihre rechte Hand an und überlegte sich, dass diese Bewegung das Zuscharren eines Grabs imitierte.

Die Reaktionen der Mädchen waren unterschiedlich, aber eigentlich doch gleich: Tränen, erschrockenes Luftholen, entsetzte Blicke.

Melanie drehte sich mit zitternden Händen wieder zum Fenster um. De l'Épée hatte Susans Leiche aufgehoben und trug sie langsam zum Polizeikordon zurück. Melanie beobachtete die herabhängenden Arme ihrer Freundin, die Kaskade aus schwarzem Haar, die Füße – ein Schuh an, ein Schuh ab.

Schöne Susan.

Susan – die junge Frau, die ich am liebsten gewesen wäre, wenn ich's mir hätte aussuchen dürfen.

Während sie zusah, wie de l'Épée hinter einem Streifenwagen verschwand, wurde ein Teil von Melanies stummer Welt noch ein wenig stummer. Und das war etwas, was sie sich eigentlich kaum leisten konnte.

»Ich scheide aus, Sir«, sagte Charlie Budd leise.

Potter trat in die Toilette der Kommandozentrale, um das frische Hemd anzuziehen, das auf unerklärliche Weise in den Händen eines von Dean Stillwells Leuten aufgetaucht war. Er warf sein eigenes blutbeflecktes Hemd in den Abfallkorb und zog das frische an; die Kugel, die Susan getötet hatte, hatte ihn über und über mit Blut bespritzt.

»Wie war das, Charlie?«, fragte Potter geistesabwesend und ging an den Schreibtisch zurück. Tobe und Derek saßen schweigend vor ihren Konsolen. Selbst Henry LeBow hatte zu tippen aufgehört und starrte aus dem Fenster, durch das von seinem Platz aus nur ferne Weizenfelder zu sehen waren – wegen des dicken Panzerglases verzerrt und gelblich verfärbt.

Durch das Fenster auf der anderen Seite der Kommandozentrale blitzte das Blinklicht des Krankenwagens, mit dem die Leiche abtransportiert wurde.

»Ich höre auf«, fuhr Budd fort. »Mit diesem Einsatz – und als Polizeibeamter.« Seine Stimme klang fest. »Das war meine Schuld. Es ist passiert, weil vor einer halben Stunde dieser eine Schuss gefallen ist. Weil ich den Scharfschützen nicht befohlen habe, die Waffen zu entladen. Ich telefoniere mit Topeka und sorge dafür, dass jemand als Ersatz für mich kommt.«

Potter drehte sich um und stopfte das frische Hemd in seine Hose. »Bleiben Sie da, Charlie. Ich brauche Sie.«

»Nein, Sir. Ich habe einen Fehler gemacht und bin bereit, die Konsequenzen zu tragen.«

»Bevor diese Nacht um sein wird, haben Sie unter Umständen noch reichlich Gelegenheit, die Verantwortung für irgendwelche Pannen zu übernehmen«, erklärte Potter ihm ruhig. »Aber dieser Scharfschützenschuss gehört nicht dazu. Was Handy eben getan hat, hat nichts mit Ihnen zu tun.«

»Warum sonst? Um Himmels willen, warum hat er das getan?«

»Weil er die Karten auf den Tisch legt. Er beweist uns, dass er's ernst meint. Wir dürfen nicht hoffen, ihn dort billig rauskaufen zu können.«

»Indem er eiskalt eine Geisel erschießt?«

LeBow warf ein: »Das sind die schwierigsten Verhandlungen, die's überhaupt gibt, Charlie. Wird so früh eine Geisel ermordet, können die übrigen meistens nur durch einen Sturmangriff befreit werden.«

»Hohe Einsätze«, murmelte Derek Elb.

Höchste Einsätze, dachte Arthur Potter. Dann: Gott, was für ein Tag das noch werden wird …

»Verbindung«, sagte Tobe. Im nächsten Augenblick klingelte das Telefon. Der Rekorder lief automatisch an.

Potter nahm den Hörer ab. »Lou?«, fragte er ruhig.

»Über eins müssen Sie sich bei mir im Klaren sein, Art. Diese Mädchen sind mir *egal.* Sie bedeuten mir genauso wenig wie die kleinen Vögel, die ich daheim von der Veranda aus abgeknallt habe. Ich will hier raus, und wenn ich dazu neun weitere kaltmachen muss, mach ich's eben. Haben Sie mich verstanden?«

Potter antwortete: »Ich verstehe Sie, Lou. Aber wir müssen noch was anderes klarstellen. Ich bin in diesem Universum der einzige Mann, der Sie dort lebend rausholen kann. Es gibt keinen anderen. Deshalb müssen Sie mit mir rechnen. Haben Sie *mich* verstanden?«

»Ich melde mich später mit unseren Forderungen.«

## 13.25 Uhr

Die Sache war kompliziert, sie war gefährlich. Es ging um keine Wiederwahl.

Hier ging es um Anstand und Menschenleben.

Das sagte sich Daniel Tremain, als er den Amtssitz des Gouverneurs betrat.

Er hielt sich wie immer sehr gerade, als er die erstaunlich schlichte Villa durchquerte, um in das große Arbeitszimmer zu gelangen.

Anstand und Menschenleben.

»Officer.«

»Gouverneur.«

A. R. Stepps, Gouverneur des Bundesstaats Kansas, starrte den blassen Horizont an – Weizenfelder wie jene, durch die die Versicherungsgesellschaft seines Vaters groß geworden war, was Stepps wiederum die Möglichkeit gegeben hatte, Staatsdiener zu werden. Tremain hielt Stepps für den idealen Gouverneur: Er hatte beste Verbindungen, war Washington gegenüber misstrauisch, ärgerte sich über Verbrechen in Topeka und die Kriminellen, die aus Missouri in *sein* Kansas City überschwappten, und war trotzdem imstande, mit alledem zu leben, weil er kein höheres Ziel vor Augen hatte, als im Ruhestand am Lawrence College zu lehren und mit seiner Frau auf Kreuzfahrtschiffen der Scandia Lines unterwegs zu sein.

Aber nun war diese Sache in Crow Ridge passiert.

Der Gouverneur sah von einem Fax auf, das er gelesen hatte, und musterte Tremain.

Begutachte mich meinetwegen, solange du willst. Los, nur zu! Sein blau-schwarzer Einsatzoverall passte wirklich nicht in diese Umgebung mit den gerahmten Jagdstichen und den antiken Mahagonimöbeln, die mit Limonenöl poliert waren. Am häufigsten ruhte Stepps' Blick auf der schweren Pistole, die der Trooper zurechtrückte, während er auf einem irritierend verschnörkelten Stuhl saß.

»Er hat eine erschossen?«

Tremain, der sein schütter werdendes Haar sehr kurz trug, nickte wortlos. Er stellte fest, dass der Gouverneur am rechten Ellbogen seiner himmelblauen Strickjacke ein kleines Loch hatte und vor Entsetzen wie gelähmt wirkte.

»Was ist passiert?«

»Es sieht so aus, als hätte er es vorsätzlich getan. Ich erwarte einen ausführlichen Bericht, aber allem Anschein nach gab es keinerlei Grund dafür. Er hat sie rausgeschickt, als wollte er sie freilassen, und dann von hinten erschossen.«

»Großer Gott! Wie alt war sie?«

»Die älteste Schülerin. Ein Teenager. Aber trotzdem ...«

Der Gouverneur nickte zu einem schweren Silberservice hinüber. »Kaffee? Tee? ... Nein? Sie waren noch nie hier, nicht wahr?«

»In der Gouverneursvilla? Nein.« Allerdings war dies keine Villa; es war nur ein hübsches Haus, das von Familienlärm widerhallte.

»Ich brauche wegen dieser Sache Ihre Hilfe, Officer. Ihren fachmännischen Rat.«

»Ich werde tun, was ich kann, Sir.«

»Der Fall liegt nicht ganz einfach. Die Häftlinge sind aus einem Bundesgefängnis ausgebrochen und ... Was gibt's, Captain?«

»Bei allem Respekt, Sir, aber im Gefängnis Callana gibt's anscheinend 'ne Drehtür.« Tremain konnte sich an vier

Ausbrüche in den letzten fünf Jahren erinnern. Seine eigenen Leute hatten drei dieser Ausbrecher geschnappt und waren damit erfolgreicher gewesen als die U.S. Marshals, die nach Tremains Auffassung nur überbezahlte Babysitter waren.

Der Gouverneur begann vorsichtig – wie ein Mann, der sich auf dünnes Eis wagt. »Die Kerle gehören juristisch gesehen dem Bund, da sie aus einem Bundesgefängnis ausgebrochen sind, aber sie haben auch vom Staat Kansas verhängte Strafen zu verbüßen. Vielleicht erst nach dem Jahr dreitausend, aber trotzdem steht fest, dass wir ebenfalls Anspruch auf sie haben.«

»Aber das FBI hat den Fall übernommen.« Der stellvertretende Generalstaatsanwalt hatte Tremain ausdrücklich erklärt, dass seine Dienste diesmal nicht benötigt würden. Der Trooper verstand nicht viel von der staatlichen Hierarchie, aber jedes Schulkind wusste, dass der Generalstaatsanwalt und seine Untergebenen dem Gouverneur unterstanden. Dass sie seine Weisungen auszuführen hatten. »Wir müssen uns dem FBI natürlich unterordnen. Und vielleicht ist das die beste Lösung.«

Der Gouverneur sagte: »Dieser Potter soll ein guter Mann sein ...« Aber seine Stimme sank am Satzende nicht herab, sondern schien ein unausgesprochenes Fragezeichen zu setzen.

Dan Tremain war ein ehrgeiziger Polizeibeamter, und lange bevor er gelernt hatte, wie man zwei gegenüberliegende Türen im Auge behält, während man mit einem Hechtsprung durchs Fenster in ein besetztes Haus eindringt, wusste er, dass man niemals etwas sagen durfte, was später gegen einen verwendet werden konnte. »Der Stolz des FBIs, wie man hört«, sagte der Trooper, der vorsichtshalber annahm, hier laufe irgendwo ein versteckter Rekorder mit, obwohl das vermutlich nicht der Fall war.

»Aber?« Der Gouverneur zog die Augenbrauen hoch.

»Soviel ich gehört habe, hat er sich für eine harte Linie entschieden.«

»Und das bedeutet?«

Draußen vor den Fenstern fuhren Mähdrescher hin und her.

»Das bedeutet, dass er versuchen wird, Handy zu zermürben und zum Aufgeben zu zwingen.«

»Greift Potter irgendwann an? Wenn er muss?«

»Er ist nur der Verhandler. Das FBI ist dabei, ein Sonderkommando zusammenzustellen. Es müsste gegen Abend eintreffen.«

»Und wenn Handy sich nicht ergibt, greift es an und...«

»Schaltet ihn aus.«

Auf dem runden Gesicht erschien ein Lächeln. Der Gouverneur betrachtete wehmütig einen Aschenbecher, bevor er sich erneut an Tremain wandte. »Wie lange dauert es, bis das Sonderkommando nach seinem Eintreffen angreift?«

»Normalerweise gilt ein Sturmangriff als letztes Mittel – wenn alles andere versagt hat. Die Rand Corporation hat vor einigen Jahren in einer Studie nachgewiesen, dass neunzig Prozent aller Geiseln umkommen, wenn die Situation kritisch wird – wenn es zum Angriff kommt. Aber ich wollte auf etwas anderes hinaus.«

»Bitte. Sprechen Sie ganz offen.«

Unter der widerwärtig blauen Strickjacke des Gouverneurs sah ein Blatt Papier hervor. Tremain erkannte es als seinen eigenen Lebenslauf. Obwohl er auf seine Laufbahn in der State Police stolz war, fragte er sich doch, ob er nicht deshalb hier war, weil der Gouverneur den kurzen Absatz über seine Tätigkeit als »Berater« gelesen hatte, die Tremain nach seinem Ausscheiden aus der Marine nach Afrika und Guatemala geführt hatte.

»Die Studie der Rand Corporation ist so weit ziemlich zutreffend. Aber in diesem Fall spielt noch etwas anderes mit, Sir. Kommt es frühzeitig zu einem Geiselmord, sind Verhandlungen erfahrungsgemäß fast aussichtslos. Der GN – der Geiselnehmer – hat nicht mehr viel zu verlieren. Manchmal tritt sogar eine Art psychologisches Phänomen auf: Der Geiselnehmer kommt sich so allmächtig vor, dass er seine Forderungen immer weiter hochschraubt, damit sie nicht erfüllt werden *können* – nur um einen Grund für die Ermordung weiterer Geiseln zu haben.«

Der Gouverneur nickte.

»Wie beurteilen Sie Handy?«

»Ich habe seine Akte auf der Herfahrt gelesen und bin mir ziemlich sicher, wie er einzuschätzen ist.«

»Nämlich?«

»Handy ist kein Psychopath. Aber er ist ganz sicher amoralisch.«

Über die schmalen Lippen des Gouverneurs huschte ein kurzes Lächeln. Weil, so fragte sich Tremain, ich als Exsöldner das Wort *amoralisch* in den Mund nehme?

»Ich glaube«, fuhr Tremain langsam fort, »dass er noch mehr Mädchen ermorden wird. Letzten Endes vielleicht sogar alle. Sollte ihm die Flucht von dort gelingen, bringt er nach meiner Einschätzung alle um – rein aus Gründen der Symmetrie.«

*Symmetrie.* Wie gefällt Ihnen *das*, Sir? Lesen Sie den Ausbildungsabschnitt meines Lebenslaufs. Ich habe mein Studium am Lawrence College »cum laude« abgeschlossen und in der Offiziersausbildung zu den Jahrgangsbesten gehört.

»Außerdem müssen wir noch etwas anderes berücksichtigen«, fuhr der Captain fort. »Er hat sich kaum bemüht, dem Trooper zu entkommen, der sie heute Vormittag aufgespürt hat.«

»Nein?«

»Anfangs stand nur dieser eine Officer drei Männern gegenüber, die Waffen und Geiseln hatten. Man könnte fast glauben, Handy habe nicht unbedingt fliehen, sondern lieber etwas Zeit mit den Geiseln verbringen wollen. Sie verstehen, was ich meine, Sir. Schließlich sind es lauter Mädchen.«

Der Gouverneur stemmte seinen massigen Körper aus dem Schreibtischsessel hoch. Er trat ans Fenster. Draußen kämmten die Mähdrescher die flache Landschaft. Zwei der mechanischen Ungetüme bewegten sich langsam aufeinander zu. Der Mann am Fenster seufzte schwer.

Ein beschissen *symmetrisch amoralisches* Leben, nicht wahr, Sir?

»Er ist einfach kein typischer Geiselnehmer, Gouverneur. Er hat eine sadistische Ader.«

»Und Sie glauben wirklich, er würde… den Mädchen etwas tun? Sie wissen, was ich meine?«

»Ich glaube, dass er's täte. Wenn er währenddessen ein Auge darauf haben könnte, was draußen passiert. Und Sonny Bonner, einer seiner Komplizen, hat wegen Vergewaltigung gesessen. Na ja, wegen Entführung über eine zwischenstaatliche Grenze. Aber dahinter steckte eine Vergewaltigung.«

Auf dem Schreibtisch des Gouverneurs standen Bilder seiner blonden Frau, seiner blonden Kinder, eines schwarzen Neufundländers und Jesu Christi.

»Wie gut ist Ihr Team, Captain?« Seine Stimme war zu einem Flüstern herabgesunken.

»Wir sind sehr, sehr gut, Sir.«

Der Gouverneur rieb sich die schläfrigen Augen. »Können Sie sie rausholen?«

»Ja. Um beurteilen zu können, wie hoch die Verluste voraussichtlich wären, müsste ich einen vorläufigen taktischen Plan des Unternehmens ausarbeiten und danach eine Schadensabschätzung vornehmen.«

»Wie lange würde das dauern?«

»Ich habe Lieutenant Carfallo angewiesen, Umgebungskarten und die Baupläne des Gebäudes zu besorgen.«

»Wo ist er jetzt?«

Tremain warf einen Blick auf seine Armbanduhr. »Er wartet zufällig draußen, Sir.«

Die Augen des Gouverneurs zuckten erneut. »Wollen Sie ihn nicht hereinbitten?«

Wenige Minuten später breitete der Lieutenant, ein untersetzter, stämmiger junger Mann, Landkarten und alte Blaupausen aus.

»Lieutenant«, blaffte Tremain, »sagen Sie uns, wie Sie die Lage einschätzen.«

Ein kräftiger Zeigefinger tippte auf mehrere Stellen der alten Baupläne. »Eindringen können wir hier und hier. Stürmen, Blendgranaten werfen, Kreuzfeuerzonen schaffen.« Er sagte das ganz unbekümmert, und dem Gouverneur schienen wieder Bedenken zu kommen. Kein Wunder, denn Carfallo war ein unheimliches kleines Wiesel. Der Lieutenant fuhr fort: »Ich rechne mit sechs bis acht Sekunden – vom Knall bis zu den Kugeln.«

»Er meint«, fügte Tremain erklärend hinzu, »dass es sechs Sekunden dauert, bis wir nach dem Aufsprengen der Tür alle drei Ziele erfasst haben ... äh, alle drei GN vor der Pistole haben.«

»Ist das gut?«

»Hervorragend. Das bedeutet, dass es bei den Geiseln praktisch keine oder nur minimale Verluste geben dürfte. Aber ich kann natürlich nicht garantieren, dass es überhaupt keine geben würde.«

»Gott gibt uns keine Garantien.«

»Richtig, das tut er nicht.«

»Danke, Lieutenant«, sagte der Gouverneur.

»Abtreten!«, knurrte Tremain. Der junge Mann grüßte zackig, machte kehrt und verschwand.

»Was ist mit Potter?«, fragte der Gouverneur. »Schließlich leitet er das Ganze, daran führt kein Weg vorbei.«

Tremain nickte. »Und das damit zusammenhängende Problem – man bräuchte einen Grund, um grünes Licht für einen Angriff geben zu können.«

»Irgendeine Ausrede«, murmelte der Gouverneur, was höchst unvorsichtig von ihm war. Dann setzte er sich auf und zupfte einen himmelblauen Wollfaden von seiner Manschette.

Tremain ergriff die Initiative. »Nehmen wir mal an, Sir, die Verbindungen zwischen Potter und Handy und unseren Leuten auf dem Feld wären gestört. Und nehmen wir weiterhin an, jemand aus meinem Team würde im Schlachthaus Aktivitäten beobachten, die Geiseln oder Trooper gefährden könnten. Irgendetwas, auf das Potter gar nicht reagieren kann. Ich glaube, dass wir dann berechtigt wären – auch dem Gesetz nach –, dort einzudringen und das Gebäude zu besetzen.«

»Ja. Ja, Sie haben recht.« Der Gouverneur zog die Augenbrauen hoch, verzichtete aber darauf, die Frage zu stellen, die ihm auf der Zunge lag. Er schlug mit der flachen Hand auf den Schreibtisch. »Also gut, Captain. Ich erteile Ihnen folgende Anweisungen: Sie begeben sich mit der staatlichen Sondereinheit für Geiselbefreiungen nach Crow Ridge und halten sich dort als Reserve für Agent Potter bereit. Sollte Agent Potter aus irgendwelchen Gründen die Kontrolle über die Lage entgleiten und die Sträflinge eine unmittelbare Gefahr für irgendjemanden – Geiseln oder Trooper oder … einfach irgendjemanden – darstellen, sind Sie ermächtigt, alles Erforderliche zu tun, um diese Gefahr abzuwenden.«

Das hätte man jederzeit auf Tonband aufnehmen können. Wer hätte bestreiten können, dass das kluge und weise Worte waren?

»Ja, Sir.« Tremain rollte die Karten und Blaupausen zusammen. »Sonst noch etwas, Sir?«

»Ich weiß, die Zeit drängt«, sagte der Gouverneur langsam, um den ernst dreinblickenden Trooper auf die letzte Probe zu stellen, »aber glauben Sie, dass wir noch kurz miteinander beten könnten?«

»Das wäre mir eine Ehre, Sir.«

Und der Soldat ergriff die Hand des Herrschers, und beide sanken auf die Knie. Tremain schloss seine durchdringend klaren blauen Augen. Ein Strom von Worten erfüllte den Raum … so flüssig und wohlformuliert, als kämen sie direkt aus dem Herzen eines Allmächtigen, der sich schreckliche Sorgen um diese armen Mädchen machte, die vielleicht schon bald in den Räumen der Webber & Stoltz Company ihr Leben aushauchen würden.

*Dann kommst du also wieder heim.*

Melanie beobachtete die zusammengekrümmt daliegende Frau und dachte: Es ist unmöglich, dass jemand so viel weint. Sie berührte Mrs. Harstrawns Arm, aber das veranlasste die Lehrerin nur dazu, noch heftiger zu weinen.

Sie befanden sich noch immer in dem kalten Höllenpfuhl des Schlachtraums. Auf dem Fußboden stand trübes Wasser, das sich in einigen Pfützen mit ausgelaufenem Öl vermischte und in allen Regenbogenfarben schillerte. Schmutzige Fliesen, schmutzige Kacheln. Keine Fenster. Der Raum stank nach Mist und Schimmel. Und nach Verwesung, die aus den Wänden zu kommen schien. Er erinnerte Melanie an den Duschraum in *Schindlers Liste.*

Ihr Blick fiel immer wieder auf den großen Ablauf in der Raummitte, von dem ein Spinnennetz aus Rinnen ausging.

Alle braun verfärbt. Von altem, sehr altem Blut. Sie stellte sich vor, wie ein Kalb verzweifelt muhte und dann zusammenbrach, als ihm die Kehle durchschnitten wurde und sein Blut pulsierend in eine dieser Rinnen floss.

Melanie begann zu weinen und glaubte wieder zu hören, was ihr Vater im Frühjahr gesagt hatte: *Dann kommst du also wieder heim. Dann kommst du also wieder heim, dann kommst du also wieder heim …*

Als Nächstes sprangen ihre Gedanken mit einem Satz zu ihrem Bruder, der sechshundert Meilen von hier in einem Krankenhausbett lag. Er würde inzwischen alles gehört haben: von dem Mord an dem Paar im Cadillac, von der Entführung. Er würde sich schreckliche Sorgen machen. Tut mir leid, Danny. Ich wollte, ich wäre bei dir!

Durch die Luft spritzendes Blut …

Mrs. Harstrawn lag zusammengekrümmt da und zitterte. Ihr Gesicht war erschreckend blau angelaufen, und Melanies Entsetzen über Susans Tod wurde für einige Augenblicke von der Angst überlagert, die ältere Lehrerin könnte einen Schlaganfall erlitten haben.

»Bitte«, bedeutete sie ihr. »Die Mädchen haben Angst.«

Aber die Frau verstand sie nicht – oder konnte nicht darauf reagieren.

*Dann kommst du …*

Melanie fuhr sich mit dem Handrücken über die Augen und ließ ihren Kopf nach vorn auf die Arme sinken.

*… also wieder heim.*

Wenn sie heimgekehrt wäre, wie ihre Eltern es gewollt hatten (nun, ihr *Vater*, aber was ihr Vater beschloss, galt immer für *beide* Eltern), dann wäre sie jetzt nicht hier.

Keine von ihnen wäre hier.

Und Susan würde noch leben.

Hör auf, daran zu denken!

Bär ging am Schlachtraum vorbei und warf einen

Blick hinein. Er fasste sich zwischen die Beine, hatte dabei Mühe, an seinem Wanst vorbeizugreifen, und blaffte Shannon an. Er zeigte auf sein Knie und schien zu fragen, ob sie vielleicht versuchen wolle, ihn noch einmal zu treten. Sie bemühte sich, seinen Blick trotzig zu erwidern, senkte dann aber den Kopf, starrte ihren Arm an und rieb die verblasste selbstgezeichnete Tätowierung mit dem Superhelden.

Brutus rief etwas, und Bär sah auf. Der große Mann hatte Angst vor ihm – das wurde Melanie plötzlich klar, als sie den Ausdruck in Bärs Augen sah. Er lachte humorlos, hämisch. Sah zu Mrs. Harstrawn hinüber. Am längsten ruhte sein Blick jedoch auf den kleinen Mädchen, vor allem auf den Zwillingen und auf Emily, ihrem Kleid, ihren weißen Strümpfen und ihren schwarzen Lackschuhen – alles Sachen, die sie eigens für Melanies Auftritt bei der Sommerveranstaltung im Staatlichen Gehörlosentheater von Kansas bekommen hatte. Wie lange er die Kleine mit den Augen verschlang! Dann ging er widerstrebend in den Hauptraum des Schlachthauses zurück.

Schaff sie hier raus!, befahl Melanie sich. Egal, was es kostet, *schaff sie hier raus!*

Dann: Aber ich kann's nicht. Brutus würde mich umbringen. Er würde mich vergewaltigen. Er ist böse, er verkörpert die Außenwelt. Melanie dachte an Susan und weinte erneut. Er hatte recht gehabt, ihr Vater.

*Dann kommst du also wieder heim.*

Das hätte ihr das Leben gerettet.

Es hätte keine heimliche Verabredung nach der Vorstellung in Topeka gegeben. Keine Lügen, keine schweren Entscheidungen.

»Zurück, setzt euch an die Wand«, forderte sie die Mädchen auf. Sie musste sie von Bär fernhalten, dafür sorgen, dass er sie möglichst nicht zu Gesicht bekam. Die Mädchen gehorchten. Alle hatten Tränen in den Augen, nur die magere junge Shannon nicht, die wieder zornig und trotzig war, ganz der Wildfang. Und auch Kielle nicht – obgleich sie weder zornig noch trotzig, sondern fast unheimlich gelassen wirkte. Die Kleine machte Melanie Sorgen. Was lag in ihrem Blick? Etwa ein Abglanz dessen, was in Susans gelegen hatte? Ein Kind mit dem Gesichtsausdruck einer Frau. Großer Gott, aus ihrem Blick sprachen Rachsucht, eisige Kälte, blanker Hass. Ist *sie* Susans eigentliche Nachfolgerin?, fragte Melanie sich.

Kielle wandte sich an Shannon. »Er ist Magneto«, erklärte sie ihrer Freundin nüchtern und sah dabei zu Brutus hinüber. Das war ihr eigener Spitzname für Handy. Aber Shannon widersprach: »Nein, er ist Mr. Sinister. Kein Mitglied der Bruderschaft. Der Schlimmste von allen.«

Kielle dachte darüber nach. »Aber ich denke …«

»Oh, hört auf, ihr beiden!«, unterbrach Beverly sie. Ihre Hände hoben und senkten sich wie ihre schwer nach Atem ringende Brust. »Das hier ist kein blödes Spiel.«

Melanie nickte. »Lasst das jetzt.« Oh, Mrs. Harstrawn, wütete sie stumm, bitte … Wie Sie weinen! Rotes Gesicht, dann blaues Gesicht, zitternd. Bitte tun Sie mir das nicht an! Sie hob die Hände. »Ich schaff's nicht allein.«

Aber Mrs. Harstrawn war hilflos. Sie lag auf dem gekachelten Boden des Schlachtraums, den Kopf an eine Rinne gelehnt, durch die früher das warme Blut von Lämmern und Kälbern abgeflossen war, und sagte kein Wort.

Melanie sah auf. Die Mädchen starrten sie an.

Ich *muss* etwas tun.

Aber ihr fielen nur die Worte ihres Vaters ein – Phantomworte –, die er geäußert hatte, als sie im Frühjahr auf der Veranda ihres Farmhauses in der Hollywoodschaukel gesessen hatten. Ein herrlicher Morgen. Ihr Vater hatte zu ihr gesagt: »Dies ist dein Zuhause, hier bist du willkommen. Es kommt darauf an, wohin man gehört, verstehst du, und darauf, was Gott tut, um dafür zu sorgen, dass jeder, der irgendwo bleiben soll, das auch wirklich tut. Nun, dein Platz ist hier bei uns, hier kannst du dich nützlich machen, und dein, du weißt schon, Problem wird dich nicht in Schwierigkeiten bringen. Das ist Gottes Wille.«

(Wie vollkommen sie jedes seiner Worte verstanden hatte – selbst die unmöglichen Zischlaute und die schwierigen Knacklaute. So deutlich, wie sie jetzt Handy – Brutus – verstand.)

»Dann kommst du also wieder heim«, hatte ihr Vater hinzugefügt. Und war aufgestanden, um den Ammoniaktankwagen anzuhängen, ohne sie ein einziges Wort der Erwiderung auf ihren Block schreiben zu lassen, den sie daheim bei sich trug.

Melanie merkte plötzlich, dass Beverlys Kopf heftig zuckte. Ein schwerer Asthmaanfall. Das Mädchen lief rot an und schloss zitternd die Augen, während es verzweifelt nach Atem rang. Melanie streichelte ihr das feuchte Haar.

»Tu was«, forderte Jocylyn sie mit ihren dicken, ungelenken Fingern auf.

Die Schatten, die in den Raum fielen – Schatten von Drähten und Maschinen –, wurden sehr deutlich, dann begannen sie zu schwanken. Melanie stand auf und ging in den Hauptraum hinaus. Sie sah, wie Brutus und Marder die Lampen anders aufhängten.

Vielleicht geben sie uns eine für unseren Raum. Bitte …

»Ich hoffe, dass er stirbt, ich hasse ihn!«, signalisierte der blonde Feuerball Kielle aufgebracht. Ihr rundes Gesicht war von Hass verzerrt, als sie Brutus anstarrte.

»Still!«

»Ich will, dass er stirbt!«

»Schweig!«

Beverly streckte sich auf dem Boden aus. Ihre Finger signalisierten: »Bitte. Hilfe.«

Draußen im Hauptraum saßen Brutus und Marder dicht nebeneinander unter einer schwankenden Lampe. Das Licht wurde von Marders hellem Haar zurückgeworfen. Sie hatten den kleinen Fernseher eingeschaltet und zappten durch die Kanäle. Bär stand am Fenster und zählte etwas. Streifenwagen, vermutete sie.

Melanie ging auf die Männer zu. Blieb etwa drei Meter von ihnen entfernt stehen. Brutus begutachtete den dunklen Rock, die rote Bluse, die goldene Halskette – ein Geschenk ihres Bruders Danny. Er musterte sie mit diesem verdammt merkwürdigen Lächeln. Nicht wie Bär, der ihren Busen oder ihre Beine anstarrte. Er schaute nur auf ihr Gesicht und vor allem ihre Ohren. Sie merkte, dass dies der gleiche Blick war, mit dem er die am Boden zerstörte Mrs. Harstrawn angestarrt hatte – als ob er seiner Sammlung persönlicher Tragödien ein weiteres Exemplar einverleibte.

Sie imitierte Schreibbewegungen.

»Erzähl's mir«, sagte er langsam und so laut, dass sie die nutzlosen Vibrationen auf ihrer Haut spürte. »Sag mir, was du willst.« Sie deutete auf ihre Kehle.

»Du kannst auch nicht reden?«

Sie wollte nicht reden. Nein. Obwohl mit ihren Stimmbändern alles in Ordnung war. Und da Melanie erst verhältnismäßig spät ihr Gehör verloren hatte, beherrschte sie die Grundlagen der Wortbildung. Trotzdem hatte sie nach Susans Vorbild den Oralismus abgelehnt, weil er als nicht schick galt. Die Gemeinschaft der Gehörlosen hegte Ressentiments gegen Leute, die beiden Welten angehören wollten – der Welt der Gehörlosen und der Außenwelt. Melanie hatte seit fünf oder sechs Jahren kein einziges Wort mehr zu sprechen versucht.

Sie zeigte auf Beverly und atmete schwer. Legte eine Hand auf ihre Brust.

»Yeah, die Kranke … Was ist mit ihr?«

Melanie tat so, als nähme sie ein Medikament ein.

Brutus schüttelte den Kopf. »Ist mir scheißegal. Geh wieder rein und setz dich hin.«

Melanie legte die Hände aneinander – betend, bittend. Brutus und Marder lachten. Brutus rief Bär etwas zu, und Melanie fühlte die Vibrationen schwerer Schritte auf sich zukommen. Dann legte sich von hinten ein Arm um ihren Oberkörper, und Bär schleppte sie weg. Seine Finger grapschten nach ihrer Brustwarze, drückten sie fest zusammen. Sie schlug seine Hand weg und hatte plötzlich wieder Tränen in den Augen.

Im Schlachtraum wand sie sich aus seinem Griff und ließ sich auf den Boden fallen. Sie bekam eine Lampe zu fassen, die dort lag, und drückte sie sich – heiß und ölverschmiert – an die Brust. Die Lampe verbrannte ihr die Finger, aber Melanie klammerte sich an sie wie an einen Rettungsring. Bär schien sie etwas zu fragen.

Aber wie an jenem Frühlingstag, wo sie mit ihrem Vater auf der Veranda des Farmhauses gesessen hatte, gab Melanie keine Antwort; sie ging einfach fort.

An jenem Tag im Mai war sie die knarrende Treppe hinaufgestiegen und hatte sich in ihrem Zimmer in den alten Schaukelstuhl gesetzt. Jetzt lag sie auf dem Boden des Schlachtraums. Sie war wieder ein Kind, jünger als die Zwillinge. Dankbar schloss sie die Augen und ging fort. Hätte jemand sie dabei beobachtet, hätte er geglaubt, sie sei in Ohnmacht gefallen. Tatsächlich war sie jedoch überhaupt nicht da; sie hatte sich an einen anderen, an einen sicheren Ort geflüchtet, von dem außer ihr keine Menschenseele etwas wusste.

Bei Einstellungsgesprächen mit zukünftigen Verhandlern machte Arthur Potter die merkwürdige Erfahrung, gewissermaßen Kopien seiner selbst zu interviewen. Behäbige, lässige Cops mittleren Alters.

Eine Zeit lang hatte man geglaubt, Verhandlungen mit Geiselnehmern sollten von Psychologen geführt werden; aber obwohl derartige Verhandlungen in vielerlei Hinsicht Ähnlichkeit mit einem Therapiegespräch hatten, erwiesen Psychologen sich letztlich doch als ungeeignet. Sie dachten zu analytisch, waren zu sehr auf eine Diagnose fixiert. Gespräche mit Geiselnehmern dienten nicht der Feststellung, wo im *Handbuch für psychische Störungen* sie einzuordnen waren, sondern sollten sie dazu bewegen, mit erhobenen Händen rauszukommen. Dazu brauchte man gesunden Menschenverstand, Konzentration, Intelligenz, Geduld (nun, darum bemühte Arthur Potter sich ehrlich), ein gesundes Selbstbewusstsein, Redegewandtheit, die selten war, und die noch seltenere Gabe, gut zuhören zu können.

Und ein Verhandler war vor allem ein Mann, der sein Gefühlsleben unter Kontrolle hatte.

Genau darum kämpfte Arthur Potter im Augenblick. Er bemühte sich, das Bild zu vergessen, wie Susan Philipps' Brust vor seinen Augen zerrissen wurde, wie es gewesen war, heiße Blutstropfen auf seinem Gesicht zu spüren. Bei den Verhandlungen, die er im Lauf der Jahre mit Geiselnehmern geführt hatte, hatte es viele Tote gegeben. Aber er hatte noch nie einen so eiskalten Mord aus nächster Nähe miterleben müssen.

Henderson rief an. Die Reporter hatten einen Schuss gehört und verlangten immer dringender nach Informationen. »Sagen Sie ihnen, dass ich in spätestens einer halben Stunde eine Erklärung abgebe. Nicht weitersagen, Pete, aber er hat gerade eins der Mädchen erschossen.«

»O Gott, nein!« Aber der Special Agent wirkte keineswegs entsetzt; er klang beinahe befriedigt – vielleicht weil Potter die Hauptverantwortung für diese sich entwickelnde Megatragödie übernommen hatte.

»Geradezu hingerichtet. Von hinten erschossen. Hören Sie, die Entwicklung kann sich dramatisch zuspitzen. Telefonieren Sie mit Washington, damit das Sonderkommando schnellstens in Marsch gesetzt wird, okay?«

»Warum hat er's getan?«

»Ohne ersichtlichen Grund«, sagte Potter und legte auf. Er wandte sich an LeBow. »Henry? Ich brauche ein paar Hinweise. Was sollten wir möglichst nicht erwähnen?«

Verhandler bemühen sich, die Beziehung zu ihren Geiselnehmern zu stärken, indem sie persönliche Dinge ansprechen. Aber wenn man einen wunden Punkt berührt, kann das einen erregbaren Geiselnehmer so in Rage bringen, dass er blindlings mordet.

»Es liegen verdammt wenig Daten über ihn vor«, sagte der Analytiker. »Ich würde seinen Militärdienst nicht erwähnen. Seinen Bruder Rudy auch nicht.«

»Eltern?«

»Beziehung unbekannt. An deiner Stelle würde ich sie prinzipiell unerwähnt lassen, bis wir mehr wissen.«

»Seine Freundin? Wie heißt sie?«

»Priscilla Gunder. Da scheint's keine Probleme zu geben. Die beiden haben sich regelrecht als Bonnie und Clyde gesehen.«

»Es sei denn«, warf Budd ein, »sie hätte ihm den Laufpass gegeben, als er ins Gefängnis musste.«

»Guter Hinweis«, sagte der Agent und beschloss abzuwarten, bis Handy selbst von seiner Freundin anfing, und dann lediglich zu wiederholen oder abzuwandeln, was er sagte.

»Eindeutig vermeiden würde ich seine Exfrau. Da scheint's böses Blut gegeben zu haben.«

»Also persönliche Beziehungen im Allgemeinen«, fasste

Potter zusammen. Das war für kriminelle Geiselnehmer charakteristisch. Geistesgestörte Täter wollten meist über ihre Exfrau reden, die sie noch immer liebten. Potter sah zum Schlachthaus hinüber und kündigte an: »Ich möchte versuchen, eine freizubekommen. Auf wen sollen wir's anlegen? Was wissen wir bisher über die Geiseln?«

»Die Informationen sind sehr lückenhaft. Brauchbares Material bringt erst Angie mit.«

»Ich hab mir überlegt…«, begann Budd.

»Ja, bitte weiter.«

»Das Mädchen mit Asthma. Sie haben ihn gebeten, sie freizulassen, bevor er miterlebt hat, wie ein richtig schwerer Anfall aussieht, bei dem sie keuchend nach Atem ringt. Ein Typ wie Handy würde für so was kaum Geduld aufbringen. Wahrscheinlich würde er sie am liebsten mit 'nem Tritt in den Hintern rausbefördern.«

»Eine gute Idee, Charlie«, sagte Potter. »Aber die Psychologie der Verhandlungsführung sieht vor, dass man nach einer Abfuhr zu einem anderen Thema, einer anderen Person übergeht. Zumindest vorläufig ist Beverly kein Verhandlungsgegenstand mehr. Wir würden uns eine Blöße geben, wenn wir versuchen wollten, sie dort rauszubekommen, und für ihn wäre es ein Zeichen von Schwäche, wenn er nachgeben würde, nachdem er ihre Freilassung bereits abgelehnt hat. Henry, hast du irgendwelche Informationen über die anderen Mädchen?«

»Wie wär's mit Jocylyn Weiderman? Ich habe eine Notiz von Angie, dass sie schon mehrmals wegen Depressionen in Therapie war. Weint viel und hat hysterische Anfälle. Jocylyn könnte in Panik geraten und einen Fluchtversuch unternehmen. Der wäre lebensgefährlich.«

»Das glaub ich«, sagte Budd.

»Einverstanden«, entschied Potter. »Wir versuchen, Jocylyn rauszuholen.«

Als er nach dem Telefonhörer greifen wollte, hob Tobe eine Hand. »Verbindung.«

Das Telefon klingelte; der Rekorder lief an.

»Hallo?«, fragte Potter.

Schweigen.

»Wie geht's dort drinnen, Lou?«

»Nicht schlecht.«

Potter hatte eine der Panzerglasscheiben der Kommandozentrale neben sich, aber er sah nicht hinaus, sondern starrte das CAD-Diagramm des alten Schlachthauses auf LeBows Bildschirm an. Ein wahrer Albtraum für jedes Sonderkommando. Der Ort, an dem Handy sich aufzuhalten schien, war ein riesiger Raum – der Vorraum für das Schlachtvieh. Aber im hinteren Teil des Gebäudes befand sich ein dreigeschossiges Labyrinth aus kleineren Räumen, in denen Wurstwaren und Fleischkonserven hergestellt und verpackt worden waren, Lagerräume und Büros, die durch ein Gewirr von Gängen miteinander verbunden waren.

»Sie alle sind bestimmt ziemlich müde«, vermutete Potter.

»Passen Sie auf, Art, ich will Ihnen sagen, was wir haben wollen. Sie haben vermutlich ein Tonbandgerät laufen, werden aber behaupten, Sie hätten keins.«

»Klar, wir nehmen jedes Wort auf. Ich habe nicht vor, Sie zu belügen. Sie wissen selbst, wie so was abläuft.«

»Wissen Sie, ich hasse meine Tonbandstimme. Bei einem meiner Verfahren haben sie vor Gericht ein Tonband mit meinem Geständnis abgespielt. Meine Stimme hat scheußlich geklungen. Ich weiß nicht, warum ich überhaupt ein Geständnis abgelegt habe. Wahrscheinlich war ich bloß scharf darauf, jemandem zu erzählen, was ich mit dem Mädchen angestellt hatte.«

Potter, dem es darum ging, möglichst viel über diesen

Mann zu erfahren, fragte: »Was genau *haben* Sie gemacht, Lou?« Er vermutete: *Das war echt scheußlich. Ich glaube nicht, dass Sie's hören wollen.*

»Oh, das war nicht besonders nett, Art. Ganz und gar nicht. Aber ich war stolz auf mein Werk.«

»Arschloch«, murmelte Tobe.

»Niemand mag seine Tonbandstimme, Lou«, fuhr Potter gelassen fort. »Ich muss einmal im Jahr einen Lehrgang halten. Alles, was ich sage, wird mitgeschnitten. Ich find's schrecklich, wie meine Stimme klingt.«

*Halten Sie die Klappe, Art, und hören Sie zu.*

»Ist mir egal, Art. Also, nehmen Sie Ihren Bleistift und hören Sie zu. Wir wollen einen Hubschrauber. Einen großen für acht Personen.«

Neun Geiseln, drei GN, ein Pilot. Also können fünf nicht mit. Was soll mit denen passieren?

LeBow gab alles in seinen Computer ein. Er hatte die Tasten so abgedämpft, dass er fast lautlos schreiben konnte.

»Okay, Sie wollen einen Hubschrauber. Polizei und FBI haben nur Zweisitzer. Also wird's einige Zeit dauern, bis wir einen ...«

»Wie ich immer sage, Art: Ist mir egal. Einen Hubschrauber mit Pilot. Das ist Forderung Nummer eins. Kapiert?«

»Natürlich, Lou. Aber wie ich Ihnen bereits erklärt habe, bin ich nur ein Special Agent. Ich kann nicht einfach einen Hubschrauber anfordern. Dazu muss ich erst mit Washington telefonieren.«

»Art, Sie hören nicht zu. Das ist *Ihr* Problem. Meine Auffassung kennen Sie: Ist – mir – egal. Die Uhr läuft, ganz egal, ob Sie nun den Flugplatz anrufen, der nur ein paar Meilen die Straße runter liegt, oder mit dem Papst in seiner Heiligen Stadt telefonieren müssen.«

»Okay. Bitte weiter.«

»Wir brauchen Essen.«

»Das sollen Sie bekommen. Irgendwas Besonderes?«

»McDonald's, und davon jede Menge.«

Potter nickte zu Budd hinüber, der seinen Telefonhörer abnahm und flüsternd eine Bestellung aufgab.

»Schon unterwegs.«

Versuch, dich in seine Gedanken zu versetzen. Als Nächstes verlangt er Alkohol, vermutete Potter.

»Und hundert Schrotpatronen Kaliber zwölf, drei kugelsichere Westen und drei Gasmasken.«

»Also, Sie wissen doch, dass das nicht geht, Lou.«

»Ich weiß überhaupt nichts.«

»Ich kann Ihnen keine Waffen geben, Lou.«

»Auch nicht, wenn Sie dafür ein Mädchen kriegen?«

»Ausgeschlossen, Lou. Über Waffen und Munition können wir nicht verhandeln. Sorry.«

»Sie reden mich ziemlich oft mit Namen an, Art. Hey, welches Mädchen würden Sie wollen, wenn wir uns auf ein Tauschgeschäft einigen könnten? Hätten Sie einen bestimmten Wunsch? Tun wir mal so, als würden wir nicht von Munition und so weiter reden.«

LeBow zog die Augenbrauen hoch, dann nickte er. Budd reckte Potter einen Daumen entgegen.

Melanie, dachte Potter automatisch. Aber da er die Einschätzung der anderen für richtig hielt, musste er versuchen, das am meisten gefährdete Mädchen freizubekommen: Jocylyn, die depressive Schülerin.

Potter sagte Handy, dass er tatsächlich Wert auf die Freilassung eines bestimmten Mädchens lege.

»Beschreiben Sie sie.«

LeBow drehte den Computer zu ihm hinüber. Potter las die kleine Schrift auf dem Bildschirm und sagte: »Klein, dunkles Haar, Übergewicht. Zwölf. Sie heißt Jocylyn.«

»Die? Eine Scheißheulsuse ist das. Sie jault wie ein junger

Hund, der sich das Bein gebrochen hat. Bin froh, wenn wir sie loswerden. Danke, dass Sie die ausgesucht haben, Art. Sie wird in fünf Minuten erschossen, wenn wir keine Munition und kugelsichere Westen kriegen.«

*Klick.*

# 14.00 Uhr

Mist, dachte Potter und schlug mit der Faust auf die Schreibtischplatte.

»O Mann«, murmelte Budd. Dann: »O Gott!«

Potter hob sein Fernglas und sah an einem der Fenster des Schlachthauses ein Mädchen auftauchen. Die Kleine war pummelig, und ihre runden Wangen glänzten tränennass. Als die Mündung der Pistole ihr kurzgeschnittenes Haar berührte, schloss sie die Augen.

»Zähl laut mit, Tobe.«

»Vier Minuten dreißig.«

»Ist sie das?«, flüsterte Potter LeBow zu. »Jocylyn?«

»Eindeutig.«

»Hast du festgehalten, dass die Schrotflinten Kaliber zwölf haben?«, fragte Potter ruhig.

LeBow nickte. »Und dass die Munition knapp ist.«

Derek starrte die beiden an. Er fand ihre kaltblütige Unterhaltung sichtlich schockierend.

»Großer Gott«, krächzte Budd. »Tun Sie doch was!«

»Was?«, fragte Potter.

»Nun, rufen Sie ihn an und sagen Sie ihm, dass er die Munition haben kann.«

»Nein.«

»Vier Minuten.«

»Aber sonst erschießt er sie.«

»Das glaube ich nicht.« Tut er's, tut er's nicht?, fragte Potter sich. Er wusste es ehrlich nicht.

»Sehen Sie sich das an!«, rief Budd. »Schauen Sie raus! Er hält dem Mädchen eine Pistole an die Schläfe. Ich kann sie von hier aus weinen sehen.«

»Genau das sollen wir sehen. Beruhigen Sie sich, Charlie, über Waffen oder kugelsichere Westen wird prinzipiell nicht verhandelt.«

»Aber sonst erschießt er sie!«

»Drei Minuten dreißig.«

»Was ist«, fragte Potter, der Mühe hatte, seine Ungeduld zu zügeln, »wenn er gar keine Munition mehr hat? Wenn er dort drinnen mit zwei leergeschossenen Pistolen und einer leeren Schrotflinte sitzt?«

»Nun, vielleicht hat er noch eine Patrone übrig, und mit der erschießt er jetzt das Mädchen.«

*Im Prinzip ist jede Geiselnahme ein Mord, der vor unseren Augen abläuft.*

Potter beobachtete das unglückliche Kindergesicht. »Wir müssen von neun weiteren Toten ausgehen – das wären die restlichen Geiseln. Hundert Schrotpatronen Kaliber zwölf? Dadurch könnten sich unsere Verluste verdoppeln.«

»Drei Minuten«, meldete Tobe laut.

Draußen trat Stillwell unbehaglich von einem Bein aufs andere und fuhr sich mit einer Hand durch seine Mähne. Er sah zur Kommandozentrale hinüber und dann wieder zum Schlachthaus. Von dem Gespräch zwischen Potter und Handy hatte er nichts mitbekommen, aber wie alle anderen Trooper konnte auch er das arme Mädchen am Fenster sehen.

»Zwei Minuten dreißig.«

»Schicken Sie ihm Platzpatronen. Oder Spezialpatronen, die seine Waffen unbrauchbar machen.«

»Eine gute Idee, Charlie. Aber wir haben nichts dergleichen. Er wird nicht schon jetzt eine weitere Geisel vergeuden wollen.« Wirklich nicht?, fragte Potter sich.

»Eine Geisel *vergeuden*?«, fragte die Stimme eines anderen Troopers –Techniker Derek Elb. Potter glaubte zu hören, wie der Mann leise hinzufügte: »Dreckskerl!«

»Zwei Minuten«, sagte Tobe unerschütterlich.

Potter saß nach vorn gebeugt da und starrte aus dem Fenster. Sein Blick fiel auf die Polizeibeamten hinter ihrer Maginotlinie aus Fahrzeugen. Einige von ihnen sahen sich unbehaglich zur Kommandozentrale um.

»Eine Minute dreißig.«

Was macht Handy? Was denkt er? Ich kann nicht in ihn hineinsehen. Ich brauche mehr Zeit. Ich muss länger mit ihm reden. In einer Stunde *wüsste* ich, ob er sie wirklich erschießen würde. Vorläufig sehe ich nur Rauch und Gefahr.

»Eine Minute«, meldete Tobe.

Potter griff nach dem Telefonhörer. Drückte auf die Kurzwahltaste.

*Klick.*

»Verbindung.«

»Lou.«

»Art, ich hab mir überlegt, dass ich auch noch hundert Schuss Glock-Munition will.«

»Nein.«

»Oder schicken Sie mir lieber hundertundeine Patronen. In ungefähr dreißig Sekunden verschieße ich eine. Dafür brauch ich natürlich Ersatz.«

»Keine Munition, Lou.«

Derek war mit einem Satz bei Potter und packte seinen Arm. »Tun Sie's! Um Gottes willen!«

»Sergeant!«, rief Budd. Er zog den Mann weg und stieß ihn in eine Ecke.

Handy sprach weiter: »Erinnern Sie sich, wie dieser Vietcong erschossen wurde? Haben Sie den Film gesehen? Mit 'nem Kopfschuss? Das Blut ist rausgespritzt wie aus 'nem gottverdammten Springbrunnen.«

»Ich kann nicht, Lou. Haben Sie mich nicht verstanden? Ist die Verbindung schlecht oder was?«

»Sie sollen doch mit ihm verhandeln!«, flüsterte Budd. »Reden Sie mit ihm.« Er schien jetzt zu bedauern, dass er Derek Elb weggezogen hatte.

Potter ignorierte ihn.

»Zehn Sekunden, Arthur«, sagte Tobe. Er zupfte nervös an seinem durchstochenen Ohrläppchen herum, kehrte seinen kostbaren Anzeigen den Rücken zu und starrte wie die anderen aus dem Fenster.

Die Sekunden verstrichen. Es schien wie zehn Minuten oder eine Stunde. In der Kommandozentrale herrschte tiefes Schweigen. Das einzige Geräusch war das leise Rauschen, das aus dem Deckenlautsprecher drang. Potter merkte, dass er den Atem angehalten hatte. Er holte tief Luft.

»Lou, sind Sie noch da?«

Keine Antwort.

»Lou?«

Plötzlich wurde die Pistole gesenkt, und eine Hand packte das Mädchen am Kragen. Jocylyn riss den Mund auf, als sie ins Schlachthaus zurückgezerrt wurde.

Potter spekulierte: *Na, Art, wie steht's?*

»Hey, Art, wie geht's immer?« Handys fröhliche Stimme kam aus dem Deckenlautsprecher.

»Mittel bis gut. Und Ihnen?«

»Mir geht's prächtig. Also, die Sache geht folgendermaßen weiter: Ich erschieße jede Stunde ein Mädchen, bis der Hubschrauber da ist. Ab vier Uhr zu jeder vollen Stunde eine.«

»Also, Lou, ich kann Ihnen gleich sagen, dass wir mehr Zeit brauchen, um einen großen Hubschrauber zu besorgen.«

Potter vermutete: *Ist mir scheißegal! Sie tun gefälligst, was ich verlange.*

Aber Handy fragte in spielerisch boshaftem Tonfall: »Wie viel Zeit?«

»Ein paar Stunden. Vielleicht…«

»Ausgeschlossen! Ich gebe Ihnen bis fünf Uhr Zeit.«

Potter machte eine Pause, als überlegte er. »Das schaffen wir, glaub ich.«

Ein humorloses Lachen. Dann: »Und noch was ganz anderes, Art.«

»Ja?«

Eine Pause, in der die Spannung stieg. Schließlich knurrte Handy: »Zu den Hamburgern will ich Fritten. Massenhaft Fritten.«

»Die kriegen Sie. Aber ich will das Mädchen.«

»He«, flüsterte Budd, »lieber nicht zu sehr drängen.«

»Welches Mädchen?«

»Jocylyn. Die Kleine, die eben am Fenster gestanden hat.«

»Jocylyn«, sagte Handy. Seine Stimme klang plötzlich lebhaft, was Potter wieder überraschte. »Komisch, dieser Name.«

Potter schnalzte mit den Fingern und deutete auf LeBows Computer. Während der Analytiker die Informationen über Handy ablaufen ließ, versuchten beide Männer, irgendeinen Hinweis auf eine Jocylyn zu entdecken: Mutter, Schwester, Bewährungshelferin. Aber sie fanden nichts.

»Was ist daran komisch, Lou?«

»Vor ungefähr zehn Jahren hab ich ’ne Serviererin namens Jocylyn gevögelt und dabei viel Spaß gehabt.«

Potter spürte, dass ihm ein kalter Schauder über den Rücken lief.

»Sie war echt gut. Damals hab ich Pris natürlich noch nicht gekannt.«

Potter schloss die Augen und konzentrierte sich auf Handys Tonfall. Er vermutete: *Sie war auch ’ne Geisel, diese Jocy-*

*lyn, und ich hab sie umgebracht, weil* ... Er konnte sich nicht denken, was Handy noch sagen würde.

»Hab seit Jahren nicht mehr an sie gedacht. Meine Jocylyn war auch 'ne Geisel – genau wie diese hier. Sie hat nicht getan, was ich ihr gesagt hab. Ich meine, sie hat's einfach nicht *getan*. Also hab ich mein Messer gebrauchen müssen.«

Ein Teil davon gehört zu der Rolle, die er spielt, dachte Potter. Die unbekümmerte Erwähnung des Messers. Aber was Handy sagte, war teilweise auch entlarvend. *Hat nicht getan, was ich ihr gesagt habe.* Potter schrieb diesen Satz auf und schob ihn zu LeBow hinüber, damit er ihn eingab.

»Ich will sie, Lou«, sagte Potter.

»Oh, machen Sie sich wegen der keine Sorgen. Ich bin meiner Pris jetzt treu.«

»Wenn das Essen kommt, könnten wir tauschen. Wie wär's damit, Lou?«

»Mit der ist nicht viel anzufangen, Art. Sie hat sich in die Hose gemacht, glaub ich. Oder vielleicht duscht sie nur zu selten. Sogar Bonner macht 'nen weiten Bogen um sie. Und der ist ein geiler Bock, wie Sie vermutlich wissen.«

»Wir sind dabei, den Hubschrauber zu organisieren, und das Essen bekommen Sie auch bald. Sie sind mir ein Mädchen schuldig, Lou. Eins haben Sie erschossen. Dafür sind Sie mir ein anderes schuldig.«

Budd und Derek starrten Potter ungläubig an.

»Nö«, sagte Handy. »Das find ich nicht.«

»Im Hubschrauber ist nur Platz für vier oder fünf Geiseln. Lassen Sie das Mädchen frei.« Manchmal muss man sich zurückhalten; manchmal muss man die Zähne zeigen. Potter knurrte: »Verdammt noch mal, Lou, ich weiß, dass Sie bereit sind, alle umzubringen. Das haben Sie uns bewiesen. Also lassen Sie das Mädchen laufen, okay? Ich schicke

Ihnen einen Trooper mit dem Essen; lassen Sie ihn mit dem Mädchen zurückkommen.«

Eine Pause.

»Sie wollen sie wirklich?«

Potter dachte: *Am liebsten hätte ich sie alle, Lou.*

Zeit für einen Scherz? Oder war es dazu noch zu früh?

Er riskierte es. »Am liebsten hätte ich sie alle, Lou.«

Eine quälend lange Pause.

Dann ein heiseres Lachen aus dem Lautsprecher. »Sie sind 'ne tolle Nummer, Art. Okay, Sie können sie haben. Machen wir einen Uhrenvergleich, Jungs. Die Uhr läuft. Sie kriegen die Dicke im Tausch gegen das Essen. In spätestens fünfzehn Minuten, sonst überleg ich mir die Sache vielleicht wieder. Und pünktlich um siebzehn Uhr einen schönen großen Hubschrauber.«

*Klick.*

»Klasse!«, rief Tobe aus.

Budd nickte. »Gut, Arthur. Das war echt gut.«

Derek blieb einen Augenblick mürrisch vor seiner Konsole sitzen, bevor er sich schließlich ein Lächeln abrang und sich entschuldigte. Potter, der immer Verständnis für jugendlichen Überschwang hatte, schüttelte dem Trooper die Hand.

Budd grinste erleichtert und sagte: »Wichita ist die Luftfahrtmetropole des Mittelwestens. Verdammt, wenn wir uns ranhalten, kann der Hubschrauber in einer halben Stunde hier sein.«

»Wir besorgen ihm keinen«, sagte Potter. Er zeigte auf die Tabelle *Versprechungen/Täuschungen.* LeBow trug gerade ein: *Achtsitziger Hubschrauber, stündliche Fristen, Beginn 17 Uhr.*

»Sie wollen ihm keinen besorgen?«, flüsterte Budd.

»Natürlich nicht.«

»Aber dann haben Sie gelogen!«

»Deshalb steht der Hubschrauber unter ›Täuschungen‹.«

LeBow, der wieder tippte, fügte erklärend hinzu: »Wir dürfen nicht zulassen, dass er mobil wird. Erst recht nicht mit einem Hubschrauber.«

»Aber um siebzehn Uhr erschießt er die nächste Geisel!«

»Das behauptet er zumindest.«

»Aber …«

»Das ist *mein* Job, Charlie«, unterbrach ihn Potter, der sich mühsam beherrschte. »Deswegen bin ich hier – um ihn zum Aufgeben zu überreden.«

Und goss sich aus einer Edelstahlkanne einen Becher extrem schlechten Kaffee ein.

Potter steckte ein Mobiltelefon in seine Jackentasche, verließ die Kommandozentrale und ging geduckt weiter, bis er die Senke erreichte, in der er vom Schlachthaus aus nicht mehr zu sehen war.

Budd begleitete ihn ein Stück weit. Der junge Captain hatte herausbekommen, dass die Polizei von Hutchinson für den Verkehr auf dem Fluss zuständig war, und ihn einstellen lassen, was mehrere Charterer von Lastkähnen, die nach Wichita unterwegs waren und zweitausend Dollar pro Stunde zahlen mussten, gegen ihn aufgebracht hatte.

»Man kann's nicht allen recht machen«, meinte der Verhandler geistesabwesend.

Es war noch kühler geworden – wirklich ein seltsamer Juli, mit Temperaturen um fünfzehn Grad –, und in der Luft lag ein deutlich metallischer Geschmack, vielleicht vom Dieselqualm der in der Nähe arbeitenden Dreschmaschinen oder Mähmaschinen oder Mähdrescher oder was auch immer. Potter winkte Stillwell im Vorbeigehen zu, der sich auf einem Kontrollgang hinter den eigenen Linien befand, lakonisch grinste und die Trooper herumkommandierte.

Nachdem Budd seiner Wege gegangen war, stieg Potter

in einen FBI-Dienstwagen und fuhr in den rückwärtigen Bereitstellungsraum. Dort drängten sich Kamerateams aller großen Fernsehgesellschaften und lokaler Fernsehsender aus Kansas und seinen Nachbarstaaten, aber auch Reporter oder Korrespondenten von Großstadtzeitungen und Presseagenturen.

Er sprach kurz mit Peter Henderson, der – ungeachtet seiner sonstigen Fehler oder Hintergedanken – erstaunlich rasch eine effektive Fahrbereitschaft, ein Nachschublager und ein Pressezelt organisiert hatte.

Die Reporter kannten Potter und bedrängten ihn, sobald er aus dem Wagen stieg. Sie waren genau wie erwartet: aggressiv, humorlos, clever und borniert. All die Jahre, in denen Potter nun schon mit ihnen zu tun hatte, hatten sie sich nicht im Geringsten verändert. Seine erste Reaktion war wie immer die Überlegung, wie schlimm es für ihn wäre, mit einer von ihnen verheiratet zu sein.

Er bestieg das Podium, das Henderson hatte errichten lassen, und blinzelte in ein Meer aus grellweißen Kameraleuchten. »Heute Morgen gegen acht Uhr dreißig entführten drei ausgebrochene Häftlinge zwei Lehrerinnen und acht Schülerinnen der Laurent-Clerc-Gehörlosenschule in Hebron, Kansas, und nahmen sie als Geiseln. Die drei Strafgefangenen waren zuvor aus dem Bundesgefängnis Callana ausgebrochen.

Gegenwärtig sind sie ungefähr eineinhalb Meilen von hier am Rand des Stadtgebietes von Crow Ridge in einer ehemaligen Fabrik am Arkansas River verbarrikadiert. Dort werden sie von mehreren hundert State Troopers, Deputy Sheriffs und FBI-Agenten blockiert.«

In Wirklichkeit waren es eher hundert, aber Potter belieferte die Medien lieber mit geschönten Informationen, als zu riskieren, dass die Geiselnehmer überheblich wurden – nur für den Fall, dass sie eine Nachrichtensendung mitbekamen.

»Bei den Geiseln gab es einen Todesfall …«

Die Reporter reagierten wie elektrisiert. Überall schossen Hände hoch, wurden Fragen nach vorn geschrien, aber Potter sagte nur: »Die Identität des Opfers und die der übrigen Geiseln wird erst bekanntgegeben, wenn alle Angehörigen von dem Vorfall benachrichtigt wurden. Wir stehen in Verhandlungen mit den Straftätern, die als Louis Handy, Shepard Wilcox und Ray ›Sonny‹ Bonner identifiziert wurden. Solange diese Verhandlungen andauern, haben Medienvertreter keinen Zutritt zur Sperrzone um das Fabrikgebäude. Sie werden auf dem Laufenden gehalten, sobald uns neue Informationen vorliegen. Mehr habe ich im Augenblick nicht zu sagen.«

»Agent Potter …«

»Ich beantworte jetzt keine Fragen.«

»Agent Potter …«

»Agent Potter, bitte …«

»Könnte man die hiesige Situation mit dem Fall Koresh in Waco vergleichen?«

»Sie *müssen* die Pressehubschrauber freigeben. Unsere Anwälte haben sich bereits an den FBI-Direktor gewandt …«

»Sehen Sie Parallelen zum Fall Weaver, bei dem vor einigen Jahren …«

Potter verließ das Pressezelt in einem Blitzlichtgewitter und von Kameraleuchten verfolgt. Er hatte seinen Dienstwagen schon fast erreicht, als er eine Stimme hörte. »Agent Potter, haben Sie einen Augenblick Zeit für mich?«

Potter drehte sich um und sah einen Mann auf sich zukommen. Er hinkte leicht. Er sah nicht wie ein typischer Reporter aus. Er war kein Schönling, und obwohl er aggressiv und mürrisch wirkte, war er nicht indigniert, was Potter eine – geringfügige – bessere Meinung von ihm verschaffte. Er war älter als seine Kollegen und hatte einen dunklen Teint und tiefe Falten im Gesicht. Er machte wenigstens den *Eindruck,* ein richtiger Journalist zu sein. Edward R. Murrow.

Der Verhandler sagte: »Keine Einzelinterviews.«

»Ich will gar keins. Ich bin Joe Silbert von KFAL in Kansas City.«

»Ja, Sir, wenn Sie mich jetzt entschuldigen wollen ...«

»Sie sind ein Mistkerl, Potter«, sagte Silbert eher müde als wütend. »Ein Startverbot für Pressehubschrauber hat noch keiner angeordnet.«

Ein Spiel mit Höchsteinsatz, dachte der Agent. »Sie bekommen die Informationen so früh wie alle anderen.«

»Augenblick! Ich weiß, dass ihr uns nicht mögt. Wir sind euch lästig. Aber wir müssen unsere Arbeit ebenfalls tun. Diese Geiselnahme wird Schlagzeilen machen. Und das wissen Sie genau. Wir werden verdammt mehr brauchen als nur Pressemitteilungen und inhaltslose Pressekonferenzen, wie Sie eben eine gegeben haben. Sie werden sehen, der Admiral sitzt Ihnen so schnell im Nacken, dass Sie sich wünschen werden, Sie wären wieder in Waco.«

Irgendetwas an der Art, wie Joe Silbert diesen Dienstgrad aussprach, suggerierte eine persönliche Bekanntschaft mit dem FBI-Direktor.

»Tut mir leid, das ist nicht zu ändern. Die Sperrzone muss völlig abgeriegelt bleiben.«

»Ich muss Ihnen sagen, dass diese jungen Leute alles Mögliche versuchen werden, um dort hineinzugelangen, wenn Sie uns weiter aussperren. Sie werden Scanner mit automatischer Entschlüsselung einsetzen, um über Mobiltelefone geführte Gespräche abzuhören, sie werden sich als Polizeibeamte ausgeben ...«

»Was beides illegal wäre.«

»Ich gebe nur wieder, worüber einige von ihnen gesprochen haben. Und ich hab keine Lust, mir von irgendeinem kleinen Arschloch frisch von der Journalistenschule, das mit illegalen Methoden arbeitet, einen Exklusivbericht wegschnappen zu lassen.«

»Ich habe befohlen, jeden Unbefugten zu verhaften, der in Sichtweite der Fabrik angetroffen wird. Das gilt auch für Reporter.«

Silbert verdrehte die Augen. »Jesus, da hatte es ja Arnett in Bagdad leichter. Ich dachte, Sie seien ein Verhandler. Warum verhandeln Sie nicht?«

»Ich muss jetzt zurück.«

»Bitte! Hören Sie sich meinen Vorschlag wenigstens an. Ich möchte einen Pressepool bilden. Sie lassen jeweils zwei Journalisten nach vorn an die Front. Ohne Kamera, Funkgerät oder Rekorder. Nur mit Laptop oder Schreibmaschine. Oder mit Papier und Bleistift.«

»Joe, ich darf nicht riskieren, dass die Geiselnehmer mitbekommen, was wir tun. Das wissen Sie doch. Vielleicht haben sie dort drinnen ein Radio.«

Die Stimme des Reporters bekam einen leicht drohenden Unterton. »Hören Sie, wenn Sie Nachrichten unterdrücken, fangen wir an zu spekulieren.«

Vor einigen Jahren hatte eine Geiselnahme in Miami mit einer Tragödie geendet, weil die Geiselnehmer in ihrem Radio gehört hatten, wie ein Reporter einen Sturmangriff des Sonderkommandos schilderte. Tatsächlich hatte der Reporter nur Vermutungen darüber angestellt, was passieren *könnte,* aber die Geiselnehmer hatten die Reportage ernst genommen und angefangen, ihre Geiseln zu erschießen.

»Das soll vermutlich eine Drohung sein«, sagte Potter ruhig.

»Wirbelstürme sind bedrohlich«, antwortete Silbert. »Aber sie sind eine Tatsache, mit der man sich abfinden muss. Hören Sie, Potter, was kann ich tun, um Sie von meiner Idee zu überzeugen?«

»Nichts. Sorry.«

Potter wandte sich ab. Silbert seufzte. »Scheiße! Was halten Sie davon? Sie können die Berichte lesen, bevor wir sie weiterleiten. Sie können sie zensieren.«

Das war neuartig. Bei all den Verhandlungen, die Potter mit Geiselnehmern geführt hatte, hatte er gute und schlechte Beziehungen zu den Medien gehabt, während er den Spagat zwischen Pressefreiheit und der Sicherheit von Polizeibeamten und Geiseln versuchte. Aber er war noch keinem Journalisten begegnet, der ihm angeboten hatte, seine Storys freiwillig zensieren zu lassen.

»Das wäre eine unzulässige Einschränkung«, sagte Potter, der nach dem College Jura studiert und als Viertbester seines Semesters abgeschlossen hatte.

»Ich habe schon von fünf oder sechs Reportern gehört, dass sie überlegen, wie sie in die Sperrzone gelangen könnten. Das hört auf, sobald Sie ein paar von uns reinlassen. Die anderen hören auf mich, das garantiere ich Ihnen.«

»Und Sie wollen einer dieser beiden sein.«

Silbert grinste. »Darauf können Sie Gift nehmen! Ich will sogar einer der beiden ersten sein. In einer Stunde bin ich auf Sendung. Also, was halten Sie davon?«

Was *hielt* er davon? Potter wusste recht gut, dass die Hälfte der Probleme in Waco auf schlechte Pressearbeit zurückzuführen war. Dass er nicht nur für das Leben von Geiseln und State Trooper und FBI-Agenten, sondern auch für die Integrität und das Ansehen des FBIs verantwortlich war. Dass er trotz seines unbestrittenen Verhandlungsgeschicks auf der politischen Bühne eher undiplomatisch agierte. Und dass Abgeordnete und Senatoren, die Führungsspitze des Justizministeriums und das Weiße Haus den größten Teil ihrer Informationen über das hiesige Geschehen aus CNN-Reportagen und der *Washington Post* beziehen würden.

»Also gut«, stimmte Potter zu, »richten Sie Ihren Pressepool ein. Ihr Ansprechpartner ist Captain Charlie Budd.«

Er sah auf seine Armbanduhr. Das Essen würde jeden Augenblick kommen. Er musste zurück. Er fuhr zur Kommandozentrale, traf Budd, als er seinen Wagen parkte, und wies den Captain an, ein kleines Pressezelt aufstellen zu lassen und mit Joe Silbert die Arbeit des Pressepools zu besprechen.

»Wird gemacht. Wo bleibt das Essen?«, fragte Budd und sah besorgt die Straße entlang. »Die Frist läuft bald ab.«

»Oh«, sagte Potter, »das brauchen wir nicht so eng zu sehen. Sobald ein GN zugestimmt hat, eine Geisel freizulassen, ist die größte Hürde überwunden. In Gedanken hat er Jocylyn bereits aufgegeben.«

»Glauben Sie?«

»Traben Sie los und lassen Sie das Pressezelt aufstellen.«

Auf dem Weg zur Kommandozentrale dachte Potter nicht an Essen oder Hubschrauber oder Louis Handy, sondern an Melanie Charrol. Nicht daran, wie wertvoll sie als Geisel für ihn als Verhandler sein konnte oder ob sich ihre Anwesenheit negativ oder positiv auswirken würde, falls eine taktische Lösung erforderlich wurde. Nein, Potter grübelte über unvollständige Informationen nach, die er nur vom Hörensagen kannte. Er rief sich ihre Mundbewegung ins Gedächtnis, als sie ihm von einem der Fenster des Schlachthauses aus etwas sagen wollte.

Was konnte sie gesagt haben?

Vor allem beschäftigte ihn die Frage, wie es wohl war, sich mit ihr zu unterhalten. Hier war er – ein Mann, der es auf der Welt zu etwas gebracht hatte, indem er anderen Menschen zuhörte, mit ihnen redete. Und dort war sie – eine Gehörlose.

Lippen, Zähne, Lippen.

Er imitierte sie.

Lippen, Zähne …

Ich hab's! dachte er plötzlich. Und er glaubte eine Stimme zu hören: »Vorsicht! Gefahr!«

Er sprach die Worte laut aus. »Vorsicht! Gefahr!«

Ja, das war's! Aber warum so unbestimmt? Natürlich: damit *er* es von ihren Lippen ablesen konnte. Diese Warnung bedingte überdeutliche Mundbewegungen. Das war offensichtlich. Nicht: »Seien Sie vorsichtig.« Oder: »Passen Sie auf.« Oder: »Er ist gefährlich.«

*Vorsicht! Gefahr!*

Das musste Henry LeBow erfahren.

Potter ging schneller und war nur wenige Meter von der Kommandozentrale entfernt, als eine Limousine fast geräuschlos neben ihm auftauchte. Der Agent hatte den Eindruck, als zöge sie im Vorbeirollen leicht nach links – wie um ihm den Weg abzuschneiden. Die Fahrertür wurde aufgestoßen, und ein großer schwarzhaariger Mann mit dunklem Teint stieg aus. »Seht euch diesen Aufmarsch an!«, sagte er überlaut. »Erinnert an D-Day, unsere Truppen sind gelandet. Alles unter Kontrolle, Ike? Wirklich? Alles fest im *Griff*?«

Potter blieb stehen und drehte sich um. Der Mann kam auf ihn zu, und sein Lächeln – wenn es denn eins gewesen war – fiel von ihm ab. Er sagte: »Agent Potter, wir müssen miteinander reden.«

## 14.20 Uhr

Aber er redete nicht gleich.

Er hielt sich das Jackett seines dunklen Anzugs zu, als ein eisiger Windstoß durch die Senke heraufpfiff, marschierte an Potter vorbei und blieb auf dem Höhenrücken stehen, von dem aus er das Schlachthaus überblicken konnte.

Der Agent sah, dass die Limousine in Kansas zugelassen war, und spekulierte unbehaglich über die Identität des Besuchers, während er zur Kommandozentrale weiterging. »An Ihrer Stelle würde ich runterkommen«, sagte er. »Sie sind in Gewehrreichweite.«

Die riesige linke Pranke des Mannes umfasste Potters rechten Arm, als sie sich die Hand schüttelten. Er stellte sich vor: Roland Marks, stellvertretender Generalstaatsanwalt.

Ach, der. Potter erinnerte sich an das Telefongespräch mit ihm. Der Schwarzhaarige sah wieder zur Fabrik hinüber – er bot noch immer ein leichtes Ziel. »Ich wäre lieber vorsichtig«, wiederholte Potter ungeduldig.

»Verdammt. Die haben Gewehre, stimmt's? Mit Laservisieren? Vielleicht auch Phaser und Photonentorpedos. Wie in *Raumschiff Enterprise*, wissen Sie.«

Für so was hab ich wirklich keine Zeit, dachte Potter.

Der Mann war groß und muskulös, eine imposante Erscheinung mit einer Römernase, und seine Gegenwart wirkte wie das bläuliche Leuchten von Plutonium in einem Reaktor. Potter sagte: »Einen Augenblick, bitte.« Er betrat die Kommandozentrale und zog die Augenbrauen hoch.

Tobe nickte zum Schlachthaus hinüber. »Totenstill«, sagte er.

»Und das Essen?«

»Kommt in ein paar Minuten.«

»Henry, Marks ist draußen. Hast du irgendwas über ihn gefunden?«

»Marks ist hier?« LeBow verzog das Gesicht. »Ich hab ein bisschen rumtelefoniert. Er gilt als sehr strenger Staatsanwalt. Messerscharfer Verstand. Auf Fälle von Wirtschaftskriminalität spezialisiert. Sehr erfolgreich, was den Prozentsatz von Verurteilungen betrifft.«

»Nach dem Motto ›Pardon wird nicht gegeben‹, was?«

»Genau. Ziemlich ehrgeizig. Hat schon mal für den Kongress kandidiert. Ist durchgefallen, soll aber einen weiteren Anlauf planen. Ich tippe darauf, dass er versucht, etwas Medienkapital aus dieser Situation zu schlagen.«

Potter wusste seit Langem, dass Geiselnahmen auch PR-Ereignisse waren, in denen neben Menschenleben auch Karrieren auf dem Spiel standen. Er beschloss, sehr vorsichtig mit Marks umzugehen.

»Oh, übrigens habe ich die Mitteilung der Geisel Melanie Charrol enträtselt. ›Vorsicht! Gefahr!‹ Ich vermute, dass damit Handy gemeint ist.«

LeBow erwiderte seinen Blick sekundenlang. Dann nickte er und drehte sich wieder zu seiner Tastatur um.

Potter ging wieder nach draußen, wo er sich Roland Marks, dem zweitmächtigsten Strafverfolger des Staates Kansas, zuwandte. »Was kann ich für Sie tun?«

»Dann ist es also wahr? Was ich gehört habe? Dass er eins der Mädchen erschossen hat?« Potter nickte langsam. Der Mann schloss die Augen und seufzte. Verzog sorgenvoll den Mund. »Um Himmels willen, warum hat er bloß so was Sinnloses getan?«

»Um uns zu beweisen, dass er es ernst meint.«

»Großer Gott!« Marks rieb sich mit breiten, kräftigen Fingern das Gesicht. »Der Generalstaatsanwalt und ich haben diesen schrecklichen Fall ausführlich diskutiert, Agent Potter. Wir sind beide äußerst besorgt, und ich bin gleich hergeeilt, um zu fragen, ob wir von staatlicher Seite aus irgendetwas unternehmen können. Ich bin über Sie informiert, Potter. Ich kenne Ihren Ruf. Den kennt jeder, Sir.«

Der Agent verzog keine Miene. Er hatte geglaubt, am Telefon grob genug gewesen zu sein, um den Staatsanwalt abzuschrecken. Aber Marks benahm sich, als hätte jenes Gespräch nie stattgefunden.

»Sie lassen sich nicht in die Karten sehen, was? Aber das ist wohl nötig. Diese Sache hat wirklich Ähnlichkeit mit Poker, nicht wahr? Mit Poker um hohe Einsätze.«

Um äußerst hohe Einsätze, dachte Potter wieder und wünschte sich erneut, der Mann würde verschwinden. »Wie ich Ihnen schon gesagt habe, brauche ich von staatlicher Seite im Augenblick wirklich nichts mehr. Wir haben State Trooper zur Sicherung der Sperrzone, und ich habe Charlie Budd als meinen Stellvertreter dienstverpflichtet.«

»Budd?«

»Sie kennen ihn?«

»Klar doch. Er ist ein guter Trooper. Und ich kenne alle guten Trooper.« Marks sah sich um. »Wo sind die Soldaten?«

»Sie meinen das Team zur Befreiung der Geiseln?«

»Ich dachte, es wäre längst hier und würde sich auf seinen Einsatz vorbereiten.«

Potter war sich noch immer nicht sicher, aus welcher Ecke der Wind aus Topeka wehte. »Ich verzichte auf die Sondereinheit von Kansas. Das FBI-Kommando wird gegenwärtig zusammengestellt und müsste in wenigen Stunden eintreffen.«

»Das ist beunruhigend.«

»Wieso?«, fragte Potter unschuldig, weil er vermutete, der Mann wolle die taktische Seite der staatlichen Sondereinheit übertragen.

»Sie denken hoffentlich nicht an eine gewaltsame Geiselbefreiung? Denken Sie an den Fall Weaver. Denken Sie an Waco. In beiden Fällen wurden Unschuldige getötet. Ich will nicht, dass hier auch so was passiert.«

»Das will niemand. Ein Sturmangriff wäre das allerletzte Mittel.«

Marks' Jovialität fiel von ihm ab, und er wurde todernst. »Ich weiß, dass Sie hier das Kommando haben, Agent Potter. Aber Sie sollten wissen, dass der Generalstaatsanwalt unter allen Umständen eine friedliche Lösung fordert.«

Keine vier Monate bis zum Wahltag, überlegte Potter.

»Wir hoffen, die Sache friedlich beilegen zu können.«

»Wie lauten seine Forderungen?«, fragte Marks.

Zeit für einen Ruck an der Leine? Noch nicht. Potter kam zu dem Schluss, ein beleidigter Roland Marks könne viel Schaden anrichten. »Typisch. Hubschrauber, Essen, Munition. Aber er bekommt nur Essen. Ich versuche, ihn zum Aufgeben zu überreden – oder wenigstens möglichst viele Mädchen freizubekommen, bevor das Sonderkommando eingreift.«

Er konnte beobachten, wie Marks' ohnehin schon dunkles Gesicht noch dunkler wurde. »Ich will nur nicht, dass den kleinen Mädchen was passiert.«

»Natürlich nicht.« Potter sah auf seine Uhr.

Der stellvertretende Generalstaatsanwalt fuhr fort: »Was halten Sie von folgender Idee? Er kriegt seinen Hubschrauber – im Tausch gegen die Mädchen. Sie lassen eines dieser raffinierten Geräte aus *Kobra, übernehmen Sie* in die Maschine einbauen und schnappen sich die Kerle, wenn sie irgendwo landen.«

»Nein.«

»Warum nicht?«

»Man lässt sie nie mobil werden, wenn man's irgendwie vermeiden kann.«

»Lesen Sie nie Tom Clancy? Es gibt alle möglichen Wanzen und Transponder, die Sie benützen können.«

»Das wäre trotzdem zu riskant. Im Augenblick ist die Zahl der Toten noch überschaubar. Er kann höchstens die restlichen neun Geiseln erschießen, vielleicht auch einen oder zwei Angehörige des Sonderkommandos.« Marks riss erschrocken die Augen auf. Potter, der kalte Fisch, fuhr nüchtern fort: »Kommt er hier raus, könnte er doppelt so viele umbringen. Dreimal so viele, unter Umständen sogar mehr.«

»Er ist nur ein Bankräuber. Wohl kaum ein Massenmörder.«

Und wie viele Leichen waren nötig, um jemanden als Massenmörder zu qualifizieren? Potter sah zu den Mähdreschern hinüber, die in einigen Meilen Entfernung lautlos die Hügel aberntеten. Der Winterweizen wurde im November ausgesät, hatte er von dem Hubschrauberpiloten erfahren, der hinzugefügt hatte, die Methode der Weißen, das Erdreich umzupflügen, um Weizen anbauen zu können, habe die religiösen Überzeugungen der Potawatomi-Indianer verletzt und später gigantische Erosionsschäden ausgelöst.

Wo bleibt das verdammte Essen?, dachte Potter, der langsam nervös wurde, als die Minuten verstrichen.

»Das sind diese Mädchen also für Sie?«, fragte Marks geradezu unfreundlich. »Vertretbare Verluste?«

»Wir wollen hoffen, dass es nicht dazu kommt.«

Die Tür der Kommandozentrale wurde geöffnet, und Budd sah ins Freie. »Das Essen ist schon so gut wie hier, Arthur. Oh, hallo, Mr. Marks.«

»Charlie Budd. Freut mich, Sie zu sehen. Scheußliche Situation. Aber Sie werden sich ihr gewachsen zeigen.«

»Wir tun unser Bestes«, sagte Budd vorsichtig. »Mr. Potter hier ist wirklich ein Experte. Agent Potter, sollte ich sagen.«

»Ich muss jetzt telefonieren«, sagte Marks. »Den Gouverneur auf dem Laufenden halten.«

Als die Limousine davonfuhr, fragte Potter Budd: »Kennen Sie ihn?«

»Nicht allzu gut, Sir.«

»Verfolgt er eigene Ziele?«

»Na ja, wahrscheinlich möchte er in ein paar Jahren nach Washington gehen. Aber im Allgemeinen ist er in Ordnung.«

»Henry meint, dass er schon diesen Herbst für den Kongress kandidieren will.«

»Davon weiß ich nichts. Aber ich glaube nicht, dass er politisch motiviert ist. Seine Sorge gilt bestimmt nur den Mädchen. Wie man hört, soll er ein vorbildlicher Familienvater sein. Er hat selbst drei Kinder – lauter Mädchen. Eine seiner Töchter hat ziemliche Gesundheitsprobleme, darum geht ihm dieser Fall wohl besonders nahe – schließlich sind die Mädchen taub und so.«

Potter war Marks' abgenutzter Ehering aufgefallen.

»Kann er uns Probleme machen?«

»Ich wüsste nicht, wie. Sein ganzes Auftreten, seine Witze und so weiter sind bloß Fassade.«

»Sein Sinn für Humor macht mir keine Sorgen. Wie gut sind seine Verbindungen?«

Budd zuckte die Schultern. »Oh, na ja, schwer zu beurteilen.«

»Das bleibt unter uns, Charlie. Ich muss wissen, ob er uns schaden kann.«

»Nun, Sie haben doch gehört, dass er den Gouverneur anrufen will? Als ob sie die besten Kumpel wären.«

»Ja?«

»Ich bezweifle, dass der Mann seinen Anruf überhaupt entgegennimmt. Wissen Sie, es gibt solche und solche Republikaner.«

»Okay, danke.«

»Hallo, sehen Sie mal, jetzt geht's los!«

Ein Streifenwagen der State Police kam über die schlechte Straße herangeholpert und bremste mit quietschenden Reifen. Aber er brachte nicht die von Handy bestellten Big Macs mit Fritten. Stattdessen stiegen zwei Frauen aus. Angie Scapello, deren üppige schwarze Mähne ihr bis über die Schultern fiel, trug ein dunkelblaues Kostüm, unter dessen dünner Jacke sich ihre Dienstwaffe abzeichnete. Angie hatte eine Sonnenbrille mit hellen Gläsern in einem türkisgrünen Gestell auf der Nase. Hinter ihr tauchte eine junge, kurzhaarige Brünette in Polizeiuniform auf.

»Angie.« Potter schüttelte ihr die Hand und sagte dabei: »Das hier ist Charlie Budd, meine rechte Hand. Kansas State Police. Special Agent Angeline Scapello.«

Sie gaben sich die Hand und nickten einander zu.

Angie stellte ihre Begleiterin vor. »Officer Frances Whiting aus Hebron. Sie ist unsere Dolmetscherin für die gehörlosen Mädchen.« Die Polizeibeamtin schüttelte den Männern die Hand, sah rasch zum Schlachthaus hinüber und verzog das Gesicht.

»Kommt bitte mit rein«, sagte Potter und nickte zur Kommandozentrale hinüber.

Henry LeBow freute sich über die Unmenge Material, die Angie mitgebracht hatte. Er fing sofort an, diese Informationen einzugeben. Potter hatte richtig vermutet: Sobald Angie von der Geiselnahme gehört hatte – noch bevor ihre DomTran-Gulfstream auch nur betankt war –, hatte sie mit der Leitung der Laurent Clerc School telefoniert und angefangen, Persönlichkeitsprofile der Geiseln zusammenzustellen.

»Klasse, Angie«, sagte LeBow, während er wie rasend tippte. »Du bist die geborene Biografin.«

Sie öffnete einen großen Umschlag, dessen Inhalt sie Potter hinlegte. »Tobe«, fragte er, »könntest du die bitte aufhängen?« Der junge Agent nahm die Fotos der Mädchen und heftete sie unmittelbar über dem Bauplan des alten Schlachthauses an die Pinnwand. Am unteren Bildrand hatte Angie mit schwarzem Filzstift jeweils Name und Alter der Mädchen vermerkt.

*Anna Morgan, 7*
*Suzie Morgan, 7*
*Shannon Boyle, 8*
*Kielle Stone, 8*
*Emily Stoddard, 10*
*Jocylyn Weiderman, 10*
*Beverly Klemper, 14*

Das Foto von Susan Phillips blieb mit der Bildseite nach unten auf dem Tisch liegen.

»Machen Sie das immer?« Frances' Handbewegung umfasste die Pinnwand.

Potter, der die Bilder betrachtete, antwortete geistesabwesend: »Man siegt, indem man mehr weiß als der Gegner.« Ihm fiel auf, dass er sich auf die hübschen Zwillinge konzentrierte, weil sie am jüngsten waren. Wann immer er an Kinder dachte, dachte er an sehr kleine – vielleicht weil Marian und er nie welche gehabt hatten –, und so war seine Vorstellung von dem Sohn oder der Tochter, die sie hätten haben können, quasi in der Zeit festgefroren, als wäre Potter für immer ein junger Ehemann und Marian eine Frau von etwa fünfundzwanzig Jahren.

Schau sie dir an, forderte er sich auf. *Schau sie dir an.* Und als hätte er laut gesprochen, sahen alle – außer Tobe und Derek, die sich über ihre Anzeigen beugten – zu den Fotos auf.

Potter fragte Angie nach Jocylyn Weiderman, dem Mädchen, das Handy freilassen wollte.

»Sie hat offenbar psychische Probleme«, sagte Angie, die alle Informationen im Kopf hatte. »Sie ist postlingual ertaubt, also nach Abschluss des Spracherwerbs. Man sollte glauben, das erleichtere einiges, und tatsächlich *fördert* es die Lernentwicklung. Psychologisch bewirkt es jedoch, dass die Betroffenen sich gar nicht gut in die Kultur der ›richtigen‹ Gehörlosen eingewöhnen können. Weißt du, was es bedeutet, ›richtig‹ gehörlos zu sein?«

Potter, der zum Schlachthaus hinübersah, weil er hoffte, Melanie zu sehen, schüttelte den Kopf.

Angie nickte Frances zu, die daraufhin erklärte: »Das Wort ›gehörlos‹ bezeichnet den körperlichen Zustand – man hört eben nichts. Im übertragenen Sinn bezeichnet ›gehörlos‹ aber auch die Gemeinschaft der Gehörlosen, ihre Kultur.«

Angie fuhr fort: »In der Gemeinschaft der Gehörlosen hat man den besten Stand, wenn man als Gehörloser von gehörlosen Eltern geboren wurde und alle oralen Fertigkeiten ablehnt. Wenn man hörende Eltern hat, selbst sprechen kann und sich darauf versteht, von den Lippen abzulesen, hat man nicht denselben Status. Aber selbst dann steht man noch eine kleine Stufe über Gehörlosen, die so tun, als könnten sie hören – und genau das hat Jocylyn versucht.«

»Das Mädchen ist also bereits im Nachteil.«

»Richtig, sie wurde von Hörenden *und* Gehörlosen abgelehnt. Dazu kommt, dass sie Übergewicht hat. Und dass ihre sozialen Fähigkeiten reichlich unterentwickelt sind. Die wahrscheinlichste Kandidatin für einen Panikanfall.

Sollte es dazu kommen, könnte Handy glauben, sie wolle ihn angreifen. Sie könnte es sogar tun.«

Potter nickte und war wie immer dankbar, dass Angie Scapello das Krisenmanagement-Team unterstützte. Ihr Spezialgebiet war Geiselpsychologie – sie half Geiseln, ihr Trauma zu verarbeiten und sich an Beobachtungen zu erinnern, die bei zukünftigen Blockaden wichtig sein könnten, und bereitete ehemalige Geiseln auf ihre Zeugenaussage in der Verhandlung gegen ihre Entführer vor.

Vor einigen Jahren war Potter auf die Idee gekommen, sie bei Geiselnahmen an den Tatort mitzunehmen, damit Angie von Geiseln stammende Informationen analysierte und Geiseln wie Geiselnehmer psychologisch bewerten konnte. Bei seinen Lehrgängen über Verhandlungsstrategien saß sie oft neben ihm auf dem Podium und hielt einschlägige Referate.

»Dann müssen wir alles tun, um sie zu beruhigen«, stellte Potter fest.

Eine bei der Freilassung einer Geisel ausbrechende Panik konnte ansteckend sein. Dabei gab es oft Tote.

Der Verhandler fragte Officer Whiting: »Könnten Sie unserem Trooper etwas beibringen, was er ihr bedeuten kann?«

Frances bewegte ihre Hände und sagte: »Das heißt ›Bleib ruhig‹. Aber es ist sehr schwierig, auch nur einzelne Gebärden schnell zu lernen und zu behalten. Der kleinste Fehler kann ihre Bedeutung völlig verändern. Ich würde dem Trooper empfehlen, sich auf gebräuchliche Handbewegungen zu beschränken – ›komm her‹, ›geh dorthin‹ und so weiter.«

»Und er sollte unbedingt lächeln«, schlug Angie vor. »Lächeln ist eine Universalsprache. Es beruhigt – und genau das braucht das Mädchen. Wenn er etwas Schwieriges auszudrücken hat, könnte er's doch aufschreiben, oder?«

Frances nickte. »Das ist eine gute Idee.«

»Das Lesealter prälingual ertaubter Kinder liegt manchmal unter ihrem tatsächlichen Alter. Da Jocylyn jedoch postlingual ertaubt ist und …« – Angie schnappte sich ihre Notizen von LeBows Schreibtisch und fand, was sie suchte – »einen hohen IQ hat, kann sie irgendwelche Anweisungen mühelos lesen.«

»He, Derek, haben Sie Filzstifte und Schreibblöcke?«

»Alles da«, antwortete Elb und holte einen Stapel Schreibblöcke und eine Handvoll Filzschreiber aus einer Schublade.

Dann fragte Potter, ob Angie zufällig auch Fotos von den beiden Lehrerinnen habe. »Nein, ich … Augenblick! Ich glaube, ich hab eins von Melanie Charrol. Das ist die junge Lehrerin.«

Sie ist fünfundzwanzig, rief der Agent sich ins Gedächtnis.

»Die Frist fürs Essen ist abgelaufen«, meldete Tobe.

»Ah, da haben wir's«, sagte Angie und gab ihm ein Foto.

*Vorsicht! Gefahr …*

Potter war überrascht. Die Abgebildete war noch schöner, als er gedacht hatte. Im Gegensatz zu den anderen Bildern war dies ein Farbfoto. Sie hatte blonde Locken und ein schmales Gesicht mit glattem, hellem Teint und strahlenden Augen. Die Aufnahme schien aus keiner Personalakte zu stammen, sondern eher ein Fotomodell zu zeigen. Bis auf die Augen wirkte alles an Melanie Charrol irgendwie kindlich. Er befestigte das Foto eigenhändig neben den Bildern der Zwillinge.

»Hat sie Angehörige hier?«, fragte Potter.

Angie warf einen Blick in ihre Notizen. »Von der Rektorin der Laurent Clerc School weiß ich, dass ihre Eltern eine Farm in der Nähe der Schule haben, aber an diesem Wochenende in St. Louis sind. Melanies Bruder hatte letztes Jahr einen Unfall und muss sich morgen einer komplizierten Operation unterziehen. Sie wollte sich morgen freinehmen, um ihn zu besuchen.«

»Farmen«, murmelte Budd. »Die gefährlichsten Arbeitsplätze der Welt. Sie sollten mal hören, was für Hilferufe bei uns eingehen.«

Auf der Konsole vor Tobe klingelte eins seiner Scramblertelefone. Er drückte auf einen Knopf und sprach kurz in sein Stielmikrofon. »Die CIA«, verkündete er, bevor er wieder rasend schnell ins Mikrofon sprach. Dann drückte er mehrere Tasten, beriet sich kurz mit Derek und schaltete einen Monitor ein. »Kwo hat eine SatSurv-Aufnahme für uns, Arthur. Sieh sie dir am besten mal an.«

Der Bildschirm zeigte allmählich Einzelheiten. Auf dunkelgrünem Untergrund, der an einen Radarschirm erinnerte, waren gelbe, hellgrüne und orangerote Farbflecken auszumachen. Die nur schwach erkennbaren Umrisse des Schlachthauses waren von zahlreichen roten Punkten umgeben.

»Das Hellgrüne ist der Erdboden«, erläuterte Tobe. »Gelb und Orange sind Bäume und andere natürliche Wärmequellen. Das Rote sind Trooper.«

Das Schlachthaus bildete ein blaugrünes Rechteck. Nur an seiner Vorderfront, wo sich Fenster und Türen befanden, war ein gelblicher Schimmer zu erkennen. »Dort tritt vermutlich etwas Wärme von den Lampen aus. Allzu viel gibt das Bild nicht her. Eigentlich zeigt es nur, dass sich im Augenblick niemand auf dem Dach befindet.«

»Sag ihnen, dass sie weitersenden sollen.«

»Du weißt, was das kostet, ja?«, fragte Tobe.

»Zwölftausend die Stunde«, sagte LeBow grinsend, während er eifrig tippte. »Jetzt frag ihn, ob ihn das stört.«

Potter sagte: »Lass die Verbindung stehen.«

»Wird gemacht. Aber wenn wir so reich sind, will ich dieses Jahr eine Gehaltserhöhung.«

Dann wurde die Tür geöffnet, und ein Trooper kam mit zwei großen braunen Papiertüten in den Armen herein. Die Kommandozentrale füllte sich mit dem Geruch von heißen fettigen Hamburgern und Fritten. Potter ließ sich in seinen Sessel fallen und griff nach dem Telefon.

Der erste Geiselaustausch stand bevor.

# 14.45 Uhr

Schon wieder Stevie Oates.

»Sie können den Hals nicht vollkriegen, was?«, fragte Potter ihn.

»Die Rumhockerei ist mir zu langweilig, Sir.«

»Diesmal gibt's nichts zu werfen, Officer. Sie bringen das Essen bis vor die Tür.«

Dean Stillwell stand neben Oates, der von Potter seine Anweisungen erhielt, während zwei FBI-Agenten in Panzerwesten damit beschäftigt waren, dem Trooper eine dünne Kevlar-Weste anzulegen, die er unter seiner normalen Uniformjacke tragen konnte. Die Männer befanden sich hinter der Kommandozentrale. Charlie Budd war in der Nähe und überwachte die Aufstellung riesiger Halogenscheinwerfer, die auf das Schlachthaus gerichtet wurden. Eigentlich sollte es an diesem Sommertag noch lange hell sein, aber die Bewölkung war so dicht geworden, dass sich mit jeder Minute der Eindruck verstärkte, die Abenddämmerung sei bereits hereingebrochen.

»Alles fertig, Arthur«, meldete Budd.

»Einschalten«, befahl Potter und wandte sich einen Augenblick von dem Trooper ab.

Die Halogenscheinwerfer flammten auf und tauchten die Vorderfront und Teile der Seiten des Schlachthauses in grellweißes Licht. Budd ließ sie etwas verstellen, bis sie nur noch auf den Eingang und die Fenster zu beiden Seiten der Tür gerichtet waren. Der böige Wind hatte so aufgefrischt, dass die Trooper die Scheinwerferständer mit Sandsäcken beschweren mussten.

Plötzlich waren vom Feld her merkwürdige Geräusche zu hören. »Was ist das?«, überlegte Budd laut.

»Da lacht jemand!«, sagte Stillwell. »Ein paar unserer Leute. Hank, was geht dort draußen vor?«, fragte der Sheriff über Funk. Nachdem er kurz zugehört hatte, richtete er sein Fernglas auf das Schlachthaus. »Sehen Sie sich das Fenster neben dem Eingang an.«

Potter lugte um die Ecke der Kommandozentrale. Solange die Scheinwerfer brannten, konnte keiner der Geiselnehmer zielsicher schießen. Er richtete sein Leitz-Fernglas auf das Fenster.

»Sehr witzig«, murmelte er dann.

Lou Handy hatte seine Sonnenbrille aufgesetzt, damit ihn das grellweiße Halogenlicht nicht blendete. Er wischte sich mit übertriebenen Bewegungen imaginäre Schweißtropfen von der Stirn und schnitt zur Erheiterung seiner Zuschauer Grimassen.

»Schluss damit!«, befahl Stillwell den Männern streng über Funk. »Wir sind hier nicht bei David Letterman.«

Potter drehte sich wieder zu Oates um und tippte mit einem Zeigefinger auf dessen dünne Kevlar-Weste. »Sollten Sie getroffen werden, gibt's eine hässliche Prellung. Aber es ist wichtig, dass Sie nicht bedrohlich wirken.«

»Geiselnehmer werden oft sehr nervös«, erklärte Angie ihm, »wenn die Trooper vermummt wie außerirdische Raumfahrer auf sie zustapfen. Um Erfolg zu haben, muss man richtig angezogen sein.«

»Ich bin so wenig bedrohlich wie überhaupt möglich«, behauptete Oates. »So komme ich mir jedenfalls vor. Soll ich meine Pistole hierlassen?«

»Nein, aber tragen Sie sie verdeckt«, sagte Potter. »Ihre eigene Sicherheit hat Vorrang. Die dürfen Sie nicht gefährden. Wenn es um Ihr Leben oder das der Geisel geht, retten Sie sich selbst, verstanden?«

»Nun, ich …«

»Das ist ein Befehl, Trooper«, sagte Stillwell nachdrücklich. Er war mühelos in seine Rolle als Blockadeleiter hineingewachsen.

Potter fuhr fort: »Sie gehen langsam zum Eingang und halten die Essenstüten deutlich sichtbar in den Armen. Bewegen Sie sich auf keinen Fall hastig – egal, was passiert.«

»Verstanden.« Oates schien sich alles genau einzuprägen.

Tobe Geller kam aus dem Fahrzeug und brachte einen kleinen Kasten mit, von dem aus ein dünnes Kabel zu einem kurzen schwarzen Stab führte. Er schnallte dem Trooper den flachen Kasten unter der Weste auf den Rücken. Den schwarzen Stab befestigte er mit Klammern in Oates' Haar.

»Bei Arthur hier müsste ich auf das Ding verzichten«, sagte Tobe. »Dafür braucht man volles Haar.«

»Was ist das?«

»Eine Videokamera. Mit Ohrhörer.«

»Ohne Scheiß? Dieses kleine Ding?«

Tobe führte das dünne Kabel über Oates' Rücken nach unten und schloss es an den Sender an.

»Die Auflösung ist nicht sehr hoch«, sagte Potter, »aber die Bilder werden hilfreich sein, wenn Sie zurückkommen.«

»Wie das?«

»Sie wirken ziemlich cool, Stevie«, sagte LeBow. »Trotzdem werden Sie sich bestenfalls an vierzig Prozent von allem erinnern, was Sie dort gesehen haben.«

»Oh, er ist ein Fünfzigprozentiger«, warf Potter ein. »Wenn ich mich nicht irre.«

»Die Bilder allein sagen uns nicht viel«, fuhr der Analytiker fort, »aber sie sollten Ihr Gedächtnis auffrischen.«

»Verstanden. He, diese Hamburger riechen verdammt gut«, scherzte Oates, während sein Gesichtsausdruck erkennen ließ, dass er im Augenblick bestimmt keinen Bissen hinuntergebracht hätte.

»Angie?«, fragte Potter.

Die Agentin trat auf den Trooper zu und strich sich ihre vom Wind zerzauste schwarze Mähne aus dem Gesicht. »Hier habe ich ein Foto des Mädchens, das freigelassen werden soll. Sie heißt Jocylyn.« Angie wiederholte rasch, wie Oates ihrer Ansicht nach mit dem Mädchen umgehen sollte.

»Aber nicht mit ihr reden«, sagte sie zuletzt. »Sie versteht nicht, was Sie sagen, und gerät unter Umständen in Panik, weil sie fürchtet, etwas Wichtiges zu verpassen. Und immer lächeln.«

»Lächeln. Klar. Kleinigkeit.« Oates schluckte trocken.

Potter fügte hinzu: »Das Mädchen hat Übergewicht und kann vermutlich nicht sehr schnell laufen.« Er faltete einen kleinen Plan des Schlachthauses und seiner Umgebung auseinander. »Könnte sie rennen, würde ich Ihnen raten, in der Senke vor dem Gebäude zu verschwinden und hierher zurückzuspurten. Dabei wären Sie schwer zu treffen. Aber so, wie die Dinge stehen, müssen Sie einfach geradeaus zurückgehen.«

»Wie das Mädchen, das erschossen worden ist?«, fragte Budd, und alle bedauerten, dass er diese Frage gestellt hatte.

»Noch was, Stevie«, fuhr Potter fort. »Sie sollten bis zur Tür gehen. Aber Sie dürfen das Gebäude unter keinen Umständen betreten.«

»Was tue ich, wenn er sagt, dass er sie sonst nicht freilässt?«

»Dann bleibt sie dort. Sie lassen die Tüten mit dem Essen stehen und kommen zurück. Aber ich glaube, dass er sie freilässt. Versuchen Sie, so nahe wie möglich an die Tür heranzukommen. Ich möchte, dass Sie einen Blick ins

Gebäude werfen. Achten Sie darauf, wie die Geiselnehmer bewaffnet sind, auf Funkgeräte, irgendwelche Blutspuren und Geiseln oder Geiselnehmer, von denen wir vielleicht nichts wissen.«

Budd fragte: »Wie sollten denn weitere reingekommen sein?«

»Sie könnten drinnen auf Handy und seine Komplizen gewartet haben.«

»Oh, klar.« Budd wirkte entmutigt. »Daran hab ich nicht gedacht.«

Potter wandte sich erneut an Oates. »Sie lassen sich auf keine Diskussionen mit ihm ein, widersprechen ihm nicht, sagen am besten gar nichts – außer um seine Fragen direkt zu beantworten.«

»Glauben Sie, dass er mich was fragen wird?«

Potter sah zu Angie hinüber, die Oates erklärte: »Das wäre denkbar. Vielleicht will er Sie ein bisschen aufziehen. Die Sache mit der Sonnenbrille zeigt, dass er gern Späße macht. Vielleicht will er Sie auf die Probe stellen. Aber Sie dürfen keinesfalls anbeißen.«

Der Trooper nickte unsicher.

Potter fuhr fort: »Wir hören jedes Wort mit, und ich kann Ihnen die Antworten durch den Ohrhörer einsagen.«

Oates lächelte schwach. »Das werden die längsten hundert Meter meines Lebens.«

»Sie haben nichts zu befürchten«, erklärte der Agent ihm. »Im Augenblick ist er weit mehr daran interessiert, Essen zu bekommen, als irgendjemanden zu erschießen.«

Dieses Argument schien Oates zu beruhigen, während Potter daran denken musste, wie er vor einigen Jahren etwas Ähnliches zu einem Polizeibeamten gesagt hatte, der wenig später durch zwei Schüsse in Knie und Arm verletzt worden war, weil ein Geiselnehmer spontan beschlossen hatte, er wolle die Schmerztabletten und Mullbinden, die der Polizeibeamte ihm brachte, nun doch nicht haben.

Der Agent legte einen Asthma-Inhalator in die Hamburgertüte. »Davon erzählen Sie ihm nichts. Handy soll ihn einfach finden und selbst entscheiden, ob er ihn Beverly geben will oder nicht.«

Budd hielt mehrere Schreibblöcke und Filzschreiber hoch, die Derek ausgegeben hatte. »Sollen wir die dazulegen?«

Potter runzelte die Stirn. Schreibmaterial würde den Geiseln die Chance geben, sich mit ihren Entführern zu verständigen, was den Stockholm-Effekt verstärken konnte. Andererseits kam es vor, dass selbst kleine Abweichungen vom Erwarteten die Geiselnehmer in Rage brachten. Der Inhalationsapparat war schon eine Abweichung. Wie würde Handy auf eine weitere reagieren? Er fragte Angie nach ihrer Meinung.

»Er ist vermutlich ein Soziopath«, sagte sie nach einer kurzen Pause. »Aber bisher hatte er keine Gefühlsausbrüche oder Wutanfälle, oder?«

»Nein. Er war bislang ziemlich cool.«

Tatsächlich war er beunruhigend eiskalt gewesen.

»Klar«, entschied Angie, »legt sie dazu.«

»Dean, Charlie«, sagte Potter, »kommen Sie bitte einen Augenblick zu mir.« Der Sheriff und der Captain steckten die Köpfe mit ihm zusammen. »Wer sind Ihre besten Schützen?«

»Sammy Bullock und … hmmm, wahrscheinlich Chris Felling. *Christine* Felling. Ich würde sagen, sie schießt besser als Sammy. Dean?«

»Wenn ich ein Eichhörnchen wäre und dreihundert Meter von Chrissy entfernt säße und sähe, wie sie auf mich anlegt, würde ich nicht mal mehr weglaufen. Ich würde mir bloß sagen: ›Scheiße, jetzt hat's dich erwischt!‹«

Potter putzte sich die Brillengläser. »Sie soll ihre Waffe durchladen und sichern. Neben ihr soll ein Beobachter mit einem Fernglas den Eingang und die Fenster überwachen. Wenn es so aussieht, als wollte Handy oder einer der anderen schießen, hat sie Feuererlaubnis. Aber sie soll auf den Tür- oder Fensterrahmen zielen.«

»Ich dachte, es gäbe keine Warnschüsse«, sagte Budd.

»Das ist die Regel«, bestätigte Potter. »Und sie gilt hundertprozentig – außer in Ausnahmefällen.«

»Oh.«

»Also, veranlassen Sie das, Dean.«

»Ja, Sir.« Der Sheriff hastete geduckt davon.

Potter ging zu Oates zurück. »Okay, Stevie. Fertig?«

Frances fragte den jungen Trooper: »Darf ich Ihnen Glück wünschen?«

»Bitte«, sagte Oates ernst. Budd klopfte ihm auf die mit einer dünnen Kevlar-Schicht bedeckte Schulter.

Melanie Charrol kannte viele Geschichten aus dem Bibelunterricht.

Das Leben von Gehörlosen war früher sehr religiös geprägt gewesen – und war es vielfach noch heute. Die armen Lämmer Gottes … tätschelt ihnen den Kopf und zwingt sie dazu, so viel sprechen zu lernen, dass sie sich durch Katechismus, Beichte und Abendmahl hindurchkämpfen können (natürlich stets unter sich, damit sie die hörenden Gemeindemitglieder nicht belästigen). Auch der Abbe de l'Épée, so gutherzig und brillant er gewesen war, hatte die französische Gebärdensprache hauptsächlich deshalb entwickelt, weil er dafür sorgen wollte, dass die Seelen seiner Schützlinge in den Himmel kamen.

Und es gab natürlich das Schweigegelübde von Mönchen und Nonnen, die sich diese »Heimsuchung« der Unglücklichen als Buße auferlegten. (Vielleicht glaubten sie,

Gottes Stimme dann umso besser hören zu können, obwohl Melanie ihnen hätte erzählen können, dass das überhaupt nicht funktionierte.)

Sie lehnte an der gefliesten Wand des Schlachtraums, des schrecklichsten Bestandteils der Außenwelt, den man sich nur vorstellen konnte. Mrs. Harstrawn lag drei Meter von ihr entfernt auf der Seite und starrte die Wand an. Ihre Tränen waren längst versiegt – sie konnte nicht mehr weinen, war leer und ausgetrocknet. Obwohl sie gelegentlich blinzelte, obwohl ihre Brust sich hob und senkte, hätte die Frau ebenso gut im Koma liegen können. Melanie setzte sich etwas auf und zog den linken Fuß von einer schwarzen Pfütze weg, auf der eine grüngelbe Algenschicht und unzählige tote Insekten schwammen.

Religion.

Melanie umarmte die Zwillinge und spürte deren zarte Knochen unter den identischen lichtblauen Cowgirl-Blusen. Sie setzte sich neben sie und dachte an eine Geschichte, die sie in der Sonntagsschule gehört hatte. Sie handelte von Christen im alten Rom, die im Kolosseum den Märtyrertod erwarteten. Selbstverständlich hatten sie ihrem Glauben nicht abgeschworen. Männer, Frauen und Kinder lagen glückselig betend auf den Knien, als eine Zenturie sie holen kam. Die Geschichte war lächerlich, das Fantasieprodukt eines einfältigen Schreiberlings, und die erwachsene Melanie Charrol fand es unentschuldbar, dass man sie in ein Kinderbuch aufgenommen hatte. Trotzdem hatte diese Geschichte ihr damals mit acht oder neun Jahren wie das billigste Melodrama das Herz zerrissen. Und sie zerriss ihr noch heute das Herz.

Melanie starrte ins ferne Licht, verlor sich im Pulsieren der gelben Lampe, die zu wachsen, zu schrumpfen, zu wachsen, zu schrumpfen schien, und sah, wie sich die Lampe erst in Susans Gesicht verwandelte, dann in den

Körper einer schönen jungen Frau, der von gelben Löwenpranken zerfetzt wurde.

*Acht graue Vögel sitzen im Dunkeln ...*

Aber nein, jetzt waren's nur noch sieben Vögel.

Würde Jocylyn auch bald sterben müssen? Melanie spähte vorsichtig um die Ecke und sah das Mädchen an einem der Fenster stehen. Sie schluchzte, schüttelte den Kopf. Marder hielt sie am Arm gepackt. Die beiden standen in der Nähe der halboffenen Tür.

Bewegungen neben ihr. Sie drehte den Kopf zur Seite – die automatische Reaktion einer Gehörlosen auf die Bewegungen gestikulierender Hände. Kielle hielt die Augen geschlossen. Melanie beobachtete, wie ihre Hände immer wieder dieselben Gebärden wiederholten. Die Botschaft verwirrte sie, bis sie schließlich merkte, dass die Kleine versuchte, Wolverine zu beschwören – einen weiteren ihrer Comic-Helden.

»Tu was!«, verlangte Shannon. »Melanie!« Ihre kleinen Hände zerteilten ruckartig die Luft.

Tu was. Richtig.

Melanie dachte an de l'Épée. Sie hoffte, der Gedanke an ihn werde ihr Herz wieder zum Schlagen bringen. Aber es kam nicht in Gang. Sie war genauso hilflos wie zuvor und starrte Jocylyn an, die sich gerade zum Schlachtraum umsah und Melanie einen flehenden Blick zuwarf.

»Sie bringen mich um«, signalisierte Jocylyn schluchzend; ihre Backen, so rund und blass wie eine Honigmelone, glänzten tränennass. »Bitte, Hilfe.«

Die Außenwelt ...

»Melanie.« Kielles dunkle Augen blitzten. Das Mädchen war plötzlich neben ihr aufgetaucht. »Tu was!«

»Was denn?«, fragte Melanie erregt. »Los, sag's mir! Soll ich ihn erschießen? Mir Flügel wachsen lassen und davonfliegen?«

»Dann tu ich's eben selbst«, antwortete Kielle, wandte sich ab und stürzte auf die Männer zu. Melanie sprang instinktiv auf und lief hinter ihr her. Das kleine Mädchen hatte gerade die Tür des Schlachtraums passiert, als plötzlich Bär vor ihnen aufragte. Kielle und Melanie blieben abrupt stehen. Melanie legte den Arm um die Kleine und starrte mit gesenktem Kopf auf die schwarze Pistole, die Bär im Hosenbund stecken hatte.

Schnapp sie dir. Erschieß ihn. Denk nicht an die Folgen. Du kannst es schaffen. Mit seinen schmutzigen Gedanken ist er ganz woanders. De l'Épé würde den Schuss hören und losrennen, um uns zu retten. Schnapp sie dir! Los, tu's doch! In Gedanken sah sie sich bereits abdrücken. Ihre Hände begannen zu zittern. Sie starrte den Pistolengriff, die Griffschalen aus glänzend schwarzem Kunststoff an.

Bär streckte eine Hand aus und berührte ihr Haar. Er fuhr mit dem Handrücken sanft darüber. Eine väterliche Geste oder die Berührung eines Liebhabers.

Was Melanie vielleicht an Kraft hätte aufbringen können, verflüchtigte sich in diesem Augenblick. Bär packte sie beide am Kragen, schleppte sie in den Schlachtraum zurück und versperrte Melanie dabei den Blick auf Jocylyn.

Ich bin taub, deshalb kann ich ihre Schreie nicht hören.

Ich bin taub, deshalb kann ich nicht hören, dass sie mich um Hilfe anfleht.

Ich bin taub, ich bin taub, ich bin taub …

Bär stieß sie in eine Ecke und setzte sich in die Nähe der Tür. Er musterte seine verängstigten Gefangenen.

Ich bin taub, folglich bin ich bereits tot. Was macht das schon; was macht überhaupt irgendetwas?

Melanie schloss die Augen, legte ihre schönen Hände in den Schoß, ließ ihren Gedanken freien Lauf und entfloh wieder einmal aus dem Schlachtraum.

»Mach den HP-Test, Tobe«, befahl Potter in der Kommandozentrale.

Tobe klappte einen Aktenkoffer mit dem Hewlett-Packard Modell 122VSA auf, der wie ein Herzmonitor aussah.

»Alle hundertzehn Volt, geerdet?« Er zeigte auf die Steckdosen. Derek Elb nickte.

Tobe schloss das Gerät an und schaltete es ein. Ein schmaler Papierstreifen, der wie ein Kassenbon aussah, schob sich heraus, und auf dem schwarzen Bildschirm erschien ein grünes Gitternetz. Tobe sah erwartungsvoll auf. LeBow deutete auf Potter, sich selbst, Angie und Budd. »In dieser Reihenfolge.«

Frances und Derek sahen neugierig zu.

»Ich setze fünf dagegen«, sagte Potter zu LeBow. »Ich, Angie, du und Charlie.«

Budd lachte unbehaglich. »Wovon reden Sie eigentlich?«

»Bitte Ruhe!«, verlangte Tobe. Er hielt Angie ein Mikrofon hin.

»Es grünt so grün, wenn Spaniens …«

»Danke, das genügt.« Tobe hielt Potter das Mikrofon hin.

Der Agent sagte: »Der fixe braune Fuchs …«

Henry LeBow wurde bei einem längeren Zitat aus *Der Sturm* unterbrochen.

Budd schielte fast, als Tobe ihm das Mikrofon hinstreckte, und gestand: »Dieses Ding macht mich echt nervös.«

Die vier FBI-Agenten lachten schallend.

»Das Gerät analysiert den Stress in der Stimme«, erklärte Tobe Frances. »Es liefert Hinweise auf den Wahrheitsgehalt des Gesagten, dient aber vor allem der Risikoeinschätzung.« Als er auf einen Knopf drückte, wurde der Bildschirm in vier Quadrate aufgeteilt. In jedem befand sich eine Wellenlinie mit unterschiedlich ausgeprägten Höhen und Tiefen.

Tobe tippte auf eins der Quadrate. »Das hier ist Arthur. Den bringt nichts aus der Ruhe. Wahrscheinlich macht er sich regelmäßig in die Hose, aber seiner Stimme merkt man nie etwas an. Angie, du bist Nummer zwei. Arthur hatte recht. Kühl wie eine Hundeschnauze. Aber Henry liegt nicht weit hinter dir.« Er tippte lachend auf das letzte Quadrat. »Captain Budd, Sie sind das reinste Nervenbündel. Darf ich Ihnen Joga und Atemübungen empfehlen?«

Budd runzelte die Stirn. »Wenn Sie mir dieses Ding nicht einfach unter die Nase gehalten hätten, hätte ich besser abgeschnitten. Oder wenn ich gewusst hätte, wozu das gut sein soll. Krieg ich noch 'ne Chance?«

Der Verhandler sah nach draußen. »Zeit fürs nächste Telefongespräch. Schicken Sie ihn los, Charlie.«

»Auf geht's, Stevie«, sagte Budd ins Mikrofon seines Handfunkgeräts. Sie sahen, wie der Trooper sich in Bewegung setzte und durch die Senke aufs Schlachthaus zuging.

Potter drückte die Kurzwahltaste.

»Verbindung.«

»Hallo, Lou.«

»Art. Wir haben die Dicke wie 'nen Truthahn an Thanksgiving rausgeputzt. Wir sehen Ihren Mann kommen. Hat er meine Schokomilch dabei?«

»Es ist der Mann, der Ihnen schon das Telefon zugeworfen hat. Er heißt Stevie. Guter Mann.«

Potter dachte: *Ist er einer von denen, die vorhin auf uns geschossen haben?*

»Vielleicht«, sagte Handy, »hat er das Signal gegeben, auf unseren Shep zu schießen.«

»Ich hab Ihnen gesagt, dass das ein Versehen war, Lou. Hören Sie, wie geht's allen dort drinnen?«

*Ist mir doch scheißegal.*

»Gut. Ich hab eben erst nachgesehen.«

Merkwürdig, dachte der Verhandler. Diese Antwort hatte er am wenigsten erwartet. Will er mich beruhigen? Hat er Angst? Will er mich zur Sorglosigkeit verleiten?

Oder hatte er die Maske des Bösewichts für einen Augenblick fallen lassen, hatte der wahre Lou Handy eine berechtigte Frage ausnahmsweise vernünftig beantwortet?

»In eine der Tüten habe ich ein Asthmamittel gesteckt.«

*Zum Teufel mit ihr, wen kümmert's?*

Handy lachte. »Oh, für das Mädchen, das keine Luft kriegt. Das ist echt lästig, Art. Wie soll man da schlafen können, wenn der kleine Scheißer ständig keucht?«

»Und Papier und Filzstifte. Für den Fall, dass die Mädchen Ihnen etwas mitteilen wollen.«

Schweigen. Potter und LeBow wechselten einen Blick. War er wegen des Papiers sauer?

Nein, Handy sprach nur mit einem seiner Komplizen.

Der Agent wusste, dass er ihn beschäftigen musste, um ihn von den Geiseln und von Stevie abzulenken. »Wie funktionieren die Lampen?«, fragte Potter.

»Gut. Aber die dort draußen sind lästig. Darf ich sie ausschießen?«

»Wissen Sie, was die kosten? Das würde man mir vom Gehalt abziehen.«

Oates war fünfzig Meter entfernt; er bewegte sich langsam und gleichmäßig auf das Schlachthaus zu. Potter sah zu Tobe hinüber, der nickte und sich über den HP beugte.

»Sie sind also auch ein McDonald's-Fan, Lou? Big Macs, das sind die besten.«

»Woher wollen *Sie* das denn wissen?«, fragte Handy sarkastisch. »Ich möchte wetten, dass Sie noch nie unter den goldenen Bogen gegessen haben.«

Angie reckte einen Daumen hoch, und Potter nickte befriedigt. Es galt als gutes Zeichen, wenn ein GN den Verhandler persönlich ansprach. Dann war der Übertragungsprozess in Gang gekommen.

»Die Wette haben Sie verloren, Lou. Sie kriegen genau das, was ich letzte Woche zweimal zu Abend gegessen habe. Ich hatte auch Fritten dazu. Und 'nen Milchshake Vanille.«

»Ich dachte, ihr tollen Agenten esst Abend für Abend Feinschmeckermenüs. Hummer und Steak. Champagner. Und danach vögelt ihr die schönen Agentinnen, die für euch arbeiten.«

»Ein Cheeseburger mit Schinken und kein einziges Glas Wein. Oh, und statt Sex hatte ich 'ne zweite Portion Fritten. Ich hab eine große Vorliebe für Kartoffeln.«

In der schwach reflektierenden Fensterscheibe sah Potter, wie Budd ihn anstarrte, und glaubte, auf dem Gesicht des jungen Captains einen leicht ungläubigen Ausdruck zu entdecken.

»Sind Sie auch so fett wie diese Kleine, die ich an ihrem Schweinsarm festhalte?«

»Ich sollte ein paar Pfund abnehmen. Vielleicht mehr als nur ein paar.«

Oates war noch zwanzig Meter von der Tür entfernt.

Potter hätte sich am liebsten weiter mit Handys Vorlieben und Abneigungen befasst. Aber er war vorsichtig, denn er spürte, dass das den Mann aufbringen würde. Eine Art, mit Geiselnehmern umzugehen, zielt darauf ab, sie unter Druck zu setzen – durch Beschallung mit schlechter Musik oder Herumspielen an Heizung und Belüftung des Gebäudes, in dem sie sich verbarrikadiert haben. Davon hielt Potter nichts. Energisch auftreten, dabei aber eine Art Einvernehmen herstellen.

Handy war zu schweigsam. Was lenkte ihn ab? Was dachte er? Ich muss ihn besser in den Griff bekommen. Das ist das Problem, erkannte Potter. Es will mir nicht gelingen, ihm die Kontrolle über die Situation zu entwinden.

»Ich wollte Sie noch etwas fragen, Lou … Das Wetter ist für Juli recht ungewöhnlich. Dort drinnen muss es ziemlich kalt sein. Sollen wir Ihnen nicht ein paar Heizlüfter besorgen?«

Potter spekulierte: *Nö, hier gibt's reichlich Körper, an denen wir uns wärmen können.*

Aber Handy erwiderte langsam: »Vielleicht. Wie kalt soll es denn heute Nacht werden?«

Wieder sehr nüchtern und logisch. Und hinter den Worten lag die Andeutung, er sei auf eine lange Belagerung eingerichtet. Das konnte Potter die Chance geben, einige der von Handy gesetzten Fristen hinauszuschieben. Er notierte seine Eindrücke auf einem Zettel, den er Harry LeBow zuschob, damit er sie in seinen Computer eingab.

»Kalt und windig, hab ich vorhin gehört.«

»Gut, ich überleg's mir.«

Und hör dir seine Stimme an, dachte Potter. Sie klingt so vernünftig. Was schließe ich daraus? Manchmal spielt er den wilden Draufgänger; manchmal redet er wie ein Versicherungsvertreter. Sein Blick fiel auf den Plan des Schlachthauses. Zwölf gelbe Haftnotizen, die jeweils eine Geisel oder einen Geiselnehmer darstellten, klebten an der Blaupause. Irgendwann würden sie hoffentlich die genaue Stelle angeben, an der sich jede dieser Personen befand. Vorläufig klebten sie noch nebeneinander am linken Rand.

»Lou, sind Sie noch da?«

»Klar bin ich hier. Wo zum Teufel sollte ich denn sonst sein? Auf der Interstate nach Denver?«

»Ich hab Sie nicht atmen gehört.«

Mit halblauter, eisiger Stimme sagte Handy: »Weil ich ein Gespenst bin.«

»Ein Gespenst?«, wiederholte Potter.

»Ich schleich mich wie 'ne Katze von hinten an Sie ran und schneid Ihnen die Kehle durch und bin verschwunden, bevor der erste Blutstropfen zur Erde fällt. Sie glauben, dass ich in diesem Gebäude hier bin – in dem Schlachthaus, das Sie gerade beobachten. Aber dort bin ich nicht.«

»Wo sind Sie dann?«

»Vielleicht komm ich von hinten auf Ihr Fahrzeug zu. Sehen Sie, ich weiß, dass Sie in diesem Wagen sind und aus dem Fenster starren. Vielleicht steh ich dicht vor diesem Fenster. Vielleicht lieg ich in dem Büschel Büffelgras, auf das Ihr Mann gerade zugeht, und stech ihm mein Messer in die Eier, wenn er vorbeikommt.«

»Und vielleicht bin ich bei Ihnen im Schlachthaus, Lou.«

Eine Pause. Er wird lachen, dachte Potter.

Tatsächlich lachte Handy schallend. »Haben Sie mir reichlich Fritten geschickt?«

»Jede Menge. Mit Ketchup und mit Barbecuesauce.«

Stevie Oates erreichte das Gebäude.

»He, einmal Haareschneiden und Rasieren ... Wir kriegen Besuch.«

»Kamera läuft«, flüsterte Tobe. Er dämpfte die Deckenbeleuchtung. Alle starrten auf den Monitor, der ihnen zeigte, was die Kamera über Stevie Oates' rechtem Ohr aufnahm. Leider war die Bildqualität nicht gut. Die Tür des Schlachthauses stand nur halb offen, und die Gegenstände dahinter – Röhren, Maschinen, ein Tisch – waren durch Lichtflecken verzerrt. Als einziger Mensch war Jocylyn zu sehen, die mit den Händen vor dem Gesicht als Silhouette dastand.

»Ihr Junge ist jetzt da. Stevie? Ich kann mich nicht erinnern, schon mal 'nen Stevie erschossen zu haben. Ihm scheint *verdammt* mulmig zu sein.«

Der Lauf einer Waffe, vermutlich einer Schrotflinte, schob sich langsam vor, bis die Mündung den Kopf des Mädchens berührte. Jocylyn ließ die Hände sinken und ballte sie zu Fäusten. Aus dem Deckenlautsprecher drang ein leises Wimmern. Potter konnte nur hoffen, dass Stillwells Scharfschützin sich beherrschen würde.

Das Videobild zitterte einen Augenblick.

Die Schrotflinte zielte auf Oates, während die Silhouette eines Mannes den Türrahmen ausfüllte. Das Mikrofon über dem Ohr des Troopers fing seine Worte auf: »Sind Sie bewaffnet?« Das war nicht Handy. Shepard Wilcox, vermutete Potter; Bonner hätte einen weit größeren Schatten geworfen.

Potter sah nach unten, um sicherzugehen, dass er den richtigen Knopf erwischte, wenn er auf Oates' Ohrhörer umschaltete. »Lügen Sie. Höflich, aber bestimmt auftreten.«

»Nein, Sir. Ich bringe das Essen, das Sie haben wollten. Wenn Sie das Mädchen jetzt freilassen würden …« Die Stimme des Troopers klang erstaunlich ruhig.

»Gut, Stevie, Sie machen Ihre Sache gut. Nicken Sie, wenn mit Jocylyn so weit alles in Ordnung zu sein scheint.«

Die Kamera bewegte sich nach unten, kam wieder hoch.

»Lächeln Sie sie weiter an.«

Wieder ein Nicken.

Eine weitere Silhouette tauchte auf. Das musste Handy sein. »Haben Sie ein Mikrofon oder eine Kamera?«, fragte er Oates. »Nehmen Sie mich auf?«

»Ihre Entscheidung«, flüsterte Potter. »Aber wenn Sie ja sagen, platzt der Austausch.«

»Nein«, sagte der Trooper.

»Ich bring Sie um, wenn sich rausstellt, dass Sie mich anlügen.«

»Ich lüge nicht«, beteuerte Oates nachdrücklich, ohne im Geringsten zu zögern.

Gut, gut.

»Sind Sie allein? Oder hat sich jemand seitlich an die Tür rangeschlichen?«

»Sehen Sie schlecht? Ich bin allein. Wie geht's der Kleinen?«

»Sehen Sie schlecht?«, wiederholte Handy spöttisch. Er trat hinter Wilcox und war nun deutlich zu erkennen. »Da steht sie doch! Überzeugen Sie sich selbst.«

Er machte keine Anstalten, Jocylyn freizulassen.

»Lassen Sie sie gehen«, forderte Oates.

»Vielleicht sollten Sie reinkommen und sie holen.«

»Nein. Lassen Sie sie gehen.«

»Tragen Sie 'ne kugelsichere Weste?«

»Yeah, unter meiner Jacke.«

»Vielleicht sollten Sie die lieber mir geben. Wir könnten sie besser brauchen als Sie.«

»Wie kommen Sie darauf?«, fragte Oates. Seine Stimme klang nicht mehr ganz so fest.

»Weil sie Ihnen nichts nützen würde. Sehen Sie, wir könnten Ihnen ins Gesicht schießen und sie Ihnen ausziehen. Dann wären Sie genauso tot, als wenn wir Sie beim Weggehen in den Rücken schießen würden. Also, wollen Sie das Ding nicht lieber freiwillig rausrücken?«

Wenn Oates die Weste hergab, würden sie die Videokamera und den Sender finden. Und ihn wahrscheinlich auf der Stelle erschießen.

Potter flüsterte: »Berufen Sie sich auf unsere Vereinbarung.«

»Wir haben eine Vereinbarung«, sagte Oates fest. »Hier ist das Essen. Ich will das Mädchen. Und zwar sofort.«

Eine endlos lange Pause.

»Stellen Sie's vor die Tür«, sagte Handy schließlich.

Das Bild kippte, als Oates die Tüten abstellte. Er hielt dabei aber den Kopf hoch und seine Kamera auf den Türspalt gerichtet. Leider war das Bild viel zu kontrastreich; die Agenten in der Kommandozentrale konnten praktisch nichts vom Inneren des Schlachthauses erkennen.

»Hier«, sagte Handy spöttisch, »nehmen Sie Miss Piggy mit. Mann, wir sind froh, wenn wir ihr Geflenne nicht mehr hören müssen.« Gelächter aus mehreren Kehlen. Handy hob die Tüten auf und trat vom Eingang zurück. Wilcox und er waren nicht mehr zu sehen. Hob einer von ihnen die Schrotflinte, um zu schießen?

»Hallo, Schätzchen«, sagte Oates. »Keine Angst, ich bring' dich in Sicherheit.«

»Er sollte nicht mir ihr reden«, murmelte Angie.

»Machen wir jetzt 'nen kleinen Spaziergang, ja? Zurück zu Mommy und Daddy?«

»Lou!«, rief Potter ins Wurftelefon, weil ihn die Tatsache, dass die Geiselnehmer nicht mehr zu sehen waren, plötzlich Sorgen machte. Keine Antwort. Die anderen hörten, wie Potter murmelte: »Ich trau ihm nicht. Verdammt, ich trau ihm nicht.«

»Lou?«

»Verbindung steht noch«, meldete Tobe. »Er hat nicht aufgelegt.«

Zu Oates sagte Potter: »Nicht mit ihr reden, Stevie. Sonst gerät sie vielleicht in Panik.«

Zur Antwort kippte das Bild leicht.

»Gehen Sie los. Gehen Sie rückwärts. Zuerst ganz langsam. Sobald das Mädchen hinter Ihnen ist, drehen Sie sich um und gehen geradewegs zurück. Halten Sie den Kopf hoch, damit der Helm möglichst viel vom Nacken abdeckt. Wenn auf Sie geschossen wird, lassen Sie sich nach vorn über das Mädchen fallen. Ich sorge dafür, dass Sie Feuerschutz bekommen, und wir holen Sie so schnell wie möglich raus.«

Aus dem Deckenlautsprecher kam ein unverständliches Flüstern, aber keine richtige Antwort.

Plötzlich spielte der Bildschirm verrückt. Nach einem jähen Lichtblitz und heftigen Bewegungen waren nur noch Schatten zu erkennen.

»Nein!«, rief Oates. Dann war ein tiefes Grunzen zu hören, dem ein lautes Stöhnen folgte.

»Er ist am Boden«, sagte Budd, der das Geschehen mit seinem Fernglas verfolgte. »O Mann!«

»Mein Gott!«, rief Derek Elb aus, während er zu dem Bildschirm aufsah.

Sie hatten keine Schüsse gehört, aber Potter war sich sicher, dass Wilcox die Geisel mit einer Pistole mit Schalldämpfer erschossen hatte und nun wiederholt auf Oates feuerte. Der Bildschirm war voller schemenhafter Umrisse und wild tanzender Lichtreflexe.

»Lou!«, rief Potter ins Telefon. »Lou, hören Sie mich?«

»Seht nur!«, rief Budd und deutete aus dem Fenster.

Was Potter befürchtet hatte, war nicht eingetreten. Jocylyn war anscheinend in Panik geraten und hatte sich mit einem Sprung auf Oates gestürzt. Das große Mädchen hatte den Trooper glatt umgerannt. Jetzt trabte sie über das Bartgras auf die erste Reihe Streifenwagen zu.

Oates rappelte sich auf, war wieder auf den Beinen und nahm die Verfolgung auf.

Potter jonglierte mit weiteren Knöpfen. »Lou!« Dann aktivierte er die Funkverbindung zu Dean Stillwell, der das Gebäude durch ein Nachtsichtgerät beobachtete und die Scharfschützin neben sich hatte.

»Dean?«, rief Potter.

»Ja, Sir.«

»Können Sie reinsehen?«

»Nicht weit. Die Tür steht nur einen Fußbreit offen. Aber dahinter ist jemand.«

»Fenster?«

»Bisher niemand zu sehen.«

Jocylyn mochte Übergewicht haben, aber sie spurtete trotzdem wie eine Olympiateilnehmerin direkt auf die Kommandozentrale zu; sie ruderte wild mit den Armen und hatte den Mund weit aufgerissen. Oates holte allmählich auf, aber die beiden gaben erstklassige Ziele ab.

»Anweisung an die Scharfschützin«, sagte Potter, während er verzweifelt die Fenster des Schlachthauses absuchte. »Gewehr entsichern.«

Sollte er einen Schuss befehlen?

»Ja, Sir. Augenblick! Ich sehe Wilcox. Er steht im Gebäude – ungefähr fünf Meter vom Fenster entfernt. Er hat seine Schrotflinte angelegt und scheint ein Ziel anzuvisieren.«

O Gott! dachte Potter. Wenn die Scharfschützin ihn erschießt, ermordet Handy als Vergeltungsmaßnahme bestimmt eine der Geiseln.

Schießt er, oder schießt er nicht?

Vielleicht ist Wilcox auch nur in Panik geraten, weil er nicht weiß, was gespielt wird.

»Agent Potter?«, fragte Stillwell.

»Ziel erfassen.«

»Ja, Sir … Chrissy hat Wilcox im Visier. Sie kann jederzeit abdrücken. Ein todsicherer Schuss, sagt sie. Sie hat seine Stirn im Fadenkreuz.«

Ja? Nein?

»Warten«, sagte Potter. »Im Visier behalten.«

»Ja, Sir.«

Jocylyn war etwa dreißig Meter vom Schlachthaus entfernt. Oates hatte sie schon fast eingeholt. Erstklassige Ziele. Aus dieser Entfernung würde ihnen eine Schrotladung Kaliber zwölf die Beine abtrennen.

Potter schwitzte. Er drückte auf zwei Knöpfe und sprach wieder ins Telefon: »Lou, hören Sie mich?«

Aus dem Deckenlautsprecher kamen undefinierbare leise Geräusche: atmosphärische Störungen oder Atemzüge oder ein unregelmäßiger Puls.

»Befehl an die Scharfschützin: Sichern!«, wies Potter den

Sheriff plötzlich an. »Nicht schießen. Auf keinen Fall schießen, was auch passiert.«

»Ja, Sir«, sagte Stillwell.

Potter beugte sich nach vorn und legte seine Stirn ans kühle Fensterglas.

Noch zwei Sätze, dann hatte Stevie Oates das Mädchen erreicht und riss es mit sich zu Boden. In einem Gewirr aus Armen und Beinen verschwanden die beiden in der Senke, wo sie vom Schlachthaus aus nicht mehr zu sehen waren.

Budd seufzte erleichtert auf.

»Gott sei Dank«, murmelte Frances.

Angie sagte nichts, aber Potter sah, dass sie unwillkürlich nach ihrer Dienstwaffe gegriffen hatte und sie fest umklammerte.

»Lou, hören Sie mich?«, rief er. Und noch mal.

Dann raschelte etwas, als würde das Telefon in eine Tüte gewickelt. »Kann jetzt nicht reden, Art«, sagte Handy mit vollem Mund. »Essenszeit.«

»Lou …«

*Klick.*

Potter lehnte sich im Drehstuhl zurück und rieb sich die Augen.

Frances begann zu applaudieren, und Derek Elb schloss sich an.

»Glückwunsch«, sagte LeBow halblaut. »Der erste Austausch. Ein Erfolg.«

Budd wurde blass. Er atmete langsam aus. »Mann!«

»Okay, Leute, wir wollen uns nicht zu sehr auf die Schultern klopfen«, sagte Potter. »In eindreiviertel Stunden läuft bereits die erste Hubschrauberfrist ab.«

Von allen Anwesenden schien nur der junge Tobe Geller beunruhigt zu sein.

Arthur Potter, gewissermaßen ein kinderloser Vater, wurde sofort darauf aufmerksam. »Was gibt's, Tobe?«

Der Agent drückte mehrere Tasten seines Hewlett-Packards und zeigte auf den Bildschirm. »Das hier ist deine SSA-Kurve während des Austauschs, Arthur. Unterdurchschnittliche Nervosität in einer leicht angespannten Situation.«

»Leicht angespannt«, murmelte Budd. Er verdrehte die Augen. »Bin froh, dass Sie nicht mich analysiert haben.«

»Und das ist Handys Zehnsekundenmittel während des gesamten Austauschs.« Er tippte auf ein Bildschirmquadrat mit einer fast waagrechten Linie. »Er hat an der Tür gestanden und genau gewusst, dass Dutzende von Waffen auf sein Herz zielen – und trotzdem war dieser Dreckskerl ungefähr so gestresst wie jemand, der sich im 7-Eleven einen Kaffee bestellt.«

# 15.13 Uhr

Sie spürte weder die dumpfen Erschütterungen von Schüssen noch die Vibrationen von Schreien in ihrer Brust.

Danke, lieber Gott, danke, danke.

Das Fettkügelchen Jocylyn war in Sicherheit.

Melanie hockte mit den Zwillingen an der Rückwand des Schlachtraums. Das kastanienbraune Haar der beiden kleinen Mädchen klebte tränenfeucht an ihren Gesichtern. Melanie sah zu der nackten Glühbirne auf, die – mit knapper Not – verhinderte, dass die aus der Außenwelt heranschäumenden Wogen sie zerschmetterten.

Ihr gekrümmter Mittelfinger spielte wieder nervös mit einer Haarsträhne. Die Gebärde für *leuchten*. Das Symbol für *Glanz*.

Das Symbol für *Licht*.

Eine plötzliche Bewegung erschreckte sie. Bär, die bärtige Riesengestalt, stampfte mit einem Hamburger in der Hand auf Marder zu und knurrte ein paar Worte. Wartete auf eine Antwort, bekam keine und brüllte wieder etwas. Melanie bekam kein einziges Wort mit. Je emotionaler die Leute wurden, desto schneller und undeutlicher sprachen sie, sodass ausgerechnet dann nichts mehr zu enträtseln war, wenn es wirklich darauf ankam, das Gesagte zu verstehen.

Marder fuhr sich mit einer Hand über seinen Bürstenhaarschnitt, blieb cool und musterte Bär hämisch lächelnd. Ein richtiger Cowboy, dachte Melanie, das ist Marder.

Er ist so grausam wie die anderen, aber er ist tapfer und hat Ehrgefühl, und wenn das auch bei schlechten Menschen gute Eigenschaften sind, hat er etwas Gutes in sich. Dann tauchte Brutus auf, und Bär verstummte plötzlich, schnappte sich aus der Tüte neben Marder eine Packung Fritten und ging damit in den Hauptraum des Schlachthauses, wo er sich auf den Boden setzte und anfing, Essen in seinen ungepflegten Bart zu stopfen.

Brutus hielt einen in eine Serviette gewickelten Hamburger in der Hand. Er betrachtete ihn mehrmals amüsiert, als hätte er noch nie einen gegessen, biss ein kleines Stück ab und kaute sorgfältig. Er ging am Eingang des Schlachtraums in die Hocke und ließ seinen Blick über die Mädchen und ihre Lehrerinnen gleiten. Als Melanie einen dieser Blicke auffing, fühlte sie ihre Haut vor panischer Angst brennen. »He, Miss«, sagte er. Sie senkte hastig den Kopf und musste gegen aufsteigende Übelkeit ankämpfen.

Dann spürte sie einen dumpfen Schlag und sah erschrocken auf. Brutus hatte mit der flachen Hand auf den Fußboden neben ihr geschlagen. Aus seiner Hemdtasche zog er eine kleine blaue Schachtel, die er ihr zuwarf. Sie enthielt einen Asthma-Inhalator. Melanie öffnete sie langsam und gab den Inhalator Beverly, die gierig daran zu saugen begann.

Melanie wandte sich Brutus zu und wollte mit ihren Lippen das Wort »Danke« bilden, aber er achtete nicht auf sie, sondern starrte Mrs. Harstrawn an, die in einen weiteren hysterischen Weinkrampf verfallen war.

»Kaum zu glauben … wie man bloß … flennen kann!«

Wieso kann ich seine Worte verstehen, wenn ich *ihn* nicht verstehen kann? Schau ihn doch an – da hockt er und sieht zu, wie die arme Frau weint. Kaut und kaut und hat dabei dieses verdammte Beinahelächeln auf den Lippen. So grausam kann niemand sein!

Oder verstehe ich ihn doch?

Melanie hörte eine vertraute Stimme. *Dann kommst du also wieder heim …*

Steh auf!, fauchte sie die andere Lehrerin in Gedanken an. Hör auf zu weinen! Steh auf und tu irgendwas! Hilf uns. Schließlich bist du für uns verantwortlich.

*Dann kommst du also …*

Ihr Herz wurde plötzlich eiskalt, und ihr Zorn verdrängte alle Angst. Zorn und … was noch? Ein dunkles Feuer, das in ihrem Inneren aufloderte. Sie sah Brutus direkt in die Augen. Er hatte zu essen aufgehört und erwiderte ihren Blick. Er zuckte mit keiner Wimper, aber sie spürte, dass er ihr zublinzelte – als wüsste er genau, was sie über Mrs. Harstrawn dachte, und stimmte ihr darin zu. Für einen Augenblick war die armselige Frauengestalt die Zielscheibe ihres gemeinsamen Spotts. Es war unentschuldbar.

Voller Verzweiflung fühlte sie, wie ihr Zorn abklang und stattdessen wieder Angst in ihr aufstieg.

Hör auf, mich anzustarren!, bat sie ihn im Stillen. Bitte! Sie ließ zitternd den Kopf hängen und begann zu weinen. Und dann tat sie das Einzige, was sie in ihrer Lage tun konnte – was sie schon zuvor getan hatte: Sie schloss die Augen, senkte den Kopf und ging fort. An den Ort, an den sie sich heute schon einmal aus dem Schlachthaus geflüchtet hatte. An ihren geheimen Ort, ihr Musikzimmer.

Ein dunkel getäfelter Raum, Wandbehänge, Sitzkissen, Räucherkerzenduft. Ein fensterloser Raum, in den die Außenwelt nicht eindringen konnte.

Hier steht ein Cembalo aus fein gemasertem Rosenholz mit kostbarer Einlegearbeit: einem filigranen Rankenwerk aus Elfenbein und Ebenholz. Hier steht ein Konzertflügel mit weichem Anschlag und kristallklarem Ton. Ein südamerikanisches Berimbau, ein Vibrafon, eine Martin-Gitarre aus der Vorkriegszeit.

Hier gibt es Wände, die Melanies eigene Stimme zurückwerfen, die eine Mischung aus allen Instrumenten des Orchesters ist. Altstimmen und Mezzosoprane und Koloratursoprane.

Der Ort hatte nie existiert und würde nie existieren. Aber er war Melanies Rettung. Wenn die Hänseleien in der Schule unerträglich geworden waren, wenn sie einfach nicht begreifen konnte, was jemand zu ihr sagte, wenn sie an die Welt dachte, die sie nie erfahren würde, war ihr Musikzimmer der einzige Ort, an den sie sich flüchten, an dem sie Trost finden konnte.

Dort vergaß sie die Zwillinge, vergaß die ständig keuchende Beverly, vergaß das Schluchzen der wie gelähmt wirkenden Mrs. Harstrawn, vergaß den schrecklichen Mann, der sie nicht aus den Augen ließ, während er den Kummer eines anderen Menschen einsog, als ernährte er sich davon. Dort vergaß sie Susans Tod und ihren eigenen, der vermutlich nicht mehr allzu weit entfernt war.

Melanie, die an ihrem geheimen Ort auf der bequemen Couch sitzt, will jedoch nicht allein sein. Sie braucht jemanden, der ihr Gesellschaft leistet. Jemand. mit dem sie reden kann. Jemand, mit dem sie menschliche Worte wechseln kann. Wen soll ich einladen?

Sie denkt an ihre Eltern. Aber die hat sie noch nie dorthin eingeladen. Freunde aus der Laurent Clerc School, aus Hebron, Nachbarn, Schülerinnen… Aber sobald sie an Schülerinnen denkt, muss sie an Susan denken. Und das traut sie sich nicht.

Manchmal lädt sie Musiker, Sänger oder Komponisten ein – Leute, von denen sie gelesen hat, obwohl sie ihre Musik nie gehört hat: Emmylou Harris, Bonnie Raitt, Gordon Bok, Patrick Ball, Mozart, Sam Barber. Und natürlich Ludwig. Ralph Vaughan Williams. Niemals Wagner. Gustav Mahler war einmal da, blieb aber nicht lange.

Melanies Bruder war früher ein regelmäßiger Gast in ihrem Musikzimmer.

Tatsächlich war Danny eine Zeit lang ihr einziger Gast, denn er schien ihr einziger Angehöriger zu sein, der trotz ihres Leidens weiterhin normal mit ihr umging. Ihre Eltern bemühten sich, ihre Tochter zu verhätscheln, behielten sie zu Hause, ließen sie nie allein in die Stadt, kratzten das Geld für Hauslehrer zusammen, malten ihr die Gefahren »deines, du weißt schon, Zustands« aus – und vermieden dabei jegliche Erwähnung der Tatsache, dass sie gehörlos war.

Danny war nicht bereit, Melanies Ängstlichkeit hinzunehmen. Er röhrte mit seiner Schwester hinter sich auf seiner Honda CB 750 in die Stadt. Dabei trug Melanie einen schwarzen Sturzhelm mit aufgemalten feuerroten Schwingen. Bevor sie ihr Gehör ganz verlor, ging er oft mit ihr ins Kino und brachte die übrigen Besucher gegen sich auf, indem er ihr die Dialoge laut wiederholte. Zur Empörung ihrer Eltern lief der Junge häufig mit Ohrenschützern, wie Flugzeugmechaniker sie tragen, durchs Haus, bloß um sich vorstellen zu können, was sie durchmachte. Danny, Gott segne ihn, lernte sogar die Anfangsgründe der Gebärdensprache und brachte ihr alle möglichen Ausdrücke bei (natürlich solche, die sie in Gegenwart Gehörloser nicht wiederholen durfte, obwohl sie ihr später auf dem Pausenhof der Laurent Clerc School höchste Anerkennung einbrachten).

Ah, aber Danny …

Seit er letztes Jahr verunglückt war, hatte sie es nicht mehr übers Herz gebracht, ihn einzuladen.

Sie versucht es jetzt, kann ihn sich aber nicht hier vorstellen.

Und so kommt es, dass sie, als sie heute die Tür öffnet, einen Mann mittleren Alters vorfindet, einen Mann mit grauen Schläfen, der ein schlechtsitzendes marineblaues Sakko und eine schwarze Hornbrille trägt. Den Mann, den sie auf dem Feld vor dem Schlachthaus gesehen hat.

De l'Épée.

Wen denn sonst?

»Hallo«, sagt sie mit glasklarer Stimme.

»Ich danke Ihnen, dass ich kommen durfte.« Sie stellt sich vor, wie er ihre Hand ergreift und sie küsst – etwas verlegen, aber doch nachdrücklich.

»Sie sind Polizeibeamter, nicht wahr?«, fragt sie.

»Ja«, sagt er.

Sie kann ihn nicht so deutlich erkennen, wie sie möchte. Die Macht des Begehrens ist unendlich, aber die der Einbildungskraft nicht.

»Ich weiß, dass das nicht Ihr Name ist, aber darf ich Sie de l'Épée nennen?«

Natürlich ist er damit einverstanden, schließlich ist er ein Gentleman.

»Können wir uns ein bisschen unterhalten? Das Reden fehlt mir am meisten.« Wenn man einmal erlebt hat, wie es ist, mit jemandem zu sprechen, ihn mit Worten zu bombardieren und seine mit den eigenen Ohren aufzunehmen, ist die Gebärdensprache nur ein kümmerlicher Ersatz.

»Gewiss, unterhalten wir uns.«

»Ich möchte Ihnen eine Geschichte erzählen. Wie ich erfahren habe, dass ich taub bin.«

»Bitte …« Er wirkt ehrlich neugierig.

Sie habe Musikerin werden wollen, erzählt sie ihm. Schon mit vier oder fünf Jahren. Sie war kein Wunderkind gewesen, aber sie besaß die Gabe des absoluten Gehörs. Klassische Musik, keltische Songs oder Country & Western – sie liebte alles. Sie brauchte eine Melodie nur einmal zu hören, um sie auf dem Yamaha-Klavier der Familie nachspielen zu können.

»Und dann…«

»Erzählen Sie mir davon.«

»Als ich acht, schon fast neun war, bin ich in ein Konzert von Judy Collins gegangen.«

Melanie fährt fort: »Sie hat *a capella* gesungen, ein Lied, das ich noch nie gehört hatte. Es war ergreifend…«

Passenderweise beginnt eine keltische Harfe ebendiese Melodie zu spielen, die jetzt aus den imaginären Lautsprechern des Musikzimmers dringt.

»Mein Bruder hatte das Konzertprogramm, und ich habe mich zu ihm hinübergelehnt und gefragt, wie dieser Song heiße. ›A Maiden's Grave‹, hat er geantwortet. Das Grab einer Jungfrau.«

De l'Épé sagt: »Nie davon gehört.«

Melanie fährt fort: »Ich wollte diesen Song auf dem Klavier spielen. Es war… Das ist schwer zu beschreiben. Ich hatte einfach das Gefühl, es tun zu müssen. Ich *musste* diesen Song lernen. Am Tag nach dem Konzert habe ich meinen Bruder gebeten, mir aus einem Musikgeschäft in der Stadt die Noten mitzubringen. Für welchen Song, wollte er wissen. ›A Maiden's Grave‹, habe ich geantwortet.

›Welcher Song ist das?‹ hat er stirnrunzelnd gefragt.

Ich habe gelacht. ›Der aus dem Konzert, du Dummkopf. Den sie zum Schluss gesungen hat. Der *eine* Song. Du hast mir den Titel selbst gesagt…‹

Daraufhin hat *er* gelacht. ›Wer ist hier der Dummkopf? »A Maiden's Grave?« Wovon redest du überhaupt? Das war »Amazing Grace«. Ein alter Gospelsong. Genau das hab ich dir gesagt.‹

›Nein!‹ Ich war mir sicher, »A Maiden's Grave« gehört zu haben. Absolut sicher! Und dann wurde mir bewusst, dass ich mich nach vorn gebeugt hatte, um seine Antwort zu hören, dass ich praktisch nichts verstand, wenn einer von uns beiden sich abwandte. *Und* dass ich nur auf seine Lippen schaute, wenn ich ihn ansah, aber nie auf seine Augen oder das übrige Gesicht. Und genauso hatte ich in den letzten sechs oder acht Monaten alle Gesprächspartner angestarrt.

Ich bin geradewegs zum Plattenladen in der Stadt gelaufen – zwei Meilen weit. Ich war so verzweifelt, ich musste es einfach wissen. Ich war überzeugt, dass mein Bruder mich nur hatte aufziehen wollen, und ich habe ihn dafür gehasst. Ich habe mir geschworen, ihm das heimzuzahlen. Im Plattenladen bin ich in die Folk-Abteilung gestürzt und habe die Alben von Judy Collins durchgesehen. Es hat gestimmt… ›Amazing Grace‹. Zwei Monate später hat man bei einer Untersuchung einen Hörverlust von fünfzig Dezibel auf dem einen Ohr und siebzig auf dem anderen diagnostiziert. Jetzt sind's ungefähr neunzig auf beiden Ohren.«

»Das tut mir leid«, sagt de l'Épée. »Wodurch haben Sie das Gehör verloren?«

»Durch eine Infektion. Sie hat die Haarzellen meines Corti-Organs zerstört.«

»Und dagegen ist nichts zu machen?«

Sie gibt keine Antwort. Nach einer kurzen Pause sagt sie: »Ich glaube, Sie sind taub.«

»Taub? Ich?« Er grinst verlegen. »Aber ich kann hören.«

»Oh, man kann hörend und taub sein.«

Er wirkt verwirrt.

»Hörend und taub«, fährt sie fort. »Wissen Sie, Leute, die hören können, sind für uns die anderen. Aber manche der anderen sind eher uns ähnlich.«

»Was für Menschen sind das?«, fragt er. Ist er stolz darauf, dass er dazugehören soll? Sie glaubt, dass er es ist.

»Menschen, die nach ihrem Herzen leben«, antwortet Melanie, »nicht nach dem anderer.«

Einen Augenblick lang schämt sie sich, denn sie weiß nicht so recht, ob sie immer auf ihr eigenes hört.

Ein Stück von Mozart beginnt. Oder von Bach? Sie ist sich nicht sicher. (Warum konnte die Infektion nicht ein Jahr später kommen? Wenn ich mir vorstelle, wie viel Musik ich in zwölf Monaten hätte hören können … Großer Gott, ihr Vater hatte auf der Farm ständig seichte Radiomusik laufen. In meiner Biografie wird einmal stehen, dass ich mit »Pearly Shells«, Tom Jones und Barry Manilow aufgewachsen bin.)

»Ich habe Ihnen noch mehr zu erzählen. Etwas, was ich noch keinem Menschen erzählt habe.«

»Ich würde es gern hören«, sagt er freundlich. Aber im nächsten Augenblick verschwindet er.

Melanie holt erschrocken tief Luft.

Dann verschwindet auch das Musikzimmer, und sie ist wieder im Schlachthaus.

Sie sieht sich mit ängstlich aufgerissenen Augen um, weil sie erwartet, Brutus kommen zu sehen. Oder Bär, der brüllend auf sie zustürmt.

Aber nein, Brutus ist nirgends zu sehen. Und Bär sitzt allein außerhalb des Schlachtraums und isst mit einem nicht zu ihm passenden Lächeln auf dem Gesicht.

Was hatte sie aus dem Musikzimmer zurückgeholt?

Die Vibrationen eines Geräuschs? Das Licht?

Nein, es war ein Geruch gewesen. Ein Geruch hatte sie aus ihrem Wachtraum aufschrecken lassen. Aber welcher?

Irgendein Geruch, den sie zwischen den Gerüchen nach fettigem Essen, Schweiß, Öl, Benzin, rostigem Metall, altem Blut, ranzigem Schmalz und tausend anderen Gerüchen herausgespürt hatte.

Ah, jetzt erkannte sie ihn deutlich. Ein unverkennbarer durchdringender Geruch.

»Mädchen! Mädchen!«, signalisierte sie ihren Schülerinnen nachdrücklich. »Ich muss euch etwas sagen.«

Bär sah zu ihnen hinüber. Er merkte, dass sie wieder

ihre Gebärdensprache benützten. Sein Lächeln verschwand augenblicklich, und er kämpfte sich hoch. Er schien zu brüllen: »Lasst das! Aufhören!«

»Er mag's nicht, wenn wir gebärden«, erklärte Melanie den Mädchen rasch. »Tut so, als spielten wir ein Ratespiel mit Handfiguren.«

Eins gefiel Melanie an der Gehörlosenkultur: ihre Wortverliebtheit. Die amerikanische Gebärdensprache war eine Sprache wie jede andere. Tatsächlich war sie die am fünftweitesten verbreitete Sprache Amerikas. Wörter und Ausdrücke der Gebärdensprache ließen sich in kleinere Bausteine zerlegen (Form der Hand, Bewegung, Handstellung im Verhältnis zum Körper), wie gesprochene Wörter sich in Silben und Phoneme zerlegen ließen. Diese Gebärden eigneten sich gut für Wortspiele, mit denen fast alle Gehörlosen aufwuchsen.

Bär kam herangestürmt. »Scheiße, was … ihr mit …«

Melanies Hände begannen heftig zu zittern. Aber es gelang ihr, in den Staub zu schreiben: *Spiel. Wir spielen ein Spiel. Sehen Sie? Wir bilden Figuren mit den Händen. Umrisse von Dingen.*

»Was … Dinge?«

*Dies ist ein Tierspiel.*

Sie bildete das Wort »Dummkopf«. Da Zeige- und Mittelfinger V-förmig ausgestreckt waren, erinnerte das Zeichen vage an ein Kaninchen.

»Was soll … sein?«

*Kaninchen,* schrieb sie.

Die Zwillinge nickten kichernd.

»Kaninchen? Sieht nicht … Scheißkaninchen aus«, knurrte er unwillig.

*Bitte lassen Sie uns spielen. Schadet nichts.*

Er sah zu Kielle hinüber, die das Zeichen für »Mistkerl« machte. *Das war ein Nilpferd,* schrieb sie danach lächelnd in den Staub.

»Scheiße, ihr… alle bescheuert.« Bär kehrte zu Fritten und Limonade zurück.

Die Mädchen warteten, bis er außer Sichtweite war, dann starrten sie Melanie erwartungsvoll an. Kielle, die nicht mehr lächelte, fragte brüsk: »Was hast du zu sagen?«

»Ich sorge dafür, dass wir hier rauskommen«, antwortete Melanie. »Das wollte ich euch sagen.«

Arthur Potter und Angie Scapello bereiteten sich darauf vor, Jocylyn Weiderman auszufragen. Sie wurde noch ärztlich untersucht, als sie den ersten Schuss hörten.

Der Knall war verhältnismäßig leise und weit weniger alarmierend als Dean Stillwells drängende Stimme, die aus dem Deckenlautsprecher kam. »Arthur, hier wird's kritisch. Handy hat geschossen.«

Verdammt.

»Dort draußen ist jemand.«

Noch bevor Potter aus dem Fenster sah, drückte er auf die Sprechtaste des Mikrofons und sagte: »Befehl an alle: Feuer nicht erwidern!«

»Ja, Sir.«

Potter trat neben Angie und Charlie, die aus dem gelblichen Fenster der Kommandozentrale starrten.

»Dieser Mistkerl«, flüsterte Budd.

Aus dem Schlachthaus kam ein weiterer Schuss. Die Kugel schlug etwa sechzig Meter von der Kommandozentrale entfernt in den verrotteten Pfosten eines alten Rinderpferchs ein. Daneben stand ein Mann in dunklem Anzug. Ein weißes Taschentuch flatterte in seiner rechten Hand.

»O nein!«, rief Angie entsetzt aus.

Potter schüttelte entgeistert den Kopf. »Henry, in deinem Persönlichkeitsprofil des stellvertretenden Generalstaatsanwalts hast du zu erwähnen vergessen, dass er seinen gottverdammten Verstand verloren hat.«

Handy schoss wieder und traf diesmal einen Felsblock dicht hinter Roland Marks. Der stellvertretende Generalstaatsanwalt fuhr zusammen und blieb stehen. Er schwenkte erneut sein Taschentuch. Dann ging er langsam weiter auf das Schlachthaus zu.

Potter drückte auf die Kurzwahltaste. Während das Telefon klingelte, murmelte er: »Komm schon, Lou.«

Keine Antwort.

Aus dem Lautsprecher drang Dean Stillwells Stimme: »Arthur, ich weiß nicht, was ich davon halten soll. Hier denkt jemand, dass der Mann dort draußen…«

»Es ist Roland Marks, Dean. Redet er mit Handy?«

»Er scheint irgendwas zu rufen. Aber wir können kein Wort verstehen.«

»Tobe, was ist mit den Richtmikrofonen?«

Der junge Agent beugte sich nach vorn, betätigte mehrere Schalter und regelte die Lautstärke. Sekunden später erfüllte das klagende, aber trotzdem irgendwie drängende Heulen des Windes die Kommandozentrale. Dann war Marks' Stimme zu hören.

»Lou Handy! Ich bin Roland Marks, der stellvertretende Generalstaatsanwalt des Staates Kansas.«

Der mehrfach verstärkte ohrenbetäubende Knall eines Schusses ließ die Kommandozentrale erzittern. Alle zuckten zusammen.

Tobe flüsterte: »Das zweite Mikrofon ist aufs Schlachthaus gerichtet, aber es nimmt nichts auf.«

Klar. Weil Handy nichts sagt. Wozu reden, wenn man mit Kugeln argumentieren kann?

»Das ist schlecht«, murmelte Angie.

Wieder Marks' Stimme: »Lou Handy, dies ist kein Trick. Ich will, dass Sie die Mädchen freilassen und an ihrer Stelle mich als Geisel nehmen.«

»Mein Gott«, flüsterte Budd. »Das will er tatsächlich?«

Dieses Angebot schien ihn zu beeindrucken, und Potter musste sich beherrschen, um den jungen Captain nicht anzufahren.

Ein weiterer Schuss, diesmal näher. Marks machte einen Satz zur Seite.

»Um Gottes willen, Handy«, flehte er verzweifelt. »Lassen Sie die Mädchen frei!«

Das Mobiltelefon im Schlachthaus klingelte und klingelte und klingelte.

Potter sprach ins Mikrofon seines Funkgeräts. »Dean, ich sage das nicht gern, aber wir müssen ihn aufhalten. Rufen Sie ihn mit dem Megafon und versuchen Sie, ihn zurückzubeordern. Kommt er nicht freiwillig, schicken Sie zwei Männer los.«

»Handy spielt nur mit ihm«, sagte Budd. »Ich glaube nicht, dass er wirklich in Gefahr ist. Sie hätten ihn längst erschießen können, wenn sie es gewollt hätten.«

»Um *ihn* mache ich mir keine Sorgen«, knurrte Potter.

»Was?«

Angie erklärte ihm: »Wir versuchen, Geiseln *rauszuholen* – nicht reinzubringen.«

»Er erschwert uns die Arbeit«, sagte Potter nur, ohne den großen Fehler zu erläutern, den Marks im Augenblick machte.

Die nächste Kugel ließ einen Felsbrocken neben dem linken Bein des Mannes zersplittern und surrte als Querschläger davon. Marks blieb auf den Beinen. Er drehte sich um und hörte Dean Stillwell zu, dessen Stimme von dem Richtmikrofon aufgefangen und in die Kommandozentrale übertragen wurde. Zu Potters Erleichterung ließ der Sheriff sich nicht von der Autorität des stellvertretenden Generalstaatsanwalts beeindrucken. »Sie da, Marks, gehen Sie sofort in Deckung, sonst werden Sie verhaftet. Kommen Sie hierher zurück!«

»Wir müssen sie retten.« Marks' heisere Stimme kam aus dem Deckenlautsprecher. Sie klang ängstlich, aber entschlossen, und Potter empfand sekundenlang Mitgefühl mit ihm.

Ein weiterer Schuss.

»Nein, Sir. Haben Sie mich verstanden? Sie stehen dicht davor, verhaftet zu werden.«

Potter rief Stillwell und lobte sein energisches Auftreten. »Sagen Sie ihm, dass er die Mädchen durch sein Verhalten *gefährdet.*«

Die Stimme des Sheriffs und der heulende Wind erfüllten die Kommandozentrale, als er diese Mitteilung weitergab.

»Nein! Ich rette sie!«, rief Marks, bevor er sich wieder in Bewegung setzte.

Potter versuchte es mit einem neuen Anruf. Keine Antwort.

»Okay, Dean. Lassen Sie ihn zurückholen. Ohne Feuerschutz, egal was passiert.«

Der Sheriff seufzte. »Ja, Sir. Ich hab zwei Freiwillige. Für den Fall, dass er Widerstand leistet, habe ich Pfefferspray freigegeben.«

»Verpassen Sie ihm 'ne Extraladung von mir«, knurrte Potter und sah wieder nach draußen.

Zwei Trooper mit Helmen und Panzerwesten kamen unter den Bäumen hervor und trabten geduckt auf Marks zu.

Handy gab noch ein paar Schüsse ab. Er schien die Trooper noch nicht bemerkt zu haben, sondern zielte nur auf Marks, wobei er darauf achtete, ihn jeweils knapp zu verfehlen. Aber eine Kugel wurde von einem Felsbrocken abgelenkt und zerschmetterte die Windschutzscheibe eines Streifenwagens.

Die beiden Trooper duckten sich, während sie schnurstracks auf das Schlachthaus zutrabten. Ihre Hüften und Flanken boten gute Ziele, falls Handy plötzlich Ernst zu machen beschloss. Potter runzelte die Stirn. Einer der Männer kam ihm bekannt vor.

»Wer sind die beiden Trooper?«, fragte er Stillwell. »Ist einer von ihnen Stevie Oates?«

»Ja, Sir.«

Potter seufzte tief. »Er ist gerade von einem Einsatz *zurückgekommen*, Dean. Was denkt er sich dabei?«

»Nun, Sir, er wollte unbedingt wieder los. Hat echt darauf bestanden.«

Potter schüttelte den Kopf.

Marks war jetzt nur noch vierzig Meter vom Schlachthaus entfernt. Die beiden Trooper kamen etwas langsamer als zuvor durch hohes Büffelgras näher. Marks sah sie kommen und brüllte sie an, sie sollten verschwinden.

»Sir«, rief eine Stimme, die Potter als Oates' Stimme erkannte, aus dem Deckenlautsprecher, »wir haben Befehl, Sie zurückzubringen.«

»Zum Teufel mit Ihren Befehlen. Wenn Ihnen diese Mädchen wichtig sind, lassen Sie mich in Ruhe.«

Das zweite Richtmikrofon fing Gelächter aus dem Schlachthaus auf. »Kinderleichter Schuss!«, brüllte Handys vom Wind verzerrte Stimme. Ein weiterer ohrenbetäubender Knall. Neben einem der Trooper zersplitterte ein Felsbrocken. Die beiden warfen sich zu Boden und robbten wie Infanteristen auf den stellvertretenden Generalstaatsanwalt zu.

»Marks«, rief Oates schwer atmend. »Wir bringen Sie zurück, Sir. Sie behindern ein FBI-Unternehmen.«

Marks warf sich herum. »Wie wollen Sie mich denn aufhalten, Trooper? Ihr Vorgesetzter bin *ich*, vergessen Sie das nicht.«

»Sheriff Stillwell hat mich ermächtigt, Sie notfalls mit Gewalt aufzuhalten, Sir. Und das werd' ich tun.«

»Ich stehe mit dem Rücken zum Wind, mein Junge. Versuchen Sie's mit Pfefferspray, sind Sie der Einzige, der eine Ladung ins Gesicht kriegt.«

Handy schoss nochmals. Die Kugel spaltete keinen Meter von Oates' Kopf entfernt einen alten Holzpflock. Der Ausbrecher, der noch immer zu Scherzen aufgelegt war, lachte schallend.

»Mein Gott«, murmelte jemand.

»Nein, Sir«, antwortete Oates gelassen, »ich habe Befehl, Sie ins Bein zu schießen und zurückzuschleppen.«

Potter und LeBow starrten sich an. Der Verhandler drückte auf seine Sprechtaste. »Er *blufft* nur, stimmt's, Dean?«

»Schon«, antwortete Stillwell unsicher. »Aber… er klingt verdammt entschlossen. Ich meine, finden Sie nicht auch?«

Das fand Potter auch.

»Würde er's tun?«, fragte LeBow.

Potter zuckte mit den Schultern.

Angie sagte: »Er hat seine Waffe gezogen.«

Oates zielte mit ruhiger Hand auf Marks Beine.

Also, diese Sache wächst sich ja zu einer regelrechten Katastrophe aus, dachte Potter.

»Sir«, rief Oates, »ich schieße nicht daneben. Ich bin ein hervorragender Schütze und hole Sie gleich von den Beinen.«

Marks zögerte. Ein Windstoß riss ihm das Taschentuch aus den Fingern. Es stieg knapp einen Meter über seinen Kopf. Ein Schuss.

Handys Kugel traf das weiße Taschentuch. Es hatte plötzlich ein Loch und flatterte mit dem Wind davon.

Das Richtmikrofon fing wieder Handys fernes Gelächter auf. Marks drehte sich zum Schlachthaus um und rief: »Handy, Sie Mistkerl! Sie sollen in der Hölle braten!«

Wieder Lachen… oder vielleicht nur das Heulen des Windes.

Der stellvertretende Generalstaatsanwalt verließ hochaufgerichtet das Feld. Als spazierte er durch seinen eigenen Garten. Potter beobachtete zufrieden, dass Stevie Oates und sein Partner sich klein wie Terrier machten, während sie im Schutz des üppigen, vom Wind gepeitschten Grases hinter dem Mann herkrochen.

»Sie hätten alles ruinieren können!«, fauchte Arthur Potter. »Was zum Teufel haben Sie sich dabei gedacht?«

Obwohl er zu Marks aufsehen musste – der andere war mindestens eins fünfundachtzig groß –, hatte er das Gefühl, einen ungezogenen kleinen Rotzbengel auszuzanken.

Der stellvertretende Generalstaatsanwalt sagte sehr energisch: »Ich hatte vor …«

»Geiseln tauscht man *nie* aus. Der Hauptzweck einer Verhandlung besteht darin, sie möglichst zu entwerten. Sie haben ihm praktisch erklärt: ›Nehmen Sie mich, ich bin mehr wert als alle diese Mädchen zusammen.‹ Hätte er Sie geschnappt, wäre meine Aufgabe unmöglich geworden.«

»Ich verstehe nicht, warum«, antwortete Marks.

»Weil«, sagte Angie, »eine Geisel wie Sie sein Machtgefühl hundertfach verstärkt hätte. Er hätte seine Forderungen hochgeschraubt und auf ihrer Erfüllung beharrt. Wir hätten ihn nie mehr dazu gebracht, auf vernünftige Bedingungen einzugehen.«

»Nun, ich habe immer an diese Mädchen dort drinnen denken müssen. An alles, was sie durchmachen müssen.«

»Er hätte sie niemals freigelassen.«

»Doch, ich hätte ihn dazu überredet.«

LeBow verdrehte die Augen und tippte weiter seine Darstellung des Zwischenfalls ein.

Potter erklärte Marks: »Ich werde Sie nicht verhaften.« Er hatte daran gedacht und war zu dem Schluss gekommen, dass es zu viele Scherereien nach sich ziehen würde. »Sollten Sie sich aber nochmals irgendwie in diese Blockade einmischen, verhafte ich Sie und sorge dafür, dass der Generalbundesanwalt Sie hinter Gitter bringt.«

Zu Potters Verblüffung war Marks nicht im Geringsten zerknirscht. Gewiss, er riss keine Witze mehr, aber ansonsten schien ihn vor allem zu irritieren, dass Potter seine Pläne durchkreuzt hatte. »Sie arbeiten genau nach Vorschrift, Potter.« Sein kräftiger Zeigefinger tippte gegen die Brust des Agenten. »Aber in den Vorschriften steht nichts über einen Psychopathen, der seinen Spaß daran hat, Kinder zu ermorden.«

Das Telefon klingelte. LeBow nahm den Anruf entgegen und meldete Potter: »Die ärztliche Untersuchung hat ergeben, dass Jocylyn nichts fehlt. Ihr geht's den Umständen entsprechend gut. Willst du jetzt mit ihr reden?«

»Ja, danke, Henry. Sie sollen sie gleich herschicken. Stevie Oates auch.« Zu Marks sagte er: »Ich möchte Sie bitten, den Wagen zu verlassen.«

Marks knöpfte sein Jackett zu und klopfte den Staub ab, der nach Handys Übungsschießen darauf zurückgeblieben war. Auf dem Weg zur Tür murmelte er etwas vor sich hin. Potter glaubte, »Blut an Ihren Händen« gehört zu haben. Aber was der andere sonst noch sagte, blieb unverständlich.

## 15.40 Uhr

Kostbare Minuten lang schluchzte sie hemmungslos.

Angie Scapello und Arthur Potter saßen Jocylyn Weiderman gegenüber und bemühten sich, gelassen und vertrauenerweckend zu wirken, obwohl sie gegen den Drang ankämpften, die Kleine an den Schultern zu packen und die Antworten aus ihr herauszuschütteln.

Ungeduld, Arthur Potters Nemesis.

Er zwang sich dazu, ständig zu lächeln und beruhigend zu nicken, während die pummelige Zwölfjährige weinte und weinte und ihr rundes, gerötetes Gesicht in ihren Händen verbarg.

Die Tür wurde geöffnet. Stevie Oates trat ein und nahm den Helm ab. Trotz des kühlen Wetters war sein Haar schweißnass. Potter wandte sich dem Trooper zu.

»Sie sollten mal eine längere Pause machen, Stevie.«

»Ja, Sir, das tu ich auch. Diese letzten Schüsse waren… nun, sie waren ziemlich nahe.«

»Das ernüchtert schnell, was?«

»Ja, Sir. Kann man wohl sagen.«

»Erzählen Sie mir, was Sie gesehen haben, als Sie vorhin das Essen hingebracht haben.«

Wie erwartet konnte Oates selbst mit Hilfe des Videofilms aus der Kamera, die über seinem Ohr angebracht gewesen war, das Innere des Schlachthauses nicht detailliert beschreiben.

»Ihr persönlicher Eindruck von Handys Verfassung?«

»Hat ruhig gewirkt. War nicht nervös!«

*Wie jemand, der sich im 7-Eleven einen Kaffee bestellt.*

»Irgendjemand verletzt?«

»Meines Wissens nicht.«

LeBow gab die spärlichen Informationen pflichtbewusst ein. Das war alles, woran Oates sich erinnern konnte. Potter erklärte dem enttäuschten Officer, es sei eine gute Nachricht, dass er *keine* Verletzten und Toten gesehen habe. Aber er konnte sich denken, dass ihm die eigene Enttäuschung ins Gesicht geschrieben stand, denn von dieser Zwölfjährigen, die noch immer heulte und sich dabei Strähnen ihrer kurzen dunklen Haare um die Finger mit den abgekauten Nägeln wand, würden sie auch nichts Nützliches erfahren.

»Danke, Stevie. Das war's vorläufig. Ach, noch eine Frage. Wollten Sie Marks wirklich ins Bein schießen?«

Der junge Mann wurde einen Augenblick ernst, dann grinste er vorsichtig. »Ich will's mal so sagen, Sir: Das hätte ich erst gewusst, wenn ich abgedrückt hätte. Oder nicht abgedrückt hätte. Je nachdem.«

»Holen Sie sich einen Kaffee, Trooper«, sagte Potter.

»Ja, Sir.«

Potter und Angie konzentrierten sich wieder auf Jocylyn. Ihre verweinten Augen waren erstaunlich rot; um die Schultern hatte sie eine Decke, die ihr einer von Stillwells Leuten gegeben hatte.

Schließlich hatte sich das Mädchen so weit beruhigt, dass Potter anfangen konnte, sie mit Officer Frances Whiting als Dolmetscherin zu befragen. Dabei fiel dem Verhandler auf, dass Frances' Hände sich in eleganten, kompakten Gesten bewegten, während die Bewegungen von Jocylyns breiten Händen unbeholfen, gestelzt wirkten – wahrscheinlich ließ sich das mit dem Unterschied zwischen jemandem, der flüssig sprach, und jemandem, der immer wieder »äh«, »du weißt schon« oder »verstehst du?« einflocht, vergleichen. Er fragte sich unwillkürlich, wie Melanies Handbewegungen aussehen mochten. Abgehackt? Elegant?

»Sie antwortet nicht auf Ihre Fragen«, sagte Frances.

»Was sagt sie?«, fragte Angie, deren dunkle aufmerksame Augen Wiederholungen festgestellt hatten.

»Dass sie zu ihren Eltern will.«

»Sind sie im Hotel?«, fragte er Budd.

Der Captain telefonierte und meldete dann: »Sie müssten in spätestens einer Stunde dort sein.«

Frances gab diese Information weiter. Ohne sich anmerken zu lassen, ob sie sie verstanden hatte, verfiel Jocylyn in einen neuen Weinkrampf.

»Nein, nicht weinen, du machst deine Sache gut«, sagte Angie aufmunternd.

Der Verhandler sah auf seine Uhr. In einer halben Stunde lief Handys erste Hubschrauberfrist ab. »Erzähl mir von den Männern, Jocylyn. Von den bösen Männern.«

Frances' Hände flogen, und diesmal antwortete das Mädchen endlich. »Sie sagt, dass sie zu dritt sind. Diese drei da.« Jocylyn deutete auf die Wand. »Sie sind verschwitzt und riechen schlecht. Der eine hier.« Sie zeigte auf Handy. »Brutus. Er ist der Anführer.«

»Brutus?«, fragte Potter stirnrunzelnd.

Frances wiederholte seine Frage und erhielt eine längere Antwort, bei der Jocylyn auf einen Geiselnehmer nach dem anderen deutete.

»So nennt Melanie ihn«, übersetzte sie. »Handy ist ›Brutus‹. Wilcox ist ›Marder‹. Und Bonner ist ›Bär‹.« Die Polizeibeamtin fügte hinzu: »Die Gebärdensprache ist sehr metaphorisch. Beispielsweise wird ›Lamm‹ manchmal als Synonym für ›sanft‹ verwendet. Gehörlose denken oft in poetischen Begriffen.«

»Hat sie eine Vorstellung davon, wo im Schlachthaus sie sich aufhalten?« Das fragte er Frances, aber Angie forderte ihn auf: »Sprich sie direkt an, Arthur. Das ist beruhigender und gibt ihr das Gefühl, erwachsen zu sein. Und vergiss nicht, dabei zu lächeln.«

Er wiederholte seine Frage, indem er das Mädchen anlächelte, und Frances übersetzte die Antwort, während Jocylyn auf mehrere Stellen in der Nähe des Eingangs deutete, bevor sie die Fahndungsfotos von Handy und Wilcox berührte. Tobe verschob die Haftnotizen mit ihren Namen. LeBow tippte.

Jocylyn schüttelte den Kopf. Sie stand auf und platzierte die gelben Zettel genauer. Dann machte sie Frances eine kurze Mitteilung, und die Polizeibeamtin sagte: »Bär – Bonner – ist in dem Raum mit ihren Freundinnen.«

Jocylyn heftete Bärs Zettel in einen großen halbkreisförmigen Raum – ungefähr zehn Meter vom Eingang des Schlachthauses entfernt. Dort brachte Tobe auch die Namenszettel aller Geiseln an.

Jocylyn, die darin sehr pedantisch war, ordnete diese Zettel ebenfalls neu an.

»So sind alle verteilt, sagt sie. Genau so.«

Potter sah unwillkürlich zu Melanies Zettel hinüber.

Jocylyn wischte sich die Tränen ab, bevor sie erneut eine kurze Mitteilung machte.

»Sie sagt, dass Bär sie die ganze Zeit beobachtet. Vor allem die kleinen Mädchen.«

Bonner. Der Triebtäter.

Potter fragte weiter: »Gibt's dort Türen oder Fenster, die nicht auf diesem Plan eingezeichnet sind?«

Jocylyn studierte ihn sorgfältig. Schüttelte den Kopf. »Bestimmt nicht?«

»Ja.«

»Hast du Waffen gesehen?«

»Alle drei haben Waffen.« Das Mädchen zeigte auf Tobes Pistolenholster.

»Was für Waffen?«, fragte Potter.

Sie runzelte die Stirn und deutete wieder auf Tobes Holster.

»Ich meine, sind sie wie diese hier – oder haben sie Trommeln?« Potter merkte, dass er mit Daumen und Zeigefinger einen Kreis bildete. »Revolver«, sagte er langsam.

Jocylyn schüttelte den Kopf. Ihre unbeholfenen Hände bewegten sich wieder.

»Nein, sie sagt, dass es schwarze Pistolen seien. Genau wie diese da.« Frances lächelte. »Sie fragt, warum Sie ihr das nicht glauben.«

»Du weißt, was eine Pistole ist?«

»Sie sieht fern, sagt sie.«

Potter musste lachen. Er diktierte LeBow, die Geisel habe bestätigt, dass die GN mit drei Glocks oder ähnlichen Pistolen bewaffnet seien.

Jocylyn fügte hinzu, sie habe zwei Dutzend Schachteln Munition gesehen.

»Schachteln?«

»So groß«, sagte Frances, als das Mädchen mit beiden Händen etwa fünfzehn Zentimeter andeutete. »Gelb und grün.«

»Remington«, sagte LeBow.

»Und Schrotflinten. Wie die da. Drei Stück.« Jocylyn deutete auf die Schrotflinte in einer Halterung an der Tür.

»Auch Gewehre?« Potter zeigte auf ein M-16.

»Nein.«

»Verdammt gut vorbereitet«, murmelte Budd.

Potter überließ die weitere Befragung Angie, die sich erkundigte: »Ist jemand verletzt?«

»Nein.«

»Konzentriert sich Handy – Brutus – auf irgendjemand

im Besonderen? Ich meine auf ein Mädchen oder eine Lehrerin?«

»Nein. Meistens starrt er uns nur an.« Das weckte irgendwelche Erinnerungen, die erneute Tränen strömen ließen.

»Du machst deine Sache sehr gut, Schätzchen«, sagte Angie und legte ihr tröstend einen Arm um die Schultern. »Hast du mitbekommen, worüber die Männer reden?«

»Nein. Tut mir leid. Ich kann nicht gut von den Lippen ablesen.«

»Wie geht's Beverly?«

»Sie kriegt kaum Luft. Aber sie hat schon schlimmere Anfälle gehabt. Am schlechtesten geht's Mrs. Harstrawn.«

»Das soll sie bitte erklären.«

Frances beobachtete Jocylyns Hände. »Sie hat offenbar einen Nervenzusammenbruch erlitten«, sagte sie dann. »Ihr hat nichts gefehlt, bis Susan erschossen wurde. Jetzt liegt sie nur noch auf dem Rücken und weint.«

Potter dachte: Sie sind führerlos. Die denkbar schlimmste Situation. Sie könnten in Panik geraten und zu flüchten versuchen. Es sei denn, Melanie hat die Führung übernommen.

»Wie geht's Melanie?«

»Sie sitzt nur da und starrt vor sich hin. Manchmal macht sie die Augen zu.« An Potter gewandt, fügte Frances erklärend hinzu: »Das ist nicht gut. Gehörlose schließen in Krisensituationen niemals die Augen. Das würde bedeuten, auf das einzige Warnsystem zu verzichten, das sie haben.«

Angie fragte: »Streiten die Männer miteinander?«

Das wusste Jocylyn nicht.

»Wirken sie nervös? Zufrieden? Ängstlich? Trübsinnig?«

»Ängstlich sind sie nicht. Manchmal lachen sie.«

LeBow gab diese Information in seinen Computer ein.

»Okay«, sagte Potter. »Du bist ein sehr tapferes Mädchen. Du kannst jetzt ins Hotel fahren. Deine Eltern kommen bald.«

Die Zwölfjährige wischte sich die Nase und machte keine Anstalten, schon aufzustehen. Sie signalisierte unbeholfen.

»Sie sagt: ›Ist das alles, was Sie mich fragen wollen?‹«, übersetzte Frances.

»Ja. Du kannst gehen.«

Aber das Mädchen signalisierte weiter. »Sie fragt: ›Wollen Sie nichts über den Fernseher wissen? Und das ganze übrige Zeug?‹« Tobe, LeBow und Budd starrten Potter an.

»Sie haben einen Fernseher?«, flüsterte er erschrocken. Frances übersetzte, und Jocylyn nickte.

»Wo haben sie den her?«

»Aus einer der Taschen mit den Waffen. Sie haben ihn mitgebracht. Nur ein kleines Gerät.«

»Haben sie auch ein Radio?«

»Ich habe keins gesehen.«

»Sitzen sie oft vor dem Fernseher?«

Sie nickte.

»Was haben sie sonst noch?«

»Werkzeug, sagt sie. Anscheinend neu gekauft. In Plastikfolie eingeschweißt.«

»Was für Werkzeug?«

»Silbernes. Schraubenschlüssel, Zangen und Schraubenzieher. Und einen großen glänzenden Hammer.«

»Biete ihr einen Job an, Arthur«, sagte Henry LeBow. »Sie ist besser als die Hälfte unserer Agenten.«

»Fällt dir sonst noch was ein, Jocylyn?«

Ihre roten Finger bewegten sich.

»Sie hat Sehnsucht nach ihrer Mommy.«

»Noch eine Frage«, sagte Potter. Er zögerte. Am liebsten hätte er nochmals nach Melanie gefragt. Aber das brachte er nicht über sich. Stattdessen fragte er: »Ist's dort drinnen kalt?«

»Nicht zu schlimm.«

Potter ergriff die runde feuchte Hand des Mädchens und drückte sie. »Frances, sagen Sie ihr, dass ich ihr vielmals danke. Sie hat uns sehr geholfen.«

Als ihr das übersetzt wurde, fuhr Jocylyn sich mit dem Handrücken über die Augen und lächelte zum ersten Mal.

Angie bat Frances, Jocylyn zu sagen, sie werde sie in ein paar Minuten ins Hotel bringen. Das Mädchen ging inzwischen nach draußen, um bei einer Polizeibeamtin zu warten.

LeBow druckte eine Liste der Gegenstände aus, die die Männer im Schlachthaus hatten. Er gab sie Tobe, der sie neben dem Bauplan an die Wand heftete.

Tobe sagte: »Das kommt mir wie ein Computerabenteuerspiel vor. ›Du hast einen Schlüssel, ein Zauberschwert, fünf Steine und einen Raben in einem Käfig bei dir.‹«

Potter lehnte sich langsam zurück und lachte. Er überflog die Liste. »Was hältst du davon, Henry? Werkzeuge, ein Fernseher?«

»Ob sie auf der Flucht in irgendeinem Geschäft eingebrochen haben?«

Potter fragte Budd: »Gibt's Meldungen über einen Einbruch dieser Art zwischen Winfield und hier, Charlie?«

»Dafür bin ich nicht zuständig. Ich frage mal nach.« Budd verließ die Kommandozentrale.

»Ich habe noch nie so gute Informationen von einer Geisel bekommen, die nur so kurz drinnen war«, stellte Potter fest. »Ihre Beobachtungsgabe ist erstaunlich.«

»Gott entschädigt auch«, sagte Frances.

Danach fragte Potter Angie: »Was meinst du?«

»Sie steht auf unserer Seite, glaub ich.«

Wegen des Stockholm-Syndroms war nie ganz auszuschließen, dass Verhandler und taktische Teams von Geiseln falsche Informationen erhielten. Bei Verhandlungen mit einem Terroristen, der eine Woche lang verbarrikadiert blieb, hatte eine freigelassene Geisel ihr Taschentuch vor das Fenster gelegt, hinter dem Potter sich versteckt hielt, damit der Täter wusste, worauf er zielen musste. Ein Scharfschütze hatte den Geiselnehmer erschossen, bevor er selbst hatte schießen können. Vor Gericht hatte Potter dann zugunsten der Geisel ausgesagt; sie war mit einer Bewährungsstrafe davongekommen.

Potter teilte Angies Einschätzung. Jocylyn war nicht lange genug drinnen gewesen, um ihre Einstellung gegenüber Handy oder seinen Komplizen zu ändern. Sie war bloß ein verängstigtes kleines Mädchen.

»Ich bringe sie jetzt ins Hotel«, sagte Angie, »und sorge dafür, dass sie sich wohlfühlt. Beruhige die Eltern der anderen.«

Henry LeBow meldete: »Arthur, ich bekomme gerade Informationen über Henderson.«

Potter nickte Angie zu, als sie zur Tür ging. »Sieh nach, was er dort hinten treibt, wenn du schon unterwegs bist. Er macht mich nervös.«

»Du meinst Pete Henderson, den Leiter der FBI-Dienststelle in Wichita?«

»Genau.«

»Warum?«

»Nur instinktiv.« Potter erzählte ihr von Hendersons Drohung. Und fügte hinzu, noch mehr Sorgen mache ihm die Tatsache, dass Henderson anfangs nicht erwähnt habe, dass er Handy nach der Brandstiftung in der Bank vernommen habe. »Vermutlich deswegen nicht, weil seine Jungs sich bei der Festnahme so dämlich angestellt haben, dass es zwei verletzte Trooper gegeben hat und Handys Freundin flüchten konnte.« Bei der anschließenden Vernehmung, an die Potter sich jetzt erinnerte, hatte Handy eigentlich nur fantasielose Obszönitäten von sich gegeben. »Aber er hätte gleich sagen müssen, dass er schon mit Handy zu tun hatte.«

»Was soll ich tun?«, fragte Angie.

Potter zuckte mit den Schultern. »Sorg einfach dafür, dass er keine Dummheiten macht.«

Sie starrte ihn an, als hätte *er* etwas Dummes gesagt. Als Leiter einer FBI-Dienststelle konnte Peter Henderson so viele Dummheiten machen, wie er nur wollte, ohne dass eine Untergebene wie Angie Scapello ihn daran hindern konnte.

»Versuch es. Bitte.« Potter warf ihr eine Kusshand zu.

LeBow gab Potter den Ausdruck und erläuterte hämisch grinsend: »Das hier ist nur eine Kurzfassung – wie aus einem Lebenslauf. Aber sie enthält ein paar Details, die er bestimmt lieber unter den Teppich kehren würde.«

Potter begann gespannt zu lesen. Henderson hatte sich von unten heraufgedient, war Kriminalbeamter in Chicago gewesen und hatte dabei in Abendkursen an der DePaul Law School studiert. Nach Abschluss seines Jurastudiums war er zum FBI gegangen, hatte sich in Quantico ausgezeichnet und war dann in den Mittelwesten zurückgekehrt, wo er sich in Südillinois und St. Louis einen Namen bei der Bekämpfung des organisierten Verbrechens gemacht hatte. Er hatte Organisationstalent, entsprach dem gängigen Feebie-Raster und hätte eines Tages bestimmt eine FBI-Dienststelle in Chicago, Miami oder sogar im New Yorker Southern District geleitet. Danach hätte seine Laufbahn ihn unweigerlich nach Washington, D.C., geführt.

Wenn der Prozess nicht gewesen wäre.

Als Potter die Zeitungsmeldungen und die Informationen aus vertraulichen internen Berichten, die Henry LeBow irgendwie der FBI-Datenbank entlockt hatte, las, wurde ihm klar, warum Henderson nach Kansas abgeschoben worden war. Vor sechs Jahren hatten elf schwarze

Agenten wegen angeblicher Diskriminierung bei Stellenbesetzungen, Beförderungen und Gehaltserhöhungen gegen das FBI geklagt. Die Dienststelle St. Louis gehörte zu den in ihrer Klage angeführten Bezirken, und Henderson hatte eilfertig zugunsten der Kläger ausgesagt. Allzu eilfertig, fanden manche. Man erwartete, dass der Prozess eine Reorganisation der FBI-Führungsspitze zur Folge haben würde, in deren Verlauf der damalige Direktor zurücktreten und durch einen jungen Stellvertreter ersetzt werden würde, der das FBI als erster Schwarzer leiten und – damit rechnete Henderson – seine loyalen Gefolgsleute nicht vergessen würde.

Hendersons Pläne schlugen jedoch fehl. Auf dem langen Weg durch die Instanzen verlor das Verfahren an Schwung. Einige Kläger stiegen aus; andere konnten einfach keine Diskriminierung nachweisen. Der junge schwarze Stellvertreter des FBI-Chefs entschloss sich, zum Nationalen Sicherheitsrat überzuwechseln, nicht aus ideologischen Gründen, sondern aus Ehrgeiz. Der FBI-Chef trat ganz ohne Skandal in den Ruhestand, und der Admiral wurde sein Nachfolger.

Der Verräter Peter Henderson wurde administrativ gestreckt und gevierteilt. Der Mann, dem es gelungen war, den Syndikatboss Mario Lacosta in seinem Schlupfwinkel in Clayton, Missouri, abzuhören, wurde in den Bundesstaat abgeschoben, in dem sich der geografische Mittelpunkt des Landes befand und der tatsächlich vor allem für Kleindiebstähle auf der McConnell Air Force Base und Rivalitäten zwischen FBI, dem Bureau of Indian Affairs und dem Bureau of Alcohol, Firearms and Tobacco bekannt war. Die Karriere des neununddreißigjährigen Agenten war in eine Sackgasse geraten.

»Irgendwelche Risiken?«, fragte Potter LeBow. »Kann er uns Knüppel zwischen die Beine werfen?«

»Er ist nicht in der Lage, irgendetwas zu tun«, sagte der Analytiker. »Nicht offiziell.«

»Er ist verzweifelt.«

»Das ist er bestimmt. Ich habe ›nicht offiziell‹ gesagt. Wir müssen ihn trotzdem im Auge behalten.«

Potter lachte in sich hinein. »Wir haben's also mit einem stellvertretenden Generalstaatsanwalt zu tun, der bereit ist, sich den Geiselnehmern auszuliefern, und mit einem leitenden FBI-Agenten, der *mich* ihnen ausliefern möchte.«

*Ich bin dem Feind begegnet*...

Er drehte sich zum Fenster um, dachte an Melanie und erinnerte sich daran, was Jocylyn gesagt hatte. *Sie sitzt nur da und starrt vor sich hin. Manchmal macht sie die Augen zu.* Was bedeutet das?, fragte er sich.

Tobe unterbrach seine Überlegungen. »In einer Stunde und fünf Minuten erwartet Handy einen Hubschrauber.«

»Danke, Tobe«, antwortete Potter.

Er sah zum Schlachthaus hinüber und dachte: Du hast einen Schlüssel, ein Zauberschwert, fünf Steine und einen Raben in einem Käfig bei dir.

»Officer.«

Charlie Budd befand sich auf dem Rückweg in die Kommandozentrale, nachdem er von seinem neutralen Dienstwagen aus den Polizeicomputer nach Straftaten mit dem Code 211 – Raubüberfälle – in den umliegenden vier Countys abgefragt hatte. Die einzigen heute gemeldeten Raubüberfälle hatten sich in einem Supermarkt, einer Tankstelle und einer Methodistenkirche ereignet. Was bei diesen Überfällen erbeutet worden war, entsprach nicht den Waffen, dem Fernseher und dem Werkzeug, die die GN mitgebracht hatten.

»Kommen Sie einen Augenblick her, Officer«, bat der Mann halblaut.

O Mann! Was soll das jetzt wieder?

Roland Marks lehnte an einem Materialfahrzeug und rauchte eine Zigarette. Budd hätte ihn schon mindestens zehn Meilen weit entfernt vermutet, aber da stand er und schien entschlossen, die Stellung zu halten.

»Sie haben diese kleine Farce miterlebt«, verkündete Marks. Das stimmte: Der Captain hatte in einer Ecke der Kommandozentrale gestanden, als Potter Marks die Leviten gelesen hatte. Budd sah sich um, schlenderte dann durchs Gras zu dem schwarzhaarigen Mann hinüber und blieb im Luv seines Zigarettenrauchs stehen. Er sagte nichts.

»Ich liebe Sommernachmittage, Captain. Erinnern mich an meine Jugend. Ich hab jeden Tag Baseball gespielt. Sie auch? Sie sehen wie ein verdammt guter Läufer aus.«

»Leichtathletik. Hauptsächlich vierhundert und achthundert Meter.«

»Toll, Mann.« Marks senkte die Stimme noch weiter und sprach so leise, dass Budd sich wunderte, dass er überhaupt noch zu verstehen war. »Wenn wir uns diesen Luxus erlauben könnten, würden Sie und ich jetzt wie bei einem Dinner an Bord eines Kreuzfahrtschiffs höflich Konversation machen, und Sie würden begreifen, worauf ich hinauswill, und Ihre Pflicht tun. Aber dafür ist keine Zeit.«

Ich war für diesen Beruf *nie* geeignet, dachte Budd. Vor seinem inneren Auge sah er zum hundertsten Mal, wie die siebzehnjährige Susan Phillips tödlich getroffen zusammenbrach. Er musste plötzlich würgen, schaffte es aber noch, daraus ein seltsames Hüsteln zu machen. »Entschuldigung, ich bin im Augenblick sehr beschäftigt, Sir. Ich muss …«

»Antworten Sie mir mit ja oder nein. Habe ich in der Kommandozentrale etwas in Ihrem Blick bemerkt?«

»Weiß nicht, was Sie meinen, Sir.«

»Klar, was ich getan habe, war vielleicht ungeschickt.

Ich hab mir die Folgen nicht richtig überlegt. Aber Sie waren sich auch nicht hundertprozentig sicher, ob *Potter* das Richtige tut. Und… nein, halt! Ich glaube, dass die meisten der in der Kommandozentrale Anwesenden eher für mich als für ihn gestimmt hätten.«

Budd nahm seinen Mut zusammen und sagte: »Wir veranstalten hier keinen Beliebtheitswettbewerb, Sir.«

»O nein, natürlich nicht. Da stimme ich Ihnen zu. Es geht um das Leben dieser Mädchen, und ich glaube, dass es Potter egal ist, ob sie die Sache überleben oder nicht.«

»Nein. Das stimmt nicht. Überhaupt nicht. Potter ist sehr um sie besorgt.«

»Was sehe ich da in Ihrem Gesicht, Officer? Nichts anderes als vorhin im Fahrzeug, nicht wahr? Sie kommen sicher um vor Sorge um diese armen kleinen Dinger dort drüben im Schlachthaus.«

*Aber es ist nicht unsere wichtigste Aufgabe, die Mädchen lebend rauszuholen…*

Marks drängte: »Also los, Officer. Geben Sie's zu.«

»Er ist ein guter Mann«, sagte Budd.

»Ich weiß, dass er ein guter Mann ist. Aber was zum Teufel hat das denn damit zu tun?«

»Er tut sein Bestes, um…«

»Um keinen Preis der Welt«, sagte Marks langsam und nachdrücklich, »lasse ich die Mädchen dort drinnen sterben. Wozu *er* bereit ist… und was Ihnen schon den ganzen Tag zusetzt. Hab ich recht?«

»Nun…«

Marks griff in seine Jacke, zog eine Brieftasche heraus und klappte sie auf. In einem Anfall von Verwirrung glaubte Budd, der stellvertretende Generalstaatsanwalt wolle seinen Dienstausweis vorzeigen. Aber was er nun sah, hatte weit größere Wirkung auf ihn. Drei Klarsichthüllen, in denen Fotos von kleinen Mädchen steckten. Eins hatte zusammengewachsene Augenbrauen und leicht verzerrte Gesichtszüge. Die behinderte Tochter.

»Sie haben selbst Töchter, Budd. Hab ich recht?«

Der Captain schluckte und versuchte, den Blicken der drei dunklen Augenpaare auszuweichen. Es gelang ihm nicht.

»Stellen Sie sich mal vor, *Ihre* Kleinen säßen dort drinnen. Und dann stellen Sie sich vor, dass jemand wie Potter eiskalt sagt: ›Ach was, die sind entbehrlich.‹ Stellen Sie sich das vor, Captain.«

Budd holte tief Luft. Und schaffte es endlich, wegzusehen. Die Brieftasche wurde zugeklappt.

»Wir müssen dafür sorgen, dass er abgelöst wird.«

»Was?«

»*Er* unterschreibt ihre Todesurteile. Was hat er über die Erfüllung von Handys Forderungen gesagt? Los, Budd, antworten Sie wie ein Ehrenmann.«

Er sah Marks in die Augen, ignorierte die Spitze und sagte: »Dass Handy dort nicht mehr rauskommt – außer in Handschellen oder in einem Leichensack.«

*Und wenn das den Tod der Mädchen bedeutet, müssen sie leider sterben.*

»Können Sie das akzeptieren, Officer?«

»Darüber steht mir kein Urteil zu.«

»›Ich bin nur Befehlsempfänger gewesen‹, was?«

»So ungefähr.«

Marks trat seine Zigarette aus. »Um Himmels willen, Captain, Sie werden doch mal in der Lage sein, moralisch Position zu beziehen, oder? Haben Sie kein höheres Ideal, als für einen fetten FBI-Agenten den Laufburschen zu spielen?«

Budd sagte steif: »Washington hat ihn als Verhandler entsandt. Er führt den Oberbefehl und entscheidet, was ...«

»Merken Sie sich diese Worte gut, Captain!« Marks

pumpte sich auf wie ein geifernder Wanderprediger. »Klemmen Sie sie sich unter den Arm und bringen Sie sie zum Begräbnis dieser armen Mädchen mit. Hoffentlich fühlen Sie sich dann besser!« Er schien instinktiv zu erfassen, womit er Budd packen konnte. »An unseren Händen klebt schon das Blut eines Mädchens.«

An *deinen* Händen, meint er.

Budd sah Susan Phillips vor sich, als sie auf die Knie fiel. Durch die Wucht des Aufpralls öffnete sich ihr Mund, und ihr schönes Gesicht verzerrte sich einen Augenblick lang. Es wurde wieder schön, als sie starb.

»Was?«, flüsterte Budd, während er die leuchtenden Glotzaugen der arbeitenden Mähdrescher anstarrte. »Was wollen Sie?« Das klang so kindisch, dass er sich schämte, aber er brachte nichts anderes heraus.

»Ich will, dass Potter abgelöst wird. Sie oder jemand aus meiner Behörde führt die Verhandlungen weiter und gibt diesen Schwanzlutschern ihren verdammten Hubschrauber im Tausch gegen die Mädchen. Danach verfolgen wir sie bis zur Landung und jagen sie in die Luft. Ich habe mich bereits erkundigt. Binnen einer halben Stunde können wir einen Hubschrauber bekommen, der mit einem kleinen Sender ausgerüstet ist, den wir aus hundert Meilen anpeilen können. Die merken gar nicht, dass wir sie verfolgen!«

»Aber er sagt, Handy sei zu gefährlich, als dass man ihn rauslassen könnte.«

»Natürlich ist er gefährlich«, sagte Marks. »Aber draußen hat er's dann mit Profis zu tun. Mit Männern und Frauen, die dafür bezahlt werden, dass sie Risiken auf sich nehmen. Im Gegensatz zu diesen Mädchen.«

Marks kniff die Augen zusammen, und Budd glaubte, er sei kurz davor, in Tränen auszubrechen. Er dachte an Marks' geistig behinderte Tochter, die große Teile ihres jungen Lebens in Kliniken und Krankenhäusern verbracht hatte.

Budd fiel auf, dass Marks nichts über die Auswirkungen seiner Entscheidung auf seine berufliche Zukunft gesagt hatte. Hätte er das getan, hätte er bei Budd auf Granit gebissen. Wenn jemand mit billigen Tricks arbeitete, konnte der junge Captain stur wie ein Maulesel sein. Nun war er sehr deprimiert, weil Marks ihn genau richtig eingeschätzt und bewusst auf Drohungen verzichtet hatte. Budd erkannte, dass er längst mit beiden Schultern auf der Matte lag und zur Hallendecke über sich hinaufstarrte. Der Ringrichter zählte bereits.

O Mann!

»Aber wie können wir Potter absägen?«

Das fragte er, um Marks in Verlegenheit zu bringen, aber der andere war natürlich vorbereitet. Er hielt plötzlich einen kleinen schwarzen Kasten in der Hand. In seiner Verwirrung dachte Budd sekundenlang tatsächlich, das sei eine Bombe. Er starrte das Diktiergerät an. »Sie sollen ihn nur dazu bringen, dass er sagt, die Geiseln seien entbehrlich.«

»Das soll ich aufnehmen, meinen Sie?«

»Genau.«

»Und … und was passiert dann?«

»Ich habe Freunde bei einem Rundfunksender in St. Louis. Die spielen die Aufnahme in den Nachrichten ab. Dann muss Potter gehen.«

»Das könnte ihn seinen Job kosten.«

»Es könnte mich auch *meinen* kosten. Aber ich bin bereit, das zu riskieren. Verdammt noch mal, ich hätte mich als Geisel zur Verfügung gestellt, um die Mädchen freizubekommen. Darauf können Sie bei Potter lange warten.«

»Ich weiß nicht recht …«

»Kommen Sie, wir wollen die neun armen Mädchen dort drinnen retten, Captain. Na, was meinen Sie?«

Marks drückte dem unglücklichen Budd das Diktiergerät in die Hand. Der Captain starrte es an, steckte es dann ein und wandte sich wortlos ab. Seine einzige Trotzreaktion bestand darin, dass er murmelte: »Nein, Sie irren sich. Dort drinnen sind nur noch acht Geiseln. Er hat eine rausgeholt.«

Aber Marks war außer Hörweite, als er das sagte.

## 16.10 Uhr

Captain Charles R. Budd stand in einer Senke unweit der Kommandozentrale.

Er delegierte, ja, aber vor allem bemühte er sich, das Gewicht des Diktiergeräts, tausend Pfund weißglühendes Metall, in seiner Hüfttasche zu vergessen.

Darüber kannst du später nachdenken.

Delegiere.

Lieutenant Phil Molto baute den Pressetisch auf: Klapptisch mit Pressspanplatte, Kofferschreibmaschine, Schreibblöcke und Bleistifte. Obwohl Budd nicht viel Ahnung von der Arbeitsweise eines Reporters hatte, nahm er an, dass dieses Angebot den Hightech-Reportern von heute nicht viel nützen würde. Konnten sie überhaupt noch tippen, diese durchgestylten Jungs und Mädels? Budd kamen sie alle wie verzogene Schulkinder vor.

Er konnte sich jedoch denken, dass dieses Arrangement weniger mit Journalismus als mit Politik zu tun hatte. Woher kannte Potter sich mit solchen Dingen aus? Vielleicht lernte man das, wenn man in der Hauptstadt lebte. Dort war schließlich alles irgendwie politisch. Der ernsthafte junge Captain kam sich völlig unfähig vor.

Und er schämte sich. Das Diktiergerät zerschmolz zu einer feurigen Masse, die an seinem Bein herunterlief.

Denk nicht daran. Zehn Minuten nach vier – fünfzig Minuten bis zum Ablauf des Ultimatums. Auf Budds Gesicht stand ein leeres Lächeln, aber er konnte das Bild, wie Susan Phillips sterbend zusammenbrach, nicht vergessen.

Irgendwie ahnte er, dass noch mehr Blut vergossen werden würde. Marks hatte recht. In der Kommandozentrale *hatte* er auf der Seite des stellvertretenden Generalstaatsanwalts gestanden.

Neunundvierzig Minuten …

»Okay«, sagte er zu Phil Molto. »Das müsste vorläufig reichen. Du passt auf sie auf, Phil. Sorg dafür, dass sie sich nicht herumtreiben. Sie dürfen ein bisschen hinter den Linien herumlaufen und sich über alles Notizen machen, was sie interessiert …«

Ist das in Ordnung?, fragte er sich. Was wird Potter dazu sagen? »… aber du steckst sie in kugelsichere Westen und sorgst dafür, dass sie in Deckung bleiben.«

Der wortkarge Lieutnant nickte.

Eine Minute später kam der erste Wagen mit zwei Männern. Sie stiegen aus, zeigten kurz ihre Presseausweise vor und sahen sich hungrig um. »Ich bin Joe Silbert, KFAL«, sagte der ältere Reporter. »Das hier ist Ted Biggins.«

Budd wunderte sich über ihre Kleidung: dunkle, nicht sonderlich gut sitzende Anzüge und schwarze Laufschuhe. Er stellte sich vor, wie sie mit dem Schrei »Exklusivbericht! Exklusivbericht!« durch die Korridore eines Fernsehsenders spurteten, während in ihrem Kielwasser Papiere durcheinanderwirbelten.

Silbert warf einen Blick auf den Pressetisch und lachte. Nachdem Budd sich und Molto vorgestellt hatte, sagte er: »Das Beste, was wir auftreiben konnten.«

»Danke, Officer. Aber Sie haben hoffentlich nichts dagegen, wenn wir auf unsere eigenen Steintafeln schreiben?«

Biggins hievte einen schweren Laptop auf den Tisch.

»Nicht, solange wir zu sehen bekommen, was Sie schreiben, bevor Sie's übermitteln.«

»Reingeben«, sagte Silbert. »Wir sagen ›reingeben‹, nicht ›übermitteln‹.« Budd konnte nicht beurteilen, ob das scherzhaft gemeint war.

Biggins stieß die Schreibmaschine mit spitzem Finger an. »Was ist denn das für 'n Ding?«

Die Männer lachten. Budd erläuterte ihnen die Bedingungen für ihre Arbeit. Wohin sie durften, wohin sie nicht durften. »Wir haben ein paar Trooper, mit denen Sie reden können, wenn Sie wollen. Phil hier kann sie Ihnen rüberschicken.«

»Gehören sie zum Sonderkommando?«

»Nein, zum Troop K, gleich hier in der Nähe.«

»Können wir mit ein paar Männern vom Sonderkommando reden?«, fragte Biggins.

Als Budd nur grinste, lächelte Silbert wie ein Mitverschwörer, und sein Kollege merkte, dass es ihm nicht gelingen würde, von dem Captain eine Auskunft darüber zu erhalten, ob ein Sonderkommando am Tatort war oder nicht.

»Wir wollen natürlich bald mit Potter reden«, sagte Silbert missmutig. »Oder hat er vor, sich verleugnen zu lassen?«

»Ich sage ihm, dass Sie hier sind«, antwortete Budd fröhlich, aber bewusst ausweichend. »Inzwischen steht Phil Ihnen mit weiteren Informationen zur Verfügung. Er hat die Biografien der Ausbrecher und Fotos von ihnen. Und er sorgt dafür, dass Sie beide eine Kevlar-Weste bekommen. Ich hab mir überlegt, dass Sie die persönlichen Eindrücke von ein paar Troopern interessieren könnten. Wie es ist, an einer Blockade teilzunehmen. Etwas in dieser Art.«

Die Reporter bewahrten eine ausdruckslose Miene, aber Budd fragte sich wieder, ob sie ihn im Stillen auslachten. Silbert sagte: »Tatsächlich interessieren uns vor allem die Geiseln. Das ist die eigentliche Story. Gibt's hier jemanden, mit dem wir über sie reden können?«

»Ich bin nur hier, um den Pressetisch aufzustellen. Agent Potter kommt später vorbei und gibt Ihnen die Informationen, die Sie seiner Meinung nach haben sollten.« Ist das richtig ausgedrückt?, fragte Budd sich. »Ich habe noch einiges zu erledigen, deshalb lasse ich Sie jetzt allein.«

»Aber ich nicht«, sagte Molto und grinste, was selten vorkam.

»Davon bin ich überzeugt, Officer.« Ihr Computer erwachte summend zum Leben.

Was Melanie in der Luft des Schlachtraums wahrgenommen hatte, was sie aus dem Musikzimmer zurückgeholt hatte, war der Geruch nach Schlamm, Fischen, Wasser, Dieselöl, Methan, verrottendem Laub, nasser Baumrinde.

Der Fluss.

Der nach Fisch riechende Luftzug war stark genug gewesen, um die Lampe pendeln zu lassen. Daraus schloss sie, dass im hinteren Teil des Schlachthauses irgendwo eine Tür offen stehen musste. Ihr fiel ein, dass de l'Épée seine Männer vielleicht bereits auf Erkundung losgeschickt hatte, damit sie eventuelle Schlupflöcher, durch die die Mädchen fliehen konnten, aufspürten. Vielleicht drangen einige von ihnen in diesem Augenblick in das Gebäude ein, um sie zu retten.

Melanie dachte daran, wie sie heute Morgen hier angekommen waren. Sie erinnerte sich an Baumgruppen auf beiden Seiten des Schlachthauses, einen schlammigen Abhang zum Fluss hinunter, den Fluss selbst, der unter dem wolkenverhangenen Himmel grau und kalt geglitzert hatte, von Teer und Karbolineum fleckige schwarze Holzpfeiler und eine übers Wasser hinausgebaute windschiefe Anlegestelle, an der noch alte Autoreifen als Fender hingen.

Die Reifen … Die hatten sie auf die Idee gebracht. Als Mädchen war sie an jedem Spätnachmittag im Sommer mit

Danny zur Seversen Corner ihrer Farm hinuntergerannt. Sie liefen auf einer Traktorenspur durch ein Meer aus blassgelbem Weizen zum Teich hinunter. Der Teich war fast einen halben Hektar groß und von Weiden, Gras und hohem Schilf umgeben, dessen weißes Mark wie Styropor aussah. Melanie rannte so schnell wie der Kansaswind, um das Hochufer des Teichs als Erste zu erreichen. Sie sprang in die Luft, bekam den an einer Weide als Schaukel aufgehängten Reifen zu fassen und segelte über die spiegelglatte Wasserfläche hinaus.

Dann ließ sie los und klatschte in Himmel und Wolken, die sich unter ihr spiegelten.

Ihr Bruder und sie hatten so viele Stunden am Teich verbracht, dass sie noch heute unwillkürlich an sein glasklares Wasser dachte, wenn sie an einem warmen Sommerabend ins Freie trat. Danny hatte sie zweimal schwimmen gelehrt. Beim ersten Mal war sie sechs Jahre alt. Er hatte sie an den Händen gefasst und in das stille, aber tiefe Wasser geführt. Beim zweiten Mal war es weit schwieriger gewesen – sie hatte ihr Gehör verloren und war in vieler Beziehung ängstlich geworden. Damals war sie zwölf gewesen. Aber der schlaksige blonde Junge, fünf Jahre älter als sie, bestand darauf, dass sie wieder mit ihm an den Teich ging. Mittels Gebärdensprache, die er als einziger ihrer Angehörigen gelernt hatte, überredete er sie, den abgefahrenen Goodyear loszulassen. Und er blieb wassertretend neben ihr, hielt sie über Wasser und bewahrte sie davor, in Panik zu geraten, bis sie sich endlich wieder an die Schwimmbewegungen erinnerte, die sie vor Jahren gelernt hatte.

Schwimmen. Die erste Betätigung, die ihr nach ihrem Sturz in die Gehörlosigkeit wieder ein wenig Selbstvertrauen gegeben hatte.

Danke, Danny, dachte sie. Für damals – und für jetzt.

Denn diese Erinnerungen würden hoffentlich einige, wenn nicht sogar alle ihrer Schülerinnen retten.

Der Fluss war breit. Die Wasseroberfläche wurde vom Wind aufgewühlt, und die Strömung war schnell, aber Melanie erinnerte sich an ein Gewirr aus Ästen und Treibgut, das sich etwa dreißig Meter stromabwärts an einem ins Wasser gestürzten Baum angesammelt hatte. Sie stellte sich vor, wie ihre Mädchen durch die dunklen Gänge des Schlachthauses huschten, an der Anlegestelle ins Wasser glitten, sich von der Strömung zu dem Baum treiben ließen und durch die Zweige an Land kletterten. Und sich in Sicherheit brachten …

»Gewässer solltest du nie unterschätzen«, hatte Danny sie gewarnt. »Selbst stehende können gefährlich sein.«

Nun, der Arkansas River war ganz sicher kein stehendes Gewässer. Würden sie damit zurechtkommen? Donna Harstrawn kann schwimmen. Kielle und Shannon, die Superheldinnen, schwimmen wie Fischotter. (Melanie sieht Kielles kompakten Körper einer Kanonenkugel gleich ins Wasser einschlagen, während Shannons biegsamer Leib elegant vom Sprungbrett schnellt.) Die Zwillinge spielen leidenschaftlich gern im Wasser. Aber sie können nicht schwimmen. Beverly kann schwimmen, aber ihr Asthma hindert sie daran. Wie's mit der hübschen Emily steht, kann Melanie nicht beurteilen; das Mädchen will nie untertauchen und steht immer nur zimperlich im Nichtschwimmerbereich des Beckens, wenn sie schwimmen gehen.

Sie würde etwas für die Nichtschwimmerinnen finden müssen: ein Schwimmbrett, eine Art Floß. Aber was?

Und wie sollte sie sie in den hinteren Bereich des Schlachthauses bringen?

Sie dachte an Danny. Aber Danny war nicht hier. Allmählich stieg Panik in ihr auf.

De l'Épée?

Sie versuchte, in Gedanken mit ihm Verbindung aufzunehmen, aber sie hörte nur seine geflüsterte Versicherung, die Polizei werde da sein, um die Mädchen aufzulesen, die in den Fluss entkommen. (Sie wird dort sein, nicht wahr? Ja, daran muss sie glauben.)

Quatsch, denkt Melanie. Ich bin allein auf mich gestellt.

Dann ändert sich plötzlich der Geruch.

Melanie öffnet die Augen und hat Brutus' Gesicht kaum einen Meter über sich. Sie riecht nicht mehr den Fluss, sondern Fleisch und schlechten Atem und Schweiß. Er ist ihr so nahe, dass sie mit Entsetzen feststellt, dass die kleinen Flecken an seinem Hals, die sie für Sommersprossen gehalten hat, Blutspritzer von der Frau mit der Handtasche – von der Frau, die er heute Morgen erstochen hat – sein müssen. Melanie weicht angewidert vor ihm zurück.

»Sitz still, Miss«, sagte Handy.

Warum kann ich ihn verstehen?, fragte Melanie sich wieder. *Sitz still.* Ein Ausdruck, der kaum von den Lippen abzulesen war – und trotzdem wusste sie ganz sicher, dass er das gesagt hatte. Brutus nahm ihre Hände. Sie wollte sie ihm entziehen, aber sie hatte nicht die Kraft dazu. »Du sitzt hier mit geschlossenen Augen … deine Hände zucken wie die Pfoten eines angeschossenen Waschbären. Führst du Selbstgespräche? Hast du das getan?«

In einer Ecke bewegte sich etwas. Kielle hatte sich aufgesetzt und starrte Brutus an. Der Gesichtsausdruck des kleinen Mädchens wirkte fast unheimlich erwachsen. Sie schob ihr Kinn vor. »Ich bin Jubilee!«, signalisierte Kielle. Ihr liebster X-Man. »Ich bring ihn um!« Melanie wagte nicht, ihr zu antworten, aber ihr Blick flehte die Kleine an, auf ihrem Platz zu bleiben.

Brutus sah zu dem kleinen Mädchen hinüber, lachte

dann und ging in den Hauptraum des Schlachthauses zurück. Bär, dem er ein Zeichen gegeben hatte, folgte ihm nach draußen. Als die beiden wenig später zurückkamen, trug Brutus einen großen roten Benzinkanister.

Kielle machte ein nachdenkliches Gesicht, während sie den Kanister anstarrte.

»Bleibt alle schön, wo ihr seid«, sagte Brutus und sah dabei Melanie in die Augen. Er stellte eine schwere Metallwanne, in der früher vielleicht Fett ausgelassen worden war, auf ein Regal über den Mädchen und kippte das Benzin hinein. Melanie spürte einen dumpfen Schlag, als er den leeren Kanister achtlos in eine Ecke warf. Dann befestigte er am vorderen Handgriff der Wanne einen Draht und spulte ihn bis in den Hauptraum hinüber ab. Unheimliche Schatten huschten über Fußboden und Wände, als das Licht aus dem anderen Raum heller und heller wurde, weil Brutus mit einer weiteren Handlampe zurückkam. Er schraubte den Schutzkäfig ab und befestigte die Lampe mit ihrer nackten Glühbirne genau unter der benzingefüllten Wanne mit Draht an einem in den Fußboden eingelassenen Metallring.

Bär begutachtete die Anordnung zufrieden nickend.

Kielle trat auf Brutus zu.

»Nein«, bedeutete Melanie ihr. »Zurück!«

Brutus ließ sich plötzlich auf die Knie sinken und packte Kielle an den Schultern. Sein Gesicht war nur eine Handbreit von ihrem entfernt, und er sprach sehr langsam und deutlich.

»Pass auf, du kleine Krabbe… mir Schwierigkeiten machst oder jemand euch zu retten versucht, zieh ich an dem Draht und verbrenn euch alle.«

Er stieß sie von sich weg. Kielle stolperte über eine der Blutrinnen im Fußboden.

»Welche soll ich nehmen?«, erkundigte Brutus sich bei

Bär. Der Dicke begutachtete die Mädchen. Sein Blick ruhte am längsten auf Emily, auf ihrer flachen Brust, ihren weißen Strümpfen, ihren schwarzen Lackschuhen.

Bär zeigte auf Shannon. »… hat mich getreten. Nimm die, Mann.«

Brutus starrte das Mädchen an, das sein langes dunkelbraunes Haar zurückwarf. Shannon folgte Kielles Beispiel und erwiderte seinen Blick trotzig. Aber dann ließ sie den Kopf hängen und hatte plötzlich Tränen in den Augen. Und Melanie erkannte den wahren Unterschied zwischen den beiden Freundinnen. Shannon Boyle besaß künstlerisches Talent, aber sie war weder Jubilee noch irgendein anderer Comic-Held. Sie war nur ein verängstigter, achtjähriger Wildfang.

»Du schlägst aus, was?«, fragte Brutus. »Okay, komm mit.« Die Männer führten sie hinaus.

Was hatten sie mit ihr vor? Sollte sie wie Jocylyn freigelassen werden? Melanie rutschte zum Ausgang des Schlachtraums hinüber – so weit sie sich traute. Sie sah Shannon an einer der Fensterhöhlen, die nach vorn hinausgingen, stehen. Brutus zog seine Pistole aus der Hüfttasche. Er drückte die Mündung an den Kopf des Mädchens. Nein! O nein …

Melanie wollte aufstehen. Aber Bär drehte seinen riesigen Schädel rasch in ihre Richtung und hob drohend seine Schrotflinte. Sie sank auf den kalten Fußboden zurück und starrte ihre Schülerin hilflos an. Shannon schloss die Augen und hakte ihre Finger unter das rosa-blaue Freundschaftsarmband, das sie ihr letzten Monat ums Handgelenk geknotet hatte. Melanie erinnerte sich unter Tränen daran, dass das Mädchen ihr damals versprochen hatte, ihr ein gleichfarbiges Armband zu machen, aber bisher nicht dazu gekommen war.

Angie Scapello, die aus dem rückwärtigen Bereitstellungsraum kam, machte auf dem Weg zur Kommandozentrale eine Pause.

»Hallo, Captain.«

Wenn Charlie Budd nicht genau gewusst hätte, dass sie eine FBI-Agentin war, hätte er sie nie für eine gehalten. »Hi«, sagte er.

Sie blieb bei ihm stehen.

»Arbeiten Sie oft mit Arthur zusammen?«, fragte er, um seine plötzliche Verlegenheit zu überbrücken. Er versuchte einfach, Konversation zu machen.

»Bei dreißig oder vierzig Geiselnahmen. Vielleicht waren es auch ein paar mehr.«

»Hey, dann müssen Sie aber jung angefangen haben.«

»Ich bin älter, als ich aussehe.«

Er fand, »älter« sei ein Wort, das überhaupt nicht zu ihr passte.

»Das soll keine Anmache sein – ich bin verheiratet.« Budd hielt unbeholfen seine Hand mit dem glänzenden Ehering hoch. »Arbeiten Sie nebenbei als Model? Ich frage nur, weil Meg – das ist meine Frau – immer diese Modezeitschriften kauft. Sie wissen schon: *Vogue* und *Harper's Bazaar*. Ich hab mir überlegt, ob ich Sie vielleicht in ein paar Anzeigen gesehen haben könnte.«

»Schon möglich. Ich hab mir mein Studium mit Modeaufnahmen verdient. Aber das ist schon ein paar Jahre her.« Angie lachte. »Aus irgendeinem Grund habe ich meistens Brautkleider vorgeführt. Fragen Sie mich nicht, warum.«

»Gutes Haar für einen Brautschleier«, meinte Budd und wurde dann rot, weil das nach einem Flirtversuch klang.

»Und ich hab in einem Film mitgespielt.«

»Was, echt?«

»Als Double für Isabella Rossellini. Ich habe bei Außenaufnahmen für sie im Schnee gestanden.«

»Ich hab mir gedacht, dass Sie ihr ähnlich sehen«, sagte Budd, wobei ihm jedoch etwas unbehaglich war, weil er keine Ahnung hatte, wer diese Filmschauspielerin war, und nur hoffen konnte, sie sei keine Unbekannte, die in Amerika nie im Kino zu sehen gewesen war.

»Sie sind selbst eine Art Berühmtheit, stimmt's?«, fragte Angie.

»Ich?« Budd lachte.

»Man erzählt sich, dass Sie eine richtige Blitzkarriere gemacht haben.«

»Wirklich?«

»Nun, Sie sind Captain, und Sie sind noch jung.«

»Ich bin älter, als *ich* aussehe«, scherzte er. »Und bevor dieser Tag zu Ende ist, werde ich noch älter aussehen.« Er blickte auf seine Uhr. »Ich muss wieder rein. Die erste Frist läuft bald ab. Wie schaffen Sie's bloß, so ruhig zu bleiben?«

»Kommt darauf an, was man gewohnt ist, denke ich. Und was ist mit Ihnen? Wie war das mit der wilden Verfolgungsjagd, als Sie den Triebtäter aus Hamilton gestellt haben?«

»Wie in aller Welt haben Sie davon erfahren?« Budd lachte. Das war vor zwei Jahren gewesen. Er war hundertzwanzig Meilen in der Stunde gefahren. Auf unbefestigten Straßen. »Hätte nicht gedacht, dass mein Abenteuer im *National Law Enforcement Monthly* geschildert werden würde.«

»Manche Sachen kriegt man einfach mit. Zumindest über bestimmte Leute.«

Ihre braunen Augen bohrten sich in Budds grüne, die immer verwirrter dreinsahen. Er rieb sich mit der rechten Hand die Backe, nur um ihr noch einmal seinen Ehering zu zeigen, und dachte dann: He, bleib auf dem Teppich! Glaubst du wirklich, dass sie sich an dich ranmachen will? Ausgeschlossen, sagte er sich. Sie redet nur ein bisschen nett mit einem Hinterwäldler.

»Ich sehe lieber mal nach, ob Arthur etwas braucht«, sagte Budd verlegen.

Aus unerfindlichen Gründen streckte er ihr die Hand hin. Das tat ihm sofort leid, aber er hatte sie nun einmal ausgestreckt, und Angie ergriff sie mit beiden Händen, drückte sie fest und trat dicht an ihn heran. Er roch Parfüm. Irgendwie kam es ihm völlig unnatürlich vor, dass eine FBI-Agentin Parfüm benützte.

»Freut mich echt, dass wir zusammenarbeiten, Charlie.« Sie bedachte ihn mit einem Lächeln, wie Budd seit Jahren keins mehr gesehen hatte – tatsächlich seit damals nicht mehr, als Meg sich auf dem Abschlussball der vorletzten Klasse mit einer Koketterie auf ihn eingeschossen hatte, die er der Leiterin der methodistischen Mädchengruppe niemals zugetraut hatte.

## 16.40 Uhr

»Die Frist läuft in zwanzig Minuten ab«, rief Tobe Geller.

Potter nickte wortlos. Er drückte auf die Kurzwahltaste. Lou Handy meldete sich mit den Worten: »Ich hab den nächsten kleinen Vogel ausgesucht, Art.«

Nicht zu viel über die Geiseln reden; er soll glauben, sie seien wertlos. Potter sagte: »Lou, wir bemühen uns um Ihren Hubschrauber. Aber der ist nicht so einfach zu beschaffen.«

»Die Kleine hat echt Mumm, Art. Die Dicke hat geflennt und geflennt. Mann, das ist mir auf die Nerven gegangen. Die hier heult auch ein bisschen, aber sie ist ein richtiger Soldat. Kaum zu glauben, aber sie hat 'ne gottverdammte Tätowierung auf dem Arm.«

Über persönliche Dinge reden. Erkennen lassen, dass man besorgt ist; ein paar Informationen aus ihm herauslocken.

»Ihre Stimme klingt müde, Lou.«

»Kann nicht sein. Ich bin hellwach.«

»Wirklich? Hätte gedacht, Sie hätten heute Nacht kein Auge zugetan, um Ihren großen Ausbruch vorzubereiten.«

»Nö, ich hab meine vollen acht Stunden gekriegt. Außerdem gibt's nichts Besseres als eine heiße Pattsituation, um einen richtig in Schwung zu bringen.« Tatsächlich klang seine Stimme durchaus nicht müde. Er wirkte entspannt und lässig. Potter nickte zu LeBow hinüber, aber der Analytiker tippte bereits.

»Also, was ist an einem Hubschrauber so schwierig, Art?«

Potter stellte sein Fernglas auf das braunhaarige Mädchen mit dem schmalen Gesicht ein. Er hatte sich bereits alle Namen und Gesichter eingeprägt. Nachdem er die Stummtaste gedrückt hatte, sagte er zu Angie: »Das ist Shannon Boyle. Erzähl mir von ihr.« Danach wieder ins Telefon: »Ich will Ihnen sagen, was daran so schwierig ist, Lou«, knurrte Potter. »Sie wachsen nicht auf Bäumen und sind nicht umsonst.«

*Sie machen sich in einer Situation wie dieser Sorgen um Geld?*

»Scheiße, Sie haben doch massenhaft Geld. Wenn ich daran denke, wie viel ihr Arschlöcher uns Steuerzahlern stehlt…«

»Sie sind ein Steuerzahler, Lou?«

»Wir kaufen keine Atombomben mehr, also können Sie 'nen Hubschrauber spendieren und hier ein paar Leben retten.«

Angie tippte ihm auf die Schulter.

»Augenblick, Lou. Ich bekomme gerade eine Nachricht wegen dieses Hubschraubers.« Er drückte erneut die Stummtaste.

»Sie ist acht und prälingual ertaubt«, flüsterte Angie. »Kann so gut wie nicht von den Lippen ablesen. Eine sehr selbstständige kleine Persönlichkeit. Hat an Protestmärschen teilgenommen, damit die Gehörlosenschulen in Kansas und Missouri gehörlose Rektoren bekommen. Hat die Petition unterzeichnet, mit der mehr gehörlose Lehrer für die Laurent Clerc School gefordert wurden – ihre Unterschrift ist die größte von allen. Geht in der Schule keiner Rauferei aus dem Weg und gewinnt meistens.«

Potter nickte. Wenn es ihnen gelang, Handy abzulenken und ihr so eine Gelegenheit zu verschaffen, konnte Shannon unter Umständen flüchten.

Oder sie konnte diese Chance nutzen, indem sie Handy angriff und dabei umkam.

Er ließ die Stummtaste herausschnappen. »Hören Sie, Lou«, sagte er scheinbar irritiert. »Hier geht's nur um eine kleine Verzögerung, das ist alles. Sie wollen einen großen Hubschrauber. Nun, Zweisitzer haben wir jede Menge. Aber die großen sind nicht so leicht aufzutreiben.«

»Das ist *Ihr* Problem, stimmt's? Mal sehen, nach meiner Uhr sind's noch sechzehn Minuten, dann jage ich der kleinen Annie Fannie hier 'ne Kugel durch den Kopf.«

Im Allgemeinen wertet man die Geiseln ab.

Manchmal muss man einfach betteln.

»Sie heißt Shannon, Lou. Kommen Sie, die Kleine ist erst acht.«

»Shannon«, wiederholte Handy nachdenklich. »Ich schätze, Sie verstehen mich nicht richtig, Art. Die arme Kleine, deren Namen ich jetzt weiß, soll mir leidtun. Shannon, Shannon, Shannon. Das ist eine Ihrer Regeln, stimmt's, Art? Steht wohl irgendwo in Ihrem Feebie-Handbuch?«

Tatsächlich – auf Seite 45.

»Aber sehen Sie, diese Regeln berücksichtigen keine Typen wie mich. Je mehr ich über sie weiß, desto dringender *will* ich sie umbringen.«

Weiter den schmalen Grat entlangbalancieren. Tadeln, fordern, spöttische Bemerkungen austauschen. Wenn du genau den richtigen Ton triffst, macht er einen Rückzieher. Das alles ging Arthur Potter durch den Kopf, aber seine Hand, die den Telefonhörer hielt, verkrampfte sich, als er scheinbar unbekümmert sagte: »Ich glaube, das ist Bockmist, Lou. Ich glaube, Sie spielen nur mit uns.«

»Glauben Sie meinetwegen, was Sie wollen.«

Die Stimme des Agenten klang etwas schärfer: »Hören Sie, ich hab diesen Scheiß langsam satt. Wir versuchen, uns mit Ihnen zu *einigen*.«

»Nö, Sie wollen mich umlegen. Warum haben Sie nicht den Mumm, das zuzugeben? Hätt ich Sie im Visier, würd ich Sie abknallen wie ein verdammtes Reh.«

»Nein, ich will Sie nicht erschießen, Lou. Ich will nicht, dass irgendjemand umkommt. Wir haben eine Menge logistischer Probleme. Eine Landung hier ist echt schwierig. Auf dem Feld vor dem Gebäude stehen überall die Pfosten der alten Pferche. Und die Bäume sind auch verdammt nahe. Auf dem Dach können wir keinen großen Hubschrauber landen lassen, das würde es nicht aushalten. Wir …«

»Sie haben also Pläne des Gebäudes, was?«

Verhandle aus einer Position der Stärke heraus – und lass die GN merken, dass du immer eine taktische Lösung im Hinterkopf hast. (Wir können die Tür jederzeit aufsprengen und euch umlegen, und denkt daran, dass wir euch zahlenmäßig überlegen sind.) Potter sagte lachend: »Natürlich haben wir die. Wir haben Karten und Blaupausen und Diagramme und Grafiken und großformatige Farbfotos. Hier drinnen sind Sie ’n regelrechter Coverboy, Lou. Aber für Sie ist das keine Überraschung, stimmt’s?«

Schweigen.

Bin ich zu weit gegangen?

Nein, das glaube ich nicht. Er wird lachen und den Coolen spielen.

Handy kicherte. »Klasse, Junge, ganz große Klasse.«

»Und das Feld im Süden«, fuhr Potter fort, als hätte Handy nichts gesagt, »sehen Sie sich das an. Nichts als Erdhaufen und Gräben. Dort mit einem achtsitzigen Hubschrauber zu landen wäre ziemlich gefährlich. Und dann dieser Wind … das Ganze ist ein wirkliches Problem. Unser Luftfahrtberater weiß nicht, was er uns empfehlen soll.«

Budd runzelte die Stirn und wiederholte mit stummen Mundbewegungen: »Luftfahrtberater?« Potter, der diesen Job gerade erfunden hatte, zuckte nur mit den Schultern.

Er deutete auf die Spalte *Täuschungen*, und Budd schrieb das Wort seufzend hin.

Silbernes Werkzeug, in Folie eingeschweißt, neu.

Potter wollte unbedingt wissen, wozu es gebraucht wurde. Aber das konnte er natürlich nicht fragen. Handy durfte auf keinen Fall erfahren, was sie über die Ausrüstung der Geiselnehmer und das Innere des Schlachthauses wussten. Es war von entscheidender Bedeutung, dass Handy nicht auf die Idee kam, die freigelassene Geisel hätte Potter brauchbare Informationen geliefert, denn dann würde er sich die Freilassung weiterer Geiseln zweimal überlegen.

»Hören Sie, Art«, knurrte Handy, »das alles ist Ihr Problem, wie schon gesagt.« Aber er wirkte nicht mehr so lässig und schien zumindest andeutungsweise zu begreifen, dass dies nun auch *sein* Problem geworden war.

»Kommen Sie, Lou. Hier geht's nur um praktische Dinge. Von mir aus sollen Sie einen Hubschrauber haben. Ich sage Ihnen nur, dass wir nicht ohne Weiteres einen beschaffen können und dass ich nicht weiß, wo er landen kann. Sollten Sie irgendwelche Vorschläge haben, höre ich sie mir gern an.«

Die Verhandlungsstrategie bei Geiselnahmen erfordert, dass der Verhandler es vermeidet, Problemlösungen anzubieten. Diese Last soll möglichst auf den Geiselnehmer abgewälzt werden. Es verunsichert ihn, wenn er ständig mit Problemen konfrontiert ist.

Ein angewiderter Seufzer. »Scheiße.«

Legt er jetzt auf?

Schließlich fragte Handy: »Wie wär's mit einem Hubschrauber mit Schwimmern? Das ginge doch, oder?«

Nie allzu schnell zustimmen.

»Schwimmer?«, fragte Potter nach kurzer Pause. »Schwer zu sagen. Damit müssten wir uns erst mal befassen. Sie meinen einen, der auf dem Fluss wassert?«

»*Natürlich* meine ich das! Was glauben Sie denn – dass er in irgendeinem Scheißhaus landen soll?«

»Ich kümmere mich darum. Eine ruhige Bucht wäre ein idealer Landeplatz. Aber dazu müssen Sie uns mehr Zeit lassen.«

*Mehr Zeit kriegen Sie nicht.*

»Mehr Zeit gibt's nicht.«

»Nein, Lou. Schwimmer wären *die* Lösung. Großartige Idee. Ich kümmere mich sofort darum. Aber Sie müssen mir mehr Zeit lassen. Dafür haben Sie einen Wunsch bei mir frei. Sagen Sie mir, was Sie gern hätten.«

»Einen gottverdammten Hubschrauber.«

»Den bekommen Sie. Das kann nur etwas länger dauern als vorausgesehen. Sagen Sie mir etwas anderes. Irgendeinen Herzenswunsch. Fällt Ihnen nichts ein, was Sie haben möchten?«

Pause. Potter dachte: Waffen, Pornofilme und einen Videorekorder, die Entlassung eines Freundes aus dem Gefängnis, Geld …

»Yeah, ich will was, Art.«

»Was?«

»Erzählen Sie mir von sich.«

Eine faustdicke Überraschung.

Potter sah auf und stellte fest, dass Angie die Stirn runzelte. Sie schüttelte den Kopf, mahnte zu Vorsicht.

»Was?«

»Sie wollen wissen, was ich mir wünsche. Ich wünsche mir, dass Sie mir von sich erzählen.«

Man will immer, dass der GN sich für den Verhandler interessiert, aber im Allgemeinen dauert es viele Stunden, oft sogar Tage, eine ernsthafte Bindung zu schaffen. Dies war das zweite Mal innerhalb weniger Stunden, dass Handy sich für Potter interessierte, und der Agent hatte noch nie erlebt, dass ein GN so direkt fragte. Potter wusste, dass er sich auf dünnem Eis bewegte. Er konnte die Bindung zwischen ihnen stärken oder einen Keil zwischen Handy und sich treiben, wenn seine Antwort Handys Erwartungen nicht entsprach.

Vorsicht! Gefahr …

»Was wollen Sie wissen?«

»Alles, was Sie mir erzählen wollen.«

»Nun, da gibt's nicht viel zu erzählen. Ich bin bloß ein kleiner Beamter.« Ihm fiel nichts mehr ein.

»Weiter, Art! Erzählen Sie mir mehr.«

Als ob jemand einen Schalter betätigt hätte, hatte Arthur Potter im nächsten Augenblick das Bedürfnis, jedes kleinste Detail seines Lebens, seine Einsamkeit, seine Trauer preiszugeben … Lou Handy sollte wirklich alles über ihn erfahren. »Nun, ich bin Witwer. Meine Frau ist vor dreizehn Jahren gestorben, und heute wäre unser Hochzeitstag gewesen.«

Potter erinnerte sich daran, dass LeBow ihm erzählt hatte, zwischen Handy und seiner Exfrau habe es böses Blut gegeben; er sah zu dem Analytiker hinüber, der bereits den entsprechenden Abschnitt des Persönlichkeitsprofils des GN aufgerufen hatte. Handy hatte mit zwanzig geheiratet. Die Ehe hatte zwei Jahre gehalten. Seine Frau hatte aufgrund seelischer Grausamkeit die Scheidung eingereicht und eine richterliche Anordnung gegen ihren geschiedenen Mann erwirkt, weil er sie immer wieder geschlagen hatte. Unmittelbar danach hatte er eine ganze Serie gewalttätiger Raubüberfälle verübt. Potter wünschte sich, er hätte das Thema Ehe nicht angeschnitten, aber als Handy fragte, woran seine Frau gestorben sei, wirkte er ehrlich neugierig.

»Sie hatte Krebs. Ungefähr zwei Monate nach der Diagnose ist sie gestorben.«

»Ich war nie verheiratet, Art. Ich lass mir doch von keiner Frau Handschellen anlegen! Ich bin ein freier Mann, ich gehe dorthin, wo mich mein Herz und mein Schwanz hinführen. Sind Sie wieder verheiratet?«

»Nein, ich hab nicht wieder geheiratet.«

»Was machen Sie, wenn Sie mal Lust auf 'ne Frau haben?«

»Ich bin mit meinem Job ziemlich ausgelastet, Lou.«

»Ihr Job gefällt Ihnen, was? Wie lange sind Sie schon in diesem Beruf?«

»Ich habe mein ganzes Berufsleben lang fürs FBI gearbeitet.«

»Ihr ganzes Berufsleben lang?«

Mein Gott, dachte Potter distanziert belustigt, er wiederholt das, was ich sage. Zufall? Oder macht er mit mir das, was ich mit *ihm* machen sollte?

»Ich hatte nie einen anderen Job. Leider sind Sechzehnstundentage nicht selten.«

»Wie sind Sie in diesen Verhandlungsscheiß reingeraten?«

»Eigentlich mehr durch Zufall. Ich wollte FBI-Agent werden, weil ich mir die Arbeit aufregend vorgestellt habe. Ich bin kein schlechter Ermittler, war aber wahrscheinlich etwas zu lässig. Ich habe immer beide Seiten verstehen können.«

»Na klar«, sagte Handy ernsthaft, »das hindert einen daran, ganz nach oben zu kommen. Wissen Sie nicht, dass die Haie schneller schwimmen?«

»Da haben Sie verdammt recht, Lou.«

»Sie müssen eine ganze Menge Spinner kennengelernt haben.«

»Anwesende selbstverständlich ausgenommen.«

Am anderen Ende blieb es still. Kein Lachen, Potter war betroffen, weil sein Scherz falsch angekommen war, und machte sich Sorgen, Handy könnte aus seiner Stimme Sarkasmus herausgehört haben und beleidigt sein. Potter empfand das Bedürfnis, sich bei ihm zu entschuldigen.

Aber Handy sagte nur: »Erzählen Sie mir 'ne Geschichte aus Ihrem Berufsleben, Art.«

Angie runzelte erneut die Stirn. Potter ignorierte sie jedoch. »Nun, vor ungefähr fünfzehn Jahren habe ich in Washington mit einem Terroristen verhandelt, der sich in der westdeutschen Botschaft verschanzt hatte. Ich habe achtzehn Stunden lang ununterbrochen mit ihm geredet.« Er lachte. »Meine Leute waren ständig zur Kongressbibliothek unterwegs, um mir Bücher über politische Philosophie zu besorgen. Hegel, Kant, Nietzsche ... Zuletzt habe ich dann Cliff Notes kommen lassen müssen. Ich habe die ganze Zeit auf dem Rücksitz eines neutralen Dienstwagens gesessen und über ein verdrahtetes Wurftelefon mit diesem Verrückten geredet, der sich eingebildet hat, Hitler zu sein. Er wollte mir eine neue Version von *Mein Kampf* diktieren. Ich weiß immer noch nicht, worüber wir die ganze Zeit eigentlich geredet haben.«

Der Mann hatte gar nicht behauptet, er wäre Hitler, aber Potter hatte das Bedürfnis, die Geschichte auszuschmücken, damit sie Handy auch bestimmt amüsierte.

»Klingt wie 'ne gottverdammte Komödie.«

»Er war komisch. Aber sein AK-47 war ziemlich ernüchternd, muss ich sagen.«

»Sind Sie Psychiater?«

»Nein. Bloß jemand, der gern redet.«

»Ihr Selbstbewusstsein muss ziemlich robust sein.«

»Robust?«

»Klar. Sie müssen sich anhören, wie jemand wie ich sagt: ›Du blödes Stück Hundedreck, dich leg ich bei erster Gelegenheit um!‹ Und dann müssen Sie ihn trotzdem fragen, ob er zu seinen Hamburgern Diet Coke oder Eistee will.«

»Wollen Sie Zitrone zum Tee, Lou?«

»Haha. Ist das alles, was Sie tun?«

»Na ja, ich unterrichte auch. An der Militärpolizeischule in Fort McClellan, Alabama. Und als stellvertretender Leiter der FBI-Einheit für Sondereinsätze gebe ich an der FBI-Schule in Quantico Lehrgänge über das Verhalten bei Geiselnahmen und Verhandlungen mit Geiselnehmern.«

Jetzt sah Henry LeBow irritiert zu Potter auf. Er hatte noch nie erlebt, dass sein Kollege so viele persönliche Informationen preisgab.

Handy sagte langsam und halblaut: »Beantworten Sie mir eine Frage, Art. Haben Sie jemals was Böses getan?«

»Etwas Böses?«

»Was richtig Böses.«

»Vermutlich schon.«

»Haben Sie's mit Absicht getan?«

»Mit Absicht?«

»Hören Sie denn nicht zu?« Das klang aufgebracht. Zu häufige Wiederholungen können Geiselnehmer irritieren.

»Nun, was ich getan habe, ist selten absichtlich passiert, glaube ich. Es war zum Beispiel nicht gut, dass ich nie genug Zeit für meine Frau hatte. Als sie dann so schnell gestorben ist, wie ich vorhin erzählt habe, ist mir klargeworden, dass ich ihr noch viel hätte sagen wollen.«

»Scheiße!« Handy lachte verächtlich. »Das ist doch nicht böse. Sie wissen nicht, wovon ich rede.«

Potter fand diese Kritik verletzend. Am liebsten hätte er ausgerufen: »Doch, das weiß ich! Und ich *hatte* das Gefühl, etwas ganz, ganz Schlimmes getan zu haben.«

Handy fuhr fort: »Ich rede davon, jemand umzubringen, das Leben eines Menschen zu ruinieren, jemand zur Witwe oder zum Witwer zu machen, Kindern die Eltern zu nehmen, sodass sie allein aufwachsen müssen. Was richtig *Böses.*«

»Ich habe nie einen Menschen umgebracht, Lou. Nicht persönlich.«

Tobe starrte ihn an. Angie kritzelte auf einen Schmierzettel: *Du gibst viel preis, Arthur.*

Potter ignorierte die beiden, wischte sich den Schweiß von der Stirn und starrte weiter zum Schlachthaus hinüber. »Aber ich habe den Tod von Menschen verschuldet. Durch Achtlosigkeit, Fehler. Manchmal Absicht. Sie und ich, Lou, wir arbeiten in der gleichen Branche – nur auf verschiedenen Seiten.« Potter fühlte den übermächtigen Drang, sich verständlich zu machen. »Aber Sie wissen, dass …«

»Lenken Sie nicht vom Thema ab, Art. Sagen Sie mir, ob manche der Dinge, die Sie getan haben, Sie nachträglich belasten.«

»Ich … ich weiß nicht.«

»Was ist mit diesen Leuten, von denen Sie erzählt haben – die, die umgekommen sind?«

Fühl ihm auf den Zahn, sagte Potter sich. Was denkt er? Schwer zu sagen. Wer zum Teufel soll das wissen?

»Hey, Art, weiterreden! Wer waren diese Leute? Geiseln, die Sie nicht haben retten können? Trooper, die Sie unvorsichtig ins Feuer geschickt haben?«

»Ja, genau.«

Und auch Geiselnehmer. Von denen spricht Potter allerdings nicht. Ostrella, denkt er spontan. Er sieht ihr schmales, schönes Schlangengesicht vor sich. Dunkle Augenbrauen, volle Lippen. *Seine* Ostrella.

»Und das macht Ihnen was aus, wie?«

»Klar macht mir das was aus.«

»Scheiße!«, sagte Handy und schien dabei hämisch zu grinsen. Potter fühlte sich erneut getroffen. »Sehen Sie, Art, damit beweisen Sie, was ich gesagt habe. Sie haben nie was Böses getan, das wissen wir beide genau. Nehmen Sie zum Beispiel die Leute in dem Cadillac, dieses Ehepaar, das ich heute Nachmittag umgebracht habe. Die hießen übrigens Ruth und Hank. Ruthie und Hank. Wissen Sie, warum ich sie umgebracht habe?«

»Warum, Lou?«

»Aus dem gleichen Grund, aus dem ich in ein, zwei Minuten das kleine Mädchen – *Shannon* – ans Fenster stelle und in den Hinterkopf schieße.«

Selbst der sonst so coole Henry LeBow fuhr zusammen. Frances Whiting schlug die Hände vors Gesicht.

»Und warum, Lou?«, fragte Potter ruhig.

»Weil man mir nicht gegeben hat, was mir zusteht! So einfach ist das. Heute Vormittag haben sie auf der Kreuzung meinen Wagen gerammt. Sind einfach reingefahren. Und als ich dann ihren nehmen wollte, wollten sie abhauen.«

Potter hatte den Bericht der Polizei von Kansas gelesen. Demnach hatte Handy ein Stoppschild überfahren und war von dem Cadillac gerammt worden. Der andere hatte Vorfahrt gehabt. Aber das erwähnte Potter nicht.

»Das ist doch fair, oder? Ich meine, was könnte eindeutiger sein? Sie mussten sterben, und ihr Tod wäre schmerzhafter gewesen, wenn ich mehr Zeit gehabt hätte. Sie haben mir nicht gegeben, was mir zustand.«

Wie kalt und logisch das klingt.

Potter ermahnte sich: kein Werturteil. Aber andererseits auch keine Zustimmung. Verhandler sind neutral. (Und es zerriss ihm fast das Herz, dass er den Abscheu, den er hätte empfinden müssen, nicht wirklich empfand. Dass ein kleiner Teil seines Ichs Handys Argumentation für vernünftig hielt.)

»Mann, Art, ich kapier's einfach nicht. Erschieß ich jemand aus gutem Grund, nennt man mich böse. Tut ein Cop das Gleiche, wird er dafür bezahlt und gilt als gut. Warum sind manche Gründe okay, aber andere nicht? Man erschießt Leute, wenn sie nicht tun, was sie tun sollten. Was soll daran unrecht sein?«

Henry LeBow tippte ruhig weiter. Tobe Geller überwachte seine Bildschirme und Anzeigen. Charlie Budd saß neben Angie in einer Ecke, starrte seine Stiefelspitzen an und hörte aufmerksam zu. Und Officer Frances Whiting stand mit einem Becher Kaffee, den sie gar nicht mehr wollte, neben den beiden; als Polizeibeamtin in Hebron, Kansas, hatte man nie mit Männern wie Lou Handy zu tun.

Aus dem Lautsprecher kam ein Lachen, bevor Handy weitersprach: »Los, geben Sie's zu, Art… Hatten Sie noch nie Lust, das zu tun? Jemand aus 'nem schlechten Grund umzubringen?«

»Nein, noch nie.«

»Echt nicht?« Das klang skeptisch. »Wer weiß…«

In der Kommandozentrale war es still. Potter spürte, wie ihm der Schweiß übers Gesicht lief, und wischte sich mit einem Papiertaschentuch die Stirn ab.

Handy fragte: »Sie sehen wohl wie der Kerl in dieser alten FBI-Serie aus – Efrem Zimbalist?«

»Überhaupt nicht. Eher durchschnittlich. Ich bin bloß ein kleiner Polizeibeamter. Ich esse zu viele Kartoffeln…«

»Fritten«, erinnerte Handy sich.

»Eigentlich am liebsten Kartoffelbrei. Mit Bratensauce.«

Tobe flüsterte Budd etwas zu. Der Captain schrieb *Frist läuft ab* auf einen Zettel.

Potter sah auf die Uhr. Ins Telefon sagte er: »Und ich trage gern Sportsakkos. Am liebsten Tweed- oder Kamelhaarjacken. Aber im Dienst müssen wir Anzüge tragen.«

»Anzüge, was? Damit kann man jede Menge Fett tarnen, was? Augenblick mal, Art.«

Potter setzte sich auf und richtete sein Leitz-Glas auf eine der Fensterhöhlen im Erdgeschoss des Schlachthauses. Neben Shannons Kopf mit dem langen zerzausten dunkelbraunen Haar tauchte ein Pistolenlauf auf.

»Dieser Schweinehund«, flüsterte Budd. »Das arme Ding ist steif vor Angst.«

Frances beugte sich nach vorn. »Nein! Bitte nicht …« Potters Finger drückten auf ein paar Knöpfe. »Dean?«

»Ja, Sir?«, antwortete Stillwell.

»Hat einer Ihrer Scharfschützen ein Ziel erfasst?«

Eine Pause.

»Negativ. Sie sehen nur seine Waffe. Er steht hinter ihr. Zu treffen wäre höchstens der Fensterrahmen.«

Handy fragte: »He, Art, haben Sie echt noch keinen Menschen erschossen?«

LeBow sah stirnrunzelnd auf. Potter antwortete trotzdem: »Nein, noch nie.«

Budd fing an, mit tief in den Taschen vergrabenen Händen auf und ab zu marschieren. Das war sehr irritierend.

»Haben Sie schon mal geschossen?«

»Natürlich. Auf der Schießbahn in Quantico. Hat Spaß gemacht.«

»Echt? Wissen Sie, wenn Ihnen das Schießen gefallen hat, hätten Sie vielleicht auch Spaß daran, jemanden zu erschießen. Jemanden umzulegen.«

»Scheißkerl«, murmelte Budd.

Potter brachte ihn mit einer Handbewegung zum Schweigen.

»Wissen Sie was, Art?«

»Was denn?«

»Sie sind in Ordnung. Das ist mein Ernst.«

Potter empfand eine gewisse Befriedigung – weil der Mann ihn gelobt hatte.

Ich *bin* gut, dachte er. Er wusste, dass Einfühlungsvermögen bei seinem Job entscheidend war. Nicht die Strategie, nicht die Worte, nicht die Berechnung oder die Intelligenz. Sondern das, was sich in Lehrgängen nicht lehren lässt. Ich war schon immer gut, überlegte er. Aber nachdem du gestorben bist, Marian, bin ich großartig geworden. Ich hatte niemanden, dem ich mein Herz hätte schenken können, also hab ich's Männern wie Lou Handy geschenkt.

Und Ostrella …

Eine Botschaftsbesetzung in Washington, D. C. Die estnische Terroristin, blond und brillant, verließ nach zwanzigstündigen Verhandlungen mit Potter die sowjetische Botschaft. Zwölf Geiseln waren frei, vier saßen noch im Gebäude. Jetzt ergab sie sich endlich und kam heraus – die Hände hatte sie nicht, wie von Geiselnehmern erwartet, erhoben, sondern auf den Kopf gelegt. Aber Potter wusste, dass Ostrella ungefährlich war. Er kannte sie so gut, wie er Marian gekannt hatte. Er kam schutzlos aus seiner Deckung und ging ihr entgegen, um sie zu begrüßen, sie zu umarmen, sich zu vergewissern, dass die Handschellen nicht etwa zu eng waren, und dafür zu sorgen, dass sie in ihrer Muttersprache über ihre Rechte belehrt wurde. Und im nächsten Augenblick war er über und über mit ihrem Blut bespritzt – ein Scharfschütze hatte sie mit einem Kopfschuss niedergestreckt, als sie plötzlich eine Pistole aus dem Ausschnitt zog und damit auf Potters Gesicht zielte. (Und seine Reaktion? Er hatte »Deckung!« gekreischt. Und sie umarmt, um seine neue Liebe zu beschützen, während Splitter ihres Schädelknochens gegen seine Haut klatschten.)

Hatten Sie nie Lust, was Böses zu tun?

*Vorsicht …*

Doch, Lou, hatte ich schon. Wenn Sie's unbedingt wissen wollen.

*… Gefahr!*

Potter war einen Augenblick lang sprachlos, weil er Angst hatte, er könnte Handy so vergrämen, dass er das Gespräch abbrach. Davor hatte er fast so viel Angst wie davor, dass Handy das Mädchen erschießen könnte. »Hören Sie, Lou, wir sind wirklich dabei, Ihnen den Hubschrauber zu beschaffen, und ich habe Sie gefragt, was Sie dafür möchten, dass Sie die Frist um eine Stunde verlängern.« Potter fügte hinzu: »Wir wollen doch zu einem Deal kommen. Dabei müssen Sie mir helfen.«

Eine Pause, dann sagte die selbstsichere Stimme: »Verdammt durstige Arbeit, hier drinnen.«

Ah, spielen wir also ein Spiel. »Diät-Pepsi?«, fragte der Agent.

»Sie wissen, wovon ich rede.«

»Limonade aus frischen Sunkist-Zitronen?«

LeBow rief Teile der Persönlichkeitsprofile auf und zeigte den Bildschirm Potter, der wortlos nickte.

»Ein Glas Muttermilch?«, fragte Handy sarkastisch.

Nachdem Potter die Informationen über Wilcox gelesen hatte, sagte er: »Ich glaube, was Hochprozentiges wäre keine gute Idee, Lou. Damit hat Shep seine Probleme, oder?«

Eine Pause.

»Ihr Jungs scheint echt 'ne Menge über uns zu wissen.«

»Dafür bekomme ich mein karges Gehalt – dass ich praktisch *alles* weiß.«

»Gut, einigen wir uns darauf: eine Stunde für was Anständiges zu trinken.«

»Kein Schnaps. Ausgeschlossen.«

»Bier ist in Ordnung. Das trink ich sowieso lieber.«

»Ich schicke euch drei Dosen.«

»Augenblick mal! Einen Kasten.«

»Nein. Sie kriegen drei Dosen Leichtbier.«

Ein verächtliches Lachen. »Zum Teufel mit Leichtbier!«

»Das ist das Beste, was ich für Sie tun kann.«

Frances und Budd beobachteten Shannon.

Handys Stimme sang krächzend: »Geht ein Mann die Treppe rauf, klingelt...« Dabei bewegte er die Pistole von einem Ohr des Mädchens zum anderen.

Stillwell meldete sich über Funk, um zu fragen, was er den Scharfschützen sagen sollte.

Potter zögerte. »Nicht schießen«, sagte er. »Was auch passiert.«

»Verstanden«, bestätigte Stillwell.

Sie hörten die Kleine wimmern, als Handy ihr seine Pistole auf die Stirn setzte.

»Sie kriegen einen Sechserpack«, sagte Potter, »wenn ich dafür das Mädchen bekomme.«

Budd flüsterte: »Bloß nicht zu weit gehen!«

Wieder eine Pause. »Nennen Sie mir einen Grund, warum ich das tun sollte.«

LeBow verschob den Cursor auf einen Absatz der entstehenden Biografie Louis Handys, Potter überflog den Absatz und sagte dann: »Weil Sie furchtbar gern Bier trinken.«

Handy war vom Gefängnisdirektor verwarnt worden, weil er in der Haft Bier zu brauen versucht hatte. Später waren ihm für einige Zeit sämtliche Vergünstigungen gestrichen worden, weil er zwei Kisten Budweiser eingeschmuggelt hatte.

»Kommen Sie, Lou«, sagte Potter, »was macht das schon? Sie haben noch genügend Geiseln übrig.« Er beschloss, etwas zu wagen. »Außerdem kann die Kleine echt lästig sein, stimmt's? In diesem Ruf steht sie jedenfalls in der Schule.«

Angie riss die Augen auf. Es ist immer riskant, die Geiseln zu erwähnen, weil sie dadurch in den Augen des Geiselnehmers aufgewertet werden. Und man erwähnt *niemals* irgendwelche Eigenschaften von Geiseln, die ihn irritieren oder gefährden könnten.

Eine Pause.

Jetzt den Haken setzen.

Der Agent fragte: »Welches Bier trinken Sie am liebsten? Miller? Bud?«

»Mexikanisches.«

»Das kriegen Sie, Lou. Ein Sechserpack Corona, Sie lassen das Mädchen laufen, und wir bekommen eine weitere Stunde für den Hubschrauber. So ist jeder zufrieden.«

»Ich würd sie lieber erschießen.«

Potter und LeBow wechselten einen Blick. Budd stand plötzlich neben Potter, die Hände in den Taschen vergraben, und trat nervös von einem Fuß auf den anderen.

Der Verhandler ignorierte den jungen Captain und sagte zu Handy: »Okay, Lou, dann erschießen Sie sie eben. Ich hab diesen Scheiß satt.«

Aus den Augenwinkeln heraus sah Potter, wie Budd sein Körpergewicht verlagerte, und spannte unwillkürlich die Muskeln an, weil er fürchtete, der Captain werde sich auf ihn stürzen, ihm den Telefonhörer wegreißen und allem zustimmen, was Handy verlangte. Aber Budd ließ seine Hände in den hinteren Hosentaschen und wandte sich wortlos ab. Frances starrte den Verhandler sprachlos vor Entsetzen an.

Potter drückte auf die Stummtaste und rief Stillwell über Funk. »Dean, möglicherweise erschießt er das Mädchen. Sorgen Sie dafür, dass auf keinen Fall zurückgeschossen wird.«

Ein kurzes Zögern. »Ja, Sir.«

Potter ließ die Stummtaste wieder herausschnappen. Handy hatte nicht aufgelegt, aber er sagte auch nichts. Shannon bewegte ihren Kopf nach links, nach rechts. Die kantige schwarze Pistole war weiterhin sichtbar.

Der Agent fuhr zusammen, als Handys meckerndes Lachen aus dem Lautsprecher kam. »Das ist wie Monopoly, was? Kaufen und verkaufen und so.«

Potter beherrschte sich mühsam und sagte nichts.

Handy knurrte: »Zwei Sechserpacks, sonst erschieß ich sie gleich jetzt.« Shannon senkte den Kopf, als Handy die Pistole dagegen drückte.

»Und wir bekommen noch eine Stunde für den Hubschrauber?«, fragte Potter. »Das wäre also bis Viertel nach sechs.«

»Waffe entsichert«, meldete Dean Stillwell.

Potter schloss die Augen.

In der Kommandozentrale herrschte lautlose Stille. Damit muss Melanie Tag für Tag leben, denkt Potter.

»Einverstanden, Art«, sagte Handy. »Übrigens, Sie sind wirklich ein verdammt böser Saukerl.«

*Klick.*

Potter sank in seinen Sessel zurück und schloss einen Moment die Augen. »Hast du alles, Henry?«

LeBow, der eifrig tippte, nickte wortlos. Danach stand er auf und wollte die Haftnotiz mit Shannons Namen vom Bauplan des Schlachthauses entfernen.

»Warte«, sagte Potter. LeBow ließ die Hand sinken. »Warten wir's ab.«

»Ich hole das Bier«, sagte Budd aufatmend.

Potter lächelte. »Ein bisschen zu heiß für Sie, Captain?«

»Yeah. Ziemlich.«

»Sie werden sich daran gewöhnen«, meinte Potter, gerade als Budd sagte: »Ich werd mich daran gewöhnen.« Der Tonfall des Captains war weit weniger optimistisch als der Potters. Budd und der Agent lachten.

Budd schrak zusammen, als Angie ihn berührte. »Ich komme mit, um das Bier zu holen, Captain. Wenn's Ihnen recht ist.«

»Äh, nun, klar, schätz ich«, murmelte er unsicher, und sie verließen die Kommandozentrale.

»Noch eine Stunde«, sagte LeBow nickend.

Potter drehte sich mit seinem Sessel um und starrte durch das Fenster zum Schlachthaus hinüber. »Henry, schreib auf: ›Der Verhandler ist der Ansicht, dass Stress und Aufregung der Anfangsphase der Geiselnahme sich verflüchtigt haben und dass der Täter Handy ruhig ist und rational denkt.‹«

»Das hat er mir voraus«, sagte Frances Whiting, deren Hände so zitterten, dass sie ihren Kaffee auf dem Boden der Kommandozentrale verschüttet hatte. Derek Elb, der rothaarige Trooper, kniete ritterlich nieder, um die Bescherung aufzuwischen.

## 17.11 Uhr

»Was macht er mit Shannon?«, fragte Beverly, deren Brust sich krampfhaft hob und senkte, während sie nach Luft rang.

Melanie beugte sich nach vorn. Shannons Gesicht war ausdruckslos. Aber ihre Finger bewegten sich, und Melanie bekam den Namen Professor X, Gründer der X-Men, mit. Wie Emily rief die Kleine ihre Schutzheiligen an.

Bär und Brutus sprachen so miteinander, dass sie ihre Lippen sehen konnte. Bär deutete auf Shannon und fragte Brutus: »Warum … du sie … weg?«

»Weil«, erwiderte Brutus geduldig, »sie sonst die Scheißtür aufbrechen und … alles abknallen.«

Melanie zog sich leise zurück und berichtete: »Sie steht einfach nur da. Ihr fehlt nichts. Sie soll freigelassen werden.«

Alle Gesichter strahlten.

Nur Mrs. Harstrawns nicht.

Und Kielles auch nicht. Die kleine Kielle, eine blonde, sommersprossige Wildkatze. Eine Achtjährige mit den Augen einer Zwanzigjährigen. Sie sah ungeduldig zu Melanie hinüber, wandte sich dann ab, beugte sich zur Wand neben sich hinunter und schien an irgendetwas zu arbeiten. Was machte sie dort? Versuchte sie, einen Fluchttunnel zu graben? Gut, sollte sie's doch tun. Dann war sie beschäftigt und konnte nicht in Schwierigkeiten geraten.

»Mir wird schlecht, glaub ich«, signalisierte ein Zwilling,

Suzie. Anna behauptete das Gleiche, aber sie wiederholte meistens, was ihre nur wenig ältere Schwester sagte.

Melanie machte den beiden klar, dass ihnen nicht schlecht werden würde. Alles würde gut ausgehen. Danach kümmerte sie sich um Emily, die mit Tränen in den Augen einen Riss in ihrem Kleid untersuchte. »Nächste Woche gehen wir einkaufen«, versprach Melanie ihr. »Du bekommst ein neues.«

Und im nächsten Augenblick flüsterte de l'Épée ihr etwas in ihr unnützes Ohr. »Der Benzinkanister«, sagte er und verschwand sofort wieder.

Melanie spürte, wie ihr ein kalter Schauder über den Rücken lief. Richtig, der Benzinkanister. Sie sah sich langsam um. Er lag ganz in ihrer Nähe: ein großer rot-gelber Zehnliterkanister. Sie rutschte zu ihm hinüber, griff nach dem an einer Kette hängenden Deckel und schraubte den Kanister fest zu. Dann sah sie sich im Schlachtraum nach dem anderen Gegenstand um, den sie brauchen würde.

Dort drüben lag er.

Melanie stand auf, schlich in die Nähe der Tür und spähte zur Rückseite des Schlachthauses. Dort gab es zwei Türen, die im Halbdunkel gerade noch erkennbar waren. Welche führt zum Fluss?, fragte sie sich. Dann sah sie zufällig dort auf den Fußboden, wo sie während ihres angeblichen Handzeichenspiels etwas in den Staub geschrieben hatte. Sie kniff die Augen zusammen, begutachtete den Fußboden vor den Türen und stellte fest, dass vor der linken viel weniger Staub lag. Genau! Der Wind vom Fluss bläst unter dieser hier durch und hat den Staub weggeweht. Ein so kräftiger Luftzug bedeutet vielleicht, dass irgendwo eine Tür oder wenigstens ein Fenster so weit offen steht, dass ein kleines Mädchen hinausschlüpfen könnte.

Beverly keuchte und bekam einen Weinanfall. Sie lag nach Atem ringend auf der Seite. Das Inhaliergerät hatte ihr nicht viel geholfen. Bär runzelte die Stirn, sah zu ihr hinüber und brüllte irgendwas.

Scheiße. Melanie wandte sich an Beverly: »Ich weiß, dass es schwer ist, Schatz, aber sei bitte ruhig.«

»Angst, Angst.«

»Ich weiß. Aber wir werden alle …«

Großer Gott! Melanie riss entsetzt die Augen auf. Ihre Hände erstarrten mitten im Satz, als sie zu Kielle hinübersah.

Kielle hielt ein Messer in der Hand: ein altes Messer mit leicht gekrümmter Klinge. Das war es, was sie unter einem Abfallhaufen entdeckt und ausgegraben hatte.

Melanie fuhr zusammen. »Nein!«, signalisierte sie. »Leg's wieder hin!«

In Kielles grauen Augen blitzte Mordlust. Sie steckte das Messer ein. »Ich bringe Mr. Sinister um! Du kannst mich nicht daran hindern!« Ihre Hände zerschnitten die Luft vor ihr, als stäche sie schon auf ihn ein.

»Nein! Das würde nichts nutzen!«

»Ich bin Jubilee! Er kann mich nicht aufhalten!«

»Das ist ein Comic-Held«, widersprach Melanie energisch. »Kein richtiger Mensch.«

Kielle ignorierte sie. »Jubilation Lee! Ich zerfetze ihn mit Plasmoiden! Er muss sterben. Keiner kann mich aufhalten!« Sie kroch durch die Tür und verschwand hinter dem Wasserfall, der vom Dach des Gebäudes kam.

Der riesige Hauptraum des Schlachthauses der Webber & Stoltz Processing Company, in dessen vorderem Teil sich die drei Ausbrecher aufhielten, war früher in Viehpferche und Verbindungsgänge unterteilt gewesen. Jetzt diente er als Lager für ausgediente Geräte: Hackklötze, Bolzenschussapparate, Schragen zur Aufnahme von Eingeweiden, Fleischwölfe, riesige Auskochkessel.

In diesem grausigen Lagerraum war Kielle jetzt verschwunden, um sich an der Wand entlang nach vorn zu schleichen, wo die Männer vor dem Fernseher herumlungerten.

Nein …

Melanie stemmte sich halb hoch, sah zu Bär hinüber – der als Einziger der drei den Schlachtraum überblicken konnte – und erstarrte. Er sah nicht in ihre Richtung, aber er brauchte seinen fettigen Kopf nur etwas zur Seite zu drehen, um sie im Blickfeld zu haben. Panisch suchte sie den Hauptraum ab und sah gerade noch, wie Kielles blonder Schopf hinter einer Säule verschwand.

Melanie schlich tief geduckt näher an den Durchgang heran. Brutus stand neben Shannon am Fenster und starrte nach draußen. Bär schien zu ihr hinübersehen zu wollen, wurde dann jedoch von Marder abgelenkt, der über irgendetwas lachte. Bär fuhr über die Schrotflinte in seiner Rechten, lehnte sich zurück, schloss die Augen und lachte.

Jetzt. Los!

Ich kann nicht.

Los, solange er dich nicht sehen kann.

Ein tiefer Atemzug. Jetzt. Melanie schlüpfte aus dem Raum und kroch unter eine verfallene Rampe, die eine Million Hufe zerfurcht und zerschrammt hatten. Sie hielt inne und starrte durch den von der Decke herabstürzenden Wasserfall. Kielle … Wo bist du? Glaubst du etwa, du könntest ihn erstechen und dich dann einfach in Luft auflösen? Du und deine verdammten Comics!

Melanie schlich unter dem Wasserfall hindurch. Das Wasser war eiskalt und schleimig. Vor Widerwillen zitternd, erreichte sie endlich den Hauptraum.

Was würde das Mädchen tun? Einen weiten Bogen machen, vermutete Melanie, sich von hinten anschleichen, ihm das Messer in den Rücken stoßen. Vorbei an alten

Maschinen, rostigen Metallteilen und verfaulendem Holz. Zwischen Bergen von Ketten und Fleischhaken hindurch, an denen noch dunkles Tierblut und nadelspitze angetrocknete Fleischfetzen klebten. Am schlimmsten waren die Kochkessel. Aus ihnen stieg ein ekelerregender Geruch auf, und Melanie konnte die grausige Vorstellung, wie ganze Tiere in einer kochenden Fettbrühe versanken, nicht verscheuchen. Ihr wurde schlecht, und sie begann zu würgen.

Nein! Sei still! Das leiseste Geräusch kann dich verraten.

Sie kämpfte darum, sich zu beherrschen, sank auf die Knie und atmete die vom Boden aufsteigende kühle feuchte Luft ein.

Als sie unter dem Ständer einer Art Guillotine mit schartigem, verrostetem Schrägmesser hindurchsah, erkannte sie auf der anderen Seite des großen Raumes Kielles Schatten, der von einer Säule zur anderen huschte.

Melanie setzte sich rasch in Bewegung. Aber bereits nach einem Schritt spürte sie einen Schlag gegen ihre linke Schulter: Sie war mit voller Wucht gegen ein zwei Meter langes Eisenrohr geprallt, das an einer Säule lehnte. Es begann langsam umzufallen.

Nein!

Melanie umklammerte das schwere Rohr mit beiden Armen. Es wog bestimmt hundert Pfund.

Ich kann es nicht aufhalten, kann es nicht festhalten!

Das Eisenrohr kippte schneller, zog sie hinter sich her. Kurz bevor sie loslassen musste, ließ sie sich fallen, wälzte sich unter das rostige Metall und fing den Aufprall mit angespannten Bauchmuskeln ab. Die durch ihren Körper zuckenden Schmerzen ließen sie aufstöhnen. Sie konnte nur hoffen, dass der heulende Wind und das Wasserrauschen laut genug waren, um ihren unterdrückten Schmerzensschrei zu übertönen. So blieb sie lange Augenblicke wie betäubt liegen.

Schließlich gelang es ihr, das schwere Eisenrohr von sich abzuwälzen – lautlos, hoffte sie.

O Kielle, wo bist du? Begreifst du nicht, was passieren wird? Du kannst nicht alle umbringen. Sie werden uns finden, sie werden uns ermorden. Oder Bär schleppt uns in den hinteren Teil des Schlachthauses. Hast du seinen Blick nicht gesehen? Weißt du nicht, was er will? Nein, vermutlich nicht. Du bist völlig ahnungslos …

Sie riskierte einen Blick nach vorn. Die Aufmerksamkeit der drei Männer galt hauptsächlich dem Fernseher. Bär sah gelegentlich in den Schlachtraum hinüber, schien aber nicht zu merken, dass zwei der Gefangenen fehlten.

Als Melanie nochmals unter dem rostigen Gestell hindurchsah, erkannte sie sekundenlang einen blonden Schopf. Das war Kielle, die unaufhaltsam auf die drei Männer in der Nähe des Fensters zukroch. Auf ihrem Gesicht stand ein Lächeln. Wahrscheinlich dachte sie wirklich, sie könnte alle drei umbringen.

Melanie, die nach dem Aufprall des schweren Eisenrohrs immer noch nach Atem rang, hastete den Korridor zwischen Maschinenteilen entlang und verbarg sich hinter einer rostigen Säule. Von ihrem Versteck aus sah sie das blonde Mädchen, das bis auf etwa zehn Meter an Brutus herangekommen war, der ihr den Rücken zukehrte und aus dem Fenster starrte. Mit einer Hand hielt er Shannon nachlässig am Kragen gepackt. Wäre einer der Männer aufgestanden und in Kielles Richtung gegangen, hätte er nur über einen der auf der Seite liegenden Kochkessel blicken müssen, um sie zu sehen.

Kielle spannte die Muskeln an. Sie war kurz davor, über den Kessel zu springen und Brutus anzugreifen.

Soll ich sie einfach gewähren lassen?, dachte Melanie. Was kann schlimmstenfalls passieren? Sobald sie in die Nähe der Männer kommt, sieht Bär sie und nimmt ihr das Messer ab. Sie bekommt ein, zwei Ohrfeigen und wird in den Schlachtraum zurückgestoßen.

Wozu soll ich mein Leben aufs Spiel setzen? Riskieren, dass Bär mich begrapscht? Dass Brutus mich anstarrt?

Aber dann sah Melanie wieder Susan vor sich. Sah die Einschusswunde in ihrem Rücken, sah ihr schwarzes Haar hochfliegen.

Sie sah, wie Bär seinen Blick grinsend über Emilys knabenhaften Körper gleiten ließ.

Scheiße.

Melanie zog ihre schwarzen Schuhe aus, schob sie unter einen Metalltisch. Sie spurtete los. Rannte geduckt den schmalen Korridor entlang, wich den von der Decke herabhängenden Ketten, Rohren und Eisenstangen aus und sprang über einen umgefallenen Hackklotz.

Gerade als Kielle sich aufrichtete und nach dem oberen Kesselrand griff, stürzte Melanie sich auf sie. Mit einer Hand auf ihrem Magen, der anderen auf ihrem Mund. Sie gingen miteinander zu Boden und prallten dabei gegen den Scharnierdeckel eines Kochkessels, der krachend zufiel.

»Nein!«, signalisierte die Kleine. »Lass mich …«

Melanie tat etwas, was sie noch nie im Leben getan hatte: Sie holte aus, als wollte sie dem Mädchen ins Gesicht schlagen. Kielle machte große Augen. Die Lehrerin ließ die Hand sinken und sah durch einen Spalt zwischen zwei umgestürzten Kesseln nach vorn. Brutus hatte sich umgedreht und starrte in ihre Richtung. Marder zuckte mit den Schultern. »Wind«, sah sie ihn sagen. Bär, der nicht mehr lächelte, kam mit der Schrotflinte in der Hand auf sie zu.

»Dort rein!«, wies Melanie das Mädchen an und zeigte auf einen großen, auf der Seite liegenden Eisenkessel. Kielle zögerte einen Augenblick, dann kletterten sie beide hinein und zogen den Deckel wie eine Tür fast ganz hinter sich zu. Der Kessel war innen mit einer wachsartigen Masse überzogen, die Melanie so anwiderte, dass sie eine Gänsehaut bekam. Der Gestank war überwältigend, und sie musste wieder gegen aufsteigende Übelkeit ankämpfen.

Ein Schatten fiel über den Kessel, und sie spürte die Vibrationen, als Bär durch den Korridor näher kam. Er blieb keinen Meter von ihnen entfernt stehen.

Bär sah sich halbherzig um, machte dann kehrt und ging zu Shannon und den beiden anderen Männern zurück.

Kielle wandte sich an Melanie, die ihre Handbewegungen im Halbdunkel kaum erkennen konnte. »Ich bringe ihn um! Versuch nicht, mich daran zu hindern, sonst bringe ich dich auch um!«

Melanie holte erschrocken tief Luft, als das kleine Mädchen drohend ihr Schlachtermesser mit der rasiermesserscharfen Klinge hob. »Schluss damit!«, befahl Melanie energisch. Was soll ich nur tun?, fragte sie sich. Vor ihrem inneren Auge tauchten Bilder von Susan auf. Mrs. Harstrawn, ihr Vater, ihr Bruder.

Und de l'Épée.

Susan, hilf mir.

De l'Épée …

Dann dachte Melanie plötzlich: Es *gibt keine* Susan mehr. Sie ist tot. Tot und kalt.

Und Mrs. Harstrawn ist so gut wie tot.

De l'Épée? Der ist nur eine Erfindung. Eine Fantasiegestalt, die dich in deinem kümmerlichen kleinen Fantasieraum besucht. Ein weiterer deiner komischen imaginären Freunde, einer von den Dutzenden, mit denen du aufgewachsen bist, mit denen du geredet hast, mit denen du ausgegangen bist und die du ganz im Stillen geliebt hast, während du vor der Wirklichkeit geflüchtet bist. Ich mache alles falsch! Ich höre Musik, obwohl es keine gibt, dafür höre ich nichts, wenn ganz in meiner Nähe gesprochen wird, ich habe Angst, wenn ich tapfer sein müsste …

*A Maiden's Grave.*

Die Kleine wollte den Kesseldeckel hochstemmen.

»Kielle!«, begann Melanie aufgebracht. »Jubilee… Also, pass auf.«

Das kleine Mädchen nickte zögernd.

»Willst du ihn wirklich umbringen?«

»Ja!« Kielles Augen funkelten.

»Okay. Dann tun wir's gemeinsam. Aber wir wollen es richtig anfangen.«

Die Kleine lächelte plötzlich strahlend.

»Ich lenke ihn ab. Du bleibst hinter den Röhren dort drüben. Siehst du die? Geh dich verstecken.«

»Was soll ich tun?«

»Du wartest, bis ich dir ein Zeichen gebe. Brutus redet mit mir und achtet nicht auf dich.«

»Und dann?«

»Du stößt ihm das Messer in den Rücken, so fest du kannst. Okay?«

»Ja!« Kielle lächelte nochmals. Ihre Augen funkelten nicht mehr, sondern waren kalt wie Stein. »Ich bin Jubilee! Mich kann keiner aufhalten!«

Brutus stand mit dem Rücken zu ihr am Fenster, aber er musste ihr Spiegelbild in einem noch im Rahmen steckenden Splitter der Scheibe gesehen haben, denn er drehte sich um. »Hey, wen haben wir denn da?«

Melanie war aus dem Kessel gestiegen und zum Schlachtraum zurückgeschlichen. Jetzt schien sie von dort herzukommen. Sie lächelte Shannon beruhigend zu.

Sie erwiderte Handys Blick und tat dann so, als schriebe sie etwas. Er gab ihr einen gelben Block und einen Filzstift. *Sie sollen ihr nicht weh tun*, schrieb Melanie. Sie nickte zu Shannon hinüber.

»Weh tun? Ich lasse… laufen. Kapiert?«

*Warum nicht sie und die Asthmakranke?*, schrieb Melanie. Du musst ihren Namen erwähnen, sagte sie sich. Vielleicht weckt das sein Mitgefühl. *Beverly,* fügte sie hinzu.

Aber Brutus nickte grinsend zu Bär hinüber. »Mein Freund… die Hübschen dabehalten – zumindest vorläufig.«

Das sagt er nur, um grausam zu sein, dachte Melanie. Dann überlegte sie: Er *ist* grausam, ja. Aber was ist er noch, was empfinde ich in Bezug auf ihn noch? Etwas Merkwürdiges, als gäbe es eine Verbindung zwischen uns. Liegt es daran, dass ich seine Worte verstehe? Oder verstehe ich sie *wegen* dieser Verbindung?

Marder trat vom Fenster zurück und sagte: »…kommt… zwei Sechserpacks.« Er blinzelte Brutus zu und kaute weiter auf einem Zahnstocher herum. Aber sein Anführer schaute nicht hinaus; er kniff die Augen zusammen, sah sich um und suchte das Innere des Schlachthauses ab.

Was kann ich tun, um ihn von Kielle abzulenken?

Versuchen, ihn zu verführen?, dachte sie plötzlich.

Was sie über Liebe wusste, stammte aus Büchern, Filmen und Gesprächen unter Mädchen. Melanie hatte Freunde gehabt, aber mit keinem von ihnen geschlafen. Immer die Angst… Wovor, wusste sie nicht recht. Vielleicht vor dem Dunkeln. Oder davor, jemandem rückhaltlos zu vertrauen. Das eigentliche Problem war natürlich, dass sie nie jemanden kennengelernt hatte, der sie lieben wollte. Oh, es hatte massenhaft Jungs gegeben, die sie ficken wollten. Aber das war etwas völlig anderes. Man brauchte die Wörter nur auszusprechen: Bei »ficken« verzog man die Nase und hatte einen angespannten, einsamen Gesichtsausdruck. Dagegen war »lieben« ein sanftes Wort, von dem man weiche, offene Züge bekam.

Brutus lachte plötzlich, trat vor, packte sie und zog sie an sich. Vielleicht war er viel cleverer, als er aussah. Oder vielleicht konnten ihre Augen kein Geheimnis behalten; jedenfalls wusste er genau, was sie dachte. Er streichelte ihr Haar.

Melanie wartete, dass er ihr die Hände auf die Brüste, zwischen die Beine legte. Sie erinnerte sich daran, wie sie hochgefahren war, als ein Freund ihr einmal rasch unter den Rock gegriffen hatte. Sie war wie ein Blitz von seinen Knien aufgesprungen und hatte sich den Kopf an der heißen Deckenleuchte seines Wagens angeschlagen.

Brutus drehte den Kopf zur Seite und sagte etwas, was sie nicht mitbekam.

Bär und Marder lachten.

Plötzlich stieß er Melanie von sich weg, starrte sie herausfordernd an und fragte: »Was sollte ich mit dir schon anfangen? Mit so ’nem kümmerlichen kleinen Ding? Du bist wie ’n Junge. Ich mag richtige Frauen.« Seine schwarzen Augen bohrten sich in ihre, und sie brach in Tränen aus. Brutus nahm ihren entsetzten und beschämten Gesichtsausdruck befriedigt zur Kenntnis.

»Ich hab ’ne richtige Frau. Pris hat alles, was ich brauche. Sie hat den Körper einer Frau, die Augen einer Frau. Wir ficken stundenlang. Hast du ’nen Freund?«

Melanie konnte nicht antworten. Ihre Arme hingen kraftlos herab. Aus den Augenwinkeln heraus sah sie Kielle im Schatten rostiger Maschinenteile heranschleichen. Sie kämpfte gegen die Tränen an, weigerte sich, sie abzuwischen.

»Pris ist ’ne tolle Nummer. Die macht jeden fertig… Du glaubst, ich bin schlecht? Sie ist schlechter. Du hasst mich? Sie würdest du kein bisschen mögen. Aber *sie* würd dich vielleicht ficken. Sie mag auch Frauen, und ich würd gern dabei zusehen. Falls wir hier rauskommen, machen wir’s mal gemeinsam – sie und ich und du.«

Melanie wich einen Schritt zurück, aber Brutus packte sie

am Arm. Sein eiserner Griff unterbrach die Blutzufuhr zu ihrer Hand, die schmerzhaft zu kribbeln begann.

Marder, der sich sein kurzgeschorenes Haar rieb, rief etwas. Brutus drehte sich zum Fenster um und blickte hinaus. Melanie spürte Vibrationen in der Luft. Brutus sah das Telefon. Er grinste, ließ Melanies Arm los und hob das Mobiltelefon ans Ohr.

»Hallo …«

Sprach er mit de l'Épée? Worüber redeten die beiden?

Hinter den Röhren in der Nähe der Tür tauchte Kielles Schatten auf. Das Mädchen hielt das Messer in der rechten Hand.

»… gleich da!«, rief Marder und zielte mit seiner Waffe durchs Fenster.

Brutus senkte den Kopf und sprach weiter ins Telefon, während er mit der Pistole spielte, die er in seinem Hosenbund stecken hatte. Er wirkte gelangweilt; dann verzog er das Gesicht und legte auf. Er griff nach einer Schrotflinte, zog einen Hebel zurück und trat an die Tür. Er stand ungefähr drei Meter von Kielle entfernt und kehrte ihr den Rücken zu. Das Mädchen streckte den Kopf etwas vor. Durch einen Türspalt fiel grellweißes Licht herein und ließ die Klinge in ihrer Hand aufblitzen. Melanie machte ihr ein Zeichen, noch zu warten.

Marder packte Shannon am Kragen und zog sie zur Tür. Brutus trat zurück und zielte mit der Schrotflinte nach draußen, während Marder langsam die Tür öffnete.

Vor der Tür erschien ein Mann – ein Trooper in schwarzer Uniform. Er übergab zwei Sechserpacks Bier. Marder stieß das Mädchen ins Freie.

Jetzt!

Melanie trat langsam hinter Brutus. Sie lächelte zu Kielle hinüber, die verständnislos die Stirn runzelte. Im nächsten Augenblick bückte sich Melanie, hob das kleine

Mädchen vom Boden hoch und riss ihr das Messer aus der Hand.

Kielle schüttelte wütend den Kopf.

Aber Melanie warf sich bereits mit ihr herum – so blitzschnell, dass Brutus vor Verwirrung erstarrte und die beiden anglotzte. Er hatte keine Ahnung, was hier vorging. Melanie lächelte ihn weiter an, während sie mit der strampelnden Kleinen um ihn herumging.

Dann schleuderte sie Kielle durch die Tür an die Brust des Troopers.

Im ersten Augenblick waren alle wie gelähmt. Melanie lächelte Marder an, schloss langsam die Tür und scheuchte den verblüfften Trooper mit einer Handbewegung fort, als wäre er eine lästige Brummfliege.

»Scheiße!«, fauchte Brutus. Dann setzte sich Marder in Bewegung, aber Melanie knallte die Tür zu und verkeilte sie mit Kielles Messer, Marder riss an dem großen Griff, aber sie gab nicht nach.

Dann sank Melanie auf die Knie, bedeckte ihr Gesicht mit den Händen und versuchte, sich zu schützen, während Marders knochige Faust gegen ihren Kiefer und Nacken krachte. Er zog ihre Arme weg und traf sie mit kräftigen Boxhieben an Stirn und Kinn.

»Verfluchte Schlampe!« Brutus' Halssehnen traten deutlich hervor, sein Kinn zitterte.

Mit einem Fausthieb warf er Melanie zu Boden. Sie versuchte wegzukriechen, zog sich am Fensterbrett hoch, sah nach draußen und beobachtete den Trooper, der sich die beiden X-Men unter die Arme geklemmt hatte. Er trabte durch die vom Schlachthaus wegführende Senke davon.

Im Nacken spürte sie die Vibrationen einer zornig brüllenden Männerstimme. Brutus rannte ans Fenster auf der anderen Seite der Tür. Er trat zwei Schritte zurück, riss die Schrotflinte hoch und zielte nach draußen.

Melanie stürzte sich auf ihn.

Sie hatte das Gefühl, als berührten ihre Füße nicht einmal den Boden. Marder wollte sie festhalten, bekam aber nur den Kragen ihrer Seidenbluse zu fassen, von dem ein Stück in seiner Hand zurückblieb. Beim Zusammenprall mit Brutus' Schulter wurde ihr die Befriedigung zuteil, auf seinem Gesicht Schmerz, Überraschung und sogar Angst zu sehen, als er seitwärts gegen einen alten Hackblock fiel. Seine Schrotflinte krachte auf den Betonboden, aber zum Glück löste sich kein Schuss.

Melanie sah erneut ins Freie und konnte noch beobachten, wie der Trooper mit den beiden Mädchen hinter einer kleinen Anhöhe verschwand. Und dann traf Marders Waffe sie über dem Ohr, das vor vielen Jahren als Erstes ertaubt war, und sie brach zusammen. Sie verlor das Bewusstsein – nicht so sehr vor Schmerzen als aus Angst, die nachtdunklen Schatten, die ihren Blick trübten, seien auf einen zerstörten Sehnerv zurückzuführen, sodass sie nun für immer und ewig nicht nur taub, sondern auch blind sein würde.

## 17.34 Uhr

»Sie haben uns einen Bonus gewährt, Lou. Besten Dank.«

»Nicht freiwillig«, knurrte Handy.

»Nein? Was ist passiert?«

»Hören Sie, ich bin stinksauer.«

»Wieso das?«

»Halten Sie die Klappe und hören Sie zu, Art. Ich will Ihren Scheiß nicht hören.« Sein Tonfall war eisiger als je zuvor.

»In fünfundvierzig Minuten muss der Hubschrauber da sein. Mehr Zeit gibt's nicht, und ich sag Ihnen, Mister, ich bin ganz scharf darauf, jemand umzulegen. Ich hoffe fast, dass er nicht kommt. Mit Ihnen lasse ich mich auf keinen Handel mehr ein.«

»Wie schmeckt das Bier?«

»Ich hab das Gör schon ausgesucht. Sie ist zehn oder elf. Trägt ein hübsches Kleid.«

»Emily«, sagte Angie.

»Und zuerst kriegt Bonner sie. Was mit Bonner los ist, wissen Sie ja, oder? Sie haben Ihre gottverdammten Akten über uns. Also werden Sie sein kleines Problem wohl kennen.«

Ein Verhandler bringt niemals eigene Wertvorstellungen ein – weder Zustimmung noch Kritik. Das würde suggerieren, dass es Normen für akzeptables und inakzeptables Verhalten gibt, und könnte den Geiselnehmer reizen oder seine strafbaren Handlungen gerechtfertigt erscheinen lassen. Sogar beruhigend gemeinte Allgemeinplätze sind gefährlich, weil sie den Schluss nahelegen, man nehme die Situation nicht ernst.

Jetzt sagte Potter widerstrebend so gelangweilt wie möglich: »Das wollen Sie doch gar nicht tun, Lou. Und das wissen Sie auch.«

Bösartig meckerndes Lachen erfüllte die Kommandozentrale. »Andauernd erzählt man mir, was ich nicht will. Das *hasse* ich!«

»Wir sind dabei, Ihnen den Hubschrauber zu besorgen, Lou. Schauen Sie mal raus. Wir haben eine Windgeschwindigkeit von zwanzig Meilen, tief hängende Wolken und Nebel. Sie wollen einen Hubschrauber mit Schwimmern. Nun, Schwimmer wachsen nicht auf Bäumen.«

»Sie haben eine Windgeschwindigkeit von zwölf Meilen, die Wolken sind zweitausend Fuß hoch, und Nebel kann ich überhaupt keinen sehen.«

Der Fernseher!, dachte Potter und ärgerte sich, dass er den vergessen hatte. Vielleicht hatte Handy gerade eben den Wetterbericht in den Fünfuhrnachrichten gesehen. Eine längere Pause. Potter, der den Lautsprecher über seinem Kopf anstarrte, gelangte zu dem Schluss, dass sie zu sehr auf den technischen Ablauf der Verhandlungen fixiert waren. Es wurde Zeit für eine persönliche Note.

»Lou?«

»Yeah.«

»Sie haben gefragt, wie *ich* aussehe. Das möchte ich jetzt auch von Ihnen wissen.«

»Scheiße, Sie haben Bilder von uns, möchte ich wetten.«

»Was ist auf Fahndungsfotos schon zu erkennen?«, fragte Potter und lachte.

Als Handy weitersprach, klang seine Stimme viel ruhiger. »Wie ich aussehe?«, wiederholte er nachdenklich. »Ich will Ihnen eine Story erzählen, Art. Ich war mal bei 'ner

Häftlingsrevolte dabei. Wie immer bei solchen Sachen ist aller mögliche Scheiß passiert. Wie's der Teufel will, steh ich in der Gefängniswäscherei mit 'nem Kerl, auf den ich's schon lange abgesehen hatte. Nun, Sie wissen doch, wo man Sachen versteckt, wenn man im Knast ist, oder? Ich hab also mein Glasmesser gekackt, es ausgewickelt und mich über ihn hergemacht. Wissen Sie, warum?«

Auf solche Fragen musst du eingehen, dachte Arthur Potter, der Verhandler. Aber Arthur Potter schwieg.

»Als ich damals reingekommen bin, hat er sich wie 'n richtiger Macho vor mir aufgebaut und gesagt, dass ihm mein Gesicht nicht gefällt.«

»Also haben Sie ihn umgebracht.« Eine nüchterne Feststellung.

»Scheiße, ja – aber das ist nicht der Punkt, auf den ich hinauswill. Als er mit aufgeschlitztem Bauch im Sterben gelegen hat, hab ich mich über ihn gebeugt. Ich war neugierig, verstehen Sie. Ich hab mich ganz tief über ihn gebeugt und ihn gefragt, was ihm an meinem Gesicht nicht gepasst hat. Und wissen Sie, was er gesagt hat? Er hat gesagt: ›Du hast wie der kalte Tod ausgesehen.‹ Wissen Sie was, Art? Als er das gesagt hat, hat's mir leidgetan, dass ich ihn umgebracht hatte. Ja, Sir, wie der kalte Tod.«

Nicht auf sein Spiel eingehen!, dachte Potter. Du bist dabei, dich von ihm einwickeln zu lassen. Mit einer gewissen Schärfe in der Stimme verlangte er: »Lou, lassen Sie uns bis sieben Uhr Zeit. Wenn Sie das für mich tun, haben wir wahrscheinlich eine gute Nachricht für Sie.«

»Ich …«

»Das ist alles. Welchen Unterschied macht das schon?« Potter achtete darauf, dass seine Stimme nicht bittend klang. Er erweckte den Eindruck, als stellte Handy unbillige Forderungen. Das war ein Risiko, aber nach Potters Einschätzung hatte der Mann keinerlei Respekt vor Winslern.

Trotzdem war er höchst überrascht, als Handy sagte: »Also gut. Mein Gott! Aber sorgen Sie dafür, dass wir den Hubschrauber kriegen, Art. Sonst ist die Kleine in dem hübschen Kleid erledigt.«

*Klick.*

Potter wies Tobe ungerührt an, die Uhr, die den Fristablauf anzeigte, entsprechend umzustellen.

Die Tür der Kommandozentrale wurde geöffnet, und ein Trooper steckte den Kopf herein. »Die beiden Mädchen sind hier, Sir. Sie sind im Sanitätszelt.«

»Alles in Ordnung mit den beiden?«

»Eine ist hingefallen und hat eine Schürfwunde am Ellbogen. Sonst fehlt ihnen nichts.«

»Ich gehe zu ihnen rüber. Ich könnte etwas frische Luft brauchen. Frances, würden Sie dolmetschen? Henry, zieh den Stecker raus und komm mit. Angie, du bitte auch.«

Unter einigen Bäumen in der Nähe der Kommandozentrale bot Potter den beiden Mädchen Klappstühle an. Henry LeBow hatte einen Laptop mitgebracht. Er nahm ebenfalls Platz und lächelte die Mädchen an, die sich aber mehr für den Toshiba interessierten.

Potter rief sich ins Gedächtnis zurück, was er von Frances gelernt hatte, und buchstabierte ihre Namen mit dem Fingeralphabet S-H-A-N-N-O-N und K-I-E-L-L-E, was Shannon ein Lächeln entlockte. Wie Potter wusste, waren die beiden Mädchen gleich alt – acht Jahre –, aber Shannon war größer. Mit ihrer grimmigen Miene und ihrem zynischen Blick wirkte Kielle jedoch wesentlich älter.

»Was hast du?«, fragte Potter Kielle.

Frances wirkte erschrocken, als sie die Antwort des Mädchens übersetzte. »Sie sagt, dass sie versucht hat, ihn umzubringen.«

»Wen?«

»Handy, glaub ich. Sie nennt ihn Mr. Sinister.«

Potter zeigte ihr einen der Handzettel mit den Fahndungsfotos der Geiselnehmer. Kielle verzog angewidert das Gesicht und tippte energisch auf Handys Bild.

»Sie sagt, dass er Susan erschossen hat – und dass sie ihn umbringen wollte. Aber Melanie hat sie verraten. Melanie ist ein Judas.«

»Warum?«, fragte Angie.

Wieder knappe, energische Handbewegungen.

»Sie hat sie aus der Tür geworfen.«

»Das hat Melanie getan?«

Potter spürte, wie ihm ein kalter Schauder über den Rücken lief. Er wusste, dass Handy sich das nicht ohne Weiteres gefallen lassen würde.

Shannon bestätigte, dass die Männer keine Gewehre, sondern nur Schrotflinten zu haben schienen – ihr Vater ging auf die Jagd, deshalb verstand sie etwas von Waffen. Beverlys Asthma war schlimm, obwohl Handy ihr die Medizin gegeben hatte. Sie bestätigte, dass der »große Mann« – Bonner – sich dauernd bei den Mädchen herumdrückte und vor allem Emily immer wieder anstarrte, »weil sie hübscher ist und mehr wie ein Mädchen aussieht«.

Angie fragte vorsichtig: »Hat irgendjemand eine von euch angefasst?«

»Ja«, antwortete Shannon, aber Kielle winkte ab und verbesserte: »Nicht so, wie Sie meinen. Aber Bär starrt die Mädchen dauernd an.«

Also stellt neben Handy auch Bonner eine Gefahr dar, überlegte Potter. Und wahrscheinlich ist er sogar gefährlicher. Das sind Triebtäter immer.

»Wer hat entschieden, dass du freigelassen werden sollst?«, wollte Angie von Shannon wissen.

»Er.« Sie deutete auf Handy.

»Der Mann, den Melanie Brutus nennt, stimmt's?«

Shannon nickte. »Wir nennen ihn Mr. Sinister. Oder Magneto.«

»Warum, meinst du, hat er dich ausgewählt? Aus einem bestimmten Grund?«

»Weil Bär…« – Shannon zeigte auf Bonner – »ihm gesagt hat, er soll mich nehmen.« Frances sah zu Angie auf und fügte hinzu: »Er war wütend auf sie, weil sie ihn getreten hat.«

»Ich wollte ihn nicht treten. Ich hab bloß nicht nachgedacht… Und dann habe ich wirklich Angst bekommen. Ich habe gedacht, es sei meine Schuld, dass sie uns verbrennen wollten.«

»Verbrennen? Wie kommst du darauf?«

Shannon berichtete von der über ihnen angebrachten Wanne mit Benzin.

Frances wurde blass. »Das würde er nicht tun.«

»O doch!«, sagte Angie. »Feuer. Sein neues Spielzeug.«

»Verdammt«, murmelte Potter. Damit war ein Einsatz des Sonderkommandos zur Befreiung der Geiseln praktisch ausgeschlossen. Henry LeBows Zugeständnis an diesen neuen Schrecken bestand darin, dass er eine Pause machte, bevor er die Beschreibung des Brandsatzes eintippte.

Potter ging zur Tür der Kommandozentrale, rief Budd heraus und winkte dann auch Dean Stillwell heran. Der Verhandler sagte zu den beiden: »Dort drinnen befindet sich eine heiße Brandfalle…«

»Heiß?«, fragte Budd.

»Zündfertig«, erklärte Potter ihm. »Wir dürfen ihm nicht den geringsten Anlass liefern, sie zu zünden. Es darf absolut keine Aktion geben, die als Angriffshandlung ausgelegt werden könnte. Dean, Sie überprüfen noch mal, ob wirklich alle Waffen entladen sind.«

»Ja, Sir«, antwortete Stillwell.

Potter ging zu den Mädchen zurück. Er fragte Shannon,

ob sie ihnen mehr über die drei Männer und darüber, was sie die ganze Zeit taten, erzählen könne.

»Sie sitzen vor dem Fernseher«, übersetzte Frances. »Sie gehen herum. Essen. Reden. Sie wirken ganz entspannt.«

Entspannt. Das hatte Jocylyn auch gesagt. Nun, das war bei verbarrikadierten Geiselnehmern etwas ganz Neues.

»Hast du das Werkzeug gesehen, das sie haben?«

Shannon nickte.

»Haben die Männer es benützt?«

»Nein.«

»Erinnerst du dich, was für Werkzeug sie haben?«

Sie schüttelte den Kopf.

»Weißt du, worüber sie gesprochen haben?«, erkundigte Potter sich.

»Nein«, erklärte Frances ihm. »Keins der beiden Mädchen kann von den Lippen ablesen.«

»Haben sie euch ständig beobachtet?«, fragte Angie.

»Meistens. Er ist unheimlich. Der da.« Shannon zeigte auf Handy. Kielle griff nach seinem Foto, zerfetzte es in kleine Schnitzel und wandte sich dann aufgebracht gestikulierend an Frances.

»Sie sagt, dass sie Melanie hasst. Sie hätte ihn umbringen können. Und jetzt lebt er und kann noch mehr Leute ermorden. Sie sagt, dass es ihr nichts ausgemacht hätte, dabei umzukommen. Aber Melanie ist ein Feigling, und sie hasst sie.«

Wie zuvor bei Jocylyn schüttelte Potter den beiden herzlich die Hand und bedankte sich für ihre Hilfe. Shannon lächelte; Kielle blieb ernst, aber ihr Händedruck war selbstbewusst und kräftig. Danach schickte er die beiden mit einem Trooper fort, der sie nach Crow Ridge zu ihren Eltern ins Hotel bringen würde. Nach kurzer Beratung mit Angie stieg Potter wieder in die Kommandozentrale. Die Psychologin folgte ihm.

Der Verhandler rieb sich die Augen, lehnte sich zurück und griff nach dem Becher mit scheußlichem Kaffee, den Derek ihm hinstellte. »Ich versteh es nicht«, sagte er, ohne jemanden gezielt anzusprechen.

»Was?«, fragte Budd.

»Einer Geisel gelingt die Flucht, und er ist wütend. Das verstehe ich noch. Aber er scheint nicht wütend zu sein, weil das seine Verhandlungsposition schwächt. Nein, er ist aus einem anderen Grund wütend.« Er sah sich um. »Angie? Hat unsere Hauspsychologin irgendwelche Ideen?«

Sie ordnete ihre Gedanken, dann sagte sie: »Handy ist von dem Wunsch besessen, alles unter Kontrolle haben zu müssen, glaube ich. Er sagt selbst, dass er Leute ermordet hat, weil sie nicht getan haben, was er wollte. Das habe ich schon einmal gehört. Bei einem Raubüberfall auf einen Supermarkt füllt eine Kassiererin das Geld nicht schnell genug in den Sack, sodass *sie* sich eines Vergehens schuldig macht – nicht etwa der Täter. Das gibt ihm gewissermaßen das Recht, sie zu erschießen.«

»Hat er Susan deshalb erschossen?«, fragte Budd.

Potter war aufgestanden und ging zwischen Tür und Fenster auf und ab. »Ah, eine sehr gute Frage, Charlie.«

»Richtig«, stimmte Angie zu. »Die entscheidende Frage.«

»Warum sie?«, fuhr Potter fort.

»Nun, eigentlich habe ich gemeint: Warum hat er sie *erschossen*?«, sagte Budd. »Warum hat er zu einem so extremen Mittel gegriffen?«

»Oh, wenn jemand gegen seine Regeln verstößt«, antwortete Angie, »ist jede Strafe zulässig, und sei der Verstoß auch noch so leicht. Tod, Folter, Vergewaltigung. In Handys Welt sind selbst mindere Delikte Kapitalverbrechen. Aber beantworten wir lieber *Arthurs* Frage. Warum *sie*? Warum Susan Philipps? Das ist entscheidend. Henry, erzähl uns von dem Mädchen.«

Le Bows Finger tippten Befehle ein. Er las die Informationen vom Bildschirm ab. »Siebzehn. Beide Eltern gehörlos. IQ hundertsechsundvierzig.«

»Wirklich kaum zu ertragen«, murmelte Budd. Potter nickte LeBow zu, er solle fortfahren.

»Klassenbeste in der Laurent Clerc School. Und hört euch das an: Sie war vorbestraft.«

»Was?«

»Sie hat letztes Jahr in der dem Hammersmith College angegliederten Gehörlosenschule von Topeka an einer Demonstration teilgenommen. Die Demonstranten haben einen gehörlosen Dekan gefordert. Ungefähr fünfzig Studenten wurden festgenommen, und Susan hat einen Cop geschlagen. Das Verfahren wegen Körperverletzung ist eingestellt worden, aber wegen Hausfriedensbruchs hat sie eine Bewährungsstrafe erhalten.«

LeBow las weiter vor: »Ehrenamtliche Mitarbeit im Midwest Bicultural/Bilingual Center. Darüber gibt's einen Zeitungsartikel in dem Material, das Angie mitgebracht hat.« Er überflog ihn. »Das scheint eine Organisation zu sein, die gegen sogenanntes ›Mainstreaming‹ kämpft.«

»Die Rektorin ihrer Schule hat mir erklärt, was das ist«, sagte Angie. »Eine Bewegung mit dem Ziel, Gehörlose zwangsweise in normale Schulen zu schicken. Sehr kontrovers. Gehörlosenaktivisten sind strikt dagegen.«

»Gut«, sagte Potter, »lassen wir das vorläufig. Also, wen hat Handy bisher freigelassen?«

»Jocylyn und Shannon«, antwortete Angie.

»Haben die beiden irgendwas gemeinsam?«

»Anscheinend nicht«, sagte Budd. »Sie verkörpern eher Gegensätze. Jocylyn ist ein schüchternes kleines Ding. Shannon hat Mumm. Sie ist eine kleine Susan Phillips.«

»Angie?«, fragte Potter. »Was glaubst du?«

»Wieder sein Wunsch nach Kontrolle. Susan war eine

direkte Bedrohung seiner Autorität. Sie hat ihn ihre Verachtung spüren lassen. Wahrscheinlich hat sie sich ihm auch offen widersetzt. Und Shannon, die Bonner ans Knie getreten hat... Handy muss auch sie als bedrohlich empfunden haben. Er hat nicht das Bedürfnis gehabt, sie zu töten – das äußerste Mittel, um die Kontrolle zu bewahren –, aber er hat sie loswerden wollen. Jocylyn? Die hat ständig geheult. Geflennt. Sie ist ihm auf die Nerven gegangen. Auch das war eine Bedrohung seiner Autorität.«

»Was ist mit den Erwachsenen?«, fragte LeBow. »Stellen die keine größere Bedrohung als die Kinder dar?«

»Oh, nicht unbedingt«, sagte Angie. »Donna Harstrawn, die ältere Lehrerin, scheint im Koma zu liegen. Die ist ungefährlich.«

»Und Melanie Charrol?«

Angie antwortete: »Von der Rektorin ihrer Schule weiß ich, dass sie als sehr schüchtern und ängstlich gilt.«

»Aber sich dir an, was sie eben getan hat«, sagte Potter. »Sie hat Kielle zur Flucht verholfen.«

»Ein Glücksfall, schätze ich. Wahrscheinlich hat sie einem Impuls nachgegeben.« Sie sah aus dem Fenster. »Ein merkwürdiger Vogel, dieser Handy.«

»Meiner Erfahrung nach einzigartig«, sagte Potter. »Komm, Henry, lies uns aus deinem Opus vor. Erzähl uns, was wir bisher über ihn wissen.«

LeBow setzte sich etwas auf und begann, ausdruckslos vorzulesen. »Louis Jeremiah Handy ist fünfunddreißig Jahre alt. Seine Mutter hat ihn allein aufgezogen, weil sein Vater, ein Alkoholiker, eine Haftstrafe antreten musste, als das Baby ein halbes Jahr alt war. Die Mutter hat ebenfalls getrunken. Das Jugendamt hat mehrmals daran gedacht, ihn und seine Brüder bei Pflegeeltern unterzubringen, aber daraus ist nie was geworden. Keine Hinweise auf Misshandlungen oder sexuellen Missbrauch, obwohl sein Vater nach der Entlassung aus der Haft – Lou war damals acht – mehrmals verhaftet wurde, weil er Nachbarn verprügelt hatte. Als Lou dreizehn war, ist sein Vater endgültig abgehauen und ein Jahr später bei einer Schlägerei in einer Bar ums Leben gekommen. Seine Mutter ist im Jahr darauf gestorben.«

Officer Frances Whiting schüttelte mitleidig den Kopf, ohne erkennen zu lassen, wem ihr Mitleid galt.

»Mit fünfzehn hat Handy seinen ersten Mord verübt. Er hat ein Messer benützt, obwohl er einen Revolver bei sich hatte und die schnellere Waffe hätte benützen können. Sein Opfer, ein gleichaltriger Junge, starb sehr langsam. Dafür hat er sechs Jahre in Jugendhaft gesessen und ist danach lange genug freigekommen, um mehrfach wegen Einbruchs, Autodiebstahls, Körperverletzung und Trunkenheit am Steuer verhaftet zu werden. Außerdem stand er im Verdacht, mehrere Banken und Supermärkte überfallen zu haben. Wäre zweimal beinahe wegen Kapitalverbrechen verurteilt worden, aber die Hauptbelastungszeugen wurden vor der Verhandlung ermordet – ohne dass Handy etwas nachzuweisen gewesen wäre.

Auch seine beiden Brüder waren über Jahre hinweg immer wieder mit dem Gesetz in Konflikt. Wie ich bereits erwähnt habe, wurde sein älterer Bruder vor fünf Jahren ermordet. Man hatte Handy in Verdacht, aber ihm konnte nichts nachgewiesen werden. Der Aufenthaltsort des jüngeren Bruders ist nicht bekannt.

Im Lauf seiner Karriere«, erklärte LeBow seinen Zuhörern, »wurde Handy immer gewalttätiger.« Schwere und Willkürlichkeit seiner Straftaten hätten ständig zugenommen, erläuterte der Analytiker. In letzter Zeit war Handy dazu übergegangen, scheinbar grundlos zu morden, und bei dem Banküberfall, der ihm seine jetzige Strafe eingebracht hatte, hatte er erstmals Feuer gelegt.

Potter unterbrach ihn: »Erzähl uns genauer, was bei dem Banküberfall in Wichita passiert ist. Wie er die Farmers & Merchants Bank überfallen hat.«

Henry LeBow holte sich die Informationen auf seinen Bildschirm, dann fuhr er fort: »Handy, Wilcox, der zweimal einschlägig vorbestrafte Fred Laskey und Priscilla Gunder – Handys Freundin – haben die Farmers & Merchants Bank in Wichita überfallen. Eine Kassiererin sollte Handy in den Tresorraum führen, aber sie war ihm zu langsam. Handy hat einen Wutanfall bekommen, sie geschlagen und mit einer Kollegin in den Tresorraum gesperrt. Dann ist er rausgegangen und hat einen Benzinkanister aus dem Auto geholt. Er hat das Benzin in der Bank ausgekippt und angezündet. Wegen des Feuers ist er dann geschnappt worden. Wenn sie einfach mit den zwanzigtausend getürmt wären, wären sie entkommen, aber er hat ein paar Minuten gebraucht, um das Feuer zu legen. Daher konnten sich die Cops und Pete Hendersons Männer auf die Lauer legen.«

LeBow fasste das Ende des Dramas zusammen: Vor der Bank war es zu einer Schießerei gekommen. Die Freundin konnte entkommen, Handy, Wilcox und Laskey waren mit einem gestohlenen Wagen geflüchtet, wurden aber nach einer Meile an einer Straßensperre angehalten. Sie waren ausgestiegen und auf die Cops zugegangen. Handy hatte eine versteckt gehaltene Pistole gezogen, Laskey von hinten erschossen und zwei der Polizeibeamten verwundet, bevor er selbst angeschossen und außer Gefecht gesetzt wurde.

»Sinnlos.« Budd schüttelte den Kopf. »Diese Brandstiftung. Die beiden Frauen zu verbrennen.«

»O nein, das Feuer war eine Möglichkeit, die Situation wieder unter Kontrolle zu bekommen«, sagte Angie.

Potter zitierte Handy: »›Sie hat nicht getan, was ich ihr gesagt habe.‹«

»Vielleicht werden Leute wie Handy noch dein Spezialgebiet, Arthur«, meinte Tobe.

Noch zwei Jahre bis zur Pensionierung, dachte Potter. Als ob ich ein Spezialgebiet bräuchte … Und schon gar nicht die Lou Handys dieser Welt.

Budd seufzte.

»Alles in Ordnung, Captain?«, fragte Potter.

»Ich weiß nicht, ob ich wirklich für diese Art Arbeit geeignet bin.«

»Oh, Sie halten sich ganz gut.«

Aber der junge Trooper hatte natürlich recht. Er eignete sich nicht für diese Art Arbeit; dafür war niemand geeignet.

»Hören Sie, Charlie, Ihre Leute werden vermutlich langsam nervös. Ich möchte, dass Sie die Runde machen, Sie und Dean. Reden Sie ihnen gut zu. Kümmern Sie sich darum, dass sie Kaffee bekommen. Und sorgen Sie um Himmels willen dafür, dass alle in Deckung bleiben. Das gilt natürlich auch für Sie.«

»Ich komme mit, Charlie«, sagte Angie. »Wenn Arthur einverstanden ist.«

»Du kannst nachkommen, Angie. Ich möchte einen Augenblick mit dir reden.«

»Wir treffen uns draußen«, schlug Angie vor und rückte mit ihrem Stuhl etwas näher an Potter heran.

»Angie, ich brauche eine Verbündete«, sagte Potter. »Dort drinnen.«

Sie sah ihn an. »Melanie?«

»War das wirklich nur ein Glücksfall, was sie getan hat? Oder kann ich auf ihre Hilfe zählen?«

Angie dachte kurz nach. »In Melanies eigener Schulzeit war die Laurent Clerc School noch eine oralistische Schule. Der Gebrauch der Gebärdensprache war verboten.«

»Tatsächlich?«

»Ihre Schule war eine Mainstream-Schule. Aber Melanie hat erkannt, dass dieses Verbot ihre Entwicklung behindert – was heutzutage alle Pädagogen einzusehen beginnen. Aus Protest hat sie eine eigene Gebärdensprache erfunden: eine sehr subtile Sprache, die im Gegensatz zur amerikanischen Gebärdensprache mit minimalen Fingerbewegungen auskommt und so für die Lehrer kaum wahrzunehmen war. Ihre Sprache hat sich wie ein Lauffeuer in der ganzen Schule verbreitet.«

»Sie hat eine Sprache erfunden?«

»Richtig. Sie hat gemerkt, dass Wortschatz und Satzbau allein mit zehn Fingern nicht zu bewältigen sind. Deshalb hat sie die brillante Idee gehabt, ein variables Element einzuführen, was in der Gebärdensprache noch nie verwendet worden war. Sie hat die Fingerzeichen mit einem Rhythmus kombiniert, sie mit einer zeitlichen Struktur überlagert. Auf diese Idee scheint sie durch die Beobachtung von Dirigenten gekommen zu sein.«

Arthur Potter, der schließlich von der Sprache lebte, war fasziniert.

Angie fuhr fort: »Etwa zur selben Zeit gab es Demonstrationen, auf denen ein neuer Lehrplan mit Unterricht in Gebärdensprache gefordert wurde, und die Lehrer haben diese Forderung mit der Begründung unterstützt, dass so viele ihrer Schüler Melanies Sprache gebrauchten. Aber Melanie wollte nichts mit den Demonstrationen zu tun haben. Sie hat sogar geleugnet, diese Sprache erfunden zu haben – als fürchte sie, die Schulverwaltung könnte sie dafür bestrafen. Sie wollte nichts anderes als lernen und dann in Ruhe nach Hause gehen. Sehr begabt, sehr intelligent. Sehr ängstlich. Dieses Jahr hätte sie an einer Sommerakademie am Gallaudet College in Washington teilnehmen können. Aber sie hat die Einladung ausgeschlagen.«

»Warum?«

»Das weiß niemand. Vielleicht wegen des Unfalls, den ihr Bruder hatte.«

Potter fiel wieder ein, dass der junge Mann morgen operiert werden sollte. Er fragte sich, ob Henderson ihre Angehörigen benachrichtigt hatte. »Vielleicht«, überlegte er laut, »gibt's einfach eine gewisse Ängstlichkeit, die für Gehörlose charakteristisch ist.«

»Entschuldigung, Agent Potter«, sagte Frances Whiting und beugte sich leicht nach vorn. »Ist die mit dem gewissen Grad von Faschismus vergleichbar, der für FBI-Agenten charakteristisch ist?«

Potter blinzelte. »Wie bitte?«

Frances zuckte mit den Schultern. »Klischees. Dagegen haben Gehörlose schon immer ankämpfen müssen. Dass sie die Könige der Bettler sind. Dass sie geistig minderbemittelt sind. Taub und *dumm*. Dass sie ängstlich sind... Helen Keller hat einmal gesagt, Blindheit schneide einen von *Dingen* ab, Taubheit von *Menschen*. Das müssen Gehörlose kompensieren. Es gibt keine andere Behinderung, die eine vergleichbare Kultur und Gemeinschaft hervorgerufen hat wie die Taubheit. Dabei gibt es unter gehörlosen Menschen unendlich viele Gruppierungen: Schwule, Querschnittsgelähmte, Leistungssportler, große Leute, Kleinwüchsige, alte Menschen, Alkoholiker und so weiter. Aber die Gehörlosengemeinschaft hält militant zusammen. Und sie ist alles andere als ängstlich.«

Potter nickte. »Ich sehe mich widerlegt.« Die Reaktion der Polizeibeamtin bestand aus einem Lächeln.

Er blickte über das unebene Feld hinaus. Dann sagte er zu Angie: »Ich habe das Gefühl, bei den Verhandlungen mit Handy irgendwann an eine Grenze zu stoßen. Hätten wir dort drinnen eine Verbündete, könnte das drei oder vier Menschenleben retten.«

»Ich weiß nicht, ob sie dazu imstande ist«, wandte Angie ein.

»Zur Kenntnis genommen«, bestätigte er. »Geh jetzt lieber zu Charlie hinaus. Er fragt sich bestimmt schon, was aus dir geworden ist.«

Angie verließ die Kommandozentrale. Auch Frances ging, um ins Hotel zu fahren und nach den Angehörigen der Geiseln zu sehen. Potter lehnte sich in seinem Drehstuhl zurück und stellte sich Melanies Gesicht, ihre blonden Locken vor.

Wie schön sie ist!, sagte er sich.

Dann setzte er sich auf und lachte über sich selbst.

Ein schönes Gesicht? Woran denke ich bloß?

Als Verhandler durfte er nie dem Stockholm-Syndrom erliegen und sich mit Geiseln identifizieren. Das war die erste, die wichtigste Regel. Er musste bereit sein, sie notfalls zu opfern. Trotzdem konnte er nicht aufhören, an Melanie Charrol zu denken. Das war merkwürdig – wenn er heutzutage an Frauen dachte, hatte er nur selten ihre äußere Erscheinung im Sinn. Seit Marians Tod hatte er nur eine einzige Romanze erlebt. Mit einer liebenswerten Enddreißigerin. Die Beziehung war von Anfang an zum Scheitern verurteilt gewesen. Potter glaubte jetzt, man könne mit sechzig und mehr Jahren wieder erfolgreich zu romantischer Liebe zurückkehren. Aber mit vierzig oder fünfzig, vermutete er, mussten solche Versuche scheitern. Schuld daran war die Unbeweglichkeit. Und der Stolz. Oh, und immer die Zweifel.

Während er das Schlachthaus anstarrte, dachte er: In den fünfzehn Jahren seit Marians Tod habe ich die bedeutungsvollsten Gespräche nicht mit meiner angeheirateten Cousine Linden oder ihrem Clan oder den Frauen geführt, die bei gesellschaftlichen Anlässen in Washington, D.C., sittsam an meinem Arm gehangen haben.

Nein, die habe ich mit Männern geführt, die Geiseln gut geölte Waffen an den Kopf gehalten haben. Mit Frauen mit kurzen schwarzen Haaren und nahöstlichen Gesichtern, aber sehr westlichen Decknamen. Mit Schwerverbrechern und Psychopathen und potenziellen Selbstmördern. Ich habe mich ihnen anvertraut – und sie sich mir. Oh, sie haben in Bezug auf ihre Taktik, ihre Motive gelogen (wie ich übrigens auch), aber alle haben mir die Wahrheit über sich selbst erzählt: über ihre Hoffnungen, ihre zerstörten oder noch sehr lebendigen Träume, ihre Familien, ihre Kinder, ihre schmerzlichen Misserfolge.

Sie hatten ihre Storys aus demselben Grund erzählt, aus dem Arthur Potter seine erzählte. Um die andere Seite zu ermüden, um Bindungen zu schaffen, um »die emotionale Reaktion zu projizieren« (wie in Potters weitverbreitetem Handbuch über Verhandlungen mit Geiselnehmern, achte Auflage, nachzulesen war).

Und einfach deshalb, weil jemand bereit schien, ihnen zuzuhören.

Melanie… werden wir jemals miteinander reden, wir beide?

Dann sah er, dass Dean Stillwell ihn zu sich heranwinkte, und trat in die duftende Senke hinaus, um mit dem Sheriff zu sprechen. Sein Blick fiel auf die Nebelschwaden, die sich um die Kommandozentrale herum gebildet hatten. Also traf Handys Wetterbericht doch nicht ganz zu. Das ließ etwas Hoffnung in ihm aufkeimen – vielleicht unbegründet, aber immerhin. Er blickte zu dem Spätnachmittagshimmel auf, über den gelb und rötlich angehauchte graue Wolken dahinjagten. In einem Riss zwischen zerfließenden Wolkenbänken sah er den Mond als blasse schmale Sichel über dem Schlachthaus stehen, direkt über dem blutroten Klinkermauerwerk.

## 18.03 Uhr

Sie waren plötzlich da, die zehn oder zwölf Männer.

Der böige Wind tarnte ihre Annäherung, und als Potter sie wahrnahm, hatten sie ihn und Dean Stillwell, der dem Agenten die Anlegestelle hinter dem Schlachthaus beschrieb, schon umzingelt. Stillwell hatte sich den Arkansas River und die Anlegestelle angesehen und war zu dem Schluss gekommen, dass dieser Fluchtweg trotz der starken Strömung, von der Budd gesprochen hatte, sehr verlockend wäre. Er hatte einige Trooper in ein Schlauchboot gesetzt, das nun ungefähr zwanzig Meter vom Ufer entfernt verankert war.

Potter fiel auf, dass Dean Stillwell den Kopf hob und etwas hinter ihm anstarrte. Er drehte sich um.

Das Team trug schwarze und marineblaue Kampfanzüge. Potter erkannte diese Ausrüstung – die schusssicheren Westen der Marke American Body Armor, die gummierten Tarnanzüge mit Kapuzen, die Heckler-&-Koch-Maschinenpistolen mit aufgesetzten Scheinwerfern und Laservisieren. Das war ein Sonderkommando zur Geiselbefreiung, aber nicht seins, und Arthur Potter wollte diese Männer im Umkreis von hundert Meilen um das alte Schlachthaus der Webber & Stoltz Processing Company nicht sehen.

»Agent Potter?«

Ein Nicken. Sei umgänglich. Zieh die Zügel erst an, wenn es nötig wird.

Er schüttelte dem Mann in den Vierzigern mit dem Bürstenhaarschnitt die Hand.

»Ich bin Dan Tremain. Kommandeur der Sondereinheit für Geiselbefreiungen der State Police.« Sein ruhiger Blick war selbstbewusst. Und herausfordernd. »Wie ich gehört habe, erwarten Sie ein Delta Team.«

»Tatsächlich unser eigenes Sonderkommando. Eine Frage der Zuständigkeit, wissen Sie.«

»Klar.«

Potter machte ihn mit Sheriff Stillwell bekannt, den Tremain ignorierte.

»Wie ist die Lage?«, fragte Tremain.

»Sie sind eingeschlossen. Eine Tote.«

»Hab's gehört«, sagte Tremain und rieb sich den Ring mit dem tief eingravierten Kreuz, den er am rechten Ringfinger trug.

»Wir haben drei Mädchen unverletzt rausgeholt«, fuhr Potter fort. »Drinnen sind noch vier Mädchen und zwei Lehrerinnen. Die GN verlangen einen Hubschrauber, den wir ihnen nicht geben werden. Sie haben gedroht, um neunzehn Uhr eine weitere Geisel zu erschießen, wenn er bis dahin nicht da ist.«

»Sie wollen ihm den Hubschrauber nicht geben?«

»Nein.«

»Aber was passiert dann?«

»Ich werde versuchen, ihm sein Vorhaben auszureden.«

»Nun, sollen wir nicht trotzdem schon mal in Stellung gehen? Ich meine, bevor er die Geiseln wirklich erschießt, wollen Sie doch bestimmt angreifen.«

»Nein«, sagte Potter und sah zum Pressetisch hinüber, wo Joe Silbert und sein Assistent mit ihrem Computer beschäftigt waren. Der Reporter blickte mürrisch auf. Potter nickte ihm zu, bevor er sich wieder Tremain zuwandte.

Der Kommandeur der Sondereinheit fragte: »Das soll

doch nicht etwa heißen, dass Sie zusehen würden, wie er die Mädchen erschießt?«

»Hoffen wir, dass es nicht dazu kommt.«

*Vertretbare Verluste …*

Tremain starrte ihn an. »Ich denke wirklich, wir sollten in Stellung gehen. Für alle Fälle.«

Potter sah zu Tremains Männern hinüber und machte ihm ein Zeichen, er solle mitkommen. Die beiden traten in den Schatten der Kommandozentrale. »Sollte ein Angriff nötig werden, und ich hoffe sehr, dass er sich vermeiden lässt, wird er von meinem Team durchgeführt. Tut mir leid, Captain, aber so ist das nun mal.«

Würde der andere explodieren? Sich direkt beim Gouverneur und beim Admiral in Washington beschweren?

Tremain war sichtlich aufgebracht, aber er zuckte mit den Schultern. »Die Entscheidung liegt bei Ihnen, Sir. Aber diese Männer haben auch gegen Gesetze des Staates Kansas verstoßen, und unsere Vorschriften besagen, dass wir am Tatort anwesend sein müssen. Und auch *das* ist nun mal so.«

»Ich habe nicht das Geringste gegen Ihre Anwesenheit, Captain. Und falls sie wild um sich schießend ausbrechen sollten, wäre mir Ihre Feuerkraft wirklich willkommen. Aber nur, wenn wir uns darüber einig sind, dass Sie mir unterstehen.«

Tremain gab nach. »Darüber sind wir uns einig, glaube ich. Tatsächlich habe ich meinen Männern bereits gesagt, dass wir wahrscheinlich ein paar Stunden lang Kaffee trinken und dann einpacken und heimfahren werden.«

»Das wollen wir im Interesse aller hoffen. Falls Sie die Blockadetruppe verstärken wollen … dafür ist Sheriff Stillwell hier zuständig.«

Die beiden Männer nickten einander kühl zu. Natürlich war es ausgeschlossen, dass der Kommandeur einer Sondereinheit seine Leute einem Kleinstadtsheriff unterstellte. Potter hoffte, dass Tremain es daraufhin vorziehen würde, das Feld zu räumen.

»Ich denke, wir bleiben fürs Erste im Hintergrund. Außer Sichtweite. Sollten Sie uns brauchen, sind wir da.«

»Ganz wie Sie wollen, Captain«, sagte Potter.

Budd und Angie kamen den Hügel herauf und blieben plötzlich stehen. »Hallo, Dan«, sagte Budd, als er Tremain erkannte.

»Charlie.« Sie schüttelten sich die Hand. Tremain musterte Angies Haar und ihr Gesicht, aber das geschah aus rein beruflicher Neugier, und als er auf ihre Brust schaute, wollte er sich nur durch einen Blick auf ihren umgehängten Ausweis davon überzeugen, dass sie wirklich eine FBI-Agentin war.

»Ihr Jungs habt von unserem kleinen Problem hier gehört, was?«, fragte Budd.

Tremain lachte. »Hey, darüber weiß jeder Bescheid, der 'nen Fernseher hat. Wer bedient die Zentrale?«

»Derek Elb.«

»Derek der Rote?« Tremain lachte wieder. »Zu dem muss ich hallo sagen.« Potter erklärte er nunmehr jovial: »Der Junge hat sich für die Sondereinheit beworben, aber ein Blick auf seinen Haarschopf hat uns gezeigt, dass er im Zielfernrohr eines Scharfschützen doch zu gut rauskommen würde.«

Potter lächelte zustimmend und war froh, dass die befürchtete Konfrontation ausgeblieben war. Die Verhandler von Bund und Einzelstaaten kamen im Allgemeinen gut miteinander aus, aber zwischen Verhandlern und fremden taktischen Einheiten kam es unweigerlich zu Spannungen. Wie Potter seinen Kursteilnehmern erklärte: »Es gibt Leute, die reden, und Leute, die schießen. Das ist ein Unterschied wie Tag und Nacht, und daran ändert sich nie etwas.«

Dan Tremain verschwand in der Kommandozentrale. Potter begutachtete das Dutzend Männer. Ernst, durchtrainiert und so einsatzbereit. Er erinnerte sich an Robert Duvall in *Apocalypse Now* und vermutete, auch diese Männer liebten Napalmgeruch am Morgen. Potter beendete sein Gespräch mit Stillwell. Als er sich wieder umdrehte, sah er zu seiner Verblüffung, dass die gesamte Sondereinheit verschwunden war. Und als er die Kommandozentrale betrat, zeigte sich, dass auch Tremain gegangen war.

LeBow gab die Angaben über Stillwells Schlauchboot in sein elektronisches Gedächtnis ein.

»Zeit, Tobe?« Potter starrte die Aufstellung *Versprechungen/Täuschungen* an.

Der junge Mann sah auf die Digitaluhr.

»Sechsundvierzig Minuten«, murmelte Tobe. Er nickte LeBow zu. »Sag's du ihm.«

Der Analytiker antwortete: »Wir haben mit der Infrarotkamera herumgespielt. Vor einer Minute war Handy kurz zu sehen.«

»Was hat er getan?«

»Die Schrotflinten geladen.«

Unter Führung von Captain Daniel Tremain verschwand die Sondereinheit der Polizei von Kansas lautlos in einem ungefähr hundert Meter vom Schlachthaus entfernten Wäldchen.

Die Bäume, das sah Tremain sofort, waren nicht unbesetzt. Ein Scharfschütze der State Police und zwei Deputys saßen dort in Stellung. Tremain lotste seine Männer mit Handzeichen zwischen den Bäumen hindurch und in eine Senke, die seitlich des Schlachthauses verlief. Sie durchquerten das Wäldchen, ohne entdeckt zu werden. Als Tremain sich umsah, bemerkte er in etwa fünfzig Metern Entfernung ein altes Windrad, dessen Gittermast zwölf Meter hoch aus einem grasbewachsenen Feld aufragte. Unter dem Windrad standen zwei Trooper, die der Sondereinheit den Rücken zukehrten, während sie wachsam das Schlachthaus beobachteten. Tremain beorderte die beiden zu einer Baumreihe, außer Sichtweite der Nordseite des Schlachthauses und der Kommandozentrale.

Vom Windrad aus pirschte sich die Sondereinheit durch die Senke näher ans Schlachthaus heran. Als Tremain eine Hand hob, machten seine Männer halt. Er schlug sich mit der flachen Hand zweimal leicht auf den Helm, und seine Leute reagierten auf dieses Zeichen, indem sie ihre Funkgeräte einschalteten. Lieutenant Carfallo breitete die Karten und Gebäudepläne aus. Auch Tremain zog etwas aus seiner Tasche: einen detaillierten Plan des Gebäudes, den Derek der Rote, Derek der Trooper, Derek der Spion ihm vorhin in der Kommandozentrale zugesteckt hatte. In diesen Plan waren die Positionen aller Geiseln und Geiselnehmer eingetragen.

Tremain war ermutigt. Die Mädchen wurden nicht als lebende Schutzschilde an den Fenstern oder vor den GN eingesetzt. Es gab keine Sprengfallen. Von Derek wusste er, dass die Männer nur mit Pistolen und Schrotflinten bewaffnet waren und keine automatischen Waffen, Panzerwesten, Schutzhelme oder Taschenlampen hatten. Natürlich waren die Geiseln nicht so weit von den GN entfernt, wie er's sich gewünscht hätte, und der Raum, in dem sie gefangen gehalten wurden, wies keine Tür auf. Aber trotzdem waren Handy und seine Komplizen fast zehn Meter von den Mädchen entfernt. Handy würde volle fünf Sekunden brauchen, um die Geiseln zu erreichen – immer unter der Voraussetzung, dass er bereits entschieden hatte, sie zu ermorden, sobald eine Tür aufgesprengt wurde. Erfahrungsgemäß herrschten bei jedem Sturmangriff vier bis zehn Sekunden lang Verwirrung und Unentschlossenheit, während die GN zu erkennen versuchten, was eigentlich passierte; erst danach konnten sie sich wirkungsvoll zur Verteidigung einrichten.

»Alles herhören.« Hände berührten Ohren, und Köpfe nickten. Tremain zeigte auf den Gebäudeplan. »Dort drinnen sind sechs Geiseln. Und drei GN – hier, hier und hier, allerdings ziemlich mobil. Einer von ihnen sieht häufiger nach den Mädchen.« Tremain nickte einem Trooper zu. »Wilson.«

»Sir.«

»Sie arbeiten sich durch die Senke bis zu dieser Seite des Gebäudes vor und beobachten das Innere durch eins der beiden Fenster hier.«

»Sir, können Sie veranlassen, dass dieser Scheinwerfer weggedreht wird?« Trooper Joey Wilson deutete auf einen der Halogenscheinwerfer.

»Negativ. Dies ist ein Geheimunternehmen, bei dem Sie sich der eigenen Seite nicht zeigen dürfen.«

»Ja, Sir«, blaffte der junge Mann. Keine weiteren Fragen.

»Das mittlere Fenster ist durch diesen Baum und den Schulbus zum größten Teil verdeckt. Ich schlage vor, dass Sie dort Stellung beziehen.«

»Ja, Sir.«

»Pfenninger.«

»Sir.«

»Sie gehen zur Kommandozentrale zurück. Ihre Anweisungen entsprechen dem, was Sie und ich vorhin besprochen haben. Verstanden?«

»Ja, Sir.«

»Wir anderen beziehen an diesem Punkt hier Stellung. Wir gehen hinter Büschen und Bäumen in Deckung. Harding, Sie übernehmen die Spitze. Abmarsch!«

Und die Männer zerstreuten sich unter dem bleigrauen Himmel; so rasch wie der dunkle Fluss, der vor ihnen vorbeiströmte, lautloser als der Wind, der das Gras um sie herum bewegte.

»Gehen wir eine rauchen«, schlug Potter vor.

»Bestimmt nicht«, antwortete Budd.

»Eine imaginäre Zigarette.«

»Wie das?«

»Lassen Sie uns rausgehen, Captain.«

Sie traten aus der Kommandozentrale und schlenderten zu einer sieben Meter entfernten Baumgruppe. Der Agent veränderte automatisch seine Körperhaltung und richtete sich mehr auf; in Gegenwart von Charlie Budd tat man das unwillkürlich. Potter blieb stehen und sprach mit Joe Silbert und dem anderen Reporter.

»Wir haben noch zwei rausgeholt.«

»Noch zwei? Wen?« Silbert schien sich zu beherrschen.

»Keine Namen«, wehrte Potter ab. »Ich kann nur sagen, dass es sich um Schülerinnen handelt. Kleine Mädchen. Sie wurden unversehrt freigelassen. Damit befinden sich noch vier Mädchen und zwei Lehrerinnen in der Gewalt der Geiselnehmer.«

»Gegen was haben Sie die beiden eingetauscht?«

»Das darf ich Ihnen leider nicht sagen.«

Er hatte erwartet, der Reporter werde ihm für diese Sensationsmeldung dankbar sein, aber Silbert knurrte: »Sie machen uns unsere Arbeit verdammt schwer.«

Potter sah auf den Bildschirm. Die Story handelte von einem ungenannten Trooper, der auf den Einsatz wartete – eine einfühlsame Schilderung der für eine Belagerung typischen Mischung aus Langeweile und Nervosität. Potter fand sie gut und sagte das dem Reporter.

Silbert schnaubte. »Oh, mit ein paar Fakten garniert wäre sie noch besser. Wann können wir sie interviewen?«

»Bald.«

Der Agent und der Trooper schlenderten tiefer in das Wäldchen hinein, bis sie aus der Schusslinie waren. Potter meldete sich bei Tobe, sagte ihm, wo er war, und wies ihn an, etwaige Anrufe Handys sofort durchzustellen.

»Sagen Sie, Charlie, wohin ist der stellvertretende Generalstaatsanwalt verschwunden?«

Budd sah sich um. »Ins Hotel zurückgefahren, glaub ich.«

Potter schüttelte den Kopf. »Marks will, dass Handy seinen Hubschrauber kriegt. Der Gouverneur hat mir erklärt, dass er Handy tot sehen will. In der nächsten halben Stunde ruft vermutlich der FBI-Direktor an – und manchmal habe ich sogar den Präsidenten persönlich am Telefon. Und eins können Sie mir glauben, Charlie: Irgendwo wird schon jetzt ein Bericht geschrieben, in dem *ich* als der Schurke hingestellt werde.«

»Sie?«, fragte Budd unerklärlich trübselig. »Sie sind der Held.«

»Oh, durchaus nicht. Nein, Sir. Waffen sind werbewirksam, Worte nicht.«

»Was ist mit diesen imaginären Zigaretten?«

»Als bei meiner Frau Krebs diagnostiziert wurde, habe ich das Rauchen aufgegeben.«

»Lungenkrebs? Den hatte mein Onkel.«

»Nein. Bauchspeicheldrüse.«

Bedauerlicherweise hatte die andere Seite, mit der Potter wegen der Genesung seiner Frau verhandelt hatte, ihre Abmachung aufgekündigt. Trotzdem hatte Potter nie wieder zu rauchen angefangen.

»Sie bilden sich also ein … was? Dass Sie eine Zigarette rauchen?«

Potter nickte. »Und wenn ich nicht einschlafen kann, bilde ich mir ein, eine Schlaftablette zu schlucken.«

»Und wenn Sie mal – Sie wissen schon – deprimiert sind, bilden Sie sich ein, glücklich zu sein?«

Das, so Arthur Potters Erfahrung, klappte jedoch nicht.

Budd, der diese Frage vielleicht deswegen gestellt hatte, weil ihm in der letzten Stunde sehr trübselig zumute war, vergaß seine Missstimmung lange genug, um zu fragen: »Welche Marke rauchen Sie gerade nicht?«

»Camel. Ohne Filter.«

»Hey, warum nicht?« Seine Mundwinkel sanken herab, und er wirkte wieder traurig. »Ich hab nie geraucht. Aber ich könnte einen imaginären Jack Daniel's trinken.«

»Gleich einen doppelten, wenn Sie schon dabei sind.« Arthur Potter zog kräftig an seiner Fantasiezigarette. Sie standen unter blühenden Katalpen und Maulbeerbäumen, und Potter sah vor seinen Füßen tiefe Spuren, die von Wagenrädern zu stammen schienen. Er fragte Budd danach.

»Die? Die sind echt alt. Das ist der Santa Fé Trail.«

»Das sind die *Original*spuren?« Potter war verblüfft.

»›Swales‹ sagen wir dazu. Führen von hier geradewegs nach Westen weiter.«

Potter, dessen Hobby die Ahnenforschung war, trat in die tief eingegrabene, steinharte Wagenspur und fragte sich, ob Marians Ururgroßvater Ebb Schneider, der 1868 mit seiner verwitweten Mutter von Ohio nach Nevada gezogen war, als Säugling in ebenjenem Planwagen geschlafen hatte, der diese Spur gemacht hatte.

Budd nickte zum Schlachthaus hinüber. »Das hat man damals gebaut, weil hier auch der Chisholm Trail vorbeiführte. Von Süden nach Norden, von San Antonio nach Abilene – *unser* Abilene in Kansas. Ein Teil der texanischen Langhornrinder wurde gleich hier verkauft und für den Markt in Wichita geschlachtet.«

»Noch eine Frage«, sagte Potter nach kurzer Pause.

»Ich bin kein großer Historiker. Das ist ungefähr alles, was ich weiß.«

»Vor allem frage ich mich, Charlie, warum Sie so verdammt beklommen wirken.«

Budd verlor jegliches Interesse an den Wagenspuren vor ihm. »Nun, ich frage mich wohl, worüber genau Sie mit mir reden wollen.«

»In ungefähr vierzig Minuten muss ich Handy ausreden, ein weiteres Mädchen zu erschießen. Leider habe ich nicht allzu viele Ideen. Mich würde Ihre Meinung interessieren. Was halten Sie von ihm?«

»Ich?«

»Klar.«

»Oh, ich weiß nicht.«

»In diesem Geschäft *weiß* man nie etwas. Erzählen Sie mir, was Sie vermuten. Sie kennen sein Persönlichkeitsprofil. Sie haben mit Angie gesprochen … Eine imponierende Frau, nicht wahr?«

»Hören Sie, was das betrifft, Arthur … ich bin nämlich verheiratet. Sie hat sich ziemlich an mich rangemacht, wissen Sie. Ich hab Meg bestimmt schon ein Dutzend Mal erwähnt, aber sie kümmert sich einfach nicht darum.«

»Werten Sie's als Schmeichelei, Charlie. Sie haben die Situation unter Kontrolle.«

»Nicht besonders.« Er drehte sich zur Kommandozentrale um, ohne die schwarzhaarige Agentin jedoch irgendwo zu sehen.

Potter lachte. »Also, jetzt möchte ich ein paar Ideen hören.«

Der Captain spielte mit den Fingern; vielleicht dachte er, er sollte so tun, als hielte er wirklich ein Glas Bourbon in der Hand. Potter rauchte, wie er in den letzten Jahren so vieles tat: Er tat es nicht wirklich, imitierte diese Tätigkeit auch nicht, sondern stellte sie sich nur vor. Für ihn war das eine Art Meditation.

»Was ich mir überlegt habe«, sagte Budd langsam, »ist eigentlich, dass Handy irgendeinen Plan zu haben scheint.«

»Weshalb?«

»Na ja, ich denke daran, was Angie gesagt hat. Was er tut, hat alles einen bestimmten Zweck. Er ist kein Verrückter, der seinen Kick aus Morden bezieht.«

»Welche Art Plan haben Sie im Sinn?«

»Weiß ich nicht genau. Aber er traut sich anscheinend zu, uns auszutricksen.«

Budd steckte die Hände wieder in die hinteren Hosentaschen. Der Mann ist nervös wie ein Fünfzehnjähriger auf seinem ersten Schulball, überlegte Potter.

»Wie kommen Sie darauf?«

»Kann ich nicht genau sagen. Nur ein Eindruck. Vielleicht weil er diese pharisäerhafte Einstellung hat. Er respektiert uns nicht. Aus seiner Stimme höre ich bei jedem Gespräch Verachtung heraus. Als ob er alles wüsste – und wir überhaupt nichts.«

Das war Potter auch schon aufgefallen. Kein bisschen Verzweiflung, kein Betteln, kein nervöses Geplänkel, kein hohler Trotz; alle diese Dinge, die man normalerweise von Geiselnehmern hörte, fehlten hier auffälligerweise.

Und dazu kam die flachste SSA-Linie, die Potter je gesehen hatte.

»Ein Ausbruchsversuch«, fuhr Budd fort. »Darauf würde ich tippen. Vielleicht zündet er zuvor das Gebäude an.« Der Captain lachte. »Wer weiß, vielleicht hat er dort drinnen Feuerwehruniformen – in den Reisetaschen, die er mitgebracht hat. Und er hat vor, im allgemeinen Durcheinander abzuhauen.«

Potter nickte. »So was ist schon vorgekommen.«

»Tatsächlich?«, fragte Budd, höchst erstaunt, dass ihm diese Strategie eingefallen war, und deshalb sehr mit sich zufrieden.

»In einem Fall haben Geiselnehmer sich als Sanitäter verkleidet. Und in einem anderen als Polizisten. Aber ich hatte wie heute Handzettel mit ihren Fahndungsfotos verteilen lassen, deshalb wurden die GN sofort erkannt. Ich bezweifle allerdings, dass Handy so etwas vorhat. Irgendwie ist das nicht sein Stil. Aber Sie haben recht, was seine Einstellung uns gegenüber betrifft. Das ist der Schlüssel. Damit sagt er uns irgendwas. Ich wollte nur, ich wüsste, was.«

Budd steckte wieder nervös die Hände in die hinteren Taschen.

»Das Werkzeug«, meinte Potter nachdenklich, »könnte etwas damit zu tun haben. Vielleicht legen sie dort Feuer, verstecken sich in einer Maschine oder sogar unter dem Fußboden und kommen heraus, wenn die Rettungsmannschaften eintreffen. Wir müssen dafür sorgen, dass jeder – nicht nur die Trooper – ein Exemplar des Handzettels bekommt.«

»Ich kümmere mich darum.« Budd lachte wieder nervös. »Ich delegiere den Auftrag.«

Potter dagegen war die Ruhe selbst. Er dachte an Marian. An den seltenen Abenden, die er daheim verbracht hatte, hatten sie vor dem Radio gesessen, NPR-Sendungen gehört und sich eine Zigarette und ein Glas Sherry geteilt. Gelegentlich, einmal in der Woche, vielleicht auch zweimal, wurde die Zigarette vorzeitig ausgedrückt, und sie stiegen die Treppe zu ihrem reichverzierten Bett hinauf und verzichteten aufs weitere Musikprogramm dieses Abends.

»Diese ganzen Verhandlungen«, sagte Budd, »sind für mich ziemlich verwirrend.«

»Wie das?«

»Nun, Sie scheinen mit ihm nicht über die Dinge zu reden, über die ich mit ihm reden würde – Sie wissen schon, die Sachen, die er will, und die Geiseln und alles. Geschäftliches. Meistens scheinen Sie nur mit ihm zu plaudern.«

»Haben Sie jemals eine Therapie gemacht, Charlie?«

Der junge Polizeibeamte schien sich ein Grinsen zu verkneifen. Er schüttelte den Kopf. Wahrscheinlich hielt man hier in Kansas nicht viel von Psychoanalyse.

Potter sagte: »Ich hab eine gemacht. Nachdem meine Frau gestorben ist.«

»Tut mir leid, dass das passiert ist, wollte ich noch sagen.«

»Wissen Sie, worüber ich mit dem Therapeuten geredet habe? Über Genealogie.«

»Was?«

»Das ist mein Hobby. Ahnenforschung, wissen Sie.«

»Sie haben einem Arzt gutes Geld gezahlt, um über Ihr Hobby zu reden?«

»Es war die beste Investition meines Lebens. Ich habe angefangen, die Gefühle des Therapeuten zu teilen – und umgekehrt. Wir sind einander nähergekommen. Was ich hier mit Handy tue, ist nicht viel anders. Man drückt nicht einfach auf einen Knopf, und dann lässt Handy die Mädchen frei. Genauso wenig, wie der Arzt auf einen Knopf drückt, damit alles gut wird. Hier geht's darum, eine Beziehung aufzubauen. Er muss mich kennenlernen, und ich ihn.«

»Hey, wie 'ne Liebesgeschichte?«

»So könnte man's ausdrücken«, sagte Potter, ohne dabei zu lächeln. »Ich will, dass er sich in mich versetzt – damit er einsieht, wie aussichtslos seine Lage ist. Damit er die Mädchen freilässt und sich ergibt, damit er spürt, dass ein Weitermachen sinnlos wäre. Das soll er nicht nur verstandesmäßig begreifen, sondern wirklich *fühlen*. Wie Sie sehen, wirkt diese Taktik schon ein bisschen. Er hat zwei Mädchen freigelassen und keins mehr erschossen – auch nach der Flucht des dritten Mädchens nicht.« Potter zog ein letztes Mal an seiner imaginären Camel und drückte sie dann aus.

Er stellte sich vor, wie er mit Marian Hand in Hand die Treppe hinaufstieg. Aber dieses Bild verblasste schnell.

»Und ich verhalte mich so, um mich in ihn zu versetzen. Um ihn zu verstehen.«

»Sie werden also sein Freund?«

»Freund? Nein, das nicht. Zwischen uns entsteht eine Beziehung, würde ich sagen.«

»Aber, ich meine, ist das nicht problematisch? Wenn Sie das Sonderkommando anweisen müssen, ihn auszuschalten, würden Sie doch den Tod eines Menschen befehlen, der Ihnen nahesteht. Sie würden ihn verraten.«

»O ja«, sagte der Verhandler leise. »Ja, das ist ein Problem.« Budd atmete geräuschvoll aus und starrte die in der Ferne arbeitenden Mähdrescher an. »Sie haben gesagt…«

»Was?«

»Sie haben anfangs gesagt, Sie seien bereit, die Mädchen zu opfern, um ihn zu kriegen. Stimmt das wirklich?«

Potter warf ihm einen prüfenden Blick zu, aber Budd interessierte sich weiter angelegentlich für die Mähdrescher. »Ja, das stimmt. Ich muss verhindern, dass Handy hier rauskommt. Das ist mein Auftrag. Und der kann Opfer kosten.«

»Aber das sind kleine Mädchen.«

Potter lächelte grimmig. »Wie wollen Sie da ein Werturteil fällen? Heutzutage heißt's nicht mehr ›Frauen und Kinder zuerst‹. Ein Leben ist ein Leben. Sind diese Mädchen wertvoller als die Familie, die Handy nächstes Jahr entführen und ermorden könnte, wenn ihm hier die Flucht gelingt? Oder die beiden Verkehrspolizisten, die Handy erschießt, wenn sie ihn anzuhalten versuchen, weil er irgendwo zu schnell gefahren ist? Ich muss mir einreden, dass alle Geiseln dort drinnen bereits tot sind. Kann ich einige von ihnen retten, umso besser. Aber um richtig funktionieren zu können, darf ich die Sache nicht anders sehen.«

»Sie verstehen sich auf diese Arbeit, glaub ich.«

Potter gab keine Antwort.

»Glauben Sie, dass es weitere Tote geben wird?«

»O ja, das befürchte ich. Das ist nur eine Vermutung, aber ich befürchte es.«

»Die Mädchen?«

Potter gab keine Antwort.

»Zurück zu unserem unmittelbaren Problem, Charlie – womit können wir eine weitere Stunde Zeit gewinnen?«

Budd zuckte mit den Schultern. »Keine Waffen, keine Munition, stimmt's?«

»Über beides wird nicht verhandelt.«

»Nun, er glaubt, er bekäme seinen imaginären Hubschrauber, nicht wahr?«

»Ja.«

»Wenn wir ihn in diesem Punkt belügen, warum belügen wir ihn dann nicht auch in einem anderen? Versprechen Sie ihm irgendwas, was damit zusammenhängt.«

»Schenkt man einem Jungen ein Spielzeug, muss man auch die Batterien mitliefern, meinen Sie das?«

»Ja, so ähnlich.«

»Eine brillante Idee, Charlie! Kommen Sie, darüber müssen wir mit Henry sprechen.«

Als sie die Kommandozentrale betraten, schlug Potter dem Captain auf die Schulter, und Budd antwortete darauf mit dem trübseligsten Lächeln, das der Agent je gesehen hatte.

Sie würden drei Teams bilden: Alpha, Bravo und Charlie.

Die Sondereinheit unter Dan Tremains Befehl lagerte unter Bäumen versteckt auf der linken Seite, der Nordwestseite des Schlachthauses. Über ihrer schusssicheren Panzerung trugen die Männer jetzt schwarze Kampfanzüge. Dazu Nomex-Kapuzen und Handschuhe. Die

Schutzbrillen hatten sie vorerst noch auf die Stirn geschoben.

Die Teams Alpha und Bravo bestanden aus je vier Mann, von denen zwei mit Heckler-&-Koch-MP5-Maschinenpistolen mit B.-E.-A.-M.-Visieren und Halogenscheinwerfern und zwei mit halbautomatischen Schrotflinten H & F Super 90 bewaffnet waren. Die beiden Trooper des Teams Charlie hatten ebenfalls MP5, aber zu ihrer Ausrüstung gehörten auch Accuracy-Systems-M429-Blendgranaten und M451-Mehrsterngranaten.

Zwei weitere Trooper waren schon im Einsatz. Chuck Pfenninger – Outrider One – hielt sich in normaler Uniform neben der Kommandozentrale auf. Joey Wilson – Outrider Two – kauerte in Kampfanzug und Tarnbemalung unter dem mittleren Fenster links neben dem Haupteingang des Schlachthauses. Der Bus der Laurent Clerc School und ein Ginkgobaum verbargen ihn vor eventuellen Blicken aus der Kommandozentrale oder von der Blockadelinie.

Tremain ging seinen Plan nochmals durch und achtete dabei besonders auf die Zeiten. Sobald Wilson meldete, dass die GN sich in größtmöglicher Entfernung von den Geiseln befanden, würde Pfenninger den Generator der Kommandozentrale mit einer inoffiziell als Mini-Molotow-Cocktail bekannten L210-Sprengladung lahmlegen. Dabei handelte es sich um eine kleine Benzinbombe in einem speziellen Pappbehälter, der einem Kleinbehälter für Traubensaft oder Fruchtpunsch glich. Dieser Behälter würde sich in der Hitze der Explosion auflösen – selbst die Spurensicherung würde ihn nicht mehr nachweisen können. Wurde die Bombe richtig platziert, würde sie alle Nachrichtenverbindungen unterbrechen und die Besatzung der Kommandozentrale einschließen. Dieses Fahrzeug war dafür konstruiert, durch Flammen zu fahren, war gut isoliert und mit einer internen Sauerstoffversorgung ausgerüstet.

Solange die Tür geschlossen blieb, würde niemand darin zu Schaden kommen.

Tremain würde offiziell übernehmen und »feststellen«, dass die Lage jetzt kritisch sei.

Danach würden die drei Teams der Sondereinheit in das Schlachthaus eindringen. Das Team Charlie würde mit M521-Sprengladungen ein Loch ins Dach sprengen und zwei Blendgranaten auf die Geiselnehmer werfen. Gleichzeitig würden Alpha und Bravo die Seitentür und das Tor zum Fluss hinaus aufsprengen und ins Gebäude eindringen, während Charlie die Mehrsterngranaten warf, um die Täter zu blenden, und sich danach vom Dach ins Gebäude hinunter abseilte. Das Team Bravo hatte den Auftrag, die Geiseln zu schützen, während Alpha und Charlie gegen die GN vorgehen und sie – falls sie sich widersetzten – ausschalten würden.

Jetzt warteten sie auf die Rückkehr dreier Trooper, die unterwegs waren, um den Seiteneingang, das Tor zum Fluss und das Dach des Gebäudes zu begutachten.

Dan Tremain lag neben seinem eisenharten Lieutenant Carfallo ausgestreckt und sah zu dem Schlachthaus auf, das wie eine mittelalterliche Festung über ihnen aufragte: düster und mit Zinnen besetzt. Der Captain erklärte seinen Männern über Funk: »Alpha und Bravo dringen in Vierergruppen ein. Die beiden ersten Männer sind die Hauptschützen. Vorn die MPs, dann die Schrotflinten als Reserve. Das Eindringen erfolgt dynamisch unter Waffengebrauch. Ihr dringt vor, bis alle feindlichen Ziele ausgeschaltet sind und das Gebäude gesichert ist. Dort drinnen sind sechs Geiseln – zwei Frauen und vier Mädchen – in dem Raum, den ich auf dem Plan gekennzeichnet habe. Die Mädchen könnten in Panik geraten und wegrennen. Solange ihr dort drinnen seid, wird nur auf eindeutig feindliche Ziele geschossen. Verstanden?«

Zustimmende Antworten.

Dann kamen die schlechten Nachrichten.

Die Aufklärer meldeten sich nacheinander. Eine genaue Untersuchung hatte ergeben, dass die seitliche Tür viel massiver war als im Gebäudeplan dargestellt: acht Zentimeter Eichenbohlen mit einer Stahlplatte als Verstärkung. Das würde vier Sprengladungen erfordern. Aus Sicherheitsgründen müsste das Team Alpha viel weiter als ursprünglich geplant von der Tür entfernt warten. Das konnte bedeuten, dass es die Geiseln um bis zu sechs Sekunden später erreichte.

Außerdem zeigte sich, dass auf dem Dach des Gebäudes Umbauten vorgenommen worden waren, von denen auf den ursprünglichen Plänen nichts zu sehen war. Fast die gesamte Betondecke war durch Stahlplatten verstärkt worden. Die Männer auf dem Dach würden große Mengen C4 verwenden müssen, um ein Loch hineinzusprengen. Bei einem alten Fabrikgebäude wie diesem konnte der Gebrauch von so viel Plastiksprengstoff einen Teil der Träger, vielleicht sogar das ganze Dach einstürzen lassen.

Dann meldete der dritte Aufklärer, das Tor auf der Rückseite des Schlachthauses stehe nur ungefähr zwanzig Zentimeter weit offen und sei unbeweglich verklemmt. Dieses schwere Eisentor sei zu groß, um aufgesprengt zu werden.

Tremain beriet sich mit Carfallo, und sie änderten ihren Angriffsplan. Sie beschlossen, auf das Eindringen übers Dach und von der Rückseite des Gebäudes aus zu verzichten; stattdessen würden zwei Teams durch den nördlichen Seiteneingang ins Gebäude vorstoßen. Wilson, der unter einem der vorderen Fenster postiert war, würde eine Blendgranate und eine Mehrsterngranate ins Gebäude werfen. Das war riskant, weil er dabei von den Polizeibeamten und den Geiselnehmern gesehen und erschossen werden konnte, aber Tremain kam zu dem Schluss, dass ihnen keine andere Wahl bliebe.

Für einen wirkungsvollen Angriff, darüber war er sich im Klaren, hätte er eine weitere Stunde gebraucht – Zeit, um einen weiteren unversperrten Zugang zu finden, oder Zeit, um die Angeln der Eichentür so weit anzusägen, dass kleinere Sprengladungen genügt hätten.

Aber er hatte keine Stunde Zeit. Er hatte zwanzig Minuten, bis das nächste Ultimatum ablief.

Bis das nächste Mädchen sterben würde.

Nun, dann würden sie eben durch diese Tür eindringen. Tremain sagte: »Codewort ›Fohlen‹ bedeutet grünes Licht. Codewort ›Hengst‹ bedeutet Unternehmen abbrechen. Bestätigen.«

Die Männer antworteten nacheinander. Tremain führte sie die Senke neben dem Schlachthaus hinunter. Dort streckten sie sich flach auf dem feuchten Erdboden aus und blieben absolut unbeweglich und schweigend liegen, denn das war ihnen befohlen worden, und sie waren Männer, denen ihre Befehle über alles gingen.

# 18.40 Uhr

Joe Silbert hatte sich das Tippen mit zwei Fingern auf einer klobigen Underwood beigebracht, die nach Öl und Farbband und dem bittersüßen Duft von Radiergummiabrieb roch, der den Wagen verstopfte.

Durch den technischen Fortschritt hatte sich für ihn nicht viel geändert, und er hackte auch jetzt nur mit beiden Zeigefingern auf dem großen tragbaren Compaq herum. Der orangerote Widerschein des Bildschirms beleuchtete Ted Biggins und ihn, ließ sie gelbsüchtig und ausgezehrt wirken. Da Silbert fast doppelt so alt wie Biggins war, konnte er sich vorstellen, dass er doppelt so schlecht aussah.

Philip Molto, der Captain Budds nervöse Anweisungen noch im Ohr hatte, hielt aufmerksam Wache.

»Na, wie findest du das?«, fragte Silbert seinen Kollegen.

Biggins sah ihm über die Schulter, las den einzeilig geschriebenen Text und grunzte. »Soll ich mal übernehmen?« Er nickte zum Bildschirm.

»Bitte sehr!«

Ted Biggins konnte blindschreiben wie ein Dämon, und seine zehn Finger bewegten sich leise und fast unsichtbar über die Tastatur. »Hey, ich hab echt Talent für diesen Scheiß«, sagte er und fuhr sich mit einer Hand durchs Haar, das perfekt gestylt war, obwohl er nur ein Tontechniker und Silbert der eigentliche Reporter war.

»He, Officer«, rief Joe Silbert zu Molto hinüber, »unsere Schicht ist gleich zu Ende. Wir lassen den Computer einfach fürs nächste Team hier stehen. Das schreibt weiter, wo wir aufgehört haben.«

»Ist das bei euch üblich?«

»Die Sache ist ein Gemeinschaftsunternehmen, wissen Sie. Behalten Sie inzwischen den Computer im Auge?«

»Klar, wird gemacht. Ich … Was gibt's denn?«

Silbert runzelte die Stirn, während er zu den Bäumen und Wacholderbüschen hinter der Polizeilinie hinübersah. »Hört ihr nicht auch was?«

Biggins stand auf und sah sich beunruhigt um. »Yeah.«

Molto legte den Kopf schief. Auch er hörte Schritte. Das Knacken eines Zweiges, als würde jemand durchs Unterholz schleichen. »Dort hinten ist niemand«, sagte der Lieutenant halb zu sich selbst. »Ich meine, dort *sollte* niemand sein.«

Auf Silberts Gesicht stand der vorsichtige Ausdruck eines Mannes, der sich mit Einsätzen in Kriegsgebieten auskennt. Dann grinste er plötzlich breit. »Diese Ratte! Lieutenant, ich glaube, da treibt sich ein Unbefugter herum.«

Der Polizeibeamte, dessen rechte Hand auf seiner Pistole lag, verschwand in den Büschen. Als er zurückkam, brachte er zwei Männer in schwarzen Jogginganzügen mit. Beide hatten ihren Presseausweis umhängen.

»Ah, wen haben wir denn da?«, fragte Silbert. »Walter Cronkite und Chet Huntley.«

Biggins sagte zu Molto: »Das Betreten der Sperrzone brauchen Sie gar nicht anzuführen, falls Sie sie einlochen wollen. Verhaften Sie die beiden einfach als Arschlöcher erster Klasse.«

»Ihr Jungs kennt euch?«

Einer der Festgenommenen verzog das Gesicht. »Silbert, du Mistkerl! Hast du uns verpfiffen? Und lass den kleinen Scheißer neben dir lieber kein Wort zu mir sagen!«

Silbert erklärte dem Lieutenant: »Die beiden sind vom

KLTV. Sam Kellog und Tony Bianco. Sie haben anscheinend vergessen, dass wir einen Pressepool gebildet haben.«

»Leck mich doch«, knurrte Bianco.

Silbert fauchte: »Ich hab genau wie ihr auf einen Exklusivbericht verzichtet, Kellog. Ihr wärt auch noch drangekommen.«

»Eigentlich müsste ich Sie verhaften«, sagte Molto zu Kellog und Bianco.

»Unsinn, das können Sie nicht.«

»Ich überleg's mir auf der Rückfahrt zum Pressezelt. Los, mitkommen!«

»Hören Sie, Officer«, sagte Kellog, »nachdem wir schon mal hier sind …«

»Wie seid ihr überhaupt hergekommen, Kellog?«, fragte Biggins. »Auf dem Bauch hergekrochen?«

»Halt's Maul!«

Molto führte die beiden ab. Sobald der Streifenwagen verschwunden war, blaffte Silbert seinen Assistenten an: »Also los!«

Biggins öffnete das Gehäuse ihres Laptops. Aus einem Geheimfach zog er eine Nippona LL3R-Videokamera: die Miniaturausführung, die hundertdreißigtausend Dollar kostete, dreihundertsiebzig Gramm wog und mit einem Sender mit zusammenfaltbarer Parabolantenne mit dreißig Zentimetern Durchmesser ausgerüstet war. Sie lieferte selbst bei völliger Dunkelheit brauchbare Bilder und hatte ein Zoomobjektiv, das so gut wie das Zielfernrohr eines Scharfschützen war. Ihre effektive Reichweite betrug fünf Kilometer, was mehr als genug war, um den KFAL-Übertragungswagen zu erreichen, in dem Silberts Kollegen (die nicht zufällig Tony Bianco und Sam Kellog hießen) schon bald – falls sie nicht wirklich verhaftet wurden – sitzen und auf seine Reportage warten würden. Sollten sie tatsächlich zu Märtyrern der Pressefreiheit werden, standen andere Techniker bereit, um sich in die Bresche zu werfen.

Silbert öffnete seinen Aktenkoffer und zog zwei Jogginganzüge aus schwarzem Nylon heraus – die gleichen Anzüge, die Kellog und Bianco getragen hatten, aber mit dem Unterschied, dass auf den Rücken *U. S. Marshal* gedruckt war. Die beiden Männer zogen sie an.

»Augenblick«, sagte Silbert. Er beugte sich über den Computer und löschte alles, was Biggins getippt hatte – etwa dreihundertmal den Testsatz *The quick brown fox jumped over the lazy dog.* Shift-F3. Als Nächstes holte er seine allgemein gehaltene Story über einen Cop bei einer Blockade auf den Bildschirm zurück: eine Story, die Silbert vor ungefähr drei Jahren geschrieben und heute wieder aufgerufen hatte. Die Story, die diesem Blödmann Potter so gefallen hatte.

Die beiden Männer liefen geduckt in die Senke hinter der Kommandozentrale und hasteten in die Richtung weiter, in die Dan Tremain mit seiner stummen Sondereinheit verschwunden war.

Der Benzinkanister.

Das war ihr erster Gedanke, als sie die Augen aufschlug und sich im Schlachtraum umsah.

Emily, die die barmherzige Samariterin spielte, kniete vor ihr und tupfte das Blut von Melanies Auge ab. Es war angeschwollen, aber nicht zugeschwollen. Die Kleine riss einen Stofffetzen vom Saum ihres kostbaren Laura-Ashley-Kleides und tupfte damit noch etwas Blut ab.

Melanie lag still, bis die schrecklichen Kopfschmerzen abklangen und sie wieder besser sehen konnte. Eine der Zwillingsschwestern, Suzie (sie *dachte*, es sei Suzie), saß neben ihr und streichelte ihr mit ihren winzigen, perfekt ausgebildeten Fingern das Haar.

Der Benzinkanister. Da lag er.

Schließlich setzte Melanie sich auf und kroch zu Beverly hinüber.

»Wie geht's dir?«, fragte sie das Mädchen.

Beverlys kurze blonde Haare klebten schweißnass an ihrer Stirn. Sie nickte, obwohl sie geradezu beängstigend nach Luft rang. Dann benützte sie wieder den Asthma-Inhalator. So elend hatte Melanie sie noch nie erlebt. Das Gerät schien keinerlei Wirkung zu haben.

Mrs. Harstrawn lag noch immer auf dem Boden, auf dem Rücken. Sie hatte wieder geweint, war jetzt aber ruhig. Melanie schob den bunten Pullover der Lehrerin vorsichtig hoch. Mrs. Harstrawn murmelte einige Worte. Melanie glaubte, sie habe gesagt: »Nicht. Mir ist kalt.«

»Ich brauche ihn«, bedeutete Melanie ihr. Ihre Finger bewegten sich dicht vor Mrs. Harstrawns Gesicht, aber die Liegende reagierte nicht darauf.

Eine Minute später war der Pullover abgestreift. Melanie sah sich um und warf ihn mit einer raschen Bewegung zur Wand hinüber, wo er in die Nähe des bogenförmigen Durchgangs zum hinteren Teil des Schlachthauses liegen blieb. Dann kroch sie vorwärts, bis sie in den Hauptraum hinaussehen konnte. Bär warf ab und zu einen Blick in ihre Richtung, aber ansonsten konzentrierten die Männer sich auf den Fernseher. Melanie sah zu den Zwillingen hinüber und signalisierte ihnen unauffällig: »Kriecht zu dem Benzinkanister hinüber.«

Die beiden wechselten einen beunruhigten Blick.

»Los! Sofort!« Melanies Befehle waren unmissverständlich – scharfe, kompakte Gebärden.

Die Zwillinge setzten sich auf und krochen langsam zu dem rotgelben Kanister hinüber.

Als Suzie wieder hersah, wies Melanie das Mädchen an, den Pullover aufzuheben. Mrs. Harstrawns Mutter in

Topeka hatte ihn gestrickt. Er war rot, weiß und blau gemustert – ungünstig in dieser Umgebung: günstig, sobald die Mädchen draußen waren. Aber Suzie bewegte sich nicht. Melanie wiederholte ihren Befehl. Sie hätten keine Zeit, vorsichtig zu sein, erklärte sie ihnen. »Los! Macht schnell!«

Warum zögert sie? Sie starrt mich einfach nur an.

Nein, nicht *mich*…

Sie holte erschrocken tief Luft, als Brutus sie plötzlich an den Schultern packte und zu sich herumriss.

»Du hältst dich… 'ne verdammte Heldin, was? Hör zu, ich hab schon Leute für viel weniger erschossen!«

Sie fürchtete einen schrecklichen Augenblick lang, Brutus könne ihre Gedanken lesen, besitze den sechsten Sinn eines Tieres und wisse tatsächlich, was sie mit dem Benzinkanister vorhatte. Aber dann verstand sie, dass er davon sprach, wie sie Kielle aus der Tür gestoßen hatte. Vielleicht reichte es ihm nicht, dass sie zur Strafe niedergeschlagen worden war. Er zog seine Pistole und drückte sie ihr an den Kopf.

In plötzlich aufflammendem Zorn, der sie selbst schockierte, schob sie die Waffe weg, stand auf, ging in den Hauptraum hinaus und fühlte dabei die Vibrationen seiner Schreie in ihrem Nacken. Aber sie beachtete ihn nicht, sondern ging unbeirrt weiter auf das Ölfass zu, das den Männern als Tisch diente. Bär stand auf und ging ihr entgegen, aber sie ignorierte ihn ebenfalls. Sie griff nach Filzstift und Schreibblock und ging damit in den Schlachtraum zurück.

Sie schrieb: *Sie geben sich echt Mühe zu beweisen, dass Sie ein Schurke sind, oder?* Das hielt sie ihm vor die Nase.

Brutus lachte. Er riss ihr den Block aus der Hand und warf ihn achtlos zu Boden. Nachdem er sie sekundenlang angestarrt hatte, sagte er fast unheimlich ruhig: »… mal miteinander reden, glaub ich. Ich red nicht viel… nicht viele Leute gibt, mit denen ich reden kann. Aber mit dir kann ich's. Wie kommt das? … du mich nicht schwach anreden kannst, schätz ich. Pris, die hat ihren eigenen Kopf … gefällt mir sogar. Aber manchmal ist sie ganz woanders, weißt du? … versteh dann überhaupt nicht, was sie meint. Aber dir brauch ich bloß ins Gesicht zu schauen, um dich zu verstehen. Du scheinst 'ne kleine Maus zu sein, aber in dir steckt mehr. Hab ich recht?«

Melanie war entsetzt, weil das in irgendeinem Winkel ihres Herzens eine gewisse Freude auslöste. Dieser abscheuliche, schreckliche Mann hatte anerkennende Worte für sie gefunden. Er hat Susan erschossen, er hat Susan erschossen, er hat Susan erschossen, sagte sie sich. Er würde auch mich bedenkenlos ermorden, wenn er es für zweckmäßig hielte. Das alles wusste sie, aber in diesem Augenblick fühlte sie nur seine Anerkennung.

Er steckte die Pistole weg und zog seine Jeans hoch. »Du hältst mich für schlecht, weil ich deine Freundin … habe. Nun, nach deinen Begriffen bin ich schlecht. Ich bin nicht … clever und hab keine besonderen Talente. Aber eins bin ich ganz sicher: schlecht. Ich sag nicht, dass ich kein Herz habe oder nicht auch schon geweint habe. Ich hab eine Woche lang geweint, als jemand meinen Bruder erschossen hat. Ja, das hab ich getan.« Brutus machte eine Pause. Dann ließen seine spitzen Zähne seine schmale Unterlippe wieder los. »Was diesen Mistkerl dort draußen angeht …« Er nickte zum Telefon hinüber.

De l'Épée? Meint er de l'Épée?

»Er und ich, wir kämpfen gegeneinander. Und er wird letztlich verlieren … Warum? Weil das Böse einfach und das Gute kompliziert ist. Und das Einfache siegt immer. Darauf läuft letztlich alles hinaus. Das Einfache siegt. Das ist der natürliche Lauf der Dinge, und du weißt, was für Probleme Leute kriegen, die die Natur ignorieren. Schau dich an, schau dir deine tauben Mädels an. Ihr werdet eher aussterben als Leute wie ich. Wenn ich was brauche, kann ich sagen: ›Gib's mir.‹ Ich mach den Mund auf, und jemand tut, was ich will. Aber du, du musst komisch mit deinen Händen rumfuchteln. Du musst was aufschreiben. Das ist kompliziert. Du bist 'ne Missgeburt… wirst du sterben, und ich werd überleben. Das ist ganz natürlich.

Was mich betrifft, ich nehm das Mädchen dort drüben, die Kleine im Blümchenkleid, und erschieß sie in ungefähr zehn Minuten, wenn… Hubschrauber bis dahin nicht da ist. Womit ich übrigens nicht rechne. Mir macht das nicht mehr aus, als mich zu kratzen, wenn's mich juckt, oder mir 'ne Limonade zu kaufen, wenn ich durstig bin.«

Während er Emily betrachtete, verzog er die Lippen zu seinem schwachen Lächeln.

Und Melanie erkannte in seinem Blick plötzlich viel mehr als den Ausdruck eines potenziellen Mörders, der ein Opfer betrachtet. Sie sah darin all die Hänseleien ihrer Klassenkameraden, die zermürbende Frustration, wenn man etwas verstehen wollte, was sich einem nur durch das Wunder des Hörens erschloss. Sie sah ein leeres Leben ohne einen Liebhaber. Sie sah den Umschlag eines Notenhefts mit dem Titel »Amazing Grace«, das nur leere Seiten enthielt.

*Gottes Wille…*

Brutus' Blick…

Und so war es nur logisch, dass sie sich seine Augen aussuchte. Melanie stürzte sich auf ihn, und ihre makellosen, perlmuttfarbenen Fingernägel krallten nach seinem Gesicht.

Er holte überrascht tief Luft, stolperte dabei rückwärts und griff nach seiner Pistole. Als er sie aus seinem Gürtel zog, schlug Melanie sie ihm aus der Hand. Die Pistole flog in weitem Bogen davon und schlitterte über den Betonboden weg. Melanie war außer sich, wie wahnsinnig, von einem so verzehrenden Zorn getrieben, wie sie ihn noch nie erlebt hatte. Von einem Zorn, der sich einer Sturzflut gleich aus ihr ergoss, der sie aufriss und dabei schmerzte wie das Fieber, das ihre Haut damals mit acht Jahren hatte erglühen lassen, das alles Einfache zerstört und ihr Leben so schrecklich kompliziert gemacht hatte.

Melanies schlanke Finger, durch jahrelangen Gebrauch der Gebärdensprache kräftig geworden, gruben sich in seine Backen; sie schlug ihm ins Gesicht und versuchte, ihm die Augen auszukratzen. Als er auf den Rücken fiel, sprang sie ihm auf die Brust und bohrte ihm ihr Knie in die Magengrube. Er keuchte, als dieser Aufprall ihm die Luft mit Gewalt aus der Lunge presste. Seine Faust traf ihre Rippen, sodass sie unwillkürlich zurückwich, aber er konnte nicht richtig ausholen, und sie spürte kaum etwas.

»Jesus…!« Seine sehnigen Hände griffen nach ihrer Kehle, aber Melanie stieß sie beiseite und bekam seinen Hals zu fassen. Ihre starken Arme wehrten seine ab, sodass er sie nicht ganz erreichen konnte. Woher habe ich diese Kraft?, fragte sie sich, während sie seinen Kopf auf den Betonboden schlug und beobachtete, wie er blau im Gesicht wurde.

Vielleicht stürzten Marder und Bär gerade auf sie zu, vielleicht zielten sie in diesem Augenblick mit ihren Waffen auf sie. Aber vielleicht konnte Brutus nicht reden, weil er keine Luft in der Lunge hatte; vielleicht war er zu stolz, um nach Hilfe zu rufen. Sie wusste es nicht – und es war ihr auch egal. Für sie existierten nur dieser Mann und seine Bösartigkeit… die anderen Mädchen, Mrs. Harstrawn, Susan Phillips' Seele, von der die Agnostikerin Melanie glaubte, sie schwebe in diesem Augenblick als herrlicher Engel über ihnen, waren wie ausgelöscht.

Sie würde ihn umbringen.

Dann war er plötzlich schlaff wie ein Handtuch. Seine

Zunge ragte zwischen blassen Lippen heraus. Und Melanie dachte: Mein Gott, ich hab's geschafft! Sie richtete sich jubelnd und erschrocken zugleich auf, sah zu den Zwillingen, der schluchzenden Emily und der nach Atem ringenden Beverly hinüber.

Als er dann das Knie hochriss, hatte sie keine Zeit mehr, es seitlich abzulenken. Er rammte es ihr zwischen die Beine, und der Schmerz war so heftig, dass ihr schwarz vor Augen wurde. Als sie keuchend tief einatmete und beide Hände gegen ihren Unterleib presste, traf seine Faust sie knapp unterhalb des Brustbeins. Melanie krümmte sich zusammen und rang nach Luft.

Er kam mühelos auf die Beine, und sie sah, dass er – abgesehen von ein paar Kratzern im Gesicht – ganz unverletzt war.

Er hatte mit ihr gespielt. Für ihn war das nur eine Rangelei gewesen.

Dann hielt er sie an den Haaren gepackt und schleppte sie mit sich nach vorn in den Hauptraum.

Sie grub ihm ihre Fingernägel in die Hand, und er schlug ihr kräftig ins Gesicht. Sie sah nur noch Sterne vor den Augen, und ihre Arme wurden schlaff. Als sie wieder klar denken konnte, stand sie an einem der Fenster des Schlachthauses und hatte das windgepeitschte Feld und die auf das Gebäude gerichteten grellweißen Scheinwerfer vor sich.

Seine Hand drückte ihr Gesicht gegen die im Fensterrahmen steckenden Glassplitter, sodass Melanie fürchtete, einer könnte abbrechen und ihr die Augen zerschneiden. Nein, nein, nicht *diese* Art Dunkelheit. Ewige Nacht. Nein, bitte nicht …

Marder trat auf sie zu, aber Brutus scheuchte ihn mit einer Handbewegung weg. Er zog seine Pistole. Dann drehte er Melanie zu sich um, damit sie ihn sprechen sehen konnte. »Könntest du reden wie ein normaler Mensch, könntest du vielleicht was sagen, um dich zu retten. Aber das kannst du nicht. Nein, du bist 'ne Missgeburt, und wenn sie diesen Hubschrauber nicht ranschaffen, bist du bald nicht mal mehr das. Shep, wie lange noch…?«

Nach kurzem Zögern sagte Marder etwas, was sie nicht verstand.

»Verdammt, wie *lange* noch?« Sein Gesicht mit den blutenden Kratzern war vor Wut verzerrt.

Er bekam die gewünschte Auskunft und hob die Pistole an Melanies Schläfe. Dann packte er sie an den Haaren und drehte sie langsam um, bis sie wieder ins blendend helle Scheinwerferlicht hinausstarrte.

Melanie. Potter sah ihr Gesicht durch sein kompaktes kleines Fernglas. Melanie würde das nächste Opfer sein.

Budd, LeBow und Frances starrten aus dem anderen Fenster. Stillwell meldete sich über Funk: »Einer meiner Scharfschützen berichtet, dass Handy blutet. Scheint nichts Ernsthaftes zu sein, aber er hat Kratzer im Gesicht.«

»Noch zwölf Minuten«, sagte Tobe. »Anruf kommt.«

Das Telefon klingelte. Potter griff sofort nach dem Hörer. »Lou, was…?«

»Ich hab 'ne Neue, Art!« Handys Stimme klang aufgebracht. »Ist recht feurig. Ich wollte ihr eigentlich nicht nachtragen, dass sie den kleinen Störenfried vorhin ins Freie gestoßen hat. Aber diese Schlampe hat es sich in den Kopf gesetzt, sich ein bisschen zu amüsieren. Wollte mich zu 'ner kleinen Bumserei verleiten.«

Ruhe bewahren!, ermahnte Potter sich. Lass dich nicht provozieren. Er unterdrückte seinen eigenen Zorn, der mindestens so groß wie der Handys war.

»Sie steht auf abartige Sachen, Art. Scheint 'ne Vorliebe für S/M-Praktiken zu haben. Aber das gibt sich, das gibt sich. Sie haben noch ungefähr zehn Minuten Zeit, Art. Ist bis dahin kein Hubschrauber zu hören, verpassen wir dem Mädchen hier 'ne Schönheitsoperation mit der Pistole. Ich will diesen gottverdammten Hubschrauber. Haben Sie ihn?«

»Wir müssen einen aus Topeka kommen lassen. Das …«

»Drei Meilen westlich von hier liegt ein Flugplatz. Warum lassen Sie nicht einen von *dort* kommen, verdammt noch mal?«

»Sie haben gesagt, Sie …«

»Zehn Minuten.«

*Klick.*

Potter schloss die Augen und seufzte.

»Angie?«

»Diesmal ist die Sache problematischer, glaube ich«, antwortete die Psychologin. »Er will ihr etwas antun.«

Das war ein echter Rückschlag. Einem gut gelaunten Lou Handy, der alles unter Kontrolle zu haben glaubte, hätte Potter wahrscheinlich eine Fristverlängerung abhandeln können. Aber ein rachsüchtiger Lou Handy, ein irritierter und aufgebrachter Lou Handy, würde keinerlei Zugeständnisse machen, sondern scharf darauf sein, Blut zu vergießen.

O Melanie, warum hast du dich nicht lieber zurückgehalten? (Aber was empfand er in diesem Augenblick noch? Stolz, weil sie den Mut gehabt hatte, sich gegen Handy zur Wehr zu setzen, als er über sie hergefallen war und sie für Kielles Flucht bestrafen wollte? Bewunderung? Und was noch?)

Auf Angies schönem, exotischem Gesicht stand ein besorgter Ausdruck.

»Was gibt's?«, fragte Budd sie.

»Handy hat von einer Schönheitsoperation gesprochen. Was meint er damit?«

»Er will nicht gleich wieder jemanden erschießen, glaube ich«, antwortete Potter langsam. »Er macht sich Sorgen, weil er nicht mehr viele Geiseln hat – und von uns bisher nichts wirklich Brauchbares bekommen hat. Deshalb will er sie verwunden. Ihr vielleicht ein Auge ausschießen.«

»Jesus«, flüsterte Budd.

Tobe meldete: »Arthur, ich empfange verschlüsselte Signale aus der näheren Umgebung.«

»Welche Frequenz?«

»Wie viel Megahertz, meinst du.«

»Die Zahlen sind mir egal. Wer kann das sein?«

»Die Frequenz ist niemandem zugeteilt.«

»Gegensprechverkehr?«

»Ja. Ich empfange auch Antworten.«

Manche Einsätze sind so geheim, dass der Funkverkehr über koordinierte Scrambler abgewickelt wird, die ihren Code alle paar Sekunden wechseln. Derek konnte jedoch bestätigen, dass die Funkgeräte der State Police nicht dafür eingerichtet waren.

»Wie nahe?«

»Im Umkreis von einer Meile.«

»Reporter?«

»Die benützen normalerweise keine Scrambler. Aber denkbar wär's natürlich.«

Damit durfte Potter jetzt keine Zeit vergeuden. Er ballte die linke Hand zur Faust, während er aus dem Fenster starrte. Durchs Leitz-Glas sah er Melanies blondes Haar, den Fleck einer Pistole. Er bemühte sich, in ruhigem Tonfall zu sprechen, als er sagte: »Nun, Charlie … haben Sie noch mal darüber nachgedacht, was für imaginäre Batterien er für sein Spielzeug brauchen könnte?«

Budd hob hilflos die Hände. »Mir fällt nichts ein. Ich … ich weiß einfach nichts.« In seine Stimme schlich sich Panik ein. »Sehen Sie sich die Zeit an!«

»Henry?«

LeBow ging in aller Ruhe das inzwischen umfangreiche Persönlichkeitsprofil Louis Handys durch. Zu dem nervösen Charlie Budd sagte er: »Je dringender eine Aufgabe ist, Captain, desto langsamer sollte man sie erledigen. Mal sehen… als Jugendlicher hat er jede Menge Autos geklaut. Vielleicht interessiert er sich für Sportwagen. Sollten wir's damit versuchen?«

»Nein, Charlie hat recht. Wir müssen uns etwas einfallen lassen, was mit seiner Flucht zu tun hat.«

»Wofür gibt er sein Geld sonst aus?«, fragte Angie.

»Für nichts Besonderes. Hat nie ein Haus besessen. Hat nie einen Juwelier überfallen…«

»Irgendwelche Hobbys?«, fragte Potter.

Angie sagte plötzlich: »Die Berichte seiner Bewährungshelfer! Hast du die dort drinnen?«

»Ich hab sie eingescannt.«

»Lies sie durch. Sieh nach, ob er jemals um Erlaubnis gebeten hat, seinen Wohnort verlassen zu dürfen – und warum.«

»Gut, Angie«, sagte Potter.

Die Tasten klapperten leise. »Okay. Ja, das hat er getan. Er hat Milwaukee – wo er nach seiner Entlassung gelebt hat – zweimal verlassen, um in Minnesota angeln zu gehen. Droben bei International Falls. Und er war dreimal zum Angeln in Kanada. Von sämtlichen Ausflügen ist er pünktlich zurückgekommen.« LeBow runzelte die Stirn. »Angeln. Das erinnert mich an etwas…« Er gab einen Suchbefehl ein. »Hier, der Bericht eines Gefängnispsychologen. Handy ist leidenschaftlicher Angler. Er hat Pluspunkte gesammelt, nur um Hafturlaub zu bekommen und an einem Forellenbach auf dem Gelände des Staatsgefängnisses angeln zu dürfen.«

Potter überlegte. Minnesota. Seine Heimat. Land der tausend Seen. Kanada.

Budd – wie immer aufrecht, in tadelloser Haltung – trat von einem Fuß auf den anderen. »O Mann!« Er sah alle fünf Sekunden auf seine Uhr.

»Bitte, Charlie.«

»Wir haben nur noch sieben Minuten!«

»Ja, ich weiß. Die gute Idee war von Ihnen. Woran haben Sie dabei gedacht?«

»Ich *weiß* nicht, woran ich gedacht habe!«

Potter starrte wieder zu Melanie hin. Lass das!, befahl er sich. Denk nicht an sie. Er setzte sich ruckartig auf. »Ich hab's! Er angelt gern und hat eine Vorliebe für den Norden?«

»Genau«, sagte Budd. Und fragte in Wirklichkeit: Na, wennschon?

Aber LeBow verstand, worauf Potter hinauswollte. Er nickte. »Du bist ein Poet, Arthur.«

»Bedank dich bei Charlie hier. Er hat mich auf die Idee gebracht.«

Budd wirkte lediglich verwirrt.

»Fünf Minuten«, meldete Tobe.

»Wir ködern ihn mit einer angeblichen Fluchtmöglichkeit«, entschied Potter rasch, indem er auf die Spalte *Täuschungen* zeigte. LeBow stand auf und griff nach dem Filzschreiber. Potter überlegte kurz. »Handy wird kontrollieren wollen, was ich ihm erzähle. Er wird die Regionalstelle der Bundesluftfahrtbehörde anrufen. Wo ist die, Charlie?«

»In Topeka.«

Potter wandte sich an Tobe. »Ich will, dass sämtliche Anrufe bei der Zentrale der Luftfahrtbehörde in Topeka auf diesen Apparat umgelegt werden.« Er zeigte auf ein Telefon auf einer der Konsolen. Ein sehr schwieriger Auftrag, das wusste Potter, aber Tobe machte sich wortlos an die Arbeit, stellte eine Verbindung her und sprach drängend in sein Mikrofon.

»Nein«, protestierte Budd. »Dafür reicht die Zeit nicht. Geben Sie ihm einfach diese Nummer. Woher soll er denn wissen, dass nicht die Bundesluftfahrtbehörde am Apparat ist?«

»Zu riskant – er könnte es überprüfen.« Potter nahm den Hörer ab und betätigte die Kurzwahltaste.

Eine unbekümmerte Stimme meldete sich: »Hallo!«

»Lou?«

»Hallo, Art. Meine Ohren sind gespitzt, aber ich hör keinen Hubschrauber. Sehen Sie meine Freundin hier am Fenster?«

»Passen Sie auf, Lou«, sagte Potter ruhig, während er das Fenster im Auge behielt. »Ich will Ihnen einen Vorschlag machen.«

»Zehn, neun, acht ...«

»Hören Sie, wir ...«

»Hey, Art, mir ist gerade was eingefallen. Vielleicht ist das Ihre Art, was Böses zu tun. Vielleicht sind Sie *doch* ein Mistkerl.«

»Der Hubschrauber steht praktisch schon bereit.«

»Und dieses Mädchen hier ist praktisch schon angeschossen. Sie sollten sehen, wie die Kleine heult, Art. Ich hab's endgültig satt! Ich hab's satt, mich von euch an der Nase rumführen zu lassen. Ihr nehmt mich nicht ernst.« Seine Stimme klang wütend. »Scheiße, ihr tut nicht, was ich *will*!«

Angie beugte sich nach vorn. Charlie Budds Lippen bewegten sich, als betete er stumm.

»Also gut, Lou«, knurrte Potter. »Ich weiß, dass Sie sie erschießen wollen. Aber Sie wissen, dass ich Sie nicht daran hindern werde.«

Ein Rauschen im Deckenlautsprecher.

»Lassen Sie mich wenigstens ausreden.«

»Nach meiner Uhr können Sie noch ein bis zwei Minuten reden.«

»Lou, ich arbeite seit einer Stunde an dieser Sache. Ich wollte nichts sagen, bevor sie ganz steht – aber jetzt erzähl ich Ihnen doch lieber davon. Die Vorbereitungen sind so gut wie abgeschlossen.«

»Okay, worum geht's? Reden Sie schon!«

»Verlängern Sie die Frist um eine Stunde, tun Sie dem Mädchen nichts, dann verschaffe ich Ihnen eine von der Luftfahrtbehörde genehmigte Vorrangfreigabe für einen Flug nach Kanada.«

Sekundenlanges Schweigen.

»Was soll das heißen, verdammt noch mal?«

»Sie können direkt mit der Bundesluftfahrtbehörde verhandeln. Wir wissen dann nicht, wohin Sie fliegen.«

»Aber der Pilot weiß es.«

»Der Pilot bringt Handschellen für sich und alle Geiseln mit. Sie lassen ihn irgendwo in Kanada landen, zerstören das Funkgerät, machen den Hubschrauber flugunfähig und sind über alle Berge, wenn wir sie endlich finden.«

Schweigen.

Potter warf Tobe mit hochgezogenen Augenbrauen einen verzweifelten Blick zu. Der junge Mann, dem der Schweiß auf der Stirn stand, atmete langsam aus und formte lautlos die Worte: »Ich arbeite daran!«

»Wir beladen den Hubschrauber mit Wasser und Verpflegung. Sie wollen Rucksäcke, Wanderstiefel? Verdammt, Lou, wir geben Ihnen sogar Angelruten. Das ist ein faires Angebot. Sie tun ihr nichts und lassen uns noch eine Stunde Zeit – dafür bekommen Sie diese Freigabe.«

»Das muss ich mir überlegen.«

»Ich lasse mir den Namen des Dienststellenleiters geben und rufe Sie gleich wieder an.«

*Klick.*

Tobe, den nicht leicht etwas aus der Ruhe brachte, starrte auf seine Anzeigen, bei denen sich nichts rührte, schlug mit der Faust auf die Konsole und fragte: »Scheiße, wo bleibt unsere verdammte Weiterschaltung?«

Potter faltete die Hände und starrte durchs Fenster auf Melanie Charrols Gestalt, eine Ansammlung winziger leuchtender Farb- und Lichtpunkte – wie Pixel auf einem Bildschirm.

Captain Dan Tremain beugte sich nach vorn und schob lautlos einen Zweig beiseite.

Von dieser Stelle aus konnte er gerade noch die Fensterhöhle sehen, hinter der die junge Frau mit einer Pistole bedroht wurde. Tremain war einer der besten Scharfschützen der Sondereinheit und bedauerte es oft, dass seine Position ihn daran hinderte, mit einer Remington in Stellung zu gehen und – mit Hilfe seines Beobachters – ein achthundert bis tausend Meter entferntes Ziel anzuvisieren und auszuschalten.

Aber heute Abend ging es darum, eine Tür aufzusprengen und ein Gebäude zu stürmen. Dazu wurden keine Scharfschützen gebraucht, deshalb befasste er sich nicht weiter mit dem vagen Ziel am Fenster, sondern konzentrierte sich auf die bevorstehende Aufgabe.

Tremains Armbanduhr rückte auf sieben Uhr vor. »Termin«, sagte er. »Outrider One. Meldung.«

»Sprengladung am Stromaggregat angebracht.«

»Zündbefehl abwarten.«

»Verstanden.«

»Outrider Two. Meldung.«

»Alle GN sind im vorderen Hauptraum, die Geiseln sind unbewacht – bis auf die Frau am Fenster.«

»Verstanden«, bestätigte Tremain. »Teams Alpha und Bravo, Status?«

»Homebase, hier Alpha. Geladen und gesichert.«

»Team Bravo, geladen und gesichert.«

Tremain zog das linke Knie hoch und stemmte den rechten Fuß gegen einen Felsbrocken. Sein Blick blieb auf Handy gerichtet. Er sah wie ein Sprinter aus, der auf den Startschuss wartet – und genau das würde er binnen weniger Minuten sein.

»Geschafft!«, rief Tobe.

Dann fügte er hinzu: »Zumindest theoretisch.«

Potter wischte sich die Handfläche am Oberschenkel ab. Er nahm den Hörer in die andere Hand, rief dann wieder Handy an und teilte ihm mit, die Freigabe für seinen Hubschrauberflug sei erteilt. Er gab ihm die Telefonnummer der Regionalstelle der Luftfahrtbehörde.

»Name?«, knurrte Handy. »Mit wem soll ich reden?«

»Don Creswell«, sagte Potter. So hieß sein angeheirateter Cousin, Lindens Ehemann. LeBow kritzelte diesen Namen in die schon fast volle Spalte *Täuschungen*.

»Wir werden sehen, Art. Ich rufe Sie zurück. Das Mädchen bleibt hier neben mir und meiner Kanone, bis ich zufriedengestellt bin.«

*Klick.*

Potter drehte sich rasch um und sah auf Tobes Bildschirm. Er sagte: »Dafür kommst nur du infrage, Henry. Meine Stimme kennt er.«

LeBow verzog das Gesicht. »Ich hätte etwas Vorbereitungszeit brauchen können, Arthur.«

»Das könnten wir alle.«

Sekunden später meldete Tobe: »Anruf aus dem Schlachthaus … kommt nicht hierher … Ziffern … eins, neun-eins-drei, fünf-fünf-fünf, eins-zwo-eins-zwo. Auskunft Topeka.«

Sie hörten, wie Handys Stimme die Nummer der Luftfahrtbehörde in Topeka verlangte. Die Telefonistin gab sie ihm. Potter atmete erleichtert auf. Budd sagte: »Sie hatten recht. Er hat Ihnen nicht getraut.«

»Gespräch beendet«, flüsterte Tobe unnötigerweise. »Anruf aus dem Schlachthaus nach Topeka, wird jetzt weiterverbunden zu ...« Er deutete auf das Telefon auf dem Schreibtisch, das eben zu klingeln begann. »Vorhang auf!«

LeBow holte tief Luft und nickte.

»Warten Sie!«, sagte Budd eindringlich. »Er erwartet eine Sekretärin oder eine Empfangsdame.«

»Verdammt«, knurrte Potter. »Natürlich. Angie?«

Sie stand dem Telefon am nächsten.

Das dritte Klingeln. Das vierte.

Angie nickte knapp, griff nach dem Hörer. »Bundesluftfahrtbehörde«, meldete sie sich geschäftsmäßig. »Was kann ich für Sie tun?«

»Ich will Don Creswell sprechen.«

»Augenblick. Wer spricht dort, bitte?«

Ein Lachen. »Lou Handy.«

Sie bedeckte die Sprechmuschel mit ihrer freien Hand und flüsterte: »Wie verbinde ich weiter?«

Tobe nahm ihr den Hörer aus der Hand, schnippte mit einem Fingernagel dagegen und gab ihn LeBow. Potter blinzelte Angie zu.

LeBow holte erneut tief Luft und meldete sich dann: »Creswell.«

»Hey, Don. Sie kennen mich nicht.«

Eine kurze Pause. »Sie sind dieser Bursche, wegen dem das FBI mich angerufen hat? Louis Handy?«

»Yeah, ich bin dieser *Bursche.* Sagen Sie, der erzählt mir doch Scheiß, was? Nichts als Scheiß, oder?«

Der rundliche, freundliche Henry LeBow knurrte: »Nun, Sir, ich will Ihnen sagen, dass mir dieser Scheiß das Leben zur Hölle macht. In unseren Luftraum fliegen pro Stunde sechzig Maschinen ein, und diese Sache bedeutet, dass wir fast drei Viertel davon umleiten müssen. Und das sind nur die Linienmaschinen. Ich hab dem Agenten zuerst erklärt, dass das ausgeschlossen ist, aber er ist ein Arschloch erster Klasse – und ein FBI-Arschloch dazu. Für den Fall, dass ich nicht genau das tue, was Sie wollen, hat er mir die schlimmsten Folgen angedroht. Natürlich ist das alles Scheiß, aber meinetwegen sollen Sie haben, was er verlangt.«

»Und was zum Teufel ist das?«

»Hat er Ihnen das nicht gesagt? Eine Flugverkehrsfreigabe mit Vorrangstufe M-4 geradewegs in den Westen von Ontario.«

Gut gemacht, Henry, dachte Potter, während er weiterhin Melanies Silhouette anstarrte.

»Eine was?«

»Das ist die höchste Vorrangstufe überhaupt. Sie ist für den Präsidenten und ausländische Staatsgäste reserviert. Bei uns heißt sie ›Papstfreigabe‹, weil der Papst sie auch jedes Mal erhält. Hören Sie, was ich jetzt sage, sollten Sie sich besser aufschreiben. Sie müssen dafür sorgen, dass der Hubschrauberpilot seinen Transponder ausschaltet. Er zeigt Ihnen das Gerät, und Sie können ihn abschalten, zertrümmern oder sonst was damit machen. Danach können wir Sie nicht mehr mit Radar verfolgen.«

»Kein Radar?«

»Das gehört zur M-4. Darauf bestehen wir, weil die jeweilige Maschine dann nicht mit Lenkwaffen zur Radarsteuerung abgeschossen werden kann.«

»Ein Transponder … Davon hab ich schon mal gehört. Wie viel Zeit haben wir?«

LeBow sah zu Potter hinüber, der ihm acht Finger zeigte.

»Wir können den Luftraum acht Stunden lang offenhalten. Danach wird der Linienverkehr zu dicht, und wir müssten eine abgeänderte Freigabe erteilen.«

»Okay. Tun Sie's.«

»Wir sind schon dabei. Rechnen können Sie mit der Freigabe in … Augenblick …«

Potter hielt zwei Finger hoch.

»In ungefähr zwei Stunden.«

»Scheiße! In spätestens einer Stunde, sonst erschieß ich das hübsche kleine Ding neben mir.«

»O Gott, nein! Ist das Ihr …? Also gut – in einer Stunde. Aber ich brauche die ganze Stunde. Und Sie dürfen niemandem was tun, Mister. Bitte!«

Aus dem Deckenlautsprecher drang Handys kaltes Lachen. »Hey, Don, ich will Sie mal was fragen.«

»Klar.«

»Sie sind jetzt gerade in Topeka?«

Schweigen im Raum.

Potter wandte sich vom Fenster ab und starrte LeBow an.

»Klar bin ich das.«

Potter schnalzte mit den Fingern und deutete auf den Computer. LeBow bekam große Augen und nickte. Lautlos gab er ein paar Befehle ein. Auf dem Bildschirm erschien die Information *Lade Enzyklopädie.* Diese Worte blinkten mehrmals.

»Topeka, was?«, sagte Handy. »Nette Stadt?«

*Laden … laden …*

Mach schon, dachte Potter verzweifelt. *Mach* schon!

»Mir gefällt's hier.«

Der Bildschirm war wieder leer; dann erschien endlich ein buntes Logo. LeBow tippte hektisch.

»Wie lange wohnen Sie schon dort?«

Wie gelassen Handys Stimme klingt, dachte Potter. Er hält einer jungen Frau die Pistole an den Kopf und stellt trotzdem ganz cool seine Fragen.

»Seit ungefähr einem Jahr«, improvisierte LeBow. »Wer für Uncle Sam arbeitet, muss damit rechnen, oft versetzt zu werden.« Er tippte rasend schnell weiter. Dann erstarrten seine Finger plötzlich. Auf dem Bildschirm erschien eine Fehlermeldung: *Suchbefehl ungültig.*

*Je dringender eine Aufgabe ist …*

Er begann wieder von vorn. Endlich erschienen ein Stadtplan mit erklärendem Text und in der rechten oberen Ecke des Bildschirms das Farbfoto einer Skyline.

»Ja, das glaub ich. Wie dieser FBI-Agent, der Sie angerufen hat. Andy Palmer. Der wird bestimmt auch oft versetzt.«

Le Bow holte Luft, um zu antworten, aber Potter kritzelte auf einen Zettel: *Nicht auf den Namen reagieren!*

»Nun, das nehme ich an.«

»So heißt er doch, oder? Andy?«

»Ich glaube schon. Ich hab seinen Namen vergessen. Er hat mir nur den Code genannt, der uns beweist, dass es sich um einen echten Anruf handelt.«

»Ihr habt Codes? Die ihr wie Spione verwendet?«

»Hören Sie, Sir, ich sollte mich jetzt wirklich um dieses Projekt für Sie kümmern.«

»Wie heißt der Fluss dort?«

»In Topeka, meinen Sie?«

»Yeah.«

LeBow beugte sich nach vorn und las die Informationen über Topeka. »Sie meinen den Kaw. Den Kansas River. Der die Stadt in zwei Hälften teilt?«

»Yeah, das ist er. Dort hab ich früher viel geangelt. Hatte dort 'nen Onkel, der in diesem alten Viertel gewohnt hat. Richtig vornehme Gegend, schöne alte Häuser. Kopfsteinpflaster auf den Straßen, wissen Sie.«

Henry LeBow war so weit nach vorn gerutscht, dass er fast vom Stuhl fiel. Er las in verzweifelter Hast. »Oh … Potwin Place. Da kann er von Glück sagen, Ihr Onkel. Sehr hübsche Häuser. Aber die Straßen sind nicht mit Steinen, sondern mit Ziegeln gepflastert.« Auf der Glatze des Agenten glänzten silberne Schweißperlen.

»Wie heißt Ihr dortiges Lieblingsrestaurant?«

Eine Pause.

»Denny's. Ich hab sechs Kinder.«

»Sie Mistkerl!«, knurrte Handy.

*Klick.*

»Verbindung abgebrochen«, meldete Tobe.

LeBow, dessen Hände zitterten, starrte das Telefon an. Vier Köpfe drängten sich am Fenster zusammen.

»Hat's geklappt?«, murmelte Frances.

Niemand wagte eine Vermutung. Charlie Budd sagte als Einziger etwas, und auch er stieß nur hervor: »O Mann!«

»Outrider Two, hier Homebase.«

»Outrider Two«, flüsterte Trooper Joey Wilson, der unter einem der Fenster des Schlachthauses im Schatten des Schulbusses kauerte.

»Position der GN?«

Der Trooper hob sein geschwärztes Gesicht, warf einen raschen Blick durchs Fenster und ging sofort wieder in Deckung.

»Zwei GN im Hauptraum in Fensternähe. Handy bedroht eine Geisel mit einer Waffe. Mit einer Glock. Hält sie ihr an den Kopf. Weiß nicht, ob sie durchgeladen ist. Wilcox hat keine Waffe in der Hand, aber eine Glock im Hosenbund stecken. Bonner hat 'ne halbautomatische Mossberg Kaliber zwölf. Aber er ist zehn, zwölf Meter vom Geiselraum entfernt. An sich gute Voraussetzungen – bis auf das Mädchen am Fenster.«

»Können Sie Handy ausschalten?«

»Negativ. Er steht hinter ein paar Röhren. Ich habe kein freies Schussfeld. Bonner läuft ständig hin und her. Vielleicht ist er zu treffen. Schwer zu sagen.«

»Okay, warten Sie.«

Die ursprüngliche Frist war längst abgelaufen. Handy konnte die arme Frau jeden Augenblick erschießen.

»Outrider One? Meldung.«

»Outrider One. Ich bin am Stromaggregat. Ladung ist angebracht und zündbereit.«

Herr, steh uns bei!, dachte Tremain und holte tief Luft.

»Outrider One?«, rief er nochmals Pfenninger, der wohl bereits mit dem Abreißzünder des L210 in der Hand neben der Kommandozentrale stand.

»Hier Outrider One.«

»Codewort ...«

»Homebase, hier Outrider Two!«, unterbrach Wilsons energische Stimme ihn. »Die Geisel ist in Sicherheit. Ich wiederhole: Die Geisel ist in Sicherheit. GN Handy bedroht sie nicht mehr. Er hat die Pistole weggesteckt. GN Bonner bringt das Mädchen nach hinten zu den anderen Geiseln.«

Tremain sah zum Fenster hinüber. Die junge Frau stand tatsächlich nicht mehr dort.

»GN Bonner hat sie im Geiselraum zurückgelassen und kommt wieder nach vorn.«

»Codewort Hengst«, sagte Tremain. »An alle Outrider, alle Teams: Hengst, Hengst, Hengst. Empfang bestätigen.«

Die Bestätigungen kamen prompt.

Dan Tremain – Captain der State Police, Kommandeur einer Sondereinheit und als Mann rascher Entschlüsse bekannt – richtete ein stummes Gebet an seinen gerechten, barmherzigen Gott und dankte ihm dafür, dass er diesem Mädchen das Leben gerettet hatte. Vor allem dankte er dem Herrn jedoch dafür, dass er ihm zusätzliche Zeit verschafft hatte, um sich auf den Sturmangriff vorzubereiten, der – wie Gott ihm versichert hatte – diese armen Lämmer aus den Händen der barbarischen Römer befreien würde.

»Anruf«, meldete Tobe. »Von ihm.«

Potter ließ das Telefon zweimal klingeln, bevor er den Hörer abnahm.

»Art?«, fragte Handy.

»Lou. Eben hat Creswell angerufen.«

»Der hält Sie für 'nen Arsch. Er weiß nicht mal Ihren verdammten Namen.«

»Auch ich habe Feinde. Im Staatsdienst mehr als außerhalb, muss ich leider sagen. Wie steht's also?«

»Okay, der Handel gilt«, sagte Handy jovial. »Sie kriegen Ihre Stunde.«

Potter schwieg, ließ das Schweigen bedrückend werden.

»Art«, fragte Handy unsicher, »sind Sie noch da?«

Der Verhandler seufzte kaum hörbar.

»Was ist denn los? Sie tun ja, als wär gerade Ihr verdammter Hund gestorben.«

»Nun …«

»Also los, reden Sie schon!«

»Ich weiß nicht, wie ich es sagen soll. Sie waren wirklich sehr zuvorkommend, was diese Fristverlängerung betrifft. Und …«

Stell ihn auf die Probe, dachte der Agent. Wie steht Handy zu dir? Wie eng ist unsere Beziehung schon?

»Nun, spucken Sie es schon aus, Art. Scheiße, tun Sie's einfach!«

»Creswell hat gesagt, dass er mindestens bis halb zehn Uhr braucht, um die richtige Freigabe zu bekommen. Er muss sie mit den zuständigen kanadischen Behörden abstimmen. Ich hab ihn aufgefordert, die Sache binnen einer Stunde abzuschließen. Aber er meint, dass das unmöglich ist. Jetzt habe ich das Gefühl, Sie im Stich gelassen zu haben …«

Ein Teil seiner Selbst hatte dieses Gefühl wirklich – wegen dieser Lüge, die er so gewissenlos, so eiskalt vorbrachte.

»Halb zehn?«

Ein langes Zögern.

»Scheiße, damit kann ich leben.«

»Wirklich, Lou?«, fragte Arthur Potter überrascht. »Besten Dank auch.«

»Hey, für meinen guten Kumpel Art tu ich alles.«

Nütz die gute Stimmung aus. Potter sagte: »Lou, ich möchte Sie noch was anderes fragen.«

»Also los!«

Soll ich's versuchen?

Angie beobachtete ihn. Als ihre Blicke sich kurz begegneten, sagte sie lautlos: »Riskier's!«

»Lou, wie wär's, wenn Sie sie endlich freilassen würden? Melanie.«

*Okay, Art, ich bin in Spendierlaune. Ich fliege nach Kanada, deshalb sollen Sie sie haben.*

Handys Stimme war kalt und scharf wie eine Rasierklinge. »Scheiße, manchmal verlangen Sie einfach zu viel, Sie Arschloch. Ich bin der einzige Mensch in diesem verdammten Universum, bei dem Sie das *nicht* tun sollten.«

*Klick.*

Potter reagierte mit hochgezogenen Augenbrauen auf diesen Gefühlsausbruch. Aber um ihn herum brandeten Lachen und Beifall auf. Er legte den Hörer auf und stimmte in das befreite Lachen der anderen ein.

Der Verhandler klopfte LeBow auf den Rücken. »Sehr gut gemacht!« Er nickte Angie zu. »Alle beide.«

Budd sagte: »Dafür verdienen Sie einen Oscar. Ja, Sir, ich würd für Sie stimmen.«

»M-4?«, fragte Potter. »Was ist eine Vorrangstufe M-4?«

»Doris und ich waren letztes Jahr in England«, erklärte LeBow ihm. »Soviel ich noch weiß, ist das eine englische Autobahn. Hat gut geklungen, was?« Er war augenscheinlich sehr mit sich zufrieden.

»Und diese Lenkwaffen zur Radaransteuerung«, sagte Budd. »Das hat ziemlich cool geklungen.«

»Alles erfunden.«

»O Mann! Aber er hat's geglaubt.«

Dann wurden alle wieder ernst, als Potter aus dem Fenster zu dem Gebäude hinübersah, in dem noch sechs Geiseln gefangen gehalten wurden, die jetzt wenigstens für ein paar Stunden sicher waren – wenn Handy Wort hielt. Im nächsten Augenblick prusteten alle wieder los, als Tobe Geller, diese Verkörperung eiskalter rationaler Wissenschaft, andächtig »Papstfreigabe!«, flüsterte und sich dabei gekonnt bekreuzigte wie der gute Katholik, der er anscheinend war.

## 19.15 Uhr

»Na, Charlie, was gibt's Neues an der Front?«

Budd stand in einer Senke hinter der Kommandozentrale. Er hielt sein Mobiltelefon krampfhaft ans Ohr gedrückt – als ob das jemanden am Mithören hätte hindern können. Roland Marks' dröhnende Stimme trug verdammt weit.

Der stellvertretende Generalstaatsanwalt telefonierte aus dem rückwärtigen Bereitstellungsraum. Budd antwortete: »Hier geht's zu wie auf der Achterbahn, kann ich Ihnen sagen. Immer rauf und runter, wissen Sie. Er leistet sehr bemerkenswerte Arbeit – Agent Potter, meine ich.«

»Bemerkenswert?«, fragte Marks sarkastisch. »Er hat dieses Mädchen ins Leben zurückgerufen, was? Wie damals bei Lazarus, wie?«

»Er hat wieder zwei Geiseln unversehrt rausgeholt und eine weitere Fristverlängerung erreicht. Er ist …«

»Haben Sie das Geschenk für mich?«, fragte Marks mit ruhiger Stimme.

Die Tür der Kommandozentrale wurde geöffnet. Angie Scapello trat ins Freie.

»Noch nicht«, behauptete der Captain. Er fand, diese Lüge klinge glaubhaft. »Bald. Ich muss jetzt gehen.«

»Ich will die Kassette binnen einer Stunde. Bis dahin wird mein Freund vom Sender hier sein.«

»Ja, Sir, das stimmt«, sagte Budd. »Ich melde mich später wieder.«

Er betätigte die Trenntaste. Und sagte zu Angie: »Bosse! Auf die könnten wir verzichten.«

Sie hatte zwei Becher Kaffee mitgebracht und bot ihm einen an.

»Milch, aber kein Zucker. So trinken Sie ihn doch?«, fragte sie.

»Agent LeBow hat auch meine Akte, was?«

»Wohnen Sie hier in der Nähe, Charlie?«

»Meine Frau und ich haben uns fünfzehn Meilen von hier ein Haus gekauft.«

Das war gut. Wieder mal Meg erwähnen.

»Ich habe ein Apartment in Georgetown. Ich bin so viel unterwegs, dass es unsinnig wäre, irgendwas zu kaufen. Und noch dazu für mich allein.«

»Nie verheiratet gewesen?«

»Nein. Ich bin eine alte Jungfer.«

»Alt – jetzt fangen Sie schon wieder damit an! Sie sind ja auch mindestens achtundzwanzig.«

Sie lachte.

»Gefällt Ihnen das Leben auf dem Land?«, fragte Angie ihn.

»Und wie! Die Mädchen gehen auf gute Schulen … hab ich Ihnen die Fotos von meiner Familie gezeigt?«

»Ja, das haben Sie, Charlie. Zweimal.«

»Sie gehen auf gute Schulen und sind in guten Schulmannschaften. Beide spielen begeistert Fußball. Und das Leben hier bei uns ist echt preiswerter. Ich bin zweiunddreißig und habe ein eigenes Haus auf eineinhalb Hektar Grund. An der Ostküste wäre das wohl nicht möglich. Ich war mal in New York, und was die Leute dort für Wohnungen zahlen …«

»Sind Sie Ihrer Frau treu, Charlie?« Ihre warmen braunen Augen musterten ihn prüfend.

Er stürzte einen großen Schluck Kaffee hinunter, ohne

ihn überhaupt zu schmecken. »Ja, das bin ich. Und ich wollte ohnehin mal mit Ihnen reden. Ich finde Sie sehr interessant, und Sie sind eine wertvolle Hilfe. Und ich müsste blind sein, um nicht zu sehen, wie verdammt hübsch Sie sind …«

»Danke, Charlie.«

»Aber ich bin nicht mal in Gedanken untreu – wie dieser Präsident, Jimmy Carter. Oder war das jemand anders? Ich hab's vergessen.« Diese Rede war eingeübt, und er wünschte sich nur, er müsste weniger oft schlucken. »Meg und ich hatten unsere Probleme, klar. Aber wer hat die nicht? Probleme gehören zu einer Beziehung, und man steht sie durch, wie man auch die schönen Zeiten genießt, und geht seinen Weg gemeinsam weiter.« Er verstummte abrupt, weil er den Schluss seiner kleinen Rede völlig vergessen hatte, und improvisierte ihn schließlich mit: »So, das war's. Das wollte ich bloß mal gesagt haben.«

Angie trat dichter an ihn heran und berührte seinen Arm. Sie stellte sich auf die Zehenspitzen, um ihn auf die Wange zu küssen. »Ich bin sehr froh, dass Sie mir das erzählt haben, Charlie. Ich finde, dass Treue das Wichtigste an einer Beziehung ist. Loyalität. Und die ist heutzutage bedauerlich selten.«

Er zögerte. »Ja, das stimmt wohl.«

»Ich bin ins Hotel unterwegs, um die Mädchen und ihre Eltern zu besuchen. Wollen Sie mich begleiten?« Sie lächelte. »Als Freund und Kollege vom Krisenmanagement-Team?«

»Sehr gern!« Und zu Budds grenzenloser Erleichterung verzichtete Angie darauf, sich bei ihm einzuhängen, als sie zur Kommandozentrale zurückgingen, um Potter zu sagen, wohin sie wollten, und dann zu einem Streifenwagen weitergingen, um das kurze Stück zum Days Inn zu fahren.

Sie saßen im Schlachtraum, dem Vorraum zur Hölle, alle mit tränenüberströmten Gesichtern.

Was jetzt geschah – in nächster Nähe –, war schlimmer als alles andere, was sie sich je vorgestellt hatten. Lass es bald vorüber sein, dachte Melanie, während ihre zuckenden Finger diese stumme Bitte formten. Um Himmels willen!

»Nicht hinsehen«, forderte Melanie die Mädchen schließlich auf. Aber alle sahen hin – keine konnte sich von diesem grausigen Schauspiel abwenden.

Bär lag auf der armen Mrs. Harstrawn, deren Bluse aufgerissen und deren Rock bis zur Taille hochgeschoben war. Melanie sah benommen zu, wie der nackte Hintern des Mannes sich auf und ab bewegte. Sie sah zu, wie Bärs Hände eine von Mrs. Harstrawns Brüsten umfassten, die so weiß wie seine eigene aufgedunsene Haut waren. Sie sah, wie er sie küsste und seine nasse Zunge in ihren willenlosen Mund steckte.

Er hielt kurz inne und sah sich zum Hauptraum um. Dort saßen Brutus und Marder vor dem Fernseher und tranken Bier und lachten, genau wie Melanies Vater und ihr Bruder, wenn sie sonntags vor dem Fernseher hockten, als enthielte der kleine schwarze Kasten einen Zauber, der es ihnen ermöglichte, miteinander zu reden. Dann richtete Bär sich auf, legte seine Arne unter Mrs. Harstrawns Knie und hob ihre Beine hoch in die Luft. Er begann wieder mit seinen plumpen Bewegungen.

Melanie war plötzlich eiskalt entschlossen.

Es ist so weit, erkannte sie. Wir dürfen nicht länger warten. Während sie Bärs geschlossene Augen beobachtete, schrieb sie rasch ein paar Zeilen auf den Block, den Brutus ihr vorhin aus der Hand gerissen hatte. Sie faltete das Blatt klein zusammen und steckte es Anna in die Tasche. Das Mädchen sah auf. Ihre Zwillingsschwester ebenfalls.

»Geht in die Ecke«, befahl Melanie ihnen. »Zu dem Benzinkanister.«

Sie wollten nicht. Sie hatten schreckliche Angst vor Bär, vor der grausigen Sache, die er machte. Aber Melanies Befehle waren so scharf, ihr Blick war so eiskalt, dass die beiden langsam in die Ecke zurückwichen. Melanie wies sie erneut an, Mrs. Harstrawns Pullover aufzuheben.

»Bindet ihn um den Kanister. Geht...«

Plötzlich sprang Bär von der Lehrerin auf und drehte sich wütend zu Melanie um. Sein blutiges Glied war aufgerichtet und glänzte purpurrot. Der überwältigende Geruch von Moschus und Schweiß löste bei ihr sofort heftigen Brechreiz aus. Er baute sich direkt vor Melanie auf, beugte sich zu ihr hinunter und packte sie an den Haaren. »Du sollst diesen... Scheiß lassen, hab ich gesagt! Hör auf... mit deinen Händen... zu machen!« Er imitierte die Gebärdensprache.

Melanie verstand seine Reaktion, denn sie war nicht ungewöhnlich. Viele Menschen empfanden die Gebärdensprache als bedrohlich. Das war der eigentliche Grund für das starke Bestreben, Gehörlose zum Sprechen zu zwingen, statt sie die Gebärdensprache gebrauchen zu lassen, die ein Code, eine Geheimsprache, das Erkennungszeichen einer Geheimgesellschaft war.

Sie nickte langsam, senkte den Kopf und hatte dabei noch mal sein glänzendes, aufgerichtetes Glied vor sich.

Bär warf sich wieder auf Mrs. Harstrawn, knetete ihre Brüste, drückte ihre Beine auseinander und drang erneut in sie ein. Sie hob mit einer mitleiderregenden Geste des Protests eine Hand. Er schlug sie beiseite.

*Keine Gebärdensprache...*

Wie konnte sie sich mit den Mädchen verständigen? Wie sollte sie den Zwillingen sagen, was sie tun sollten?

Dann fiel Melanie ihre eigene Geheimsprache ein. Die

Sprache, die sie als Sechzehnjährige erfunden hatte, als sie in der Laurent Clerc School riskiert hatte, von Lehrern oder Lehrerinnen – fast alle aus der Außenwelt – auf die Finger geschlagen zu werden, wenn sie die Gebärdensprache oder lautsprachebegleitende Gebärden benutzte. Auf diese einfache Sprache war sie durch eine Fernsehaufzeichnung gekommen, in der Georg Solti ein unhörbares Orchester dirigiert hatte. Rhythmus und Tempo gehören ebenso zu einem Musikstück wie die Melodie; sie hatte die Hände in Kinnnähe gehalten und mit ihren Schulfreundinnen durch Form *und* Rhythmus ihrer Finger, ergänzt von ihrem Gesichtsausdruck, gesprochen. Als sie dann später die verschiedenen Formen manueller Kommunikation durchnahm, hatte sie alle ihre Schüler in den Grundzügen dieser Sprache unterwiesen, aber sie wusste natürlich nicht, ob die Zwillinge genug behalten hatten, um sie verstehen zu können.

Trotzdem blieb ihr keine andere Wahl. Sie hob die Hände und fing an, die Finger rhythmisch zu bewegen.

Anna begriff nicht gleich und wollte in Gebärdensprache antworten.

»Nein«, wies Melanie sie an und runzelte dabei nachdrücklich die Stirn. »Keine Gebärdensprache.«

Es war ungeheuer wichtig, dass diese Verständigung klappte, denn Melanie hoffte, wenigstens die Zwillinge, vielleicht auch eins der anderen Mädchen retten zu können – die arme, nach Atem ringende Beverly oder Emily, deren weiß bestrumpfte Kinderbeine Bär vorhin lange angestarrt hatte, bevor er Donna Harstrawn zu sich hergezogen und ihre Beine auseinandergedrückt hatte wie ein hungriger Mann, der ein Essenspaket öffnet.

»Benzinkanister nehmen«, forderte Melanie die beiden auf. Irgendwie. »Pullover darumknoten.«

Die Mädchen brauchten einen Augenblick, um zu verstehen, was sie meinte. Dann beugten sie sich weiter auf den Benzinkanister zu. Ihre winzigen Hände machten sich an die Arbeit und knoteten den dreifarbigen Pullover um den Kanister.

Nun war der Benzinkanister verpackt.

»Den nehmt ihr mit. Geht nach hinten ins Freie. Durch die linke Tür.«

Die Tür, von der sich wegen des Luftzugs vom Fluss kein Staub angesammelt hatte.

»Angst.«

Melanie nickte, beharrte jedoch auf ihrer Anweisung. »Ihr müsst.«

Ein schwaches, herzzerreißendes Nicken. Dann ein zweites. Neben Melanie machte sich Emily bemerkbar. Die Kleine zitterte vor Angst. Melanie ergriff ihre Hand – hinter beider Rücken, wo Bär sie nicht sehen konnte – und buchstabierte mit dem Fingeralphabet: K-e-i-n-e-A-n-g-s-t. D-u-b-i-s-t-d-i-e-N-ä-c-h-s-t-e.

Emily nickte schluchzend. Melanie wies die Zwillinge an: »Folgt dem Geruch des Flusses.« Sie atmete übertrieben tief ein. »Fluss. Geruch.«

Beide Mädchen nickten.

»Haltet euch am Pullover fest und springt ins Wasser.«

Ein zweifaches Kopfschütteln. Nachdrücklich.

Melanie funkelte sie an. »Doch!«

Nach einem Blick zu Mrs. Harstrawn hinüber wandte Melanie sich wieder an die Mädchen und erklärte ihnen stumm, was mit ihnen geschehen könne. Und die Zwillinge verstanden. Anna begann zu wimmern.

Aber das ließ Melanie nicht zu. »Aufhören!«, befahl sie ihnen. »Geht jetzt.«

Die Zwillinge befanden sich hinter Bär. Um die beiden sehen zu können, hätte er aufstehen und sich umdrehen müssen.

Anna, die zu viel Angst hatte, um ihre Hände zu gebrauchen, senkte ängstlich den Kopf und wischte sich das Gesicht am Ärmel ab. Dann schüttelten beide den Kopf. In herzzerreißendem Gleichtakt.

Melanie hob ihre Hände und riskierte hastige Finger- und Handzeichen. Bärs Augen blieben geschlossen; er nahm nichts davon wahr. »Der Abbe de l'Épée ist draußen. Er wartet dort auf euch.«

Die beiden machten große Augen.

De l'Épée?

Der Engel der Gehörlosen. Eine Legende. Er war Lancelot, er war König Arthur. Großer Gott, er war *Tom Cruise*! Er *konnte* nicht dort draußen sein. Aber Melanie wirkte so ernst, sie wiederholte ihre Behauptung so nachdrücklich, dass die Mädchen kaum wahrnehmbar nickten.

»Ihr müsst ihn finden. Bring ihm den Zettel aus deiner Tasche.«

»Wo ist er?«, fragte Anna.

»Er ist ein älterer Mann. Graues Haar. Brille und blaues Sportsakko.« Sie nickten eifrig (obwohl sie sich den legendären Abbé bisher immer ganz anders vorgestellt hatten). »Findet ihn, gebt ihm den Zettel.«

Bär sah auf, und Melanie hob die Hand unschuldig noch höher und rieb sich die roten, aber nicht tränennassen Augen, als hätte sie geweint. Er starrte wieder nach unten und machte weiter. Melanie war froh, dass sie das schweinische Grunzen, das aus dem Mund mit den wulstigen Lippen kommen musste, nicht hören konnte.

»Fertig?«, fragte sie die Mädchen.

Das waren sie allerdings; für eine Chance, mit ihrem Idol zusammenzutreffen, wären sie durchs Feuer gegangen. Melanie sah wieder zu Bär hinüber, dem der Schweiß herunterlief und wie Regen auf das Gesicht und die wippenden Brüste der armen Mrs. Harstrawn tropfte. Seine

Augen waren geschlossen. Offenbar war er kurz vor dem Höhepunkt. Aber obwohl Melanie schon davon gelesen hatte, konnte sie sich darunter nichts Rechtes vorstellen.

»Zieht eure Schuhe aus. Und sagt de l'Épée, er soll vorsichtig sein.«

Anna nickte. »Ich liebe dich«, bedeutete sie Melanie. Suzie folgte ihrem Beispiel.

Melanie warf einen Blick in den Hauptraum hinaus. Brutus und Marder hockten weit von ihnen entfernt vor dem Fernseher. Sie nickte zweimal. Die Mädchen nahmen ihren improvisierten Rettungsring mit und verschwanden um die Ecke. Melanie beobachtete Bär, um festzustellen, ob die beiden sich lautlos bewegt hatten. Er schien nichts gehört zu haben.

Um ihn abzulenken, beugte Melanie sich nach vorn, ertrug das finstere Starren des hässlichen Kerls und wischte mit ihrem burgunderroten Ärmel langsam, vorsichtig seinen Schweiß vom Gesicht der Lehrerin. Ihre Geste verwirrte ihn zunächst; dann wurde er wütend und stieß sie an die Wand zurück. Melanies Hinterkopf schlug dumpf gegen die weißen Fliesen. Dort blieb sie sitzen, bis er fertig war und keuchend dalag. Auf Mrs. Harstrawns Oberschenkel sah Melanie eine weißliche Flüssigkeit glänzen. Und auch Blut. Bär sah verstohlen in den Hauptraum hinaus. Seine Tat war unentdeckt geblieben; Lou und Shep hatten nichts gesehen. Er setzte sich auf. Nachdem er den Reißverschluss seiner schmuddeligen Jeans hochgezogen hatte, zog er Mrs. Harstrawns Rock herunter und knöpfte ihr mit ungelenken Fingern die Bluse zu.

Dann beugte Bär sich nach vorn, bis sein Gesicht nur eine Handbreit von Melanies entfernt war. Sie schaffte es, ihm in die Augen zu sehen – das war grässlich, aber sie war bereit, alles zu tun, was ihn davon abhalten würde, sich im Schlachtraum umzusehen. Er blaffte: »... du ein Wort von ... sagst, bring ich dich um!«

Hinhalten, Zeit schinden. Den Zwillingen einen Vorsprung verschaffen.

Sie runzelte die Stirn, schüttelte den Kopf.

Er versuchte es noch einmal, spuckte jedes Wort einzeln aus.

Sie schüttelte wieder den Kopf, deutete auf ihr Ohr. Seine hilflose Frustration drohte in Wut umzuschlagen.

Schließlich beugte sie sich zur Seite und zeigte auf den staubigen Fußboden. Er schrieb unbeholfen: *Kein Wort, sonst bistu tot.*

Sie nickte langsam.

Er wischte das Geschriebene weg und knöpfte sein Hemd zu.

Manchmal ist jeder von uns, selbst Leute aus der Außenwelt, stumm und taub und blind wie Tote; wir nehmen nur wahr, was unsere Begierden uns erkennen lassen. Das ist eine schreckliche Last, oft auch eine Gefahr, kann aber auch – wie in diesem Fall – ein kleines Wunder bewirken. Denn Bär erhob sich schwankend, stopfte sein Hemd in die Hose und sah sich mit einem Ausdruck benommener Zufriedenheit auf dem geröteten Gesicht im Schlachtraum um. Dann verließ er ihn mit Riesenschritten, ohne zu merken, dass von den Zwillingen nur zwei Paar Schuhe übrig waren – dass die Mädchen verschwunden waren und bestimmt längst von diesem schrecklichen Ort forttrieben.

»Einige Jahre lang war ich nichts als taub.

Ich habe Taubheit gelebt, Taubheit gegessen, sogar Taubheit geatmet.«

Melanie spricht mit de l'Épée.

Sie hat sich wieder in ihr Musikzimmer zurückgezogen, weil sie den Gedanken nicht ertragen kann, wie Anna und

Suzie in den Arkansas River springen, von seinen nachtdunklen Fluten fortgerissen werden. Dort sind sie besser aufgehoben, sagt sie sich. Sie erinnert sich daran, wie Bär die Mädchen angestarrt hatte. Was auch passiert, dort sind sie besser aufgehoben.

De l'Épée lehnt sich in seinem Sessel zurück und will wissen, was sie mit »nichts als taub« gemeint hat.

»Ich war in meinem vorletzten Schuljahr, als die damals neue Gehörlosenbewegung die Laurent Clerc School erreichte. Oralismus war passé, und die Schule hat endlich angefangen, mit lautsprachebegleitenden Gebärden zu unterrichten. Eine Sprache, die nur ein halbherziger dämlicher Kompromiss ist. Erst nachdem ich die Schule verlassen hatte, haben sie schließlich auf ASL umgestellt, die amerikanische Gebärdensprache der Gehörlosen.«

»Sprachen interessieren mich. Erzähl mir davon.« (Würde er das sagen? Dies ist *meine* Fantasie; ja, er würde es tun.)

»Die Gebärdensprache kommt aus der ersten Gehörlosenschule der Welt, die dein Namensvetter, Abbé Charles-Michel de l'Épée, in den Sechzigerjahren des 18. Jahrhunderts in Frankreich gegründet hat. Wie Rousseau hat er an die Existenz einer menschlichen Ursprache geglaubt. Eine Sprache, die rein und absolut und unmissverständlich klar war. In der man jedes Gefühl direkt ausdrücken konnte und die so transparent war, dass man sie nicht dazu gebrauchen konnte, andere zu täuschen oder zu belügen.«

Darüber lächelt de l'Épée.

»Für Gehörlose war diese französische Gebärdensprache ein Geschenk des Himmels. Laurent Clerc, ein Lehrer aus de l'Épées Schule, hat Anfang des 19. Jahrhunderts Thomas Hopkins Gallaudet, einen Pädagogen aus Connecticut, nach Amerika begleitet und mit ihm in Hartford eine Gehörlosenschule gegründet. Die dort eingeführte französische Gebärdensprache hat sich mit einheimischen Zeichen vermischt – vor allem mit dem von Martha's Vineyard eingeführten Dialekt. Auf Martha's Vineyard war Taubheit in vielen Familien erblich. So ist die amerikanische Gebärdensprache entstanden. Sie hat mehr als alles andere dazu beigetragen, dass Gehörlose ein normales Leben führen können. Die Sprachentwicklung muss bis zum dritten Lebensjahr in vollem Gang sein – egal ob gesprochene Worte oder Gebärden. Sonst bleibt man im Grunde genommen geistig behindert.«

De l'Épée betrachtet sie mit leicht sarkastischem Lächeln. »Das klingt ein bisschen einstudiert.«

Darüber kann sie nur lachen.

»Sobald die Gebärdensprache an unserer Schule eingeführt war, habe ich, wie schon gesagt, nur noch für die Gehörlosenbewegung gelebt. Ich wurde strikt linientreu, vor allem wegen Susan Phillips. Es war erstaunlich. Ich war damals noch in der Ausbildung zur Lehrerin. Sie hat beobachtet, wie ich mich beim Lippenablesen auf mein Gegenüber konzentriert habe, ist zu mir gekommen und hat mir erklärt: ›Für mich bedeutet das Wort »hören« nur eines – das Gegenteil von dem, was ich bin.‹ Daraufhin habe ich mich geschämt. Später hat sie festgestellt, der Ausdruck ›schwerhörig‹ müsse uns wütend machen, weil er uns nach den Normen der Außenwelt definiere. ›Oral‹ war nach ihrer Überzeugung noch schlimmer, weil orale Gehörlose nicht als taub gelten wollten. Sie hatten sich noch nicht zu ihrer Taubheit bekannt. Susan meinte, wir müssten orale Gehörlose ›retten‹.

Ich wusste, was sie damit meinte, denn ich hatte jahrelang versucht, als ›normal‹ durchzugehen. Gute Vorausplanung ist dabei entscheidend wichtig. Man überlegt ständig, was kommen wird, versucht zu erraten, welche Fragen einem gestellt werden könnten, und versucht, seinen Gesprächspartner auf Straßen mit viel Verkehr oder Baulärm zu bugsieren, um eine Entschuldigung dafür zu haben, dass man ihn bittet, sehr laut zu sprechen oder vieles zu wiederholen.

Aber nachdem ich Susan kennengelernt hatte, habe ich das radikal abgelehnt. Ich war gegen den Oralismus, ich war gegen Mainstreaming. Ich habe ASL unterrichtet. Ich bin Dichterin geworden und in Theatervorstellungen für Gehörlose aufgetreten.«

»Dichterin?«

»Als Ersatz für meine Musik. Gedichte sind mir als das Nächstbeste vorgekommen.«

»Wie sehen Gedichte in Gebärdensprache aus?«, fragt er.

Melanie erklärt ihm, dass sie keine Wortreime kennen, sondern sich »reimen«, wenn die Gebärde für das letzte Wort einer Zeile den letzten Worten der vorhergehenden Zeilen ähnlich ist. Dann rezitiert sie:

*»Acht graue Vögel sitzen im Dunkeln.*
*Kalter Wind weht, er ist nicht freundlich.*
*Sie sitzen auf Drähten, schlagen mit den Flügeln*
*und segeln davon in weiße Wolkenberge.«*

Bei den Gebärden für »dunkel« und »freundlich« wird jeweils die Handfläche mit geschlossenen Fingern zum Körper gedreht. »Flügel« und »Wolken« erfordern annähernd ähnliche Handbewegungen in der Luft über Schulterhöhe.

De l'Épée hört fasziniert zu. Er beobachtet, wie sie noch einige weitere Gedichte in Gebärdensprache vorträgt. Melanie pflegt ihre Hände jeden Abend mit Mandelcreme, und ihre Fingernägel sind glatt und durchscheinend wie polierte Halbedelsteine.

Sie bricht ihren Vortrag mitten im Vers ab. »Oh, ich war überall aktiv«, meint sie nachdenklich. »In der National Association of the Deaf, im Bicultural Center, in der National Athletic Association of the Deaf.«

Er nickt. Sie wünscht sich, er würde jetzt von sich erzählen. Ist er verheiratet? (Bitte nicht!) Hat er Kinder? Ist er älter, als ich ihn schätze, oder jünger?

»Ich wusste schon frühzeitig, was ich einmal werden will. Ich wollte die erste gehörlose Vorarbeiterin auf einer Farm werden.«

»Auf einer Farm?«

»Frag mich, wie man Mais häckselt. Wie man wasserfreies Ammoniak als Dünger ausbringt. Du möchtest alles über Weizen wissen? Der rote Weizen kommt aus den Steppen Russlands. Aber dieser Name ist nicht politisch gemeint – o nein, Sir, doch nicht in Kansas! Er bezeichnet nur die Farbe. ›Bernsteingelbe Weizenwogen …‹ Frag mich nach den Vorteilen ökologischen Landbaus und wie man UCC-Finanzierungsanträge ausfüllt, um Weizenernten zu verpfänden, die noch auf dem Halm stehen. ›Alle Wertzuwächse und Realrechte aus Eigentum an besagten Liegenschaften …‹«

Ihrem Vater gehörte im südlichen Mittelkansas eine Farm mit zweihundertsechzig Hektar Land. Er war ein hagerer Mann, dessen ständige Erschöpfung viele Leute mit Rauheit verwechselten. Es gebrach ihm nicht an Fleiß, sondern an Talent oder – wie er es nannte – Glück. Immerhin gestand er ein – jedoch nur sich selbst gegenüber –, dass er von vielen Seiten Hilfe und Unterstützung brauchte. Natürlich baute er vor allem auf seinen Sohn, aber eine Farm war heutzutage ein Großbetrieb. Harold Charrol wollte seinem Sohn Danny und seiner Tochter Melanie je ein Drittel seines Besitzes übertragen, weil er hoffte, die Farm in Zukunft als Familienbetrieb florieren zu sehen.

Melanie hatte sich mit diesem Plan nicht gleich anfreunden können, aber die Aussicht auf dauerhafte Zusammenarbeit mit ihrem Bruder hatte ihr gefallen. Aus dem Jungen, den nichts erschüttern konnte, war ein lässiger junger Mann geworden – ganz anders als ihr verbitterter Vater. Während Harold finster etwas von Schicksal murmelte, wenn ein Messerbalken des Mähdreschers zersplitterte, und dann vor Ärger wie gelähmt dastand und die verbogenen Metallteile anstarrte, sprang Danny aus der Fahrerkabine, verschwand für einige Zeit und kam mit einem Sechserpack Bier und Sandwiches für ein improvisiertes Picknick zurück. »Das Scheißding reparieren wir heute Abend. Jetzt essen wir erst mal.«

Eine Zeit lang glaubte Melanie, dieses Leben könnte angenehm werden. Sie belegte landwirtschaftliche Zusatzkurse und schrieb sogar einen Artikel »Farmerleben und Gehörlosigkeit« für die Zeitschrift *Silent News*.

Aber letztes Jahr im Sommer hatte Danny den Unfall gehabt, durch den er die Fähigkeit und auch den Willen, die Farm zu bewirtschaften, verloren hatte. Daraufhin hatte Charrol sich mit der verzweifelten Rechtfertigung eines Mannes, der einen Erben braucht, auf Melanie konzentriert. Gewiss, sie war eine Frau (was ein noch schlimmeres Handikap als ihre Gehörlosigkeit war), aber wenigstens eine angehende Farmerin, die auch zupacken konnte.

Melanie sollte seine gleichberechtigte Partnerin werden. Und warum auch nicht? Seit ihrem siebten Lebensjahr hatte sie mit in der klimatisierten Kabine des riesigen John Deere gesessen und ihm geholfen, durch unendlich viele Gänge hinaufzuschalten. Sie hatte wie eine ländliche Chirurgin Schutzbrille, Atemmaske und Gummihandschuhe angelegt, um den Ammoniaktankwagen zu füllen, war bei seinen Besprechungen mit Vertretern von United Produce dabei gewesen und hatte ihn auf Fahrten zu den nur Insidern bekannten Treffpunkten am Straßenrand begleitet, wo sich während der Weizenernte illegale Wanderarbeiter versteckt hielten und auf einen Job warteten.

*Es kommt darauf an, wohin man gehört, und darauf, was Gott tut, um dafür zu sorgen, dass jeder, der irgendwo bleiben soll, das auch wirklich tut. Nun, dein Platz ist hier bei uns, hier kannst du dich nützlich machen, und dein, du weißt schon, Problem wird dich nicht in Schwierigkeiten bringen. Das ist Gottes Wille ... Dann kommst du also wieder heim.*

Erzähl es ihm, denkt Melanie.

Ja! Auch wenn du es sonst keiner Menschenseele anvertrauen willst, de l'Épée kannst du es erzählen.

»Da ist noch etwas«, beginnt sie, »was ich dir sagen möchte.«

Er wendet ihr seinen ruhigen Blick zu.

»Ich möchte etwas beichten.«

»Du bist zu jung, um irgendetwas beichten zu müssen.«

»Nach der Vorstellung in Topeka wäre ich nicht gleich mit den anderen in die Schule zurückgefahren. Ich wollte meinen Bruder in St. Louis im Krankenhaus besuchen. Er wird morgen operiert.«

De l'Épée nickt.

»Aber zuvor wollte ich in Topeka noch etwas anderes erledigen. Ich hatte einen Termin mit jemandem vereinbart.«

»Erzähl mir davon.«

Sollte sie? Ja oder nein?

Ja, entschließt sie sich. Sie muss es ihm sagen. Aber gerade als sie anfangen will, macht sich etwas störend bemerkbar.

Der Geruch des Flusses?

Das Stampfen näher kommender Schritte.

Brutus?

Sie öffnete erschrocken die Augen. Nein, nichts zu sehen. Das Schlachthaus wirkte friedlich. Keiner der drei Geiselnehmer war in ihrer Nähe. Sie schloss die Augen und gelangte mühsam ins Musikzimmer zurück. Aber de l'Épée war verschwunden.

»Wo bist du?«, rief sie aus. Aber dann merkte sie, dass sie keine Worte mehr hören konnte, obwohl ihre Lippen sich bewegten.

Nein! Ich will nicht weggehen. Bitte, komm zurück…

Dann erkannte Melanie, wodurch l'Épée und sie aus dem Musikzimmer vertrieben worden waren: nicht durch einen Windstoß vom Fluss her, sondern durch ihr eigenes Verhalten. Sie war wieder kleinmütig geworden; sie hatte sich geschämt und deshalb nicht beichten können.

Nicht einmal dem Mann, der so offensichtlich bereit gewesen war, sich alles anzuhören, was sie zu sagen hatte – so töricht, so verwerflich es auch sein mochte.

Etwa fünfzig Meter vor sich sahen sie einen Lichtschein aufblitzen.

Joe Silbert und Ted Biggins schlichen durch das Wäldchen, das sich links des Schlachthauses zum Fluss hinunterzog. Silbert deutete auf den Lichtschein: vermutlich ein Reflex von einem Fernglas oder einem Ausrüstungsgegenstand, der am Gürtel irgendeines State Troopers baumelte und im Licht der gleißenden Halogenscheinwerfer aufblitzte.

Die Scheinwerfer seien zu hell, beschwerte Biggins sich. Er fürchtete, sie könnten die Belichtungsautomatik seiner Kamera überfordern.

»Scheiße, soll ich vielleicht hingehen und sie ausschalten?«, flüsterte Silbert. Er sehnte sich nach einer Zigarette. Sie schlichen unter Bäumen weiter, bis eine freie Fläche vor ihnen lag. Silbert sah durch den Kamerasucher und betätigte dabei den Zoomknopf. Die Trooper, das zeigte ihm die Kamera, befanden sich auf einer mit Büschen und niedrigen Bäumen bestandenen Anhöhe, von der aus sie das Schlachthaus überwachen konnten. Einer von ihnen hatte – hinter dem Schulbus versteckt – tatsächlich das Gebäude erreicht und kauerte unter einem Fenster.

»Verdammt, die sind echt gut«, flüsterte Silbert. »Eins der besten Teams, die ich erlebt habe.«

»Scheißscheinwerfer«, murmelte Biggins.

»Los, weiter.«

Auf ihrem Weg übers Feld hielt Silbert Ausschau nach Polizeiposten. »Ich dachte, hier würd's von Babysittern nur so wimmeln.«

»Die Scheinwerfer sind echt lästig.«

»Die Sache ist zu einfach«, meinte Silbert.

»Hey, was ist das?« Biggins starrte in die Luft.

»Perfecto!«, flüsterte Silbert leise lachend.

»Dort oben sind wir über den Scheinwerfern«, sagte Biggins wie eine Schallplatte, die einen Kratzer hat.

Zwölf Meter über dem Feld. Sie hätten einen wunderbaren Überblick. Silbert machte sich grinsend an den Aufstieg. Oben standen sie auf einer baufälligen Plattform. Das Windrad war längst nicht mehr in Betrieb; die Flügel fehlten. Der Gittermast schwankte im Wind.

»Ist das ein Problem?«

Biggins holte ein Einbeinstativ aus der Gürteltasche, zog es aus und verschraubte die Gelenke. »Was soll ich dagegen tun? Hab ich vielleicht 'ne gottverdammte Steadicam einstecken?«

Von hier oben hatten sie einen ausgezeichneten Überblick. Silbert konnte die Trooper sehen, die links neben dem Schlachthaus zusammengezogen waren. Er dachte mit grimmigem Respekt an Agent Potter, der ihm in die Augen gesehen und behauptet hatte, ein Sturmangriff sei keineswegs geplant. Dabei war offenkundig, dass diese Trooper sich darauf vorbereiteten, die Geiseln gewaltsam zu befreien.

Silbert zog ein mit Schaumgummi überzogenes kleines Mikrofon aus der Tasche und hielt es bereit. Dann benützte er sein Mobiltelefon mit Scrambler, um den Übertragungswagen anzurufen, der im rückwärtigen Bereitstellungsraum in der Nähe des Pressezeltes stand. »Hey, Schwanzlutscher«, sagte er, als Kellog sich meldete. »Ich hab gehofft, Sie würden dich einlochen.«

»Nö, ich hab dem Trooper versprochen, dass er deine Frau vögeln darf, und da hat er mich freigelassen.«

»Sind die anderen Jungs am Pressetisch?«

»Klar.«

Tatsächlich hatte Silbert seinen Reporterkollegen nie etwas von dem geplanten Pressepool gesagt. Er und Biggins, Kellog, Bianco und die beiden Reporter, die jetzt am Pooltisch saßen und vorgaben, auf dem Compaq Storys zu tippen, arbeiteten alle bei KFAL in Kansas City.

Biggins stöpselte das Mikro in die Kamera und entfaltete die Parabolantenne. Er klemmte sie ans Plattformgeländer und begann ins Mikrofon zu sprechen: »Eins, zwo, eins …«

»Lass den Scheiß. Silbert, hast du Bilder für uns?«

»Ted sendet gerade das Testsignal.« Silbert zeigte auf die Antenne, und Biggins stellte sie ein, während er sprach. »Ich schalte auf Funk um«, sagte der Moderator. Er hielt das Mikrofon vor seine Lippen und steckte sich einen Ohrhörer ins linke Ohr.

Im nächsten Augenblick sagte Kellog: »Astreine Verbindung. Herr im Himmel, wir haben das Bild. Wo zum Teufel bist du? In einem Hubschrauber?«

»Berufsgeheimnis«, wehrte Silbert ab. »Unterbrich die laufende Sendung. Lass mich den Bericht loswerden, bevor sie uns abschießen.«

Ein leicht verzerrtes Klicken, dann hörte er, wie ein Toyota-Werbespot mitten im Haftungsausschluss unterbrochen wurde. »Wir schalten jetzt um nach Crow Ridge, Kansas«, kündigte eine Baritonstimme an. »Wir haben einen Livebericht von Kanal-9-Moderator Joe Silbert mit Exklusivaufnahmen von der Geiselnahme von Crow Ridge, wo mehrere Schülerinnen und zwei Lehrerinnen der Laurent-Clerc-Gehörlosenschule von ausgebrochenen Häftlingen gefangen gehalten werden. Ich übergebe live an Sie, Joe.«

»Ron, wir können von hier aus das alte Schlachthaus überblicken, in dem die Mädchen und ihre Lehrerinnen gefangen gehalten werden. Wie Sie sehen, wird es buchstäblich von Hunderten von State Troopern abgeriegelt. Die Polizei hat eine Kette gleißend heller Halogenscheinwerfer aufgestellt, die in die Fenster des Gebäudes leuchten – wahrscheinlich um zu verhindern, dass jemand zielt und nach draußen schießt.

Die Scheinwerfer und der Aufmarsch der Trooper konnten jedoch nicht verhindern, dass vor ungefähr sechs Stunden eine Geisel ziemlich genau an dieser Stelle, in der Mitte ihres Bildschirms, ermordet wurde. Ein Trooper hat mir erzählt, dass das Mädchen von den Ausbrechern freigelassen wurde. Sie lief quer übers Feld auf ihre Angehörigen und Freunde zu, als ein einziger Schuss fiel, der sie genau zwischen die Schulterblätter traf. Sie war, wie Sie schon erwähnt haben, Ron, gehörlos. Der Trooper erzählte mir, seiner Überzeugung nach habe sie versucht, in Gebärdensprache um Hilfe zu rufen und ihren Angehörigen zu sagen, sie liebe sie alle.«

»Joe, ist die Identität dieses Mädchens bekannt?«

»Nein, Ron. Die Behörden geben Informationen nur sehr zögerlich heraus.«

»Um wie viele Geiseln handelt es sich?«

»Im Augenblick haben die Geiselnehmer offenbar noch vier Mädchen und zwei Lehrerinnen in ihrer Gewalt.«

»Dann sind also mehrere freigekommen?«

»Ja, das stimmt. Bisher wurden drei Schülerinnen im Gegenzug für die Erfüllung einiger Forderungen der Kidnapper freigelassen. Wir wissen allerdings nicht, welche Zugeständnisse die Behörden gemacht haben.«

»Joe, was können Sie uns über die Polizeibeamten am linken Bildrand sagen?«

»Ron, diese Männer gehören der Sondereinheit für Geiselbefreiungen an, einer Eliteeinheit der Kansas State Police. Offiziell ist von einem geplanten Rettungsunternehmen nichts bekannt, aber ich habe schon über mehrere Situationen dieser Art berichtet, und mein Eindruck ist, dass sie sich auf einen Sturmangriff vorbereiten.«

»Was wird Ihrer Meinung nach passieren, Joe? In Bezug auf den Angriff? Wie wird er ablaufen?«

»Das ist schwer zu sagen, da wir nicht wissen, wo die Geiseln gefangen gehalten werden, wie die Geiselnehmer bewaffnet sind und so weiter.«

»Könnten Sie wenigstens Vermutungen anstellen?«

»Klar, Ron«, sagte Silbert. »Sehr gern sogar.«

Und er gab Biggins ein Zeichen, indem er eines der Handsignale benutzte, die sie gemeinsam entwickelt hatten. Dieses Zeichen bedeutete: »Mit Zoom herholen!«

Sie trafen zügig ihre Vorbereitungen, denn sie wussten nicht, wie viel Zeit ihnen bis zum Ablauf des nächsten Ultimatums blieb.

Captain Dan Tremain sprach über Funk mit seinem Team Bravo und erfuhr, dass es bei der Anlegestelle auf der Rückseite des Schlachthauses eine weitere Tür entdeckt hatte, die sich aufsprengen lassen würde. Aber die Tür befand sich im Blickwinkel zweier bewaffneter Trooper, die sich in einem Schlauchboot auf dem Arkansas River befanden. Das Boot war etwa zwanzig Meter vom Ufer entfernt verankert.

»Die sehen uns, wenn wir noch näher rangehen.«

»Gibt's einen anderen Zugang zu dieser Tür?«

»Nein, Sir.«

Outrider Two hatte jedoch gute Nachrichten. Trooper

Joey Wilson hatte bei einem Blick durchs Fenster die gegenüberliegende Wand – die Südostseite – des Schlachthauses abgesucht und festgestellt, dass sie genau gegenüber dem Notausgang, den das Team Alpha aufsprengen sollte, mit einer schlampig angebrachten großen Gipskartonplatte verschalt war. Er vermutete, dahinter könnte sich ein bisher nicht entdeckter zweiter Notausgang befinden. Tremain schickte einen weiteren Trooper unter der Anlegestelle hindurch zur anderen Seite des Gebäudes. Der Mann erreichte die von Wilson bezeichnete Stelle und meldete, dort befinde sich tatsächlich eine mit Efeu überwucherte Tür.

Tremain befahl dem Mann, das Türblatt mit seinem schallgedämpften Akkubohrer, in dem ein aus Titan geschmiedeter langer hohler Bohrer saß, zu sondieren. Der Bohrkern zeigte, dass die Tür nur zweieinhalb Zentimeter dick war und aus Holz bestand, das durch Fäulnis und Insektenfraß geschwächt war. Dahinter waren fünf Zentimeter Hohlraum und eine lediglich eineinhalb Zentimeter starke Gipskartonplatte. Insgesamt war dieser Notausgang also weit weniger gesichert als die Tür gegenüber. Er würde sich sehr leicht aufsprengen lassen.

Tremain war begeistert. Dieser neue Zugang war viel besser als das Tor am Anlegesteg, denn das Eindringen durch gegenüberliegende Türen ermöglichte sofort dynamisches Kreuzfeuer. Die Geiselnehmer würden keine Chance haben, das Feuer zu erwidern. Nachdem Tremain sich mit Carfallo beraten hatte, teilte er die Männer in zwei neue Teams auf. Bravo sollte sich unter der Anlegestelle hindurch zur Südostseite des Gebäudes vorarbeiten. Alpha sollte an der Nordtür in Stellung gehen – etwas weiter hinten, aber dafür den Geiseln näher.

Nach dem Eindringen würde Alpha sich in zwei Gruppen aufteilen – drei Männer sollten die Geiseln schützen, drei die GN angreifen –, während das vierköpfige Team Bravo durch die Südtür eindringen und die GN von hinten angreifen würde.

Tremain ließ sich den Plan nochmals durch den Kopf gehen: tief eingeschnittenes Gelände zur unbemerkten Annäherung, das Überraschungsmoment auf ihrer Seite, erst Blendgranaten, dann Kreuzfeuer. Ein gutes Drehbuch.

»Alle Teams und Outrider, hier Homebase. Nach meinem Zeitzeichen sind's genau fünfundvierzig Minuten bis zum Einsatzbefehl. Fertig? Achtung, ich zähle … Fünf, vier, drei, zwo, eins – jetzt!«

Die Trooper bestätigten den Uhrenvergleich.

Er würde …«

Plötzlich eine dringende Meldung: »Homebase, hier Führer Bravo. Bei uns bewegt sich was. Im Bereich der Laderampe. Da haut jemand ab.«

»Wer?«

»Kann ich nicht sagen. Jemand schlüpft durchs Tor auf den Anlegesteg hinaus. Einzelheiten sind nicht zu erkennen. Wir sehen nur Bewegungen.«

»Ein GN?«

»Lässt sich nicht feststellen.«

»Schalldämpfer aufschrauben.«

»Ja, Sir.«

Die Trooper hatten Schalldämpfer für ihre Maschinenpistolen – große röhrenförmige Aufsätze. Mindestens zwei Magazine lang würden ihre Waffen nur flüsternd rattern, und bei diesem Wind würden die Trooper im Schlauchboot wahrscheinlich nichts davon mitbekommen.

»Ziel erfassen. Halbautomatisches Feuer.«

»Erfasst.«

»Wie sieht's aus, Führer Bravo?«

»Schwer zu erkennen, aber er trägt ein rot, weiß und blau gemustertes Hemd. Ich kann ihn ausschalten, aber nicht einwandfrei identifizieren. Jedenfalls bleibt er ganz tief über dem Boden. Was soll ich tun?«

»Können Sie ihn einwandfrei als GN identifizieren, haben Sie Feuererlaubnis.«

»Ja, Sir.«

»Behalten Sie ihn im Visier. Und warten Sie.«

Tremain rief Outrider Two, der einen Blick durchs Fenster riskierte und dann meldete: »Falls jemand abhaut, ist's Bonner. Ich kann ihn nicht sehen. Nur Handy und Wilcox.«

Bonner. Der Vergewaltiger. Tremain hätte liebend gern die Chance genutzt, ihn die Rache Gottes spüren zu lassen.

»Führer Bravo, Status? Geht er ins Wasser?«

»Augenblick... yeah, er tut's. Eben hat er sich reingleiten lassen. Hab ihn aus den Augen verloren. Nein, da ist er wieder! Soll ich die Männer im Boot warnen? Er treibt genau an ihnen vorbei.«

Tremain überlegte.

»Homebase, haben Sie mich verstanden?«

Wenn das Bonner war, würde ihm unter Umständen die Flucht gelingen. Aber er würde wenigstens nicht drinnen sein, wenn sie das Gebäude stürmten. Ein Mann weniger, der ausgeschaltet werden musste. Wenn es – obwohl das unwahrscheinlich war – eine Geisel war, bestand die Gefahr, dass sie ertrank. Die Strömung war reißend, die Fahrrinne tief. Aber ein Rettungsversuch hätte ihre Anwesenheit verraten, was wiederum bedeutet hätte, dass ihr Unternehmen abgeblasen werden musste, was die restlichen Geiseln gefährdet hätte. Aber nein, sagte er sich, das kann keine Geisel sein. Wie sollte ein kleines Mädchen drei schwerbewaffneten Männern entkommen können?

»Negativ, Führer Bravo, die Trooper im Boot nicht warnen. Ich wiederhole: nicht auf den Schwimmer aufmerksam machen.«

»Verstanden, Homebase. Übrigens brauchen wir uns seinetwegen keine Sorgen zu machen, glaub ich. Er treibt mitten auf den Fluss hinaus. Ich möchte wetten, dass wir den nie wiedersehen.«

# 3

# VERTRETBARE VERLUSTE

## 19.46 Uhr

»Was ist das?«

Deputy Sheriff Arnold Shaw aus Crow Ridge wusste es nicht, und es war ihm völlig egal.

Der hagere Dreißigjährige, der gleich nach der Schule zur Polizei gegangen war, hatte schon in vielen Booten gesessen. Er hatte mit Angel und Senkgewicht Katzenwelse gefischt und mit der Schleppangel Barsche und Hechte gefangen. Und drunten am Lake of the Ozarks hatte er sogar ein paarmal auf Wasserskiern gestanden. Aber er war in seinem ganzen Leben noch nicht so seekrank gewesen wie jetzt.

O Mann! Das war die reinste Folter.

Buzzy Marboro und er hockten etwa zwanzig Meter vom Ufer entfernt in ihrem Boot und behielten die Anlegestelle hinter dem Schlachthaus »messerscharf im Auge«, wie Dean Stillwell, ihr Boss, ihnen befohlen hatte. Der Wind war selbst für Kansas ziemlich stark, und das leichte Boot tanzte wie ein Korken auf den Wellen.

»Ich fühl mich nicht besonders«, murmelte Shaw.

»Da!«, sagte Marboro. »Sieh dir das an!«

»Ich will nicht hinsehen.«

Aber er sah trotzdem in die Richtung, in die Marboro deutete. Ungefähr zehn Meter stromabwärts trieb etwas von ihnen weg. Die beiden waren mit abgenützten Remington-Schrotflinten bewaffnet, und Marboro zielte nachlässig auf die im Fluss treibende dunkle Masse.

Erst vor Kurzem hatten sie vom Steg her ein Klatschen gehört und genau hingesehen, hatten jedoch keinen ins Wasser flüchtenden Geiselnehmer entdecken können.

»Wäre jemand reingesprungen …«

»Dann hätten wir ihn gesehen«, murmelte Shaw in den Wind.

»… wäre er jetzt ungefähr dort. Genau da, wo dieses Ding ist. *Was immer* es ist.«

Shaw versuchte, nicht mehr an sein gestriges Abendessen zu denken – die Thunfischkasserolle seiner Frau. »Ich fühl mich nicht besonders, Buzz. Worauf willst du eigentlich hinaus?«

»Ich seh 'ne Hand!« Marboro stand auf.

»Hey, lass das! Das Boot schwankt schon genug. Los, setz dich wieder hin!«

Thunfisch und Pilzcremesuppe und Erbsen und dann auch noch diese Röstzwiebeln aus der Büchse.

O Mann, das bleibt nicht mehr lange unten.

»Sieht wie 'ne Hand aus, und sieh dir dieses Ding an – es ist rot und weiß … Verdammt, ich glaub, dass eine der Geiseln abgehauen ist!«

Shaw drehte sich um und starrte das Stück Treibgut an, das über der vom Wind bewegten Wasseroberfläche auf und ab tanzte. Er konnte es jeweils nur ein paar Sekunden lang beobachten. Schwer zu sagen, was dort von ihnen wegtrieb. Das Ding hatte Ähnlichkeit mit einem Netzschwimmer, nur dass es, wie Buzz Marboro festgestellt hatte, rot und weiß war. Auch blau, wie er jetzt sah.

Und es trieb von ihnen weg, geradewegs in die Strommitte, ziemlich schnell.

»Siehst du keine Hand?«, fragte Marboro.

»Nein … Augenblick. Doch, sieht wie 'ne Hand aus. Ungefähr.« Arnie Shaw stand widerstrebend und gegen heftigen Brechreiz ankämpfend auf. Stehend fühlte er sich schätzungsweise tausendmal schlechter.

»Schwer zu sagen. Vielleicht ist's bloß ein Ast.«

»Ich weiß auch nicht… Sieh dir an, wie schnell der abtreibt. So ist er bald in Wichita.« Shaw überlegte sich, dass er sich lieber einen Zahn ziehen lassen würde, als seekrank zu sein. Nein – zwei Zähne.

»Vielleicht ist's bloß irgendwas, was die Geiselnehmer in den Fluss geworfen haben, um uns, du weißt schon, abzulenken. Wir paddeln hinterher, und sie verschwinden inzwischen durch den Hinterausgang.«

»Oder vielleicht ist's bloß Müll«, meinte Shaw. Er setzte sich wieder. »Hey, was überlegen wir uns da? Geiseln hätten sich nicht einfach vorbeitreiben lassen. Sie hätten um Hilfe gerufen. Verdammt, wir tragen Uniform. Sie würden wissen, dass wir Deputys sind.«

»Klar. Was hab ich mir bloß gedacht?« Auch Marboro setzte sich wieder.

Ein wachsames Augenpaar konzentrierte sich wieder auf die Rückseite des Schlachthauses. Das zweite schloss sich langsam, während sein Besitzer angestrengt schluckte, um seinen rebellierenden Magen zu beruhigen. »Ich sterbe«, flüsterte Shaw.

Genau zehn Sekunden später wurden die Augenpaare wieder geöffnet. »Oh, Scheiße!«, knurrte Shaw. Er setzte sich ruckartig auf.

»Ist es dir auch gerade eingefallen?«, fragte Marboro nickend.

Tatsächlich *war* Shaw gerade eingefallen, dass die Geiseln stumm waren und um keinen Preis der Welt um Hilfe rufen konnten, selbst wenn sie noch so nahe an ihrem Schlauchboot vorbeitrieben.

Das war einer der Gründe für seinen verzweifelten Ausruf. Der andere war die Tatsache, dass Buzz Marboro sich als erbärmlich schlechter Schwimmer kaum über Wasser halten konnte, während er selbst drei Jahre nacheinander im Finale der Schwimmmeisterschaften aller Colleges des Bundesstaates Kansas gestanden hatte.

Shaw atmete tief durch – nicht weil er schwimmen sollte, sondern nur, um seinen rebellierenden Magen zu beruhigen –, während er hastig Waffen, Kevlar-Weste, Helm und Stiefel ablegte. Ein letztes tiefes Atemholen. Dann stürzte er sich mit einem Hechtsprung in den aufgewühlten, schlammigen Arkansas River und kraulte hinter dem Teibgut her, das in der reißenden Strömung rasch nach Südosten abtrieb.

Arthur Potter blickte zu dem Fenster hinüber, an dem er Melanie zuerst gesehen hatte.

Dann zu dem Fenster, an dem sie beinahe erschossen worden wäre.

»Ich denke, wir geraten hier in eine Sackgasse«, sagte er langsam. »Haben wir Glück, können wir noch eine, vielleicht sogar zwei rausholen – aber dann ist Schluss. Danach müssen wir ihn zum Aufgeben überreden oder das Sonderkommando einsetzen. Kann mir jemand sagen, wie das Wetter wird?« Potter hoffte auf einen regelrechten Sturm, mit dem sich das Ausbleiben des Hubschraubers rechtfertigen ließ.

Derek Elb betätigte einen Schalter, der den Weather Channel auf einen der Bildschirme brachte. Potter erfuhr, dass die Nacht nicht viel anders sein würde – windig, aber aufklarend. Kein Regen. Der Wind sollte mit einer Geschwindigkeit von fünfzehn bis zwanzig Meilen aus Nordwesten kommen.

»Der Wind ist unsere einzige Ausrede«, stellte LeBow fest. »Und auch die taugt nicht viel. Fünfzehn bis zwanzig Meilen? Wahrscheinlich ist Handy beim Militär mit Hubschraubern geflogen, die bei doppelt so starken Böen gelandet sind.«

Dean Stillwell rief LeBow. Seine lakonische Stimme kam aus dem Deckenlautsprecher.

»Ja?«, fragte der Analytiker über sein Mikrofon gebeugt.

»Agent Potter hat gesagt, dass Sie alle Informationen über die Geiselnehmer bekommen sollen?«

»Richtig«, bestätigte LeBow.

Potter griff nach dem Mikrofon und fragte Stillwell, was er in Erfahrung gebracht habe.

»Na ja, einer der Trooper hier kann das Innere des Gebäudes teilweise recht gut überblicken. Und er sagt, dass Handy und Wilcox drinnen rumlaufen und sich alles sehr genau ansehen.«

»Sie sehen sich um?«

»Ja, die beiden machen einen Rundgang, rütteln an Maschinen und sehen in alle Ecken. Als würden sie etwas suchen.«

»Können Sie sich vorstellen, was sie suchen?«, fragte LeBow.

»Nö. Ich dachte, sie wären vielleicht auf der Suche nach einem Versteck.«

Potter nickte Budd zu, dann erinnerte er sich daran, dass der Captain auf die Idee gekommen war, die Geiselnehmer könnten sich während eines Angriffs als Sanitäter oder Feuerwehrleute verkleiden. Es war auch schon vorgekommen, dass Geiselnehmer ein rückwärtiges Fenster offen gelassen und sich ein bis zwei Tage in Schränken oder Kriechräumen versteckt hatten, bis die Polizei zu dem Schluss kam, sie seien längst über alle Berge.

LeBow tippte diese Informationen ein und bedankte sich bei Stillwell. Potter sagte: »Ich möchte, dass überprüft wird, ob jeder die Fotos der Geiselnehmer hat. Und wir müssen Frank und dem Sonderkommando später sagen, dass sie das Gebäude genau durchsuchen sollen, wenn es nach einer Flucht aussieht.«

Er nahm wieder Platz und starrte zum Schlachthaus hinüber.

Stillwell meldete sich erneut über Funk. »Noch was«, sagte er. »Ich lasse für die Trooper Verpflegung kommen, und das Heartland's liefert euch allen demnächst ein Abendessen frei Haus.«

»Danke, Dean.«

»Heartland's? Nicht schlecht!«, sagte Derek Elb sichtlich erfreut.

Potter dachte jedoch nicht ans Essen. Er grübelte über eine viel wichtigere Frage nach: Sollte er sich mit Handy treffen oder nicht? Er fühlte, dass die Ultimaten dringender wurden, und spürte, dass Handy nervöser wurde und bald anfangen würde, unerfüllbare Forderungen zu stellen. Vielleicht würde es ihm von Angesicht zu Angesicht eher gelingen, Handy zum Aufgeben zu überreden, als durch ihre Telefongespräche.

Und er dachte: Vielleicht gibt mir das eine Chance, Melanie zu sehen.

Vielleicht gibt mir das eine Chance, sie zu retten. Andererseits war eine Begegnung zwischen Geiselnehmer und Verhandler die gefährlichste Verhandlungsmethode. Zu bedenken war natürlich die persönliche Gefährdung, weil die positiven und negativen Gefühle des Geiselnehmers sich vor allem auf den Verhandler konzentrieren. Geiselnehmer glauben oft – manchmal nur unbewusst –, dass die Ermordung des Verhandlers ihre Lage verbessern könne, dass sie die führerlos gewordenen Trooper in ein Chaos stürzen oder einen nachgiebigeren Verhandler auf den Plan rufen würde. Aber selbst wenn es nicht zu Gewalttätigkeiten kommt, besteht die Gefahr, dass der Verhandler in den Augen des Geiselnehmers schrumpft, dass er seine Autorität und den Respekt seines Gegenspielers einbüßt.

Potter legte seine Stirn ans Fenster. Was geht in dir vor, Handy? Was bewegt dich?

In deinem eiskalt funktionierenden Gehirn läuft irgendetwas ab.

Redest du, höre ich Schweigen.

Sagst du kein Wort, höre ich deine Stimme.

Lächelst du, sehe ich … was? *Was* sehe ich? Ah, das ist das Problem. Ich weiß es einfach nicht.

Dann wurde die Tür geöffnet, und Essensgeruch erfüllte den Raum. Ein junger Deputy aus Crow Ridge brachte mehrere Kartons herein, in denen Plastikbehälter mit Essen und Styroporbecher mit Kaffee standen.

Als der Trooper die Behälter auf den Tisch stellte, verspürte Potter plötzlich Appetit. Er hatte eine Mahlzeit aus dem nächsten Schnellimbiss erwartet – Roastbeefsandwiches und als Nachtisch Götterspeise. Aber der Trooper zeigte auf die Behälter, während er sie auspackte, und sagte dabei: »Hier haben wir Kirschkompott, Zwieback, Bratwürste, Ziegen-Lamm-Pastete, Sauerbraten, Dillkartoffeln.«

Derek Elb erklärte Potter: »Heartland's ist ein berühmtes Mennoniten-Restaurant. Leute kommen aus ganz Kansas, um dort zu essen.«

Dann aßen sie schweigend eine knappe Viertelstunde lang – hauptsächlich schweigend. Potter versuchte, sich die Namen der Gerichte zu merken, um sie seiner Cousine Linden sagen zu können, wenn er nach Chicago zurückkehrte. Sie sammelte exotische Rezepte. Er war eben beim zweiten Becher Kaffee, als er aus den Augenwinkeln heraus sah, wie Tobe sich ruckartig aufsetzte, als über Funk eine Meldung hereinkam. »Was?«, fragte der junge Agent entgeistert. »Bitte wiederholen Sie das, Sheriff.«

Potter starrte ihn an.

»Einer von Deans Männern hat gerade die Zwillinge aus dem Fluss gefischt!«

Ein kollektives Luftholen. Dann brach in der Kommandozentrale Beifall aus. Henry LeBow löste die Haftnotizen mit den Namen der Mädchen von dem Gebäudeplan und drückte sie am Rand fest. Als Nächstes nahm er ihre Fotos ab, die zu Jocylyns, Shannons und Kielles in den Ordner »Freigelassene Geiseln« kamen.

»Sie werden wegen Verdachts auf Unterkühlung untersucht, scheinen ansonsten aber gesund zu sein. Wie ersäufte Ratten, hat er gesagt, aber das sollen wir den Mädchen nicht sagen.«

»Ruf das Hotel an«, wies Potter ihn an. »Lass ihre Eltern verständigen.«

Tobe nahm lachend seinen Kopfhörer ab. »Die Mädchen sind hierher unterwegs, Arthur. Sie bestehen darauf, dich zu sprechen.«

»Mich?«

»Wenn du ein älterer Mann mit Brille und blauem Sportsakko bist. Die Mädchen halten dich allerdings für einen gewissen de l'Épée ...«

Potter schüttelte den Kopf. »Wer soll ich sein?«

Frances Whiting lächelte. »Der Abbé de l'Épée hat die erste weitverbreitete Gebärdensprache geschaffen.«

»Wie kommen sie darauf, mich so zu nennen?«

Frances zuckte mit den Schultern. »Keine Ahnung. Der Abbé ist eine Art Schutzheiliger der Gehörlosen.«

Fünf Minuten später trafen die Mädchen ein. Hübsche Zwillinge, die erstaunlicherweise in bunte Barney-Wolldecken gehüllt waren (ein weiteres von Stillwells Wundern). Sie erinnerten nicht mehr an ersäufte Ratten, sondern sahen wie zwei niedliche kleine Mädchen aus, die Potter mehr ehrfürchtig als ängstlich anstarrten. Mit Frances als Dolmetscherin berichteten sie in stockender Gebärdensprache, wie Melanie ihnen zur Flucht aus dem Schlachthaus verholfen hatte.

»Melanie?«, fragte Angie. Sie nickte Potter zu. »Ich habe mich getäuscht. Du scheinst dort drinnen doch eine Verbündete zu haben.«

Weiß Handy schon, was sie getan hat?, fragte Potter sich. Wie viel Widerstand toleriert er noch, bevor er zuschlägt? Und wie tödlich wird seine Rache diesmal sein?

Dann drohte sein Herz stillzustehen, als er sah, wie Frances entsetzt die Augen aufriss. Sie wandte sich an ihn. »Die Mädchen haben nicht genau begriffen, was passiert ist, aber ich glaube, dass einer der Geiselnehmer die Lehrerin vergewaltigt hat.«

»Melanie?«, fragte Potter rasch.

»Nein. Donna Harstrawn.«

»Großer Gott, nein«, murmelte Budd. »Und die armen Dinger haben zugesehen?«

»Bonner?«, fragte Angie.

Potter ließ sich nicht anmerken, welch schmerzliche Empfindungen ihn bewegten. Er nickte wortlos. Natürlich war es Bonner. Er sah unwillkürlich zu den Fotos von Beverly und Emily hinüber. Beide jung, beide mädchenhaft.

Und dann zu dem Foto von Melanie.

Angie fragte die Zwillinge, ob Handy Bonner gewissermaßen auf die Lehrerin gehetzt oder ob der große Mann aus eigenem Antrieb gehandelt habe.

Frances wartete ihre Antwort ab und sagte dann: »Bär – so nennen sie Bonner – hat sich dabei mehrmals umgesehen. Als ob er nicht ertappt werden wollte. Die beiden glauben, dass Brutus – Handy – wütend gewesen wäre, wenn er ihn dabei erwischt hätte.«

»Ist Brutus zu jemandem von euch freundlich?«, fragte Angie die Zwillinge.

»Nein, er ist grässlich. Er starrt uns so eiskalt an – wie jemand aus Shannons Comics. Er hat Melanie verprügelt.«

»Aber ihr fehlt nichts Ernsthaftes?«

Eines der Mädchen nickte.

Angie schüttelte den Kopf. »Das ist nicht gut.« Sie begutachtete den Bauplan des Schlachthauses. »Sie sind nicht allzu weit voneinander entfernt, die Geiseln und die Geiselnehmer, aber zwischen ihnen und Handy scheint es *überhaupt* keine Annäherung gegeben zu haben.«

*Je mehr ich über sie weiß, desto dringender will ich sie umbringen.*

Potter fragte nach den Waffen, den Werkzeugen und dem Fernseher. Aber die beiden kleinen Mädchen wussten nichts Neues. Dann gab eine von ihnen Potter einen Zettel. Er war völlig aufgeweicht, aber die Schrift war trotzdem gut lesbar, weil Derek wasserfeste Filzschreiber geliefert hatte. »Er ist von Melanie«, sagte Potter und las den Text laut vor: *»Lieber de l'Épée, ich hätte Ihnen so viel zu schreiben. Aber die Zeit drängt. Nehmen Sie sich vor Handy in Acht. Er ist böse – eher böse als irgendwas anderes. Eins sollten Sie wissen: Handy und Wilcox sind Freunde. Handy hasst Bär (den Dicken). Bär ist gierig.«*

LeBow verlangte den Zettel, um den Text abschreiben zu können. »Er löst sich auf«, erklärte Potter ihm. Er las den Text nochmals vor, damit der Analytiker mitschreiben konnte.

Eins der kleinen Mädchen trat schüchtern vor und schien eine Frage zu stellen. Potter lächelte und sah mit hochgezogenen Augenbrauen zu Frances hinüber.

»Sie möchten ein Autogramm von Ihnen«, sagte die Polizeibeamtin.

»Von mir?«

Die Mädchen nickten gleichzeitig. Potter zog seinen silbernen Füllfederhalter aus der Hemdtasche.

»Sie erwarten natürlich«, fügte Frances hinzu, »Abbé de l'Épée.«

»Ah, ja. Natürlich. Und das sollen sie bekommen. Für jede ein Autogramm.«

Die Zwillinge lasen die Unterschrift und hielten die Zettel ehrfürchtig in der Hand, als sie gingen. Eins der Mädchen blieb noch einmal stehen und wandte sich an Frances.

»Melanie hat ihr etwas aufgetragen«, sagte die Polizeibeamtin. »Sie sollen sich vorsehen.«

*Vorsicht! Gefahr!*

»Bitte zeigen Sie mir, wie man ›Danke. Ihr seid sehr tapfer‹ sagt.«

Frances machte ihm die Gebärden vor, und Potter wiederholte sie unbeholfen. Die Mädchen reagierten mit einem identischen Lächeln; dann fassten sie Frances an den Händen, um mit ihr zu dem Trooper hinauszugehen, der sie zum Days Inn fahren würde.

Budd setzte sich neben Potter. »Warum hat Melanie uns das mitgeteilt?«, fragte er und deutete auf den Zettel. »Dass Bonner gierig ist, dass die beiden anderen Freunde sind?«

»Weil sie glaubt, dass wir damit was anfangen können«, erklärte Angie ihm.

»Was?«

Potter starrte den durchweichten Zettel an. Er war mit *Alles Liebe, Melanie C.* unterzeichnet – deshalb hatte Potter ihn Henry LeBow nicht gegeben. Jetzt faltete er ihn zusammen und steckte ihn ein.

»Zeig mir, was wir über Bonner haben«, ordnete er an.

Potter las die Informationen vom Bildschirm ab. Ray »Sonny« Bonner hatte ein unnützes Leben geführt. Sein Vorstrafenregister umfasste Sittlichkeitsverbrechen, Raubüberfälle, Körperverletzung und Erregung öffentlichen Ärgernisses. Ein Triebtäter, nicht sonderlich intelligent. Und ein Verräter – vor zehn Jahren hatte er nach einem gemeinschaftlichen Raubüberfall gegen seinen Komplizen ausgesagt.

Potter und Angie wechselten einen Blick. Beide lächelten.

»Perfekt.«

Ihre Entscheidung war gefallen. Potter würde Handy nicht persönlich gegenübertreten. Eine neue Strategie bot sich an. Riskanter, ja. Aber vielleicht besser.

Charlie Budd fiel plötzlich auf, dass Angie und Potter ihn ansahen, ihn kritisch begutachteten.

»Was meinst *du,* Henry?«, fragte Potter.

»Hören Sie, ich …«, begann Budd unbehaglich.

»Die Idealbesetzung, glaub ich«, meinte LeBow. »Aufrichtig, ernsthaft. Und er hat einen großartigen Bariton.«

Potter sagte: »Sie haben eine wichtige Rolle zu spielen, Charlie.«

»Ich?« Der junge Captain wirkte wie vor den Kopf geschlagen. »Wie meinen Sie das genau?«

»Sie übernehmen die Verhandlungen.«

*»Was?«*

»Und Sie sollen mit Handy darüber reden, ob er nicht aufgeben will.«

»Ja, Sir«, antwortete Budd automatisch. Aber dann fragte er: »Das ist doch wohl ein Scherz, oder?«

»Sie eignen sich ganz wunderbar, Charlie«, sagte Angie.

Potter fuhr fort: »Ich habe das Thema bereits angeschnitten. Jetzt wird's Zeit, ihm das Aufgeben als realistische Alternative zu präsentieren. Natürlich sagt er nein. Aber er wird diese Option im Hinterkopf behalten. Er wird anfangen, seine Möglichkeiten abzuwägen.«

»Aber das ist natürlich nicht alles«, sagte LeBow, der sich wie immer auf seinen Bildschirm konzentrierte.

»Wir erhöhen den Einsatz«, sagte Potter und fing an, sich auf einem gelben Schreibblock Notizen zu machen.

»Wissen Sie, ich fürchte, dass ich das nicht besonders gut könnte.«

»Haben Sie sich je als Schauspieler versucht?«, fragte Angie.

»Ich spiele den Weihnachtsmann für meine Kinder und meine Neffen. Aber damit hat sich's dann auch. Hab nie auf der Bühne gestanden und wollte es auch nie.«

»Sie bekommen von mir ein Drehbuch.« Potter überlegte einen Augenblick, riss das Blatt mit seinen Notizen vom Schreibblock und machte sich daran, zwei Seiten eng mit stichpunktartigen Notizen vollzuschreiben.

»Das ist nur das Handlungsgerüst. Den Rest müssen Sie improvisieren. Können Sie meine Schrift lesen?«

Budd überflog die zwei Seiten. »Klar, aber ich kann nicht einfach loslegen. Ich müsste erst mal proben, glaub ich.«

»Dafür ist keine Zeit«, erklärte Potter ihm. »Aber lassen Sie sich von mir ein paar Tipps für die Verhandlungen geben.«

»Sie meinen das ernst, oder?«

»Hören Sie jetzt zu, Charlie. Konzentrieren Sie sich. Sie müssen seine Abwehrhaltung rasch durchbrechen und ihn so weit bringen, dass er das hier glaubt.« Er tippte auf die Seiten.

Budd holte tief Luft und hörte aufmerksam zu.

»Also, ich möchte, dass Sie auf die meisten seiner Äußerungen eingehen, indem Sie sie wiederholen. Sagt er, dass er Eiskrem möchte, sagen Sie: ›Eiskrem, klar.‹ Sagt er, dass er zornig ist, sagen Sie: ›Sie sind zornig, was?‹ Das beweist ihm, dass Sie sich für seine Äußerungen interessieren, ohne sie irgendwie zu bewerten. Diese Strategie erschöpft ihn und gibt ihm zu denken. Aber Sie müssen sie selektiv einsetzen. Wiederholen Sie nicht jede seiner Äußerungen, sonst bringen Sie ihn gegen sich auf.«

Budd nickte. Auf seiner Stirn standen Schweißperlen.

Angie riet ihm: »Akzeptieren Sie seine Gefühlsäußerungen, aber zeigen Sie kein mitfühlendes Verständnis.«

»Richtig«, stimmte Potter zu. »Er ist der Feind. Wir dulden keine Gewalt, deshalb handelt er unrecht. Aber Sie sollten ihm begreiflich machen, dass Sie verstehen, warum er empfindet, was er empfindet. Kapiert? Achten Sie darauf, nicht vom Thema abzukommen. Sie müssen sich immer bewusst sein, wie Ihre Stimme klingt und wie schnell Sie reden. Ich sage Ihnen schon jetzt, dass Sie viel zu schnell reden werden. Geben Sie sich also bewusst Mühe, langsam und gleichmäßig zu sprechen. Das wird Ihnen vorkommen, als wären Sie unter Wasser.«

Angie warf ein: »Gibt er auf eine Ihrer Fragen keine Antwort, dehnen Sie das Schweigen einfach aus. Lassen Sie sich von Pausen nicht nervös machen.«

»Lassen Sie sich nicht von ihm manipulieren. Er wird es absichtlich und unbewusst versuchen – durch Drohungen, schnelles Reden, Verrücktheiten und Schweigen. Konzentrieren Sie sich auf Ihre Aufgabe.« Potter tippte erneut, diesmal ziemlich ernst, auf die gelben Blätter. »Vor allem dürfen Sie ihn nicht an sich herankommen lassen. Lassen Sie ihn wüten und schreckliche Dinge sagen, aber seien Sie nicht schockiert. Lassen Sie sich von ihn auslachen. Lassen Sie sich von ihm beleidigen. Das prallt von Ihnen ab. Sie stehen darüber.« Potter beugte sich nach vorn und flüsterte: »Unter Umständen droht er Ihnen damit, alle Geiseln umzubringen. Vielleicht gibt er sogar einen Schuss ab, damit Sie glauben, er habe jemanden erschossen. Oder er droht damit, die Mädchen zu foltern oder zu vergewaltigen. Auch davon dürfen Sie sich nicht beeindrucken lassen.«

»Was sage ich dann?«, fragte Budd ratlos. »Was soll ich auf solche Drohungen antworten?«

»Am besten sagen Sie überhaupt nichts. Haben Sie das Gefühl, darauf antworten zu müssen, sagen Sie einfach, dass das nicht im Interesse der von allen Beteiligten angestrebten Lösung wäre.«

»O Mann!«

Potter sah auf seine Uhr. »Also, legen wir los. Fertig?«

Der junge Captain nickte.

»Drücken Sie Taste eins.«

»Was?«

»Das ist die Kurzwahltaste«, erklärte Tobe ihm. »Die Verbindung wird automatisch hergestellt.«

»Und dann rede ich einfach mit ihm?«

»Sie verstehen das Skript?«, fragte Potter.

Budd nickte erneut. Potter zeigte aufs Telefon. »O Mann.« Er nahm den Hörer ab und wählte.

»Verbindung steht«, meldete Tobe leise.

»Hey. Wie geht's immer, Art?« Die Stimme kam aus dem Deckenlautsprecher. Dem Tonfall nach schien Handy zu grinsen.

»Hier ist Charlie Budd. Spreche ich mit Lou Handy?«

»Wer zum Teufel sind Sie?«

Budd starrte auf seinen Text. »Ich bin von der Bundesanwaltschaft in Washington.«

»Was Sie nicht sagen!«

»Ich möchte ein paar Minuten mit Ihnen reden,«

»Wo ist Art?«

»Der ist nicht hier.«

»Hey, was soll der Scheiß?«

Budd schluckte trocken. Los, Charlie!, dachte Potter. Keine Zeit für Lampenfieber. Er tippte auf die gelben Blätter vor Budd. »Scheiß?«, wiederholte der Captain. »Wie meinen Sie das?«

»Ich will nur mit *ihm* reden.«

»Mit wem?«

»Art Potter. Wen zum Teufel soll ich wohl sonst meinen?«

Budd holte tief Luft. »Na, warum reden Sie nicht einfach mit mir? Ich bin gar kein so übler Kerl.«

»Bundesanwalt?«

»Richtig. Ich möchte mit Ihnen übers Aufgeben reden.«

*Langsamer,* schrieb Potter auf einen Zettel.

»Oh, ein Rechtsverdreher mit Sinn für Humor. Na, Sie können mich mal.«

Budds Verkrampfung schien sich zu lösen. »Hey, haben Sie was gegen Anwälte?«

»Ich liebe sie.«

Budd fragte: »Wollen Sie 'nen Witz hören, Lou?«

Potter und LeBow sahen sich an und zogen beide die Augenbrauen hoch.

»Klar, Charlie.«

»Eine Frau geht zu ihrem Gynäkologen und erkundigt sich, ob man durch Analverkehr schwanger werden kann. Und der Arzt sagt, natürlich kann man das, denn woher sollten die Anwälte wohl sonst kommen?«

Handy brüllte vor Lachen. Budds Gesicht war vor Verlegenheit feuerrot.

In den zwanzig Jahren, in denen Potter nun schon mit Geiselnehmern verhandelte, hatte er noch keinem einen Witz erzählt. Vielleicht musste er sein Handbuch um diesen Punkt ergänzen.

Budd fuhr fort: »Arthur ist unterwegs, um einen Hubschrauber für Sie zu besorgen. Er hat irgendwas von Schwimmern erzählt. Der Hubschrauber müsste bald kommen.«

»Hoffentlich ist das Scheißding in spätestens einer Stunde und zwanzig Minuten da.«

»Nun, ich weiß nur, dass er tut, was er kann, Lou. Aber hören Sie, auch wenn Sie den Hubschrauber bekommen, werden Sie früher oder später doch geschnappt.« Budd starrte das vor ihm liegende Skript an. »Sie können sich selbst ausrechnen, was passiert, sobald jemand rauskriegt, wer Sie sind, dass Sie das Mädchen von hinten erschossen haben. Sie werden festgenommen und landen irgendwie auf 'ner Tragbahre in einem Krankenwagen und haben unterwegs 'nen kleinen Unfall.«

»Wollen Sie mir drohen?«

»Nein, nein, durchaus nicht. Ich versuche, Sie zu retten. Ich stelle nur fest, was passieren wird. Und das *wissen* Sie so gut wie ich.«

»Aber mich findet kein Mensch. Also können Sie sich Ihren Scheiß sparen. Ich geb nicht auf. Bevor ich das tue, müsst ihr Arschlöcher reinkommen und mich hier rausholen. Und ich werde auf sechs toten Geiseln hocken.«

Potter zeigte auf die Fotos der Zwillinge. LeBow runzelte die Stirn. Warum wusste Handy nicht, dass diesen beiden die Flucht geglückt war?

Budd sprach weiter: »Hören Sie, Lou, wir können Ihnen einen Deal anbieten.«

»'nen Deal? Was für einen?«

»Ich rede von einem Strafnachlass. Ganz erlassen können wir Ihnen die Strafe natürlich nicht, aber …«

»Wissen Sie, was ich hier getan habe?«

»Was Sie getan haben?«

Wiederholt wie ein Profi, dachte Potter.

»Ich hab heute schon ein paar Leute umgebracht. Wir reden nicht von Straferlass, wir reden von … Scheiße, was kriegt man, wenn man gebeichtet hat?«

Budd sah zu Potter auf, der »Absolution!«, flüsterte.

»Absolution.«

»Das glaub' ich eher nicht, Charlie Rechtsverdreher. Ich glaube, dass ich 'nen Hubschrauber brauche, sonst lass ich meinen guten Freund Bonner auf ein paar dieser Mädchen los. Sie haben schon von ihm gehört? Der hat Tag und Nacht 'nen Steifen. Echt erstaunlich! So was hab ich noch bei keinem anderen gesehen. Den hätten Sie mal im Knast erleben sollen! Ein Junge kommt rein, weil er Autos geklaut hat, und noch bevor die Fingerabdrücke trocken sind, steht plötzlich Bonner neben ihm und sagt: ›Bück dich, Kleiner. Mach schön die Beine breit!‹«

Potter umklammerte Budds Arm, weil er sah, wie betroffen der junge Captain war. Mit dem Zeigefinger der anderen Hand tippte er nochmals auf das gelbe Blatt.

»Wo steckt Art?«, fragte Handy plötzlich. »Der gefällt mir besser als Sie.«

»Der ist wie gesagt unterwegs, um Ihren Hubschrauber aufzutreiben.«

»Scheiße, ich möchte wetten, dass Art dieses Gespräch mithört. Wie weit ist er von Ihnen weg? Wahrscheinlich könnt er Ihnen seinen Schwanz in den Mund stecken, ohne dass einer von Ihnen einen Schritt tun müsste. Hey, sind Sie 'n Schwuler, Charlie? Sie reden wie einer, find ich.«

Budd packte den Hörer fester. »Agent Potter versucht Ihnen das zu beschaffen, was Sie verlangt haben.«

*Sie mussten sterben, weil sie mir nicht gegeben haben, was mir zustand.* Potter nickte zustimmend.

»Ich will den Hubschrauber, sonst kriegt Bonner ein Mädchen.«

»Das brauchen Sie nicht zu tun, Lou. Kommen Sie, wir arbeiten doch alle zusammen, oder?«

»Als ich letztes Mal hingesehen hab, war ich aber nicht in Ihrem Team, Charlie.«

Budd fuhr sich mit dem Handrücken über seine schweißnasse Stirn. Potter, der sich wie ein Dirigent vorkam, deutete auf Budd und tippte auf einen Abschnitt seines Textes.

»Mein Team?«, wiederholte Budd. »Hey, da täuschen Sie sich, Lou. Ich bin in *Ihrem* Team. Und ich will Ihnen einen Deal anbieten. Ihnen und Wilcox.«

Potter legte einen Finger auf die Lippen, damit Budd

eine Pause machte. Der Captain schluckte. Angie stellte ihm einen Pappbecher Wasser hin. Er trank ihn auf einen Zug aus und lächelte dann verlegen.

Handy schwieg.

Budd wollte etwas sagen; Potter schüttelte den Kopf.

Schließlich fragte Handy: »Shep und mir?«

»Richtig.«

Misstrauisch: »Wie soll der Deal aussehen?«

Budd sah wieder in sein Skript. »Wir plädieren nur auf lebenslänglich. Nicht auf Todesstrafe.«

»Für uns zwei?«

Potter hörte die Unsicherheit in Handys Stimme. Wunderbar, dachte er. Handy weiß zum ersten Mal nicht mehr recht, was gespielt wird. Sein hochgereckter Daumen signalisierte Budd seine Zufriedenheit.

»Für Sie und Wilcox«, bestätigte Budd nachdrücklich.

»Was ist mit Bonner?«

Potter bewegte beide Hände gleichzeitig, um Unsicherheit anzudeuten.

»Nun, ich rede nur von euch beiden.«

»Warum reden Sie nicht auch über Bonner?«

Potter runzelte scheinbar verärgert die Stirn. Budd nickte und sagte hörbar gereizt: »Weil ich nicht über Bonner reden will. Ich biete Ihnen und Wilcox einen Deal an.«

»Sie sind ein Arschloch, Charlie.«

»Ein Arschloch?«

»Sie erzählen mir nicht alles.«

Potter berührte seine Lippen.

Schweigen.

Großartig, dachte Potter. Er macht seine Sache sehr gut. Schließlich nickte er Budd zu.

»Doch, ich erzähle Ihnen *alles.*« Budd verzichtete auf das Skript und starrte aus dem Fenster zum Schlachthaus hinüber. »Und ich erzähle Ihnen auch, was Sie jetzt tun sollten. Sie sollten sich ergeben, Sir. Selbst wenn Sie hier mit dem Hubschrauber rauskämen, wären Sie der gesuchteste Mann Nordamerikas. Ihr Leben wäre die reinste Hölle – und wenn Sie dann geschnappt werden, erwartet Sie die Todesstrafe. Das wissen Sie. Bei Mord gibt's keine Verjährung.«

»Was soll ich Bonner erzählen?«

Potter machte eine zornige Faust.

»Was Sie dem sagen, ist Ihre Sache«, knurrte der Captain. »Für Bonner gilt unser Angebot nicht.«

»Warum nicht?«

*Zögern,* schrieb Potter.

Handy brach das lange Schweigen. »Verdammt, warum erzählen Sie mir nicht, was los ist?«

»Wollen Sie 'nen Deal oder nicht? Für Wilcox und Sie. Der bewahrt Sie vor der Giftspritze.«

»Ich will den Scheißhubschrauber, und den krieg ich auch! Das können Sie Art ausrichten. Ihr könnt mich alle am Arsch lecken!«

»Nein, warten Sie ...«

*Klick.*

Budd schloss die Augen und ließ kraftlos den Hörer sinken. Seine Hände zitterten heftig.

»Ausgezeichnet, Charlie.« Potter klopfte ihm auf den Rücken.

»Gut gemacht«, sagte Angie und blinzelte ihm zu.

Budd sah verwirrt auf. »Ausgezeichnet? Er ist stinksauer! Er hat einfach aufgelegt.«

»Nein, er ist genau dort, wo wir ihn haben wollen.« LeBow tippte eine Kurzfassung des Telefongesprächs mit Zeitangabe ein. In die Spalte *Täuschungen* schrieb er mit Filzschreiber: *Angebot von »Bundesanwalt Budd« – Handy und Wilcox. Lebenslänglich statt Todesstrafe.*

Budd stand auf. »Glauben Sie wirklich?«

»Sie haben Verwirrung gesät. Jetzt müssen wir abwarten, ob die Saat aufgeht.« Potter und Angie wechselten einen ernsten Blick. Der Verhandler achtete darauf, wieder wegzusehen, bevor Budd dieser Blickkontakt auffiel.

## 20.16 Uhr

»Noch fünf Minuten, Uhr läuft.«

Dan Tremain hatte mit dem Gouverneur telefoniert. Die beiden hatten gemeinsam entschieden, den Einsatz wie vorgesehen ablaufen zu lassen. Das teilte der Captain jetzt seinen Männern über Funk mit.

Outrider One, Chuck Pfenninger, hielt sich in der Nähe der Kommandozentrale auf, und Outrider Two, Joey Wilson, war hinter dem Schulbus versteckt, um auf ein Signal hin Blendgranaten ins Gebäude zu werfen. Die Teams Alpha und Bravo standen bereit, um wie geplant die Türen im Nordwesten und Südosten aufzusprengen und das Schlachthaus zu stürmen.

Tremain war sehr zuversichtlich. Selbst wenn die GN vielleicht mit einem Angriff durch den deutlich gekennzeichneten Notausgang rechneten, würde der Sturmangriff durch die verdeckte Südosttür sie völlig überraschen.

In fünf Minuten würde alles vorbei sein.

Lou Handy starrte das Telefon an und empfand dabei zum ersten Mal Zweifel.

Dieser Dreckskerl!

»Wo ist er?«, knurrte er und sah sich im Schlachthaus um.

»Bonner? Drinnen bei den Mädchen«, sagte Wilcox. »Oder er frisst wieder. Was ist los?«

»Hier ist was faul, glaub ich.« Handy marschierte unruhig auf und ab. »Ich hab den Verdacht, dass er sich mit den Feds geeinigt hat.« Er erzählte Wilcox, was der Bundesanwalt gesagt hatte.

»Sie bieten *uns* einen Deal an?«

»Schöner Deal! Lebenslänglich in Leavenworth.«

»Besser als die kleine Nadel. Das Schlimmste ist, dass man sich vollpisst. Hast du das gewusst? Ich sag dir, wenn's mal so weit ist, will ich mir nicht vor aller Welt in die Hose machen.«

»Hey, alter Freund.« Handy blieb stehen und starrte seinen Partner aufmunternd an. »Wir kommen hier raus. Vergiss das nicht!«

»Klar, sicher.«

»Ich glaub, dieser Scheißkerl hat von Anfang an mit dem FBI unter einer Decke gesteckt.«

»Warum?«, fragte Wilcox.

»Scheiße, warum wohl? Für Geld. Gegen Strafmilderung.«

Wilcox sah zu dem düsteren hinteren Teil des Schlachthauses hinüber. »Sonny ist ein Arschloch, aber das würd er nicht machen.«

»Er hat's aber schon mal gemacht.«

»Was?«

»Jemand verpfiffen. Einen Kerl, mit dem er gemeinsam ein Ding gedreht hatte.«

»Das hast du *gewusst?*«, fragte Wilcox überrascht.

»Klar, ich hab's gewusst«, antwortete Handy gereizt. »Aber wir haben ihn gebraucht.«

Wie hatte Bonner die Feds – die Bundesbehörde – benachrichtigen können? Seit ihrem Ausbruch war der große Mann praktisch keine Minute lang allein gewesen.

Nein, das stimmte nicht ganz, erinnerte Handy sich jetzt. Er hatte Bonner losgeschickt, damit er den Wagen holte. Nach ihrem Ausbruch war Bonner für eine halbe Stunde verschwunden, um die Karre zu holen. Handy wusste noch gut, wie er gedacht hatte, Bonner lasse sich verdammt viel Zeit, und sich gesagt hatte: Wenn er ohne uns abhaut, bring ich ihn langsam, ganz langsam um.

Eine halbe Stunde unterwegs, um den acht Blocks weit entfernt geparkten Wagen zu holen. Reichlich Zeit, um die Feds anzurufen.

»Aber er hat keine lange Strafe abzusitzen«, stellte Wilcox fest. Bonner war wegen Entführung über eine zwischenstaatliche Grenze hinweg zu lediglich vier Jahren verurteilt worden.

»Das sind genau die Leute«, sagte Handy, »mit denen sie am ehesten ’nen Deal vereinbaren. Die Feds erlassen dir nie mehr als ein paar Jahre von deiner Strafe.«

Außerdem gab es für Bonner einen zusätzlichen Anreiz: Sexualverbrecher waren die Häftlinge, die am häufigsten mit einer Glasscherbe in der Kehle oder einem aus Dosenblech angefertigten Messer im Bauch aufwachten – oder überhaupt nicht mehr aufwachten.

Wilcox starrte unsicher ins Halbdunkel des Schlachthauses. »Was meinst du?«

»Ich meine, wir sollten mit ihm reden.«

Sie durchquerten den Hauptraum mit den verrottenden Rampen, über die einst die Rinder getrieben worden waren, und gingen an Guillotinen und langen Tischen zur Weiterverarbeitung der geschlachteten Tiere vorbei. Dann standen sie am Durchgang zum Schlachtraum. Bonner war nicht da. Aber sie hörten ihn irgendwo in der Nähe geräuschvoll in einen Brunnen oder eine Versitzgrube urinieren.

Handy starrte in den Raum. Er sah die ältere Frau zusammengerollt auf dem Fußboden liegen. Das keuchende Mädchen und das hübsche Mädchen. Und zuletzt Melanie, deren Blick trotzig sein sollte, aber in Wirklichkeit nur angstvoll war. Dann fiel ihm etwas auf.

»Wo«, fragte Handy gefährlich ruhig, »sind die Kleinen?«

Er deutete auf die vier schwarzen Lackschuhe.

»Scheiße!«, fauchte Wilcox. Er lief auf den Gang hinaus und verfolgte die winzigen Fußabdrücke im Staub.

Melanie wich bis an die Wand zurück und legte dem Mädchen mit Asthma schützend einen Arm um die Schultern. Im nächsten Augenblick kam Bonner um die Ecke und blieb überrascht stehen. »Hey, Kumpel.« Er blinzelte Handy unsicher an.

»Wo sind sie, du Scheißkerl?«

»Wer?«

»Die kleinen Mädchen. Die Zwillinge.«

»Ich…« Bonner wich einen Schritt zurück. »Ich hab sie bewacht. Die ganze Zeit. Ich schwör's dir!«

»Die ganze Zeit?«

»Ich bin bloß mal zum Pissen gegangen. Pass auf, Lou, die müssen hier irgendwo sein. Wir finden sie wieder.« Der große Mann schluckte unbehaglich.

Handy funkelte Bonner an, der auf Melanie zuging und sie anbrüllte: »Wo zum Teufel sind sie?« Bonner zog die Pistole und baute sich mit der Waffe in der Hand vor ihr auf.

»Lou!«, rief Wilcox aus dem Hauptraum. »He, sieh dir das bloß an!«

»Was?«, kreischte Handy. Er warf sich herum. »Scheiße, was gibt's denn jetzt schon wieder?«

»Wir haben ein viel größeres Problem. Schau dir das an!«

Handy lief zu Wilcox zurück, der auf den Fernseher deutete.

»Verdammt! Potter, dieser verlogene Dreckskerl!«

Auf dem kleinen Bildschirm: eine Nachrichtensendung, die erstklassige Teleaufnahmen von der Vorderfront und einer Seite des Schlachthauses zeigte. Die Reporter hatten sich durch die Absperrung geschlichen und ihre Kamera auf irgendeiner Erhebung ganz in der Nähe aufgebaut – vielleicht auf dem Gittergerüst des alten Windrads gleich nördlich des Gebäudes. Obwohl das Bild etwas zitterte, bestand kein Zweifel daran, dass es einen gottverdammten Trooper im Kampfanzug unter einem der vorderen Fenster zeigte – nur sechs, sieben Meter von der Stelle entfernt, wo Handy und Wilcox jetzt standen.

»Sind da noch mehr?«, rief Wilcox. Er deutete auf mehrere dunkle Punkte in einer Senke nördlich des Schlachthauses.

»Könnte sein. Scheiße, ja! Sieht nach ’nem ganzen Dutzend aus.«

Der Nachrichtensprecher sagte: »Ein Angriff könnte unmittelbar bevorstehen …«

Handy sah zu dem Notausgang auf der Nordseite hinüber. Sie hatten ihn verbarrikadiert, aber er wusste, dass die massive Tür sich sekundenschnell aufsprengen ließ. Er rief Bonner zu: »Los, hol deine Schrotflinte, wir werden angegriffen!«

»Scheiße.« Bonner lud die Mossberg durch.

»Was ist mit dem Dach?«, fragte Wilcox.

Es gab nur zwei Zugänge, die einem Sonderkommando ein rasches Eindringen ermöglichten – die seitliche Tür und das Flachdach des Gebäudes. Das Tor zum Fluss war zu weit entfernt. Aber ein Blick zur Decke zeigte ihm ein Gewirr von Leitungen, Förderbändern und Lüftungsrohren. Selbst wenn die Angreifer ein Loch ins Dach sprengen würden, mussten sie sich immer noch durch diese Hindernisse durcharbeiten.

Handy suchte das Feld vor dem Schlachthaus ab. Außer dem vor ihrem Fenster kauernden Trooper – der sich hinter dem Schulbus versteckte und von der Blockadelinie aus nicht zu sehen war – schien sich aus dieser Richtung niemand zu nähern.

»Sie kommen durch den Nordausgang dort drüben rein.«

Handy bewegte sich langsam auf das Fenster zu, unter dem der Trooper sich versteckt hielt. Er deutete auf Wilcox' Pistole. Der Hagere grinste, zog die Waffe aus dem Hosenbund und lud sie durch.

»Auf die andere Seite«, flüsterte Handy. »Ans übernächste Fenster. Lenk ihn ab.«

Wilcox nickte wortlos, ließ sich auf Hände und Knie nieder und kroch davon. Auch Handy kroch weiter auf das Fenster zu, vor dem der Trooper kauerte. Wilcox richtete sich etwas auf und kollerte wie ein wilder Truthahn. Handy musste unwillkürlich grinsen.

Als Wilcox erneut kollerte, riskierte Handy einen raschen Blick nach draußen. Er sah, wie sich der Trooper, der nur einen halben Meter von ihm entfernt war, in die Richtung drehte, aus der das Geräusch kam. Handy beugte sich aus dem Fenster, packte den Helm des Troopers mit beiden Händen und riss den Mann ruckartig zurück. Der Trooper ließ seine Maschinenpistole los, die an einem Lederriemen von seiner Schulter baumelte, griff nach Handys Handgelenken und wehrte sich verzweifelt, während der Helmriemen ihn würgte. Dann eilte Wilcox herbei und half Handy, den Trooper durchs Fenster zu ziehen.

Während Handy den Gefangenen in einem Doppelnelson festhielt, trat Wilcox ihm in den Unterleib und nahm ihm MP, Pistole und Handgranaten ab. Der Trooper krümmte sich und ging zu Boden.

»Du Scheißkerl!«, tobte Handy und versetzte dem Liegenden einen brutalen Tritt. »Lass dich anschauen!« Er riss ihm Helm, Schutzbrille und Sturmhaube ab. Dann beugte er sich tief über ihn, zog sein Klappmesser aus der Tasche, ließ es aufschnappen und hielt die Klinge an die Backe des jungen Mannes. »Du wolltest mich von hinten erschießen, was? Ist das dein ganzer Mut? Schleichst dich von hinten an wie 'n gottverdammter Nigger!«

Der Trooper wollte sich wehren. Handy riss das Messer nach unten, sodass eine blutende Schnittwunde entlang des Unterkiefers entstand. Dann schlug er dem Mann mit der Faust ins Gesicht, ließ ein ganzes Dutzend Fausthiebe folgen, richtete sich auf, entfernte sich einige Schritte, kam wieder zurück und trat den Liegenden mehrmals in den Unterleib.

»Hey, Lou, übertreib's nicht, sonst …«

»Dieses Schwein! Er wollte mich von hinten erschießen! Dieser verdammte Kerl wollte mich in den Rücken schießen! Hältst du das für besonders männlich? Ist das dein Begriff von Ehre?«

»Leck mich am Arsch«, keuchte der Trooper, der sich hilflos auf dem Boden wand. Handy drehte den jungen Mann um, trat ihn in die Nieren und legte ihm die eigenen Handschellen an.

»Wo sind die anderen?« Handy ritzte den Oberschenkel des Troopers mit dem Messer. »Los, raus mit der Sprache!« Er stieß das Messer tiefer hinein. Der Mann schrie auf.

Handy schob sein Gesicht ganz nah an das des Troopers heran.

»Zur Hölle mit Ihnen, Handy. Dort gehören *Sie* hin.«

Das Messer drang noch tiefer ein. Wieder ein gellender Schrei. Handy streckte einen Finger aus und berührte eine winzige Träne. Sie blieb an seinem Finger kleben, den er an die Zungenspitze hielt. Dann stieß er nochmals zu. Die Schreie wurden lauter.

Mal sehen, wie lange der Junge durchhält.

»Mein Gott!«, stöhnte der Mann.

Früher oder später ist er so weit. Man braucht sich nur mit seiner bewährten Klinge nach Norden vorzuarbeiten und darauf zu warten, dass er alles ausspuckt, was er weiß. Handy machte sich daran, die Stichwunde durch Sägebewegungen mit der Klinge langsam in Richtung Unterleib zu verlängern.

»Ich *weiß* nicht, wo die anderen sind! Ich bin als Späher eingeteilt.«

Handy hatte plötzlich genug von dem Messer und bearbeitete den Trooper wieder mit den Fäusten. »Wie viele sind dort draußen?«, kreischte er wütend. »Wo kommen sie rein?«

Der Trooper spuckte ihm ans Bein.

Im nächsten Augenblick fühlte Handy sich um Jahre zurückversetzt. Er sah wieder Rudys hämisches Grinsen – nun, vermutlich war's ein hämisches Grinsen. Er sah, wie Rudy sich abwandte – mit zweihundert Dollar in der Tasche, die Handy gehörten. Jedenfalls hatte er *gedacht*, Rudy habe sein Geld in der Tasche, was vermutlich auch gestimmt hatte. Er sah, wie Rudy davonging, als wäre Handy das letzte Stück Dreck. Und er empfand wieder denselben blinden Zorn wie damals.

»Los, rede endlich!«, brüllte er. Seine Faust krachte wieder und wieder ins Gesicht des Troopers. Schließlich richtete er sich schwer atmend auf. »Zum Teufel mit dir! Zum Teufel mit allen!« Handy rannte in den Schlachtraum und kippte die Wanne mit dem Benzin vom Regal. Die kalte Flüssigkeit spritzte durch den Raum und durchnässte die Frauen und Mädchen. Melanie, die ängstliche kleine Maus, zog sie in eine Ecke, aber sie wurden trotzdem alle nass.

Danach zielte Handy mit der Maschinenpistole des Troopers auf den Notausgang. »Shep, sie werden dort reinstürmen. Sobald sie auftauchen, schieß ich ein paar von ihnen in die Beine. Du wirfst die da …« – er zeigte auf eine Blendgranate – »in den Raum, zündest das Benzin an. Ich will, dass ein paar von den Cops am Leben bleiben, damit sie allen erzählen können, was mit den Mädchen passiert ist. Wie's ausgesehen hat, als sie verbrannt sind.«

»Klar, alter Freund. Wird gemacht.« Wilcox zog den Sicherungsstift aus der glatten schwarzen Handgranate, drückte den Zündbügel mit seiner Handfläche herunter und trat an den Durchgang zum Schlachtraum. Handy entsicherte die Heckler & Koch und zielte damit auf den Notausgang.

»Arthur, an einem der Fenster waren Bewegungen zu sehen«, meldete Dean Stillwell über Funk. »Am zweiten Fenster links neben dem Eingang.«

Potter bestätigte die Meldung und sah durch sein Fernglas zum Schlachthaus hinüber. Ausgerechnet dieses Fenster wurde von dem Schulbus und einem Baum verdeckt.

»Was hat's dort gegeben, Dean?«

»Einer meiner Leute sagt, dass dort jemand durchs Fenster geklettert zu sein scheint.«

»Einer der Geiselnehmer?«

»Nein, ich meine *reingeklettert.*«

»Ins Gebäude? Hat das sonst noch jemand gesehen?«

»Ja, Sir. Eine Beamtin sagt, dass sie's auch gesehen hat.«

»Nun ...«

»Mein Gott!«, flüsterte Tobe. »Arthur, sieh dir das an!«

»Wer sind die?«, fauchte Angie. »Wer zum Teufel *sind* die?«

Potter drehte sich um und sah sie auf einen Fernsehbildschirm starren. Er brauchte einen Augenblick, um zu begreifen, dass dort eine Nachrichtensendung lief – auf dem Bildschirm, der vorhin die Wettermeldungen geliefert hatte. Zu seinem Entsetzen wurde ihm klar, dass er Vorbereitungen für einen Sturmangriff aufs Schlachthaus sah.

»Augenblick!«, sagte Budd. »Was geht hier vor?«

»...jetzt einen Exklusivbericht. Offenbar wurde einer

der Trooper außerhalb des Schlachthauses soeben selbst als Geisel genommen.«

»Wo steht die Kamera?«, fragte LeBow verblüfft.

»Das hat Zeit bis später«, wehrte Potter ab. Und er fragte sich unwillkürlich: Ist das Hendersons Rache?

»Tremain!«, rief LeBow aus. »Das sind Tremains Leute.«

»Verdammt«, sagte Tobe, der gute Katholik. »*Das* waren also die verschlüsselten Signale, die wir empfangen haben. Er hat ein Befreiungsunternehmen organisiert.«

»Die Falle dort drinnen! Von der weiß Tremain nichts.«

»Falle?«, fragte Derek nervös.

Potter sah zutiefst schockiert auf. Er begriff augenblicklich, welcher schwere Verrat hier vorlag. Derek Elb hatte Tremains Sondereinheit mit Informationen über die Polizeiblockade beliefert. So musste es gewesen sein. »Auf welcher Frequenz sendet Tremain?«, brüllte er, sprang auf, dass sein Sessel umfiel, und packte den jungen Trooper am Kragen.

Derek schüttelte den Kopf.

»Sagen Sie's ihm, verdammt noch mal!«, befahl Budd ihm aufgebracht.

»Ich kenne sie nicht. Sie wird willkürlich festgelegt. Dadurch ist sie abhörsicher.«

»Ich kann sie knacken«, sagte Tobe.

»Nein, die Frequenz wechselt ständig, das würde eine Stunde dauern. Tut mir leid, ich hab nicht gewusst, dass … ich hatte keine Ahnung von einer Falle.« Potter erinnerte sich, dass sie unterwegs gewesen waren – drüben im Feldlazarett –, als sie von der Bombe erfahren hatten.

»Dort drinnen ist eine Benzinbombe angebracht, Sergeant«, erklärte Budd ihm scharf.

»O Gott, nein«, murmelte Derek.

Potter griff nach dem Telefon. Er drückte die Kurzwahltaste. Keine Antwort. »Komm schon, Lou! Meld dich endlich … Tobe, bekommen wir noch SatSurv-Aufnahmen?«

»Klar.« Er drückte eine Taste. Auf einem Monitor erschien im Prinzip dasselbe grün-blaue Bild des Schlachthauses und seiner Umgebung wie zuvor. Aber diesmal waren auf beiden Seiten des Gebäudes je fünf winzige rote Punkte zu erkennen.

»Sie liegen dort in zwei flachen Senken. Anscheinend wollen sie das Gebäude durch Fenster oder Türen an der Nordwest- und Südostseite stürmen. Ich brauche sofort einen Ausdruck von diesem Bild.«

»Wird gemacht. Schwarzweiß geht schneller.«

»Los!« Während das Gerät summte, hielt Potter den Telefonhörer ans Ohr gedrückt und horchte auf das gleichmäßige Klingeln am anderen Ende. Es blieb unbeantwortet. »Komm schon, Lou … Meld dich endlich!«

Er knallte den Hörer auf die Gabel. »Henry, was haben sie vor?«

LeBow stand auf und starrte das Bild an, das sich aus dem Drucker schob. »Sie sprengen die Tür hier links auf. Aber ich weiß nicht, was sie auf der rechten Seite vorhaben. Dort gibt es keine Tür. Und in massive Außenmauern kann man nicht einfach ein Loch sprengen.« Er zeigte auf den an der Wand hängenden Bauplan. »Hier, diese gestrichelte Linie. Dort kann früher eine Tür gewesen sein. Tremains Leute müssen sie entdeckt haben. Sie stürmen das Gebäude von zwei Seiten.«

»Hintereinander?«

»Paarweise, aber im Tandem, yeah. Anders geht's nicht.«

»Das …«

Der dumpfe Knall war nicht sehr laut. In der Kommandozentrale gingen plötzlich die Lichter aus. Frances schrie leise auf. Die einzigen Lichtquellen waren jetzt ein unheimliches gelbes Leuchten vor den Panzerglasscheiben und der bläuliche Widerschein der Bildschirme von Henry LeBows Computern.

»Stromausfall«, sagte Tobe. »Wir …«

»Arthur!« LeBow deutete zum Fenster und auf die Flammen, die an der Außenseite des Fahrzeugs bis zu den Fenstern heraufschlugen.

»Was ist passiert? Mein Gott, hat Handy uns getroffen?«

Potter rannte zur Tür. Er riss sie auf, stieß einen Schrei aus und wich vor den Flammenzungen und der ihm entgegenschlagenden sengenden Hitze zurück. Er knallte die Tür zu.

»Notstromversorgung klappt nicht«, meldete Tobe. »Das Backup ist auch zerstört.«

»Wie viel Zeit bleibt mir?«, brüllte Potter Derek an.

»Ich …«

»Antworten Sie, sonst sind Sie in einer Stunde im Gefängnis! Wie lange dauert's, bis nach dem Stromausfall angegriffen wird?«

»Vier Minuten«, flüsterte Derek. »Sir, ich hab nur getan, was …«

»Nein, Arthur«, rief Angie, »nicht aufmachen!«

Potter riss die Tür auf. Er taumelte rückwärts, als seine Jackenärmel Feuer fingen. Draußen war nur ein Flammenmeer zu sehen. Dann füllte öliger schwarzer Rauch das Fahrzeuginnere, alle warfen sich zu Boden, um überhaupt noch Luft zu bekommen.

Dan Tremain schaltete seinen Scrambler aus und rief auf der Einsatzfrequenz: »Agent Potter, Agent Potter! Hier ist Captain Tremain. Bitte melden! Alles in Ordnung bei Ihnen?«

Tremain beobachtete das Feuer auf dem Hügel. Die orangeroten Flammen und der dichte schwarze Rauch wirkten beängstigend. Aber er kannte die Kommandozentrale, hatte sie selbst schon oft benutzt und wusste, dass ihre Insassen ungefährdet waren, solange sie die Tür geschlossen hielten. Trotzdem war dieser Feuersturm schrecklich.

Darüber konnte er sich jetzt keine Sorgen machen. Er rief wieder: »Agent Potter … Derek? Hört mich jemand in der Kommandozentrale? Bitte melden!«

»Hier ist Sheriff Stillwell. Wer ruft?«

»Captain Dan Tremain, State Police. Was ist passiert?«

»Das Fahrzeug brennt, Sir. Warum, wissen wir nicht. Vielleicht hat Handy einen Zufallstreffer erzielt.«

Danke, Sheriff, dachte Tremain. Der Funkverkehr auf der Einsatzfrequenz wurde automatisch aufgezeichnet. Stillwells Vermutung würde Tremains Befehl zum Angriff rechtfertigen.

»Ist mit den Leuten dort drinnen alles in Ordnung?«, fragte der Kommandeur der Sondereinheit.

»Wir können vorläufig nicht an den Wagen heran. Wir wissen nicht, ob …«

Tremain unterbrach die Verbindung, schaltete den Scrambler wieder ein und befahl: »Teams Alpha und Bravo. Codewort Fohlen. Codewort Fohlen. Sprengladungen scharfmachen. Sechzig Sekunden bis zur Detonation.«

»Alpha. Scharf.«

»Bravo. Scharf.«

»Countdown läuft«, sagte Tremain und zog den Kopf ein.

Arthur Potter – mit fünfzehn Pfund Übergewicht und niemals sportlich – ging gleich neben den Flammen zu Boden, die zwei Trooper erfolglos mit Handfeuerlöschern zu bekämpfen versuchten.

Er wälzte sich im Gras und starrte erschrocken seine brennenden Sakkoärmel an. Ein Trooper schrie auf und spritzte ihn mit einem scharfen Strahl Kohlendioxid ab.

Der eiskalte Löschschaum verbrannte ihm die Hände mehr als das Feuer, obwohl er die großflächigen Verbrennungen sah und sich vorstellen konnte, welche Schmerzen er später haben würde.

Falls er später noch lebte.

Keine Zeit, keine Zeit mehr …

Er rappelte sich auf, ignorierte das an einigen Stellen noch glimmende Sakko und die sengenden Schmerzen auf der Haut. Er trabte los, schaltete unterwegs das Megafon ein.

Potter lief übers Feld, zwischen den aufgefahrenen Streifenwagen hindurch und direkt aufs Schlachthaus zu. Unterwegs rief er keuchend: »Lou Handy, hören Sie mir zu! Hier spricht Art Potter. Verstehen Sie mich?«

Sechzig Meter, fünfzig …

Keine Reaktion. Tremains Männer konnten jeden Augenblick losschlagen.

»Lou, Sie sollen angegriffen werden. Diesen Einsatz habe nicht ich befohlen. Ich habe nichts damit zu tun. Ich wiederhole: Dieser Einsatz ist nicht genehmigt. Die Angreifer liegen in zwei Senken nördlich und südlich des Schlachthauses. Sie können sie von den Fenstern auf diesen Seiten ins Kreuzfeuer nehmen. Hören Sie mich, Lou?«

Er rang nach Atem und hatte Mühe, die Sätze herauszubringen. Dann bekam er plötzlich Seitenstechen und musste stehen bleiben.

Potter stand als perfektes Ziel auf einem kleinen Hügel – genau an der Stelle, wo Susan Phillips erschossen worden war – und rief durch das Megafon: »Sie wollen die seitlichen Türen aufsprengen, aber Sie können sie aufhalten, bevor sie reinkommen. Halten Sie die Fenster im Südosten und Nordwesten besetzt. An der Südseite gibt's eine Tür, von der Sie nichts wissen. Sie ist verschalt, aber trotzdem da. Auch diese Tür soll aufgesprengt werden, Lou. Hören

Sie, ich möchte, dass Sie auf die Beine der Angreifer schießen. Sie tragen Panzerwesten. Am besten zielen Sie mit Schrotflinten auf ihre Beine! Auf die Beine schießen!«

Im Schlachthaus war keine Bewegung zu erkennen.

O bitte …

»Lou!« Stille. Bis auf das Heulen des Windes.

Dann sah er in der Senke nördlich des Schlachthauses eine Bewegung. Aus einem Büschel Büffelgras tauchte ein Helm auf. Danach ein Lichtreflex, als ein Fernglas auf ihn gerichtet wurde.

Oder das Zielfernrohr einer MP5 von Heckler & Koch?

»Lou, hören Sie mich?«, rief Potter nochmals. »Diesen Einsatz habe ich nie genehmigt! Gehen Sie so in Stellung, dass Sie die Türen im Norden und Süden überwachen können. Die Südtür dürfte mit Gipskarton oder dergleichen verschalt sein.«

Nichts … Schweigen.

Jemand soll sich melden …

Verdammt, will denn niemand mit mir reden? Irgendjemand!

Dann: eine Bewegung. Potter nahm sie aus den Augenwinkeln heraus wahr. Er sah zu der Senke nördlich des Schlachthauses hinüber.

Ungefähr siebzig bis achtzig Meter von ihm entfernt hatte sich ein Mann in Schwarz mit umgehängter Maschinenpistole aufgebaut und starrte zu Potter hinüber. Dann setzten sich die schwarzen Gestalten auf beiden Seiten des Schlachthauses nacheinander in Bewegung und krochen von den Türen weg. Ihre behelmten Köpfe wurden mehrmals sichtbar, bevor sie in den Büschen verschwanden. Die Sondereinheit zog sich zurück.

Aus dem Schlachthaus drang noch immer kein Laut. Trotzdem hegte Arthur Potter die schlimmsten Befürchtungen, denn er wusste, dass es Vergeltungsmaßnahmen geben würde. So amoralisch und grausam Handy auch war, bisher hatte er stets Wort gehalten. In Handys Welt mochte eine Gerechtigkeit nach seinem Gutdünken herrschen, eine böse Gerechtigkeit, aber trotzdem eine Art Gerechtigkeit. Und diesmal hatten die Guten ihr Wort gebrochen.

Potter, LeBow und Budd traten zurück und verschränkten die Arme, während Tobe in verzweifelter Hast neue Kabel zog, aufschnitt und spleißte.

Potter beobachtete, wie Derek Elb von zwei von Peter Hendersons Agenten abgeführt wurde, und fragte Tobe: »Sabotage?«

Aber auch Tobe – der von Ballistik kaum weniger verstand als von Elektronik – war sich nicht sicher. »Sieht wie ein gewöhnlicher Benzinbrand aus. Wir haben das Stromaggregat ziemlich beansprucht. Aber jemand könnte unbemerkt eine L210 gezündet haben. Jedenfalls kann ich im Augenblick nicht nach Spuren suchen.« Und während er das sagte, schien er ein Dutzend Drähte gleichzeitig blankzumachen, zu verbinden und mit Isolierband zu umwickeln.

LeBow sagte: »Du weißt, dass es Sabotage war, Arthur.«

Potter stimmte natürlich zu. Tremain hatte vermutlich einen ferngezündeten Brandsatz im Stromaggregat der Kommandozentrale zurückgelassen.

Budd fragte ungläubig: »Dazu wäre er imstande gewesen? Was haben Sie jetzt vor?«

Der Verhandler antwortete: »Im Augenblick nichts.« Privat lebte er zu sehr in der Vergangenheit; beruflich achtete er meistens darauf, sich nicht mit ihr zu belasten. Potter hatte weder Zeit noch Lust, sich zu rächen. Jetzt konnte er nur an die Geiseln denken. Beeil dich, Tobe, damit das Telefon wieder funktioniert!

Officer Frances Whiting kam ins Fahrzeug zurück. Sie

war im Sanitätszelt mit Sauerstoff behandelt worden. Ihr Gesicht wies Rußflecken auf, und sie hatte leichte Atembeschwerden, aber ansonsten fehlte ihr nichts.

»Das ist wohl etwas aufregender als Ihr Dienst in Hebron?«, fragte Potter sie.

»Wenn man die Strafzettel nicht einrechnet, hab ich meine letzte Verhaftung vorgenommen, als Bush noch Präsident war.«

Der Gestank nach verbranntem Gummi und angekohltem Kunststoff war überwältigend. Potters Arme waren mit Brandverletzungen übersät. Die Haare auf den Handrücken waren abgesengt, und am linken Handgelenk hatte er eine besonders schmerzhafte Brandwunde. Aber er hatte jetzt keine Zeit, sich von den Sanitätern behandeln zu lassen. Als Erstes musste er Verbindung mit Handy aufnehmen und versuchen, die Vergeltungsmaßnahmen, die Handy bestimmt schon plante, möglichst zu minimieren.

»Okay«, rief Tobe. »Ich hab's!« Der Wunderbewirker hatte ein Stromkabel von dem Apparat, das die Halogenscheinwerfer versorgte, zur Kommandozentrale gelegt, die nun wieder funktionierte.

Potter wollte Budd eben auffordern, die Tür zu öffnen und zu verkeilen, um das Fahrzeug zu lüften, als er sah, dass keine Tür mehr da war. Sie war verbrannt. Potter setzte sich an den Schreibtisch, griff nach dem Telefonhörer und wählte.

Elektronisch verstärktes Telefonklingeln erfüllte die Kommandozentrale.

Keine Antwort.

Hinter ihnen hatte Henry LeBow wieder zu tippen begonnen. Das gedämpfte Klappern der Tastatur trug mehr als alles andere dazu bei, Potter neue Zuversicht zu geben. Wieder im Geschäft, dachte er. Und konzentrierte sich erneut auf das Telefon.

Komm schon, Lou, antworte! Wir haben schon zu viel hinter uns, um uns jetzt auseinanderdividieren zu lassen. Wir haben zu viel miteinander erlebt; wir sind uns zu nahe gekommen …

Geh endlich an das verdammte Telefon!

Draußen ertönte ein lautes Quietschen, so nahe, dass Potter zunächst an eine Rückkopplung aus dem Telefonhörer glaubte. Roland Marks' Limousine kam wippend zum Stehen, und er sprang aus dem Wagen, ohne mehr als einen flüchtigen Blick auf die verkohlte Kommandozentrale zu werfen. »Ich hab die Nachrichten gesehen!«, rief er in die Runde. »Was ist passiert, verdammt noch mal?«

»Tremain hat auf eigene Faust gehandelt«, antwortete Potter, drückte erneut die Kurzwahltaste und musterte den stellvertretenden Generalstaatsanwalt eisig.

»*Was* hat er getan?«

LeBow erklärte es ihm.

Budd sagte: »Wir hatten keine Ahnung, Sir.«

»Darüber muss ich mit diesem Burschen reden«, knurrte Marks aufgebracht. »Wo …?«

In diesem Augenblick kam eine Gestalt hereingestürmt und warf sich auf Potter, der mitsamt seinem Sessel umkippte.

»Scheißkerl!«, rief Tremain. »Verdammter Scheißkerl!«

»Captain!«, brüllte Marks.

Budd und Tobe packten den Kommandeur der Sondereinheit an den Armen und zogen ihn rückwärts weg. Potter rappelte sich langsam wieder auf. Er fasste sich an die Schläfe, wo er sich den Kopf angeschlagen hatte. Kein Blut. Er bedeutete den beiden Männern, sie sollten Tremain loslassen. Sie gehorchten widerstrebend.

»Er hat einen meiner Männer, Potter. Das ist Ihre Schuld, Sie gottverdammter Judas!«

Budd holte tief Luft und trat einen Schritt auf ihn zu.

Potter winkte ab, rückte seine Krawatte zurecht und warf dabei einen Blick auf seine verbrannten Handrücken. Dort hatten sich große Blasen gebildet, die wirklich verdammt weh taten.

»Tobe«, sagte er ruhig, »zeig uns die Aufzeichnung, ja?«

Ein Videorekorder summte, dann wurde einer der Bildschirme hell. Am unteren Bildrand erschien das rot-weiß-blaue Logo eines Fernsehsenders auf einer Zeile mit *Live-Bericht: Joe Silbert.*

»Wirklich brillant!«, sagte Marks gereizt, während er auf den Bildschirm starrte.

»Er hat einen Ihrer Männer«, fuhr Potter fort, »weil Sie die Trooper weggeschickt haben, die verhindern sollten, dass Reporter an den Tatort herankommen.«

»Was?« Tremain stand wie gebannt vor dem Bildschirm.

LeBow tippte weiter. Ohne aufzublicken, sagte er: »Handy hat Ihren Aufmarsch gesehen. Er hat dort drinnen einen Fernseher.«

Tremain gab keine Antwort. Potter fragte sich, ob der andere jetzt wie ein Kriegsgefangener dachte: Name, Dienstgrad, Personenkennziffer.

»Von Ihnen hätte ich mir etwas Besseres erwartet, Dan«, meinte der stellvertretende Generalstaatsanwalt.

»Der Gouverneur…«, platzte Tremain heraus, bevor er sich eines Besseren besinnen konnte. »Nun, selbst wenn er einen Fernseher hat, hätten wir die Mädchen retten können. Sie wären längst draußen. Wir hätten sie trotzdem in Sicherheit bringen können!«

Warum bin ich nicht wütend?, fragte Potter sich. Warum beschimpfe ich ihn nicht – diesen Mann, der um ein Haar alles ruiniert hätte? Der beinahe die Mädchen umgebracht hätte? *Warum?*

Weil es so grausamer ist, begriff Potter plötzlich. Weil es

grausamer ist, ihm die Wahrheit nüchtern und emotionslos mitzuteilen.

*Haben Sie jemals was Böses getan, Art?*

»Handy hat einen Brandsatz vorbereitet, Captain«, erklärte Potter ihm ganz ruhig. »Eine Benzinbombe, die er nur noch hätte zünden müssen. Die Mädchen wären verbrannt, sobald Sie die beiden Türen aufgesprengt hätten.«

Tremain starrte ihn an. »Nein«, flüsterte er. »Herr, vergib mir. Das hab ich nicht gewusst.« Der drahtige Mann schien nahe daran zu sein, in Ohnmacht zu fallen.

»Verbindung«, meldete Tobe.

Im nächsten Augenblick klingelte das Telefon. Potter nahm sofort den Hörer ab.

»Lou?«

*Das war Scheiße, Art. Ich dachte, Sie wären mein Freund.*

»Hören Sie, Art, das war 'ne verdammte Gemeinheit. Ein schöner Freund sind Sie!«

»Ich hatte nichts damit zu tun.« Potter beobachtete dabei Tremain. »Hier hat jemand auf eigene Faust gehandelt.«

»Diese Jungs sind nicht schlecht ausgerüstet, das muss man ihnen lassen. Wir haben jetzt Handgranaten und eine Maschinenpistole.«

Potter zeigte auf LeBow, der Tremain beiseitenahm und den verstörten Captain nach der Ausrüstung des gefangen genommenen Troopers fragte.

An der Tür erschien eine Gestalt. Angie. Potter winkte sie zu sich heran.

»Lou«, sagte der Verhandler ins Telefon, »ich entschuldige mich für diesen Vorfall. So was passiert nicht wieder. Ich gebe Ihnen mein Wort darauf. Sie haben mich vorhin dort draußen gehört. Ich habe Ihnen gute taktische Informationen gegeben. Sie wissen, dass ich die Sache nicht geplant habe.«

»Die Mädchen haben Sie inzwischen, nehme ich an. Die beiden Kleinen.«

»Ja, die haben wir, Lou.«

»Dieser Bundesanwalt, Budd... der wollte uns verscheißern, stimmt's, Art?«

Wieder ein Zögern. »Davon ist mir nichts bekannt.«

Er wird sich sehr vernünftig geben, vermutete Potter.

Oder völlig durchdrehen.

»Haha, Sie sind ein Witzbold, Art. Also okay, ich glaub Ihnen, dass dieser D-Day-Scheiß nicht Ihre Idee war. Sie erzählen mir, dass irgendein verrückter Cop ihn auf eigene Faust veranstaltet hat. Aber Sie sollten Ihre Leute besser in der Hand haben, Art. So sieht's auch juristisch aus, hab ich recht? Sie sind für alles verantwortlich, was Ihre Untergebenen tun.«

Angie runzelte die Stirn.

»Was?«, fragte Budd, als er ihren hoffnungslosen Gesichtsausdruck sah, der dem Potters glich.

»Was ist los?«, flüsterte Frances Whiting.

Potter griff nach seinem Fernglas, wischte die ölige Rußschicht ab und sah zum Schlachthaus hinüber.

Großer Gott, nein... Potter beteuerte verzweifelt: »Lou, es war ein *Versehen.*«

»Auf Shep wird geschossen, aber das soll ein Versehen gewesen sein. Mein Hubschrauber kommt nicht rechtzeitig, aber Sie können nichts dafür... Sollten Sie mich nicht allmählich kennen, Art?«

Nur allzu gut.

Potter legte das Fernglas weg. Er wandte sich vom Fenster ab und sah zu den Fotos über dem Bauplan des Schlachthauses auf. Wer wird es sein?, fragte er sich.

Emily?

Donna Harstrawn?

Beverly?

Potter dachte plötzlich: Melanie. Er wird Melanie nehmen.

Frances begriff, was geschehen würde, und rief aus: »Nein, bitte nicht! Tun Sie doch was!«

»Es *gibt* nichts zu tun«, flüsterte Angie.

Tremain, der sich sichtlich elend fühlte, bückte sich, um aus dem Fenster sehen zu können.

Handys Stimme erfüllte die Kommandozentrale. Sie klang vernünftig, weise. »Sie sind mir recht ähnlich, Art. Loyal. Das sind Sie, glaub ich. Sie sind denen gegenüber loyal, die ihre Pflicht erfüllen, und geben sich nicht lange mit denen ab, die es nicht tun.« Eine Pause. »Sie wissen genau, was ich damit sagen will, nicht wahr, Art? Ich lasse die Leiche draußen liegen. Sie können sie sich holen. Bis dahin gilt ein Waffenstillstand.«

»Lou, gibt es denn nichts, was ich tun könnte?« Potter hörte die Verzweiflung in seiner eigenen Stimme. Es war ihm zuwider, aber er konnte nichts dagegen tun.

Wen wird er nehmen?

Angie hatte sich abgewandt.

Budd schüttelte kummervoll den Kopf. Selbst dem sonst so redseligen Roland Marks schien es die Sprache verschlagen zu haben.

»Tobe«, sagte Potter bedrückt, »stell bitte den Ton leiser.«

Das tat er. Trotzdem zuckten alle zusammen, als der trockene Knall metallisch durchs Fahrzeug hallte.

Während er auf das Schlachthaus zustolperte, vor dem die Leiche blass im Licht der Halogenscheinwerfer lag, zog er seine Panzerweste aus und ließ sie achtlos zu Boden fallen. Auch seinen Helm ließ er zurück.

Dan Tremain ging mit Tränen in den Augen weiter und starrte den unbeweglichen Körper, die blutige Leiche an, die dort wie eine weggeworfene Stoffpuppe lag.

Er stieg über den niedrigen Hügel und sah aus den Augenwinkeln heraus ein paar Trooper, die ihre Deckung verlassen hatten. Alle starrten ihn an; alle wussten, dass er die Schuld an diesem unverzeihlichen Tod trug. Er war zum Kalvarienberg unterwegs.

Und am Fenster neben dem Eingang des Schlachthauses: Lou Handy, dessen Pistole auf Tremains Brust zielte. Das machte keinen Unterschied, er stellte keine Bedrohung dar; der Captain hatte sein Webkoppel mit der Glock schon auf den ersten Metern abgelegt. Er stolperte weiter, stürzte beinahe und bewahrte dann doch sein Gleichgewicht wie ein Betrunkener mit unerschütterlichem Selbsterhaltungstrieb. Seine Verzweiflung wuchs beim Anblick von Lou Handys schmalem Gesicht – gerötete, tief in ihren Höhlen liegende Augen, spitzes Kinn, dunkler Stoppelbart. Handy lächelte – ein harmloses, neugieriges Lächeln –, während er Tremains kummervolle Miene betrachtete. Als würde er seine Trauer auskosten, sie genießen.

Tremain starrte die vor ihm liegende Leiche an. Noch zwanzig Meter, fünfzehn. Zehn.

Du bist verrückt, dachte Tremain. Und ging trotzdem weiter, starrte in die schwarze Mündung von Handys Pistole.

Fünf Meter. Blut so rot, Haut so blass.

Handys Lippen bewegten sich, aber Tremain hörte kein einziges Wort. Vielleicht besteht Gottes Strafe darin, mich so taub wie diese armen Mädchen zu machen.

Drei Meter. Zwei.

Er wurde langsamer. Hinter ihm waren die Trooper jetzt alle aufgestanden, um ihn zu beobachten. Handy hätte jeden von ihnen erschießen können, wie er seinerseits eine gute Zielscheibe abgegeben hätte. Aber es würde kein Schuss fallen. Dies war wie Weihnachten im Ersten Weltkrieg, wo die Soldaten beider Lager gemeinsam Weihnachtslieder sangen und sich ihre Verpflegung teilten. Und einander halfen, ihre im Niemandsland verstreut liegenden zerfetzten Gefallenen zu begraben.

»Was hab ich getan?«, murmelte Tremain. Er sank auf die Knie und berührte die leblose Hand.

Er weinte einen Augenblick, dann nahm er die Leiche des Troopers auf die Arme – Joey Wilson, Outrider Two –, hob sie mühelos hoch und sah dabei ins Fenster. Er starrte Handy an, der nicht mehr lächelte, aber seltsam neugierig wirkte. Tremain prägte sich das fuchsartige Gesicht mit den kalten Augen und der gegen die Oberlippe gedrückten Zungenspitze ein. Sie waren nur wenige Meter voneinander entfernt.

Tremain wandte sich ab und trat den Rückweg an. Im Geiste hörte er eine Melodie, die er nicht gleich wiedererkannte. Erst als das anfangs undefinierbare Musikinstrument sich in einen Dudelsack verwandelte, an den er sich aus früheren Jahren erinnerte, wurde die Melodie zu »Amazing Grace« – ein traditioneller Song, der zur Beerdigung im Dienst gefallener Polizisten gespielt wurde.

## 20.45 Uhr

Arthur Potter dachte über das Wesen der Stille nach.

Er saß im Sanitätszelt. Starrte zu Boden, während Sanitäter seine verbrannten Hände und Arme behandelten.

Tage- und wochenlange Stille. Absolute Stille, ewige Stille. Sah so Melanies Alltag aus?

Auch er kannte stille Augenblicke. Ein leeres Haus. Sonntagmorgen, an denen nur die leisen Geräusche von Heizungspumpen und Kühlschränken zu hören waren. Stille Sommernachmittage, die er allein auf der hinteren Veranda verbrachte. Aber Potter war ein Mann, der in einem Zustand der Erwartung lebte, und für ihn war Stille – zumindest an guten Tagen – nur ein Zwischenstadium, bevor sein Leben wieder begann – wenn er jemand wie Marian finden würde, wenn er jemand anders als Geiselnehmern, Terroristen und Psychopathen begegnen würde, mit dem ein Gedankenaustausch möglich war.

Jemand wie Melanie?, fragte er sich.

Nein, natürlich nicht.

Er fühlte etwas Kaltes auf seinem Handrücken und beobachtete, wie der Sanitäter eine Brandsalbe auftrug, die sofort schmerzlindernd wirkte.

Arthur Potter dachte an das Foto von Melanie, sah es über dem Bauplan des Schlachthauses hängen. Er dachte über seine Reaktion nach, als ihm vor einigen Minuten klargeworden war, dass Handy eine weitere Geisel erschießen würde. Er hatte gedacht, Handy würde sie wählen.

Er reckte sich. Irgendwo in seinem Rücken knackte ein Gelenk, und er ermahnte sich: Sei kein verdammter Narr …

Aber mit einem anderen Teil seines beachtlichen Geistes dachte Arthur Potter, dessen Hauptfach einmal englische Literatur gewesen war: Wenn wir schon töricht sein müssen, sollten wir's in der Liebe sein. Nicht im Beruf, wo Menschenleben auf dem Spiel stehen; nicht in Bezug auf unsere Götter oder in unserem Streben nach Schönheit und Gelehrsamkeit. Nicht in Bezug auf unsere Kinder, die so willig und unsicher sind. Aber in der Liebe. Denn Liebe ist nichts als reinste Verrücktheit, auf die wir uns einlassen, um leidenschaftlich und halb wahnsinnig zu *sein*. In Herzensangelegenheiten behandelt die Welt uns immer großmütig und nachsichtig.

Dann lachte er in sich hinein und schüttelte den Kopf. Die Realität machte sich wieder bemerkbar … wie der dumpf pochende Schmerz in seinen verbrannten Händen. Sie ist fünfundzwanzig, weniger als halb so alt wie du. Sie ist taub, in der Gehörlosenbewegung aktiv. Und heute ist dein Hochzeitstag, verdammt noch mal. Dreiundzwanzig Jahre. Ohne einen einzigen zu vergessen. Schluss mit dem Unsinn! Zurück in die Kommandozentrale! An die Arbeit!

Der Sanitäter tippte ihm auf die Schulter. Potter sah verwirrt auf.

»Sie sind fertig, Sir.«

»Ja, danke.«

Er stand auf und ging mit unsicheren Schritten zur Kommandozentrale zurück.

An der Tür erschien eine Gestalt.

Potter sah zu Peter Henderson auf. »Geht's wieder?«, fragte der Special Agent.

Potter nickte zurückhaltend. Tremain mochte der Hauptverantwortliche gewesen sein, aber er hätte ein Monatsgehalt darauf verwettet, dass Henderson an der Vorbereitung des Sturmangriffs beteiligt gewesen war. Ehrgeiz? Der heimliche Wunsch, sich am FBI zu rächen, von dem er sich verraten fühlte? Aber das wäre noch schwieriger nachzuweisen als die Benzinbombe, die vermutlich ihr Stromaggregat in die Luft gejagt hatte. Im Herzen eines Menschen konnte die Spurensicherung nichts ausrichten.

Henderson betrachtete die Brandwunden. »Dafür kriegen Sie 'nen Orden.«

»Meine erste dienstliche Verwundung.« Potter lächelte.

»Arthur, ich wollte mich nur dafür entschuldigen, dass ich vorhin die Beherrschung verloren habe. Hier ist's oft reichlich langweilig. Ich hab auf etwas Action gehofft. Sie wissen, wie das ist.«

»Klar, Pete.«

»Ich vermisse die alten Zeiten.«

Potter schüttelte ihm die Hand. Sie sprachen über Joe Silbert und die anderen Reporter. Sie würden den Fall dem Bundesanwalt übergeben, kamen aber zu dem Schluss, wahrscheinlich liege kein Haftgrund vor. Behinderung der Rechtspflege ist ein schwammiger Tatbestand, und solange keine Beeinträchtigung laufender Ermittlungen vorlag, entschieden Richter meistens im Sinne der Pressefreiheit. Potter hatte sich damit begnügt, sich mit finsterer Miene vor Silbert aufzubauen, der cool wie ein gefangener Rebellenführer in einem Kreis von Polizeibeamten gestanden hatte. Der Agent hatte ihm erklärt, er werde auf jede erdenkliche Weise mit der Witwe des ermordeten Troopers zusammenarbeiten, die zweifellos den Sender wie auch Silbert und Biggins persönlich auf mehrere Millionen Dollar Schadenersatz wegen strafbarer Handlungen mit Todesfolge verklagen werde.

»Ich werde mich der Klägerin als Zeuge zur Verfügung stellen«, hatte Potter dem Reporter erklärt, dessen Fassade für einen Augenblick einen Riss bekommen hatte und ihm einen sehr verängstigten Mann mittleren Alters mit fragwürdigen Talenten und beschränkten finanziellen Mitteln zeigte.

Nachdem Henderson gegangen war, lehnte sich der Verhandler in seinem Stuhl zurück und sah durch die gelbe Panzerglasscheibe zum Schlachthaus hinüber.

»Wann läuft das nächste Ultimatum ab?«

»In sechsundvierzig Minuten.«

Potter seufzte. »Das wird verdammt schwierig. Darüber muss ich erst nachdenken. Handy ist jetzt wütend. Er hat die Kontrolle verloren.«

Angie sagte: »Und was noch schlimmer ist: Du hast ihm geholfen, sie zurückzugewinnen. Auch das ist eine Art Kontrollverlust.«

»Folglich ist er wütend im Allgemeinen und wütend auf mich im Besonderen.«

»Obwohl er sich darüber vermutlich nicht im Klaren ist«, sagte Angie.

»Jedenfalls können wir nur verlieren.« Potter beobachtete Budd, der trübselig zum Schlachthaus hinübersah.

Das Telefon klingelte. Tobe nahm den Hörer ab, blies die dünne Rußschicht weg und meldete sich. »Yeah«, sagte der junge Agent. »Ich richte es ihm aus.« Er legte auf. »Charlie, das war Roland Marks. Er lässt Sie bitten, sofort zu ihm zu kommen. Sein Freund ist bei ihm. Jemand, der Sie kennenlernen möchte. Die Sache scheint wichtig zu sein.«

Der Captain beobachtete weiter das Schlachthaus. »Er … Wo ist er?«

»Im rückwärtigen Bereitstellungsraum.«

»Hmmm. Okay. Hören Sie, Arthur, kann ich Sie einen Augenblick sprechen?«

»Klar können Sie das.«

»Draußen?«

»Auch unter die imaginären Raucher gegangen, was?«, fragte Potter.

»Arthurs Idee hat sich bei uns durchgesetzt«, sagte Tobe. »Henry hat mit imaginärem Sex angefangen.«

»Tobe!«, blaffte LeBow, während er weitertippte.

Der junge Agent fügte hinzu: »Das soll keine Kritik sein, Henry. *Ich* gehe zu imaginären Anonymen Alkoholikern.«

Budd lächelte schwach. Potter und er gingen nach draußen. Die Temperatur war um einige Grad gesunken, und der Verhandler hatte den Eindruck, der Wind habe aufgefrischt.

»Also, was gibt's, Charlie?«

Sie blieben stehen und begutachteten das angesengte Fahrzeug und die verbrannte Erde ringsum – Verwüstungen, die das Feuer angerichtet hatte.

»Arthur, ich muss Ihnen etwas erzählen.« Er griff in die Tasche und zog das Diktiergerät heraus. Dann wusste er nicht weiter und drehte das Gerät endlos zwischen seinen Händen hin und her.

»Oh«, sagte der Agent, »Sie meinen die hier?« Er hielt eine kleine Kassette hoch.

Budd runzelte die Stirn und klappte das Diktiergerät auf. Es enthielt eine Kassette.

»Die ist leer«, erklärte Potter ihm. »Eine nicht bespielbare Spezialkassette.«

Budd drückte die Wiedergabetaste. Aus dem winzigen Lautsprecher kam nur ein Rauschen.

»Ich hab längst davon gewusst, Charlie.«

»Aber ...«

»Tobe hat Zauberstäbe, mit denen er Magnettongeräte aufspüren kann. Wir suchen Einsatzorte immer nach Wanzen ab. Er hat mir gemeldet, dass jemand einen Rekorder hat. Und er hat ihn bei Ihnen geortet.«

»Sie haben es gewusst?« Budd starrte den Agenten an

Sie?« Der Captain hob den Kopf und betrachtete die gelbliche Wolke, auf die Potter sich konzentrierte.

»Ich hab ein schlechtes Gefühl dabei. Bei diesem Ultimatum.«

»Weshalb?«

»Ich hab's einfach.«

»Intuition«, sagte Angie. »Hören Sie auf ihn, Charlie. Er hat meistens recht.«

Als Budd den Blick von der Wolke löste, stellte er fest, dass Potter ihn beobachtete. »Tut mir leid, Arthur, aber mir sind die Ideen ausgegangen.«

Potters Blick glitt wie suchend über das brandgeschwärzte Gras, auf das der Schatten der Kommandozentrale fiel. »Ein Hubschrauber!«, stieß er hervor.

»Wie bitte?«

Der Agent hatte es plötzlich sehr eilig. »Beschaffen Sie mir einen Hubschrauber.«

»Aber ich dachte, Sie wollten ihm keinen geben.«

»Ich brauche nur einen, den ich ihm vorführen kann. Einen großen Hubschrauber. Mit mindestens sechs Sitzen – lieber mit acht oder zehn, wenn Sie einen auftreiben können.«

»Wenn *ich* einen auftreiben kann?«, rief Budd aus. »Wo? Und wie?«

Potter fiel etwas ein.

*Flugplatz.*

Hier in der Nähe gab es einen Flugplatz. Potter überlegte, woher er das wusste. Hatte jemand ihm davon erzählt? Er war nicht daran vorbeigekommen. Von Budd hatte er es nicht erfahren; Henderson hatte nichts von einem Flugplatz gesagt. Wer…

Lou Handy! Der Geiselnehmer hatte gesagt, dort müsse sich ein Hubschrauber auftreiben lassen. Er musste auf der Fahrt hierher an dem Flugplatz vorbeigekommen sein.

Potter erzählte Budd von dem Flugplatz.

»Den kenne ich«, sagte der Captain. »Dort stehen ein paar Hubschrauber, aber ich weiß nicht, ob jemand da ist, der einen fliegen kann. Ich meine, wenn wir einen aus Wichita kommen ließen, würde er vielleicht noch rechtzeitig eintreffen. Aber es dauert bestimmt länger als vierzig Minuten, einen Piloten aufzutreiben.«

»Wir haben aber nur vierzig Minuten Zeit, Charlie. Halten Sie sich ran!«

»In Wirklichkeit …«, sagt Melanie weinend.

Dabei ist de l'Épée der einzige Mensch, vor dem sie unter keinen Umständen weinen will. Aber sie tut es trotzdem. Er steht von seinem Sessel auf und setzt sich zu ihr aufs Sofa.

»In Wirklichkeit«, fährt sie fort, »bin ich todunglücklich darüber, wer ich bin, was aus mir geworden ist, wovon ich ein Bestandteil bin.«

Die Zeit für die Beichte ist gekommen, und sie lässt sich durch nichts mehr aufhalten.

»Ich hab dir erzählt, wie ich mich für die Gehörlosenbewegung engagiert habe. Dass sie mein ganzer Lebensinhalt wurde.«

»Die gehörlose Landarbeiterin des Jahres.«

»Aber eigentlich wollte ich das gar nicht. Überhaupt nicht!« Sie fährt sichtlich erregt fort: »Diese ständige Nabelschau ist mir so auf die Nerven gegangen. Der politische Aspekt der Gehörlosenbewegung, die Vorurteile der Gehörlosen … oh, die gibt's tatsächlich. Du würdest dich wundern! Vorurteile gegen Minderheiten, gegen andere Behinderte. Ich hab alles gründlich satt! Ich hab's satt, ohne meine Musik leben zu müssen. Ich hab das Verhalten meines Vaters satt …«

»Ja, warum?«, fragt er.

»Ich hab's satt, dass er meine Taubheit gegen mich verwendet.«

»Wie tut er das? Weshalb?«

»Weil sie mich noch ängstlicher macht, als ich schon bin! Das hält mich daheim fest. Du erinnerst dich an das Klavier, von dem ich dir erzählt habe? Auf dem ich ›A Maiden's Grave‹ spielen wollte? Sie haben es verkauft, als ich neun war. Obwohl ich noch ein paar Jahre lang genug gehört hätte, um darauf spielen zu können. Sie haben gesagt – nein, *er* hat gesagt, mein Vater hat gesagt –, sie wollten nicht, dass ich etwas lieben lerne, was mir später weggenommen werden würde.« Sie fügt hinzu: »Aber der wirkliche Grund war, dass ich unbedingt auf der Farm bleiben sollte.«

*Dann kommst du also wieder heim.*

Melanie sieht de l'Épée in die Augen und sagt etwas, was sie noch keinem Menschen anvertraut hat: »Ich kann ihn nicht dafür hassen, dass er mich nicht fortlassen wollte. Aber dass er mein Klavier verkauft hat… das hat sehr weh getan. Sogar ein einziger Tag, an dem ich noch darauf hätte spielen können, wäre besser als nichts gewesen. Das werde ich ihm nie verzeihen.«

»Das hätten sie nicht tun dürfen«, stimmt er zu. »Aber du hast es geschafft, dich von ihnen zu lösen. Du hast deinen Beruf, du bist unabhängig, du…« Seine Stimme wird leiser und verstummt.

Und jetzt der schwierigste Teil.

»Was hast du noch auf dem Herzen?«, fragt de l'Épée freundlich.

»Letztes Jahr um diese Zeit«, beginnt sie, »habe ich mir ein neues Hörgerät gekauft. Im Allgemeinen sind sie für mich wertlos, aber mit diesem Gerät konnte ich bestimmte Tonlagen wahrnehmen. In Topeka hat ein Konzert stattgefunden, in das ich unbedingt gehen wollte. Kathleen Battle.

Ich habe in der Zeitung gelesen, dass sie auch einige Spirituals singen würde, und gehofft…«

»Dass sie ›Amazing Grace‹ singen würde?«

»Ich wollte sehen, ob ich's hören würde. Ich wollte unbedingt in dieses Konzert. Aber ich wusste nicht, wie ich hinkommen sollte. Ich habe keinen Führerschein, und mit dem Bus hätte die Fahrt ewig gedauert. Also habe ich meinen Bruder gebeten, mich hinzufahren. Obwohl er den ganzen Tag auf der Farm gearbeitet hat, war er trotzdem bereit, mir diesen Gefallen zu tun.

Wir haben Topeka gerade noch rechtzeitig zu Konzertbeginn erreicht. Kathleen Battle ist in einem wunderschönen blauen Kleid auf die Bühne gekommen. Sie hat ins Publikum gelächelt… Und dann hat sie zu singen begonnen.«

»Und?«

»Es war zwecklos.« Melanie atmet tief durch, knetet ihre Finger. »Es…«

»Warum bist du so traurig?«

»Das Hörgerät hat überhaupt nicht funktioniert. Alles war verzerrt. Ich hab kaum etwas gehört, und die Töne, die zu verstehen waren, haben ganz falsch geklungen. Wir sind in der Pause gegangen. Danny hat sein Bestes getan, um mich aufzuheitern. Er…«

Sie verstummt.

»Das ist noch nicht alles, oder? Du willst mir noch etwas erzählen.«

Es tut so weh! Diese Worte denkt sie nur – aber nach den leicht verrückten Gesetzen ihres Musikzimmers kann de l'Épée sie deutlich hören. Er beugt sich etwas nach vorn. »Was tut weh? Erzählst du's mir?«

Es gäbe so viel zu erzählen. Sie könnte eine Million Worte gebrauchen, um diese Nacht zu schildern, ohne imstande zu sein, alle ihre Schrecken auszumalen.

»Also los«, sagte de l'Épée aufmunternd. Wie es ihr Bruder – aber niemals ihr Vater – oft tat. »Also los.«

»Wir haben den Konzertsaal verlassen und uns in Dannys Auto gesetzt. Er hat mich gefragt, ob wir irgendwohin zum Essen fahren sollten, aber ich hätte keinen Bissen hinuntergebracht. Ich habe ihn nur gebeten, mich heimzufahren.«

De l'Épée rutscht nach vorn. Ihre Knie berühren sich. Für einen Augenblick liegt seine Hand auf ihrem Arm. »Und dann?«

»Wir haben Topeka verlassen und fuhren auf die Interstate. Wir waren in Dannys kleinem Toyota unterwegs. Er hatte ihn gebraucht gekauft und selbst überholt. Sämtliche Teile. Auf Maschinen versteht er sich wirklich gut. Es gibt keine, die er nicht reparieren könnte. Wir sind ziemlich schnell gefahren.«

Sie macht eine kurze Pause, um die aufwallende Traurigkeit abklingen zu lassen. Das tut sie nie, aber Melanie holt tief Luft – eine Erinnerung an die Zeit, als sie Luft holen musste, um etwas sagen zu können – und kann tatsächlich fortfahren. »Wir haben uns unterwegs unterhalten.«

De l'Épée nickt.

»Das heißt, wir haben die Gebärdensprache benutzt. Und das bedeutet, dass wir uns dabei ansehen mussten. Danny hat immer wieder gefragt, warum ich so traurig sei. Weil das Hörgerät nicht funktioniert hat? Ob ich entmutigt sei. Ob Dad mich wieder wegen der Farm bearbeitet habe ... Er ...«

Sie muss wieder tief Luft holen.

»Danny hat mich angesehen, anstatt auf die Straße zu achten. O Gott ... er war plötzlich da – genau vor uns! Wir haben ihn beide erst im letzten Augenblick wahrgenommen.«

»Was?«

»Einen Lastwagen. Einen riesigen Sattelschlepper, der

Stahlrohre geladen hatte. Ich glaube, dass er die Spur gewechselt hat, als Danny nicht hingesehen hat, und... mein Gott, Danny konnte nichts mehr tun! Alle diese Röhren sind uns mit tausend Meilen in der Stunde entgegengekommen...«

Das Blut. Das viele Blut.

»Ich weiß, dass er gebremst hat. Ich weiß, dass er noch ausweichen wollte. Aber dafür war es zu spät... Oh, Danny!«

Blut, überall Blut. Wie bei einem geschlachteten Kalb.

»Er hat's beinahe geschafft, seitlich auszuweichen, aber eins der Stahlrohre bohrte sich durch die Windschutzscheibe. Es...«

De l'Épée hält ihre Hand. »Erzähl's mir«, flüstert er.

»Es...« Sie hat Mühe, die Worte herauszubringen. »Es hat ihm den linken Arm abgerissen.«

Wie das Blut der Tiere, das durch Rinnen in das grässliche Auffangbecken in der Mitte des Schlachtraums läuft.

»Oben an der Schulter.« Sie schluchzt bei der Erinnerung daran. An das Blut. An den benommenen Gesichtsausdruck ihres Bruders, als er sich ihr zuwandte und für lange Augenblicke zu ihr sprach – Worte, die sie damals nicht verstand. Worte, nach denen zu fragen sie niemals den Mut aufgebracht hatte.

Das Blut spritzte bis zum Wagenhimmel und sammelte sich in seinem Schoß, während Melanie sich verzweifelt bemühte, den Armstumpf abzubinden, und dabei kreischte und kreischte. Diesmal gebrauchte sie ihre Stimme, während Danny, der noch bei Bewusstsein war, nur immer wieder stumm nickte.

Melanie sagt zu de l'Épée: »Ein Rettungshubschrauber ist nur wenige Minuten später eingetroffen, und der Notarzt hat die Blutung zum Stillstand gebracht. Er hat Danny das Leben gerettet. Dann wurde er in ein Krankenhaus geflogen, und die Chirurgen hatten ihm in ein paar Stunden den Arm wieder angenäht. Seither musste sich Danny allen möglichen Operationen unterziehen. Morgen steht ihm wieder eine bevor – deshalb sind meine Eltern bei ihm in St. Louis. Die Ärzte hoffen, dass er seinen Arm irgendwann wieder zu fünfzig Prozent gebrauchen werden kann. Wenn er Glück hat. Aber seit seinem Unfall hat er jegliches Interesse an der Farm verloren. Er liegt fast nur noch im Bett, liest und sieht fern. Das ist so ziemlich alles, was er tut. Als ob sein Leben schon vorbei wäre …«

»Dafür kannst du nichts«, sagt de l'Épée. »Aber du wirst dafür verantwortlich gemacht, nicht wahr?«

»Ein paar Tage nach dem Unfall hat mein Vater mich auf die Veranda hinausgerufen. Es ist merkwürdig – ich kann ihm jedes Wort von den Lippen ablesen.«

(Genau wie bei Brutus, denkt sie. Und wünscht sich, dass ihr das nicht eingefallen wäre.)

»Er hat in der Hollywoodschaukel gesessen, zu mir aufgesehen und gesagt: ›Du begreifst inzwischen wohl, was du getan hast. Du hättest Danny auf keinen Fall zu diesem törichten Ausflug überreden dürfen. Noch dazu aus rein selbstsüchtigen Gründen. Was passiert ist, ist deine Schuld, daran führt kein Weg vorbei. Du hättest genauso gut den Motor eines Maispflückers anlassen können, während Danny drinnen gerade einen Stau beseitigt.

Gott hat dich mit einer Behinderung geschaffen, die niemand will. Das ist bedauerlich, aber keine Sünde – solange du verstehst, was du zu tun hast. Komm jetzt heim und mach wieder gut, was du angestellt hast. Gib deine Tätigkeit als Lehrerin zum Ende dieses Schuljahrs auf. Das bist du deinem Bruder schuldig. Vor allem bist du es mir schuldig.

Dies ist dein Zuhause, hier bist du willkommen. Es kommt darauf an, wohin man gehört, verstehst du, und darauf, was Gott tut, um dafür zu sorgen, dass jeder, der irgendwo bleiben soll, das auch wirklich tut. Nun, dein Platz ist hier bei uns, hier kannst du dich nützlich machen, und dein, du weißt schon, Problem wird dich nicht in Schwierigkeiten bringen. Das ist Gottes Wille.‹ Und bevor er dann ging, um den Ammoniaktankwagen anzuhängen, hat er gesagt: ›Dann kommst du also wieder heim.‹ Das war keine Frage, sondern ein Befehl. Alles war schon entschieden. Ohne Debatte. Er wollte, dass ich dieses Jahr im Mai heimkomme. Aber ich habe ihn noch ein paar Monate hingehalten. Dabei weiß ich, dass ich irgendwann nachgeben werde. Ich gebe *immer* nach. Aber ich wollte mir meine Selbstständigkeit noch ein paar Monate länger erhalten.« Sie zuckt mit den Schultern. »Hinhaltetaktik.«

»Du willst die Farm nicht?«

»Nein! Ich will meine Musik. Ich will sie *hören,* nicht nur Vibrationen spüren… Ich will hören, was mein Liebhaber mir zuflüstert, wenn ich mit ihm im Bett bin.« Melanie kann kaum glauben, was sie ihm alles erzählt – dass sie ihm intime Dinge anvertraut. Dinge, über die sie noch nie gesprochen hat. »Ich will keine Jungfrau mehr sein.«

Nachdem sie einmal in Fahrt ist, bricht alles aus ihr heraus. »Ich hasse die Gedichte! Ich hab sie nie gemocht. Sie sind lächerlich. Weißt du, was ich in Topeka tun wollte? Nach meinem Auftritt im Gehörlosentheater? Ich hatte einen Termin vereinbart.« Er schließt sie in die Arme, und sie drängt sich gegen ihn, legt ihren Kopf auf seine Schulter. Ein zweifach merkwürdiges Erlebnis: einem Mann so nahe zu sein und mit ihm zu kommunizieren, ohne ihn anzusehen. »Es gibt sogenannte Cochlea-Implantate.« Sie muss einen Augenblick Pause machen, bevor sie weitersprechen kann. »Dabei bekommt man eine Elektrode ins Innenohr eingepflanzt. Sie ist durch Drähte mit diesem *Ding,* diesem Sprachprozessor, verbunden, der Geräusche in Hörimpulse fürs Gehirn verwandelt … Das habe ich Susan nie erzählen können. Ich hab's mir immer wieder vorgenommen. Aber sie hätte mich verabscheut. Der Gedanke, Taubheit heilen zu wollen, war ihr verhasst.«

»Funktionieren sie, diese Implantate?«

»Unter günstigen Umständen. Ich habe mein Gehör zu neunzig Prozent verloren, aber das ist ein Durchschnittswert. In manchen Tonlagen höre ich mehr, und das Implantat kann diese Fähigkeit verstärken. Aber selbst wenn das bei mir nicht funktionieren sollte, gibt's andere Möglichkeiten, die man ausprobieren kann. Es gibt eine Menge Neuentwicklungen, die Menschen wie mir in den nächsten fünf oder sechs Jahren helfen werden – gewöhnlichen Leuten, die wieder hören möchten.«

Sie denkt: Und ich will hören. Ich *will* hören, was du mir ins Ohr flüsterst, während wir uns lieben.

»Ich …« Er spricht, seine Lippen bewegen sich, aber seine Stimme wird immer leiser.

Leiser, noch leiser.

Nein! Sprich mit mir, red weiter mit mir. Was ist los?

Aber jetzt steht auf einmal Brutus an der Tür ihres Musikzimmers. Was tust du hier? Hau ab! Verschwinde! Das ist *mein* Zimmer. Ich will dich nicht hierhaben!

Er grinst, starrt ihre Ohren an. »Missgeburt«, sagt er.

Dann waren sie plötzlich wieder im Schlachtraum, und Brutus sprach gar nicht mit ihr, sondern mit Bär, der abwehrend die Arme verschränkte. Die Spannung zwischen den beiden war fast mit Händen zu greifen.

»Hast du uns verpfiffen?«, fragte Brutus.

Bär schüttelte den Kopf und sagte etwas, was Melanie nicht verstand.

»Sie haben sie draußen aufgesammelt, die kleinen Mädchen.«

Die Zwillinge! Sie waren in Sicherheit! Melanie gab diese

freudige Nachricht an Emily und Beverly weiter. Die Zehnjährige lächelte strahlend und sagte mit ungelenken Fingern ein spontanes Dankgebet.

»Du hast sie freigelassen, stimmt's?«, fragte Brutus Bär. »Du hast das von Anfang an geplant.«

Bär schüttelte den Kopf. Sagte wieder etwas, was sie nicht verstand.

»Ich hab mit ihm geredet«, knurrte Brutus.

»Mit wem?«, schien Bär zu fragen.

»Mit diesem Bundesanwalt, mit dem du 'nen Deal vereinbart hast.«

Bärs Miene verfinsterte sich. »Ausgeschlossen, Mann. Wie kommst du … solchen Scheiß?«

Marder trat neben Brutus und sagte etwas. Bär zeigte anklagend auf Melanie. »Sie hat …«

Brutus drehte sich zu ihr um. Sie starrte ihn kalt an, stand dann auf und ging langsam über die nassen Fliesen. Der starke Benzingeruch raubte ihr fast den Atem. Melanie blieb bei Donna Harstrawn stehen und winkte Brutus heran. Ohne Bär aus den Augen zu lassen, hob sie den Rock der Frau hoch, bis ihre blutigen Oberschenkel zu sehen waren. Sie nickte zu Bär hinüber.

»Du kleine Schlampe!« Bär machte einen Schritt auf sie zu, aber Brutus packte ihn am Arm, zog ihm die Waffe aus dem Hosenbund und warf sie Marder zu.

»Du blödes Arschloch!«

»Und? Ich hab sie gefickt, na wennschon?«

Brutus runzelte die Stirn. Dann hielt er plötzlich seine Pistole in der Hand, zog den Schlitten zurück, ließ ihn nach vorn schnappen, drückte einen Knopf hinein und zog das Magazin mit den restlichen Patronen aus dem Griff. Die durchgeladene Waffe drückte er Melanie in die Hand. Die Pistole war kalt und schwer, verlieh ihr eine Macht, die sie förmlich elektrisierte, und ängstigte sie zugleich.

Bär murmelte etwas. Melanie nahm aus den Augenwinkeln heraus wahr, dass seine Lippen sich bewegten. Aber sie hatte nur Augen für die Schusswaffe. Brutus stand hinter ihr und richtete die Pistole auf Bärs Brust. Er umfasste ihre Hand mit beiden Händen. Sie nahm den säuerlichen Geruch von ungewaschener Haut wahr.

»Hör schon auf!« Bärs Miene war grimmig. »Lass den Scheiß, bevor …«

Brutus redete mit ihr; sie spürte Vibrationen im Gesicht, konnte aber nicht verstehen, was er sagte. Sie fühlte, dass er aufgeregt, fast erregt war, und spürte diese Erregung ebenfalls – wie ein Fieber. Bär hob langsam die Hände. Er murmelte etwas. Schüttelte den Kopf.

Die Waffe verbrannte ihr die Hand, als wäre sie radioaktiv. Bär trat einen Schritt zur Seite, aber Brutus führte die Pistole so nach, dass ihre Mündung genau auf seine Brust gerichtet blieb. Melanie stellte sich vor, wie er auf Mrs. Harstrawn lag. Sie stellte sich vor, wie er die dünnen Beine, die kindlich flachen Oberkörper der Zwillinge anstarrte. Mach den Zeigefinger krumm, dachte sie. Drück ab! Ihre Hand begann zu zittern.

Sie spürte wieder die Vibrationen von Brutus' Worten. In Gedanken hörte sie seine Stimme, eine merkwürdig beruhigende Stimme, eine Phantomstimme. »Nur zu!«, forderte er sie auf.

Warum schießt sie nicht? Ich habe meinem Zeigefinger befohlen, den Abzug zu betätigen.

Nichts.

Bär weinte. Tränen liefen über sein fettes Gesicht und versickerten in seinem Bart.

Melanies Hand zitterte heftig. Brutus' Hände umfassten sie energisch.

Dann zuckte die Waffe lautlos in ihrer Hand. Melanie keuchte, als der heiße Wind aus der Mündung ihr Gesicht traf. Auf der Brust des Mannes erschien ein winziger dunkler Punkt. Bär griff sich mit beiden Händen an die Einschusswunde, sah in die Luft und fiel rückwärts um.

Nein, sie ist von selbst losgegangen! Ich war's nicht, ich war's nicht!

Ich kann's *beschwören*!

Diese lautlosen Worte kreischte sie wieder und wieder. Und trotzdem … trotzdem war sie sich nicht sicher, ob das auch stimmte. Sie war sich keineswegs sicher. Im ersten Augenblick – bevor sie angesichts dieser Szene das Grauen packte – hatte sie der Gedanke, nicht *sie* könnte ihn erschossen haben, erbittert. Die Vorstellung, dass nicht sie, sondern Brutus den Abzug ganz durchgezogen hatte.

Brutus trat zurück und lud die Pistole nach. Er betätigte einen Hebel, und der Schlitten rastete ein.

Bärs Lippen bewegten sich, sein Blick verdunkelte sich. Sie beobachtete seine Jammermiene, die auszudrücken schien, alle Ungerechtigkeiten dieser Welt hätten sich dazu verschworen, einen anständigen Mann ins Jenseits zu befördern. Melanie versuchte nicht einmal, ihm von den Lippen abzulesen, was er sonst noch murmelte.

Sie dachte: Ab und zu kann Taubheit ein Segen sein.

Handy ließ Melanie stehen. Er sah auf Bär hinab und sagte etwas, was sie nicht verstand. Dann schoss er Bär ins rechte Bein, das als Reaktion darauf heftig ausschlug. Bärs Gesicht war schmerzverzerrt. Handy schoss erneut – diesmal ins linke Bein. Zum Schluss zielte er in aller Ruhe auf Bärs gewaltigen Wanst. Die Pistole in seiner Hand zuckte nochmals. Ein Schauder durchlief Bärs Körper. Sein Kopf sank zur Seite, und er bewegte sich nicht mehr.

Melanie sank zu Boden und legte ihre Arme schützend um Emily und Beverly.

Brutus beugte sich über sie. Sein Gesicht war kaum eine Handbreit von ihrem entfernt. »Das habe ich nicht getan, weil er die Frau gefickt hat. Ich hab's getan, weil er nicht gemacht hat, was ich ihm befohlen habe. Er hat die beiden Mädchen freigelassen und wollte uns verpfeifen. Du bleibst schön hier, verstanden?«

*Warum kann ich seine Worte verstehen, obwohl ich ihn nicht verstehen kann?*

Warum?, fragte Melanie sich. Ich höre ihn so deutlich, wie ich meinen Vater höre.

*Dann kommst du also wieder heim.*

Warum?, fragte sie sich.

Handy musterte Melanie leicht spöttisch, als kenne er die Antwort auf ihre Frage schon lange und warte nur darauf, dass ihr endlich ein Licht aufgehe. Dann sah er auf seine Armbanduhr, bückte sich und packte Emily am linken Arm. Er schleifte das kleine Mädchen, das die Hände wie zu einem verzweifelten Gebet gefaltet hielt, in den Hauptraum hinaus.

Lou Handy sang.

Potter hatte ihn angerufen und gefragt: »Lou, wie sieht's dort drinnen aus? Haben wir da gerade Schüsse gehört?«

Zur Melodie von »Streets of Laredo«, sang Handy mit nicht einmal schlechter Baritonstimme: »Ich seh auf meiner Timex, euch bleibt 'n Viertelstündchen …«

»Sie scheinen guter Stimmung zu sein, Lou. Reicht das Essen noch?«

Seine Stimme verriet nicht, wie besorgt Potter war. *Waren das Schüsse gewesen?*

»Mir geht's bestens, klar doch. Aber ich will nicht über meine Stimmung reden. Das ist verdammt langweilig, hab ich recht? Erzählen Sie mir lieber von meinem goldenen Hubschrauber, der schon auf dem Flug hierher ist. Haben Sie mir einen mit Rotoren aus Diamanten besorgt, Art? Mit 'ner vollbusigen Mieze im Cockpit?«

Warum ist dort drinnen geschossen worden?

Auf dem Monitor, der die Aufnahmen einer aufs Fenster gerichteten Kamera mit Teleobjektiv zeigte, sah er die blonden Locken der zehnjährigen Emily Stoddard, ihre großen Augen und ihr herzförmiges Gesicht. Die silberglänzende Klinge von Handys Messer berührte ihre Wange.

»Er will ihr das Gesicht zerschneiden«, flüsterte Angie. Erstmals an diesem Tag klang ihre Stimme brüchig, denn sie wusste so gut wie Potter, dass er es wirklich tun würde.

»Lou, wir *haben* Ihren Hubschrauber. Er ist unterwegs.«

Warum wird Handy nicht mürbe?, fragte Potter sich. Nach so langer Zeit waren die meisten kriminellen Geiselnehmer mit ihren Kräften am Ende. Sie taten praktisch alles, um irgendeinen Deal zu erreichen.

»Augenblick, Lou. Ich glaube, eben meldet sich der Pilot. Ich rufe Sie gleich wieder zurück. Das dauert nur einen Augenblick.«

»Nicht nötig. Sorgen Sie bloß dafür, dass ich in vierzehn Minuten meinen Hubschrauber kriege.«

»Ich bin gleich wieder da.«

Potter drückte auf die Stummtaste und fragte: »Was denkst du, Angie?«

Sie warf einen Blick aus dem Fenster. Dann verkündete sie plötzlich: »Er meint es ernst. Er wird es tun. Er hat die Feilscherei satt. Und er ist noch immer wütend wegen des Sturmangriffs.«

»Tobe?«

»Es klingelt, aber Budd meldet sich nicht.«

»Verdammt! Hat er das Telefon denn nicht in der Tasche?«

»Sind Sie noch da, Lou?«

»Die Uhr läuft, Art.«

Potter bemühte sich, zerstreut zu wirken, als er fragte: »He, sagen Sie, Lou, was *war* denn jetzt mit diesen Schüssen?«

Ein halblautes Lachen. »Das interessiert Sie anscheinend sehr.«

»*Waren* es Schüsse?«

»Weiß ich nicht. Vielleicht hat sich alles nur bei Ihnen im Kopf abgespielt. Vielleicht haben Sie ein schlechtes Gewissen, weil Ihr Trooper versehentlich erschossen wurde, nachdem Sie versehentlich versucht haben, mich anzugreifen. Und die Schüsse waren so eine Art Sinnestäuschung.«

»Für uns haben sie recht echt geklungen.«

»Vielleicht hat Sonny sich beim Waffenreinigen versehentlich erschossen.«

»Ist das passiert?«

»Wär verdammt schade, wenn jemand damit gerechnet hätte, dass Sonny als Belastungszeuge aussagt – und dann geht er hin und reinigt seine Glock, ohne erst nachzusehen, ob sie entladen ist.«

»Zwischen ihm und uns gibt's keinen Deal, Lou.«

»Jetzt nicht mehr. Scheiße, das garantier ich Ihnen!«

LeBow und Angie starrten den Verhandler an.

»Bonner ist tot?«, fragte er Handy.

*Haben Sie jemals was Böses getan, Art?*

»Noch zwölf Minuten«, sagte Handys unbekümmerte Stimme.

*Klick.*

Tobe meldete: »Hab ihn. Budd.«

Potter griff nach dem Telefonhörer. »Charlie, sind Sie's?«

»Ich bin auf dem Flugplatz, und hier steht ein Hubschrauber. Aber ich kann niemanden finden, der ihn fliegen kann.«

»Es muss jemanden geben.«

»Auf dem Platz gibt's 'ne Schule – 'ne Flugschule –, und nach hinten raus wohnt irgendein Kerl. Aber der macht nicht auf.«

»Der Hubschrauber muss in zehn Minuten hier sein,

Charlie. Sie fliegen den Fluss entlang und landen auf dem großen Feld westlich von uns. Ungefähr eine halbe Meile von hier. Das ist schon alles.«

»Das ist *alles*? O Mann!«

Potter sagte: »Viel Glück, Charlie.« Aber die Verbindung war bereits unterbrochen.

Charlie Budd rannte unter dem großen Sikorsky S-58 hindurch. Der Hubschrauber war ein altes Modell aus den Tagen von NASA-Unternehmen wie *Gemini* und *Apollo*, als Maschinen dieses Typs triefende Astronauten aus dem Meer gefischt hatten. Der Hubschrauber war in den Farben der Küstenwache – Orange, Rot und Weiß – lackiert, aber die Aufschrift U. S. Coast Guard war längst übermalt worden.

Der Flugplatz war klein. Hier gab es keinen Kontrollturm, sondern nur einen Windsack neben der Graspiste. Auf dem Vorfeld standen mit Erdankern gesichert ein halbes Dutzend einmotorige Sportflugzeuge der Muster Cessna und Piper.

Budd trommelte mit den Fäusten an die Tür eines Schuppens hinter der einzigen Halle des Flugplatzes. Auf dem Messingschild neben der Tür stand: *D. D. Pembroke Helicopter School. Ausbildung, Rundflüge. Stunden- und tageweise.*

Trotz dieser Ankündigung diente der Schuppen hauptsächlich Wohnzwecken. Auf der Schwelle stapelte sich Post, und durchs Türfenster sah Budd ein gelbes Licht, einen Berg Kleidungsstücke in einem blauen Plastikwäschekorb und einen Männerfuß, der über das Fußende eines Feldbetts hing. Der große Zeh ragte durch ein Loch in der Socke.

»He, Sie!« Budd trommelte weiter. Er brüllte: »Polizei! Aufmachen!«

Der Zeh bewegte sich – er zuckte, beschrieb langsam einen Kreis, kam wieder zur Ruhe.

Budd trommelte noch wilder. »Aufmachen!«

Der Zeh schlief wieder fest.

Budds Ellbogen ließ die Scheibe beim ersten Versuch zersplittern. Der Captain sperrte die Tür von innen auf und betrat den einzigen Raum. »He, Mister!«

Auf dem Feldbett lag ein ungefähr sechzigjähriger Mann in T-Shirt und Overall. Sein struppiges Haar stand ihm nach allen Seiten vom Kopf. Sein Schnarchen war fast so laut wie das Triebwerk seines Sikorskys.

Budd packte seinen Arm und rüttelte heftig daran.

D. D. Pembroke – falls es sich um D. D. Pembroke handelte – öffnete kurz die wässrigen, geröteten Augen, blickte durch Budd hindurch und wälzte sich auf die andere Seite. Immerhin hörte er zu schnarchen auf.

»Mister, ich bin ein State Trooper. Es handelt sich um einen Notfall. Aufwachen! Wir brauchen sofort Ihren Hubschrauber!«

»Verschwinde«, murmelte Pembroke.

Budd roch eine Alkoholfahne. Er entdeckte eine leere Flasche Dewar's, die wie ein schlafendes Kätzchen in der Armbeuge des Mannes lag.

»Scheiße. Aufwachen, Mister. Sie müssen für uns fliegen.«

»Ich kann nicht fliegen. Wie soll ich fliegen? Verschwinden Sie«, sagte Pembroke, ohne sich zu bewegen oder die Augen zu öffnen. »Wie sind Sie hier reingekommen?«, fragte er, ohne im Geringsten neugierig zu wirken.

Der Captain drehte sich um und rüttelte ihn an den Schultern. Die Flasche fiel auf den Betonboden und zersplitterte.

»Sind Sie Pembroke?«

»Yeah. Scheiße, war das meine Flasche?«

»Hören Sie, dies ist ein Notfall.« Auf dem schmuddeligen, unaufgeräumten Tisch sah Budd ein Glas Instantkaffee stehen. Er drehte den Hahn über der rostigen Spüle auf und ließ einen Becher volllaufen, ohne auf heißes Wasser zu warten. Er schaufelte vier gehäufte Kaffeelöffel ins kalte Wasser und drückte Pembroke den schmutzigen Becher in die Hand. »Trinken Sie das, Mister. Wir haben's eilig. Sie müssen mich zum Schlachthaus hier in der Nähe fliegen.«

Pembroke setzte sich auf und roch an dem Becher, ohne die Augen zu öffnen. »Zu welchem Schlachthaus? Was ist das hier für 'n Zeug?«

»Das am Fluss.«

»Wo ist meine Flasche?«

»Trinken Sie das, davon werden Sie wach.« Der Instantkaffee hatte sich nicht aufgelöst; die kleinen Körner schwammen wie braunes Treibeis auf dem Wasser. Pembroke versuchte einen kleinen Schluck, spuckte die Brühe aufs Bett und warf den Becher weg. »Pfui Deibel!« Erst dann wurde ihm bewusst, dass ein Mann in hellblauem Overall und Kevlar-Weste vor ihm stand.

»Wer zum Teufel sind Sie? Wo ist meine …«

»Ich brauche Ihren Hubschrauber. Und ich brauche ihn sofort. Hier liegt ein Notfall vor. Sie müssen mich zu dem alten Schlachthaus am Fluss fliegen.«

»Dorthin? Das ist drei gottverdammte Meilen weit weg. Da sind Sie mit dem Auto schneller. Scheiße, Sie können *hinlaufen*! Herr in Hoboken … mein Kopf. Oooooh.«

»Ich brauche einen Hubschrauber. Und ich brauche ihn sofort. Ich bin ermächtigt, Ihnen zu zahlen, was immer Sie verlangen.«

Pembroke sank aufs Bett zurück. Er konnte die Augen nicht offen halten. Budd dachte sich, selbst wenn er es schaffte, mit seinem Hubschrauber zu starten, würde er vermutlich abstürzen und sie beide ins Jenseits befördern.

»Los, mitkommen.« Der Captain zog ihn an seinen Hosenträgern hoch.

»Wann?«

»Jetzt. Sofort.«

»Ich kann nicht fliegen, wenn ich so müde bin.«

»Müde? Natürlich. Was verlangen Sie?«

»Hundertzwanzig pro Stunde.«

»Ich zahle Ihnen fünfhundert.«

»Morgen.« Er wollte sich wieder hinlegen, schloss die Augen und tastete das schmuddelige Bett nach seiner Flasche ab. »Scheren Sie sich zum Teufel.«

»Mister, Augen auf!«

Pembroke riskierte ein Auge.

»Scheiße«, murmelte er, als er in eine schwarze Pistolenmündung sah.

»Sir«, sagte Budd respektvoll nachdrücklich. »Sie stehen jetzt auf, gehen zu Ihrem Hubschrauber und fliegen genau dorthin, wo ich's Ihnen sage. Haben Sie verstanden?«

Ein Nicken.

»Sind Sie nüchtern?«

»Stocknüchtern«, sagte Pembroke. Er hielt die Augen volle zwei Sekunden lang offen, bevor er wieder umkippte.

Melanie saß mit dem Rücken an die Wand gelehnt und streichelte Beverlys schweißnasses blondes Haar, während das arme Mädchen keuchend nach Atem rang.

Die junge Frau beugte sich nach vorn und schaute in den Hauptraum hinaus. Emily stand weinend am Fenster. Brutus drehte sich plötzlich um, starrte Melanie an und forderte sie mit einer Handbewegung auf, zu ihm zu kommen.

Geh nicht hin, ermahnte sie sich. Widersetze dich.

Sie zögerte noch einen Augenblick, dann stand sie auf und ging durch den Schlachtraum auf ihn zu.

Ich gehe, weil ich nicht widerstehen kann.

Ich gehe, weil er will, dass ich komme.

Sie fühlte die Kälte, die ihre Umgebung ausstrahlte und ihren ganzen Körper erfasste: der geflieste Fußboden, die Stahlketten und Fleischhaken, der von der Decke herabstürzende Wasserfall, die feuchten Wände voll Schimmel und altem, altem Blut.

Ich gehe, weil ich Angst habe.

Ich gehe, weil er und ich gerade gemeinsam einen Mann erschossen haben.

Ich gehe, weil ich ihn verstehe…

Brutus zog sie zu sich heran. »Du glaubst, du bist besser als ich, stimmt's? Du hältst dich für einen guten Menschen.« Sie merkte, dass er flüsterte. Flüsternde haben einen anderen Gesichtsausdruck. Sie sehen aus, als erzählten sie einem die reine Wahrheit, aber in Wirklichkeit versuchen sie nur, ihre Lügen überzeugender klingen zu lassen.

*»Warum wir das Klavier verkaufen? Schatz, du weißt doch, was der Arzt gesagt hat. Deine Ohren. Du kannst jetzt noch ein bisschen hören, klar, aber damit ist irgendwann Schluss, denk daran, was sie gesagt haben. Du willst doch nicht etwas anfangen, was du in ein paar Jahren aufgeben müsstest. Wir tun's doch zu deinem Besten.«*

»Hör zu, ich zerschneid ihr in ungefähr drei Minuten das Gesicht, wenn der Hubschrauber nicht kommt. Wenn ich mehr Geiseln hätte, würde ich sie umbringen. Aber ich kann's mir nicht leisten, noch eine zu verlieren. Wenigstens vorläufig nicht.«

Emily stand mit gefalteten Händen da, starrte aus dem Fenster und zitterte, während sie schluchzte.

»Pass auf…« – Brutus' starke Finger umklammerten Melanies Arm –, »wenn du ein guter Mensch wärst, wirklich gut, dann würdest du sagen: ›Nimm mich, nicht sie.‹«

Aufhören!

Er schlug ihr ins Gesicht. »Nein, behalt die Augen offen. Also, wenn du nicht hundertprozentig gut bist, musst du was Böses in dir haben. Irgendwo. Weil du zulässt, dass diese Kleine hier an deiner Stelle leidet. Dabei müsstest du gar nicht sterben. Ich hab nicht vor, sie umzubringen. Ein bisschen Schmerz genügt. Damit die Arschlöcher dort … wissen, dass ich es ernst meine. Du willst nicht ein bisschen Schmerz für deine Freundin aushalten, was? Du … böse. Genau wie ich?«

Sie schüttelte den Kopf.

Er drehte den Kopf zur Seite. Auch Marder sah in die gleiche Richtung. Sie vermutete, dass das Telefon klingelte.

»Lass es klingeln«, forderte er Marder auf. »Ich hab die Quatscherei allmählich satt.« Er fuhr mit dem Daumen prüfend über die Messerschneide. Melanie starrte ihn wie gelähmt an. »Du? Du für sie?« Die Hand mit dem Messer beschrieb liegende Achten in der Luft.

Was hätte Susan an meiner Stelle getan?

Melanie zögerte. Schließlich nickte sie.

»Yeah?«, fragte er mit hochgezogenen Augenbrauen. »Ist das dein Ernst?«

»Zwei Minuten!«, rief Marder.

Melanie nickte, umarmte die schluchzende Emily, legte ihre Stirn an die Wange der Kleinen und schob sie danach sanft vom Fenster weg.

Brutus zog sie an sich und brachte seinen Kopf so dicht an Melanies heran, dass seine Nase nur eine Handbreit von ihrem Ohr entfernt war. Obwohl sie seinen Atem nicht hören konnte, hatte sie den Eindruck, er atme etwas ein – den Geruch ihrer Angst. Ihr Blick blieb starr auf das Messer gerichtet. Der kalte Stahl schwebte über ihrer Haut, berührte ihre Wange, ihre Nase, dann ihre Lippen, ihre Kehle. Melanie fühlte, wie die Messerklinge eine Brust streifte, bevor sie über ihren Bauch glitt.

Sie spürte die Vibrationen seiner Stimme, sah auf und las ihm die Worte von den Lippen ab. »… soll ich dir abschneiden? Deine Titten? Um die wär's nicht schade – du hast keinen Freund, der dich begrapscht, oder? Deine Ohren? He, um die wär's auch nicht schade … Hast du den Film *Reservoir Dogs* gesehen?«

Die Klinge kehrte nach oben zurück, glitt über ihre Wange. »Wie wär's mit den Augen? Taub und blind. Dann wärst du 'ne richtige Missgeburt.«

Zuletzt konnte Melanie es nicht länger ertragen und schloss die Augen. Sie versuchte, sich an die Melodie von »Amazing Grace« zu erinnern, konnte sie aber nirgends in ihrem Gedächtnis finden.

*A Maiden's Grave …*

Nichts, nichts, nur Stille. Musik besteht aus Tönen oder Schwingungen, nicht aus beidem.

Aber für mich aus keinem von beiden.

Nun, dachte sie, tu endlich, was zum Teufel du tun willst, damit ich's hinter mir habe!

Dann stießen seine Hände sie plötzlich grob von sich weg. Melanie riss die Augen auf, während sie über den unebenen Boden davonstolperte. Brutus lachte offenbar. Sie begriff, dass diese kleine Opferszene bloß ein Spiel gewesen war. Er hatte wieder einmal mit ihr gespielt. Jetzt sagte er: »Nö, nö, mit dir hab ich was anderes vor, Mäuschen. Du bist ein Geschenk für meine Pris.«

Er übergab sie Marder, der sie packte und festhielt. Sie wehrte sich, aber sein Griff war wie ein Schraubstock. Brutus zerrte Emily wieder ans Fenster. Die Blicke der beiden Geiseln trafen sich kurz, und Emily faltete betend und schluchzend die Hände.

Brutus klemmte Emilys Kopf unter seinem linken Arm ein und hob die Messerspitze an ihre Augen.

Melanie wand sich vergebens in Marders eisernem Griff.

Brutus sah auf seine Uhr. »Gleich ist's so weit!«

Emily schluchzte; ihre gefalteten Hände zuckten, während sie stumme Stoßgebete sprach.

Brutus packte Emilys Kopf fester. Er holte mit dem Messer eine Handbreit aus und zielte auf die Mitte des geschlossenen rechten Auges.

Marder sah weg.

Dann lief plötzlich ein überraschter Schauder durch seine Arme. Er sah zu der im Dunkel verschwimmenden Decke über ihnen auf. Auch Brutus starrte nach oben.

Und schließlich fühlte Melanie es auch.

Ein gewaltiges Donnergrollen über ihnen, das an einen Wirbel auf Kesselpauken erinnerte. Dann kam es näher und verwandelte sich in das sonore Brummen einer Bassgeige. Unbestimmbare starke Vibrationen, die Melanie auf Gesicht und Armen, an Kehle und Brust spürte.

Musik besteht aus Tönen oder Schwingungen. Aber nicht aus beidem.

Ihr Hubschrauber flog über sie hinweg.

Brutus lehnte sich aus dem Fenster und sah zum Abendhimmel auf. Seine knochigen Finger lösten mit dramatischer Geste die Verriegelung der Klinge und ließen das Messer zuschnappen – laut klickend zuschnappen, vermutete Melanie. Dann lachte er und sagte etwas zu Marder. Was Melanie, wie sie wütend merkte, aus irgendeinem Grund nicht verstehen konnte.

## 21.31 Uhr

»Sie sind ziemlich blass um die Kiemen, Charlie.«

»Dieser Pilot!«, sagte Budd zu Potter, während er die Kommandozentrale betrat. Er war ganz wackelig auf den Beinen. »Mann, ich hab gedacht, wir wären erledigt. Er hat das Feld verpasst, ist mitten auf der Route 346 gelandet und hat beinahe ein Feuerwehrfahrzeug gerammt. Ein tolles Erlebnis! Dann hat er aus dem Fenster gekotzt und ist eingeschlafen. Ich hab alle möglichen Schalter betätigt, bis das Triebwerk gestanden hat. Der Gestank hier drin tut meinem Magen auch nicht gerade gut.« Mit der vorbildlichen Haltung des Captains war es vorbei; er sackte auf einem Stuhl zusammen.

»Sie haben gute Arbeit geleistet, Charlie«, erklärte Potter ihm. »Handy ist mit einer Fristverlängerung einverstanden. Und das Sonderkommando muss jeden Augenblick eintreffen.«

»Was passiert dann?«

»Dann sehen wir weiter«, murmelte Potter.

»Als ich zurückgefahren bin«, sagte Budd und fixierte den Verhandler, »habe ich einen Funkspruch mitbekommen. Dort drinnen wurde geschossen?«

LeBow hörte zu tippen auf. »Handy hat Bonner erschossen«, sagte der Analytiker. »Vermutlich.«

»Handy und Wilcox«, fuhr Potter fort, »haben unsere Strategie offenbar etwas ernster genommen, als ich erwartet hatte – die Sache mit dem Deal, den Bonner für sich ausgehandelt haben sollte. Sie haben geglaubt, er hätte sie verpfiffen.«

»Lässt sich leider nicht ändern«, meinte LeBow nonchalant. »So was kann man nicht vorhersehen.«

»War nicht abzusehen«, sagte Tobe wie ein Cyborg in einem der Science-Fiction-Romane, die er ständig las.

Charlie Budd – der angebliche Bundesanwalt, der Naive von der State Police – war der einzig Ehrliche dieses Quartetts, denn er hielt den Mund. Er sah weiter zu Potter hinüber, bis ihre Blicke sich begegneten. Der Blick des jungen Mannes besagte, ihm sei klar, dass Potter gewusst habe, was passieren würde, als er Budd das Skript gegeben habe; Potter habe es von Anfang an darauf angelegt, Budd das Misstrauen säen zu lassen, das Handy gegen Bonner aufbringen würde.

Aber dieser Blick signalisierte dem Verhandler noch etwas anderes. Er besagte: Oh, ich verstehe, Potter. Du hast mich dazu benützt, einen Mann umzubringen. Okay, das ist nur fair; schließlich hab ich dich bespitzelt. Aber jetzt sind wir quitt. Jeder von uns hat den anderen verraten – und was hat's gebracht? Also schön, wir sind einen Geiselnehmer los, was nur günstig ist. Aber merk dir eins: Ich bin dir nichts mehr schuldig.

Dann klingelte ein Telefon – Budds eigenes Mobiltelefon. Er meldete sich, hörte zu, sagte zwischendurch mehrmals bedeutungsvoll »Hmm!« und drückte auf die Stummtaste.

»He, wie findet ihr das? Ted Franklin, einer meiner Kommandeure, erzählt mir von einer Polizeibeamtin in McPherson, nicht weit von hier. Sie hat Handy vor fünf Jahren bei einem Raubüberfall auf einen Supermarkt mit versuchter Geiselnahme zum Aufgeben überredet. Ted lässt fragen, ob er sie herschicken soll, damit sie uns hilft.«

»Handy hat sich ihr ergeben?«

Budd gab die Frage weiter, hörte kurz zu und sagte dann: »Ja, das hat er. Allerdings ohne Geiseln. Denen ist die Flucht gelungen, und die Sondereinheit stand zum Sturmangriff bereit. Eine ganz andere Lage als hier, schätze ich.«

Potter und LeBow wechselten einen Blick. »Sie soll trotzdem kommen«, entschied der Verhandler. »Ob sie uns tatsächlich helfen kann, ist zweifelhaft, aber ich merke schon, wie Henry beim Gedanken an zusätzliche Informationen das Wasser im Mund zusammenläuft.«

»Allerdings!«

Budd gab diese Nachricht an seinen Kommandeur weiter, und Potter fand den Gedanken an eine weitere Verbündete im Augenblick ermutigend. Er lehnte sich in seinem Stuhl zurück und überlegte laut: »Könnten wir noch eine oder zwei rausholen, bevor das Sonderkommando eintrifft?«

Angie fragte: »Was können wir ihm geben, das er noch nicht verlangt hat? Irgendwas?«

LeBow ließ die Informationen auf seinem Bildschirm ablaufen. »Bisher hat er verlangt: Hubschrauber, Essen, Getränke, Waffen, Kevlar-Westen, Strom …«

»Die klassischen Forderungen«, sagte Angie. »Was jeder Geiselnehmer will.«

»Aber kein Geld«, warf Budd plötzlich ein.

Potter sah stirnrunzelnd zu ihrem Plakat hinüber, wo in der Spalte *Versprechungen* alles festgehalten war, was sie Handy tatsächlich gegeben hatten. »Sie haben recht, Charlie.«

Angie fragte überrascht: »Er hat kein Geld verlangt?«

LeBow überprüfte seine Dateien und bestätigte, dass Handy noch kein einziges Mal von Geld gesprochen hatte. Er fragte den Captain: »Wie sind Sie darauf gekommen?«

»Ich hab's in einem Film gesehen«, sagte Budd.

»Die Geiselnahme ist lediglich ein Mittel zum Zweck«, behauptete LeBow. »Handy ist nicht darauf aus, das große Geld zu machen. Er ist ein Verbrecher auf der Flucht.«

»Das war dieser andere auch«, sagte Budd. Als Potter und LeBow ihn fragend ansahen, wurde der Captain rot und fügte erklärend hinzu: »Im Film, meine ich. Gene Hackman hat ihn gespielt, glaub ich. Oder vielleicht hat er auch Ihre Rolle gespielt, Arthur. Ein guter Schauspieler, dieser Hackman.«

Angie warf ein: »Ich stimme Charlie zu, Henry. Gut, viele kriminelle Geiselnehmer wollen kein Geld, aber Handy scheint einen geldgierigen Zug zu haben. Er wurde hauptsächlich wegen Eigentumsdelikten verurteilt.«

»Versuchen wir also, ein paar freizukaufen«, sagte Potter. »Was haben wir schließlich zu verlieren?« Er wandte sich an Budd. »Können Sie uns Bargeld besorgen?«

»Um diese Zeit?«

»Sofort.«

»Na ja, schon. Die Zentrale hat Geld für kleinere Ausgaben. Vielleicht zweihundert Dollar. Wäre Ihnen damit geholfen?«

»Ich rede von hunderttausend Dollar in kleinen, nicht gekennzeichneten Scheinen. Innerhalb von, sagen wir, zwanzig Minuten.«

»Oh«, sagte Budd. »Dann leider nicht.«

»Ich rufe die Drogenbehörde an«, schlug LeBow vor. »Die müssen in Wichita oder Topeka Geld für Scheinkäufe haben. Das leihen wir uns einfach.« Er nickte Tobe zu, der in einem laminierten Telefonbuch blätterte und eine Nummer eingab. Als LeBow in seine Garnitur zu sprechen begann, klang seine Stimme so gedämpft und dringend wie seine Anschläge auf der Computertastatur.

Potter griff nach seinem Telefonhörer und rief Handy an.

»Hey, Art.«

»Wie geht's, Lou? Schon reisebereit?«

»Und wie! Unsere hübsche warme Blockhütte wartet schon… Oder ein Hotel. Oder 'ne Südseeinsel.«

»Welche denn, Lou? Vielleicht besuch ich Sie mal.«

*Sie haben wirklich Sinn für Humor, Art.*

»Ich mag Cops, die Sinn für Humor haben, Sie alter Mistkerl. Wo ist mein Hubschrauber?«

»Er ist so nahe wie irgend möglich gelandet, Lou. Auf dem Feld gleich hinter den Bäumen. Die Wasserung auf dem Fluss hat wegen der Wellen doch nicht geklappt. Hören Sie, Lou, Sie haben den Hubschrauber gesehen. Er hat sechs Passagierplätze. Ich weiß, dass Sie einen Achtsitzer wollten, aber das ist der größte, den wir auftreiben konnten.« Er hoffte, dass der Mann den Hubschrauber nicht richtig gesehen hatte; mit dem alten Sikorsky hätte man eine halbe Football-Mannschaft transportieren können. »Deshalb habe ich einen Vorschlag für Sie. Ich möchte Ihnen ein paar Geiseln abkaufen.«

»Abkaufen?«

»Richtig. Ich darf bis zu fünfzigtausend Dollar pro Geisel zahlen. Der Platz reicht einfach nicht für euch sechs und den Piloten. Keine Gepäcknetze für Reisetaschen, wissen Sie. Lassen Sie mich Ihnen ein paar abkaufen.«

*Scheiße, Art, ich könnte eine von ihnen erschießen. Dann hätten wir jede Menge Platz.*

Aber er wird dabei lachen.

»He, ich hab 'ne Idee! Statt Ihnen eine zu geben, könnte ich sie erschießen. Dann hätten wir reichlich Platz. Für uns und unsere Reisetaschen.«

Er lachte fast meckernd.

»Aber wenn Sie sie erschießen, Lou, gibt's kein Geld. Das wäre ein Griff ins Klo, wie mein Neffe sagen würde.« Das sagte Potter gutmütig, denn er spürte, dass die Verbindung zwischen ihnen wiederhergestellt war, dass sie solide und belastungsfähig war. Der Verhandler wusste, dass Handy ernstlich über sein Angebot nachdachte.

»Fünfzigtausend?«

»In bar. Kleine, nicht gekennzeichnete Scheine.«

Ein kurzes Zögern. »Okay – aber nur eine. Die anderen behalte ich.«

»Warum nicht zwei? Dann bleiben Ihnen noch immer zwei. Die sollten reichen, finde ich.«

*Zum Teufel, Art! Hundert Riesen für eine. Darunter geht nichts.*

»Nö«, sagte Handy. »Sie kriegen eine. Fünfzigtausend. Das ist unser Deal.«

Potter sah zu Angie hinüber. Sie schüttelte verwirrt den Kopf. Handy hatte nicht einmal versucht, das Kopfgeld in die Höhe zu treiben. Potter wäre bereit gewesen, zum Schein mit ihm zu feilschen und dann hunderttausend Dollar für eine einzige Geisel zu zahlen.

»Also gut, Lou. Einverstanden.«

»Noch was, Art.«

In Handys Tonfall lag etwas, was Potter noch nicht gehört hatte und was ihm Sorgen machte. Er hatte keine Ahnung, was als Nächstes kommen würde. Wo hatte er sich eine Blöße gegeben?

»Ja?«

»Sie müssen mir sagen, welche.«

»Wie meinen Sie das, Lou?«

Wieder das Kichern. »Ganz einfach, Art. Welche wollen Sie kaufen? Sie wissen, wie so was funktioniert, Kumpel. Sie gehen zu ’nem Gebrauchtwagenhändler und sagen, ich nehm diesen Chevy oder diesen Ford. Sie legen Ihr Geld auf den Tisch, Sie treffen Ihre Wahl. Welche wollen Sie also?«

Sein Herz. Dort hatte Potter sich eine Blöße gegeben. In seinem Herzen.

Budd und Angie starrten ihn an.

»Nun, Lou, das…« Potter wusste nicht weiter. Zum ersten Mal an diesem Tag überkam ihn Unsicherheit. Und was noch schlimmer war: Man hörte es ihm an. Das *durfte* nicht passieren. Bei Verhandlungen dieser Art war jedes Zögern verderblich. Ein Geiselnehmer nahm es sofort wahr, und es verlieh ihm Macht, tödliche Macht. Einen Mann wie Handy, der alles zu beherrschen versuchte, konnte schon ein sekundenlanges Zögern in Potters Stimme von der eigenen Unbesiegbarkeit überzeugen.

Während er zögerte, hatte Potter das Gefühl, das Todesurteil aller vier Geiseln zu unterschreiben. »Nun, das ist eine schwierige Frage«, versuchte er zu scherzen.

»Offenbar. Tatsächlich scheinen Sie verdammt durcheinander zu sein.«

»Ich habe nur…«

»Ich will Ihnen helfen, Art. Wir machen 'nen kleinen Spaziergang über den Standplatz für Gebrauchtgeiseln, okay? Da hätten wir als Erstes die Älteste – diese Lehrerin. Nun, die hat ziemlich viele Meilen auf dem Tacho. Reichlich abgenützt. Ein Klapperkasten, 'ne Zitrone. Daran ist Bonner schuld. Er hat sie ziemlich rangenommen, kann ich Ihnen sagen. Der Kühler leckt noch immer.«

»Mein Gott«, murmelte Budd.

»Dieser Scheißkerl!«, sagte Angie aufgebracht.

Potter starrte unverwandt zu den leeren Fensterhöhlen des Schlachthauses hinüber. Und dachte verzweifelt: Nein! Tu mir das nicht an! Nein!

»Dann kommt die Hübsche. Die Blondine. Melanie.«

Woher weiß er ihren Namen?, fragte Potter sich grundlos verärgert. Hat sie ihm gesagt, wie sie heißt? Redet sie mit ihm?

Hat sie sich in ihn verknallt?

»Ich hab sie selbst ins Herz geschlossen. Aber wenn Sie sie wollen, gehört sie Ihnen. Dann haben wir die kleine Blonde, die keine Luft kriegt. Oh, und zuletzt noch die hübsche Kleine in dem Blümchenkleid, die vorhin fast Miss Einauge geworden wäre. Suchen Sie sich eine aus.«

Potter merkte, dass er zu Melanies Bild aufsah. Nein, lass das!, befahl er sich. Er wandte den Blick ab. Und jetzt denk nach! Wer ist am meisten gefährdet?

Wer gefährdet sein Bestreben, alles unter Kontrolle zu haben, am meisten?

Die ältere Lehrerin? Nein, keineswegs. Emily, das kleine Mädchen von vorhin? Nein, zu schwach, zu feminin und zu jung. Beverly? Ihre Krankheit könnte Handy, wie Budd festgestellt hatte, auf die Nerven gehen.

Und was war mit Melanie? Handys Äußerung, er habe sie ins Herz geschlossen, schien das Entstehen eines Stockholm-Syndroms zu suggerieren. Würde es ausreichen, um ihn daran zu hindern, sie zu ermorden? Vermutlich nicht. Aber sie war älter. Wie konnte er eine Erwachsene verlangen, solange noch Kinder in Geiselhaft waren?

Melanie, rief Potters Herz hilflos aus, ich will dich retten! Und zugleich brannte sein Herz vor Zorn, weil Handy ihm diese Entscheidung aufgebürdet hatte.

Er öffnete den Mund; er brachte kein Wort heraus.

Budd runzelte die Stirn. »Wir haben nicht mehr viel Zeit. Wenn wir uns nicht sofort entscheiden, macht er einen Rückzieher.«

LeBow berührte Potters Arm. Er flüsterte: »Sei unbesorgt, Arthur. Du kannst wählen, wen du willst. Das spielt keine wirkliche Rolle.«

Aber das stimmte nicht. Bei einer Blockade war *jede* Entscheidung wichtig. Potter merkte, dass er wieder Melanies Bild anstarrte. Blondes Haar, große Augen.

*Vorsicht! Gefahr!*

Potter setzte sich auf. »Beverly«, sagte er plötzlich ins Telefon. »Das Mädchen mit Asthma.« Er schloss die Augen.

»Hmmm. Eine gute Wahl, Art. Ihr Keuchen geht mir auf die Nerven. Ich hab schon daran gedacht, sie einfach deswegen umzulegen, weil sie so rumächzt. Okay, sobald Sie das Geld haben, schick' ich sie raus.«

*Klick.*

Einen langen Augenblick sagte niemand ein Wort. »Ich hasse dieses Geräusch«, murmelte Frances schließlich. »Ich möchte nie wieder hören, wie jemand auflegt.«

Potter lehnte sich zurück. LeBow und Tobe starrten ihn an. Er drehte sich langsam zum Fenster um und starrte hinaus.

Melanie, verzeih mir.

»Hallo, Arthur. Scheint schlimm zu sein, wie man hört.«

Frank D'Angelo war ein hagerer, schnauzbärtiger Mann, still wie ein Teich im Sommer. Als Leiter des FBI-Sonderkommandos für Geiselbefreiungen hatte er schon bei fünfzig bis sechzig von Potters Verhandlungen die gewaltsame Befreiung befehligt. Die taktischen Agenten – die man von den Blockaden in Florida und Seattle abgezogen hatte – waren eben eingetroffen und versammelten sich in der Senke hinter der Kommandozentrale.

»Wir haben einen langen Tag hinter uns, Frank.«

»Er hat eine Benzinbombe installiert?«

»Sieht so aus. Ich tendiere dazu, ihn an der kurzen Leine rauszulassen und dann zu verhaften oder auszuschalten. Aber das ist deine Spezialität.«

D'Angelo fragte: »Wie viele Geiseln hat er noch?«

»Vier«, antwortete Potter. »Eine weitere holen wir in ungefähr zehn Minuten raus.«

»Willst du ihn auffordern, sich zu ergeben?«

Das Endziel aller Verhandlungen ist es, die Geiselnehmer

zum Aufgeben zu überreden. Fordert man sie jedoch dazu auf, unmittelbar bevor sie einen Hubschrauber oder ein sonstiges Transportmittel bekommen, könnten sie vernünftigerweise annehmen, die Aufforderung, sich zu ergeben, sei ein verkapptes Ultimatum, weil man vorhabe, sie alle umzulegen. Befiehlt man andererseits einfach einen Angriff, gibt es höchstwahrscheinlich Verluste; danach muss man sich für den Rest seines Lebens fragen, ob es nicht doch möglich gewesen wäre, die Geiselnehmer gewaltlos zum Aufgeben zu überreden.

Dazu kommt der Judas-Faktor – der Verrat. Potter versprach Handy etwas und lieferte etwas ganz anderes. Möglicherweise – wahrscheinlich – den Tod des Mannes. Gewiss, Handy war ein gemeiner Schwerverbrecher, aber trotzdem waren der Verhandler und er irgendwie Partner, und Potter würde sehr lange brauchen, um über seinen Verrat an Handy hinwegzukommen.

»Nein«, sagte der Agent langsam, »ich habe nicht vor, ihn aufzufordern, sich zu ergeben. Handy würde das als Ultimatum verstehen und sich ausrechnen, dass wir einen Sturmangriff planen. Dann bekommen wir ihn dort nie raus.«

»Was ist hier passiert?« D'Angelo zeigte auf die verbrannten Teile der Kommandozentrale.

»Erzähl' ich dir später«, wehrte Potter ab.

Drinnen begutachtete D'Angelo gemeinsam mit Potter, LeBow und Budd die Baupläne des Schlachthauses, detaillierte Karten der näheren Umgebung und die SatSurv-Aufnahmen. »In diesem Raum hier sind die Geiseln«, erläuterte Potter. »Soweit wir wissen, ist die Benzinbombe noch installiert.«

LeBow suchte die Beschreibung des Sprengsatzes heraus und las sie laut vor.

»Und ihr traut euch zu, eine weitere Geisel rauszuholen?«, fragte der taktische Agent.

»Wir kaufen sie mit fünfzigtausend frei.«

»Das Mädchen müsste uns sagen können, ob die Bombe noch installiert ist«, meinte D'Angelo.

»Das spielt keine Rolle, denke ich«, sagte Potter und sah zu Angie hinüber, die zustimmend nickte. »Ob mit Bombe oder ohne ... Handy ist entschlossen, die Geiseln zu ermorden. Hat er auch nur zwei, drei Sekunden Zeit, erschießt er sie oder wirft eine Handgranate rein.«

»Handgranate?« D'Angelo runzelte die Stirn. »Habt ihr eine Liste seiner Waffen?«

LeBow hatte sie schon ausgedruckt. Der Kommandeur las sie durch.

»Er hat eine MP-5? Mit Zielfernrohr und Schalldämpfer?« Er schüttelte besorgt den Kopf.

In diesem Augenblick wurde an die Außenwand der Kommandozentrale geklopft, und ein junger Sonderkommando-Agent erschien an der Tür. »Sir, die erste Erkundung ist abgeschlossen.«

»Bitte weiter.« D'Angelo nickte zu dem Gebäudeplan an der Wand hinüber.

»Diese Holztür hier ist mit einer Stahlplatte verkleidet. Dort scheinen bereits Sprengladungen angebracht zu sein.«

D'Angelo sah fragend zu Potter hinüber.

»Ein paar übereifrige Trooper. So ist er zu der Heckler & Koch gekommen.«

D'Angelo nickte wortlos und strich sich seinen buschigen Schnauzbart.

Der Agent berichtete weiter: »Diese Tür auf der Südseite besteht aus viel dünnerem Holz. Auf der Rückseite des Gebäudes führt ein Stahltor zum Fluss und zu einer ehemaligen Anlegestelle hinaus. Das Tor steht gerade so weit offen, dass eine Tunnelratte durchschlüpfen kann – wenn sie die Ausrüstung ablegt. Das wäre was für unsere kleineren Jungs. Die Stahltür daneben ist fest zugerostet.

An dieser Stelle mündet ein Abflussrohr, sechzig Zentimeter Durchmesser, das mit einem Stahlgitter gesichert ist. Die Fenster im ersten Stock sind alle mit Metallstangen verbarrikadiert. Diese drei hier sind vom Standort der GN aus nicht zu sehen. Das ganze Flachdach ist mit Baustahlmatten armiert; der Lastenaufzug ist unbeweglich, und die Stahltür zum Treppenhaus scheint von innen verriegelt zu sein. Nehmen wir diesen Weg, brauchen wir schätzungsweise zwanzig bis dreißig Sekunden, um die GN zu erreichen.«

»Ziemlich lange.«

»Ja, Sir. Lassen wir vier Mann, die Feuerschutz durch eins der Fenster bekommen, durch die beiden Türen stürmen und zwei Mann vom Fluss her eindringen, sind meiner Schätzung nach acht bis zwölf Sekunden realistisch.«

»Danke, Tommy«, sagte D'Angelo zu seinem Agenten. Potter erklärte er: »Nicht schlecht – wenn die Benzinbombe nicht wäre.« Er fragte Potter: »Wie nahe steht er den Geiseln inzwischen?«

»Fast gar nicht«, warf Angie ein. »Er behauptet, Leute um so eher umbringen zu wollen, je besser er sie kennt.«

D'Angelo strich sich erneut seinen Schnurrbart. »Sind sie gute Schützen?«

Potter antwortete: »Sie bleiben auch unter Beschuss recht cool, will ich mal sagen.«

»Das ist besser, als ein guter Schütze zu sein.«

»Und sie haben Cops ermordet«, stellte Budd fest.

»Bei Schießereien und in Form einer Hinrichtung«, ergänzte Potter.

»Okay«, sagte D'Angelo langsam, »ein Angriff kommt nicht infrage, glaube ich. Wegen der Benzinbombe und der Handgranaten wäre das Risiko zu groß. Und auch wegen seiner Gewaltbereitschaft.«

»Lassen wir ihn zum Hubschrauber rübergehen?«, fragte Potter. »Der steht hier.« Er tippte mit dem Zeigefinger auf die Karte.

D'Angelo sah sich die Stelle an und nickte. »Müsste klappen. Wir ziehen unsere Leute außer Sichtweite zurück, lassen die GN mit den Geiseln durch das Wäldchen hier gehen.«

Angie warf ein: »Glaubst du nicht auch, Arthur, dass Handy sich den Weg selbst aussuchen wird?«

»Du hast recht. Darauf wird er bestehen. Und er wird vermutlich nicht den direktesten wählen.«

D'Angelo und Potter legten vier wahrscheinliche Routen für den Weg vom Schlachthaus zum Hubschrauber fest. LeBow zeichnete sie in die Karte ein. D'Angelo sagte: »Die Scharfschützen postiere ich hier, hier und hier in den Bäumen. Die übrigen Männer liegen entlang der vier Routen getarnt in Stellung. Sobald die Geiselnehmer auftauchen, nehmen die Scharfschützen sie ins Visier. Dann machen wir die gesamte Gruppe mit Blendgranaten kampfunfähig. Die Agenten entlang der Route springen auf, packen die Geiseln und reißen sie mit sich zu Boden. Sollten die GN schießen wollen, setzen die Scharfschützen sie außer Gefecht. Na, was hältst du davon?«

Potter starrte die Umgebungskarte an.

Einige Sekunden verstrichen.

»Arthur?«

»Ja, das klingt gut, Frank. Sehr gut.«

D'Angelo ging hinaus, um seine Leute einzuweisen.

Potter warf einen Blick auf Melanies Bild. Dann setzte er sich wieder und starrte aus dem Fenster.

»Die Warterei ist das Schlimmste, Charlie. Schlimmer als alles andere.«

»Ja, das sehe ich.«

»Und dabei geht hier alles verdammt schnell«, sagte

Tobe, ohne seine Bildschirme und Instrumente aus den Augen zu lassen. »Die Blockade besteht erst seit ungefähr elf Stunden. Das ist nichts.«

Plötzlich kam jemand so schnell durch die offene Tür der Kommandozentrale hereingestürmt, dass alle Polizeibeamten außer Potter nach ihren Waffen griffen.

Roland Marks baute sich vor dem Tisch auf. »Agent Potter«, sagte er kalt. »Stimmt es, dass Sie ihn ausschalten wollen?«

Potter blickte an ihm vorbei auf einen Baum, der sich im Wind bog. Die Windstärke hatte beachtlich zugenommen. Das würde seine Lüge untermauern, der Hubschrauber habe wegen hoher Wellen nicht auf dem Fluss wassern können.

»Ja, das haben wir vor.«

»Nun, ich habe gerade mit Agent D'Angelo gesprochen. Ihr Kollege hat mir eine höchst beunruhigende Mitteilung gemacht.«

Potter wollte seinen Ohren nicht trauen. Innerhalb weniger Stunden hatte Marks zweimal seine Verhandlungen mit den Geiselnehmern sabotiert und wäre dabei um ein Haar erschossen worden. Und jetzt befand er sich schon wieder in der Offensive. Der Agent war dicht davor, ihn zu verhaften, nur um sich diesen umtriebigen Macher vom Hals zu schaffen.

Potter zog die Augenbrauen hoch.

»Er hat gesagt, die Chancen stehen fifty-fifty, dass eine der Geiseln dabei umkommt.«

Potter hatte die Chancen auf sechzig zu vierzig zugunsten der Geiseln eingeschätzt. Aber Marian hatte ihm immer vorgeworfen, er sei ein unverbesserlicher Optimist. Der Agent erhob sich langsam, trat durch die verbrannte Tür ins Freie und machte dem stellvertretenden Generalstaatsanwalt ein Zeichen, ihm zu folgen. Er zog eine kleine Kassette aus der Sakkotasche, hielt sie wortlos hoch und steckte sie dann wieder ein. Marks' Blick flackerte kurz.

»Wollten Sie sonst noch was sagen?«, fragte Potter.

Marks' Gesichtsausdruck wurde plötzlich nachgiebig – aber nur für einen Augenblick, als hätte er gemerkt, dass er beinahe eine Entschuldigung formuliert hätte, und sich beeilt, sie wieder hinunterzuschlucken. »Ich will nicht, dass diesen Mädchen etwas passiert«, sagte er.

»Ich auch nicht.«

»Um Himmels willen, setzen Sie ihn in einen Hubschrauber, damit er die Geiseln freilässt. Sowie er gelandet ist, können die Kanadier wie die sprichwörtlichen Assyrer über ihn herfallen.«

»Oh, aber er hat nicht vor, nach Kanada zu fliegen«, sagte Potter ungeduldig.

»Ich dachte... Aber diese Sonderfreigabe, die Ihre Jungs für ihn besorgt haben...«

»Davon glaubt Handy kein Wort. Und selbst wenn er's täte, wüsste er, dass wir an Bord einen zweiten Transponder verstecken würden. Er hat vor, geradewegs ins Bush-Stadion zu fliegen. Oder sonst wohin, wo heute Abend ein großes Spiel stattfindet, wie er aus dem Fernsehen weiß.«

»Was?«

»Oder vielleicht zu einem Parkplatz der University of Missouri, wenn die Abendvorlesungen zu Ende sind. Oder zum McCormick Place. Er will irgendwo landen, wo viele Menschen versammelt sind. Das dürfen wir auf keinen Fall zulassen. Dabei könnte es Dutzende von Toten geben.«

In Marks' Blick dämmerte Begreifen. Ob er all die Menschenleben – und damit auch seine Karriere – in Gefahr sah oder vielleicht die hoffnungslose Behinderung seiner eigenen Tochter vor Augen hatte, blieb dabei offen. Jedenfalls nickte er. »Natürlich. Klar, er ist der Typ, dem genau das zuzutrauen wäre. Sie haben recht.«

Potter zog es vor, dieses Eingeständnis als Entschuldigung zu werten und die Sache auf sich beruhen zu lassen.

Tobe steckte den Kopf ins Freie. »Arthur, ich habe einen Anruf bekommen. Von der Kriminalbeamtin, von der Charlie uns erzählt hat. Sharon Foster. Sie ist am Apparat.«

Potter hegte gewisse Zweifel, ob Foster ihnen würde helfen können. Welche Auswirkungen die Einbeziehung einer neuen Verhandlerin haben würde, ließ sich kaum vorhersagen. Andererseits hatte Potter sich überlegt, dass ihr Geschlecht nützlich sein könnte. Er hatte den Eindruck, dass Handy sich von Männern bedroht fühlte – allein die Tatsache, dass er sich mit zehn weiblichen Geiseln verbarrikadiert hatte, legte den Schluss nahe, dass er einer Frau zuhören würde, ohne gleich in die Defensive zu gehen.

In der Kommandozentrale lehnte Potter sich an die Wand neben der Tür, während er telefonierte. »Detective Foster? Hier ist Arthur Potter. Wann können Sie hier sein?«

Die Polizeibeamtin meldete, sie sei mit Blinklicht und Sirene unterwegs und werde gegen zweiundzwanzig Uhr dreißig am Tatort eintreffen. Obwohl sie vermutlich über hundert Meilen in der Stunde fuhr, klang ihre junge Stimme nüchtern und bemerkenswert gelassen.

»Gut, ich erwarte Sie«, bestätigte Potter etwas barsch und legte auf.

»Alles Gute«, sagte Marks. Er zögerte, als läge ihm noch etwas anderes auf der Zunge. Aber er begnügte sich mit »Gott beschütze diese Mädchen!« und verließ das Fahrzeug.

»Die Kollegen von der Drogenbehörde sind unterwegs«, meldete Tobe. »Sie bringen das Geld mit. Sie kommen mit einem beschlagnahmten Turbinenhubschrauber. Die kriegen immer die besten Spielsachen, diese Ärsche.«

»Hey«, sagte Budd, »die bringen hunderttausend Dollar mit, stimmt's?«

Potter nickte.

»Wo bewahren wir die fünfzigtausend auf, die Handy nicht bekommt? Das ist ein Haufen Geld, den wir irgendwo verwahren müssen.«

Potter legte einen Finger an die Lippen. »Den Rest teilen wir uns, Charlie, Sie und ich.«

Budd starrte ihn entgeistert an.

Potter blinzelte ihm zu.

Der Captain lachte so laut wie Angie und Frances.

Tobe und LeBow lachten nicht mit. Sie kannten Arthur Potter gut genug, um zu wissen, dass er selten Witze machte. Im Allgemeinen tat er das nur, wenn er wirklich nervös war.

# 22.01 Uhr

Im Schlachtraum war es jetzt kalt wie in einem Kühlschrank.

Emily und Beverly drängten sich gegen Melanie, während sie zu dritt Mrs. Harstrawn beobachteten, die drei Meter von ihnen entfernt lag: Sie hatte die Augen offen und atmete, aber ansonsten wirkte sie so tot wie Bär, der noch immer den Durchgang zum Hauptraum blockierte und von dessen Leiche drei dünne lange Finger aus Blut langsam nach ihnen zu greifen schienen.

Beverly, die keuchend Luft in ihre Lunge saugte, als könnte jeder Atemzug ihr letzter sein, musste immer wieder diese dünnen Blutrinnsale anstarren.

Draußen im Hauptraum ging irgendetwas vor sich. Melanie konnte es nicht genau erkennen, aber sie hatte den Eindruck, Brutus und Marder packten zusammen – Waffen und Munition und den kleinen Fernseher. Sie gingen durch den großen Raum und sahen sich überall um. Weshalb? Man hätte glauben können, sie nähmen sentimental Abschied.

Vielleicht wollten sie aufgeben…

Aber dann sagte Melanie sich: Ausgeschlossen! Sie besteigen ihren Hubschrauber, schleppen uns mit und entkommen. Wir werden diesen Albtraum wieder und wieder und wieder erleben. Bloß an anderen Orten. Dort wird's weitere Geiseln, weitere Tote geben. Und weitere dunkle Räume.

Sie merkte, dass sie wieder mit ihren Haaren spielte, die mittlerweile feucht und klebrig waren, und unbehaglich eine lange Strähne um ihren Finger wickelte. Kein »Leuchten« mehr. Kein Licht. Keine Hoffnung. Sie ließ den Kopf hängen.

Brutus kam herein, blieb mit gespreizten Beinen über Mrs. Harstrawn stehen und blickte auf ihre gerunzelte Stirn herab. Auf seinem Gesicht stand das schwache Lächeln, das Melanie deuten und hassen gelernt hatte. Dann packte er Beverlys Hand und zog sie mit sich hinaus.

»Sie darf jetzt heim. Nach Hause.« Brutus schob sie in den Hauptraum hinaus. Er drehte sich um, zog ein Messer aus der Tasche, ließ es aufschnappen und zerschnitt den Draht, der zu der mit Benzin gefüllten Wanne führte. Mit dem Draht fesselte er Melanie die Hände auf dem Rücken und die Beine an den Knöcheln. Auch Emily wurde so gefesselt.

Brutus lachte. »Mit gefesselten Händen seid ihr gleich auch geknebelt. Wie findet ihr das?«

Dann ging er hinaus und ließ die drei letzten Geiseln allein zurück.

Also gut, dachte Melanie. Die Zwillinge haben's geschafft; wir können es auch. Sie würden einen Weg aus dem Schlachthaus finden, indem sie dem Geruch des Flusses folgten. Melanie drehte sich zu Emily um und hielt ihr ihre gefesselten Hände hin. Die Kleine verstand sofort und bemühte sich, die Knoten zu lösen. Aber sie schaffte es nicht; Emily bewunderte zwar lange Fingernägel, hatte aber selbst keine.

Los, gib dir mehr Mühe!

Melanie fuhr zusammen, als Emilys Fingernägel sich plötzlich tief in ihre Handgelenke bohrten. Sie schrak zurück, als die Hände des kleinen Mädchens noch einmal verzweifelt an ihren Fingern zogen, bevor sie plötzlich verschwanden. Jemand hielt die Kleine gepackt, zerrte sie von ihr weg!

Was ist passiert?

Melanie drehte sich stirnrunzelnd um.

Bär!

Sein blutverschmiertes Gesicht war vor Wut verzerrt, als er Emily gegen die Wand stieß. Sie blieb benommen liegen. Melanie öffnete den Mund, um zu schreien, aber Bär stürzte sich auf sie und stopfte ihr einen schmutzigen Lappen zwischen die Zähne, während seine blutige Hand ihre Schulter umklammerte.

Melanie fiel nach hinten. Bärs breites Gesicht senkte sich auf ihre Brust und küsste sie – feucht und blutig. Sie spürte die Feuchtigkeit durch ihre Bluse hindurch. Sein trüber Blick glitt über ihren Körper, während sie den Lappen auszuspucken versuchte. Bär zog ein Messer aus der Tasche. Er öffnete es mit den Zähnen und einer blutigen Hand.

Sie versuchte, sich unter ihm herauszuwinden, aber er umklammerte ihre Brust. Er wälzte sich von ihr herunter und richtete sich auf einem Ellbogen auf. Sie wollte nach ihm treten, aber sie konnte ihre gefesselten Füße nur eine Handbreit heben. Blut, das sich seit einer Stunde in seiner Hose angesammelt hatte, quoll in breitem Strom heraus und bedeckte ihre Beine mit einer kalten, dickflüssigen Masse.

Melanie schluchzte vor Entsetzen. Sie versuchte ihn wegzustoßen, aber Bär hielt den dünnen Stoff über ihren Brüsten mit verzweifelter Kraft umklammert. Er schob ein Bein über ihre Waden und nagelte sie damit auf dem Fußboden fest, während sich ein weiterer Blutschwall über sie ergoss.

Helft mir, bitte. Irgendjemand. De l'Épée …

Irgendjemand! Bitte …

Nein, nein … Sie zitterte vor Entsetzen. Nur das nicht. Bitte nicht.

Mit dem Messer in der Hand schob er ihren Rock nach oben bis über die Taille. Dann riss er ihre schwarze Strumpfhose mit einem Ruck herunter. Sein Messer schob sich den Schenkel entlang auf ihren rosa Baumwollslip zu.

Nein! Ihr Kopf dröhnte, während sie sich bemühte, Bär mit aller Kraft von sich wegzustemmen. Sein massiger Leib lastete schwer auf ihr und ließ dickflüssiges Blut auf ihre Beine tropfen. Die Messerklinge berührte ihren Schamhügel und zerschnitt eine Naht ihres Slips. Sie spürte den kalten Stahl auf ihrer Haut und erschauerte vor dieser Berührung.

Auf seinem blutigen Gesicht lag ein schreckliches Grinsen. Als er Melanie anstarrte, war sein Blick eiskalt. Dann schlitzte der Stahl eine weitere Naht auf. Ihr Slip fiel zur Seite.

Sie merkte, dass ihr schwarz vor den Augen zu werden drohte. Nicht in Ohnmacht fallen! Nicht auch noch blind werden!

Durch sein Gewicht auf dem Boden festgenagelt. Vor Angst förmlich gelähmt, weil die Messerspitze nur wenige Zentimeter über ihrer rosa Scheide, dem spärlichen Haar, der blassen Haut schwebte.

Bär tastete mit der freien Hand nach seinem Reißverschluss und öffnete ihn. Er hustete und spuckte Blut, das ihr auf Hals und Brust spritzte. Als er in seine Hose griff, sank die Hand mit dem Messer nach unten. Der kalte Stahl glitt zwischen ihre Beine. Sie stöhnte und wäre dabei fast an dem Knebel erstickt.

Dann hob er das Messer wieder, während er sein riesiges, glänzendes Glied aus der Hose holte. Sie versuchte erneut, sich unter ihm herauszuwinden, aber er ließ sein Glied los, packte sie wieder an der Brust und hielt sie fest.

Er rieb sich langsam an ihrem Bein. Von seinem zuckenden Glied tropfte Blut, das über ihren nackten Oberschenkel lief. Er drängte sich einmal, zweimal gegen ihre Haut, dann verlagerte er sein Gewicht, um höher hinaufzurutschen.

Und dann …

Dann …

Nichts.

Melanies Atem ging schneller, als sie je für möglich gehalten hätte, und sie zitterte am ganzen Leib. Bär war zur Unbeweglichkeit erstarrt. Seine Augen waren kaum eine Handbreit von ihren entfernt, eine Hand umfasste ihre Brust, die andere hielt das Messer umklammert, dessen Spitze nur wenige Millimeter über ihrer Haut schwebte.

Sie schaffte es endlich, den Lappen auszuspucken, und roch seinen fauligen Gestank, in den sich starker kupfriger Blutgeruch mischte. Dann atmete sie tief durch.

Sie spürte, wie der kalte Stahl einmal, zweimal gegen ihre Haut zuckte und dann verharrte.

Sie brauchte mindestens eine Minute, um zu begreifen, dass er tot war.

Melanie kämpfte gegen einen starken Brechreiz an, der nur langsam abklang. Ihre Beine waren abgestorben; sein Körpergewicht hatte die Blutzirkulation unterbrochen. Sie stemmte die gefesselten Hände gegen den Betonboden und stieß sich von ihm ab. Das erforderte eine gewaltige Anstrengung. Aber das viele Blut machte den Boden so glitschig, dass sie ein Stück weit unter Bär hervorkam. Noch einmal! Und noch einmal. Wenig später hatte sie es geschafft, sich unter ihm herauszuwinden. Nur die Füße steckten noch unter seinen Beinen.

Noch einmal … Ihre Füße rutschten heraus und lagen vor Bärs Messer, dessen Spitze jetzt auf dem Betonboden ruhte. Sie spannte die Bauchmuskeln an, hob ihre Füße und machte sich daran, den Draht, mit dem sie gefesselt waren, an der Stahlklinge zu zersägen.

Sie sah zum Durchgang in den Hauptraum hinüber. Brutus und Marder waren nirgends zu sehen. Ihre Bauchmuskeln verkrampften sich schmerzhaft, während sie den Draht zersägte.

Endlich … Nach einem letzten Ruck zerriss der Draht. Melanie kam schwankend auf die Beine. Sie trat gegen Bärs linke Hand, versetzte ihr einen zweiten Tritt. Das Messer fiel zu Boden. Sie schob es mit dem Fuß zu Emily hinüber und nickte ihr zu, das Messer aufzuheben. Die Kleine hockte weinend auf dem Fußboden. Sie starrte das in einer Blutlache liegende Messer an und schüttelte angewidert den Kopf. Aber Melanie nickte befehlend. Emily schloss die Augen, drehte sich um und tastete in der glitschigen roten Lache nach dem Messer. Sie bekam es schließlich zu fassen, fuhr zusammen und hielt die Klinge senkrecht. Melanie setzte sich mit dem Rücken zu Emily auf den Boden und machte sich daran, nun auch den Draht um ihre Handgelenke zu zersägen. Nach wenigen Minuten spürte sie, wie er nachgab. Sie griff nach dem Messer und zerschnitt auch Emilys Fesseln.

Melanie schlich zum Durchgang. Brutus und Marder lehnten an einem Fenster neben dem Eingang und sahen nach draußen. Beverly stand in der Nähe der offenen Tür, und Melanie sah einen Trooper mit einem Aktenkoffer in der Hand auf das Schlachthaus zukommen. Offenbar sollte das Mädchen gegen irgendetwas ausgetauscht werden. Mit etwas Glück würden die Männer damit einige Minuten lang beschäftigt sein – lange genug, damit Melanie und die beiden anderen nach hinten hinaus flüchten konnten.

Melanie beugte sich über Mrs. Harstrawn, die jetzt in

einer großen Lache von Bärs Blut lag. Die Frau starrte blicklos zur Decke auf.

»Kommen Sie«, signalisierte Melanie ihr. »Sie müssen aufstehen.«

Die Lehrerin reagierte nicht.

»Sofort!«, bedeutete Melanie ihr nachdrücklich.

Die Antwort der Frau bestand aus Gebärden, die Melanie noch nie gesehen hatte. »Tötet mich.«

»Aufstehen!«

»Kann nicht. Geht allein.«

»Los!« Melanies Hände zerteilten energisch die Luft. *»Wir dürfen keine Zeit verlieren!«* Sie schlug Mrs. Harstrawn ins Gesicht und wollte sie hochziehen, aber die Lehrerin sank sofort wieder zurück.

Melanie verzog angewidert das Gesicht. »Mitkommen! Sonst lasse ich Sie hier!«

Die Frau schüttelte den Kopf und schloss die Augen. Melanie steckte das aufgeklappte Messer in ihre Rocktasche, fasste Emily an der Hand und zog sie mit sich aus dem Schlachtraum. Sie erreichten den Durchgang zu den hinteren Räumen und verschwanden in den düsteren Korridoren. Hier war der Fluss ganz deutlich zu riechen.

Lou Handy begutachtete das Lösegeld – für fünfzigtausend Dollar ein erstaunlich kleiner Stapel – und sagte: »Darauf hätten wir früher kommen sollen. Geld kann man nie genug haben.«

Wilcox starrte aus dem Fenster. »Wie viele Scharfschützen haben sie wohl dort draußen?«

»Hmmm… mal sehen… ungefähr hundert. Und seitdem wir diesen Trooper umgelegt haben, sind bestimmt ein paar dabei, die uns gern erschießen und hinterher behaupten würden, sie hätten keinen Befehl gehört, das Feuer einzustellen.«

»Ich hab mir immer gedacht, dass du ein guter Scharfschütze wärst, Lou.«

»Ich? Nö, dazu fehlt mir die Geduld, verstehst du. Beim Militär hab ich ein paar dieser Jungs gekannt. Weißt du, was ein Scharfschütze die meiste Zeit macht? Er liegt unbeweglich auf dem Bauch, manchmal tagelang, bis er endlich zum Schuss kommt. Nicht mal rühren darf er sich in dieser Zeit. Was soll daran Spaß machen?«

Handy dachte an seine Militärzeit zurück. Nachträglich erschien sie ihm leichter und zugleich schwerer als das Leben auf der Flucht. Eigentlich war sie so ähnlich wie das Gefängnisleben gewesen.

»Aber das Schießen würde Spaß machen.«

»Klar, wenn du … Verdammt, was ist das?«

Er hatte zum hinteren Teil des Schlachthauses gesehen und blutige Spuren entdeckt, die aus dem Raum hinausführten, in dem die Mädchen gewesen waren.

»Scheiße!«, knurrte Wilcox.

Lou Handy war ein Mann, der nach eigener Überzeugung von positiven Kräften motiviert wurde. Er verlor nur sehr selten die Beherrschung, und obwohl er gewiss vor keinem Mord zurückschreckte, mordete er im Allgemeinen aus Zweckdienlichkeit, kaum jemals im Zorn.

Dennoch kam es vor – wenn auch selten –, dass blinder Zorn aus seiner Seele aufstieg und ihn zum grausamsten Menschen der Welt werden ließ. Unbeherrschbar grausam.

»Dieses Miststück«, flüsterte er krächzend. »Dieses gottverdammte Miststück!«

Sie rannten zu dem Durchgang, wo die blutigen Spuren verschwanden.

Handy wandte sich an Wilcox. »Bleib hier«, sagte er.

»Lou …«

»Verdammt, bleib hier!«, brüllte Handy. »Der besorg ich's, wie ich's ihr schon längst hätte besorgen sollen.« Er stürzte sich in die dunklen Tiefen des Schlachthauses. Seine herabhängende rechte Hand hielt das Klappmesser mit der Spitze nach oben, wie er es gelernt hatte. Nicht beim Militär, sondern auf den Straßen von Minneapolis.

# 22.27 Uhr

Die menschliche Sehkraft ist ein Wunder und von unseren fünf Sinnen der wichtigste. Aber unser Gehör liefert uns ebenso viele Informationen wie unser Sehvermögen.

Beim Anblick eines Flusses wissen wir, was wir von ihm zu halten haben, aber auch das Geräusch eines Wasserlaufs kann seine Eigenschaften verraten: still oder tödlich oder selbst sterbend. Melanie Charrol, die nicht hören konnte, hatte gelernt, sich auf ihren Geruchssinn zu verlassen. Stromschnellen waren luftig und elektrisch. Stille Gewässer rochen abgestanden. Und der Arkansas River roch gefährlich – stechend und tief und verwesend, als wäre er das Grab vieler in seinen Tiefen lebender Wassertiere.

Trotzdem schien er zu sagen: Kommt zu mir, kommt zu mir, ich bin euer Weg in die Freiheit.

Melanie folgte seinem Ruf mit untrüglichem Instinkt. Sie führte das kleine Mädchen in dem hoffnungslos ruinierten Laura-Ashley-Kleid durch das Labyrinth des ehemaligen Schlachthauses. Die Eichenbohlen waren an vielen Stellen verfault, aber die nackten Glühbirnen in den vorderen Räumen brannten doch so hell, dass selbst in diese hinteren Räume noch ein schwacher Lichtschein drang, der ihren Weg beleuchtete. Melanie blieb einige Male stehen, hob den Kopf und sog prüfend die Luft ein, um sich davon zu überzeugen, dass sie weiter in Richtung Fluss unterwegs waren. Wenn ihre Angst zu groß wurde, drehte sie sich auf dem Weiterweg zwischendurch immer wieder hastig um, ob sie wirklich nicht verfolgt wurden.

Der Geruchssinn kann das Gehör als primitives Warnsystem nicht ersetzen.

Aber Brutus und Marder schienen ihre Flucht noch nicht bemerkt zu haben.

Je weiter die Lehrerin und ihre Schülerin in die hinteren Räume des Schlachthauses vordrangen, desto öfter mussten sie haltmachen und sich den Weg ertasten. Schwache, von oben einfallende Lichtstrahlen waren Melanies einzige Rettung, und sie sah jetzt zu ihnen auf. Das Flachdach des alten Gebäudes war an einigen Stellen verrottet, und durch diese kleinen Löcher fielen die himmlischen Lichtstrahlen, die das Dunkel im hinteren Teil des Schlachthauses erhellten.

Dann waren sie fast am Ziel! Sie standen vor einer schmalen Tür, über der sich ein Schild mit der Aufschrift *Versandlager* befand. Melanie fasste Emilys Hand fester und zog die Kleine hinter sich her. Sie gingen durch die Tür und standen in einem großen Lagerraum. Das ehemalige Versandlager war völlig ausgeräumt, aber in einer Ecke standen mehrere alte Ölfässer, die vielleicht noch schwimmfähig waren. Aber das stählerne Rolltor zum Fluss war nur dreißig Zentimeter hochgekurbelt – eben hoch genug, dass sie darunter hindurchkriechen konnten, aber nicht hoch genug für eins der Ölfässer.

Sie liefen zum Tor und krochen darunter hindurch.

Freiheit!, dachte Melanie und atmete die berauschend frische Luft tief ein.

Melanie musste über diese Ironie des Schicksals lachen. Eigentlich verrückt, dass sie darüber jubelte, in der Außenwelt zu sein, dass ihr vor Dankbarkeit, den Schrecken im Inneren entkommen zu sein, die Tränen kamen. Eine Bewegung ließ sie zusammenfahren; dann sah sie in Ufernähe ein mit zwei Uniformierten bemanntes Schlauchboot. Irgendwie hatten die beiden Trooper sie bereits gesehen und paddelten nun auf die Anlegestelle zu.

Melanie zeigte Emily die beiden Polizeibeamten. »Du wartest hier auf sie. Lass dich nicht sehen, versteck dich hinter diesem Betonpfahl.«

Emily schüttelte den Kopf. »Kommst du denn nicht mit?«

»Ich gehe zurück. Ich kann sie nicht allein zurücklassen.«

»Bitte …« Der Kleinen liefen die Tränen übers Gesicht. Der Wind zerzauste ihr Haar. »Sie *wollte* nicht mitkommen.«

»Geh!«

»Komm mit mir. Gott will, dass du mitkommst. Er hat's mir gesagt.«

Melanie lächelte, umarmte sie, trat einen Schritt zurück und betrachtete das schmutzige, zerrissene Kleid. »Nächste Woche fahren wir miteinander in die Stadt. Einkaufen.«

Emily wischte sich die Tränen ab und ging an den Rand der Anlegestelle. Die Polizeibeamten waren schon ganz nahe. Einer von ihnen lächelte dem kleinen Mädchen zu, während der andere die Rückseite des Gebäudes beobachtete und seine abgesägte schwarze Schrotflinte auf die Fensterhöhlen über dem Rolltor richtete.

Melanie sah zu den Uniformierten hinüber, winkte ihnen zu und kroch wieder unter dem Tor hindurch. Im Lagerraum zog sie Bärs Messer aus der Tasche ihres blutbefleckten Rocks, machte sich auf den Rückweg ins Schlachthaus und wählte dabei instinktiv die Route, auf der sie hergekommen war.

Ihre Nackenhaare sträubten sich plötzlich, als machte sich der sechste Sinn bemerkbar, den manche Gehörlose zu haben behaupten. Als sie sich umsah, erkannte sie tatsächlich Brutus, der kaum zwanzig Meter von ihr entfernt tief geduckt von einer verrosteten Maschine zur anderen schlich. Auch er hielt ein kurzes Messer in der Hand.

Melanie zuckte entsetzt zusammen und verschwand hinter einigen Metallspinden. Als sie überlegte, ob sie sich in einem dieser Schränke verstecken sollte, fiel ihr ein, dass Brutus jedes Geräusch hören konnte, das sie machte. Dann meldete sich ihr sechster Sinn wieder – sie spürte etwas im Nacken. Aber Melanie erkannte, dass diese Erscheinung natürliche Ursachen hatte: Sie nahm lediglich die Vibrationen von Brutus' Stimme wahr, als er Marder etwas zurief.

Was rief er?

Sekunden später wusste sie, was er gerufen hatte. Die Lichter gingen aus. Um sie herum herrschte plötzlich tiefste Dunkelheit.

Melanie sank zu Boden und war vor Entsetzen wie gelähmt. Taub – und nun auch noch blind. Sie rollte sich einen Augenblick zusammen und hoffte, ohnmächtig zu werden, so schrecklich war diese Vorstellung. Dann merkte sie, dass sie das Messer verloren hatte. Sie tastete den Boden um sich herum ab, gab die Suche aber bald wieder auf, weil sie wusste, dass Brutus das Klirren des fallenden Messers gehört haben musste und vermutlich bereits zu ihr unterwegs war. Er konnte alle Hindernisse mit Fußtritten aus dem Weg räumen, ohne dass sie das Geringste davon mitbekam, während Melanie vorsichtig über den Boden kriechen musste, der mit Holz und Metall, Maschinenteilen und Werkzeug übersät war.

Ich muss …

Nein!

Sie spürte etwas an ihrer Schulter.

Sie warf sich herum, schlug angstvoll danach.

Aber das war nur ein von der Decke herabhängendes Kabel.

Wo ist er? Dort? Oder dort drüben?

Still, ganz still. Nur das kann dich retten.

Dann ein beruhigender Gedanke: Er kann hören, ja, aber er kann auch nicht besser sehen als ich.

Willst du einen Witz hören, Susan? Wer ist schlechter dran als ein Vogel, der nicht hören kann?

Ein Fuchs, der nicht sehen kann.

*Acht graue Vögel sitzen im Dunkeln …*

Solange ich mich völlig lautlos bewege, weiß er nicht, wo ich bin.

Ihr erstaunlicher innerer Kompass, mit dem ein sonst so ungerechtes Schicksal Melanie bedacht hatte, sagte ihr, dass sie in die gewünschte Richtung ging – zurück in den Schlachtraum. Und sie *würde* Donna Harstrawn dort rausholen, sie notfalls sogar tragen.

Langsam. Einen Fuß vor den anderen setzen.

Lautlos. Völlig lautlos.

Die Sache war leichter, als er sich vorgestellt hatte.

Lou Handy war in schlimmster Form, das wusste er nur allzu gut – er war noch immer zornig und rachsüchtig, handelte jetzt aber mit kühler Überlegung. In diesem Zustand folterte und mordete er und genoss beides am meisten. Er hatte die blutigen Spuren bis zum Lagerraum verfolgt, durch den die dreckigen Fratzen vermutlich nach draußen abgehauen waren. Aber als er unverrichteter Dinge umkehren wollte, hatte er etwas gehört: ein Scharren, ein metallisches Klirren. Und ein Blick in den nächsten Gang hatte ihm Melanie, die ängstliche Missgeburt, auf dem Rückweg zum Hauptraum des Schlachthauses gezeigt.

Er hatte sich näher herangeschlichen. Was hörte er da?

Ein wiederholtes leises Quietschen.

Ihre Schritte. Blutige Tapser. Der gute alte Bonner, bis zuletzt undicht und unanständig, hatte ihre Schuhe vollgeblutet. Mit jedem Schritt, den Melanie machte, verriet sie ihre genaue Position. Deshalb hatte er Wilcox zugerufen, er solle das Licht ausschalten.

Unglaublich, wie finster es hier war. Stockfinster. Handy konnte nicht einmal seine Hand mit dem Messer sehen. Anfangs achtete er sorgfältig darauf, keine Geräusche zu machen. Aber dann sagte er sich: Hey, du Arsch, sie kann dich doch gar nicht hören! Und er hastete hinter ihr her, wobei er zwischendurch immer wieder eine Pause machte, um auf das nasse Quietschen zu horchen.

Da ist es wieder.

Wunderbar, Schätzchen.

Näher heran.

Horchen …

*Quietsch.*

Höchstens zehn Meter entfernt. Weiter … Ah, da ist sie! Vor sich sah er eine geisterhafte Gestalt, die zum Hauptraum des Schlachthauses unterwegs war.

*Quietsch, quietsch.*

Er verringerte den Abstand. Dabei stieß er einen Metalltisch um, aber ihr Schritttempo veränderte sich nicht im Geringsten. Sie hörte keinen einzigen Laut. Immer näher heran, fünf Meter, drei Meter … zwei.

Er stand nun genau hinter ihr.

Wie er hinter Rudy gestanden hatte, sein Rasierwasser gerochen, den Eichenstaub auf seinem Hemd gesehen und seine ausgebeulte Hüfttasche angestarrt hatte, in der eine Geldbörse steckte, die mehr Geld enthielt, als sie hätte enthalten dürfen. »Du Dreckskerl!«, hatte Handy seinen Bruder angebrüllt und dabei nicht rot gesehen, wie die Redensart behauptete, sondern schwarzes Feuer, nichts als seinen Zorn gesehen. Rudy war hämisch lachend weitergegangen. Und die Pistole in Handys Hand hatte wie von selbst zu schießen begonnen. Eine kleine Waffe, Kaliber .22, mit Langmunition geladen. Die kleine rote Punkte im Genick hinterließ, während sein Bruder einen fast beängstigenden idiotischen kleinen Tanz aufführte, bevor er zusammenbrach und starb.

Handy war wieder wütend auf Art Potter, der ihn dazu gebracht hatte, an Rudy zu denken, als wollte er diese Erinnerung in Handys Seele pflanzen, wie man bei einer Schlägerei auf dem Gefängnishof einen Kieselstein in die Hand gedrückt bekam. Er war stinksauer auf Potter und den fetten, toten Bonner und Melanie, die ängstliche kleine Missgeburt.

Er war nun dicht hinter ihr, beobachtete ihre zögernden Schritte.

Sie war völlig ahnungslos …

Es machte echt Spaß, so im Gleichschritt hinter ihr herzumarschieren. Dabei boten sich unendlich viele Möglichkeiten …

Hallo, Miss Maus …

Aber er entschied sich für die einfachste. Er beugte sich nach vorn und leckte ihr den Nacken ab.

Er dachte, sie würde sich das Rückgrat brechen, so schnell sprang sie von ihm weg. Sie machte einen Riesensatz zur Seite und fiel über einen Stapel rostiger Wellbleche. Seine Hand verkrallte sich in ihrem Haar, und er schleppte sie torkelnd und stolpernd hinter sich her.

»He, Shep, du kannst wieder Licht machen!«

Im nächsten Augenblick flammte ein trüber Lichtschein auf, und Handy konnte den Durchgang zum vorderen Teil des Schlachthauses erkennen. Melanie bemühte sich verzweifelt, ihr Haar aus seinem Griff zu befreien, aber er hielt sie fest gepackt. Sie konnte bis in alle Ewigkeit kratzen und um sich schlagen – *er* würde niemals loslassen.

»Was soll die verdammte Piepserei? Das gefällt mir nicht. Halt's Maul! Du sollst das Maul halten, hab ich gesagt!« Er schlug ihr ins Gesicht. Handy bezweifelte, dass sie ihn wirklich verstanden hatte, aber sie hielt jedenfalls die Klappe. Er schleppte sie durch den Wasserfall, zwischen rostigen Maschinen hindurch.

Geradewegs zu einer Art Guillotine.

Dieses Gerät bestand im Prinzip aus einem riesigen Hackklotz, der auf der Vorderseite eine Aussparung für die Brust des Schlachttiers aufwies. Darüber war ein hoher Rahmen mit einem dreieckigen Obermesser angebracht, das mit einem langen Hebel mit Gummigriff betätigt wurde. Das Ganze erinnerte an eine überdimensionale Pappschere.

Wilcox runzelte die Stirn und fragte: »Willst du sie wirklich …?«

»Was geht's dich an?«, schrie Handy.

»Ich mein bloß, weil wir so dicht davor sind rauszukommen, Mann.«

Handy ignorierte ihn, hob ein Stück Draht vom Fußboden auf und schlang es um Melanies rechtes Handgelenk. Dann drehte er die beiden Enden schmerzhaft fest zusammen, bis der Arm abgebunden war. Sie wehrte sich, schlug ihm mit der linken Faust gegen die Schulter. »Verfluchte Missgeburt«, murmelte er und verpasste ihr einen Magenhaken. Melanie ging zu Boden, krümmte sich stöhnend und starrte entsetzt ihre Hand an, die sich bereits blau verfärbte.

Handy ließ sein Bic-Feuerzeug aufflammen und führte es an der Schneide des Fallbeils entlang. Melanie schüttelte heftig den Kopf. Ihre Augen waren vor Entsetzen riesengroß. »Das hättest du dir überlegen sollen, bevor du mich verrätst.« Er riss sie vom Fußboden hoch und knallte sie gegen den Holzklotz der Guillotine.

Die ängstliche kleine Maus versuchte schluchzend und auskeilend freizukommen. Handy konnte sich vorstellen, dass die Schmerzen in ihrer Hand, die inzwischen purpurrot verfärbt war, fast unerträglich sein mussten. Er drückte ihren Unterleib gegen den Holzklotz und schob sie mit dem Gesicht nach unten so nach vorn, dass ihr rechter Arm unter dem Fallbeil zu liegen kam. Dann schlug er ihr mit einen Tritt die Beine weg. Sie verlor jeglichen Halt und baumelte hilflos an der Maschine. Handy hatte keine Mühe, ihr Handgelenk bis über die Schneidrinne zu ziehen.

Er zögerte einen Augenblick, sah auf ihr Gesicht hinunter und horchte auf das Keuchen, das sie nicht unterdrücken konnte. »Gott, ich hab die Töne satt, die ihr macht. Halt sie fest, Shep.«

Wilcox zögerte, trat dann vor und hielt ihren Arm mit beiden Händen fest. »Aber zusehen will ich lieber nicht«, meinte er unbehaglich und wandte sich ab.

»Ich schon«, murmelte Handy. Er konnte dem Drang nicht widerstehen, seinen Kopf dicht an ihren heranzuschieben, um ihren Duft einzuatmen. Er rieb sein Gesicht an ihrer tränennassen Wange und streichelte ihr Haar.

Dann legte er seine Hände auf den Gummigriff des Obermessers. Er bewegte es auf und ab, bis das Messer gängig war, ließ es ihr Handgelenk berühren und hob es wieder, bis es sich in der höchsten Stellung befand. Er umfasste den Gummigriff mit beiden Händen.

Das Telefon klingelte.

Handy sah zu ihm hinüber.

Eine Pause. Wilcox ließ Melanies Hand los und trat von der Guillotine zurück.

Scheiße. Handy überlegte, was er tun sollte.

»Geh ran.«

»Hallo?«, fragte Wilcox. Dann hörte er kurz zu. Er zuckte mit den Schultern und sah zu Handy hinüber, der ihn stirnrunzelnd beobachtete. »He, alter Freund, du wirst verlangt.«

»Sag Potter, dass er sich zum Teufel scheren soll.«

»Das ist nicht Potter. Irgendeine Frau. Und ich sag dir, die klingt wie ’n richtiges Biest.«

## 22.58 Uhr

Potter saß am Fenster und beobachtete das Schlachthaus durch sein Leitz-Fernglas, während hinter ihm Detective Sharon Foster, die junge, energische Kriminalbeamtin, die vor zehn Minuten ihren Streifenwagen mit quietschenden Reifen neben der Kommandozentrale zum Stehen gebracht hatte, nervös auf und ab ging und Louis Handy die Leviten las.

»Reden Sie keinen Scheiß, Lou«, fauchte sie. Foster hatte die resolute, humorlose Forschheit vieler Polizeibeamtinnen an sich, woran auch ihr kecker blonder Pferdeschwanz und ihr hübsches Gesicht nichts ändern konnten.

»Ist 'ne Weile her, Schätzchen. Sind Sie jetzt Kriminalbeamtin?«

»Richtig. Bin befördert worden.« Die junge Frau bückte sich und sah mit zusammengekniffenen Augen durchs Fenster der Kommandozentrale zum Schlachthaus hinüber. Ihr Kopf war nur wenige Zentimeter von Potters entfernt. »Was zum Teufel haben Sie mit *Ihrem* Leben angefangen, Lou? Außer es gründlich zu ruinieren?«

»He, ich bin echt stolz auf meine Erfolge.« Aus dem Deckenlautsprecher kam das Potter vertraute kalte Lachen.

»Ich hab schon immer gewusst, dass Sie 'n erstklassiger Versager sind. Über Sie könnte man ein Buch schreiben.«

Potter erkannte recht gut, mit welcher Masche Foster arbeitete. Das war nicht seine Art. Er zog es vor, sich lässiger zu geben – mehr wie Will Rogers. Obwohl er hart und unnachgiebig sein konnte, vermied er Rededuelle, die leicht zu emotionalen Auseinandersetzungen ausarten konnten. Arthur Potter hatte Marian nicht geneckt, und er neckte auch seine Freunde nicht. Aber bei manchen Geiselnehmern – im Allgemeinen bei hartgesottenen Kriminellen mit übersteigertem Selbstbewusstsein – funktionierte die Masche dieser jungen Beamtin: die spitzen Pfeile, der lebhafte Schlagabtausch.

Potter starrte weiter zum Schlachthaus hinüber und bemühte sich verzweifelt, einen Blick auf Melanie zu erhaschen. Die letzte Schülerin, Emily, hatten Stillwells Leute mit ihrem Schlauchboot in Sicherheit gebracht. Mit Frances als Dolmetscherin hatte das kleine Mädchen erzählt, Melanie habe sie ins Freie geführt und sei dann zurückgegangen, um Mrs. Harstrawn zu holen. Aber das war vor fast zwanzig Minuten gewesen, und niemand hatte die beiden letzten Geiseln entkommen sehen. Potter musste annehmen, dass Melanie wieder in Handys Gewalt war. Er wollte unbedingt erfahren, ob sie unverletzt war, aber er hütete sich davor, die junge Verhandlerin zu unterbrechen.

»Sie sind ein Arschloch, Lou«, sagte Foster gerade. »Gut, vielleicht kommen Sie mit dem Hubschrauber von hier weg, aber geschnappt werden Sie doch. Kanada? Die Kanadier werden Sie so schnell ausliefern, dass Ihnen schwindlig wird.«

»Erst müssen sie mich finden.«

»Glauben Sie denn, dass die rote Uniformjacken und Hüte wie Smokey der Bär tragen und mit ihren Trillerpfeifen Jagd auf Straßenräuber machen? Sie haben Leute erschossen, Lou – Cops und Geiseln. Auf der ganzen Welt gibt's keinen Polizeibeamten, der Ruhe gibt, bevor Sie gefasst sind.«

LeBow und Potter wechselten einen Blick. Potter wurde unruhig. Sie setzte Handy gefährlich zu. Potter runzelte die Stirn, aber sie übersah oder ignorierte seine Miene, als wäre sie gegen die Kritik eines älteren Mannes – noch dazu eines Feebies – gänzlich immun. Auf Potters Seite kam eine gewisse Eifersucht hinzu: Er hatte in stundenlanger Arbeit eine Art Beziehung zu Handy aufgebaut … und jetzt kreuzte die Neue hier auf, diese freche kleine Blondine, und stahl ihm seinen guten Freund und Kameraden.

Potter nickte unauffällig zu dem Computer hinüber. LeBow verstand, was er wollte, und rief die National Law Enforcement Database auf. Kurze Zeit später drehte er den Bildschirm zu Potter hin. Sharon Foster sah nur jung und unerfahren aus; in Wirklichkeit war sie vierunddreißig und hatte bei Verhandlungen mit Geiselnehmern eindrucksvolle Erfolge erzielt. In vierundzwanzig von dreißig Fällen hatten sich die Geiselnehmer ergeben. In den übrigen sechs Fällen, in denen die staatliche Sondereinheit hatte eingreifen müssen, waren die Geiselnehmer psychisch gestört gewesen. Bei psychisch Gestörten führten Verhandlungen erfahrungsgemäß nur in zehn Prozent der Fälle zum Erfolg.

»Art gefällt mir besser«, stellte Handy fest. »Der redet mich nicht so schwach an.«

»Das ist mein Lou – immer auf der Suche nach dem leichtesten Ausweg.«

»Sie können mich mal!«, blaffte Handy.

»Da fällt mir übrigens noch was ein, Lou«, fuhr sie ungerührt fort. »Ich frage mich, ob Sie tatsächlich nach Kanada fliegen.«

Jetzt sah Potter zu D'Angelo hinüber. Ihr taktischer Plan sah vor, dass Handy und Wilcox zu Fuß durch das Wäldchen zum Hubschrauber gehen sollten. Suggerierte Foster ihm jetzt, an seinem Ziel bestünden Zweifel, würde Handy eine Falle wittern und verbarrikadiert bleiben.

Potter stand auf und schüttelte den Kopf. Foster blickte

kurz auf, ignorierte ihn jedoch. LeBow und Angie fanden diese Missachtung schockierend. Potter setzte sich wieder – mehr verlegen als gekränkt.

»Natürlich flieg ich nach Kanada! Ich hab mir 'ne Sonderfreigabe besorgt. Ich hab mit dem Typen von der Luftfahrtbehörde selbst gesprochen!«

Die Kriminalbeamtin ging mit keinem Wort auf seine Behauptung ein. »Sie sind ein Polizistenmörder, Lou«, warf sie ihm mit schroffer Stimme vor. »Wenn Sie irgendwo in den Vereinigten Staaten landen – mit oder ohne Geiseln –, sind Sie so gut wie tot. Jeder Cop im ganzen Land kennt Ihr Gesicht. Das von Wilcox natürlich auch. Glauben Sie mir, die schießen erst und lesen Ihrer blutigen Leiche dann Ihre Rechte vor. Und glauben Sie mir, Lou, der Krankenwagen, der Sie dann ins Gefängniskrankenhaus bringt, wird sich auf der Fahrt verdammt viel Zeit lassen.«

Potter hatte jetzt genug von ihrer harten Masche. Seiner Überzeugung nach würde sie Handy damit nur in sein Loch zurücktreiben. Er streckte seine Hand nach ihrer Schulter aus. Aber er ließ sie sinken, als er Handy sagen hörte: »Mich erwischt keiner. Ich bin das Schlimmste, was Sie sich vorstellen können. Ich bin der kalte Tod.«

Dass Potter sie gewähren ließ, lag nicht an Handys Worten, sondern an seinem Tonfall. Er hatte gesprochen wie ein verängstigtes Kind. Fast mitleiderregend. In ihrer unorthodoxen Art war es Foster offenbar gelungen, seine geheimen Befürchtungen auszusprechen.

Sie sah zu ihm auf. »Kann ich ihm ein Angebot machen, damit er aufgibt?«

LeBow, Budd und D'Angelo starrten Potter an.

Was geht in Handy vor?, fragte er sich. Hat er plötzlich erkannt, wie aussichtslos seine Lage ist? Vielleicht hat irgendein Reporter gemeldet, dass das Sonderkommando eingetroffen ist und das Schlachthaus abgeriegelt hat, und Handy hat es im Fernsehen gehört.

Oder vielleicht ist er einfach nur übermüdet.

Das kam vor. Von einer Sekunde auf die andere verpufft jegliche Energie. Geiselnehmer, die zuvor den Eindruck erweckt haben, bis zur letzten Patrone kämpfen zu wollen, sitzen einfach auf dem Fußboden, wenn das Sonderkommando die Türen eintritt, sehen den hereinstürmenden Agenten entgegen und haben nicht einmal mehr die Kraft, die Hände zu heben.

Aber es gab eine weitere Möglichkeit, eine, die Potter ganz und gar nicht gefiel: Diese junge Frau war einfach besser als er. Sie war reingeschneit, hatte Handy eingeschätzt und ihn sofort richtig beurteilt. Seine Eifersucht machte sich wieder bemerkbar. Was soll ich tun?

Er dachte plötzlich an Melanie. Was konnte sie am ehesten retten?

Potter nickte der jungen Kriminalbeamtin zu. »Klar. Machen Sie ihm ein Angebot.«

»Lou, was müsste passieren, damit Sie aufgeben und rauskommen?«

Potter dachte: *Lassen Sie sich von mir ficken.*

»Darf ich Sie ficken?«

»Sie müssten meinen Mann um Erlaubnis fragen, und der würde nein sagen.«

Eine Pause.

»Ich will bloß meine Freiheit. Und die hab ich.«

»Wirklich?«, fragte Foster halblaut.

Wieder eine Pause. Länger als die erste.

Potter spekulierte: *Yeah, verdammt noch mal! Und die lass ich mir von keinem nehmen.*

Aber Handy sagte praktisch das Gegenteil: »Ich will nicht … ich will nicht sterben.«

»Niemand will Sie erschießen, Lou.«

»Alle wollen mich erschießen. Und wenn ich jetzt aufgebe, verurteilt der Richter mich zur Nadel.«

»Darüber können wir reden.« Ihre Stimme klang sanft, fast mütterlich.

Potter starrte zum Schlachthaus hinüber. In einem Winkel seines Herzens begann er zu befürchten, dass er an diesem Tag einige sehr schlimme Fehler gemacht hatte. Fehler, die Menschenleben gekostet hatten.

Foster wandte sich an den Agenten. »Wer kann dafür garantieren, dass der Staat nicht die Todesstrafe beantragt?«

Potter erklärte ihr, Roland Marks sei irgendwo in der Nähe, und schickte Budd los, um ihn holen zu lassen. Kaum eine Minute später betrat Marks die Kommandozentrale, und Foster erklärte ihm, was Handy verlangte.

»Er will sich ergeben?« Der eisige Blick des stellvertretenden Generalstaatsanwalts traf Potter, der das Gefühl hatte, dass er allen Tadel und allen Zorn, den er Marks tagsüber hatte spüren lassen, jetzt zehnfach zurückbekam. Potter konnte Marks zum ersten Mal an diesem Tag nicht in die Augen sehen.

»Ich denke, dass ich ihn dazu überreden kann«, bestätigte Foster.

»Dann los! Ich garantiere ihm, was er verlangt. Mit Brief und Siegel. Ich kann die Strafe, die er bereits zu verbüßen hat, nicht herabsetzen …«

»Nein. Darüber ist er sich im Klaren, glaube ich.«

»Aber ich garantiere ihm, dass wir ihm keine dieser kleinen Nadeln in den Arm stechen.«

»Lou, der stellvertretende Generalstaatsanwalt ist hier. Er garantiert Ihnen, dass die Anklagebehörde nicht die Todesstrafe beantragt, wenn Sie sich ergeben.«

»Yeah?« Dann entstand eine Pause, und man hörte, wie Handy die Hand auf die Sprechmuschel legte. Dann: »Gilt das auch für meinen Kumpel Shep?«

Foster runzelte die Stirn. LeBow drehte seinen Bildschirm zu ihr hinüber, damit sie die Informationen über Wilcox lesen konnte. Sie sah zu Marks auf, der zustimmend nickte.

»Klar, Lou, das gilt für euch beide. Und was ist mit dem dritten Mann?«

Potter vermutete: *Der hatte 'nen kleinen Unfall.*

Handy lachte: »Hat 'nen Unfall gehabt.«

Foster sah stirnrunzelnd zu Potter auf, der ihr erklärte: »Vermutlich tot.«

»Okay, Sie und Wilcox«, sagte die blonde Kriminalbeamtin. »Der Deal gilt.«

Genau diesen Deal hatte Potter ihm durch Charlie Budd anbieten lassen. Warum ging Handy jetzt darauf ein? Im nächsten Augenblick bekam Potter die Antwort.

»He, nicht so eilig, frigide Schlampe! Das ist noch nicht alles.«

»Mir gefällt's, wenn Sie obszön daherreden, Lou.«

»Ich will außerdem die Garantie, dass ich nicht nach Callana zurückmuss. Ich hab dort 'nen Aufseher erschossen. Wenn ich dorthin zurückmuss, schlagen sie mich garantiert tot. Ich will in kein Bundesgefängnis mehr.«

Foster sah wieder zu Potter auf, der Tobe zunickte. »Bundesanwaltschaft anrufen«, flüsterte er. »Dick Allen.«

Den stellvertretenden Bundesanwalt in Washington.

»Lou«, sagte Foster, »wir sind dabei, diese Frage zu prüfen.«

Potter überlegte weiter, was er sagen würde: *Ich bin noch immer geil. Komm, wir ficken.*

Handys Stimme klang unbekümmert, wieder so frech wie zuvor. »Sie könnten kommen und sich auf meinen Schwanz setzen, während wir warten.«

»Klingt verlockend, Lou, aber ich weiß nicht, wo er gewesen ist.«

»Viel zu lang in meiner Unterhose.«

»Dann lassen Sie ihn einfach noch ’ne Weile drin.«

Potter wurde mit Allen verbunden, der sich sein Anliegen vortragen ließ und widerstrebend zustimmte, falls Handy sich jetzt ergebe, dürfe er zuerst seine in Kansas gegen ihn verhängte Strafe absitzen. Allen war auch bereit, auf eine Anklage der Bundesanwaltschaft wegen des Ausbruchs zu verzichten – aber nicht auf die Anklage wegen der Ermordung des Aufsehers. In der Praxis bedeutete das, dass Handy längst an Altersschwäche gestorben sein würde, bevor seine Rückverlegung in ein Bundesgefängnis infrage kam.

Foster gab das alles an Handy weiter. Danach entstand eine lange Pause. Im nächsten Augenblick sagte Handys Stimme: »Okay, wir machen’s.«

Foster sah mit hochgezogenen Augenbrauen zu Potter auf. Er nickte benommen, sprachlos.

»Aber ich will’s schriftlich haben«, fügte Handy hinzu.

»Okay, Lou. Das lässt sich machen.«

Potter war schon dabei, die Übergabebedingungen aufzusetzen. Den Entwurf gab er Henry LeBow, damit er ihn tippte und ausdruckte.

»Das wär’s also gewesen«, sagte LeBow, ohne den Blick von seinem bläulichen Bildschirm zu nehmen. »Eins zu null für die Guten.«

Gelächter brach aus. Potters Gesicht brannte, während er die freudige Erleichterung auf den Gesichtern Budds und seiner eigenen Kollegen beobachtete. Auch er lächelte, aber im Gegensatz zu den anderen im Krisenmanagement-Team begriff er, dass er gleichzeitig gewonnen und verloren hatte. Und er wusste, dass ihn nicht seine Kraft, sein Mut oder seine Intelligenz, sondern sein Urteilsvermögen im Stich gelassen hatte.

Was die schlimmste Niederlage ist, die man erleiden kann.

»Bitte sehr«, sagte LeBow und hielt ihm den Ausdruck hin. Potter und Marks unterschrieben die Vereinbarung, und Stevie Oates machte sich ein letztes Mal auf den Weg zum Schlachthaus. Als er zurückkam, wirkte er leicht verwirrt und brachte eine Bierflasche mit – eine Flasche Corona, die Handy ihm gegeben hatte.

»Agent Potter?« Sharon Foster schien seinen Namen bereits mehrmals gerufen zu haben. Er sah auf. »Wollen Sie die Übergabe koordinieren?«

Er starrte sie einen Augenblick an, dann nickte er. »Ja, natürlich. Tobe, ruf Dean Stillwell. Er soll sich hier bei mir melden.«

Tobe rief den Sheriff über Funk. LeBow gab unbeirrbar weitere Informationen ein. Detective Sharon Foster warf Potter einen Blick zu, der wohl Mitgefühl ausdrücken sollte; dieser Blick war gönnerhaft und schmerzte weit mehr, als es ein hämisches Triumphlächeln getan hätte. Während er sie betrachtete, kam er sich plötzlich uralt vor – als wäre alles, was er in seinem Leben gewusst und getan hatte, seine Ansichten und jedes Wort, das er zu Freunden oder Fremden gesagt hatte, mit einem Schlag überholt und ungültig.

Wenn nicht sogar eine ausgesprochene Lüge.

Er trug einen Tarnanzug, deshalb sah niemand den hageren Mann, der in der Nähe der Kommandozentrale unter einigen niedrigen, sehr weißen Birken lag.

Seine schweißnassen Hände hielten ein Nachtglas umklammert.

Dan Tremain lag seit über einer Stunde unbeweglich in Position. In dieser Zeit war ein Hubschrauber gelandet, das Sonderkommando eingetroffen und ein Streifenwagen mit einer jungen Polizeibeamtin vor der Kommandozentrale vorgefahren.

Da die Nachricht wie ein Lauffeuer von Trooper zu Trooper gegangen war, hatte Tremain mitbekommen, dass Lou Handy aufgeben würde, weil man ihm zugesichert hatte, der Staatsanwalt werde nicht die Todesstrafe gegen ihn beantragen.

Aber Dan Tremain konnte das nicht akzeptieren.

Sein Trooper, der junge Joey Wilson, und das nachmittags ermordete arme Mädchen waren nicht gestorben, damit Lou Handy weiterleben durfte, um vielleicht wieder zu morden – oder jedenfalls zu triumphieren und sich mit perversem Vergnügen an alle Morde zu erinnern, die er in seinem nutzlosen Leben verübt hatte.

Manchmal musste man ein Opfer bringen. Und wer war dafür besser geeignet als ein Soldat, wenn es darum ging, sein Leben für die Gerechtigkeit hinzugeben?

»In zehn Minuten kommen sie raus!«, rief eine Stimme hinter ihm. Tremain hätte bei bestem Willen nicht sagen können, ob es die Stimme eines Troopers oder die eines Engels war, der aus Gottes Himmel herabgeschwebt kam, um diese Mitteilung zu machen. Jedenfalls nickte er und stand auf. Er hielt sich gerade, wischte sich die Tränen aus den Augen, rückte seinen Tarnanzug zurecht und fuhr sich mit einer Hand durchs Haar. Er war zwar nicht eitel, aber er fand es wichtig, dass er stark, resolut und stolz aussah, wenn er seine Laufbahn auf die von ihm geplante dramatische Weise beendete.

# 23.18 Uhr

Die Kapitulation verbarrikadierter Geiselnehmer ist das kritischste Stadium einer Geiselnahme.

Klammert man Sturmangriffe einmal aus, gibt es bei Kapitulationen erfahrungsgemäß mehr Tote als in jedem anderen Stadium. Und Potter wusste, dass es diesmal besonders schwierig werden würde, denn eine Kapitulation setzte etwas voraus, was gleichzeitig Handys Nemesis war – den Verzicht auf Kontrolle.

Potters angeborene Ungeduld drängte ihn, die Sache möglichst schnell hinter sich zu bringen und Handy wieder in Gewahrsam zu bringen. Aber er durfte diesem Drang nicht nachgeben. Er war entschlossen, die Kapitulation streng nach Vorschrift abzuwickeln, und hatte zu diesem Zweck das Krisenmanagement-Team in der Kommandozentrale zusammengerufen.

Als Erstes schüttelte er Dean Stillwell die Hand. »Dean, ich übertrage die Verantwortung für die Blockade und die damit zusammenhängenden taktischen Dinge jetzt Frank D'Angelo und seinem Kommando. Sie haben gute Arbeit geleistet. Der einzige Grund für diesen Wechsel ist, dass Frank und ich aufeinander eingespielt sind.«

»Kein Problem, Arthur. War mir eine Ehre, helfen zu dürfen.« Der Agent war verlegen, als Stillwell zackig salutierte, und erwiderte den Gruß nur widerstrebend.

Budd, LeBow, Tobe und D'Angelo beugten sich über die Umgebungskarten und den Grundriss des Schlachthauses, während Potter das Übergabeverfahren erläuterte. Angie, die keine taktische Erfahrung hatte und D'Angelo und sein Kommando nicht wirklich beraten konnte, war mit Emily und Beverly zum Days Inn unterwegs. Detective Sharon Foster, die energische junge Kriminalbeamtin, stand draußen und rauchte – eine sehr reale Camel. Frances saß geduldig wartend in einer Ecke der Kommandozentrale.

»Alle werden aufgeregt und ziemlich durcheinander sein«, stellte Potter fest. »Unsere Leute *und* die Geiselnehmer. Wir sind alle müde und laufen deshalb Gefahr, Fehler zu machen. Deshalb müssen wir jeden einzelnen Schritt genau planen.« Er machte eine Pause und starrte zu den Fenstern des Schlachthauses hinüber.

»Arthur?«, sagte LeBow.

Er meinte: Die Zeit drängt!

»Ja, natürlich.«

Sie beugten sich über die Karte, und Potter begann, seine Befehle zu erteilen. Er hatte den Eindruck, die Stimme völlig verloren zu haben, aber zu seiner Überraschung nickten die vor ihm stehenden Männer ernst, als reagierten sie auf Worte, die er selbst kaum hörte.

Als Potter zwanzig Minuten später im duftenden Gras lag und die Kurzwahltaste drückte, hatte er plötzlich den Verdacht, dass hier etwas ganz und gar nicht stimme. Dass Handy ihnen eine Falle stellte.

Er dachte an Budds frühere Vermutung, Handy plane etwas Cleveres, etwas Aufsehenerregendes – vielleicht einen Fluchtversuch, einen Ausbruch mit Waffengewalt.

*Eine Intuition. Hören Sie auf ihn. Er hat meistens recht.*

Und jetzt war *dieses* Gefühl fast mit Händen zu greifen.

Ein Klicken, als die Verbindung zustande kam.

»Lou«, begann Potter sein wahrscheinlich letztes Telefongespräch mit dem Geiselnehmer.

»Wie sieht der Spielplan aus, Art?«

»Als Erstes möchte ich ein paar Grundregeln mit Ihnen besprechen.« Potter war fünfzig Meter vom Eingang des Schlachthauses entfernt. Frank D'Angelo und Charlie Budd lagen neben ihm. LeBow und Tobe waren in der Kommandozentrale geblieben. »Ist die ältere Frau bei Bewusstsein? Die Lehrerin?«

»Die ist k. o. Ich hab's Ihnen ja gesagt, Art. Sie hatte 'ne schlechte Nacht. Bonner ist… nun, er *war* ein großer Kerl. In jeder Beziehung.«

Potter merkte, dass seine Stimme zitterte, als er fragte: »Und die andere Lehrerin?«

»Die Blondine? Die kleine Maus?« Nach einer kurzen Pause folgte Handys berühmtes glucksendes Lachen. »Warum sind Sie so an ihr interessiert, Art? Mir kommt's so vor, als hätten Sie schon ein paarmal nach ihr gefragt.«

»Ich will wissen, wie's den letzten Geiseln geht.«

»Klar wollen Sie das.« Handy lachte erneut. »Nun, sie hat auch bestimmt schon bessere Nächte erlebt.«

»Wie meinen Sie das, Lou?«, fragte Potter beiläufig. Welche schreckliche Vergeltungsmaßnahme hatte Handy sich einfallen lassen?

»Sie ist zu jung für 'nen alten Furzer wie Sie, Art.«

Verdammt, dachte Potter aufgebracht, Handy hat dich durchschaut. Der Agent zwang sich dazu, nicht mehr an Melanie zu denken, und konzentrierte sich wieder auf das neunte Kapitel seines Handbuchs, das die Überschrift »Die Kapitulationsphase« trug. Potter und D'Angelo hatten beschlossen, die Tunnelratten des Sonderkommandos vom Fluss her in das Gebäude eindringen zu lassen. Sie hatten den Auftrag, das Innere zu sichern und die Geiseln zu schützen, bis die Geiselnehmer herauskamen.

»Also gut, Lou«, fuhr Potter fort. »Wenn ich Sie dazu auffordere, legen Sie die Waffen nieder und kommen mit seitlich ausgestreckten Armen ins Freie. Nicht mit den Händen auf dem Kopf.«

»Wie Christus am Kreuz.«

Der Wind hatte stark aufgefrischt, lief in Wellen durchs Gras und wirbelte riesige Staubwolken auf. Die Scharfschützen würden große Mühe haben, einen gezielten Schuss anzubringen.

»Sagen Sie mir die Wahrheit, Lou. Ist Bonner tot oder nur verletzt?«

Potter hatte Beverly, die arme Asthmatikerin, im Sanitätszelt aufgesucht und von ihr erfahren, dass der große Mann tatsächlich angeschossen worden war. Aber das Mädchen hatte es möglichst vermieden, ihn anzusehen. Sie wusste nicht, ob er noch lebte.

»Mag jetzt nicht mehr reden, Art. Shep und ich quatschen noch 'n paar Minuten miteinander, dann ergeben wir uns. He, Art?«

»Ja, Lou?«

»Ich will, dass Sie draußen warten. Vor dem Eingang, wo ich Sie sehen kann. Sonst komme ich nicht raus.«

Das werde ich tun, dachte Potter instinktiv. Ich tue alles, was du verlangst.

»Ich werde da sein, Lou.«

»Vor dem Eingang.«

»Wird gemacht.« Eine Pause. »Passen Sie auf, Lou, ich erkläre Ihnen jetzt genau, was …«

»Goodbye, Art. Hat echt Spaß gemacht.«

*Klick.*

Arthur Potter hielt das Telefon noch umklammert, als Handys Stimme längst durch atmosphärisches Rauschen ersetzt worden war. Scheinbar aus dem Nichts kam ihm der Gedanke: Dieser Mann hat vor, Selbstmord zu begehen. Seine Lage ist aussichtslos, Flucht ist unmöglich, ihm droht eine unerbittliche Verfolgung, auf ihn wartet eine unerträgliche Haftstrafe … Er will sich mit einem Riesenknall verabschieden.

Ostrella, meine Geliebte …

Damit hätte er die Situation bis zuletzt unter Kontrolle.

D'Angelo unterbrach Potters Überlegungen, indem er sagte: »Bis eine Bestätigung kommt, gehen wir davon aus, dass Bonner lebt und bewaffnet ist.«

Potter nickte, klappte das Mobiltelefon zu und steckte es ein. »Wir müssen sorgfältig planen, Frank. Womöglich hat er vor, wild um sich schießend unterzugehen.«

»Glauben Sie?«, flüsterte Budd, als fürchtete er, Handy könnte sie mit einem Richtmikrofon belauschen.

»Nur eine Vermutung. Aber wir müssen darauf gefasst sein.«

D'Angelo nickte. Über Funk ließ er die Zahl der Scharfschützen in den Bäumen verdoppeln und sorgte dafür, dass das Team, das ins Schlachthaus eindringen sollte, um zwei Sprengstoffexperten verstärkt wurde. Sobald seine Leute in Position waren, fragte er: »Kann's losgehen, Arthur?«

Potter nickte zustimmend. Nachdem D'Angelo in sein Mikrofon gesprochen hatte, tauchten an der Vorderfront des Gebäudes vier Männer des Sonderkommandos auf. Zwei postierten sich an offenen Fenstern, während die beiden anderen im Halbschatten rechts und links des Eingangs verschwanden. Die Männer an den Fenstern trugen an Kettenhemden erinnernde Bombenmatten aus schwerem Drahtgeflecht über den Schultern.

Als Nächstes rief D'Angelo die beiden Kundschafter im Inneren des Gebäudes. Nachdem er kurz zugehört hatte, wiederholte er ihren Bericht für Potter: »In dem von dir bezeichneten Raum liegen zwei Geiseln auf dem Boden. Anscheinend verletzt. Ausmaß der Verletzungen unbekannt. Bonner scheint tot zu sein.« Die nüchterne Stimme klang besorgt. »Mann, dort drinnen schwimmt alles von Blut.«

Wessen?, fragte Potter sich.

»Sind Handy und Wilcox bewaffnet?«

»Sie haben keine Waffen in den Händen, aber sie tragen weite Hemden. Darunter könnten welche versteckt sein.«

*Anscheinend verletzt, Ausmaß der Verletzungen unbekannt.*

Potter sagte zu D'Angelo: »Sie haben Werkzeug mitgebracht. Vielleicht auch Klebeband, mit dem sie Waffen unter ihren Hemden am Körper befestigt haben.«

Der Leiter des Sonderkommandos nickte.

*Dort schwimmt alles von Blut...*

Sharon Foster gesellte sich zu den Männern auf dem Hügel. Sie trug jetzt eine unförmige Kevlar-Weste.

Wie wird es ausgehen?, fragte Potter sich. Er horchte auf das klagende Heulen des Windes. Dann verspürte er plötzlich den Drang, noch einmal mit Handy zu sprechen. Er drückte auf die Kurzwahltaste seines Mobiltelefons.

Ein Dutzend Klingelzeichen, zwei Dutzend. Keine Antwort.

D'Angelo und Budd starrten ihn fragend an. Er klappte das Telefon zu.

Im Schlachthaus gingen plötzlich die Lichter aus. Budd erstarrte, aber Potter winkte ab. Bevor Geiselnehmer herauskamen, machten sie oft das Licht aus, weil sie, selbst wenn sie aufgaben, kein Ziel bieten wollten.

Die Mondsichel war unterdessen fünfzig Grad weit über den Nachthimmel gewandert. Oft entsteht eine gewisse Vertrautheit, sogar eine perverse Behaglichkeit, mit der ein Verhandler die Umgebung betrachtet, in der er Stunden oder Tage zugebracht hat. Aber als Potter in dieser Nacht den dunkelroten Klinkerbau anstarrte, fiel ihm nur wieder Handys Ausdruck »kalter Tod« ein.

Die Tür wurde langsam geöffnet, schien zu klemmen, öffnete sich dann weiter.

Keine Bewegung.

Wie wird es ausgehen?, fragte Potter sich. Gut oder schlecht? Friedlich oder gewalttätig?

Ah, meine schöne Ostrella.

Bei Kapitulationen hatte er schon alles Mögliche erlebt: Terroristen, die wie verängstigte Kinder schluchzend zu Boden sanken. Unbewaffnete Verbrecher, die plötzlich losspurteten, als könnten sie so ihre Freiheit gewinnen. Versteckte Waffen. Und die junge Syrerin, die auf seine Aufforderung langsam und mit ausgestreckten Armen aus einem israelischen Konsulat gekommen war und ihn reizend angelächelt hatte, bevor die Handgranaten in ihrem Büstenhalter detoniert waren und drei Agenten in Stücke gerissen hatten.

*Vorsicht! Gefahr!*

Erst zum dritten oder vierten Mal in seiner Laufbahn als FBI-Agent zog Arthur Potter seine Dienstwaffe aus dem Gürtelholster hoch über seiner rundlichen Hüfte, zog unbeholfen den Schlitten zurück und lud die Pistole durch. Dann steckte er sie ungesichert in das Holster zurück.

»Warum passiert nichts?«, flüsterte Budd irritiert.

Potter unterdrückte einen jähen, unerklärlichen Drang, hysterisch zu lachen.

»Art?« Handys Stimme kam aus dem Schlachthaus – ein halblauter Ruf, den der Wind zu ihnen herübertrug.

»Ja?«, fragte Potter durch das Megafon.

»Wo zum Teufel sind Sie? Ich kann Sie nicht sehen.«

Potter nickte Budd zu. »Jetzt muss ich mir mein Gehalt verdienen.« Er stand unsicher auf und polierte seine Brillengläser am Aufschlag seines Sportsakkos. Sharon Foster fragte, ob er das wirklich riskieren wolle. Nach einem flüchtigen Blick zu ihr hinüber ging er den kleinen Hügel hinunter und kletterte ungeschickt über einen alten Bretterzaun. Er blieb ungefähr dreißig Meter vom Eingang des Schlachthauses entfernt stehen.

»Hier bin ich, Lou. Kommen Sie raus!«

Und dann tauchten sie auf.

Handy voraus. Dann Wilcox.

Als Erstes fiel ihm auf, dass sie die Hände hinter dem Kopf gefaltet hatten.

*Alles in Ordnung, Ostrella. Kommen Sie raus, wie Sie wollen. Seien Sie unbesorgt, Ihnen passiert nichts.*

»Lou, Arme ausstrecken!«

»He, immer mit der Ruhe, Art«, rief Handy. »Oder wollen Sie ’nen Herzanfall kriegen?« Er blinzelte ins grelle Scheinwerferlicht und wirkte amüsiert, während er sich umsah.

»Lou, ein Dutzend Scharfschützen haben Sie im Fadenkreuz und…«

»Bloß ein Dutzend? Scheiße! Ich dachte, ich wär mehr wert.«

»Arme ausstrecken, sonst wird geschossen.«

Handy blieb stehen. Er sah zu Wilcox hinüber. Dann grinsten beide.

Potter griff nach seiner Dienstwaffe.

Die Geiselnehmer streckten langsam ihre Arme aus.

»Ich seh wie ’ne gottverdammte Ballerina aus, Art.«

»Sie machen Ihre Sache gut, Lou.«

»Sie haben leicht reden.«

Potter rief: »Gehen Sie ungefähr zehn Schritte auseinander und legen Sie sich auf den Bauch.«

Die Männer entfernten sich mehr als zehn Schritte voneinander, dann ließen sie sich auf die Knie sinken und blieben ausgestreckt liegen. Die beiden Agenten an der Tür zielten mit ihrer Heckler & Koch auf den Rücken der Ausbrecher und hielten sich gleichzeitig vom Eingang fern – für den Fall, dass Bonner doch nicht tot war oder dass es drinnen weitere Täter gab, von denen die Geiseln nichts gewusst hatten.

Nachdem die beiden an den Fenstern postierten Agenten ins Gebäude geklettert waren, folgten ihnen zwei weitere, die aus den Schatten auftauchten und durch den Eingang spurteten. Die Lichtstrahlen der starken Scheinwerfer an ihren Maschinenpistolen huschten kreuz und quer durchs Innere des Schlachthauses.

Die Männer wussten von dem Brandsatz, den Handy installiert hatte, und bewegten sich nur sehr langsam, weil sie auf Stolperdrähte achteten. Potter hatte das Gefühl, noch nie in seinem Leben so sehr in Angst und Sorge geschwebt zu haben. Er rechnete jeden Augenblick damit, dass das Innere des Schlachthauses in orangeroten Flammen aufging.

Draußen waren zwei weitere Agenten aufgerückt, um den Männern neben dem Eingang, die sich jetzt Handy und Wilcox näherten, Feuerschutz zu geben.

Hatten die Geiselnehmer scharfe Handgranaten am Körper verborgen?

Versteckte Messer?

Erst als sie mit Handschellen gefesselt und nach Waffen abgetastet worden waren, erkannte Arthur Potter, dass die Belagerung vorüber war. Er war noch einmal davongekommen – lebend und unverletzt.

Und er hatte Handy erneut falsch eingeschätzt.

Potter ging zu Budd, D'Angelo und Foster zurück. Er veranlasste, dass der Leiter des Sonderkommandos den Agenten über Funk genaue Anweisungen für den Abtransport der Ausbrecher erteilte. Potter erinnerte sich daran, dass Wilcox der Cowboy dieses Verbrechertrios war – impulsiver als die beiden anderen. Deshalb ordnete er an, Wilcox' Handschellen zusätzlich durch eine Leibkette zu sichern, aber bei Handy auf diese Maßnahme zu verzichten. Potter wusste, dass Lou eher zur Kooperation bereit sein würde, wenn er sich nicht völlig hilflos fühlen musste.

Weitere Agenten tauchten lautlos auf und hielten die beiden Männer in Schach. Sie zogen sie hoch, durchsuchten sie nochmals gründlich nach Waffen und führten sie danach rasch durch eine Senke vom Schlachthaus weg.

Dann ging drinnen das Licht an.

Ein qualvoll langer Augenblick der Stille – obwohl er in Wirklichkeit nur wenige Sekunden dauerte.

Wo *ist* sie?

»Ja, ich höre«, sagte D'Angelo in sein Mikrofon. Nachdem er eine Minute lang zugehört hatte, sagte er zu Potter: »Das Gebäude ist sicher. Keine weiteren Geiselnehmer. Keine Bomben oder Brandsätze. In einem der Räume war etwas installiert, aber es ist abgebaut.«

Die anderen standen auf und beobachteten, wie die Geiselnehmer durch die Senke heraufkamen.

»Und die Geiseln?«, fragte Potter drängend.

D'Angelo hörte wieder zu. Dann sagte er laut: »Bonner ist tot.«

Ja, ja, *ja*?

»Und sie haben zwei weibliche Geiseln gefunden. Die eine ist weiß, Ende dreißig, bei Bewusstsein, aber kaum ansprechbar.«

Um Himmels willen, was ist mit …

»Die zweite ist weiß, Mitte zwanzig, ebenfalls bei Bewusstsein.« D'Angelo verzog das Gesicht. »Anscheinend schwer verletzt, sagt er.«

Nein. Lieber Gott, nein!

»Wie schwer?«, rief Potter. »Was fehlt ihr?« Der Verhandler hob sein eigenes Handfunkgerät an die Lippen und fragte auf der Einsatzfrequenz: »Wie geht's ihr? Der jungen Frau?«

Der Agent im Innern des Gebäudes antwortete: »Handy muss sie schwer misshandelt haben, Sir.«

»*Wie* schwer?«, fragte Potter außer sich. Budd und

D'Angelo starrten ihn an. Handy kam von vier Agenten begleitet auf sie zu. Potter merkte, dass er ihn nicht ansehen konnte.

Der Agent meldete über Funk: »Nun, Sir, sie hat keine sichtbaren Verletzungen, aber er scheint sie schlimm verprügelt zu haben. Sie hört kein Wort von dem, was wir sagen.«

Die Kapitulation hatte sich so überraschend ereignet, dass er vergessen hatte, den taktischen Agenten zu sagen, dass Melanie taub war.

D'Angelo sagte etwas zu ihm, und auch Charlie Budd sprach ihn an, aber Potter verstand kein Wort, so laut war sein hysterisches, befreites Lachen. Sharon Foster und die in der Nähe stehenden Trooper beobachteten ihn beunruhigt. Potter vermutete, ohne sich weiter darum zu kümmern, dass er wie der übergeschnappte alte Mann wirkte, der er tatsächlich war.

»Lou.«

»Art, Sie sehen völlig anders aus, als ich Sie mir vorgestellt habe. Sie müssen *wirklich* ein paar Pfund abnehmen.«

Handy stand mit auf dem Rücken gefesselten Händen hinter der Kommandozentrale. Dort hielt sich auch Sharon Foster auf, um die Geiselnehmer in Augenschein zu nehmen. Als Handy seinen Blick über ihren Körper gleiten ließ und dabei grinste, starrte sie ihn verächtlich an. Aus Erfahrung wusste Potter, dass man nach schwierigen Verhandlungen – vor allem dann, wenn es Tote gegeben hatte – den Drang verspürte, den Gegner zu beleidigen oder herabzusetzen. Potter besaß genügend Selbstbeherrschung, aber sie war jünger und reagierte emotionaler. Sie lachte den Gefesselten höhnisch aus, wandte sich ruckartig ab und ging davon. Handy lachte und drehte sich wieder zu Potter um.

»Ihr Fahndungsfoto sieht Ihnen nicht sehr ähnlich«, erklärte der Verhandler ihm.

»Das tun die Scheißdinger nie.«

Wie immer nach der Kapitulation wirkte der Geiselnehmer unbedeutend im Vergleich zu dem Bild, das Potter sich von ihm gemacht hatte. Handys Züge waren hart, sein hageres Gesicht blass und faltig. Obwohl Potter wusste, wie groß und schwer Handy war, staunte er darüber, wie winzig ihm der Geiselnehmer jetzt erschien.

Potter suchte die Menge nach Melanie ab. Sie war nirgends zu sehen. Trooper, Feuerwehrleute, Sanitäter und die Männer und Frauen von Stillwells aufgelöster Blockadetruppe liefen vor dem Schlachthaus durcheinander. Der Chevy, der Schulbus und das Gebäude selbst waren natürlich Tatorte, und da jetzt der Bundesstaat Kansas für die Strafverfolgung zuständig geworden war, hatte Budd die beiden Geiselnehmer verhaftet und tat sein Bestes, um den Schauplatz des Verbrechens bis zum Eintreffen der Spurensicherer vor Unbefugten zu schützen.

Wo ist sie?

Zu einem kurzen Zwischenfall kam es, als Potter Handy wegen seiner nach Bundesrecht strafbaren Taten verhaftete. Handys Blick wurde kalt. »He, was soll der Scheiß?«

»Ich wahre nur unsere Rechte«, sagte Potter. Henderson erklärte Handy, das sei eine reine Formalität, und auch Roland Marks bestätigte, die schriftliche Vereinbarung werde von allen strikt eingehalten. Allerdings war Potter einen Augenblick lang besorgt, weil er befürchtete, Marks werde den Verhafteten niederschlagen. »Verfluchter Kindermörder«, murmelte der stellvertretende Generalstaatsanwalt und stampfte davon. Handy lachte hinter ihm her.

Shep Wilcox sah sich grinsend um und schien enttäuscht, dass keine Reporter anwesend waren.

Donna Harstrawn, die ältere Lehrerin, wurde von zwei

Sanitätern auf einer Tragbahre herausgebracht. Potter ging ihr entgegen und begleitete die Tragbahre ein Stück weit. Er sah den hinteren Sanitäter mit hochgezogenen Augenbrauen an. »Sie kommt wieder auf die Beine«, flüsterte der junge Mann. »Körperlich, meine ich.«

»Ihr Mann und Ihre Kinder warten im Days Inn«, teilte Potter ihr mit.

»Ich bin …«, begann sie. Dann machte sie eine Pause und schüttelte den Kopf. »Ich möchte sie jetzt nicht sehen. Bitte. Nein … Ich will keinen …« Was sie noch sagte, blieb unverständlich.

Potter legte ihr beruhigend eine Hand auf den Arm, blieb stehen und sah zu, wie sie den Hügel hinauf zu dem bereitstehenden Krankenwagen getragen wurde.

Als er sich zum Schlachthaus umdrehte, wurde eben Melanie Charrol ins Freie begleitet. Ihr blondes Haar war zerzaust. Auch sie war – wie Handy – kleiner, als Potter erwartet hatte. Er setzte sich in Bewegung, blieb aber wieder stehen. Melanie hatte ihn nicht gesehen; sie ging rasch an ihm vorbei und schien nur Augen für Donna Harstrawn zu haben. Sie war dunkel gekleidet – grauer Rock, schwarze Strümpfe, burgunderrote Bluse –, aber Potter hatte den Eindruck, ihre Sachen seien mit Blut getränkt.

»Wo kommt das viele Blut an ihrer Kleidung her?«, fragte er einen Agenten, der drinnen gewesen war.

»Nicht von ihr«, lautete die Antwort. »Wahrscheinlich von Bonner. Der Mann ist verblutet wie ein angeschossener Zwölfender. Wollen Sie sie befragen?«

Potter zögerte.

»Später«, sagte er. Aber für ihn selbst klang dieses Wort mehr wie eine Frage, und die Antwort war unbekannt.

Detective Sharon Foster kam heran, baute sich vor Potter auf und schüttelte ihm die Hand.

»Nacht, Agent Potter.«

»Vielen Dank für alles«, sagte er ruhig.

»Kleinigkeit.« Sie tippte ihm mit dem Zeigefinger an die Brust. »He, die Kapitulation haben Sie echt gut hingekriegt. Klasse gemacht.« Sie machte auf dem Absatz kehrt, ging zu ihrem Streifenwagen zurück und ließ Potter stehen. Sein Gesicht brannte wie das eines Rekruten, der von seinem unerbittlichen Sergeant einen Anpfiff bekommen hat.

Angie Scapello kam vorübergehend aus dem Days Inn zurück, um ihre Reisetasche zu holen und sich von Potter und den anderen zu verabschieden. Im Hotel wartete noch Arbeit auf sie: Angie würde die Geiseln erneut befragen und dafür sorgen, dass sie und ihre Angehörigen an Therapeuten verwiesen wurden, die auf posttraumatische Stresssyndrome spezialisiert waren.

D'Angelo ließ sich von Angie zum rückwärtigen Bereitstellungsraum mitnehmen. Potter und zwei Trooper führten die Geiselnehmer zur Kommandozentrale. Dort standen Streifenwagen bereit, um sie zur zehn Meilen weit entfernten nächsten Dienststelle der State Police zu bringen.

»Bei Ihnen hat's gebrannt, was?«, sagte Handy, während er die schwarzen Brandspuren begutachtete. »Aber das hängen Sie mir hoffentlich nicht auch noch an?«

Aus den Augenwinkeln heraus sah Potter, dass ein Mann sich ihnen aus dem Wäldchen hinter der Kommandozentrale näherte. Anfangs achtete er kaum auf ihn, denn in ihrer Umgebung liefen Dutzende von Uniformierten durcheinander. Aber der Mann bewegte sich zu zielbewusst, zu schnell und direkt für jemanden, der nur aus Neugier in ihre Nähe zu gelangen versuchte. Er kam geradewegs auf Potter zu.

»Waffe!«, rief Potter, als Dan Tremain bis auf sieben Meter an sie herangekommen war und seine Pistole zu heben begann.

Wilcox und der Trooper, der ihn bewachte, warfen sich zu Boden. Der zweite Trooper folgte ihrem Beispiel, sodass nur noch Handy und Potter standen. Dicht vor Tremains entsicherter Waffe.

Handy drehte sich zu Tremain um und grinste. Potter zog seine Pistole, zielte damit auf den Leiter der Sondereinheit und trat vor Handy.

»Nein, Captain«, sagte der Agent nachdrücklich.

»Aus dem Weg, Potter!«

»Sie stecken schon genug in Schwierigkeiten.«

Die Pistole in Tremains Hand explodierte mit lautem Knall. Potter fühlte den Luftzug des an seinem Kopf vorbeizischenden Geschosses. Er hörte Handy lachen.

»Aus dem Weg!«

»Tun Sie's«, flüsterte Handy in Potters Ohr. »Drücken Sie ab. Knallen Sie den Scheißkerl ab.«

»Maul halten!«, blaffte der Agent. Um sie herum hatten vier oder fünf Trooper ihre Pistolen gezogen und zielten damit auf Tremain. Aber keiner wusste, was er tun sollte.

Oder wollte tun, was er laut Vorschrift hätte tun müssen.

»Er gehört mir«, sagte Tremain.

»Das ist legal«, flüsterte Handy. »Los, erschießen Sie den Kerl, Art. Sie wollen's sowieso. Sie *wissen,* dass Sie's wollen.«

»Ruhe!«, brüllte Potter. Trotzdem begriff er plötzlich, dass Handy recht hatte. Er *wollte* Tremain erschießen. Und er fühlte sich sogar berechtigt, den Mann zu erschießen, der seine Melanie beinahe dem Feuertod ausgeliefert hätte.

»Tun Sie's«, drängte Handy. »Sie täten's liebend gern.«

»Dadurch bekommen Sie nur noch mehr Schwierigkeiten, Dan«, sagte Potter langsam. Er ignorierte seinen Gefangenen. »Das wollen Sie nicht wirklich.«

»Schon wieder die alte Masche, Art. Leuten erzählen, was sie tun wollen. Ich sag Ihnen, was *Sie* tun wollen. Sie wollen diesen Scheißkerl umlegen. Seinetwegen wär Ihre Freundin beinahe umgekommen. Sie ist doch Ihr Schatz, nicht wahr, Art? Me-la-nie?«

»Sie sollen die Klappe halten!«

»Tun Sie's, Art. Erschießen Sie ihn!«

Tremain drückte erneut ab. Potter fuhr zusammen, als das Geschoss an seinem Kopf vorbeizischte.

Der Captain hielt die Pistole ruhig, suchte ein Ziel.

Und Arthur Potter breitete die Arme aus, um den Mann zu schützen, der sein Gefangener war. Und ... ja, Charlie, der sein Freund war.

»Tun Sie was Böses«, flüsterte Handy mit sanfter, beruhigender Stimme. »Sie brauchen nur einen Schritt zur Seite zu treten. Lassen Sie ihn mich erschießen. Oder erschießen Sie ihn selbst.«

Potter drehte sich um. »Wollen Sie endlich ...!«

Mehrere FBI-Agenten hatten ihre Pistolen gezogen und riefen Tremain zu, er solle seine Waffe wegwerfen. Die Trooper drückten dem Leiter der Sondereinheit stillschweigend die Daumen.

Potter dachte: Handy *hat* Melanie beinahe umgebracht.

Ein Schritt beiseite genügt.

Und Tremain hat sie auch beinahe umgebracht.

Los, schieß doch!

Handy flüsterte eindringlich: »Wenn er seinen Willen bekommen hätte, Art, hätte Ihre Freundin jetzt am ganzen Körper Verbrennungen dritten Grades. Ihr Haar und ihre Titten wären ganz verbrannt. Nicht mal Sie würden sie noch ficken wollen, wenn sie ...«

Potter warf sich herum. Seine Faust krachte gegen Handys Kinn. Der Gefangene torkelte rückwärts und ging zu Boden. Tremain, der bis auf drei Meter herangekommen war, zielte nochmals auf Handys Brust.

»Weg mit der Pistole!«, befahl Potter ihm. Er drehte sich

wieder um und trat auf den Captain zu. »Lassen Sie die Waffe fallen, Dan. Ihr Leben ist noch keineswegs zu Ende. Aber es ist aus, sobald Sie abdrücken. Denken Sie an Ihre Familie.« Er erinnerte sich an den Ring, den er an Tremains Hand gesehen hatte, und sagte eindringlich: »Gott will nicht, dass Sie für einen Taugenichts wie Handy Ihr Leben ruinieren.«

Die Pistole zitterte, fiel zu Boden.

Tremain ging zu Charlie Budd hinüber, ohne noch einmal zu Potter oder Handy hinüberzusehen, und hielt ihm seine Hände hin, um sich Handschellen anlegen zu lassen. Budd starrte seinen Kollegen an, schien etwas sagen zu wollen und schwieg dann doch lieber.

Während Handy sich aufrappelte, sagte er: »Sie haben 'ne gute Gelegenheit vorübergehen lassen, Arthur. Nicht viele Leute kriegen die Chance, 'nen Kerl umzulegen, ohne …«

Im nächsten Augenblick hielt Potter ihn an den Haaren gepackt und drückte seine Pistole unter Handys Stoppelkinn.

»Kein Wort mehr!«

Handy bäumte sich auf, atmete schwer. Anfangs war er wirklich verängstigt und sah weg. Aber nur sekundenlang. Dann lachte er. »Sie sind wirklich ein komischer Kauz, Art. Ja, Sir. Bringen wir's also hinter uns. Lochen Sie mich ein, Dano.«

# Mitternacht

Arthur Potter war allein.

Er betrachtete seine Hände und sah, dass sie zitterten. Bis zu dem Zwischenfall mit Tremain waren sie völlig ruhig gewesen. Er nahm eine imaginäre Valiumtablette, die jedoch nicht wirkte. Im nächsten Augenblick erkannte er, dass sein Unbehagen weniger eine Nachwirkung des Showdowns mit Tremain war, sondern vielmehr durch ein überwältigendes Gefühl der Enttäuschung hervorgerufen wurde. Er hatte mit Handy reden wollen. Er hatte mehr über ihn herausbekommen, die Motive für seine Handlungsweise erforschen wollen.

Weshalb hatte er Susan wirklich erschossen? Was hatte er sich dabei gedacht? Was war in diesem Raum, dem Schlachtraum, passiert?

Und was denkt er über mich?

Irgendwie hatte er das Gefühl, mit ansehen zu müssen, wie die Trooper einen Teil seiner Selbst abführten. Er starrte Handys Hinterkopf, sein zerzaustes Haar an. Der Mann drehte den Kopf zur Seite, ließ ein hyänenartiges Grinsen sehen. Potter fiel auf, wie ausgeprägt sein Unterkiefer war.

*Vorsicht! Gefahr!*

Er erinnerte sich an seine Pistole. Er entfernte die Patrone aus dem Lager, drückte sie ins Magazin und steckte die Waffe ins Holster zurück. Als er wieder aufsah, waren die beiden Streifenwagen mit Handy und Wilcox verschwunden. Vorläufig schien es noch so, als würde die perverse Kameraderie zwischen Verhandler und Geiselnehmer nie ganz verschwinden. Ein Teil seines Ichs war tief betrübt, dass der Mann abgeführt worden war.

Potter überlegte, was noch zu tun war. Vor allem musste er den Vordruck IR-1002 ausfüllen. Dann würde er noch in dieser Nacht seinem unmittelbaren Vorgesetzten in Washington telefonisch Bericht erstatten müssen, und der Admiral würde Potter zur persönlichen Berichterstattung kommen lassen, sobald er seinen schriftlichen Bericht gelesen hatte. Am besten machte er sich gleich daran, seinen Bericht aufzusetzen. Der Direktor hatte eine Vorliebe für kurze, knappe Berichte, aber im richtigen Leben taten einem Geiselnahmen selten den Gefallen, nach diesem Schema abzulaufen. Der Verhandler hatte an Peter Hendersons Pressekonferenz teilgenommen; er hatte jedoch nur einige wenige Fragen beantwortet, bevor er wieder gegangen war und es dem Special Agent überlassen hatte, sich selbst zu loben und andere zu tadeln, so viel er wollte. Potter war das egal.

Außerdem musste er sich überlegen, was er wegen des abgeblasenen Sturmangriffs der Sondereinheit der State Police unternehmen wollte. Potter wusste, dass Tremain dieses Unternehmen niemals ohne Genehmigung von oben – wahrscheinlich sogar durch den Gouverneur – riskiert hätte. Aber falls diese Vermutung zutraf, würde der Mann an der Staatsspitze sich bereits von Tremain distanziert haben. Vielleicht plante er sogar ein subtiles Offensivmanöver – zum Beispiel die öffentliche Kreuzigung eines gewissen Arthur Potter. Dagegen musste der Agent rechtzeitig eine Verteidigungsstrategie ausarbeiten.

Und die weitere Frage: Sollte er noch ein paar Tage hierbleiben? Nach Chicago zurückkehren? Nach Washington zurückfliegen?

Potter stand in der Nähe der brandgeschwärzten Kommandozentrale, beobachtete das Abrücken der Trooper und wartete darauf, Melanie sehen zu dürfen. Er starrte zum Schlachthaus hinüber und fragte sich, was er zu ihr sagen würde. Dann sah er Officer Frances Whiting, die an einem Streifenwagen lehnte und so erschöpft wirkte, wie er sich fühlte. Potter ging zu ihr hinüber.

»Hätten Sie Zeit für eine Unterrichtsstunde?«, fragte er.

»Klar doch.«

Zehn Minuten später gingen sie miteinander ins Sanitätszelt hinüber.

Drinnen saß Melanie Charrol auf einem niedrigen Untersuchungstisch. Ein Sanitäter hatte ihren Hals und ihre Schultern weiß verbunden. Offenbar um ihm die Arbeit zu erleichtern, hatte sie ihr Haar zu einem locker geflochtenen Nackenzopf zusammengefasst.

Potter trat auf sie zu und sprach nicht Melanie an – wie er sich vorgenommen hatte, sich selbst *befohlen* hatte –, sondern wandte sich an den Sanitäter, der eine Hautabschürfung an ihrem Bein mit Betadine bepinselte. »So weit alles in Ordnung mit ihr?«

Melanie nickte. Sie sah ihm mit einem intensiven Lächeln ins Gesicht. Ihr Blick ließ seine Augen nur los, als er sprach und sie seine Lippen beobachtete.

»Das ist nicht ihr Blut«, sagte der Sanitäter.

»Es stammt von Bär?«, fragte Potter.

Melanie nickte. Sie lächelte immer noch, aber er sah, wie tief ihre Augen in den Höhlen lagen. Der Sanitäter gab ihr zwei Tabletten, die sie mit einem Glas Wasser hinunterspülte. Der junge Mann sagte: »Ich lasse Sie jetzt ein paar Minuten mit ihr allein.«

Als er hinausging, kam Frances herein. Die beiden Frauen unterhielten sich mit schnellen, abrupten Handzeichen. Frances berichtete: »Sie fragt nach den anderen Mädchen. Ich gebe ihr kurz Auskunft.«

Melanie konzentrierte sich wieder auf Potter, starrte ihn erneut an. Er erwiderte ihren Blick. Die junge Frau war noch ganz entnervt, aber sie war – trotz des Bluts und der Verbände – so schön, wie er erwartet hatte. Unglaublich, diese blaugrauen Augen.

Er hob seine Hände, um die Gebärden zu bilden, die Frances ihn zuvor gelehrt hatte – aber sein sonst so zuverlässiges Gedächtnis ließ ihn im Stich. Er schüttelte ob dieser Panne den Kopf. Melanie legte den Kopf leicht schief.

Potter hielt seinen Zeigefinger hoch. Augenblick! Er hob erneut die Hände – und erstarrte nochmals. Dann machte Frances ihm die erste Gebärde vor, und plötzlich fiel ihm alles wieder ein. »Ich bin Arthur Potter«, signalisierte er. »Ich freue mich, Sie kennenzulernen.«

»Nein, Sie sind Charles-Michel de l'Épée«, übersetzte die Polizeibeamtin Melanies Antwort.

»*So* alt bin ich nicht«, sagte Potter lächelnd. »Officer Whiting hier hat mir erzählt, dass er im achtzehnten Jahrhundert geboren wurde. Wie fühlen Sie sich?«

Melanie verstand ihn, ohne eine Übersetzung zu brauchen. Sie deutete auf ihre Kleidung, runzelte mit gespieltem Ernst die Stirn und antwortete in Gebärdensprache. Frances übersetzte: »Der Rock und die Bluse sind unbrauchbar. Hätten Sie uns nicht etwas früher rausholen können?«

»Die Film-der-Woche-Leute wollen Spannung bis zum Ende.«

Und wie bei Handy fühlte er sich überwältigt. Es gab tausend Fragen, die er ihr stellen wollte – aber keine fand den Weg von seinem Verstand zu den Stimmbändern.

Er trat noch etwas näher an sie heran. Für einige Augenblicke verharrten beide unbeweglich.

Potter fiel ein weiterer Satz in Gebärdensprache ein, den Frances ihn früher an diesem Abend gelehrt hatte. Die

Anredeform stimmte nicht ganz, aber… »Du warst sehr tapfer«, signalisierte er ihr.

Melanie schien sich darüber zu freuen. Frances beobachtete ihre Hände, aber dann schüttelte die Polizeibeamtin stirnrunzelnd den Kopf. Melanie wiederholte ihre Antwort. Zu Potter sagte Frances: »Ich verstehe nicht, was sie damit meint. Sie hat gesagt: Wären Sie nicht bei mir gewesen, hätte ich es nicht geschafft.«

Aber *er* verstand es.

Er hörte das Brummen eines Motors, drehte sich um und sah einen Mähdrescher auf sie zukommen. Während er das schwerfällige Fahrzeug beobachtete, hatte er für kurze Zeit den Eindruck, es treibe riesige Insektenschwärme vor sich her. Dann erkannte er, dass er Staub und Spelzen sah, die von den rotierenden Messerbalken aufgewirbelt wurden.

»Sie arbeiten nachts durch«, übersetzte Frances.

Potter sah Melanie an.

Sie fuhr fort: »Auf die Feuchtigkeit kommt's an. Stimmen die Bedingungen, laufen die Maschinen Tag und Nacht. Das müssen sie.«

»Woher wissen Sie das?«

»Sie sagt, dass sie ein Farmgirl ist.«

Melanie sah ihm in die Augen. Potter versuchte sich einzureden, auch Marian habe ihn so angesehen, um seine Empfindungen auf gefühlvolle Erinnerungen zurückführen und damit als harmlos einordnen zu können. Aber das gelang ihm nicht. Dieser Blick war – wie die Empfindungen, die er hervorrief, wie die junge Frau selbst – ein Original.

Potter erinnerte sich an den letzten Satz, den Frances ihn gelehrt hatte. Er zögerte, dann machte er impulsiv die entsprechenden Handbewegungen. Dabei hatte er das Gefühl, diese Bewegungen kämen ganz von selbst, als könnten nur seine Hände ausdrücken, was er sagen wollte.

»Ich möchte Sie wiedersehen«, erklärte Potter ihr. »Vielleicht morgen?«

Sie überlegte einen endlosen Augenblick lang, dann nickte sie lächelnd.

Sie streckte plötzlich ihre Hände aus und umfasste seinen Arm. Er drückte eine verbundene Hand gegen ihren Rücken. Sie verharrten einen Augenblick in dieser halben Umarmung, dann hob er die Finger und legte sie auf ihr Haar. Sie senkte den Kopf und er die Lippen, bis sie fast den dicken blonden Zopf berührten. Aber plötzlich roch er den schweren Duft ihres Haars, eine Mischung aus Schweiß, Parfümspuren und Blut. Der Geruch eines sich liebenden Paars. Und er konnte sie nicht küssen.

Wie jung sie ist! Und während er das dachte, verflüchtigte sich von einer Sekunde auf die andere sein Begehren, sie zu umarmen, und sein Altmännerwunschtraum – nie ausgesprochen, kaum in Gedanken formuliert – verflog wie die Spreu vor dem Mähdrescher, den er vorhin angestarrt hatte.

Er wusste, dass er gehen musste.

Wusste, dass er sie nie wiedersehen würde.

Er trat plötzlich einen Schritt zurück, und sie sah momentan verwirrt zu ihm auf.

»Ich muss mit dem Bundesanwalt telefonieren«, sagte er abrupt.

Melanie nickte und streckte ihm die Hand hin. Potter hielt diese Bewegung versehentlich für eine Gebärde, starrte ihre Hand an und wartete. Sie streckte die Hand noch weiter aus und umfasste seine Finger mit warmem Druck. Sie lachten beide über das Missverständnis. Plötzlich zog sie ihn zu sich heran und küsste ihn auf die Wange.

Er setzte sich in Bewegung, blieb dann stehen und drehte sich um. »›Vorsicht! Gefahr!‹ Das haben Sie zu mir gesagt, nicht wahr?«

Als Melanie nickte, war ihr Blick wieder traurig. Traurig und unglücklich. Frances übersetzte ihre Antwort. »Ich wollte, dass Sie wissen, wie gefährlich er ist. Ich wollte, dass Sie vorsichtig sind.«

Dann lächelte sie und fügte noch etwas hinzu. Potter lachte, als er die Übersetzung hörte. »Sie sind mir einen neuen Rock und eine Bluse schuldig. Und ich erwarte Schadenersatz von Ihnen. Vergessen Sie das lieber nicht. Ich bin eine selbstbewusste Gehörlose. Sie Ärmster!«

Potter schlenderte zur Kommandozentrale zurück und bedankte sich bei Tobe Geller und Henry LeBow, die mit Linienmaschinen nach Boston und Washington zurückfliegen würden. Ein Streifenwagen fuhr mit ihnen davon. Er schüttelte Dean Stillwell nochmals die Hand und verspürte den lächerlichen Drang, ihn irgendwie zu belohnen – mit einer Auszeichnung, einem Orden oder einem FBI-Ehrenring. Der Sheriff strich sich seine Mähne aus der Stirn und besaß die Geistesgegenwart, seinen Leuten – FBI-Agenten, State Troopers und Deputys – zu befehlen, sich vorsichtig zu bewegen, weil sie sich an einem Tatort befanden, an dem noch Spuren gesichert werden mussten.

Potter stand unter einem der Halogenscheinwerfer und sah zu den scharf hervortretenden Umrissen des alten Schlachthauses hinüber.

»Nacht, Sir«, sagte eine Stimme in gedehntem Tonfall hinter ihm.

Potter drehte sich zu Stevie Oates um und schüttelte ihm die Hand. »Ohne Sie hätten wir's nicht geschafft, Stevie.«

Der junge Mann konnte besser Kugeln ausweichen als Komplimente annehmen. Er starrte verlegen zu Boden. »Yeah, nun, wissen Sie, ich …«

»Noch ein guter Rat.«

»Der wäre, Sir?«

»Melden Sie sich nicht so verdammt oft freiwillig.«

»Ja, Sir.« Der Trooper grinste. »Ich werd's mir merken.«

Danach machte Potter sich auf die Suche nach Charlie Budd und bat ihn, ihn zum Flughafen zu fahren.

»Wollen Sie nicht noch ein bisschen bleiben?«, fragte der junge Captain.

»Nein, Ich muss fort.«

Sie stiegen in Budds neutralen Dienstwagen und rasten davon. Potter erhaschte einen letzten Blick auf das Schlachthaus; im grellen Scheinwerferlicht erinnerte der dunkelrote, weiß abgesetzte Klinkerbau an einen blutigen, freiliegenden Knochen. Potter schauderte und wandte sich ab.

Auf halber Strecke zum Flughafen sagte Budd: »Ich bin Ihnen für die Chance dankbar, die Sie mir gegeben haben.«

»Sie haben mir freundlicherweise etwas gebeichtet, Charlie ...«

»Nachdem ich Sie beinahe reingeritten hätte.«

»... deshalb sollte ich Ihnen auch etwas beichten.«

Der Captain rieb sich sein sandfarbenes Haar, bis es aussah, als wäre er bei Dean Stillwells Friseur gewesen. Damit wollte er sagen: Nur zu, ich kann's aushalten.

»Ich habe Sie zu meinem Assistenten gemacht, weil ich allen zeigen musste, dass dies ein FBI-Unternehmen ist, bei dem der Staat Kansas die zweite Geige zu spielen hat. Ich habe Sie sozusagen an die Leine gelegt. Aber Sie sind ein cleverer Mann, und ich vermute, dass Sie sich das schon gedacht haben.«

»Klar. Ich hab ziemlich bald gemerkt, dass Sie kein überqualifiziertes Mädchen für alles wie mich brauchen. Um Fritten und Bier und Hubschrauber zu bestellen. Das war einer der Gründe, warum ich das Diktiergerät eingesteckt habe. Aber Ihre Art, mit mir zu reden, mit mir umzugehen, war einer der Gründe, warum ich's nicht drin gelassen habe.«

»Nun, es ist Ihr gutes Recht, darüber aufgebracht und wütend zu sein. Aber ich möchte Ihnen sagen, dass Sie sich viel besser bewährt haben, als ich erwartet hatte. Sie sind wirklich ein Mitglied des Teams gewesen. Wie Sie das Telefongespräch mit Handy bewältigt haben … ein echtes Naturtalent. Ich würde bei Verhandlungen jederzeit wieder gern mit Ihnen zusammenarbeiten.«

»O Mann, für keinen Preis der Welt! Ich hab einen anderen Vorschlag, Arthur – ich stelle die Geiselnehmer, und Sie holen sie aus ihren Löchern raus.«

Potter lachte. »Einverstanden, Charlie.«

Sie fuhren schweigend durch die endlosen Weizenfelder. Das vom Wind bewegte Getreide wirkte im Mondschein lebendig – wie das seidenglatte Fell irgendeines Tiers, das nur darauf wartet, losrennen zu dürfen. »Ich hab das Gefühl«, sagte Budd langsam, »dass Sie glauben, heute Abend einen Fehler gemacht zu haben.«

Potter gab keine Antwort, sondern beobachtete die Glotzaugen der Mähdrescher.

»Sie denken, dass Sie die Geiseln vielleicht früher freibekommen hätten, wenn Sie verhandelt hätten wie Detective Foster. Dass Sie vielleicht sogar dieses Mädchen hätten retten können – und auch Joey Wilson.«

»Dieser Gedanke ist mir gekommen«, sagte Potter nach einer Minute. Oh, wie wir es hassen, taxiert und dann richtig eingeschätzt zu werden! Warum leiden wir unter der Zwangsvorstellung, unser Verhalten müsse für alle Außenstehenden rätselhaft sein? Ich habe dir meine Geheimnisse verraten, Marian. Aber nur dir. Das gehört zur Liebe dazu, glaube ich, und dort ist es ja schön und gut. Aber wie unbehaglich uns zumute ist, wenn Außenstehende uns mit scharfem Blick durchschauen.

»Aber Sie haben sie durch drei oder vier Ultimaten am Leben erhalten«, fuhr Budd fort.

»Dieses Mädchen, Susan…«

»Er hat sie erschossen, noch bevor Sie angefangen hatten, mit ihm zu verhandeln. Sie hätten sie unter keinen Umständen retten können. Außerdem hat Handy reichlich Gelegenheit gehabt, das zu verlangen, was Sharon ihm angeboten hat. Trotzdem hat er's nie getan. Kein einziges Mal.«

Gut, das stimmte. Aber Arthur Potter war sich der Tatsache, dass jeder Verhandler bei einer Blockade eine gottähnliche Rolle spielte und jeder Tod auf seinen Schultern, ausschließlich auf seinen, lastete, sehr bewusst. Was er dazugelernt hatte – und was ihn in all den Jahren vor dem Verzweifeln bewahrt hatte –, war die Tatsache, dass mancher dieser Tode einfach leichter wog als andere.

Sie fuhren weitere drei Meilen, und Potter merkte, dass er sich von den mondweißen Weizenwogen hatte hypnotisieren lassen. Budd redete wieder mit ihm. Diesmal über Familienangelegenheiten, über seine Frau und seine Töchter.

Potter sah von dem wogenden Weizen weg und hörte sich an, was der Captain ihm erzählte.

In der DomTran-Maschine schob Arthur Potter sich zwei Streifen Wrigley's in den Mund und winkte Charlie Budd zum Abschied zu. Der Captain erwiderte den Gruß, obwohl das Innere des kleinen Flugzeugs so schwach beleuchtet war, dass Potter bezweifelte, dass der andere ihn überhaupt sah.

Dann sank er in den bequemen beigefarbenen Ledersessel der Grumman Gulfstream zurück. Er dachte an die Taschenflasche mit irischem Whisky in seinem Aktenkoffer, merkte dann aber, dass er ganz entschieden keine Lust auf einen Drink hatte.

Wie findest du das, Marian? Keinen Schlummertrunk für

mich, obwohl ich nicht mehr im Dienst bin. Was sagst du dazu?

Er sah das Telefon auf einer Konsole zwischen den Sitzen und überlegte, ob er seine Cousine Linden anrufen sollte, um ihr zu sagen, sie solle nicht auf ihn warten. Aber das hatte Zeit bis nach dem Start. Er würde auch kurz mit Sean reden; der Junge würde begeistert sein, wenn er hörte, dass sein Onkel Arthur aus dreißigtausend Fuß Höhe mit ihm sprach. Potter starrte geistesabwesend aus dem Fenster zu den farbigen Bodenleuchten hinüber, mit denen die Rollwege und Start- und Landebahnen markiert waren. Dann zog er die noch immer feuchte Nachricht, die Melanie ihm geschrieben hatte, aus der Tasche. Er las sie nochmals, knüllte das Papier zusammen und stopfte es ins Rückenfach des Ledersessels vor ihm.

Die Düsentriebwerke heulten auf. Ihr plötzlich einsetzender Schub ließ die kleine Maschine immer schneller die Startbahn hinunterrasen und lange vor ihrem Ende steil abheben – wie ein Raumschiff, das zum Mars unterwegs war.

Sie stiegen und stiegen, als wollten sie den Mond erreichen, der als schmale Sichel am verschleierten Himmel stand. Das Flugzeug steuerte die auf einer Seite von einem hellen Halbkreis begrenzte schwarze Scheibe an. In untypisch poetischer Stimmung dachte Potter an folgendes Bild: der eisige Daumen und Zeigefinger einer Hexe, die dabei war, eine Prise Nachtschatten zu nehmen.

Der Verhandler schloss die Augen und lehnte sich in den weichen Sessel zurück.

Im nächsten Augenblick legte die Gulfstream sich steil in die Kurve. Das Manöver erfolgte so abrupt, dass Arthur Potter jäh erkannte, dass er würde sterben müssen. Er dachte sehr gelassen über diese Tatsache nach. Ein Flügel oder ein Triebwerk war abgefallen. Ein Bolzen, der das ganze Flugzeug zusammenhielt, war durch einen Ermüdungsbruch zerstört worden. Potter riss die Augen auf und bildete sich ein, in dem weißen Glanz, der den vorbeiziehenden Mond umgab, ganz deutlich das Gesicht seiner Frau zu sehen. Er begriff, dass alles, was sie über viele Jahre hinweg verbunden hatte, Marian und ihn, sie noch immer verband, ebenso stark wie früher, und dass sie ihn zu sich ins Totenreich holte.

Er schloss wieder die Augen. Und empfand ein Gefühl tiefen Friedens.

Aber nein, er sollte noch nicht sterben.

Denn während das Flugzeug auf Gegenkurs ging, wieder den Flughafen ansteuerte, Fahrwerk und Klappen ausfuhr und über den weiten Ebenen von Kansas tiefer ging, hielt Potter den Telefonhörer ans Ohr gedrückt und hörte zu, wie Special Agent Peter Henderson ihm mit zitternder Stimme in grimmigem Tonfall berichtete, die echte Detective Sharon Foster sei vor einer halben Stunde tot und halbnackt in der Nähe ihres Hauses aufgefunden worden – und die Polizei vermute jetzt, dass die Frau, die sich am Tatort als Sharon Foster ausgegeben habe, Lou Handys Freundin gewesen sei.

Die vier Trooper, die Handy und Wilcox eskortiert hatten, waren ebenso tot wie Wilcox – sie alle waren während einer wilden Schießerei etwa fünf Meilen vom Schlachthaus entfernt umgekommen.

Und was Handy und die Frau betraf – die beiden waren spurlos verschwunden.

# 4

# A MAIDEN'S GRAVE

## 1.01 Uhr

Auf der Fahrt durch die vom Mondlicht schwach beleuchteten Weizenfelder dachte das Ehepaar in dem Nissan über den Abend bei ihrer Tochter in Enid nach, der genauso unerfreulich gewesen war, wie sie vorausgesehen hatten.

Wenn die beiden etwas sagten, redeten sie jedoch nicht über den schäbigen Wohnwagen der Kinder, ihren ungewaschenen Enkel im Säuglingsalter, ihren Schwiegersohn mit dem strähnigen Haar, der zwischendurch mehrmals in dem von Müll übersäten Hinterhof verschwunden war, um heimlich Jack Daniel's zu trinken. Nein, sie sprachen nur übers Wetter und ungewöhnliche Verkehrszeichen, an denen sie zufällig vorbeikamen.

»Diesen Herbst gibt's Regen. Überschwemmungen.«

»Schon möglich.«

»Hängt irgendwie mit den Forellen in Minnesota zusammen. Hab was darüber gelesen.«

»Forellen?«

»Schlimmer Regen, mein ich. Bis zu Stuckey's sind's bloß fünf Meilen. Sollen wir vorbeifahren?«

Harriet, ihre Tochter, hatte ihnen ein Abendessen vorgesetzt, das sich nur als ungenießbar bezeichnen ließ – erbärmlich zerkocht und versalzen. Und der Ehemann hatte im Mais- und Bohneneintopf etwas entdeckt, was seiner Überzeugung nach Zigarettenasche sein musste. Jetzt waren sie beide halb verhungert.

»Warum nicht? Aber nur auf 'nen Kaffee. Sieh dir bloß

diesen Wind an – huiii! Hoffentlich hast du daheim die Fenster zugemacht. Vielleicht ein Stück Kuchen.«

»Die sind zu.«

»Letztes Mal hast du sie vergessen«, erinnerte seine Frau ihn mit schriller Stimme. »Ich will nicht wieder erleben, dass die Lampe umfällt. Du weißt, was Energiesparlampen kosten.«

»He«, sagte der Ehemann, »was soll das?«

»Was meinst du?«

»Ich werd angehalten. Hinter mir ist ein Streifenwagen.«

»Fahr rechts ran!«

»Tu' ich doch«, sagte er gereizt. »Ich muss ja nicht gleich Bremsspuren hinterlassen. Bin ja schon dabei.«

»Was hast du gemacht?«

»*Nichts* hab ich gemacht. Ich bin siebenundfünfzig gefahren, wo fünfundfünfzig erlaubt sind, und das ist kein Verbrechen.«

»Fahr endlich rechts ran.«

»Bin doch schon unterwegs! Beruhig dich wieder, ja? Bitte sehr, zufrieden?«

»He, schau mal!«, rief die Ehefrau erstaunt aus. »Da fährt 'ne Polizeibeamtin!«

»So was gibt's heutzutage. Das weißt du doch. Wie in der Serie *Cops*. Soll ich aussteigen oder warten, bis sie zu mir ans Auto kommen?«

»Vielleicht«, meinte die Ehefrau, »solltest du zu ihnen nach vorn gehen. Mach dir die Mühe. Falls sie noch überlegen, ob sie dir einen Strafzettel verpassen sollen. Vielleicht tun sie's dann doch nicht.«

»Gute Idee. Aber ich weiß trotzdem nicht, was ich verbrochen haben soll.« Und der Ehemann stieg grinsend wie ein Kürbiskopf an Halloween aus ihrem Nissan, ging nach vorn zu dem Streifenwagen und angelte unterwegs seine Brieftasche aus der Tasche.

Während Lou Handy den Streifenwagen tief ins Weizenfeld hineinfuhr, sodass im hohen Getreide eine Schneise zurückblieb, dachte er unwillkürlich an ein anderes Feld zurück – an das von heute Morgen, in der Nähe der Kreuzung, auf der ihr Chevy von dem Cadillac seitlich gerammt worden war.

Er erinnerte sich an den wolkenverhangenen grauen Himmel. Daran, wie sich der Horngriff des Messers in seiner Hand angefühlt hatte. Das gepuderte Gesicht der Frau, die schwarzen Runzeln in ihrem Make-up, die Tropfen ihres eigenen Blutes, das sie bespritzte, während er das Messer in den unter ihm liegenden weichen Körper stieß. Ihren Blick voller Schmerz und Hoffnungslosigkeit. Ihr unheimliches Kreischen, Schreien, Würgen, Stöhnen. Tierische Laute.

Sie war genauso gestorben wie das Paar aus dem Nissan, das jetzt im Kofferraum des Streifenwagens lag, den er fuhr. Verdammt, sie hatten sterben müssen, beide Paare. Sie hatten etwas, was *er* brauchte. Ihre Autos. Der Cadillac und der Nissan. Heute Morgen hatten Hank und Ruth seinen Chevy zu Schrott gefahren. Und heute Nacht … nun, er und Pris *konnten* nicht endlos lange mit einem gestohlenen Streifenwagen herumfahren. Unmöglich! Er brauchte ein neues Auto. Er *musste* eins haben.

Und wenn Lou Handy bekam, was ihm zustand, wenn er diesen Punkt abhaken konnte, war er der zufriedenste Mensch auf Erden.

Jetzt ließ er den Streifenwagen, in dem es nach Kordit und Blut stank, fünfzig Meter von der Straße entfernt im Weizen stehen. Man würde ihn morgen früh auffinden, aber das war in Ordnung. In ein paar Stunden würden er und Pris aus Kansas heraus sein und über die Grenze zwischen Texas und Mexiko fliegen, unterwegs nach San Hidalgo.

Brrr, gut festhalten... Verdammt, der Wind war stürmisch geworden; der ganze Wagen schwankte, und die Weizenähren klatschten mit einem Prasseln wie von Schrotkörnern gegen die Windschutzscheibe.

Handy stieg aus und trabte zur Straße zurück, wo Pris am Steuer des Nissans saß. Sie hatte die Polizeiuniform ausgezogen und trug Jeans und Pullover, und Handy wünschte sich im Augenblick nichts mehr, als ihr die Levi's herunterzuziehen – sie und die billige Nylonstrumpfhose, die Pris immer trug – und sie gleich hier auf der Motorhaube dieser billigen Japanerkarre zu ficken. Und dabei ihren Pferdeschwanz in der rechten Hand zu halten, wie er's gern tat.

Aber er stieg hastig rechts ein und bedeutete ihr mit einer Handbewegung, sie solle losfahren. Pris warf ihre Zigarette aus dem Fenster und gab Gas. Der Wagen fuhr an, wendete mit quietschenden Reifen und beschleunigte auf sechzig Meilen.

Sie fuhren in die Richtung zurück, aus der sie gekommen waren. Nach Norden.

Das schien verrückt zu sein, gewiss. Aber Handy war stolz darauf, so verrückt zu sein, wie man nur sein konnte, und im Leben trotzdem voranzukommen. In Wirklichkeit war diese Fahrtrichtung jedoch durchaus vernünftig, denn ihr Ziel war der allerletzte Ort, wo irgendjemand sie suchen würde.

Und überhaupt, dachte er, zum Teufel damit, ob es nun verrückt ist oder nicht. Sein Entschluss stand fest. Er hatte dort etwas zu erledigen. Jemand war Lou Handy noch was schuldig.

Das 1802 von Ludwig van Beethoven für seine Brüder verfasste Heiligenstädter Testament schildert seine Verzweiflung über sein fortschreitendes Gehörleiden, das ihn eineinhalb Jahrzehnte später völlig taub werden ließ.

Das war Melanie Charrol bekannt, denn Beethoven war nicht nur ihr Vorbild und geistiger Mentor, sondern auch ein häufiger Besucher in ihrem Musikzimmer, wo er – was nicht weiter überraschend war – ebenso gut hören konnte wie sie. Sie hatten schon viele faszinierende Gespräche über Musiktheorie und Komposition geführt. Beide beklagten sie den von Melodie und Harmonie wegführenden Trend in der zeitgenössischen Musik. Melanie bezeichnete sie als »medizinische Musik« – eine Definition, die Ludwig nachdrücklich billigte.

Jetzt saß sie im Wohnzimmer ihres Hauses, atmete mit tiefen Zügen, dachte an den großen Komponisten und fragte sich, ob sie betrunken sei.

An der Bar des Hotels in Crow Ridge hatte sie in Gesellschaft von Officer Frances Whiting und einigen Schülerinneneltern zwei Brandys gekippt. Frances hatte Melanies Eltern in St. Louis erreicht und ihnen versichert, dass ihre Tochter unverletzt sei. Sie wollten morgen sofort nach Dannys Operation zurückkommen und sie in Hebron besuchen – eine Nachricht, die Melanie aus irgendeinem Grund beunruhigte. Wollte sie diesen Besuch oder nicht? Anstatt sich zu entscheiden, trank sie noch einen Brandy.

Dann war Melanie von einen Zimmer zum anderen gegangen, um sich von den Mädchen und ihren Eltern zu verabschieden.

Die Zwillinge hatten geschlafen. Kielle war wach gewesen, hatte sie jedoch demonstrativ ignoriert – aber Melanie wusste aus Erfahrung, wie wetterwendisch Kinder in diesem Alter waren; morgen oder übermorgen würde die Kleine wieder in ihrem winzigen Büro in der Schule vorbeikommen und sich halb über ihren tadellos aufgeräumten Schreibtisch legen, um Melanie ihre neuesten X-Men-Comics oder ein neues Power-Rangers-Sammelbild zu zeigen. Emily schlief fest, natürlich in einem absurd rüschigen und mädchenhaften Nachthemd. Shannon, Beverly und Jocylyn standen im Mittelpunkt der allgemeinen Aufmerksamkeit. Vorerst wirkten sie noch fröhlich trotzig, und Melanie sah, dass sie sich gegenseitig an Einzelheiten aus der Geiselhaft erinnerten, die sie kaum ertragen konnte. Sie nannten sich »The Crow Ridge Ten« und wollten sogar T-Shirts mit diesem Namen drucken lassen. Die Realität würde sie später einholen, wenn sie Susans Abwesenheit zu spüren begannen. Aber bis dahin, warum nicht? Außerdem war es trotz der Bedenken, die Melanie hinsichtlich der Gehörlosenbewegung hatte und die sie de l'Épée mitgeteilt hatte, eine Tatsache, dass die Mitglieder dieser Gemeinschaft bemerkenswert unverwüstlich waren.

Melanie sagte allen gute Nacht und lehnte ein Dutzend Aufforderungen ab, in Crow Ridge zu übernachten. Sie hatte die Gebärde für »Nein, danke« noch nie so oft gebraucht wie an diesem Abend.

Bei ihr zu Hause waren jetzt alle Fenster und alle Türen sicher verschlossen. Sie hatte Räucherstäbchen angezündet, trank einen Brombeerlikör – ein Hausmittel ihrer Großmutter gegen Krämpfe –, saß auf ihrer Couch, dachte an de l'Épée… okay, Arthur Potter… und rieb sich ihr schmerzendes rechtes Handgelenk, wo Brutus es mit dem Draht abgebunden hatte. Sie hatte ihren Koss-Kopfhörer aufgesetzt und Beethovens Klavierkonzert Nr. 4 G-dur op. 58 mit höchster Lautstärke angestellt. Ein herrliches Werk aus Beethovens zweitem Schaffensabschnitt, in dem auch die *Eroica* entstanden war, als er unter der beginnenden Taubheit litt, aber noch nicht gänzlich ertaubt war.

Als Melanie jetzt dieses Konzert hörte, fragte sie sich, ob Beethoven es im Hinblick auf spätere Jahre komponiert hatte, in denen seine Taubheit sich verschlimmern würde, ob er bestimmte Tonbögen und Akkorde eingeflochten hatte, damit auch ein tauber Greis noch imstande sein würde, zumindest die Seele des Werks zu erkennen – denn obwohl es Passagen gab, die sie überhaupt nicht hören konnte (sie stellte sie sich durchsichtig und zart wie Rauch vor), basierte die Leidenschaft dieser Musik auf hervorgehobenen tiefen Noten: Pianistenhände, die auf die linken Tasten herabkrachten, das Thema, das wie ein Habicht im Sturzflug in tiefere Lagen hinunterkreiselte, die Pauken und Bassgeigen des Orchesters, die das nach Melanies Auffassung hoffnungsvolle Motiv dieses Werks unterstrichen. Ein Gefühl, als galoppierte man.

Vibrationen, einzelne Töne und Mitlesen der Partitur halfen ihr, sich den größten Teil des Konzerts vorzustellen. Wie schon so häufig dachte sie auch jetzt, dass sie ihre Seele dafür verkaufen würde, das ganze Konzert wirklich zu hören.

Nur ein einziges Mal in ihrem Leben.

Während des zweiten Satzes sah Melanie zufällig nach draußen und wurde auf einen Wagen aufmerksam, der plötzlich langsamer fuhr, als er an ihrem Haus vorbeikam. Das war merkwürdig, denn diese Straße war nur wenig befahren. Es war eine Sackgasse, und Melanie kannte alle ihre Nachbarn und wusste, welche Autos sie fuhren. Diesen Wagen kannte sie nicht.

Sie nahm den Kopfhörer ab und trat ans Fenster. Nun konnte sie sehen, dass der mit zwei Personen besetzte Wagen vor dem Haus der Albertsons parkte. Auch das war merkwürdig, denn sie wusste bestimmt, dass die Familie für eine Woche verreist war. Sie kniff die Augen zusammen, um besser sehen zu können. Die beiden Personen – die sie nur als dunkle, schemenhafte Gestalten wahrnahm – stiegen aus, gingen durchs Gartentor der Albertsons und verschwanden hinter einer hohen Hecke. Dann fiel Melanie ein, dass die Familie mehrere Katzen hatte. Wahrscheinlich wurden sie von Freunden gefüttert, während die Albertsons verreist waren. Sie ging zu ihrer Couch zurück, streckte sich darauf aus und setzte den Kopfhörer wieder auf.

Ja, ja …

So begrenzt ihre akustische Wahrnehmung auch war, das, was sie von der Musik hören konnte, wirkte unglaublich tröstlich. Tröstlicher als der Brandy, tröstlicher als der freundschaftliche Umgang mit den Eltern ihrer Schülerinnen, tröstlicher auch als Gedanken an den rätselhaften und unerklärlich attraktiven Arthur Potter; die Musik erhob sie auf magische Weise über die Schrecken dieses windigen Julitages.

Melanie schloss die Augen.

# 1.20 Uhr

Captain Charlie Budd schien in den vergangenen zwölf Stunden beträchtlich gealtert zu sein.

Potter studierte ihn im fahlen Neonlicht des beengten Büros von Sheriff Dean Stillwell, das am Rand des Geschäftsviertels von Crow Ridge in einer kleinen Ladenzeile lag. Budd wirkte nicht länger jugendlich unbekümmert, sondern mindestens ein Jahrzehnt übers Grünschnabelalter hinaus. Und wie alle anderen, die in dieser Nacht hier versammelt waren, trug sein Gesicht einen angewiderten, empörten Ausdruck.

Zugleich verriet seine Miene Unsicherheit, denn sie hatten keine Ahnung, ob und von wem sie verraten worden waren. Budd und Potter saßen vor Dean Stillwells Schreibtisch. Der Sheriff sprach übers Telefon gebeugt, nickte ernst und übergab den Hörer Budd.

Tobe Geller und Henry LeBow waren vor Kurzem nach wilder Fahrt vom Flughafen eingetroffen. LeBows Computer waren bereits eingeschaltet; sie schienen externe Organe seines Körpers zu sein. Angie Scapellos DomTran-Jet war irgendwo über Nashville auf Gegenkurs gegangen; sie sollte in einer halben Stunde wieder in Crow Ridge eintreffen.

»Okay«, sagte Budd und legte auf. »Hier sind die Einzelheiten. Eine scheußliche Geschichte.«

Die beiden Streifenwagen mit Handy und Wilcox hatten sich auf der Fahrt zur Einsatzzentrale von Troop C in Clements – etwa zehn Meilen südlich des Schlachthauses – befunden. Auf halber Strecke zwischen Crow Ridge und der Dienststelle hatte der von der Frau – vermutlich Priscilla Gunder – gefahrene vordere Wagen so plötzlich gebremst, dass er eine gut zehn Meter lange Bremsspur auf dem Asphalt hinterlassen hatte und der nachfolgende Wagen von der Straße abgekommen war. Dann hatte die Frau wohl ihre Pistole gezogen und ihren Beifahrer und den zweiten Trooper auf dem Rücksitz erschossen. Beide waren sofort tot.

Wilcox, der im zweiten Wagen gesessen hatte, musste seine Handschellen mit einem Schlüssel geöffnet haben, den Gunder ihm zugesteckt hatte, und sich die Pistole des neben ihm sitzenden Troopers geschnappt haben. Da er auf Potters Anweisung mit Handschellen und Leibkette gefesselt war, hatte er jedoch länger als vorgesehen gebraucht, um sich zu befreien. Er hatte den Trooper auf dem Rücksitz erschossen, aber der Fahrer war aus dem Wagen gesprungen und hatte Wilcox mit einem Schuss getroffen, bevor er selbst von Handy oder seiner Freundin von hinten erschossen worden war.

»Wilcox war nicht gleich tot«, berichtete Budd. Er fuhr sich mit einer Hand übers Haar, wozu einen Dean Stillwells Gegenwart animierte. »Er hat sich aus dem Wagen fallen lassen und ist nach vorn zu dem ersten Streifenwagen gekrochen. Jemand – die Spurensicherer tippen auf Handy – hat ihn mit einem aufgesetzten Stirnschuss erledigt.«

In Gedanken hörte Potter: *Man erschießt Leute, wenn sie nicht tun, was sie tun sollten. Man legt die Schwachen um, weil sie einen bloß behindern. Was soll daran unrecht sein?*

»Und Detective Foster?«, fragte Potter.

»Sie wurde nur eine Meile von ihrem Haus entfernt neben einem gestohlenen Auto aufgefunden. Nach Auskunft ihres Mannes ist sie zehn Minuten nach dem Anruf wegen der Geiselnahme weggefahren. Gunder hat sie offenbar angehalten – vermutlich mit einer vorgetäuschten Panne –, Foster gezwungen, ihre Uniform auszuziehen, sie ermordet und ihren Streifenwagen gestohlen. Einige der Fingerabdrücke haben die Spurensicherer bereits Gunder zugeordnet.«

»Was noch, Charlie?« Potter hatte Budds gequälten Gesichtsausdruck bemerkt. »Los, raus mit der Sprache!«

Der Captain zögerte. »Nachdem die echte Sharon Foster ihre Uniform ausgezogen hatte, hat Handys Freundin sie geknebelt und gefesselt. Dann hat sie ein Messer benützt. Das wäre nicht nötig gewesen. Aber sie hat's trotzdem getan. Es war nicht besonders schön. Foster hat lange gebraucht, um zu sterben.«

»Und dann ist sie zum Tatort gefahren«, knurrte Potter wütend, »und mit ihm abgehauen.«

»Wohin sind sie unterwegs?«, fragte LeBow. »Weiter nach Süden?«

»Das weiß kein Mensch«, sagte Budd.

»Sie fahren einen Streifenwagen«, warf Stillwell ein. »Der müsste leicht zu finden sein.«

»Wir setzen Hubschrauber zur Suche ein«, berichtete Budd. »Sechs Maschinen.«

»Oh, er hat längst einen anderen Wagen«, murmelte Potter. »Konzentrieren Sie sich auf gemeldete Autodiebstähle im Süden von Mittel-Kansas. Jeder kann wichtig sein.«

Tobe sagte: »Der Motorblock des Streifenwagens bleibt drei Stunden lang warm. Haben die Hubschrauber Infrarotkameras?«

»Drei von ihnen«, antwortete Budd.

LeBow fragte: »Auf welcher Route können sie in dieser Zeit die weiteste Entfernung zurücklegen? Er muss wissen, dass die Fahndung nach ihnen ziemlich bald anläuft.«

In dem ansonsten kahlen, nüchternen Büro standen auf einem Karteischrank fünf leuchtend rote Pflanzen – die gesündesten Pflanzen, die Potter jemals in geschlossenen Räumen gesehen hatte. Stillwell trat an seine Wandkarte, auf der vier benachbarte Countys dargestellt waren. »Er könnte zur 35 rüberfahren – das ist diese Turnpike, die nach Nordosten führt. Oder die 81 nehmen, um zur Interstate 70 zu kommen.«

»Wie wär's mit der 81 nach Nebraska«, fragte Budd, »und dann auf der 29 weiter?«

»Richtig«, sagte Stillwell. »Das ist 'ne lange Fahrt, aber so würde er nach Winnipeg kommen. Irgendwann.«

»War die Sache mit Kanada wirklich nur ein Täuschungsmanöver?«, fragte Tobe sich.

»Keine Ahnung«, gab Potter zu. Er hatte das Gefühl, in eine Schachpartie mit einem Mann hineingestolpert zu sein, der ein Großmeister sein konnte oder vielleicht nicht einmal die Gangarten der Figuren kannte. Er stand auf und reckte sich, was in dem beengten Raum schwierig war. »Wenn wir uns nicht auf unser Glück verlassen wollen, finden wir ihn nur, wenn wir herausbekommen, wie zum Teufel er das geschafft hat. Henry? Wie sieht der chronologische Ablauf aus?«

LeBow rief die verlangten Informationen auf und las dann vor: »Um einundzwanzig Uhr dreiunddreißig sagt Captain Budd, dass einer seiner Kommandeure ihn wegen einer Kriminalbeamtin angerufen hat, die Handy vor einigen Jahren zur Kapitulation überredet hat. Sie lebt in McPherson, Kansas. Der Kommandeur fragt an, ob er sie zum Tatort schicken soll. Captain Budd bespricht sich mit Agent Potter; dabei wird entschieden, diese Kriminalbeamtin zu bitten, an den Tatort zu kommen.

Um einundzwanzig Uhr neunundvierzig ruft eine Frau, die sich als Detective Sharon Foster ausgibt, aus ihrem Streifenwagen an und meldet, dass sie um zweiundzwanzig Uhr dreißig oder vierzig eintreffen wird.

Um zweiundzwanzig Uhr fünfundvierzig betritt die Frau, die sich als Detective Sharon Foster ausgibt und die Uniform der Kansas State Police trägt, die Kommandozentrale und beginnt, mit Louis Handy zu verhandeln.«

»Charlie«, fragte Potter, »welcher Kommandeur war das?«

»Ted Franklin von Troop B.« Er hielt bereits den Hörer in der Hand und tippte die Nummer ein.

»Commander Franklin, bitte ... die Sache ist dringend ... Ted? Hier ist Charlie Budd ... Nein, bisher nichts Neues. Ich schalte jetzt den Lautsprecher ein, damit alle zuhören können.« Nach dem Klicken erfüllte atmosphärisches Rauschen den Raum. »Ted, hier bei mir sitzt das halbe FBI. Die Leitung hat Agent Potter.«

»Hallo, Gentlemen«, sagte Franklins elektronisch verstärkte Stimme zur Begrüßung.

»Guten Morgen, Commander«, begann Potter. »Wir versuchen festzustellen, was hier passiert ist. Können Sie sich daran erinnern, wer Sie gestern Abend wegen Sharon Foster angerufen hat?«

»Ich hab mir schon den Kopf zerbrochen, Sir – leider erfolglos. Irgendein Trooper, dessen Namen ich vergessen habe. Wenn ich ganz ehrlich sein will, hab ich weniger auf seinen Namen als auf seine Meldung geachtet.«

»*Seinen* Namen, sagen Sie?«

»Ja, Sir. Es war ein Mann.«

»Er hat Ihnen von Detective Foster erzählt?«

»Richtig.«

»Haben Sie sie schon vorher gekannt?«

»Ich hatte von ihr gehört. Sie hat ziemlich schnell Karriere gemacht. Recht erfolgreich als Verhandlerin.«

Potter fragte: »Und nachdem dieser Trooper angerufen hatte, haben Sie mit ihr telefoniert?«

»Nein, ich habe erst Charlie drunten in Crow Ridge angerufen, um zu fragen, ob sie kommen soll. Erst danach habe ich sie angerufen.«

»Aha«, sagte Stillwell, »jemand hat Ihr Gespräch mit ihr abgehört und Detective Foster beim Wegfahren abgefangen.«

»Aber wie?«, fragte Budd. »Ihr Mann sagt, dass sie zehn Minuten nach dem Anruf weggefahren ist. Wie kann Handys Freundin rechtzeitig hingekommen sein?«

»Tobe?« Potter sah zu ihm hinüber. »Lässt sich feststellen, ob sein Telefon angezapft wurde?«

»Commander Franklin«, fragte Tobe, »wird Ihr Büro regelmäßig nach Wanzen abgesucht?«

Ein halblautes Lachen. »Nö – nicht nach der Art, die Sie meinen.«

Zu Potter sagte Tobe: »Wir könnten sein Büro nachträglich nach Wanzen absuchen. Aber dann wüssten wir nur, ob dort welche versteckt waren oder nicht. Wer sie genutzt hat – und wann –, bliebe weiter ungeklärt.«

Nein, dachte Potter, Budd hat recht. Nach Franklins Anruf hätte Priscilla Gunder einfach nicht genügend Zeit gehabt, um das Haus der Polizeibeamtin zu erreichen.

LeBow sprach aus, was alle dachten: »Die Sache sieht einfach nicht nach einem abgehörten Anruf aus. Wer hätte außerdem gewusst, dass Commander Franklin von seinem Büro aus telefonieren würde?«

Stillwell sagte: »Scheint so, als wäre die Sache von langer Hand vorbereitet gewesen.«

Potter nickte zustimmend. »Der Trooper, der Sie angerufen hat, Commander Franklin, war überhaupt kein Trooper. Es war Handys Komplize. Und die Freundin hat vermutlich in der Nähe von Detective Fosters Haus auf der Lauer gelegen, während er – wer immer *er* ist – Sie angerufen hat.«

»Das bedeutet, dass jemand über die echte Sharon Foster informiert gewesen sein muss«, sagte Budd. »Dass sie Handy einmal zum Aufgeben überredet hatte. Wer würde so etwas wissen?«

Dann herrschte für kurze Zeit Schweigen, während ein Raum voll cleverer Männer über clevere Methoden nachdachte, sich über frühere Verhandlungen mit Geiselnehmern zu informieren – durch die Medien, aus Datenbanken, durch Quellen innerhalb der Polizei.

LeBow und Budd lieferten sich ein totes Rennen. »Handy!«

Auch Potter war eben zu diesem Schluss gekommen. Er nickte. »Wer hätte besser Bescheid wissen können als Handy selbst? Versetzen wir uns mal in seine Lage. Er sitzt im Schlachthaus fest. Er vermutet, dass er keinen Hubschrauber bekommen oder jedenfalls – mit oder ohne seine M-4-Freigabe – bis ans Ende der Welt verfolgt werden wird. Deshalb erzählt er seinem Komplizen von Foster. Der Komplize ruft die Freundin an, und die beiden planen die Rettungsaktion. Aber Handy kann nicht mit unserem Wurftelefon telefoniert haben. Das hätten wir gehört.« Potter schloss die Augen und dachte über die Ereignisse des vergangenen Tages nach. »Tobe, diese verschlüsselten Sendungen, die dir Rätsel aufgegeben haben … Wir haben sie Tremain und der hiesigen Sondereinheit zugeschrieben. Könnte dahinter noch was anderes gesteckt haben?«

Der junge Mann zupfte an seinem durchstochenen Ohrläppchen herum und holte dann mehrere Computerdisketten aus einer Plastikhülle. Er gab sie LeBow, der eine davon in seinen Laptop schob. Tobe beugte sich zu ihm hinüber und betätigte einige Tasten. Auf dem Bildschirm erschien die grafische Darstellung zweier langsam wandernder steiler Sinuswellen, die sich überlagerten.

»Das sind zwei!«, sagte er mit vor Entdeckerfreude leuchtenden Augen. »Zwei verschiedene Frequenzen.«

Tobe sah auf. »Beides Polizeifrequenzen, beide mit automatischer Verschlüsselung.«

»Hat Tremain beide benützt?«, überlegte Potter laut.

Ted Franklin fragte, um welche Frequenzen es sich handelte. »Vierhundertsiebenunddreißig und vierhundertachtzig Komma vier Megahertz«, antwortete Tobe.

»Nein«, sagte Ted Franklin. »Die erste ist der Sondereinheit zugewiesen. Aber die zweite ist keine Frequenz der State Police. Ich weiß nicht, wer sie benützt hat.«

»Handy hat im Schlachthaus also ein zweites Mobiltelefon gehabt?«, fragte Potter.

»Kein Telefon«, stellte Tobe richtig, »sondern ein Funkgerät. Und vier-achtzig ist oft für FBI-Einsätze reserviert, Arthur.«

»Tatsächlich?« Potter dachte darüber nach, dann erkundigte er sich: »Aber am Tatort wurde kein Funkgerät gefunden, oder?«

Budd wühlte in seinem schwarzen Aktenkoffer. Er fand eine Liste der am Tatort und bei den Verhafteten sichergestellten Beweismittel. »Kein Funkgerät.«

»Er könnte es versteckt haben, nehme ich an. In diesem alten Gemäuer gibt's 'ne Million Nischen und Winkel.« Potter dachte an etwas anderes. »Lässt sich noch irgendwie feststellen, wer der Empfänger gewesen ist?«

»Jetzt nicht mehr. Dazu muss man ein Echtzeitsignal triangulieren«, sagte Tobe, als hätte Potter ihn gefragt, ob es im Juli schneien könne.

»Commander Franklin«, fragte der Agent, »Sie haben einen Anruf bekommen, stimmt's? Von dem angeblichen Trooper? Keinen Funkspruch?«

»Ich wurde angerufen, richtig. Und der Anruf war kein weitergeleiteter Funkspruch. Das hört man immer.«

Potter betrachtete nachdenklich eine der Blumen. War das eine Begonie? Oder eine Fuchsie? Marian war eine große Gärtnerin gewesen. »Handy hat also Mr. X angefunkt, der seinerseits Commander Franklin angerufen hat. Danach hat X Handys Freundin angerufen und sie aufgefordert, Sharon Foster abzufangen. Tobe?«

Der junge Agent bekam glänzende Augen, schnalzte mit den Fingern und setzte sich auf. »Wird gemacht, Arthur«, antwortete er, noch bevor Potter seine Bitte formulieren konnte. »Die Aufzeichnung aller Gespräche, die in Ihrem Büro eingegangen sind, Commander Franklin. Haben Sie etwas dagegen?«

»Teufel noch mal, nein. Ich will diesen Kerl ebenso dringend wie Sie.«

»Sie haben eine eigene Nummer?«, fragte Tobe.

»Richtig, aber mindestens die Hälfte aller Anrufe kommt über unsere Vermittlung rein. Und wenn ich abnehme, weiß ich nicht, woher das Gespräch kommt.«

»Dann kontrollieren wir eben alle«, sagte Tobe geduldig und unerschrocken.

Wer ist Handys Komplize?, fragte Potter sich.

»Henry?«, sagte Tobe. »Bitte einen Antrag für einen richterlichen Durchsuchungsbefehl.«

LeBow druckte ihn auf Stillwells NEC aus, gab ihn Potter und öffnete dann auf seinem Bildschirm die Datei *Federal Judiciary Dictionary.* Potter rief einen Richter des Bezirksgerichts von Kansas an und erklärte ihm, wozu er den Durchsuchungsbefehl brauchte. Der Richter war bereit, den Antrag aufgrund der von Potter genannten Verdachtsmomente zu unterzeichnen; er hatte CNN gesehen und war bestens über die Geiselnahme informiert.

Als im District of Columbia und Illinois zugelassener Anwalt unterzeichnete Potter den Antrag auf Ausstellung eines Durchsuchungsbefehls. Tobe faxte ihn dem Richter, der ihn sofort unterschrieben zurückfaxte. Aus seiner Datei *Standard & Poor's Corporation Directory* hatte LeBow unterdessen den Namen des Leiters der Rechtsabteilung der Telefongesellschaft Midwestern Bell herausgesucht. Sie stellten ihm den Durchsuchungsbefehl zu Hause per Fax zu. Ein Telefongespräch und fünf Minuten später landeten die angeforderten Informationen sang- und klanglos in LeBows Computer.

»Okay, Commander Franklin«, sagte LeBow, während er in der Liste auf seinem Bildschirm blätterte. »Bei Ihrer Dienststelle scheinen gestern siebenundsiebzig Telefongespräche eingegangen zu sein, dazu sechsunddreißig über Ihren eigenen Anschluss.«

Potter sagte: »Sie sind ein vielbeschäftigter Mann.«

»Das kann meine Familie bestätigen.«

Potter fragte, wann er wegen Foster angerufen worden sei.

»Gegen halb zehn.«

Potter sagte: »Nimm einen Zeitraum von zwanzig Minuten.«

Tasten klapperten leise.

»Jetzt sind wir bei insgesamt sechzehn«, sagte LeBow. »Damit kommen wir eher zurecht.«

»Welche Reichweite hätte Handys Funkgerät gehabt – falls er eins gehabt hat?«, meinte Budd.

»Gute Frage, Charlie«, sagte Tobe. »Das engt die Möglichkeiten weiter ein. Die üblicherweise eingesetzten Funkgeräte haben eine Reichweite von ungefähr drei Meilen. Unser Mr. X muss sich also in der Nähe des Schlachthauses aufgehalten haben.«

Potter beugte sich über den Bildschirm. »Außer Crow Ridge kenne ich keinen dieser Orte, und von hier aus sind Sie nicht angerufen worden, Commander. Charlie, sehen Sie sich die Namen mal an. Sagen Sie uns, welche Orte in der Nähe liegen.«

»Hmmm, nach Hysford sind's ungefähr siebzehn Meilen. Billings liegt viel weiter entfernt.«

»Ein Anruf von meiner Frau«, warf Franklin ein.

»Und wie wär's hiermit? Ein Dreiminutengespräch um einundzwanzig Uhr sechsundzwanzig aus Townsend mit Ihrem Büro. Haben Sie ungefähr so lange mit dem Trooper gesprochen, Commander Franklin?«

»Ja, Sir, das könnte hinkommen.«

»Wo liegt Townsend?«

»Grenzt direkt an Crow Ridge an«, sagte Stillwell. »Mittelgroßer Ort.«

»Lässt sich die Adresse feststellen?«, fragte Budd.

Die von der Telefongesellschaft zur Verfügung gestellten Aufzeichnungen enthielten keine Adressen, aber ein Anruf beim Computerzentrum der Midwestern Bell genügte, um eine Telefonzelle zu lokalisieren.

»Route 236 und Roosevelt Highway.«

»Das ist die Hauptkreuzung in Townsend«, sagte Stillwell entmutigt. »Restaurants, Hotels, Tankstellen. Und vom Roosevelt Highway aus sind zwei Autobahnen zu erreichen. Kann irgendjemand auf dem Weg irgendwohin gewesen sein.«

Potters Blick ruhte auf den fünf roten Pflanzen. Dann hob er ruckartig den Kopf und griff nach dem Telefonhörer. Aber im nächsten Augenblick passierte etwas Merkwürdiges: Er nahm nicht ab und wirkte sekundenlang leicht verwirrt, als hätte er auf einer Abendgesellschaft einen schweren Fauxpas begangen. Seine Hand glitt vom Telefonhörer.

»Henry, Tobe, ihr kommt mit. Sie auch, Charlie. Dean, würden Sie hierbleiben und die Stellung halten?«

»Worauf Sie sich verlassen können, Sir.«

»Wohin gehen wir?«, fragte Charlie.

»Wir wollen uns mit jemandem unterhalten, der Handy weitaus besser kennt als wir.«

## 2.00 Uhr

Er fragte sich, wie sie sich bemerkbar machen sollten.

In den Türrahmen war seitlich ein ganz gewöhnlicher Klingelknopf eingelassen. Potter sah Budd an, der mit den Schultern zuckte und auf den Knopf drückte.

»Ich dachte, ich hätte drinnen was gehört. Eine Klingel. Wozu eigentlich?«

Auch Potter hatte etwas gehört. Aber durch den Spitzenvorhang eines Fensters sah er auch ein rotes Blinklicht.

Keine Reaktion.

Wo war sie?

Potter merkte, dass er im Begriff war, laut »Melanie?« zu rufen. Und als er erkannte, dass das zwecklos sein würde, hob er eine Faust, um an die Tür zu hämmern. Dann schüttelte er auch wegen dieser Geste den Kopf und ließ die Hand sinken. Beim Anblick des hell erleuchteten, aber scheinbar unbelebten Hauses wurde er plötzlich unruhig, und er zog seine Jacke von der Hüfte weg, wo er die Glock im Holster trug. LeBow sah diese Bewegung, äußerte sich aber nicht dazu.

»Ihr wartet hier«, wies Potter die drei Männer an.

Er schritt langsam die dunkle Veranda des viktorianischen Hauses ab und schaute durch alle Fenster. Plötzlich blieb er stehen, denn er sah unbeschuhte Füße, auf einer Couch ausgestreckte Beine, bewegungslos.

In höchster Besorgnis, fast in Panik, lief er bis ans Ende der dunklen Veranda und wieder zurück. Aber er konnte sie durch kein Fenster ganz sehen – nur ihre bewegungslosen Beine. Er klopfte ans Glas, dass es klirrte, und rief laut ihren Namen.

Nichts.

Sie müsste imstande sein, die Vibrationen zu spüren, dachte er. Und über dem Eingang sah er ein rotes Blinklicht – ihre »Klingel« –, das direkt in ihrem Blickfeld aufleuchtete.

»Melanie!«

Er zog seine Pistole. Versuchte, das Fenster zu öffnen. Es war verriegelt.

Los!

Sein Ellbogen krachte durchs Glas und ließ einen Schauer von Glassplittern aufs Parkett regnen. Er griff hinein, entriegelte das Fenster und kletterte hindurch. Dann erstarrte er – er sah, wie Melanie sich erschrocken aufsetzte und den durchs Fenster kommenden Eindringling anstarrte. Sie blinzelte verschlafen und keuchte.

Potter hob die Hände, als ergäbe er sich ihr, und machte selbst ein entsetztes Gesicht, als ihm bewusst wurde, wie sehr er sie erschreckt haben musste. Trotzdem war er mehr verwirrt als erschrocken: Weshalb um Himmels willen, dachte er, trägt sie einen Stereokopfhörer?

Melanie Charrol schloss die Haustür auf und bat ihre Besucher mit einer Handbewegung herein.

Als Erstes fiel Arthur Potter ein großes Aquarell auf: eine Violine, die von surrealistischen Viertel- und halben Noten in Regenbogenfarben umgeben war.

»Das mit dem Fenster tut mir leid«, sagte er langsam. »Sie können es von der Steuer absetzen.«

Sie lächelte.

»Guten Abend, Ma'am«, sagte Charlie Budd. Und Potter machte sie mit Tobe Geller und Henry LeBow bekannt.

Sie sah durch die offene Tür zu dem vor dem übernächsten Haus geparkten Wagen und den beiden Gestalten hinüber, die hinter einer Hecke standen und ihr Haus beobachteten.

Er sah ihren besorgten Blick und sagte: »Das sind unsere Leute.«

Melanie runzelte die Stirn. Der Agent erklärte ihr: »Zwei Trooper. Ich habe sie vorbeigeschickt, damit sie ein Auge auf Sie haben.«

Sie schüttelte den Kopf, als wollte sie fragen: Warum?

Potter zögerte. »Kommen Sie, wir gehen hinein.«

Ein Streifenwagen der Polizei von Hebron fuhr mit eingeschalteten Blinkleuchten vor. Angie Scapello, die übermüdet aussah, aber wenigstens keinen Ruß mehr im Gesicht hatte, stieg aus und hastete zur Haustür hinauf. Sie nickte allen zu, lächelte dabei aber ebenso wenig wie die übrigen Mitglieder des Krisenmanagement-Teams.

Melanies Haus war behaglich eingerichtet. Schwere Vorhänge im Wohnzimmer. Der Duft von Räucherstäbchen, von Gewürzen. An den mit waldgrün-goldenen Streifentapeten tapezierten Wänden hingen alte Drucke, darunter viele Porträts klassischer Komponisten. Der größte Druck zeigte Beethoven. Geschmackvoll restaurierte alte Möbel, wunderschöne Jugendstilvasen. Potter dachte leicht verlegen an sein Apartment in Georgetown, das ziemlich schäbig war. Er hatte vor dreizehn Jahren aufgehört, sich um die Einrichtung zu kümmern.

Melanie trug Jeans und einen schwarzen Kaschmirpullover. Ihr Haar war nicht mehr geflochten, sondern hing jetzt locker herab. Die Hautabschürfungen und Prellungen in ihrem Gesicht und an den Händen traten deutlich hervor und wurden durch die kastanienbraunen Betadineflecken noch betont. Potter wandte sich an sie und bemühte sich um Worte, die deutliche Lippenbewegungen erforderten. »Lou Handy ist geflüchtet.«

Sie verstand ihn nicht gleich. Als er den Satz wiederholte, riss sie entsetzt die Augen auf. Sie wollte instinktiv die Gebärdensprache benützen, brach den Versuch frustriert ab und griff nach einem Schreibblock.

LeBow berührte ihren Arm. »Können Sie tippen?« Er imitierte Finger, die auf einer Tastatur schrieben.

Sie nickte. Er klappte seine beiden Laptops auf, startete das Textverarbeitungsprogramm, steckte ein Verbindungskabel ein und stellte die Computer nebeneinander auf. LeBow setzte sich an den einen, Melanie an den anderen.

*Wohin ist er unterwegs?*, tippte sie.

*Das wissen wir nicht, deshalb sind wir zu Ihnen gekommen.*

Melanie nickte langsam. *Hat er auf der Flucht jemanden umgebracht?* Sie konnte im Zehnfingersystem blind schreiben und sah zu Potter auf, während sie diese Frage stellte.

Er nickte. Dann tippte er: *Wilcox – der Mann, den Sie Marder genannt haben – ist umgekommen. Auch mehrere Trooper.*

Sie nickte erneut, runzelte die Stirn und dachte über die Konsequenzen dieser Entwicklung nach.

Potter schrieb: *Ich muss Sie bitten, etwas zu tun, was Ihnen nicht gefallen wird.*

Sie las seine Mitteilung und tippte: *Das Schlimmste liegt bereits hinter mir.* Ihre Finger tanzten über die Tastatur, ohne einen einzigen Fehler zu machen.

*Gott entschädigt auch.*

*Ich möchte, dass Sie ins Schlachthaus zurückkehren. In Gedanken.*

Ihre Finger ruhten auf der Tastatur. Aber sie schrieb nichts, sondern nickte nur.

*Bestimmte Aspekte der Geiselnahme sind uns unklar. Wenn Sie uns helfen können, sie zu verstehen, können wir uns wahrscheinlich ausrechnen, wohin er unterwegs ist.*

»Henry«, sagte Potter. Er stand auf und fing an, zwischen Tisch und Fenster auf und ab zu gehen. Tobe und LeBow wechselten einen Blick. »Wir brauchen sein Persönlichkeitsprofil und die Chronologie. Was wissen wir über ihn?«

LeBow begann vorzulesen, aber Potter unterbrach ihn rasch: »Nein, wir wollen einfach nur spekulieren.«

»Er ist ein cleverer Kerl«, sagte Budd. »Er wirkt wie ein Hinterwäldler, aber er hat Grips.«

Potter fügte hinzu: *Er spielt den Beschränkten, aber das ist größtenteils eine Masche, glaube ich.*

Melanie tippte: *Amoralisch.*

Ja.

*Gefährlich,* schlug Budd vor.

*Und darüber hinaus?*

*Er ist böse,* schrieb sie. *Das personifizierte Böse.*

*Aber welches Böse?*

Kurzes Schweigen. Dann tippte Angie: *Kalter Tod.*

Potter nickte und sagte dann laut: »Stimmt. Lou Handy ist das kalte Böse. Nicht das leidenschaftliche Böse. Das müssen wir berücksichtigen.«

Angie schrieb weiter: *Auch kein Sadist. Dann wäre er leidenschaftlich. Er empfindet nichts, wenn er anderen Schmerzen zufügt. Sind Schmerzen oder Tod notwendig, damit er sein Ziel erreicht, foltert oder mordet er. So hätte er eine Geisel geblendet, ohne sich etwas dabei zu denken – seiner Ansicht nach war es eben zweckmäßig.*

Potter beugte sich nach vorn und tippte: *Also ist er berechnend.*

»Und?«, warf Budd ein.

Potter schüttelte den Kopf. *Ja, er ist berechnend – aber Sie haben recht, Charlie: Was bedeutet das?*

Die Männer verstummten, als Melanies Finger über die Tastatur flogen. Potter ging um sie herum und blieb neben ihr stehen, während sie schrieb. Seine Hand berührte ihre Schulter, und er hatte den Eindruck, sie lehnte sich leicht gegen seine Finger. Diesmal schrieb sie: *Alles, was er tut, hat einen bestimmten Zweck. Er gehört zu den wenigen Menschen, die nicht vom Schicksal gelenkt werden; er lenkt es selbst.*

Angie tippte: *Kontrolle, Kontrolle, Kontrolle.*

Potter stellte fest, dass seine Hand auf Melanies Schulter lag. Sie berührte sie flüchtig mit der Wange. Vielleicht war das nur ein Zufall, als sie den Kopf zur Seite drehte. Vielleicht auch nicht.

»Kontrolle und Zielbewusstsein«, sagte Potter. »Ja, damit ist er gut charakterisiert. Schreib's bitte hin, damit sie es sehen kann, Henry. Was er gestern getan hat, hatte alles einen bestimmten Zweck. Auch wenn es willkürlich ausgesehen hat. Zum Beispiel, dass er Susan erschossen hat – damit wollte er uns klarmachen, dass seine Forderungen ernst gemeint waren. Obwohl er einen achtsitzigen Hubschrauber verlangt hat, sind die meisten Geiseln ohne größere Probleme freigekommen. Wozu das alles? Um uns zu beschäftigen. Um Zeit zu gewinnen, um seinem Komplizen und seiner Freundin Gelegenheit zu geben, der echten Sharon Foster aufzulauern. Er hat einen Fernseher, ein Funkgerät mit Scrambler und Waffen mitgebracht.«

Angie beugte sich nach vorn, um zu schreiben: *Okay, welchen Zweck verfolgt er also?*

»Nun, er will flüchten.« Budd lachte. »Was sonst?« Er beugte sich nach vorn und tippte mit zwei Fingern: *Flüchten.*

*Nein!*, schrieb Melanie sofort.

»Richtig!«, sagte Potter laut, deutete auf sie und nickte zustimmend. »Ihm ging es überhaupt nicht um eine Flucht. Wie denn auch? Er hat sich buchstäblich selbst in die Falle manövriert. Nach dem Unfall mit dem Cadillac wurden die drei Ausbrecher von einem einzigen Trooper verfolgt. Sie hätten ihm leicht einen Hinterhalt legen können, um mit seinem Streifenwagen zu entkommen. Warum sollte sich irgendjemand freiwillig in eine Falle begeben?«

»Teufel«, sagte Budd, »ein aufgeschrecktes Kaninchen hoppelt geradewegs in den nächsten Fuchsbau, ohne sich was dabei zu denken.« Er gab seine Meinung pflichtbewusst im Zweifingersuchsystem ein.

*Aber er denkt,* schrieb Melanie. *Das dürfen wir nicht vergessen. Und er ist nicht verschreckt.*

*Kein bisschen verschreckt,* bestätigte Angie. *Denkt an die Stimmenstressanalyse.*

Potter nickte Melanie lächelnd zu und nahm seine Hand von ihrer Schulter. *So ruhig wie jemand, der sich im 7-Eleven einen Kaffee bestellt.*

Melanie tippte: *Ich habe ihn Brutus genannt. Aber in Wirklichkeit ist er eher ein Frettchen.*

Budd fuhr fort: *Aber als Frettchen würde er nur in der Erde verschwinden, wenn er wüsste, dass er dort auch wieder rauskommt. Dass es einen Fluchtweg gibt.*

Melanie schrieb: *Als wir ins Schlachthaus gekommen sind, hat Bär gesagt, hier gebe es keinen Fluchtweg. Und Brutus hat gesagt: »Das spielt keine Rolle. Das spielt überhaupt keine Rolle.«*

Potter nickte und meinte nachdenklich: »Er hätte flüchten können – aber nein, er hat diesen Abstecher zum Schlachthaus riskiert, in dem er dann blockiert wurde. Aber das war eigentlich kein großes Risiko, weil er wusste, dass er dort wieder rauskommen würde. Er hatte Waffen und ein Funkgerät, mit dem er seinen Komplizen rufen konnte, um mit ihm einen Fluchtplan auszuarbeiten. Vielleicht hatte er sich schon vorgenommen, seine Freundin als Detective Sharon Foster auftreten zu lassen.« Er tippte: *Melanie, erzählen Sie uns ganz genau, wie die Geiselnahme abgelaufen ist.*

Sie schrieb: *Wir sind an die Unfallstelle gekommen. Er hat diese Leute ermordet. In aller Ruhe.*

*War er selbstsicher?*

*Sehr. Er hat sich seelenruhig Zeit gelassen,* tippte Melanie mit grimmiger Miene.

Potter entfaltete eine Straßenkarte. *Welche Strecke sind Sie gefahren?*

*Darauf habe ich nicht geachtet,* schrieb Melanie. *An einem Sendemast, an einer Farm mit vielen Kühen vorbei.* Sie runzelte die Stirn, fuhr mit ihrem Zeigefinger über die Karte. *Vielleicht diese Strecke.*

*Das Gefängnis liegt rund 60 Meilen südlich des Schlachthauses,* tippte Potter. *Die drei sind bis hierher nach Norden gefahren, hatten hier den Unfall mit dem Cadillac, haben den Schulbus entführt und sind dann diesen großen Umweg gefahren …* Er zeigte ihr eine Strecke, auf der Handy erst einmal am Schlachthaus vorbeigefahren wäre, um später dorthin zurückzukehren.

Melanie schrieb: *Nein, wir sind auf dem kürzesten Weg zum Schlachthaus gefahren. Das ist mir gleich merkwürdig vorgekommen. Er hat anscheinend gewusst, wo es ist.*

*Aber wenn Sie geradewegs hingefahren sind,* tippte Potter, *wie sind Sie dann am Flugplatz vorbeigekommen?*

*Das sind wir nicht,* stellte sie fest.

*Er wusste also schon vorher über diesen Flugplatz Bescheid. Als er von mir einen Hubschrauber verlangt hat, hat er gewusst, dass nur zwei bis drei Meilen entfernt ein kleiner Flugplatz liegt. Woher hat er das gewusst?*

Budd schrieb: *Er hatte schon Vorbereitungen getroffen, um von dort wegzufliegen.*

*Aber,* tippte LeBow so schnell, als spräche er, *warum ist er überhaupt zum Schlachthaus gefahren, wenn auf einem Flugplatz ganz in der Nähe ein Flugzeug oder Hubschrauber für ihn bereitstand?*

»Warum?«, murmelte Potter. »Henry, sag uns, was wir über ihn wissen. Fang damit an, was er bei sich hatte.«

Du trägst einen Schlüssel, ein Zauberschwert, fünf Steine und einen Raben in einem Käfig bei dir.

*Ins Schlachthaus hat er Folgendes mitgenommen: zehn Geiseln, Waffen, einen Benzinkanister, Munition, einen Fernseher, ein Funkgerät, Werkzeug ...*

»Richtig, das Werkzeug«, sagte Potter, während LeBow tippte. Er wandte sich an Melanie. »Haben Sie gesehen, dass er es benützt hat?«

*Nein,* antwortete Melanie. *Aber ich war die meiste Zeit im Schlachtraum. Gegen Ende sind sie herumgegangen und haben sich die Maschinen und Einrichtungen angesehen. Ich habe geglaubt, sie machten einen nostalgischen Rundgang – aber vielleicht haben sie in Wirklichkeit etwas gesucht.*

Potter schnalzte mit den Fingern. »Dean hat was Ähnliches berichtet.«

LeBow blätterte in der Chronologie. Er las vor: »Um neunzehn Uhr sechsundfünfzig meldet Sheriff Stillwell, dass einer seiner Trooper beobachtet hat, wie Handy und Wilcox durch das Gebäude streifen, als suchten sie etwas. Grund unbekannt.«

»Okay. Gut. Lassen wir das Werkzeug mal einen Augenblick beiseite. Das sind die Dinge, die er selbst mitgebracht hat. Was haben wir ihm gegeben?«

»Nur Essen und Bier«, sagte Budd. »Oh, und natürlich das Geld.«

»Das Geld!«, rief Potter aus. »Das Geld, das er nicht einmal selbst verlangt hat.«

Angie tippte: *Und er hat keinen Versuch gemacht, mehr als diese fünfzigtausend rauszuholen. Warum nicht?*

*Es gibt nur einen Grund, warum jemand kein Geld will,* schrieb LeBow. *Er hat schon mehr als genug.*

Potter nickte aufgeregt. *Im alten Schlachthaus ist irgendwo*

*Geld versteckt! Er hat von Anfang an geplant, dort vorbeizufahren und es sich zu holen.*

*Dazu hatte er das Werkzeug dabei – um das Geld aus seinem Versteck zu holen,* tippte Budd mühsam. Potter nickte zustimmend.

»Woher stammt dieses Geld?«, fragte Tobe sich.

»Er ist ein Bankräuber«, stellte Budd nüchtern fest. »Das wäre eine Möglichkeit.«

»Henry«, sagte Potter, »geh in Lexis/Nexis rein und sieh zu, was du über seinen letzten Bankraub findest. Den mit der Brandstiftung.«

Fünf Minuten später war LeBow im Onlinebetrieb mit Mead Data verbunden. Er las die Zeitungsmeldungen und fasste zusammen: »Nach dem Überfall auf die Farmers & Merchants Bank in Wichita wurde Handy mit rund zwanzigtausend Dollar Beute geschnappt.«

»Ist er früher jemals als Brandstifter aufgetreten?«

LeBow überflog die Presseberichte und sein eigenes sechzehnseitiges Persönlichkeitsprofil von Louis J. Handy. »Keine frühere Brandstiftung.«

*Wozu dann das Feuer?*, tippte Potter.

*Er verfolgt immer einen bestimmten Zweck,* unterstrich Angie.

Melanie nickte nachdrücklich, dann fuhr sie zusammen und schloss die Augen. Potter fragte sich, welche schreckliche Erinnerung ihr durch den Kopf gegangen sein mochte. Der Agent und Budd wechselten einen Blick. Beide zogen die Augenbrauen hoch. Dann sagte Potter: »Genau, Charlie. So war es.« Er beugte sich über die Tastatur. *Er war nicht dort, um die Bank auszurauben. Er war dort, um sie niederzubrennen.*

LeBow deutete auf einen Absatz des Persönlichkeitsprofils. »Und er hat seinen Komplizen von hinten erschossen, als sie verhaftet werden sollten. Vielleicht wollte er damit verhindern, dass der wahre Zweck dieses Banküberfalls herauskommt.«

*Aber warum hat er's getan?*, tippte Budd.

*Weil ihn jemand angeheuert hat?*, schrieb Potter. LeBow nickte. »Natürlich!«

»Und sein Auftraggeber«, sagte Potter, »hat ihm eine Menge Geld gezahlt. Weit mehr als fünfzigtausend. Deshalb hat er nicht daran gedacht, von uns Geld zu verlangen. Er war schon ein reicher Mann. Henry, sieh in der Datenbank Corporation Trust nach, wer die Eigentümer der Bank sind.«

Wenig später blätterte der Analytiker bereits durch Konzession, Gesellschaftsvertrag, Satzung und Geschäftsberichte der Bank. »Da alle Aktien von Gesellschaften gehalten werden, besteht nur eingeschränkte Publizitätspflicht. Aber wir wissen, dass die Mitglieder des Verwaltungsrates zugleich die Geschäftsführer sind. Hier sind die Namen: Clifton Burbank, Stanley L. Poole, Cynthia G. Grolsch und Herman Gallagher. Die Postleitzahlen liegen dicht beieinander. Alle in Wichita und Umgebung. Burbank und Gallagher wohnen in der Stadt selbst, Poole lebt in Augusta, Ms. Grolsch in Derby.«

Potter erkannte keinen dieser Namen, aber jeder konnte irgendwie mit Handy in Verbindung stehen. Infrage kamen beispielsweise auch ein Kassierer, der Geld unterschlagen hatte, ein ehemaliger Angestellter der Bank, die verschmähte Geliebte eines der Geschäftsführer. Aber Arthur Potter waren zu viele Möglichkeiten lieber als überhaupt keine. »Charlie, was für Hotels gibt's in der Nähe der Telefonzelle, aus der Mr. X Ted Franklin angerufen hat? In Townsend?«

»Teufel, da gibt's 'ne ganze Menge. Mindestens vier oder fünf. Holiday Inn, ein Ramada, ein Hilton, glaub ich, und ein privates Motel. Townsend Motor Lodge. Vielleicht ein bis zwei andere.«

Potter wies Tobe an, die Hotels anzurufen. »Stell fest, ob einer dieser Geschäftsführer oder jemand aus einem ihrer Wohnorte sich dort ein Zimmer genommen hat.«

Fünf Minuten später war Tobe fündig geworden. Er schnalzte mit den Fingern. Alle außer Melanie sahen zu ihm hinüber. »Ein Gast aus Derby, Kansas. Dort wohnt Cynthia Grolsch.«

»Das ist kein Zufall mehr«, murmelte Potter. Er ließ sich von Tobe den Hörer geben, stellte sich als FBI-Agent vor und sprach kurz mit dem Nachtportier. Dann schüttelte er grimmig den Kopf und fragte: »Und welche Zimmernummer?« Die anderen sahen, wie er *Holiday Inn, Zi. 611 auf* einen Block schrieb. Zu dem Nachtportier sagte er: »Nein. Und behalten Sie diesen Anruf für sich.« Er legte auf, trommelte mit den Fingern auf den Block. »Das könnte unser Judas sein. Kommen Sie, wir fahren mal hin, Charlie.«

Melanie warf einen Blick auf die kurze Notiz. Ihr Gesichtsausdruck war starr geworden.

*Wer? Wer ist es?* Ihre Augen blitzten. Sie sprang auf, riss ihre Lederjacke vom Garderobenhaken und schlüpfte hinein. *Überlassen Sie die Sache den beiden,* tippte Angie.

Melanie wandte sich mit vor Erregung funkelnden Augen an Potter. *Wer ist es?*, schrieb sie.

»Bitte.« Potter legte ihr beide Hände auf die Schultern. »Ich will nicht, dass Ihnen etwas zustößt.«

Sie nickte langsam, zog ihre Jacke wieder aus und hängte sie sich über die Schulter. So sah sie wie eine Pilotin aus den Dreißigerjahren aus.

»Henry, Angie und Tobe, ihr bleibt hier«, entschied Potter. »Handy weiß über Melanie Bescheid. Er könnte herkommen.« Zu ihr sagte er: »Ich bin bald wieder da.« Dann hastete er zur Tür. »Kommen Sie, Charlie.«

Nachdem sie gegangen waren, lächelte Melanie den drei FBI-Agenten zu. Sie tippte: *Tee? Kaffee?*

Angie schüttelte dankend den Kopf.

»Nicht für mich«, sagte Tobe.

»Nein, danke. Möchten Sie Solitär spielen?« LeBow zeigte ihr das Spiel auf dem Bildschirm.

Sie schüttelte den Kopf. *Ich gehe unter die Dusche. Der Tag war ziemlich anstrengend.*

»Klar.«

Melanie verschwand. Wenig später hörten sie im Bad Wasser rauschen.

Während Angie sich Notizen für ihren Einsatzbericht machte, schaltete Tobe seinen Laptop ein und fing an, *Doom II* zu spielen. Kaum eine Viertelstunde später hatten ihn die Außerirdischen mit einem Volltreffer in die Luft gejagt. Er sah Henry LeBow über die Schulter, machte einen Vorschlag in Bezug auf die rote Dame, der ziemlich ungnädig aufgenommen wurde, und ging dann im Wohnzimmer auf und ab. Sein Blick fiel auf das Sideboard, auf das er die Schlüssel ihres Dienstwagens gelegt hatte. Sie waren verschwunden. Er ging zur Haustür und sah auf die leere Straße hinaus. Weshalb, fragte er sich, sollten Potter und Budd mit zwei Autos zum Holiday Inn gefahren sein?

Aber seine Blutgier war unersättlich. Tobe hörte auf, sich wegen solcher Kleinigkeiten den Kopf zu zerbrechen, und kehrte an seinen Computer zurück, um sich den Weg aus der Festung Doom freizuschießen.

## 2.35 Uhr

Im Holiday Inn hatte eine Hawaii-Nacht stattgefunden.

Aus den Deckenlautsprechern kamen noch immer Ukuleleklänge, und das Nachtpersonal an der Rezeption trug schlaffe Plastikblumenkränze um den Hals.

Agent Arthur Potter und Captain Charles Budd gingen zwischen künstlichen Palmen hindurch und fuhren mit dem Lift in den sechsten Stock hinauf.

Zur Abwechslung war diesmal Budd der unbekümmert selbstbewusste Polizeibeamte, während Potter sich sichtlich unwohl fühlte. Beim letzten gewaltsamen Eindringen in ein Zimmer, an dem der Agent beteiligt gewesen war, hatte der festgenommene Täter einen türkisgrünen Samtanzug und ein Nylonhemd mit silbernem Floraldruck getragen, woraus sich schließen ließ, dass dieser Einsatz etwa 1977 stattgefunden haben musste.

Er erinnerte sich daran, dass man nicht vor, sondern neben der Tür stehen sollte. Was noch? Ein Blick auf Budd, der eine Handschellentasche aus schwarz glänzendem Leder am Gürtel trug, beruhigte ihn. Potter selbst hatte noch keinem echten Verdächtigen Handschellen angelegt – nur Freiwilligen bei nachgestellten Geiselbefreiungen auf dem Übungsgelände in Quantico. »Diesmal überlasse ich die Führung Ihnen, Charlie.«

Budd zog überrascht die Augenbrauen hoch. »Nun, klar, Arthur.«

»Aber ich gebe Ihnen Feuerschutz.«

»Oh. Gut.«

Die beiden Männer zogen ihre Waffen. Potter lud seine Pistole erneut durch – zum zweiten Mal in dieser Nacht und drei Jahre nach der letzten Geiselnahme, wo er sich mit durchgeladener Waffe bereithielt, notfalls zu schießen.

Vor Zimmer 611 blieben sie stehen, wechselten einen Blick. Der Verhandler nickte.

Budd klopfte an, ein freundliches Pochen. Zimmerservice.

»Yeah?«, rief eine barsche Stimme. »Hallo? Wer ist da?«

»Charlie Budd. Kann ich einen Augenblick reinkommen? Hab gerade was Interessantes entdeckt.«

»Charlie? Was gibt's denn?«

Die Sicherungskette wurde ausgehakt, ein Riegel zurückgeschoben, und als Roland Marks die Tür öffnete, starrte er in die Mündung zweier identischer Pistolen: eine ganz ruhig, die andere zitternd, beide entsichert.

»Cynthia ist Mitglied des Verwaltungsrats der Bank, ja. Aber das ist eine nominelle Position. In Wirklichkeit treffe ich alle Entscheidungen. Wir haben ihre Beteiligung unter ihrem Mädchennamen weiterlaufen lassen. Cynthia ist in keiner Weise schuldig.«

Der stellvertretende Generalstaatsanwalt konnte protestieren, so viel er wollte – über das Schicksal seiner Frau würden trotzdem Geschworene entscheiden.

Keine Hänseleien mehr. Marks spielte jetzt den Ernsthaften. Seine geröteten Augen waren feucht, und Potter, der nichts als Verachtung für ihn empfand, hatte keine Mühe, seinen Blick zu erwidern.

Dem stellvertretenden Generalstaatsanwalt waren seine Rechte vorgelesen worden. Sein Spiel war aus, das wusste er. Daher entschloss er sich zur Zusammenarbeit mit den Ermittlern. Seine Aussage wurde mit ebendem Diktiergerät aufgenommen, das er Charlie Budd am Vortag zugesteckt hatte.

»Und was genau haben Sie in der Bank gemacht?«, fragte Potter ihn.

»Mir selbst faule Kredite bewilligt. Nun, fiktiven Kunden und Firmen. Die Darlehen abgeschrieben und das Geld behalten.« Er zuckte mit den Schultern, als wollte er fragen: Liegt das nicht auf der Hand?

Marks, als Ankläger auf Wirtschaftskriminalität spezialisiert, hatte viel von seinen Angeklagten gelernt; er hatte die Aktionäre der Bank in Wichita und den Staat um fast fünf Millionen Dollar geprellt – die offenbar zum größten Teil längst ausgegeben waren. »Als die Immobilienpreise wieder angezogen haben«, fuhr er fort, »habe ich gehofft, einige der legitimen Investitionen der Bank würden genug abwerfen, um einen Verlustausgleich zu ermöglichen. Aber bei der Durchsicht der Bücher ist mir klargeworden, dass wir's einfach nicht schaffen würden.«

Die Resolution Trust Corporation, die staatliche Auffanggesellschaft für Banken, die vor dem Zusammenbruch standen, war kurz davor gewesen, einzuschreiten und die Geschäftsführung zu entmachten.

»Also haben Sie Lou Handy angeheuert, um sie niederbrennen zu lassen«, sagte Budd. »Um sämtliche Unterlagen zu vernichten.«

»Woher kennen Sie ihn?«, fragte der Agent.

Budd kam Marks zuvor. »Sie haben Handy vor fünf Jahren angeklagt, stimmt's? Der Überfall auf den Laden – bei dem Sharon Foster ihn zum Aufgeben überredet hat.«

Der stellvertretende Generalstaatsanwalt nickte. »Richtig, ich hab mich an ihn erinnert. Wem wäre er nicht im Gedächtnis geblieben? Ein cleverer Bursche. Er hat sich selbst verteidigt und mich ziemlich vorgeführt. War echt schwierig, wegen des Jobs in der Bank an ihn ranzukommen, das dürfen Sie mir glauben. Über seinen Bewährungshelfer und ein paar Kontakte zur Szene hab ich ihn endlich gefunden. Ich hab ihm zweihunderttausend Dollar geboten, wenn er die Bank bei einem Überfall anzündet. Leider wurde er geschnappt. Also ist mir nichts anderes übrig geblieben, als mich mit ihm zu einigen. Ich würde ihm zur Flucht verhelfen, dafür würde er mich nicht verpfeifen. Das hat mich weitere dreihunderttausend gekostet.«

»Wie haben Sie ihn rausgekriegt? Callana ist ein Hochsicherheitsgefängnis.«

»Ich habe zwei Aufsehern je ein Jahresgehalt dafür geboten.«

»War einer von ihnen der Mann, den Handy erschossen hat?«

Marks nickte.

»Dadurch haben Sie etwas Geld gespart, was?«, fragte Charlie Budd grimmig.

»Sie haben ihm das Fluchtauto mit Waffen, einem Fernseher und einem Funkgerät mit Scrambler hingestellt«, fuhr Potter fort. »Und mit Werkzeug, damit er das von Ihnen im Schlachthaus versteckte Geld holen konnte.«

»Na ja, schließlich konnten wir das Geld nicht einfach im Auto zurücklassen. Zu riskant. Darum hab ich's in eine alte Dampfleitung unter den vorderen Fenstern gestopft.«

Potter fragte: »Wie sollte die weitere Flucht vor sich gehen?«

»Ursprünglich hatte ich ein Flugzeug gechartert, das ihn und seine Komplizen von dem kleinen Flugplatz in der Nähe des Schlachthauses abholen sollte. Aber sie sind nicht rechtzeitig aufgekreuzt. Er hatte einen Unfall – mit dem Cadillac – und hat dadurch gut eine halbe Stunde verloren.«

»Warum hat er die Mädchen als Geiseln genommen?«

»Die hat er gebraucht. Er wusste, dass er nicht mehr genug Zeit hat, um das Geld zu holen *und* rechtzeitig am Flugplatz zu sein – noch dazu mit den Cops im Nacken. Aber er wollte nicht ohne das Geld abhauen. Lou hat sich überlegt, dass es keine Rolle spielt, wie viele Cops vor dem Schlachthaus aufmarschieren, solange er sich mit den Geiseln verbarrikadierte und darauf vertrauen konnte, dass ich alles tun würde, um ihn rauszuholen. Irgendwann würde er dort rauskommen. Er hat über Funk mit mir gesprochen, und ich habe ihm zugesichert, mich dafür einzusetzen, dass das FBI ihm einen Hubschrauber stellt. Das hat nicht geklappt, aber dann ist mir eingefallen, dass Sharon Foster vor einigen Jahren mit Handy verhandelt hatte. Ich habe festgestellt, wo sie stationiert war, und Pris Gunder – seine Freundin – angerufen und ihr gesagt, sie solle zu Fosters Haus fahren. Dann habe ich mich als Trooper ausgegeben und Ted Franklin von der State Police angerufen.«

Potter fragte: »Ihre wahrhaft rührende Bereitschaft, sich statt der Mädchen als Geisel zur Verfügung zu stellen... alles nur gespielt, was?«

»Ich *wollte,* dass sie freikommen. Ich wollte nicht, dass es Tote gibt. Natürlich nicht!«

Natürlich, dachte Potter zynisch. »Wo ist Handy jetzt?«

»Keine Ahnung. Sobald er aus dem Schlachthaus raus war, hatte ich meine Schuldigkeit getan. Ich hab ihm gesagt, dass er von mir nichts mehr zu erwarten hätte.«

Potter schüttelte den Kopf. Budd fragte eisig: »Sagen Sie, Marks, wie fühlt man sich eigentlich, wenn man diese Trooper ermordet hat?«

»Nein! Er hat mir versprochen, niemanden zu ermorden! Seine Freundin wollte Foster nur Handschellen anlegen. Er...«

»Und die anderen Trooper? Die Wilcox und Handy begleitet haben?«

Marks starrte den Captain sekundenlang sprachlos an.

Als ihm keine plausible Lüge einfallen wollte, flüsterte er: »So war das nicht geplant. Das hab ich *nie* gewollt.«

»Lassen Sie ihn von Ihren Leuten abholen«, sagte Potter. Aber als Budd eben nach dem Hörer greifen wollte, summte das Telefon.

»Hallo?« Er hörte kurz zu. Dann bekam er große Augen. »Wo? Okay, wir sind unterwegs.«

Potter zog die Augenbrauen hoch.

»Man hat den zweiten Streifenwagen, den, mit dem Handy und seine Freundin gefahren sind, aufgefunden. Sie sind offenbar nach Süden unterwegs. In Richtung Oklahoma. Das Fahrzeug hat zwanzig Meilen südlich unserer Dienststelle gestanden. Im Kofferraum hat ein älteres Paar gelegen. Tot. Handy und seine Freundin müssen ihr Auto gestohlen haben. Die Toten sind noch nicht identifiziert, deshalb sind Marke und Kennzeichen des Fluchtautos unbekannt.« Der Captain trat dicht an Marks heran und knurrte: »Die einzig gute Nachricht ist, dass Handy es eilig hatte. Die beiden sind schnell gestorben.«

Marks grunzte vor Schmerzen, als Budd ihn herumriss und gegen die Wand stieß. Potter dachte nicht daran, sich einzumischen. Budd fesselte ihm mit einem Plastikband die Hände und kettete sein rechtes Handgelenk mit den Handschellen ans Bettgestell.

»Das Band ist zu eng«, winselte Marks.

Der Captain stieß ihn aufs Bett. »Los, wir gehen, Arthur. Er hat einen höllisch großen Vorsprung. Mann, er könnte jetzt schon fast in Texas sein.«

Sie war von der Außenwelt umgeben.

Und trotzdem war es nicht so schlimm, wie sie befürchtet hatte.

Oh, gerade war sie von einem entgegenkommenden Autofahrer wütend angehupt worden, als sie versehentlich über den Mittelstrich geraten war. Aber insgesamt kam sie erstaunlich gut zurecht. Obwohl Melanie Charrol auf der Farm ihres Vaters oft Traktoren gefahren hatte, war sie noch nie mit einem Auto auf öffentlichen Straßen unterwegs gewesen. Viele Gehörlose fuhren natürlich Auto, auch wenn sie sich eigentlich nicht ans Steuer setzen sollten, aber davor hatte Melanie immer Angst gehabt. Sie fürchtete nicht so sehr, dass sie in einen Unfall verwickelt werden könnte, sondern eher, dass sie etwas falsch machen und dadurch in Verlegenheit geraten könnte. Vielleicht würde sie sich nicht richtig einordnen. Zu dicht vor einer roten Ampel halten – oder zu weit davon entfernt. Passanten würden sich um ihr Auto versammeln und sie auslachen.

Aber jetzt war sie auf der Route 677 wie ein Profi unterwegs. Sie hatte zwar nicht mehr das Gehör, wohl aber noch die Hände einer Musikerin, kräftig und sensibel. Und ihre Hände lernten rasch, das Lenkrad nicht zu fest zu umklammern, während sie weiter ihrem Ziel entgegenfuhr.

Lou Handy war zielbewusst; nun, das war sie auch.

*Das Böse ist einfach, und das Gute ist kompliziert. Und das Einfache siegt immer. Darauf läuft letztlich alles hinaus. Das Einfache siegt. Das ist der natürliche Lauf der Dinge, und du weißt, was für Probleme Leute kriegen, die die Natur ignorieren.*

Durch die Nacht, mit vierzig Meilen in der Stunde, fünfzig, sechzig.

Ihr Blick glitt übers Armaturenbrett. Viele der Knöpfe und Schalter waren ihr rätselhaft, aber sie erkannte das Radio. Sie probierte an seinen Knöpfen herum, bis die Anzeige 103,4 aufleuchtete. Während sie sich abwechselnd auf die Straße und das Radio konzentrierte, bekam sie heraus, mit welchem Knopf die Lautstärke geregelt wurde, und drehte ihn bis zum Anschlag nach rechts, sodass sämtliche LED-Anzeigen leuchteten. Erst hörte sie nichts, aber als sie den Bassregler verstellte, nahm sie dumpf stampfenden Rhythmus und einzelne Töne und Tonfolgen wahr. Das Bassregister, Beethovens Register. Diesen Teil ihres Gehörs hatte sie nie ganz eingebüßt.

Vielleicht lief im Radio seine Neunte mit der herrlichen, inspirierenden »Ode an die Freude«. Aber das wäre angesichts ihres jetzigen Vorhabens ein unglaublicher Zufall gewesen; auf 103,4 kam vermutlich Rap oder Heavy Metal. Aber die Musik schickte einen starken, unwiderstehlichen Beat durch ihren ganzen Körper. Das genügte ihr.

Da!

Sie bremste mit quietschenden Reifen und fuhr auf den verlassenen Parkplatz eines Haushaltwarengeschäfts. In einem der Schaufenster war genau das ausgestellt, was sie brauchte.

Ein Pflasterstein ließ die Scheibe zersplittern, und falls dadurch die Alarmanlage ausgelöst wurde, was vermutlich der Fall war, konnte sie es nicht hören und fühlte sich deshalb nicht sonderlich zur Eile gedrängt. Melanie beugte sich ins Schaufenster und wählte das größte und schärfste der dort ausgestellten Messer aus: ein Fleischermesser Marke Chicago Cutlery mit fünfundzwanzig Zentimeter langer Klinge. Sie ging ohne Hast zum Auto zurück, setzte sich ans Steuer, ließ das Messer auf den Beifahrersitz fallen, gab Gas und fuhr weiter.

Während sie den Wagen trotz der starken lautlosen Windböen auf siebzig Meilen beschleunigte, dachte Melanie an Susan Phillips. Die bald auf ewig in einem Grab ruhen würde, das ebenso stumm war wie ihr ganzes Leben.

*A Maiden's Grave …*

Oh, Susan, Susan … ich bin nicht du. Ich kann nicht du sein, und ich will dich nicht einmal bitten, mir deswegen zu verzeihen, auch wenn ich es früher vielleicht getan hätte. Seit gestern weiß ich, dass ich es nicht ertragen könnte, für den Rest meines Lebens nur imaginäre Musik zu hören. Ich weiß, dass du mich dafür hassen würdest, wenn du noch am Leben wärst. Aber ich will Worte *hören,* ich will ganze Ströme von Konsonanten und Vokalen *hören,* ich will Musik *hören.*

Du warst die gehörlose Tochter gehörloser Eltern, Susan. Das hat dich stark gemacht, selbst wenn es dir den Tod gebracht hat. Ich bin mit dem Leben davongekommen, weil ich schwach bin. Aber ich darf nicht länger schwach sein. Ich gehöre zur Welt der anderen, daran kann man nichts ändern.

Und Melanie wird entsetzt klar, warum sie diesen Dreckskerl Brutus so gut verstanden hat. Weil sie ihm *ähnlich* ist. Sie empfindet genau, wie er empfindet.

Oh, ich will jemandem weh tun, ich will's ihnen allen heimzahlen – dem Schicksal, weil es mir die Musik weggenommen hat. Meinem Vater, der mich um sie betrogen hat. Brutus und dem Mann, der ihn angeheuert hat. Brutus, der uns entführt, mit uns gespielt, uns verletzt hat, jede und jeden von uns: die Mädchen, Mrs. Harstrawn, diesen armen Trooper. Und natürlich Susan.

Der Wagen raste weiter durch die Nacht. Eine ihrer eleganten Hände umfasste das Lenkrad, die andere liebkoste den sinnlich glatten Holzgriff des Fleischermessers.

*Amazing grace, how sweet the sound …*

Heftige Windstöße rüttelten den Wagen immer wieder durch, und die schwarzen Wolkenfetzen über ihr schienen mit tausend Meilen in der Stunde über den kalten Nachthimmel zu rasen.

*That saved a wretch like me.*
*I once was lost but now I'm found.*
*Was blind, but now I see.*

Melanie ließ das Messer auf den Beifahrersitz fallen, umfasste das Lenkrad mit beiden Händen und horchte auf den harten Bassrhythmus, der ihre Brust vibrieren ließ. Sie vermutete, dass der Wind wie ein rasender Wolf heulte, aber das war natürlich etwas, was sie nicht bestimmt wusste.

*Dann kommst du also wieder heim.*

Niemals.

Sie befanden sich etwa drei Meilen außerhalb von Crow Ridge und rasten nach Süden, als Budd sich plötzlich aufsetzte, sodass seine vorbildliche Haltung sich noch verbesserte. Er sah mit einer ruckartigen Kopfbewegung zu Potter hinüber.

»Arthur!«

Der FBI-Agent zuckte zusammen. »Klar. Verdammt noch mal!«

Ihr Wagen stellte sich schleudernd quer und blieb so stehen, dass er beide Fahrtrichtungen blockierte.

»Wo ist es, Charlie? Wo?«

»Eine halbe Meile in diese Richtung!«, rief Budd und zeigte nach rechts. »Zurück zu dieser Kreuzung, an der wir eben vorbeigefahren sind. Das ist eine Abkürzung. So kommen wir am schnellsten hin.«

Arthur Potter, der sonst irritierend vorsichtig fuhr, bog in viel zu hohem Tempo ab und hatte größte Mühe, den schleudernden Wagen vor dem linken Straßengraben abzufangen.

»O Mann«, murmelte Budd, der damit aber nicht Potters verrückte Fahrweise, sondern seine eigene Dummheit beklagte. »Ich kann es nicht fassen, dass mir das erst jetzt eingefallen ist.«

Auch Potter war wütend auf sich. Er wusste genau, wo Handy jetzt war. Er fuhr nicht nach Süden, sondern auf der kürzesten Route zurück zu seinem Geld. Alle übrigen

Beweismittel waren von der Polizei aus dem Schlachthaus abtransportiert worden. Aber die Spurensicherer hatten weder das Funkgerät mit Scrambler noch Handys Geld gefunden. Es war noch immer dort versteckt. Mehrere hunderttausend Dollar.

Während Potter übers Lenkrad gebeugt weiterraste, bat er den Captain, Tobe in Melanies Haus anzurufen. Als die Verbindung hergestellt war, ließ er sich von Budd den Hörer geben.

»Wo sind Frank und das Sonderkommando?«, fragte der Agent.

»Augenblick«, sagte Tobe. »Ich frage mal nach.« Wenig später meldete er: »Sie sind kurz vor der Landung in Virginia.«

Potter seufzte. »Verdammt! Okay, ruf Ted Franklin und Dean Stillwell an, damit sie ein paar Männer zum Schlachthaus in Marsch setzen. Handy ist dorthin unterwegs. Wenn er nicht bereits dort ist. Aber es kommt darauf an, ihn nicht zu verschrecken. Dies könnte unsere einzige Chance sein, ihn zu schnappen. Ich will, dass die Fahrzeuge ohne Licht und Sirenen heranrollen und mindestens eine halbe Meile entfernt auf Feldwegen parken. Vergiss nicht, alle zu warnen, dass Handy bewaffnet und äußerst gefährlich ist. Wir sind dann schon drinnen, Charlie und ich.«

»Wo bist du jetzt?«

»Augenblick.« Potter fragte Budd, der ihm erklärte, wo sie sich befanden. Ins Telefon sagte er: »Hitchcock Road, kurz vor der Route 345, sagt Charlie. Wir sind in etwa zwei Minuten dort.«

Eine Pause.

»Charlie Budd ist bei dir?«, fragte Tobe unsicher.

»Klar doch. Du hast doch gesehen, dass er mit mir rausgegangen ist.«

»Aber ihr seid mit beiden Wagen unterwegs.«

»Nein, nur mit meinem.«

Wieder eine Pause. »Augenblick mal, Arthur.«

Potter sah beunruhigt zu Budd hinüber. »Dort drüben ist irgendwas faul. In Melanies Haus.«

Komm schon, Tobe. Red mit mir!

Im nächsten Augenblick meldete der junge Agent sich wieder. »Sie ist weg, Arthur. Melanie. Sie hat die Dusche laufen lassen und den anderen Wagen geklaut.«

Potter überlief es kalt. Er sagte: »Sie ist ins Holiday Inn unterwegs, um Marks umzubringen.«

*»Was?«*, rief Budd aus.

»Sie weiß nicht, wie er heißt. Aber sie kennt seine Zimmernummer. Sie hat gesehen, wie ich sie mir notiert habe.«

»Und ich hab ihn gefesselt und unbewacht zurückgelassen. Ich hab vergessen anzurufen, damit er abgeholt wird.«

Potter erinnerte sich an ihren Blick, an das kalte Feuer in ihren Augen. Er fragte Tobe: »Hat sie eine Waffe mitgenommen? Ist eine im Auto gewesen?«

Tobe rief etwas zu LeBow hinüber.

»Nein, unsere Waffen sind hier. Im Auto ist nichts.«

»Okay, dann schick schnellstens ein paar Trooper ins Hotel.« Er stellte sich vor, wie sie trotz der Bewacher wie eine Furie an Marks heranzukommen versuchte. Falls sie ein Messer oder eine Schusswaffe hatte, lief sie Gefahr, auf der Stelle erschossen zu werden.

»Wird gemacht, Arthur«, sagte Tobe. »Wir bleiben dran.«

In diesem Augenblick nahm die düstere Landschaft vertraute Formen an – eine Déjà-vu-Szene aus einem wiederkehrenden Albtraum. Vor ihnen ragte der Klinkerbau des alten Schlachthauses auf. Das Gefechtsfeld war mit Kaffeebechern und Fahrspuren übersät – von Streifenwagen, nicht von den Planwagen. Das Feld war verlassen. Potter klappte das Mobiltelefon zu und gab es Budd zurück. Er stellte den Motor ab und ließ den Wagen die letzten zwanzig Meter lautlos ausrollen.

»Was ist mit Melanie?«, flüsterte Budd.

Keine Zeit mehr, an sie zu denken. Der Agent legte warnend den Zeigefinger an die Lippen und nickte zur Beifahrertür hinüber. Der stürmische Wind zerrte an den Männern, als sie ausstiegen.

Sie blieben in der Senke, durch die Stevie Oates Shannon und Kielle wie zwei Weizensäcke getragen hatte.

»Durch den Vordereingang?«, flüsterte Budd.

Potter nickte zustimmend. Die Tür stand weit offen; dort konnten sie ins Schlachthaus gelangen, ohne riskieren zu müssen, sich durch quietschende Angeln zu verraten. Außerdem lagen die Fenster eineinhalb Meter über dem Erdboden. Budd hätte vermutlich hineinklettern können, aber Potter, der bereits ausgepumpt war und schwer atmete, war sich darüber im Klaren, dass die Fenster für ihn nicht infrage kamen.

Sie blieben einige Minuten lang bewegungslos stehen, aber von Handy war nichts zu sehen. Kein Auto in der Umgebung des Schlachthauses, keine näher kommenden Scheinwerfer, keine Taschenlampen. Und kein Laut außer dem Heulen des ungewöhnlich starken Windes.

Potter nickte zum Vordereingang hinüber.

Sie duckten sich und liefen zwischen den kleinen Hügeln auf die düstere Fassade des Schlachthauses, auf den rot-weißen Klinkerbau zu, der Potter an Blut und Knochen erinnerte. Etwa an der Stelle, wo die Leiche von Tremains Trooper abgelegt worden war, machten sie eine Pause.

Das Leitungsrohr unter dem Fenster, erinnerte Potter sich. Vollgestopft mit einer halben Million Dollar, dem Köder, der Handy zum Schlachthaus zurücktreiben wird.

Sie blieben zu beiden Seiten der Tür stehen.

Das ist nichts für mich, sagte Potter sich plötzlich. Dafür bin ich nicht bestimmt. Ich bin ein Mann des Worts, kein Soldat. Nicht, dass ich Angst hätte. Aber von solchen Dingen verstehe ich nichts.

Keine Angst, keine Angst …

Trotzdem hatte er welche.

Warum? Weil es, so vermutet er, in seinem Leben zum ersten Mal seit Jahren wieder einen anderen Menschen gibt. Irgendwie ist ihm das Leben in den vergangenen zwölf Stunden etwas kostbarer geworden. Ja, ich will mit ihr reden, mit Melanie. Ich will ihr alles Mögliche erzählen, ich will hören, wie sie den Tag verbracht hat. Und ja, ja, ich will nach dem Abendessen ihre Hand nehmen und mit ihr die Treppe hinaufgehen, ihren heißen Atem an meinem Ohr fühlen, die Bewegungen ihres Körpers unter mir spüren. Das will ich! Ich …

Budd tippte ihm auf die Schulter. Potter nickte, und sie betraten mit schussbereiten Pistolen das Schlachthaus.

Höhlenartig.

Nachtschwarzes Dunkel. Der Wind heulte so laut durch die Löcher und Fensterhöhlen des alten Gebäudes, dass die beiden Männer praktisch nichts anderes hören konnten. Sie traten instinktiv hinter eine große Metallkonstruktion, eine Art Maschinengehäuse. Und warteten. Potters Augen gewöhnten sich allmählich an die pechschwarze Dunkelheit. Auf der anderen Seite des Eingangs waren die etwas helleren Rechtecke zweier Fenster auszumachen. Neben dem rechten ragte ein dickes Rohr von ungefähr einem halben Meter Durchmesser wie ein Schiffsventilator L-förmig aus dem Fußboden. Potter zeigte darauf. Budd nickte mit zusammengekniffenen Augen.

Während sie sich wie Blinde weitertasteten, begriff Potter, was Melanie hier durchgemacht hatte. Der Wind raubte ihm das Gehör, die Dunkelheit die Sicht. Und die Kälte beeinträchtigte seinen Tast- und Geruchssinn.

Sie blieben immer wieder kurz stehen. Potter fühlte panische Angst, die ihm wie Eiswasser das Rückgrat hinunterlief. Einmal holte er erschrocken tief Luft, als Budd warnend die Hand hob und sich tief duckte. Auch Potter hatte den gefährlich wirkenden Schatten vor ihnen gesehen, der sich aber nur als ein vom Wind bewegtes Blechteil entpuppte.

Dann waren sie bis auf fünf Meter an das Rohr herangekommen. Potter blieb stehen, sah sich langsam um. Hörte nichts außer dem Heulen des Windes. Er wandte sich wieder nach vorn.

Sie gingen weiter, aber nach wenigen Schritten tippte der Captain ihm auf die Schulter. »Vorsicht, nicht ausrutschen«, flüsterte Budd. »Da ist was verschüttet. Sieht wie Öl aus.«

Auch Potter sah zu Boden. Wo das dicke Rohr im Beton verschwand, waren mehrere große Tropfen einer silbrigen Flüssigkeit zu sehen, die jedoch eher wie Quecksilber als wie Öl oder Wasser aussah. Er bückte sich und streckte eine Hand danach aus.

Er berührte kaltes Metall.

Kein Öl.

Stahlmuttern.

Die Endplatte des Leitungsrohrs war abgeschraubt.

Handy war bereits …

Der Schuss fiel aus nächster Entfernung. Ein ohrenbetäubender Knall, der schmerzhaft laut von Fliesen und Metallteilen und feuchtem Mauerwerk widerhallte.

Potter und Budd fuhren herum.

Nichts. Dunkelheit. Und schemenhafte Schatten, als Wolken die schmale Mondsichel verdeckten und wieder freigaben.

Dann Charlie Budds keuchendes Flüstern: »Tut mir leid, Arthur.«

»Was?«

»Ich … sorry, mich hat's erwischt.«

Der Schuss hatte ihn in den Rücken getroffen. Er sank auf die Knie, und Potter sah die grässliche Austrittswunde in seinem Unterleib. Budd fiel auf die Seite.

Der Agent setzte sich instinktiv in Bewegung. Vorsichtig!, ermahnte er sich und drehte sich in die Richtung, aus der der Schuss gekommen war. Deine eigene Sicherheit geht vor.

Das Wasserrohr krachte auf Potters rechte Schulter herab, sodass er keine Luft mehr bekam. Er ging schwer zu Boden und spürte, wie ihm eine sehnige Hand die Pistole entwand.

»Seid ihr allein? Ihr beiden?« Handys Stimme war ein heiseres Flüstern.

Potter konnte nicht sprechen. Handy bog ihm einen Arm auf den Rücken und verdrehte ihm brutal den kleinen Finger. Der Schmerz schoss von Potters Hand hinauf zu Kopf und Kiefer. »Ja, ja. Nur wir zwei.«

Handy grunzte, während er Potter auf den Rücken wälzte und ihm die Hände vor dem Körper mit einem dünnen Draht fesselte, der in seine Handgelenke einschnitt.

»Sie kommen hier …«, begann Potter.

Dann eine verschwommene Bewegung, als Handy seitlich gegen das L-förmige Rohr geschleudert wurde, in dem das Geld versteckt gewesen war. Sein Kopf schlug dumpf hallend an die Stahlröhre.

Charlie Budd, über dessen Gesicht Bäche von Schweiß liefen, holte erneut aus. Diesmal traf seine Faust Handys Niere. Der Ausbrecher stöhnte vor Schmerzen und sackte nach vorn.

Während Potter sich vergeblich abmühte, auf die Beine zu kommen, tastete Budd den Fußboden nach seiner Pistole ab. Als er merkte, dass er das Bewusstsein zu verlieren drohte, richtete er sich mühsam wieder auf. Aber er konnte kaum stehen und torkelte gegen einen blutbefleckten alten Hackklotz.

Handy stürzte sich vor Zorn knurrend auf ihn, umklammerte seinen Hals mit beiden Armen und zog ihn mit sich zu Boden. Gewiss, der Ausbrecher war angeschlagen, aber er besaß noch reichlich Kraft, während Budds Kräfte ihn rasch verließen.

»O Mann«, ächzte Budd. »Ich kann nicht …«

Handy packte ihn an den Haaren. »Komm schon, Sportsfreund. Wir sind noch in der ersten Runde.«

»Zum Teufel mit dir«, flüsterte der Captain.

»Los, weiter!« Handy umschlang Budd mit den Armen und zog ihn hoch. »Hab noch keinen Gong gehört. Komm schon, die Fans warten!«

Der Captain, der stark blutete und seine Umgebung nur noch verschwommen wahrnahm, löste sich von ihm und begann, Handys schmales Gesicht mit beiden Fäusten zu bearbeiten. Ein Schlag war erstaunlich kräftig, und der Ausbrecher wich überrascht zurück. Aber nachdem der erste Schmerz abgeklungen war, lachte Handy sogar. »Los, greif an!«, neckte er Budd. »Sugar Ray, schlag zu …« Als Budds Kräfte nachließen, baute Handy sich vor ihm auf und ließ mehrere Fausthiebe auf seinen Kopf herabregnen. Der Captain brach zusammen.

»He, gleich in der ersten Runde k. o.«

»Lassen Sie ihn … in Ruhe«, ächzte Potter.

Handy zog seine Pistole aus dem Hosenbund.

»Nein!«, rief der Agent.

»Arthur …«

Zu Potter sagte Handy: »Er hat Glück, dass ich das so mache. Wenn ich mehr Zeit hätte, würde es nicht ohne Schmerzen abgehen. Nein, Sir, garantiert nicht!«

»Hören Sie, Handy«, begann Potter verzweifelt.

»Pssst!«, flüsterte Handy.

Der Wind schwoll an, ein klagendes Heulen.

Die drei Schüsse fielen rasch nacheinander. Dann war Potters Stimme zu hören, die entsetzt rief: »Oh, Charlie, nein, nein, nein …«

## 3.00 Uhr

Über dunkle Holzrampen, die von den Hufen zum Tode verurteilter Langhornrinder zerfurcht waren, zwischen langen Reihen rechteckiger Hackklötze hindurch, weiter unter Tausenden von rostigen Fleischhaken, die wie misstönende Glocken schepperten …

Und ständig heulte der Wind, pfiff mit dem schrillen Ton der Dampfpfeife eines Flussschleppers durch die Mauerlöcher und Fensterhöhlen.

Potters mit dünnem Draht gefesselte Handgelenke brannten. Er dachte an Melanies Hände. An ihre perfekt gepflegten Fingernägel. Er dachte an ihr Haar, tiefgolden wie Honig. Und er wünschte sich sehnlich, er hätte sie im Sanitätszelt geküsst. Mit der Zungenspitze drückte er einen Zahn, der seit seinem schweren Sturz wackelte, aus dem Unterkiefer und spuckte ihn aus. Danach lief sein Mund voll, und er spuckte erneut aus. Blut spritzte zu Boden.

»Armer Scheißkerl«, sagte Handy mit großer Befriedigung in der Stimme. »Du hast es einfach nicht kapiert, stimmt's, Art? Scheiße, du hast es einfach nicht begriffen.«

Vor ihnen wurde es kaum merklich heller. Aber nicht richtig hell, sondern nur etwas weniger dunkel. Von draußen fielen Sternenlicht und schwacher Mondschein ins alte Schlachthaus.

»Sie hätten ihn nicht erschießen müssen«, sagte der Agent undeutlich.

»Hier rüber. Da lang.« Handy stieß ihn in einen feuchten Korridor. »Wie lange hast du diesen Scheißjob schon, Art?«

Potter gab keine Antwort.

»Seit zwanzig, fünfundzwanzig Jahren, schätz' ich. Und ich wette, du hast die meiste Zeit nichts anderes getan wie heute – mit Arschlöchern wie mir geredet.« Handy war ziemlich klein, aber sein Griff war eisern. Potters kaum mehr durchblutete Finger kribbelten.

Sie kamen durch ein Dutzend Räume, alle schwarz und stinkend – der blutige Traum der Herren Stoltz & Webber.

Handy stieß Potter durch einen Hinterausgang. Im Freien mussten sie sich gegen den Wind stemmen.

»He, das wird 'ne bockige Reise heut Nacht.« Handy zerrte Potter auf eine Baumgruppe zu. Der Agent sah die Umrisse eines Autos. Ein Motor braucht drei Stunden, um ganz abzukühlen. Mit einem Nachtsichtgerät hätten sie den Wagen rechtzeitig gesehen.

Und Charlie Budd wäre noch am Leben …

»Fünfundzwanzig Jahre!« Handy musste schreien, um den Wind zu übertönen. »Du warst immer auf der anderen Seite der Polizeiabsperrung. Auf der sicheren Seite. Hast du mal darüber nachgedacht, wie es wäre, selbst 'ne Geisel zu sein? Wär' das nicht mal 'ne *Erfahrung*?, Los, beeil dich, Art. Ich will dich Pris vorstellen. Aber Vorsicht – die macht *jeden* Mann fertig.

Ja, jetzt bist du auch mal 'ne Geisel. Die Leute machen keine Erfahrungen, weißt du. Die meisten Leute haben noch nie jemanden erschossen. Die meisten Leute sind noch nie in 'ne Bank gegangen und haben 'ne Pistole gezogen. Die meisten Leute haben noch nie ein Mädchen angesehen, dabei kein Wort gesagt und sie bloß angestarrt und angestarrt, bis sie wie 'n verprügelter kleiner Hund heult und anfängt, ihre Klamotten auszuziehen. Weil sie glaubt, dass es das ist, was man von ihr will.

Und die wenigsten Leute haben erlebt, wie es ist, wenn jemand stirbt. Ihn dabei angefasst, meine ich. Wenn die letzte Zelle in seinem Körper rumzuschwimmen aufhört. Das alles hab ich schon getan. Vorstellen kann man sich solche Dinge nicht. Man muss sie selbst erleben. *Das* sind Erfahrungen, Art.

Du hast versucht, mich aufzuhalten. Das hättest du nicht tun sollen. Ich werd dich umlegen, das weißt du wahrscheinlich. Aber nicht so bald. Ich nehm dich mit. Und du kannst mir das nicht ausreden. Du kannst mir keinen Sechserpack anbieten, du kannst mir keine blöde M-4-Freigabe nach Kanada anbieten. Sobald wir weg und in Sicherheit sind, will ich dich bloß noch tot sehen. Und falls wir nicht fort und in Sicherheit sind, will ich dich erst recht tot sehen.«

Handy zitterte plötzlich vor Wut und packte Potter an den Aufschlägen seiner Jacke. »Du hättest nicht versuchen sollen, mich aufzuhalten!«

In Potters Brusttasche knisterte etwas. Handy grinste erwartungsvoll. »Was haben wir denn da?«

Nein!, dachte Potter und versuchte, sich loszureißen. Aber Handy griff in sein Sportsakko und zog das Foto aus der Tasche.

»Was'n das?«

Das Foto von Melanie Charrol, das in der Kommandozentrale am Schwarzen Brett gehangen hatte.

»Deine kleine Freundin, was, Art?«

»Auf der ganzen Welt gibt's keinen Ort«, sagte Potter, »an dem Sie sicher sind.«

Handy ignorierte ihn. »Wir sind 'ne Zeit lang weg, Pris und ich. Aber ich behalt den Schnappschuss hier. Irgendwann kommen wir zurück und besuchen sie. Melanie, die ist 'ne tolle Nummer. Sie hat mich angefallen und auf den Rücken geworfen, dass ich keine Luft mehr gekriegt hab.

Die Kratzer hier – die sind von ihr. Und sie hat die eine Kleine aus der Tür gestoßen, bevor ich buh! sagen konnte. Und die andere, die hübsche Kleine, auf die Sonny ein Auge geworfen hatte, hat sie auch rausgebracht. Oh, Melanie kriegt noch, was ihr zusteht!« Als ob er ein Geschäftsgeheimnis preisgäbe, fügte Handy vertraulich hinzu: »Als Mann darf man sich nie unterkriegen lassen. Erst recht nicht von einer Frau. Vielleicht geb ich ihr vier Wochen, vielleicht acht. Dann findet sie Pris und mich, wie wir in ihrem Bett auf sie warten. Und sie kann nicht mal um Hilfe schreien.«

»Sie wären verrückt, wenn Sie zurückkommen würden. Jeder Cop im ganzen Staat kennt Ihr Gesicht.«

Handy bekam erneut einen Wutanfall. »Sie ist mir noch was schuldig! Verdammt, sie ist mir was schuldig!« Er stopfte das Foto in seine Tasche und zerrte Potter hinter sich her.

Sie waren zum kleinen Flugplatz unterwegs – *»Das wird 'ne bockige Reise heut Nacht.«* Sie würden ihn ermorden, sowie sie in Sicherheit waren. Vielleicht würden sie ihn aus dem Flugzeug werfen, dreitausend Fuß über einem Weizenfeld.

»Da ist Pris.« Handy nickte zu dem unter Bäumen geparkten Nissan hinüber. »Sie ist 'ne tolle Frau, Art. Ich wurde mal angeschossen, hab 'ne Kugel zwischen die Rippen gekriegt, und dieser Scheißtrooper, der mich erwischt hatte, hat Pris mit der Waffe bedroht. Sie hat ihr Schießeisen in der Hand gehabt, aber er hätt sie umgelegt, bevor sie das Ding auch nur hätte heben können. Und was ist passiert? Sie hat ganz cool angefangen, sich mit der freien Hand die Bluse aufzuknöpfen, und dabei die ganze Zeit gelächelt. Ja, Sir. Der Kerl wollte sie erschießen, das wollte er wirklich! Aber er hat's nicht über sich gebracht. Sobald er 'nen Blick auf ihre Titten geworfen hat, hat sie die Glock hochgerissen und ihn abgeknallt, *peng, peng, peng*! Drei in die Brust. Dann ist sie hingegangen und hat ihn in den Kopf geschossen – für den Fall, dass er 'ne Panzerweste trägt. Glaubst du, dass deine Freundin auch so cool wäre? Nie im Leben, Art.«

Handy blieb so abrupt stehen, dass Potter fast mit ihm zusammengeprallt wäre, sah sich um, runzelte die Stirn, hob den Kopf und sog prüfend die Luft ein. Melanie hatte ihn Brutus genannt und seinen beiden Komplizen Tiernamen gegeben, aber der Agent wusste, dass Handy weitaus animalischer war, als Bonner oder Wilcox es gewesen waren.

Handy sah jetzt zu dem Nissan hinüber.

Potter konnte die offene Fahrertür und die am Steuer sitzende Frau sehen, die sich als Sharon Foster ausgegeben hatte. Sie schien nach vorn durch die Windschutzscheibe zu starren. Ihr blondes Haar war noch immer zu einem Pferdeschwanz zusammengefasst. Aber sie hatte sich umgezogen. Sie trug keine Uniform mehr, sondern Jeans und einen dunklen Rollkragenpullover.

»Pris?«, flüsterte Handy.

Sie reagierte nicht.

»Pris?« Lauter. »Prissy?« Sein Schrei übertönte den Wind.

Handy stieß Potter zu Boden. Der Agent fiel, rollte hilflos übers Gras und beobachtete dann, wie Handy zu dem Wagen rannte und seine Freundin umarmte.

Der Ausbrecher heulte vor Wut und Entsetzen auf.

Potter kniff die Augen zusammen, um besser sehen zu können. Nein, das war kein Rollkragenpullover, überhaupt kein Kleidungsstück. Der Schnitt durch die Kehle der Frau reichte von einer Halsschlagader zur anderen, und der dunkle Pullover bestand aus ihrem Blut, das ihr über Schultern, Arme und Brüste gelaufen war. Sie hatte nur einen stummen Hilfeschrei hinterlassen – sie hatte mit der blutigen Hand die Windschutzscheibe berührt und dort fahrige Bewegungen gemacht, die auf dem schmutzigen Glas ein Fingermalbild ihres Entsetzens zurückgelassen hatten.

»Nein, nein, nein!« Handy schloss sie in die Arme, wiegte sie verzweifelt hin und her.

Potter wälzte sich auf die Seite und versuchte wegzukriechen. Er war noch keinen Meter weit gekommen, als er das Unterholz knacken und Schritte herantrampeln hörte. Eine Stiefelspitze krachte in seine Rippen. Potter krümmte sich zusammen, hob die gefesselten Hände vors Gesicht. »Das warst du! Du hast sie überfallen! Das warst du, du Scheißkerl!«

Potter rollte sich zusammen und versuchte, seine wütenden Tritte abzuwehren.

Handy trat zurück, riss seine Pistole hoch.

Potter schloss die Augen und ließ die Hände sinken.

Er versuchte, sich Marian vorzustellen, aber das schaffte er nicht. Nein, er konnte nur an Melanie denken, während er sich zum zweiten Mal in dieser Nacht auf den Tod vorbereitete.

Arthur Potter wurde sich plötzlich des Windes um ihn herum bewusst, der sich heulend und brausend erhob und Worte zu bilden schien. Aber die Worte waren nicht von dieser Erde: unheimliche Silben, die tief aus der Kehle irgendeiner Todesfee aufstiegen, die erbärmliche Menschenworte imitierte. Anfangs konnte er nicht verstehen, was sie sagte – ein manisch wiederholter Satz, der voller Hass und Zorn gesprochen wurde. Dann verschmolzen die einzelnen Worte zu einem langgezogenen Schrei, und als Handy sich herumwarf, hörte Potter wieder und wieder dieselben missgebildeten Worte: »Ich hass dich ich hass dich ich hass dich …«

Das Messer drang tief in Handys Schulter ein, und der Mann schrie vor Schmerzen auf, als Melanie Charrols kräftige Hände die Klinge aus seinem Körper zogen und nochmals zustießen – diesmal in seinen rechten Arm. Die Pistole fiel ihm aus der Hand. Potter wälzte sich nach vorn und raffte sie an sich.

Handys Faust schlug nach ihrem Gesicht, aber sie sprang mühelos zur Seite und hielt das Messer weiter stoßbereit. Er sank mit geschlossenen Augen auf die Knie und umklammerte mit der linken Hand seinen Arm, aus dem ein unaufhörlicher Blutstrom quoll, der spiralförmig zum rechten Zeigefinger hinunterlief, der wie der Finger Gottes in der Sixtinischen Kapelle ausgestreckt war.

Potter kam mühsam auf die Beine, ging um Handy herum und blieb neben Melanie stehen. Nach einem Blick auf seine Handgelenke löste sie den Draht, mit dem er gefesselt war. Melanie zitterte am ganzen Leib. Sie hatte Handy offenbar ebenso richtig eingeschätzt wie Budd und er – dass er hierher zurückkommen würde, um sein Geld zu holen. Sie hatte es also gar nicht auf Marks abgesehen.

»Los, tu's endlich!«, knurrte Handy Potter an, als wäre *er* das leidgeprüfte Opfer der Ereignisse dieser Nacht.

Potter, der das Gewicht der Glock in seinen Fingern spürte, sah in Handys verzerrtes, hasserfülltes Gesicht hinunter. Der Agent sagte nichts, tat nichts.

*Haben Sie jemals was Böses getan?*

Dann begriff Arthur Potter schlagartig, wie völlig anders als Handy er in Wirklichkeit war und schon immer gewesen war. Während einer Geiselnahme glich der Verhandler einem Schauspieler: Er schlüpfte für kurze Zeit in eine andere Rolle, er wurde jemand, dem er misstraute, den er fürchtete, sogar verabscheute. Aber diese Begabung wurde unglücklicherweise durch seine fast unheimliche Fähigkeit ausgeglichen, die Rolle wieder abzustreifen und in sein Leben zurückzukehren.

Und so war es Melanie Charrol, die jetzt vortrat und

Handy das lange Messer zwischen die Rippen stieß – bis ans Heft seines blutverschmierten Griffs.

Der hagere kleine Mann würgte, hustete Blut und fiel zitternd nach hinten. Sie zog das Messer langsam heraus.

Potter nahm ihr das Messer aus der Hand, wischte den Griff an seiner Jacke ab und ließ es zu Boden fallen. Dann trat er einen Schritt zurück und beobachtete Melanie, die neben Handy kauerte, der am ganzen Leib zitterte, während der letzte Lebenshauch seinen drahtigen Körper verließ. Sie beugte sich über ihn, hielt den Kopf gesenkt und ließ ihn keine Sekunde aus den Augen. Im Dunkel der Nacht konnte Potter Melanies Gesichtsausdruck nicht deutlich erkennen, aber er bildete sich ein, auf ihren Lippen ein schwaches Lächeln, ein neugieriges Lächeln zu entdecken.

Und er spürte noch etwas. Ihre Körperhaltung, ihr tief über Handy geneigter Kopf weckten den Eindruck, dass sie die Schmerzen des Mannes inhalierte wie den würzigen Räucherduft, der daheim durch ihr Haus schwebte.

Lou Handys Lippen bewegten sich. Sein blubberndes Röcheln war jedoch so leise, dass Arthur Potter ihm gegenüber fast so taub war wie Melanie. Als der Mann sich verkrampfte, nochmals heftig erzitterte und dann still vor ihnen lag, half Potter ihr aufstehen.

Potter hatte den Arm um ihre Schultern gelegt, als sie durch die Nacht gingen, während sich um sie herum Schösslinge und Segge und Büffelgras im stürmischen Wind bogen. Nach fünfzig Metern auf der Straße kamen sie zu dem Dienstwagen, den Melanie sich für die Fahrt von Hebron hierher ausgeliehen hatte.

Sie wandte sich ihm zu, während sie den Reißverschluss ihrer abgewetzten braunen Lederjacke hochzog.

Er fasste sie an den Schultern und spürte, wie der Wind

ihr Haar gegen seine Hände peitschte. Ihm fielen ein Dutzend Dinge ein, die er hätte sagen können. Er wollte fragen, ob sie in Ordnung sei, wie sie sich fühle, ihr sagen, was er der State Police erzählen würde, ihr sagen, wie oft er während der Geiselnahme an sie gedacht hatte.

Aber er blieb stumm. Der Mond war hinter einem schwarzen Wolkenstreifen verschwunden, und das Feld war in tiefes Dunkel getaucht; sie konnte, so sagte er sich, seine Lippen ohnehin nicht sehen. Potter zog sie plötzlich an sich und küsste sie rasch – immer bereit, beim geringsten Widerstreben sofort zurückzuweichen. Aber er spürte nichts dergleichen und hielt sie an sich gedrückt, während er sein Gesicht an ihren kühlen, zart duftenden Hals legte. In dieser Umarmung verharrten sie für lange Augenblicke. Als er sich von ihr löste, schien der Mond wieder und warf sein blasses weißes Licht auf ihre Gesichter. Trotzdem blieb er weiter stumm und hielt ihr nur die Fahrertür des Wagens auf.

Melanie ließ den Motor an. Sie sah zu Potter auf, nahm ihre Hände vom Lenkrad und bedeutete ihm etwas in der Gebärdensprache.

Wozu tut sie das?, fragte er sich. Was will sie mir sagen?

Bevor er sie bitten konnte, noch zu warten, ihm die Worte aufzuschreiben, gab sie Gas und fuhr langsam über die unbefestigte Straße davon. Der Wagen holperte mehrmals, bog abrupt ab und verschwand hinter einer Baumreihe. Die Bremslichter leuchteten noch einmal auf, dann war sie fort.

Er ging langsam zu dem blutbefleckten Nissan zurück. Dort verwischte er sämtliche Fingerabdrücke außer seinen eigenen und arrangierte dann das blutverschmierte Messer, die Schusswaffen und die beiden Leichen, bis der Tatort eine glaubwürdige, wenn auch unwahre Geschichte erzählte.

*Aber was genau ist eine Lüge, Charlie? Die Wahrheit ist ziemlich schwer zu fassen. Gibt es überhaupt eine Aussage, die hundertprozentig wahr ist?*

Er begutachtete sein Werk, als ihm plötzlich klarwurde, was Melanie vorhin gesagt hatte. Die Worte gehörten zu seinem eigenen spärlichen Gebärdenrepertoire; tatsächlich hatte er sie am Abend zuvor selbst benützt. »Ich möchte dich wiedersehen.« Stimmte das auch? Er hob die Hände und wiederholte den Satz für sich. Erst unbeholfen, dann flüssig wie ein Profi. Ja, das musste sie gesagt haben.

In der Ferne sah Arthur Potter die Scheinwerfer eines näherkommenden Autos. Er schlug seinen Jackenkragen zum Schutz vor dem unablässigen Wind hoch, setzte sich auf den steinigen Boden und wartete.

# Danksagungen

Mein besonderer Dank gilt Pamela Dorman bei Viking, einer Lektorin, die die nötige Geduld und Hartnäckigkeit (von einfacher Courage ganz zu schweigen) aufbringt, um Autoren dazu zu bewegen, nach den gleichen hohen Qualitätsstandards zu streben, die sie in ihrem Beruf erfüllt. Sehr dankbar bin ich auch Deborah Schneider, meiner lieben Freundin und der besten Agentin der Welt. Und dem gesamten Viking/NAL-Team, besonders Barbara Grossman, Elaine Koster, Michaela Hamilton, Joe Pittman, Cathy Hemming, Matthew Bradley (der sich den Titel kampferprobter Publizist hundertfach verdient hat) und Susan Hans O'Connor. Die Danksagung wäre nicht vollständig, wenn ich die netten Leute bei Curtis Brown in London – vor allem Diana Mackay und Vivienne Schuster – und bei meinem erstklassigen britischen Verlag Hodder-Headline – vor allem meine Lektorin Carolyn Mays, Sue Fletcher und Peter Lavery – unerwähnt ließe. Vielen Dank auch an Cathy Gleason bei Gelfman-Schneider, ein Dankeschön und ein »Hallo!« an meine Großmutter Ethel Rider, an meine Schwester und Autorenkollegin Julie Reece Deaver und an Tracey, Kerry, David, Taylor, Lisa (Ms. X-Man), Casey, Chris und Bryan Big und Bryan Little.

»Gegen Jeffery Deavers eiskalt-raffinierte Konstruktion wirkt Thomas Harris wie ein Märchenerzähler. Hochspannung pur!«

WDR

448 Seiten. ISBN 978-3-7341-0532-6

Ein kaltblütiger Mörder hält Detective Lincoln Rhyme in Atem. Das einzige Erkennungsmerkmal des Killers ist seine Tätowierung – sie zeigt den Tod und ein Mädchen tanzend auf einem Sarg. Rhyme glaubt den Mörder zu kennen, und sollte sich sein Verdacht bestätigen, kennt er nur noch einen Gedanken: Rache – aus ganz persönlichen Gründen …